ナポリの物語3

逃れる者と留まる者

エレナ・フェッランテ

飯田亮介 訳

早川書房

STORIA DI CHI FUGGE E DI CHI RESTA

ELENA FERRANTE

逃れる者と留まる者

——ナポリの物語3

STORIA DI CHI FUGGE E DI CHI RESTA
by
Elena Ferrante
Copyright © 2013 by
Edizioni E/O
Translated by
Ryosuke Iida
First published 2019 in Japan by
Hayakawa Publishing, Inc.
This book is published in Japan by
arrangement with
Edizioni E/O
c/o Clementina Liuzzi Literary Agency
through The English Agency (Japan) Ltd.

装画／高橋将貴
装幀／早川書房デザイン室

目　次

登場人物および前巻までのあらすじ

チェルッロ家（靴職人の一家）

フェルナンド・チェルッロ　靴職人、リラの父親。小学校を出た娘の中学進学を認めなかった

ヌンツィア・チェルッロ　リラの母親。娘の味方だが、夫の意見に逆らうだけの力はない

ラッファエッラ・チェルッロ　通称リナまたはリラ。一九四四年八月生まれ。六十六歳の時、ナポリから跡形もなく姿を消す。勉強がもの凄くでき、十歳の時に『青い妖精』という童話を書く。小学校卒業後は進学を諦め、家業の靴作りを学んだ。十代でステファノ・カッラッチと結婚し、まずは新地区の食料品店、続いてマルティリ広場の靴屋の経営を成功させる。イスキアでの休暇中にニーノ・サッラトーレと恋に落ち、夫を捨てる。ニーノとの同棲生活が失敗に終わり、長男ジェンナーロが誕生したのち、ステファノがアーダ・カップッチョを妊娠させたと知った彼女は夫を完全に見限る。そしてエンツォ・スカンノとともにサン・ジョヴァンニ・ア・テドゥッチョに引っ越し、ブルーノ・ソッカーヴォの食肉加工品工場で働きだす

リーノ・チェルッロ　リラの兄。父と同じ靴職人で、親子で靴メーカーのチェルッロ製靴を立ち上げる。創業にはリラの才覚とステファノ・カッラッチの資金提供も不可欠だった。ステファノの妹、ピヌッチャ・カッラッチと結婚、長男フェルディナンド（通称ディーノ）が誕生する。リラは自分の長男にこの兄の名をつけ、リーノまたは「小さなリーノ」を意味するリヌッチョと呼ぶ。なおリ

ーノは通称で、本名はジェンナーロ
その他の子どもたち

グレーコ家（市役所案内係の一家）

エレナ・グレーコ　通称レヌッチャまたはレヌー。一九四四年八月生まれ。この長い物語の作者。幼なじみのラッファエッラ・チェルッロ（通称リナ。エレナだけがリラと呼ぶ）が姿を消したと知り、エレナは物語の執筆を始めた。小学校卒業後もエレナは進学を続け、成績も上昇の一途をたどった。高校では宗教の教師とカトリックの教義における聖霊の役割について意見が衝突するが、持ち前の才能とガリアーニ先生の保護のおかげで苦境をうまく切り抜けた。幼いころから密かに思いを寄せていたニーノ・サッラトーレに求められて、リラの貴重な協力とともに、教師との衝突を記事にまとめるが、その記事がニーノの寄稿する雑誌に掲載されることはついになかった。エレナの刻苦勉励はピサ高等師範学校卒業と一冊の小説の出版へと結実する。ピサの大学時代にはピエトロ・アイロータと出会い、婚約する。小説は、地区の生活と思春期にイスキア島で得た体験を脚色したものだった。長女で、下に弟のペッペ、ジャンニ、妹のエリーザがいる
父親　市役所の案内係
母親　主婦。母親の足を引きずる歩き方にエレナは常々怯えている

カッラッチ家（ドン・アキッレの一家）

ドン・アキッレ・カッラッチ　童話に出てくる人食い鬼。闇商人、高利貸しだったが、何者かに殺害された

マリア・カッラッチ　ドン・アキッレの妻。ステファノ、ピヌッチャ、アルフォンソの母親。一家が経営する食料品店に勤務

ステファノ・カッラッチ　ドン・アキッレの息子。リラの夫。亡父の遺産を活かして、二軒の食料品店を繁盛させ、マルティリ広場にソラーラ兄弟とともに靴屋を開店し、商人として成功を収める。リラとの波乱に満ちた結婚に満足できず、アーダ・カップッチョと不倫関係となり、彼の子を身ごもったアーダと暮らすようになる。それを境にリラは家を出て、サン・ジョヴァンニ・ア・テドゥッチョへと引っ越した

ピヌッチャ　ドン・アキッレの娘。一家の食料品店に勤務していたが、のちにマルティリ広場の靴屋に勤めるようになる。リラの兄、リーノと結婚し、男の子をひとり授かる。ふたりの息子はフェルディナンド（通称ディーノ）と名付けられた

アルフォンソ　ドン・アキッレの息子。エレナのクラスメイト。マリーザ・サッラトーレと婚約し、マルティリ広場の靴屋を任される

ペルーゾ家（家具職人の一家）

アルフレード・ペルーゾ　家具職人。共産主義者。ドン・アキッレ殺害容疑で逮捕され、有罪判決が下り、獄死

ジュゼッピーナ・ペルーゾ　アルフレードの妻。煙草工場に勤務しつつ、子どもたちと刑務所の夫に熱心に尽くしていたが、夫の死を受け、自殺

パスクアーレ・ペルーゾ　アルフレードとジュゼッピーナの長男。現場作業員。左翼活動家。リラの美しさに気づき、愛を告白した最初の男性。ソラーラ兄弟を憎んでいる。アーダ・カップッチョ

の元婚約者
カルメーラ・ペルーゾ　パスクアーレの妹。カルメンとも名乗る。小間物屋で働いていたが、まもなくリラにより、ステファノの新しい食料品店の店員に採用される。エンツォ・スカンノと長年交際していたが、兵役を終えて戻ってきた彼になんの説明もなく捨てられる。のちに大通り（ストラドーネ）のガソリンスタンド経営者と婚約
その他の子どもたち

カップッチョ家（正気を失った後家の一家）

メリーナ　後家。ヌンツィア・チェルッロの親戚。旧地区の団地で階段掃除を仕事にしている。ニーノ・サッラトーレの父、ドナートの愛人だった。ふたりの不倫の愛が理由でサッラトーレ一家は地区を出てゆくこととなり、その結果、メリーナは正気を失った
その夫　青果市場で荷下ろしの仕事をしていたが、原因不明の急死を遂げた
アーダ・カップッチョ　メリーナの娘。子どものころは母親の階段掃除を手伝っていたが、リラのおかげで旧地区の食料品店の店員に採用された。パスクアーレ・ペルーゾと長年にわたり交際していたが、ステファノ・カッラッチの愛人となり、妊娠後、ステファノと同棲を始める。生まれてきた女の子はマリアと名付けられた
アントニオ・カップッチョ　アーダの兄、自動車修理工。かつてエレナと交際し、ニーノ・サッラトーレに強く嫉妬した。兵役に行くのをひどく恐れていたが、エレナがソラーラ兄弟に自分の兵役免除について相談したと知ると、深く傷つき、彼女との関係に終止符を打った。兵役中に重いノイローゼにやられ、早期除隊となる。地区に戻ってからは、貧しさゆえにミケーレ・ソラーラの手下

となる。ミケーレはやがてアントニオをドイツに送り、長いあいだ謎の任務に当たらせた

その他の子どもたち

サッラトーレ家（詩人鉄道員の一家）

ドナート・サッラトーレ　車掌、詩人、ジャーナリスト。かなりのドンファンで、メリーナ・カップッチョを愛人にしていた。休暇でイスキア島に行ったエレナは、サッラトーレ一家と同じ家で生活したが、ドナートに性的ないたずらを受け、急いで島を出る羽目になった。しかし三年後の夏、ニーノとリラの関係に傷ついたエレナはその反動からドナートに体を許してしまう。その時の忌まわしい記憶から自由になろうとして彼女は体験談を織りこんだ小説を書き、それが本として出版されることになる

リディア・サッラトーレ　ドナートの妻

ニーノ・サッラトーレ　長男。父を嫌っている。秀才。リラと長いあいだ不倫関係にあったが、彼女の妊娠を機に始まったふたりの同棲生活は短命に終わった

マリーザ・サッラトーレ　ニーノの妹。アルフォンソ・カッラッチと交際中

ピーノ、クレリア、チーロ　次男、次女、三男

スカンノ家（八百屋の一家）

ニコーラ・スカンノ　八百屋、肺炎で死去

アッスンタ・スカンノ　ニコーラの妻、癌で死去

エンツォ・スカンノ　ニコーラとアッスンタの息子で、やはり八百屋。リラが幼いころから独特な

親しみを覚えている男性。カルメーラ・ペルーゾと長年婚約関係にあったが、兵役から戻ってくるとなんの説明もなく彼女を捨てた。兵役中に勉強を再開、独学で工業技師の資格を取得した。リラがステファノと完全に別居することを決めると、彼女とその息子ジェンナーロの世話を買って出て、サン・ジョヴァンニ・ア・テドゥッチョに連れていき、同棲を始めた
その他の子どもたち

ソラーラ家（バール菓子店ソラーラの一家）
シルヴィオ・ソラーラ　バール菓子店の主人。王制支持者でファシスト。マフィア組織カモッラの成員であり、地区の違法取引を仕切っている。チェルッロ製靴の誕生を妨害した
マヌエーラ・ソラーラ　シルヴィオの妻。高利貸しの彼女が持つ赤い帳簿は、地区の住民から恐れられている
マルチェッロとミケーレ　シルヴィオとマヌエーラのふたりの息子。どちらもはったり屋で傲慢だが、地区の娘たちには人気がある。当然、リラは例外である。兄マルチェッロはそんなリラに恋をするが、振られてしまう。弟ミケーレは、兄と年はそれほど離れていないが、ずっと冷酷で頭が切れ、暴力的。ミケーレは菓子職人の娘、ジリオーラの婚約者だが、次第にリラに対して病的な執着を見せるようになる

スパニュオロ家（菓子職人の一家）
スパニュオロ氏　バール菓子店ソラーラの菓子職人
ローザ・スパニュオロ　その妻

ジリオーラ・スパニュオロ　菓子職人の娘。ミケーレ・ソラーラの婚約者
その他の子どもたち

アイロータ家

グイド・アイロータ教授　ギリシア古典文学の研究者
アデーレ　その妻。エレナの小説を出版したミラノの出版社に協力する翻訳家
マリアローザ・アイロータ　長女。ミラノ大学で美術史を教えている
ピエトロ・アイロータ　エレナの大学の同期生で彼女の婚約者。卒業後は有能な研究者として大学で出世することになる

教師たち

フェッラーロ　小学校教師、司書、男性。彼が司書を務める図書館で熱心に本を借りていたリラとエレナを表彰したことがある
オリヴィエロ　小学校教師、女性。リラとエレナの才能に初めて気がついた人物。リラが十歳の時に初めて書いた童話『青い妖精』におおいに感心したエレナは、オリヴィエロに作品を手渡し、読んでもらおうとした。しかしオリヴィエロは、リラの両親が娘の中学進学を認めないと知って立腹していたため、『青い妖精』の感想を一切述べなかった。それどころか、以来、リラに目をかけるのをやめ、エレナの支援に専念するようになった。長い闘病生活の末、エレナの大学卒業直後に死去
ジェラーチェ　ジンナジオ教師、男性

ガリアーニ　高校教師、女性。極めて学識豊かな教師で、共産主義者。エレナの才能にただちに気づき、魅了される。ひいきのエレナに本を貸したり、宗教の教師と衝突した時もかばったりした。しかし、リラに夢中になったニーノが娘のナディアを捨てると、ガリアーニはエレナに対して冷淡になった

その他の登場人物

ジーノ　薬局の息子。エレナの初めてのボーイフレンド
ネッラ・インカルド　オリヴィエロ先生の従姉妹。イスキア島バラーノ在住で、夏は自宅の数部屋をサッラトーレ家に貸していた。エレナも夏の休暇でネッラの家に世話になった
アルマンド　ガリアーニ先生の息子。医学部の学生
ナディア　ガリアーニ先生の娘。学生。ニーノの恋人だったが、リラに恋した彼にイスキアからの一通の手紙で捨てられた
ブルーノ・ソッカーヴォ　ニーノ・サッラトーレの友人。サン・ジョヴァンニ・ア・テドゥッチョ地区の裕福な実業家の息子。仕事を探していたリラに一族で経営する食肉加工品工場の働き口を与える
フランコ・マーリ　大学生、男性。エレナの大学時代初期の恋人

狭間の時

1

リラと最後に会ったのは五年前、二〇〇五年の冬のことだった。わたしたちは早朝に大通り（ストラドーネ）を散歩していた。ただ、もう何年も前からそうだったが、ふたりのあいだにはどうにもならない気まずさが漂っていた。わたしばかりひとりで話していた記憶がある。リラのほうは歌を口ずさんだり、顔見知りに挨拶をしてはそのたびに無視されたりしていて、たまにこちらの言葉を遮ることがあっても、彼女の口から出てくるのは何かに感心する言葉だけで、しかも、わたしの話とはなんの関係もなさそうな内容ばかりだった。長い歳月のあいだに悪い出来事がたくさんあった。なかには身の毛がよだつような事件もあった。だから、ふたりがかつての信頼関係を取り戻したければ、それぞれに秘めた胸のうちを明かすべきところだったが、こちらには伝えるべき言葉を探す気力がなく、彼女のほうは、気力はあったかもしれないが、その気にならぬか、そうすべき理由がわからぬようだった。

それでもわたしはリラが大好きだったから、ナポリに来た時は必ず会おうとした。ただし、再会するのがいつも少し恐かったことは白状しておきたい。彼女はずいぶんと変わった。わたしたちはそのころにはどちらもすっかり老けていたが、こちらが肥満の傾向と闘っていたのに対し、向こうはいつだって骨と皮ばかりだった。彼女は自分で頭を短く切り揃えていて、髪は真っ白だったが、染めていないのは趣味の問題ではなく、無頓着ゆえのことだった。苦悩の跡を深く刻んだ顔はますます父親そっくりになってきていた。苛立ちから甲高い笑い声をよく上げ、話す声はやたらと大きかった。彼女は片時も休まずに身振り手振りを続けた。その激しい動きには、辺りの建物も道路も、通行人もわたしも、その手で片っ端から真っぷたつにせんとする獰猛な意志すら感じられた。

そうして小学校の辺りまで歩いてきた時だった。見覚えのない若者が息を切らせてわたしたちふたりを追い越したかと思うと、リラに向かって、教会の脇の花壇で女の死体が見つかったと怒鳴った。わたしたちは教会に隣接する公園に急いだ。リラはわたしの手を引き、野次馬を乱暴にかき分けて前に出た。女は横向きに倒れていた。尋常ではない太り方で、流行遅れの暗緑色のレインコートを着ていた。リラは遺体の身元にすぐに気づいたが、わたしにはわからなかった。それは、わたしたちの幼なじみのジリオーラ・スパニュオロだった。ミケーレ・ソラーラの元妻だ。

ジリオーラとはもう何十年も会っていなかった。きれいだった顔は見る影もなく、足首は巨大に膨らんでいた。かつての黒髪は真っ赤に染められ、若いころと同じく長いは長かったが、ずっとまばらで、花壇の土の上にばらっと広がっていた。片足だけ、靴を履いていた。かかとの低い、かなり擦り減った靴だった。反対の足は灰色の毛糸の靴下に押しこめられていたが、親指のところに穴があった。そちらの靴は一メートル向こうに転がっていた。不意の痛みに襲われたか、何かに驚いたかして蹴飛ばしたら、脱げてしまったといった風だった。泣きだしたわたしをリラは嫌な顔でにらんだ。

わたしたちは少し離れたベンチに腰かけ、ジリオーラが運ばれていくのを黙って待った。何が起きたのか、どうして死んだのかはまだわからなかった。それからリラの家に向かった。両親の住んでいた古くて狭いあのアパートに、彼女は息子のリーノとふたりで暮らすようになっていた。そこでわたしたちは、今は亡き友人について語りあった。リラは故人を悪く言った。ジリオーラはよくない人生を送った、欲張りで、意地の悪い女だった、と。しかし今度はわたしのほうが彼女の言葉を聞いていられなくなった。地面の上の横顔、ひどく薄かった髪の毛、まだらに見えた白っぽい頭皮をわたしは思い浮かべた。わたしたちと一緒に子ども時代を過ごした者のうち、もう幾人がこの世を去ったことか。病に倒れた者もあれば、苦しみの紙やすりに神経がもたなかった者もあり、凶手にかかった者もあった。わたしとリラはしばらく台所でだらだらした。どちらも食事の後片付けをしようとはしなかった。それからまた一緒に出かけた。

快晴の冬の日差しは、辺りの何もかもを穏やかに見せていた。旧地区の様子はわたしたちとは異なり、昔とまるで変わらなかった。背の低い灰色の団地もそのままなら、ふたりでよく遊んだ中庭も、大通り(ストラドーネ)も、トンネルの三つの暗い口も、暴力もそのままだった。一方、地区を取り囲む風景は変わった。沼地一帯の緑の広がりはすでになく、缶詰工場の廃屋も跡形もなかった。同じ場所に今は、ガラス張りの高層ビルが建ち並び、陽光にきらめいていた。かつては輝かしい未来のシンボルとされていた新建築だが、そんな未来を信じた者はひとりとしていなかった。こうした変化をわたしは長年、ひとつ残らず心に刻んできた。本当に興味を持って記憶したものもあったが、たいていはただなんとなくのことだった。少女のころのわたしは、地区を出れば、ナポリの町は素敵なものでいっぱいなのだろうと想像していた。たとえば、ナポリ中央駅前のビルがそうだ。大胆なデザインの駅舎の傍らでビルの骨組みが一階また一階と高くなっていく様子は印象的だった。当時のわたしたちには凄く高い建物に見えたものだ。駅前のガリバルディ広場を通るたびにわたしは感心して、凄いね、高いね、と、リラにカルメン、パスクアーレにアーダ、アントニオらに言った。あのころはよく彼らと一緒に海に行ったり、お金持ちの地区の周りまで出かけたりした。あのビルの上には天使たちが住んでいて、町の眺望を楽しんでいるに違いない。てっぺんまで登れたらどんなに素敵だろう。そう思った。あれは

〝わたしたちの〟高層ビルだった。場所こそ地区の外だったが、日ごとに高くなっていくその姿をみんなで見守っていたからだ。しかし、やがて工事は止まってしまった。大学時代にピサから帰ってくるたび、わたしには駅の高層ビルが、生まれ変わりつつある町のシンボルというよりは、効率の悪さの新たな温床に思えてならなかった。

　地区とナポリのあいだには実はたいした違いがない。わたしがそう確信したのは当時のことだった。都市の病は両者のあいだを境界などないかのように自由に行き来していた。帰郷のたび、ナポリは一段と脆弱になって見えた。季節の変遷に耐えられず、暑さに弱く、寒さに弱く、何より嵐に弱い町だった。地下鉄のガリバルディ駅が冠水したかと思えば、国立考古学博物館の前にあるアーケード（ガッレリア）の天井が落ちたり、土砂崩れが起きたり、停電がいつまでも続いたりした。危険でいっぱいの真っ暗な街角の風景はよく覚えている。車の渋滞は時とともに混迷を極め、道路は穴だらけで、大きな水たまりがたくさんあった。あふれたどぶの水が噴き出し、通りを汚していた。雨水に汚水にゴミにばい菌からなる溶岩が、真新しいがもろい建物ばかりの山の手から海へと流れこんだり、下町を浸食したりした。民衆は政治の怠慢に汚職、権力の濫用のせいで命を失いながらも、選挙になるたび、彼らの生活を耐えがたいものにしている政治家たちを支持する票を嬉々として投じた。わたしはナポリで列車を降りるとすぐ、そこが生まれ育った土地であるにもかかわらず、身の振る舞いに注意し、〝わたしは地元の人間よ、手荒な真似はしないで〟とでも言いたげに、方言のみで話すように気をつけた。

　大学を卒業し、ざっと書き上げた物語が本当に思いがけず、わずか数ヵ月で本になったころ、故郷の状況はさらに悪くなって見えた。ピサもミラノも住みやすくて、時にはわたしを幸せな気分にさえしてくれたが、故郷の町は帰るたびに不安になった。何か予期せぬ出来事が起きてわたしはこの町から逃れられなくなり、これまで勝ち取ったものをすべて奪われるのではないか。まもなく結婚する予定だったピエトロの元に戻ることもできなくなり、ミラノの出版社のあの清潔なオフィスにも入室禁止となり、未来の義母であり、うちの母さんとはまるでかけ離れたタイプの母親であるアデーレの優美な立ち振る舞いも二度と拝めないのではないか……。以前からわたしは、ナポリはひとが多すぎると思っていた。特にガリバルディ広場からフォルチェッラ、ドゥケスカ、ラヴィナイオ、直線道路(レッティフィーロ)にかけての一帯はいつもひとだらけだった。六〇年代末になると人だかりは余計にひどくなり、狭量で暴力的な空気が無秩序に蔓延したように思えた。ある朝、わたしはメッゾカンノーネ通りまで足を延ばした。数年前にアルバイトをした本屋のある通りだ。自分が汗水たらして働いた場所がどうなったかにも興味があったが、まだ一度も足を踏み入れたことのないナポリ大学を覗いてみたかったのだ。ピサ大学とも、ピサ高等師範学校とも比べてみたかった。それに、ガリアーニ先生の息子と娘――アルマンドとナディア――に会えたら、自分の偉業を自慢したいという気持ちもあった。しかし現実には本屋の通りも、大学のキャンパスも、わたしを不安にするばかりだった。そのどちらも、ナポリと周辺地域出身の学生と、南部の各地から来た学生でいっぱいだった。前者は上等な服を着てがやがやと騒がしく、自信にあふれた若者たちで、後者は立ち振る舞いは粗野なのに、やけに腰の低い少年たちだった。校舎の入口、教室の中、長い列ができた窓口の前に学生たちは群れ、しばしば角(つの)を突きあわせていた。わたしのすぐそばでも、三、四人の若者がなんの前触れもなくいきなり殴りあいを始めた。視線がぶつかっただけで激しく罵りあい、暴力に訴え、男らしく報復を叫ぶには十分だとでも言いたげだった。わたしでも理解に苦しむような方言の怒号もあった。わたしは急いで退散した。理性の支配する安全な空間だろうと思ってきてみたら、何か恐ろしいものに危うく捕まりそうになった気分だった。

つまり、年を追うごとに状況は悪化するようだった。雨季になれば、町にはまたしても亀裂が走った。大きな建物が丸ごと横倒しになって潰れたこともあった。古い肘掛け椅子に座ろうとしたら、体重をかけた途端、虫に食われた肘掛けが折れ、そのまま横倒しになったひとみたいな有り様だった。多くの死者と負傷者が出て、いくつもの悲鳴が響き、殴りあいがあり、大型のかんしゃく玉が繰り返し炸裂した。まるで町がはけ口の見つからない怒りに内面から侵食されているか、あるいは、ありとあらゆる者たち——子どもから大人、老人からよそ者、NATOの米兵から世界各国の外国人観光客、地元住民にいたるまで——に対する憎悪で膨れ上がったでき物が、町の表皮の上で次々に破裂しているかのようだった。郊外も中心街も、山の手もヴェスヴィオ山麓も、どこもかしこも混乱したこんな危険な町で、どうしてこのまま暮らし続けることができようか。サン・ジョヴァンニ・ア・テドゥッチョ地区がわたしに与えた印象は本当にひどいものだった。あの地区までの行程も実にひどかった。リラが働いていた工場の印象も、彼女自身の印象も最悪だった。幼子を抱え、みすぼらしいアパートにエンツォと暮らし、そのくせ、彼とは一緒に寝ないというリラ。彼女は、電子計算機の機能を学びたがっているエンツォを助けたいと言い、ミラノ大学サイバネティックス研究所とか、社会科学への電子計算機の応用を追究するソ連の研究所といった施設の略称を物知り顔でわたしに向かって羅列することで、自分が暮らす貧しい地区をかき消し、サラミやハムをかき消し、工場の悪臭をかき消し、自分の現状をかき消そうとした。その声も強く印象に残った。同じような研究所がもうすぐナポリにも設立されるのだと、彼女はわたしに信じこませようとした。しかしわたしは思った。ミラノならわかる。ソ連だって、それくらいの研究はやるだろう。でも、この町ではあり得ない。ここにあるのは、あなたのその暴走ぎみな頭が生んだ狂気ばかりじゃないか。そんな狂気の中に、哀れな忠臣エンツォまで引きずりこもうというのか。むしろこんな場所は出ていくべきだ。わたしたちはこの町と完全に決別し、生まれたその日から続けてきた生活を捨てて、遠くまで逃げ出すべきなのだ。本当に人生を変えることができる、もっと秩序ある土地に移り住むべきなのだ……。事実、わたしはそうした。でもその結果、続く何十年という歳月を経てようやくわかったことは、あの時の自分が誤っていたという事実、そして、問題は先に行けば行くほど環（わ）の大きくなる連鎖の様相を呈しているという事実だけだった。つまり、地区の問題は町の問題であり、町の問題はイタリアの問題であり、イタリアの問題はヨーロッパの問題、ヨーロッパの問題は地球という惑星の問題なのだ。だから今ではこう考えるようになった。病んでいるのは地区でもなければ、ナポリでもなく、地球全体であり、宇宙全体（宇宙が複数存在するのならば、そのすべて）だ。問われているのは、物事の真の状態を隠し、自分に対しても誤魔化す能力なのだ。

二〇〇五年冬のあの午後、わたしはそんなことをリラに向かって、己の咎（とが）を認めるように、熱をこめて語った。彼女がそうしたことを少女のころから、それも一歩もナポリを出ることなく、きちんと理解していたという事実を讃えたかったのだ。でも、言った端から恥ずかしくなった。自分の言葉がいかにも年寄りくさい、腹立たしげで厭世的な響きを帯びているのに気づいたからだ。その手の口調をリラがひどく嫌っていることをわたしは知っていた。予想どおり、彼女は老いた歯を剝き出しにして苦笑した。苛立った時の表情だ。そしてこう言った。

「偉そうに、わかったようなこと言っちゃって。なんのつもり？　わたしたちのことでも書きたいの？　わたしの物語とか？」

「そうじゃないけど」

「白状しなよ」

「だって、そんなの難しすぎるもの」

「でも考えたことはあるでしょ？　今だって、書こうかなって思ってるんじゃない？」

「うん、ちょっとは思ってる」

「わたしのことは放っておいて。みんなのことも書いちゃ駄目。わたしたちは消えるべき人間ばかり、なんの価値もない人間ばかりなんだから。ジリオーラもわたしも、誰もかも」

「それは違うわ」

彼女は嫌そうに顔を歪めると、目をぎゅっと凝らし、唇をかすかに開いた表情でこちらを見つめた。そして言った。

「わかった。どうしても書きたいってなら、書けばいいよ。ジリオーラのことでも、誰のことでもさ。でもわたしのことは駄目。絶対に書かないって約束して」

「誰のことも書かないわ。もちろんリラのことも」

「ちゃんと見張ってるからね」

「どうやって?」

「コンピューターの中身を調べまくって、ファイルを読んで、消してやる」

「またそんなこと言って」

「できないとでも思ってるの?」

「当然、リラならできるでしょ。でもわたしだって、身の守り方くらい知ってるわ」

すると彼女は昔と同じ意地悪な笑い声を上げた。

「わたしからは無理だよ」

その〝わたしからは無理だよ〟というひと言をわたしは二度と忘れなかった。それが、彼女がわたしに向かって言った最後の台詞となったからだ。この文章を書きだしてからもう何週間にもなるが、いいペースを保てている。時間が惜しいから、読み返してはいない。リラがまだ生きているのならば――コーヒーをすすり、イサベッラ姫橋のたもとにぶつかるポー川を眺めながら、わたしは想像してみる――きっと彼女は我慢できなくなって、わたしのコンピューターの中身を探り、原稿を読むはずだ。そうしたらあの偏屈ばあさんは、こちらが言いつけを守らなかったのをきっと怒り、手を出さずにはいられなくなる。それで文章を直したり、書き足したりしているうちに、姿を消したいなんて気持ちもいつか忘れてしまうのではないだろうか。そこまで思ってから、わたしはコーヒーカップをすすぎ、机に向かい、また執筆に取りかかった。あのミラノの寒い春、もう四十年以上前のあの晩のシーンからだ。分厚い眼鏡をかけた紳士に、聴衆の前でわたしという人間と処女作を辛辣に批判され、震えながら、混乱した答えしか返せなかったあの時。やがて突然、ニーノ・サッラトーレが立ち上がった。濃い真っ黒な無精髭のせいで見た目のすっかり変わったニーノは、わたしをやりこめた紳士を徹底的に攻撃してくれた。その瞬間からわたしは沈黙したまま全身全霊で彼の名を叫びだした。会うのは四、五年ぶりだった。緊張に凍えていた顔がかっと熱くなるのがわかった。

紳士は、ニーノの発言が終わると、控えめな仕草でただちに反論の許しを求めた。紳士が腹を立てているのは明らかだったが、わたしは激しく興奮して頭が混乱しており、彼の怒りの理由がすぐには理解できなかった。ニーノが議論を文学論議から政治論議へと乱暴に、なかば無礼なやり方ですり替えたことには、当然わたしも気づいていた。しかしその時はたいした問題とは思えなかった。わたしはとにかく自分を許せぬ気持ちでいっぱいだったのだ。満足に紳士と対決できず、教養ある聴衆の前でしどろもどろになってしまった自分が情けなかった。優秀なわたしはどこに行った？　高校時代はガリアーニ先生を真似、彼女の口調と言葉遣いを我が物にして危機を乗り越えたわたしではないか。ピサではガリアーニ先生の模倣だけでは足りなかった。ひどく好戦的な論客ばかりだったからだ。フランコやピエトロをはじめとする優秀な大学生たちも手強かったが、高名な教授陣は当然ながら強敵だった。彼らは複雑な表現で意見を述べ、極めて洗練された文章を記した。教授たちの高度な分類能力と明晰な論理は、ガリアーニ先生にはないものだった。それでもわたしは彼らのようになろうと努力を重ねた。そして事実、自分は巧みに言葉を操れるようになれた、人生の矛盾とも、感情の昂ぶりとも、鼻息荒い話し方とも永遠におさらばできた、そう思える機会も多々あるまでに成長した。つまり、もはやわたしは、選び抜かれた言葉を用い、よく練られた堂々たる展開をもって、目まぐるしく話題を変えながら、常に忘れてはならない明瞭さを維持しつつ、文章を書いたり、意見を述べることができるようになっていたはずだった。討論となれば、相手を反論する気もなくすほどに圧倒する力だって備えていたはずだった。しかしあの晩はうまくいかなかった。揃って文学通であろうアデーレとその友人たちにまず怯え、次いであの分厚い眼鏡の紳士に怯えた。その結果、わたしはかつての、地区から出てきたばかりの、南部方言のイントネーションが抜けぬ市役所案内係の勉強熱心な娘に逆戻りしてしまったのだった。彼女は自分がそんな場所にいて、高学歴な若手女流作家の役を演じる羽目になったことに啞然としていた。自信を失ったわたしは、あやふやな意見を支離滅裂に述べることしかできなかった。しかも、そこでニーノが現れた。彼の登場はわたしからその場を掌握する権利を完全に奪い、わたしを支持した彼の発言にしても、かえってその質の高さゆえに、わたしが不意に無能になったという事実を証明する結果となった。わたしとニーノは似た環境で生まれ育ち、どちらもその手の話術を習得するために苦労をしてきた。ところが彼は高度な標準語を自然に操り、相手に向かって緊張する様子もなくぶつけただけではなく、横柄な侮蔑の言葉によって臨機応変に己の美しい標準語をわざとかき混ぜさえした。するとまもなく眼鏡の紳士の学者ぶった口調が時代遅れに響き、少々愚かしくすら聞こえるようになった。だから紳士がまた発言の許可を求めた時、わたしは思った。このひとはもうかんかんだから、きっとわたしの本をもっとけなして、擁護したニーノに恥をかかせようとするはずだ。

紳士はもっと別のことで頭がいっぱいらしく、わたしの小説にも、わたし自身にも触れなかった。槍玉に挙がったのは、ニーノが使ったある種の言い回しだった。〝封建貴族的な尊大さ〟とか、〝反権威主義的文学〟といった、本人はなんとなく使ったのだろうが、繰り返し用いられた表現だ。その時になってようやくわたしも、紳士が腹を立てたのは、ニーノが議論を政治論争へと逸脱させたためだと気づいた。紳士はそうした表現が気に入らないと言い、深みのある声を急に裏返らせて問題を糾弾した（〝つまり今日では、知識を誇れば尊大とそしられ、文学まで反権威主義的になったという訳ですな？〟）。それから〝権威〟という単語を巡って鋭い弁舌を振るいだし、権威は幸いにも、大学の自主講座運動辺りで覚えたたわ言を何かにつけては持ち出す無教養な青年たちに対する堤防となっていると主張した。同じテーマで彼は長いこと語り続けたが、その視線は常に聴衆全体に向けられ、ニーノとわたしを直接に捉えることはなかった。しかし話が終盤に入ると、紳士の目はまず、わたしの傍らにいた老批評家に集中し、それからまっすぐアデーレに向けられた。恐らく彼の批判は端からアデーレを標的にしていたのだろう。最後に紳士はこう結んだ。わたしが腹を立てている相手は若者たちではありません。最近の下らない流行に利己的な理由で乗っかろうとする、学識ある大人たちが腹立たしいのです。そこでようやく彼は黙った。そして、低いが力強い声で、すみません、通してください、ありがとう、と繰り返しつつ、立ち去ろうとした。

紳士を通すために腰を上げる人々の態度は決して友好的ではなかったが、明らかに敬意がこもっていた。彼が非常な名士であることをそこでわたしもはっきりと理解した。苦々しげに会釈する紳士にアデーレまで挨拶を返し、おいで下さってありがとうございましたとわざわざ礼を言ったほどだった。続くニーノの行動が誰をも啞然とさせたのは、恐らくそのためだろう。ニーノは横柄な命令口調で、相手の正体を承知している証拠に紳士に向かって教授の肩書きで呼びかけると——教授、どこに行くんですか、逃げるんですか——長い脚を機敏に前後させて相手に駆け寄り、その前に立ちふさがって、先ほどと同じ斬新な語り口で何ごとかを告げた。その声はわたしの場所からはよく聞こえず、内容もはっきりとはわからなかった。しかし、強い日差しで焼かれた鋼（はがね）の綱のように熱く、痛烈に響いたのだろう。紳士は辛抱強くじっと耳を傾けてから、そこをどけという風に手を振ると、出口に向かった。

3

わたしは夢見心地で席を離れた。ニーノが本当にそこにいる、ミラノにいる、その部屋にいる、というのがなかなか信じられなかった。しかし彼は現にそこにいて、笑顔でわたしに近づいてくるのだった。その歩みは落ちついていて、急ぐ様子はなかった。わたしたちは握手を交わした。彼の手はとても温かく、こちらの手は冷えきっていた。そして久しぶりの再会を口々に喜びあった。ようやくその晩の最悪の時が過ぎ、生身のニーノが目の前にいると思うと、気分はましになったが、興奮は収まらなかった。わたしは、本を手放しで褒めてくれた老批評家にニーノはナポリの旧友で、同じ高校に通った仲だと紹介した。すると批評家は自身もニーノからいくらか辛辣な言葉を浴びせられたにもかかわらず、あくまで親切に接し、眼鏡の紳士をよくぞとっちめてくれたと喜んでから、ナポリについて好意的な言葉を並べて、応援すべき優等生でも相手にするような態度で話しかけた。するとニーノはもう何年もミラノに住んでいること、経済地理学の研究者であることを説明してから、にやりとして、自分は大学人のヒエラルキーでも最下層に所属する者、すなわち、大学助手です、と明かした。その語り口は実に魅力的で、少年時代のあのちょっとふてくされた感じはまるでなかった。それに、今の彼は中学時代にわたしを夢中にさせたものよりも軽やかな鎧をまとっているように見えた。もっと素早く、優雅に立ち回ることができるよう、余計な重さを捨て去ったのかもしれなかった。彼が結婚指輪をしていないことに気づいて、わたしはほっとした。

そうこうするうちに、アデーレの友人たちが本にサインを求めて近づいてきた。初めてのことで、わたしはすっかり興奮してしまった。ただ、ニーノから一瞬たりとも目を離したくないという気持ちもあれば、自分が彼に与えただろう無様な娘という印象を薄めたいという気持ちもあり、どうするべきか迷った。結局、ニーノは老批評家――タッラターノ教授といった――に任せ、自分は愛想よく読者の女性たちの要求に応じた。急いで片付けてしまおう、そう思ったが、差し出される本はみな新品で、印刷したてのいい香りがして、リラとわたしが地区の図書館で借りていたようなぼろぼろの臭い本とあまりにかけ離れていたので、ボールペンで気楽に汚す気にはとてもなれなかった。だからオリヴィエロ先生に習っていたころの一番きれいな字を使い、気取った献辞をいちいち考えて書いた。おかげで待っていた婦人たちをいくらか焦らすことになった。ニーノが気になって、胸をどきどきさせながらわたしはサインをしていった。彼が行ってしまうのではないかと不安でならなかった。

　ニーノは立ち去らなかった。今や彼とタッラターノ教授の会話にアデーレも加わり、ニーノは敬意をこめつつ自然な態度で彼女を相手にしていた。それを見てわたしは、高校の廊下でガリアーニ先生と話していた彼の姿を思い出し、優等生だった彼と目の前の青年を難なく結びつけることができた。その代わり、自分の親友であり、しかも既婚者のリラの愛人となった、イスキア島のあの大学生の思い出は、わたしたちみんなを苦しませた無意味な逸脱行為としてとりあえず忘れようと思った。マルティリ広場の店のトイレに隠れていた、道に迷ったあの若者、一児の父となりながら、息子とは一度も会ったことのないニーノの話だ。リラの闖入のせいで彼は道を踏み外した。しかし、あれは単なる一時の気の迷いに過ぎなかったのだ——その時のわたしにはそうとしか思えなかった——どれだけ濃密な体験であったにせよ、どれだけ彼の心に深い傷を残したにせよ、もう終わった話なのだ。ニーノが自分を取り戻したのが嬉しかった。彼に会ったことをリラに教えてやろう。いったんそう思ったが、思い直した。やっぱり、黙っていよう。

　サインを終えると、部屋はもう空っぽだった。アデーレがわたしの片手をそっと取り、とても上手に本のことを話せましたね、あの分厚い眼鏡をした紳士の最悪な発言——と彼女は評した——に対する反論も見事でした、と褒めてくれた。そんなにうまく話せなかったと否定すると（それが事実だという自覚がわたしにはあった）、彼女はニーノとタッラターノ教授に意見を求めた。するとふたりは当然ながらわたしを褒めちぎった。ニーノなど、わたしの目をまっすぐに見つめながら、〝ジンナジオでのエレナさんをおふたりにもご覧に入れたかったですね。あのころからもう彼女は非常に聡明かつ博識で、勇気にあふれ、しかもこの上なく美しかった〟なんてことまで言った。顔を真っ赤にしたわたしの横で、彼は皮肉の効いた語り口で、何年も前の、宗教の教師とわたしの衝突のエピソードを披露した。アデーレはじっと耳を傾け、何度も笑った。そして、うちの家族もエレナさんの才能にはすぐに気がついたと言ってから、夕食は近くのレストランを予約したと告げた。わたしは困ってしまい、あやふやな口調で、自分は疲れたし、お腹も減っていないと答え、ニーノと会うのは本当に久しぶりなので、寝る前に彼と少し散歩がしたいのだと言外ににおわせた。失礼な申し出なのはわかっていた。夕食の席は、わたしの成功を祝い、本の宣伝のために尽力してくれたタッラターノ教授に感謝するために設けられたに違いなかったからだ。それでも我慢できなかった。するとアデーレはちらりとこちらをいわくありげな表情で見つめ、夕食にはもちろんニーノさんも招待させてもらうわ、と答えてから、謎めいた口ぶりで、実は、あなたに素敵なプレゼントがあるの、とわたしの労をねぎらうように付け加えた。わたしは不安な気持ちでニーノを見やった。彼は夕食の招待を受けるだろうか？するとニーノは僕などお邪魔でしょうといったんは遠慮したが、時計を眺め、結局は承諾した。

4

わたしたちは書店を出た。アデーレがさりげなく気を利かせてタッラターノ教授と前を歩き、わたしとニーノがそのあとを追う形になった。でもすぐに何を話せばいいのかわからない自分に気がついた。何を言っても間違えてしまいそうで不安だった。やがてニーノのほうが沈黙を破ってくれた。彼は改めてわたしの本を褒めてから、アイロータ家の人々を絶賛し（〝イタリアでそれなりの地位を誇る名家のなかでも、とりわけ開明的な一家だね〟）、マリアローザのこともよく知っていると言い（〝いつだって最前線にいる闘士だ。僕は二週間前に彼女とひどい口論をしたばかりだよ〟）、さらにアデーレから聞かされたとして、ピエトロとの婚約を祝してくれた。しかも彼は、ピエトロの書いたバッカス神信仰についての本も読んだことがあると言って、わたしを驚かせた。だがニーノが誰よりも敬意をこめて語り、〝本当に希有な偉人〟と評したのは、家長のグイド・アイロータ教授だった。彼がわたしの婚約者のことをとっくに知っていたのも少しむっときたが、わたしの本に対する賛辞をピエトロの家族全員とピエトロの本に対する、ずっと熱烈な賛辞の糸口にしたことにも腹が立った。わたしはニーノの言葉を遮り、彼自身の近況を尋ねたが、答えはあいまいで、一冊、薄い本を刊行予定だが、退屈な作品で、出さざるを得ないから出すだけだとしか教えてくれなかった。わたしは諦めず、ミラノに越してきた当初はあなたもやはり苦労したのではないかと尋ねた。だが今度も彼は、南部の人間が一文無しで北部に移住してきた時に生じる問題を一般論として語るに留めた。それから急にこんな質問をされた。

「そっちはナポリに戻ったの?」

「今のところは、そうね」

「地区にいるの?」

「ええ」

「僕は親父とは完全に縁を切ったよ。ほかの家族ともずっと会ってない」

「残念ね」

「これでいいんだ。ただ、リナの近況がわからなくなっちゃったのだけは惜しいね」

もしかしたらわたしは思い違いをしていたのだろうか、そう思った。リラはずっとニーノの人生の一部であり続け、彼がここにやってきたのもわたしのためではなく、彼女のことが知りたかっただけなのではないか。でも思い直した。本当にリラの消息が知りたいのであれば、この長い歳月のあいだにいくらでもやりようはあったはずではないか。気づけばわたしは、いかにも早くこの話題を切り上げたいという感じに、率直に答えていた。

「彼女なら夫と別れて、別の男性と暮らしてるわ」

「子どもは男の子だった？　それとも女の子？」

「男の子よ」

するとニーノは顔をしかめて言った。

「リナは勇敢な女だ。勇敢すぎるくらいにね。だが彼女は現実を前に屈服することを知らない。他人のことも、自分のことも、そのまま受け入れることができないんだ。彼女を好きになるのは楽じゃない体験だったよ」

「どういう意味？」

「あの子は尽くすということを知らないから」

「ちょっと大げさじゃない？」

「そんなことないさ。リナはでき損ないなんだ。頭の中も、どこもかしこも。セックスだって最悪だった」

この最後の〝セックスだって最悪だった〟という言葉は、他のどの言葉よりも衝撃的だった。つまりニーノは、リラとのかつての関係をそこまで悪く評価しているということなのか。つまり彼はたった今、リラに対する自分の評価は性的関係まで含んだものだ、そうわたしに告白したということなのか。わたしは混乱し、何秒か、前を歩くアデーレとその友人のふたつの黒い影を黙って見つめた。動揺は不安に変わった。〝セックスだって最悪〟という言葉が前置きに過ぎず、彼がより赤裸々な言葉を続けたがっている気配が伝わってきたからだ。何年も前に、リラと結婚したステファノから、彼女との問題をあれこれ告白されたことがあったが、夫婦のセックスについてはまったく触れようとしなかった。ステファノだけではない。地区の男ならば誰であれ、大切な女性について誰かと話す時、自分たちのセックスを話題にすることはなかったはずだ。たとえばパスクアーレがわたしにアーダの性的傾向を語るとか、アントニオがカルメンやジリオーラを相手にわたしのそれを打ち明けるなんてことは、あり得ない話だった。そうした会話は男同士でするべきものであり——しかも下品な口調で、興味のない女の子についてか、愛想の尽きた女の子についてのみ、すべきものだった——男女のあいだでしてよいものではなかった。ところがニーノは、そう、新しいニーノは、過去に自分が関係を持った、わたしの親友との性的関係をそうして話題にすることをあくまで自然な行為だと考えているようだった。わたしは気まずくなり、尻込みした。このこともリラには絶対に言えない、そう思いながら、口では何でもない様子を装ってこんなことを言った。もう過ぎたことね、悲しい話はもうおしまいにしましょう。あなたのことをもっと聞かせてくれない？　今はなんの研究をしてるの？　大学はどう？　どこに住んでるの？　ひとり暮らしなの？……。しかし、力みすぎたらしく、慌てて話題をそらそうとしたのがばれてしまったようだった。彼はにやりとして、何か答えようとした。だがそこでレストランに到着し、わたしたちは中に入った。

5

席順はアデーレが決めた。わたしはニーノの隣でタッラターノ教授の正面、彼女はタッラターノ教授の隣でニーノの正面だ。注文が済む前から話題はもう、例の分厚い眼鏡の紳士のことに移っていた。なんでもイタリア文学の教授で、『コリエレ・デッラ・セーラ』紙の重要な寄稿者で、キリスト教民主党支持者だという話だった。アデーレもその友人も、今度は歯に衣を着せなかった。書店での儀式が終わった今や、ふたりはあの紳士を徹底的に悪く言い、よくぞやっつけてくれたとニーノを讃え、会場を出ようとする紳士に向かって彼がぶつけた言葉を特に愉快そうに振り返った。わたしには聞こえなかったあの台詞のことだ。ふたりはニーノに、正確にはなんと言ったのか教えてくれとせがんだ。すると彼は遠慮して、よく覚えていないと答えた。それでもやがて、とっさに思いついた別の台詞であったのかもしれないが、〝あなたは、その権威とやらを守るためならば、民主主義を一時中止することもやむなしとおっしゃるんですね〟というようなことを言った。それからはわたしを除く三人のあいだだけで会話が進み、盛り上がっていった。秘密情報機関について、ギリシアについて、同国の監獄における囚人虐待について、ベトナムについて、イタリアに限らず、ヨーロッパ各国と世界中で思いがけぬ広がりを見せる学生運動について、アイロータ教授が『ポンテ』誌に寄稿し、大学における研究と教育の現状を論じた記事について、三人は語った。ニーノがアイロータ教授の主張には全面的に同意すると言うと、アデーレは答えた。

「あなたがそう言ってたって娘に伝えておくわ。あの子、父親の記事を酷評してたから」

「マリアローザさんは、実現不可能なことにしか夢中になれない女性のようですね」

「お見事、本当にそうなの」

わたしは未来の義父が書いたという記事のことなど、何も知らなかった。だから気まずくて、黙って彼らの話に耳を傾けた。まずは試験に次ぐ試験、次に卒業論文、それから小説の執筆と急ぎ足の出版にほとんどの時間を奪われてきたわたしは、世界の出来事など表面的にしか知らなかった。学生運動も、デモも、衝突も、負傷者も、逮捕も、流血も、ほぼ何も知らぬまま来てしまったのだ。大学を出た今や、そうした混乱についてわたしが知っていたのは、ピエトロの愚痴の内容、すなわち彼が手紙で〝ピサの乱痴気騒ぎ〟と呼んで嘆くものだけだったから、なんだかよくわからないが世間が騒がしいという程度の印象しかなかった。ところが同じテーブルを囲む三人には、そんな世の中の混乱を極めて正確に分析する力があるようだった。特にニーノだ。わたしは彼の隣で、その声に聞き入り、腕と腕を触れあわせていた。布地同士の接触に過ぎなかったが、わたしはどきどきしていた。彼は相変わらず数字の記憶が得意なようだった。過去に比べて大きく膨れ上がったという大学の入学者数を挙げ、校舎の実際の収容人数を挙げ、権力を握る教授たちの実質的な労働時間を挙げ、そうした教授たちのどれだけ多くがろくに研究も教育もせず、国会かどこかの会社の取締役会で椅子を温めたり、高給を約束されて相談役を務めたり、自分の商売に没頭したりしていることかと指摘した。アデーレとその友人はしきりにうなずき、時おり口を開いては、わたしの聞いたこともない人物の名を挙げて、批判した。仲間外れにされた思いだった。三人にとってはわたしの本の出版祝いなどもはや一番の関心事ではなく、アデーレなど、予告していたプレゼントのことさえ忘れてしまったようだった。わたしがちょっとお手洗いに行ってくると断っても、彼女は上の空でうなずいただけで、ニーノも熱弁を止めなかった。タッラターノ教授はわたしが退屈していると思ったようで、すかさず、ささやくような小声でこう言った。

「早く帰ってきてくださいね。あなたのご意見を是非うかがいたいので」

「意見なんてありません」わたしは小さく微笑みながら答えた。

するとと向こうもにこりとして言った。

「作家ならば、意見のひとつやふたつ、いつだって思いつくものでしょう」

「わたしは本物の作家ではないのかもしれませんね」

「いいえ、本物ですよ」

わたしは洗面所に行った。ニーノという人間には、口を開いた途端、わたしに遅れを自覚させる力が昔からあった。勉強しないと駄目だと思った。どうしてわたしはこんなに長いこと怠けてきたのだろう。もちろんやろうと思えば、言葉をうまく操って、少しは知識のあるふりもできれば、興味のあるふりもできる。でもそんなことをいつまでも続ける訳にはいかない。このところつまらないことばかり学んで、価値のある知識は少ししか身につけなかった。フランコと別れて以来、彼に影響されて身につけた、世界に対するわずかばかりの好奇心も自分はなくしてしまったようだ。ピエトロとの交際はなんの助けにもならなかった。彼が興味を持たぬことには、こちらも一切、関心を持とうとしなかったからだ。どうしてピエトロはこんなに父親とも、姉とも、母親とも違っているのだろう。それにニーノとの差ときたらどうだ。そもそもピエトロのためであったならば、わたしはあんな小説は書こうとすら思わなかったはずだ。あの時、彼はほとんど嫌そうな顔で原稿を受け取ったではないか。まるでこちらが何か大学人のマナーを破りでもしたかのように。いや、もしかするとそれは言いすぎで、みんなわたしが悪いのかもしれない。わたしは不器用なものだから、一度にひとつのことしか考えられなくて、残りはみんな放り出してしまう悪い癖がある。でもこれからは違う。わたしは変わるんだ。この退屈な夕食が終わったら、ニーノを連れて出かけよう。ひと晩中、無理矢理にでも散歩につきあわせて、どんな本を読むべきか教えてもらうのだ。どんな映画を観て、どんな音楽を聴くべきなのかも。それから腕にしがみついて、わたし寒いわ、と言うのだ。あいまいな言葉、尻切れとんぼな言葉を並べて誘おう……。わたしは胸の中の不安を敢えて無視して、ひたすら自分に言い聞かせた。これが最後のチャンスかもしれない。明日、ミラノを発ってしまえば、彼とはもう二度と会えないかもしれない……。

そんなことを考えながら、わたしは苛々と鏡の中の自分を見つめていた。疲れた顔をしていた。あごに点々とできた小さいにきびと目の隈は生理を予告していた。不細工で、ちびで、胸がみっともないほど大きなわたし。ニーノがこんな自分を好きになるはずがないことくらい、どうしてもっと前から気づかなかったのだろう。彼がわたしではなく、リラを選んだのがよい証拠だ。でもその結果、どうなった？　〝セックスだって最悪〟、彼はそう言った。あの話題からわたしは逃げるべきではなかった。むしろ興味を示し、話を続けるようにうながすべきだった。もしもまた同じ話になったら、今度はもっと大胆に応じよう。セックスが最悪な女って具体的にはどういうことなの？　そう質問してやろう。そして軽薄に笑いながらこう続けるのだ。その必要があれば、わたしだって自分の悪いところは直したいじゃない？　そもそも直せるとしての話だけど、どうなんだろうね？　マロンティの浜で彼の父親とのあいだで起きたことを思い出して、わたしはぞっとした。フランコと、ピサの彼の小さい部屋の狭いベッドで愛を交わした時のことも思い出した。あのふたりと寝た時、わたしは何かミスを犯し、相手もそうと気づいていながら、こちらに気を遣って黙っていたのだろうか。そして今夜、仮にニーノと体を重ねたならば、わたしはやはりミスを犯し、こいつもリナと同じでき損ないだと彼に思われ、大学の女友だちを相手に陰口を叩かれてしまうのだろうか。もしかしてマリアローザとも？

リラに対するニーノのその言葉がどれだけひどいものかをわたしは理解した。彼を非難しておくべきだった。あなたがたった今こき下ろしたろくでもないセックスから、あなたの息子が、小さなジェンナーロが生まれたのよ？　とても賢い子なんだから。なのに、そんな言い方ってないでしょ？　できがいいとか、悪いとか、そういう問題じゃないわ。リラはあなたのために身を持ち崩したんだから。

そう言ってやるべきだったのだ。そこまで考えて、わたしは決心した。あとでアデーレとタッラターノ教授を厄介払いしたら、ホテルまではニーノが送ってくれるだろう。その時、話を蒸し返して、今度こそはっきりと言ってやろう。

わたしは洗面所を出た。すると席を外しているあいだに状況が一変していた。近づいてくるわたしを見るなり、アデーレは片手を振り、頬を紅潮させ、やっとプレゼントが到着したわ、と陽気に告げた。プレゼントというのは、彼女の隣に座っているピエトロだった。

6

ピエトロはぱっと立ち上がると、わたしを抱きしめた。彼には一度もニーノの話をしたことがなかった。アントニオのことは少しだけ教えてあり、フランコとの関係も、どうせピサの学生のあいだでは有名な話だったから、いくらかは伝えてあった。でもニーノの名前をピエトロの前で口にしたことはなかった。ニーノとの思い出は胸に痛く、思えば恥ずかしい、つらいエピソードがいくつもあったからだ。彼の話をするということは、自分がひとりの男性を昔からずっと愛しており、ピエトロをそこまで深く愛する日は決して来ないだろうと告白することを意味していた。そうしてニーノとの思い出を一から振り返り、意味を与えていけば、自然とリラの話になり、イスキアの話となるだろうし、もしかすると、わたしの小説に出てくる大人の男性との性体験を描いたあの場面がマロンティの浜での実体験に着想を得たものだと認めざるを得なくなる恐れもあった。少女時代の絶望した自分がしたあの選択は、長い歳月が過ぎてみれば、おぞましい記憶でしかなかった。つまりは打ち明けたくない過去であり、ずっと秘密にしてきたことだった。ピエトロにしてもそうした事情を知っていたならば、こちらの態度が妙に冷たい理由を簡単に察することができたろう。

ピエトロはテーブルの上座、母親とニーノのあいだの席に戻った。ステーキをもの凄い勢いで食べ、ワインを飲みながら、こちらを心配そうにちらちらと眺めている。わたしの不機嫌に気づいたのだろう。罪の意識にかられているのは明らかだった。僕は遅れてやってきて、エレナの人生の節目となるだろう大切な出来事を見逃した。彼女を愛していない証とみなされても仕方のない怠慢だ。自分は愛をもって婚約者を支えることなく、見知らぬ人間のなかに放り出したのだから……。きっとそんな風に考えていたのだと思う。わたしの暗い表情とだんまりの理由が実は、彼がそのまま最後まで来なければいいものを、〝わざわざ〟やってきて、わたしとニーノの邪魔をしたからだなどとは、さすがに言えなかった。

さらにそのニーノが、わたしを余計に不幸にしつつあった。わたしの隣に座りながら、ひと言も声をかけてくれなかったのだ。ニーノはピエトロの到着を喜んでいる様子で、グラスにワインを注いだり、煙草を勧めて火を点けてやったり、すぼめた口元からふたり仲よく煙を吐いたり、ピサからミラノまで運転する苦労やドライブの楽しさについて語りあったりした。ふたりの違いは印象的だった。痩せていて、だらりとした感じで、愛想のいい大声で話すニーノ。そして、ずんぐりしていて、もじゃもじゃの滑稽な髪に広い額をしていて、大きく膨らんだ頬はカミソリの剃り傷だらけで、いつだって小声で話すピエトロ。ふたりは知りあえたことを喜んでいるようだった。いつも内気なピエトロにしては珍しいことだ。ニーノはピエトロの研究に心からの関心を示し（〝牛乳と蜂蜜をワインやあらゆる酩酊と対比する君の論文をどこかで読んだよ〟）、是非話してくれとうながした。するとわたしの婚約者は、普段ならば自分の研究を話題にするのはまず避けようとするのに、ニーノの懇願に負けて、相手の誤解を優しく訂正し、心を開く様子を見せた。ところがそうして彼がまさに打ち解けてきたところで、アデーレが口を挟んだ。

「おしゃべりはもう十分」母親はそう言った。「さあ、エレナさんへのプレゼントはどうしたの？」

わたしは当惑して彼女を見た。まだほかに何かあるのだろうか。ピエトロがわたしのために、せめて夕食には間にあおうと何時間も休むことなく運転してきた、それだけで十分ではなかったのか。わたしは興味にかられて彼の様子をうかがった。嫌そうな顔をしている。それはわたしもよく知っている表情だった。なんらかの事情により人前で自画自賛をせざるを得なくなった時の顔だ。彼はわたしに向かって、ほとんど聞こえるか聞こえないかという小声で、今度、正教授になったと明かした。極めて若い正教授の誕生だ。フィレンツェ大学に講座を持つことになったという。例のごとく魔法のように、いきなりそういう話になった、とでも言いたげだった。ピエトロは自分の優秀さを決して自慢しなかったから、わたしは彼が学者としてどこまで評価されているのかをほとんど知らず、どんなに過酷な試練の数々を乗り越えてきたかも知らずにいた。そこへいきなり、そんな知らせをつまらなそうに報告されたのだった。それも、母親に言われて渋々と、彼にとってはどうでもよい話でもあるかのように。それはどうでもよいどころか、一大ニュースだった。まだ若いピエトロにとっては非常に名誉ある出世であり、経済的な安定を意味していた。さらにそれは彼がピサを離れることを意味し、どういう訳かもう何カ月も前から彼を悩ませていた政治的・文化的な空気からの脱出も意味していた。そして何より、この秋か、遅くとも翌年の頭にはわたしたちが結婚するだろうことを意味し、わたしがナポリを出ていくことを意味していた。ふたりの結婚を話題にする者はなかったが、アデーレとタッラターノ教授はピエトロだけではなく、わたしにもお祝いの言葉を述べてくれた。ニーノも祝福してくれたが、すぐに腕時計を眺め、大学でのキャリアについて辛辣な意見をちょっと言ってから、残念だが自分はもう行かなくてはならないと大げさなため息をついた。

テーブルの全員が席を立った。わたしはどうしたものかわからず、闇雲にニーノの視線を求めた。胸が張り裂けそうだった。今夜はここまで。チャンスは失われた。願いはかなわなかった……。店を出てからは、ニーノが電話番号か、せめて住所を教えてくれやしないかと願ったが、彼はわたしの手を握り、君の幸せを祈っている、そう言ってくれただけだった。そしてそのあとは、彼の一挙一動がわたしをわざと意識の外に置こうとしているように見えた。別れ際、わたしはニーノに向かって小さく微笑み、手を振って、ペンで宙に何かを書く仕草をしてみせた。実家の住所は知ってるでしょ、お願い、手紙をちょうだい、という懇願のつもりだった。でも彼は気づいた様子もなく背を翻し、去ってしまった。

7

わたしは、自分と本のために尽力してくれたアデーレとその友人に感謝の言葉を述べた。するとふたりはニーノをずいぶんと褒めた。心からの賛辞のようで、彼があんなにも親しみやすく、知的な人間に育ったのは、わたしのおかげだとでも言いたげな口ぶりだった。ピエトロはじっと黙っていたが、母親から今夜はあまり遅くならないようにと言われると、いささか不機嫌そうにうなずいた。彼はアデーレと一緒にマリアローザのところに泊まることになっていたのだ。わたしはとっさに言った。ピエトロ、送ってくれなくていいわ。お母さんと帰って差し上げて。だが、それがわたしの本音で、悲しくて、ひとりになりたがっているなどとは誰も思わなかったらしい。

帰り道、わたしはずっとピエトロにつらく当たった。フィレンツェなんて大嫌いと言い張ったが、それは嘘だった。本なんてもう書きたくない、教職に就きたいとも言ったが、これも嘘だった。もうへとへとで眠くてしょうがないの、と怒鳴りもしたが、やはり真実ではなかった。果てには、ナポリの両親に会いたいというピエトロの急な申し出に、こんなひどい返事までした。頭おかしいんじゃないの？　うちの親には構わないでよ。あなたがあのふたりと反りが合うはずはないんだから。それを聞いて、彼はもの凄く不安そうに尋ねてきた。

「僕と結婚するの、嫌になっちゃったの？」

思わず〝ええ、そうよ〟と答えてしまいそうになったが、危うくこらえた。それもまた嘘だったからだ。わたしは頼りなさそうな声を出して、謝った。ごめんなさい、気が滅入っちゃって。もちろん結婚したいわ。そして彼の片手を取り、指を絡めた。ピエトロは頭がよくて、驚くほど学識豊かな上に、善人だった。わたしは彼のことが好きだったし、苦しめたくはなかった。それでも、そうして彼の手を取り、口では結婚の意思を認めながらも、胸の中では、もしも今夜ピエトロがレストランに来なかったならば、きっと自分はニーノを誘惑していただろうと思っていた。

そんな自分の感情を正直に認めるのは楽ではなかった。当然、それは悪行にほかならず、ピエトロに対してそんなことをしてよい訳がなかったが、わたしは喜んで彼を裏切っただろうし、恐らくは後悔もしなかったのではないか。小学校時代から高校時代、さらにはイスキアでの夏とマルティリ広場の時代へといたる積年の思いを胸に、どうにかしてニーノを抱きしめていたはずだ。リラを評した彼の言葉は気に入らず、不安はあったが、それでもわたしは彼を我が物にし、そのことをピエトロには隠し通したと思う。リラにならば話せたかもしれなかった。いつになるかはわからないが、たとえば、わたしも彼女も老人になったころに。年さえ取ればふたりとも何もかもどうでもよくなるものとわたしは想像していた。何ごとにおいてもそうだが、問題の鍵を握っていたのは時間だった。ニーノはひと晩でわたしに飽き、朝になれば去っていたはずだ。彼のことなら昔からよく知っているが、何しろ夢ばかり見ている人間だから、永遠にわたしのものにしておくことはいずれにしてもできなかっただろう。子どものまま大きくなったようなひとで、具体性に欠け、将来を考えるということもない。一方、ピエトロは地に足の着いた、どっしりとした境界石のような人間だった。彼が示す境界の向こうには、わたしにとってはまったく新しい大地があった。そこは正当な理由が幅を利かす土地であり、彼の一族に由来する規則が支配し、一切を定義する土地だった。高邁な理想、一族の名声、原則の遵守が重視される場所だ。そんなアイロータ家の領内では、いい加減な行為は一切認められなかった。たとえば結婚という行為は、教会の権威に反し、世俗主義を貫く闘争へのひとつの貢献とみなされていた。ピエトロの両親は教会ではなく市役所で愛を誓った。そして彼も、あれだけ豊富な宗教学の知識を持っていながら、あるいはまさにそれゆえに、教会で結婚するくらいなら、わたしと夫婦になることをむしろ諦めるという考えでいた。洗礼についても同じことが言えた。彼も姉のマリアローザも洗礼を受けていなかったから、わたしとのあいだに生まれてくるだろう子どもたちにしても洗礼は受けさせないとピエトロは決めていた。彼の判断は万事そんな具合で、上からの命令にいつも従っているようなところがあった。上と言っても神の命令ではなく、一族のそれだったが、自分は真実と正義の側にいるという自信を同じく彼に与えていた。ピエトロはセックスに関しては、なんと言ったものか、とにかく慎重だった。わたしとフランコ・マーリの関係についても、わたしがもはや処女ではないと予想できる程度には把握していたはずだが、その話題を持ち出されたこともなければ、ちくりと責められたというようなこともなく、下品な冗談も、野卑な笑い声も聞かされたことがなかった。わたしの前につきあっていた恋人のいた気配もなければ、彼が商売女を買う姿を想像するのも難しく、ほかの男性と女の話をほんの一分でもしたことがあるとは思えなかった。ピエトロは猥談を嫌っていた。噂話も大声も嫌いで、パーティーも嫌いなら、あらゆる浪費を嫌っていた。裕福な出自とは裏腹に、贅沢に対してある種、禁欲主義的な傾向を持っており、その点では両親とも姉とも意見が対立していた。そして、彼は義務というものを極めて重視する人間だった。いったんわたしの夫となれば、妻に対する義務は決して怠らず、浮気も決してしないはずだった。

そう、つまるところ、わたしは彼を失いたくなかった。どれだけ学歴を重ねても自分の性格が相変わらず粗野なままで、いくらピエトロのそれとかけ離れていても仕方なかった。四角四面な彼の世界にいつまで耐えられるか正直なところ自信はなかったが、それでも諦められなかった。ピエトロと一緒になれば、日和見主義な父さんの影響からも、大雑把な母さんの影響からも確実に逃れられるのではないかと思った。だからわたしはニーノへの思いを頭の片隅に追いやり、ピエトロと腕を組むとつぶやいた。ええ、早く結婚しましょう。わたし、実家を出たいの、車の免許も取りたいわ。それに旅がしたい。電話もほしい。テレビもほしいな。うちって何もなかったから。すると彼は楽しげに笑い、わたしが並べ立てる望みのひとつひとつにうんと言ってくれた。ホテルまであと少しというところで彼は足を止め、かすれた声でそっと尋ねてきた。今日は一緒に寝たいんだけど、いいかな？　それは、幾度も驚かされたその晩の、最後の驚きとなった。わたしは困って彼を見返した。それまではこちらが何度誘っても、彼に断られてきたのだ。よりによってその夜、ミラノのホテルで、トラウマになりそうな書店での議論に加え、しかもニーノと再会までしたあとで、ピエトロと体を重ねるというのは気が進まなかった。だから答えた。わたしたち、もうこんなに待ったんだから、もう少し待ってもいいはずよ。そして暗がりでキスをしてやってから、わたしはホテルの入口に立ち、彼を見送った。ガリバルディ大通りを遠ざかっていくピエトロは、時々、振り返り、恥ずかしげに手を振ってきた。そのばたばたした歩き方も、扁平足も、高く盛り上がったもじゃもじゃ頭も、なんだかやけに可愛いかった。

8

それからは忙しい日々が続いた。数ヵ月という時間が切れ目なくどんどん過ぎていき、毎日、吉事か凶事が何か必ず起きた。ナポリに戻ってからもわたしはニーノを思い、実りなく終わった再会をくよくよと思い返した。時には、今からリラのアパートに急ぎ、彼女が仕事から帰るのを待って、ミラノで何があったか、彼女を傷つけずに済む範囲で話そうと決意することもあった。だがそのたび、ニーノの名を挙げるだけでもう彼女を苦しめてしまうだろうと思ってやめた。今やリラはリラの道を、ニーノはニーノの道をそれぞれ歩んでおり、わたしにしても急いで片付けるべき用事がいくつもあった。たとえば、ミラノから帰ってきたその晩のうちに、わたしは実家の両親に向かって、ピエトロが挨拶に来ると告げ、自分たちは恐らく年内には結婚し、フィレンツェで暮らすことになると報告した。

ふたりは喜ぶ顔も見せず、お祝いさえ言ってくれなかった。いつも勝手に家を出ては、また勝手に戻ってくる娘にはもう慣れっこで、一家の苦しい生活にもますます無頓着になっていく他人のような娘だ、とでも思っていたのかもしれなかった。父さんだけは少し動揺する様子を見せたが、それもいつものことに思えた。昔から、想定外の事態を前にするとすぐに腹を立てる癖があったからだ。

「お前の先生さんは、どうしてもうちに来ないとまずいのかね？」父さんは苦々しげに言った。

「ここじゃなきゃ、どこに行けって言うんだい？」母さんが息巻いた。「レヌッチャを嫁にくれって頭を下げにくるんだよ？　うちに来るのが当然じゃないか」

　母さんは普段どおり父さんよりも落ちついていて、考えも実際的で、鈍感なのではないかと疑いたくなるくらいに堂々としていた。ところがそうして黙らされた父さんが寝室に向かい、エリーザとペッペとジャンニが食堂にめいめいのベッドを用意したあとで、わたしは自分の思い違いに気づいた。母さんは声を押し殺しながらも、目を血走らせてわたしを激しくなじりだしたのだ。お前はわたしたちなんてどうでもいいと思っているんだろう？　大事なことはいつもぎりぎりになるまで言わないし、大学まで行って、ご本まで書いて、お嬢さまはずいぶんと偉くなったつもりなんだろうよ。だけど、いいかい？　お前はこのわたしのお腹から出てきて、わたしの肉でできているんだよ。だからそう偉そうにするんじゃない。お前の頭がいいのだって、母親のわたしの頭が同じくらいにいいか、もっといいからさ。忘れるんじゃないよ。わたしだって学校に行ってたら、お前と同じくらいにはなっていたさ。わかったかい？　母さんは怒りに任せてわたしを責め続けた。わたしが家を出て、自分のことしか考えていなかったせいで、弟たちと妹は学校で落ちこぼれになったとまで言われた。それから、金をせびられた。くれと頼まれたというよりは、当然の権利として要求された。お前が婚約者を家に連れてくると言うから、こっちはエリーザにまともな服を買ってやり、家だって少しは直しておかなきゃならない、そのための費用だ、というのが言い分だった。

　弟たちの成績不振云々というのは気にしないことにしたが、金はすぐに渡してやった。ただし、家の修理代というのはでまかせに違いなかった。母さんにはなんのかんのとよく金をせびられた。面と向かって言われたことはなかったが、母さんは、今やわたしが郵便局に貯金をしているのも気に入らなければ、かつてのように稼いだお金をそのまま丸ごと彼女に渡さなくなったのも納得できずにいた。文房具屋の娘たちを海に連れていったり、メッゾカンノーネ通りの本屋で働いていたころはずっとそうしていたからだ。わたしは思った。もしかすると母さんは、わたしのお金を自分のもののように振る舞うことで、わたし自身もまた彼女のもので、結婚したってお前は永遠に自分の支配下にあるのだと思いこませようとしているのかもしれない。

わたしは平静を保ち、母さんに告げた。一種の置き土産としてこの家に電話を引き、テレビも月賦でプレゼントするつもりである、と。すると彼女は戸惑った様子でこちらを見返した。その顔には、先ほどまでの言葉とまるでそぐわぬ賞賛の色がにわかに浮かんでいた。

「この家にテレビと電話が来るのかい?」

「そうよ」

「月賦って、お前が払うんだね?」

「ええ」

「結婚してからも、ずっと払ってくれるんだね?」

「もちろん」

「お前の先生さんは、嫁入りの持参金も、披露宴のためのお金も、うちには一銭もないって、ご存じなのかい?」

「知ってるわ。それに披露宴とか、わたしたちやらないから」

母さんはまたかっとなり、目を血走らせた。

「披露宴をやらない? お金なら向こうに払わせればいいじゃないか」

「ううん、やらないってふたりで決めたの」

母さんはふたたび怒りを爆発させ、わたしをさんざん罵った。彼女はもっと怒りたくて、こちらに喧嘩を買わせようとあの手この手で挑発してきた。

「リナの結婚式を忘れたのかい？　豪華な披露宴だったじゃないか」

「そうね」

「なのに、あの子よりずっとできのいいお前が、何もやらないって言うのかい？」

「そうよ」

そんな風にしばらくわたしたちはやりあったが、そのうちわたしは、こうして母さんの怒りをじわじわと引き出すより、立て続けに爆発させてしまったほうがよさそうだと判断した。

「母さん、あのね。わたしたち、披露宴だけじゃなくて、教会での式も挙げないの。市役所で結婚するわ」

すると、一陣の強風で家中のドアというドア、窓という窓がいっぺんに開いたような具合になった。母さんはそこまで熱心な信者ではなかったが、完全に自制心を失って甲高い声で怒鳴りだし、顔を紅潮させ、こちらにぐっと身を乗り出しながら、恐ろしい文句を山とわたしに浴びせかけた。母さんは叫んだ。神父さまが認めてくださらなければ結婚は無効だ。神の前で結婚しなければ、お前は妻ではなく、ただの売女だよ。それから彼女は悪い片足を引きずりながらも飛ぶように走って父さんと弟たちを叩き起こすと、こう言った。自分がかねてから懸念していたとおり、エレナは勉強のしすぎで頭がおかしくなった。あれだけの幸運に恵まれながら、この子はあばずれの真似ごとをしようとしている。神に見放された娘を持ったわたしはもう恥ずかしくて表も歩けない……。

父さんは下着姿でぽかんと立ち尽くし、弟たちと妹はまたお姉ちゃんのせいで今度はどんな厄介ごとだという顔で、とりあえず母さんを落ちつかせようと努力したが、無駄だった。母さんはわたしを今すぐ家から追い出したいと言い張った。リナとアーダのように娘が誰かの愛人になるなんて、〝自分まで〟そんな恥をかかされてはたまらない、彼女はそうわめきながら、わたしの頬を本気で張ろうとはせずに、宙を叩く真似を繰り返した。その様子は、あたかもそこにいるわたしは影に過ぎず、彼女がその手でつかみ、こっぴどく叩いているほうこそ、本物だとでも言いたげだった。母さんが落ちつくまでにはしばらくかかった。エリーザのおかげだ。妹はおずおずとわたしにこう尋ねてきたのだ。

「でも、市役所で結婚したいっていうのは、お姉ちゃんの考えなの？　それとも彼？」

わたしはエリーザに答えながら、みんなにも問題を理解してもらおうとした。自分にとって教会はもうだいぶ前からなんの価値も持たぬ存在となっているが、結婚をするのは市役所でも、教会の祭壇の前でも、どちらでも構わないと思っている。ただピエトロのほうが教会によらない無宗教の結婚方式を非常に重視している。彼はさまざまな宗教の問題に関する専門家で、教会については、その教え自体はとても素晴らしいと考えているが、政治に口を挟んだ途端に駄目になると考えている。つまり市役所で式を挙げるのでなければ、彼はわたしと結婚してくれない。

それを聞いて、最初は即座に母さんの応援に回った父さんがにわかに態度を変えた。

「市役所でなければ、結婚してくれないって？」

「そう」

「そうなれば彼はどうする？　お前を捨てるのか？」

「結婚はしないまま、ふたりでフィレンツェで暮らすことになるわね」

母さんにはその知らせが何よりも耐えがたかったようだ。彼女は完全に我を忘れ、そんなことになれば、包丁でお前の喉を掻き切ってやるとまで言った。ところが父さんのほうは苛々と髪の毛をかきむしり、彼女を一喝した。

「うるさい。いい加減にしないと怒るぞ。ちょっと考えてみようじゃないか。ちゃんと司祭の前で結婚して、派手に祝ったたって、駄目になる夫婦はどうしたたって駄目になることくらい、お前だってよく知ってるはずだろう？」

父さんもまた暗にリラのことを言っているのは明らかだった。そこでようやく母さんも、司祭はなんの保証にもならず、そもそも自分たちが生きているこのひどい世界では何ひとつ確かなものなどないのだと気づいたようだった。彼女は怒鳴るのをやめた。そして、状況を分析し、場合によってはわたしの勝ちを認める責務を父さんに委ねた。それでも母さんは足を引きずりながら行ったり来たりして、首を振り振り、わたしの将来の夫を小声で罵った。なんだね、この先生というのは？ 共産主義者かね？ 共産主義者で、大学の先生だって？ 馬鹿にしてるじゃないか――彼女はそこでまた声を張り上げた――真っ当な先生が、こんな考え方をするものかい？ いや、先生なんかじゃないね、ろくでなしだよ。すると父さんが反論した。違うぞ、ろくでなしなもんか。相当に学のある人間だからこそ、教会の坊主どもがどれだけ悪事を働いているか、しっかり知っているんだろう。だからこそ、市役所で愛を誓おうと言うんだ。そうに決まってる。確かにお前の言うとおりさ、共産主義の連中も似たようなことをする。これじゃ、うちの娘が本物の結婚をしないみたいだという気持ちもわかる。しかし、俺はこの大学の先生というのを信じてみたい気がするんだ。レヌッチャのことを大切に思っているひとだぞ、よもや売女のような扱いはしないと思うんだが。それに、たとえ先生のことは信用できないとしても――ただし俺は信じるよ。会ったこともないが。偉いひとみたいじゃないか？ この辺りの若い娘たちにすれば、夢みたいな相手だぞ――せめて市役所のことは信用しようじゃないか。俺の職場だ。だから誓って言えるが、市役所でする結婚には、教会でする結婚と同じだけの価値がある。いや、市役所のほうが上かもしれない。

議論はそれから何時間も続いた。弟ふたりと妹は途中でこらえきれなくなり、ベッドに戻った。わたしは両親を落ちつかせ、納得してもらうために残った。もはやわたしにとって市役所での結婚は、ピエトロの世界への仲間入りを示す大切な証とも呼ぶべきものとなっていた。しかもそんな結婚をするとなると、なんだか自分がリラよりも大胆な女になった気がした。ニーノにまた会ったら思わせぶりにこう言ってやろうとも思った。ほら、宗教の先生とのあの議論のせいで、わたしとうとうこんなことになっちゃったわ。ひとの選択ってどれも続きの物語があるものなのね。人生ってきっと色々な瞬間が小さく縮まって、どこか片隅でずっと出口を待ってるの。そしていつか必ず出口がやってくるの……。でも実際はもっと単純な話だった。わたしが幼いころに信じていた神は元々ひ弱だったのが、少なくとも十年は前から、病んだ老人のようにどこかに引っこんでしまっていた。そのため、わたしは結婚に神聖な意味合いをまるで求めていなかったのだ。大切なのはナポリを出ていくこと、それだけだった。

9

神の前で愛を誓わずに結婚するという考え方にわたしの家族が感じた恐怖がひと晩で解消される、ということは当然なかったが、それでも薄まりはした。翌日、母さんの態度は、その手に触れるものはなんであれ——コーヒー沸かし器だろうが、牛乳入りのカップだろうが、砂糖入れだろうが、焼きたてのパンだろうが――わたしの顔に投げつけてしまいたいとでも言いたげだった。それでも、もう怒鳴られることはなかった。こちらはそんな母さんには構わず、朝早くに出かけ、家に電話を引くための手続きに向かった。その用事を手早く片付けたわたしは、アルバ門に立ち寄り、書店巡りをした。またミラノのような機会が訪れたとしても、今度は臆することなく意見を言えるようになろう、すぐにそうなろうと決心していたのだ。そこで雑誌と本を適当に何冊も選び、かなりのお金を使った。相当に迷ったが、しばしば思い出すようになっていたニーノの例の言葉に影響されて、フロイト――わたしはこの心理学者についてはほとんど何も知らず、そのわずかな知識だけでも不快に思っていた――の『性理論三篇』と、やはりセックスに関する薄い本も二冊買った。わたしは勉強するつもりだった。学校の授業の予習復習や試験勉強をした時、卒業論文を書いた時、ガリアーニ先生にもらった新聞を読んだり、大学時代、フランコから回ってきたマルクス主義の本を読んだりしていた時のように、現代の世界を〝研究〟してやろうと思った。当時の社会についてわたしにどれだけの知識があったかを客観的に述べるのは難しい。パスクアーレとそうした議論をしたこともあれば、ニーノと議論したこともあった。キューバと中南米の問題は世間でいくらか話題になった。わたしたちの地区の貧困は癒やしようもなくそこにあり、リラの負け戦もあった。姉のわたしに比べて頑張りが足りず、勉強熱心ではないと言って、うちの弟たちと妹に落ちこぼれの烙印を押した学校の問題もあった。フランコとは何度も長い政治談議をし、マリアローザとも時おり語りあったが、そのころにはふたりとの会話の内容が記憶の中で入り混じり、頼りない一本の湯気のようになっていた（〝世界は不正義に満ちており、変化を必要としているが、米国の帝国主義とソ連のスターリン主義の平和的共存も、特にイタリアで顕著なヨーロッパの労働者政党による改良主義的方針も、労働者階級（プロレタリアート）を従属的な日和見主義へと誘導して革命の勢いをそごうと狙っており、その結果、世界的な膠着状態が優勢となり、社会民主主義が勝利すれば、続く数世紀にわたり資本家が天下を握り、労働者階級は消費を強要され続けることになるだろう〟)。こうした一連の刺激にわたしの思想が相当以前から影響を受けてきたのは確かで、時には胸を昂ぶらせた記憶もある。それでも、知識の短期集中的な刷新へとわたしを向かわせたのは、早く政治に詳しくなりたいという昔ながらの焦燥感ではなかったかと思う。少なくともきっかけはそうだったはずだ。努力して身につかないものはないとずっと信じてきたわたしは、政治への情熱だって同じはずだと思ったのだ。

支払いの時、棚に自分の小説があるのに気がついて、わたしは急いで目をそらした。どこかのショーウィンドウに他の新刊小説と一緒にあの本が並んでいるのを見るたび、誇らしさと恐れの入り混じった感情に襲われた。歓喜にぴくりと震えながらも、結局は不安になるのだ。あの物語が偶然に生まれ、たった二十日でなんの苦労もなく完成したことは、もちろん自覚していた。言わば、憂鬱に対する鎮静剤のように生まれた作品だった。真に偉大な文学がどのようなものであるかもわたしはよく心得ていた。古典文学をさんざん研究してきたのだから当然だ。だからあの小説を書いていた時も、自分が何か価値のある作品をものにしつつあるなどとは一度だって思ったことがなかった。それでもふさわしい形を探し求める努力に夢中になり、熱中は〝あの〟本となった。それはわたしを収めた物体だった。今や〝わたし〟は商品として〝陳列〟されていた。そんなわたしを見るたび、胸がどきりとした。自分の本に限らず小説一般には、わたしを本当にどきどきさせる何かがある気がしていた。昔、リラが一緒に物語を書こうと言ってくれたあの瞬間にこの胸から飛び出したのと同じ、脈打つ、剝き出しの心臓のようなものだ。そしてわたしは実際に物語を書くことになった。でも自分は作家になんてなりたいのだろうか。これからは書くといっても、なんとなくではなく、前よりもよい作品を書くために書かなくてはならない。そんなことをわたしは望んでいるのだろうか。過去から今日にいたる名作という名作を研究して小説技法を身につけ、世界についてありとあらゆることを学ばなくてはならない。わたしにしかできない見事な出来映えの心臓、それこそ、たとえリラにチャンスがあったとしても真似できないくらい元気な心臓をいくつも組み上げること、ただそれだけを目指して。それでいいのか？

本屋を出て、カブール広場で足を止めた。いい天気で、フォリア通りは不自然なほど清潔かつ堅固に見えた。天井の破損したアーケード（ガッレリア）を支える補強材も好印象の妨げとはならなかった。わたしは学生のころのように真面目にやろうと決め、買ったばかりの手帳を取り出した。これからは本物の作家のように、思考に観察の内容、役に立つかもしれない情報をそこにメモしていこうと思ったのだ。まずは『ウニタ』を一面から最後まで読み、知らなかったことをすべて書き留めた。『ポンテ』にはピエトロの父親が書いたという例の記事があった。興味をもって読んでみたが、ニーノが言っていたほど重要な内容だとは思えなかった。むしろ、悪い意味でショックを受けた。理由はふたつある。まず、グイド・アイロータの言葉遣いが、あの分厚い眼鏡をかけた紳士と同じ、いかにも大学教授らしいそれで、しかもさらに難解であったことだ。ふたつ目は女子大生について述べた段の内容（〝彼女たちは新しい群衆だ。その出自が決して恵まれたものでないのは一目瞭然である。控えめな服装の、控えめな教育を受けたこのお嬢さんたちは当然ながら、自らが進学のために重ねた甚大な努力にふさわしい、単なる専業主婦とは異なる将来を希求している〟）が、意図してのことかどうかはわからないが、わたしを暗示しているように思えたからだ。その印象もメモしておいた（〝アイロータ家の人々にとってわたしは何者なのか。自分たちの先見性を証明する自慢の種？〟）。そして、いくらかうんざりしながらも、『コリエレ・デッラ・セーラ』を読み始めた。

寒くも暑くもなく、本物の記憶かどうか自信がないのだが、独特なにおいがしていた覚えがある。

印刷された紙と揚げピザが入り混じったにおいだ。記事のタイトルだけを追って、一ページまた一ページとめくっていくうちに、はっと息を呑んだ。びっしりと文字の詰まった四段組の記事に囲まれて、わたしの写真があったのだ。背景には地区の町並みが少しと例のトンネルが写っていた。記事のタイトルは、〝野心的な娘の刺激的な回想録。エレナ・グレーコの処女作について〟。筆者の名はあの分厚い眼鏡の紳士のそれだった。

10

記事を読むうちに冷や汗が出てきて、今にも気を失うのではないかと思った。わたしの本が社会批評のとっかかりとして扱われており、ここ十年ほど、産業界に社交界、文化界のあらゆる分野が、それこそ工場から企業、大学、出版界、映画界にいたるまで、どこもかしこも、理想を持たぬわがままな若者たちの圧力によって総崩れになっているというのだった。ところどころでわたしの本の文章が引用され、エレナ・グレーコこそはそんな不良世代の典型であるとされていた。そして最後に、彼はわたしのことを〝実に月並みで扇情的なストーリーによって、自らの才能のなさをなんとか誤魔化そうとした小娘〟と切り捨てていた。

わたしは大泣きをした。本の刊行以来、目にしたなかではもっとも厳しい評だった。しかも掲載されたのが少数部数の地方紙ならともかく、イタリアで最大の読者数を誇る日刊紙なのだった。そんな攻撃的な記事の真ん中で笑顔を見せる自分の写真が特に我慢ならなかった。わたしは歩いて家に帰った。『コリエレ・デッラ・セーラ』は途中で捨てた。母さんに書評を読まれ、攻撃の道具にされてはたまらなかったからだ。その記事まで切り抜いて例のアルバムに貼りつけ、わたしに腹を立てるたび、ほら見なさいと誇示してくる彼女の姿が目に浮かんだ。

テーブルには食器がわたしの分だけ用意されていた。父さんは仕事、母さんは何かの用事で隣家に出かけ、弟妹はもう昼食を済ませていた。食べたくもないパスタとイモ料理を口に詰めこみながら、自分の本をぱらぱらとめくってあちこちを読んでみた。もしかしたら本当になんの価値もない小説なのかもしれない。暗澹たる気分だった。もしかするとアデーレの口利きがあったから、それだけで決まった出版だったのかもしれない。どうして自分はこんなにも無味乾燥な言葉を連ね、ありふれたことばかり書けたのだろう。それになんて雑な文章だ。無駄な読点だらけじゃないか。もう二度と小説なんて書くのはよそう……。まずい食事とひどい本のあいだで鬱々としていたら、エリーザが現れ、スパニュオロ夫人からだという伝言のメモを渡してくれた。親切な夫人のおかげで、わたしに急用がある者はスパニュオロ家の電話番号にかけてもいいという約束になっていたのだ。メモには三本も電話があった旨が記されていた。出版社の広報担当者ジーナ・メデオッティ、アデーレ、そしてピエトロからだった。

スパニュオロ夫人のぎこちない筆跡で記された三つの名前は、それまでわたしの胸の奥底でじっとしていたある恐れの正しさを裏付けていた。あの分厚い眼鏡の紳士の悪意に満ちた言葉は世間に急速に広まりつつあり、今日のうちに全国津々浦々へと達するであろうという恐れだ。彼の記事をもうピエトロが読み、その家族が読み、出版社の幹部たちが読んだ。ニーノだって読んだかもしれない。ピサでわたしを教えた教授たちも読んだかもしれない。ガリアーニ先生と彼女の子どもたちだって記事に気がついたはずだ。ひょっとするとリラだって読んだかもしれない。その思いにわたしはまた号泣し始め、エリーザを驚かせた。

「どうしたの、お姉ちゃん？」

「気分が悪いの」

「カモミールティーでも淹れようか」

「お願い」

でもカモミールティーを飲んでいる暇はなかった。ノックの音にドアを開けると、ロ－ザ・スパニュオロがいたのだ。夫人は階段を駆け上ってきたせいで少し荒い息をつきながらも、はしゃいだ声で、わたしの婚約者がまた電話をしてきたと告げ、彼はまだ受話器の向こうで待っている、なんていい声なの、北部のアクセントが本当に素敵、と言った。わたしは迷惑をかけてすみませんと何度も謝りながら、夫人の家に急ぎ、電話に出た。ピエトロはわたしを慰め、アデーレにも、記事にがっかりすることはない、大切なのは本が話題になることだ、と伝えるように言われたと教えてくれた。それでもわたしは、わたしのおとなしい顔しか知らなかったスパニュオロ夫人も啞然とするほど、怒鳴るようにして彼に答えた。話題になるのが大切ですって？　こんなに酷評されるくらいなら、てんで話題にならないほうがいいわ。するとピエトロはふたたび落ちつくように言ってから、明日には別の記事が『ウニタ』に掲載されることになっていると付け加えた。でもわたしは、もう誰の記事だろうと何か書かれるのはうんざりだと冷たく言い放ち、電話を切った。

その夜は一睡もできなかった。朝が来ると我慢できず、『ウニタ』を買いに急ぎ、手に入れた新聞をキオスクの前ですぐにめくった。キオスクは小学校のそばにあった。『ウニタ』にも『コリエレ・デッラ・セーラ』の記事と同じ、わたしの写真が載っていた。ただし位置は記事の中央ではなく、もっと上のほう、記事のタイトルの横だった。そのタイトルはこう謳っていた。〝若き反逆者たちと老いし反動主義者たち　エレナ・グレーコの本について〞。署名にある筆者の名をわたしは知らなかったが、その文章には確かな力があり、その言葉はわたしの痛みを和らげてくれた。筆者はわたしの小説を惜しみなく賞賛し、分厚い眼鏡の有名教授をこき下ろしていた。わたしはほっとして、ご機嫌と言ってもいいくらいの気分で家に戻った。自分の本を改めてめくってみれば、今度は、よくまとまっていて、上手に書けているような気がした。眉をひそめた母さんに、宝くじでも当たったのか、と聞かれて、わたしは買ってきた新聞を台所のテーブルに置くと、何も言わずにそこを離れた。

夕方近くになってスパニュオロ夫人がまた来た。今度もわたしに電話だという。気まずい思いで迷惑を詫びると、あなたみたいな娘さんの役に立てるのはとても嬉しいと言い、活躍を褒めてくれた。階段を下りながら夫人はため息混じりにこぼした。うちのジリオーラはずっと運に恵まれなかったわ。父親に言われて十三の時にソラーラの菓子屋で働きだして、ミケーレと婚約したのがせめてもの幸いよ。さもないと一生、苦労するところだったわ……。彼女は玄関のドアを開き、壁にかかった電話機のところまで廊下を先導してくれた。楽に話せるようにと、わざわざ椅子まで用意してくれていた。学のある人間に対する敬意というやつなのだろう。進学は一般に、頭のいい若者が労苦を避けるための誤魔化しとみなされていた。わたしは自問した。どうしたらこの女性に説明できるだろう。自分が六歳のころからずっと文字と数字の奴隷で、わたしの機嫌はいつもそんなふたつの要素の組み合わせ次第で、今度の成功の喜びにしても滅多に味わえるものではなく、不安定で、一時間か午後いっぱい、せいぜいひと晩しか持たぬものなのだ、と？

「記事は読んだ？」電話の主はアデーレだった。

「読みました」

「気に入った？」

「ええ」

「じゃあ、もうひとついい知らせがあるわ。あなたの本、売れてるわよ。このままいけば、重版ね」

「どういうことですか」

「『コリエレ・デッラ・セーラ』のあのひと、わたしたちを破滅させるつもりが、逆に役に立ってくれたってこと。じゃあまたね、エレナ。本当におめでとう」

11

本は実際よく売れていた。売れ行きの順調さはわたしもほどなく実感するようになった。一番はっきりとしたサインは、出版社のジーナから頻繁に電話がかかってくるようになったことだった。今度はあの新聞に取り上げられた、どこそこの本屋と文化サークルから招待を受けた、彼女はそう報告しながら、必ず電話を切る前に優しい言葉をかけてくれた。ご本、大人気ですよ。グレーコ先生、おめでとうございます。対するわたしは口では礼を述べながらも、気持ちは暗かった。そうした新聞記事はどれも内容が浅く、『ウニタ』の記事の絶賛パターンか、『コリエレ・デッラ・セーラ』の記事の酷評パターン、そのどちらかを踏襲したものとしか思えなかったのだ。ジーナはことあるごとに、批判的な評価も本の販売には役立つと言ってくれたが、やはり悪評には傷ついた。そんな時は短くてもいいからよく言ってくれている文章はないかと心待ちにし、好評を読んで心のバランスを取り戻そうとした。いずれにしても、意地の悪い書評を母さんに隠すのはやめ、どのような評であってもすべて渡すようになった。そのたび彼女は記事を読もうと難しい顔で音読を始めるのだが、いつも四行か五行より先に進めたことはなく、早速何か言いがかりの種を見つけるか、飽き飽きした様子で切り抜きの収集作業に熱中するかした。母さんはアルバムを一冊丸ごと切り抜きで埋めるつもりでおり、わたしが記事を差し出さぬ日は文句を言った。空白のページばかりで終わってしまうのを恐れていたのだ。

あの時期、わたしがもっとも傷ついた書評は『ローマ』に載ったものだった。『コリエレ・デッラ・セーラ』の記事の論調を終始真似ていたが、ずっと気取った文章で、終盤である主張に病的なこだわりを見せていた。それはこうだった。今や女たちは過剰に奔放になってしまった。エレナ・グレーコの悪趣味な本を読めば一目瞭然だ。ただでさえ下らない『悲しみよこんにちは』のそのまた削りカスみたいな作品だ……。しかしわたしがショックを受けたのはそうした内容そのものではなく、署名のほうだった。ニーノの父親、ドナート・サッラトーレの書いた記事だったのだ。少女のころ、あの男が詩集を出版したと知って自分はどれだけ感銘し、新聞に記事を書いていると知ってどんなに憧れたことか。どうしてドナートはこんな評を書いたのだろう。主人公につきまとう妻子ある不潔な男性に己の姿を見たからだろうか。いっそのこと彼に電話をして、方言で、耳をふさぎたくなるような悪口を言ってやろうかとも思った。でも、やめた。ニーノを思い出し、ひとつ重要なことに気づいたからだ。わたしと彼はよく似た体験をした者同士だ、そう思ったのだ。ふたりはどちらも自分の家族とは異なる人間になろうとしてきた。わたしは昔から母親と距離を置こうと努力してきたし、ニーノは父親と完全に縁を切ったではないか。そんな相似に慰められて、怒りは次第に静まっていった。

しかしひとつ誤算があった。『ローマ』が地区で一番よく読まれている新聞であることをわたしは忘れていたのだ。早くもその日の夕方には自分の過ちに気づかされた。薬局の前を通りかかった時、大学をまだ卒業していないのにもう薬剤師の白衣を着たジーノが――ウェイトトレーニングで筋肉もりもりの若者になっていた——父親の薬局から顔を出し、手にした『ローマ』を振り回して呼びかけてきた。イタリア社会運動（MSI）（ネオファシスト政党）の地方支部で最近ちょっとした出世をした彼は、妙に真面目くさった声で聞いてきた。お前、新聞になんて書かれてるか知ってるか？　わたしは相手を喜ばせまいとして、新聞はいつだって勝手に書き放題なの、とだけ答え、手を振るとそのまま過ぎ去った。彼は混乱したようで、もごもごと何か言ってから、今度ははっきりと悪意のこもった大声を上げた。お前の小説ってやつ、俺も読まないとな。〝かなり〟面白いみたいじゃないか。

それは始まりに過ぎなかった。翌日、わたしは通りでミケーレ・ソラーラに話しかけられ、コーヒーにつきあえとうるさく言われた。仕方なく彼のバールに向かうと、出迎えたジリオーラはむっつりと黙りこんでおり、見るからにわたしの来店を喜んでいなかった。婚約者であるはずのミケーレの登場すら嫌っている気配があった。やがて彼はこんなことを言った。レヌー、ジーノに新聞の記事を読まされたんだが、十八歳未満禁止の本を書いたんだって？　驚いたぜ、まさかと思ったよ。お前がピサで勉強したのは〝そういうこと〟だったのか？　大学ってのは〝そういうこと〟を習うところなのかい？　いくらなんでもそれはないよな。だから俺は思ったんだ。レヌーはリナときっと秘密の約束をしたんだろう、って。あいつが悪いことをあれこれやって、お前はそれを本に書くって約束だ。そうなんだろ、白状しろよ。わたしは真っ赤になり、コーヒーが出るのも待たず、ジリオーラに別れを告げて立ち去った。うしろからミケーレが楽しそうに呼びかけてきた。なんだよ、怒ったのか？　戻ってこいって。今のは冗談だよ。

それから少しして、次はカルメンことカルメーラ・ペルーゾの番だった。オリーブオイルが安いからと、母さんからステファノの新しい食料品店まで買い物に行かされた時のことだ。時間は午後で、ほかに客はいなかった。カルメンはずいぶんとわたしを褒めてくれた。レヌー、きれいになったわね。

あなたがわたしの友だちだなんて誇らしいわ。生まれてこのかた、それだけがわたしの幸運よ。彼女は小声でそんなことを言ってから、ドナート・サッラトーレの書いた記事を読んだと続けた。といっても、納入業者のひとりが店に『ローマ』を忘れていったからで、読んだのはたまたまだと彼女は強調し、ひどく意地悪な内容だと怒ってくれた。心からの義憤のように聞こえた。カルメンは兄パスクアーレから『ウニタ』の記事も読まされていて、そちらはとてもいい書評だった、写真もきれいだったと言ってくれた。レヌーって何をやらせても素敵で羨ましいわ……。うちの母さんから、わたしが近い将来に大学教授と結婚し、フィレンツェで贅沢な新居に暮らすことになるとまで聞かされたようだった。彼女にしても、いつか話してくれた大通り（ストラドーネ）のガソリンスタンドの経営者と結婚する予定だが、ふたりともお金がないからいつになるかわからないとのことだった。それからカルメンはなんの脈絡もなくアーダについて愚痴をこぼしだした。リラに代わってアーダがステファノの隣の座を占めるようになってから、何もかもが悪化の一途だというのだ。二軒の食料品店でもアーダはご主人様気取りで、カルメンにきつく当たり、売り物をかすめ取っただろうとけちをつけ、偉そうにあれこれ命令し、監視するのだという。カルメンはもうやっていられず、店は辞めて、未来の夫のガソリンスタンドで働こうかと考えていた。

　真剣に耳を傾けていたわたしは、かつてアントニオと結婚をしたら、やはりガソリンスタンドをふたりで経営したいと考えていたのを思い出した。カルメンを笑わせようと思ってそのことを教えたら、彼女は顔を曇らせ、暗い声で言った。ふん、あり得ないでしょ、レヌーがガソリンスタンド？　こんな惨めな暮らしから抜け出せたあなたが羨ましいわ。続いて彼女は謎めいた言葉をつぶやいた。世の中、不公平なことばかりよね、レヌー、本当に不公平。なんとかしないと、もうやってられないわ。彼女は話を続けながら、引き出しからわたしの本を取り出した。カバーがひどく反っくり返って、汚

12

れていた。自分の本が地区の誰かの手にあるのを見るのは、それが初めてだった。最初のほうのページが膨れ上がり、黒ずんでいるのに対し、残りのページはまだぴったりと閉じ、真っ白だった。カルメンは言うのだった。毎晩、少しずつ読んでるの。あと、お客さんがいない時とか。でもまだ三十二ページなんだよね。時間もないし、何から何までわたしがやらなきゃならないし、カッラッチの連中に朝の六時から夜の九時までここでこき使われてるから。そこで彼女は突然、こんな質問をしてきた。例のきわどい場面って、まだだいぶ先なの？　あと何ページくらい読まなきゃ駄目？

〝例のきわどい場面〟。

その数日後に今度はアーダと会った。その腕にはマリアが抱かれていた。ステファノとのあいだにできた娘だ。カルメンからあんな話を聞かされたあとでは、愛想よく相手をするのは難しかった。わたしはとりあえず女の子を褒め、おべべが素敵だとか、ピアスもきれいだとか言った。しかしアーダの態度はとげとげしかった。彼女はまず兄アントニオの話をし、兄とは文通をしているが、結婚をして子どももいるという噂は嘘で、頭がとことんおかしくなって、ひとを大切に思う気持ちまで失ってしまったようだと嘆いた。そして次にわたしの本に難癖をつけだした。自分はまだ読んではいないが、家庭に置いておけるような本ではないと聞いていると言ってから、彼女は少しむっとした声でこう続けた。うちの娘が大きくなって、家でそんな本を見つけたらどうしろって言うの？　だから悪いけど、わたしは買わないわ。でもね、本が売れて、レヌーがお金持ちになるのは嬉しいよ。おめでとう。

こうしたことが立て続けに起こるにつれ、ある疑念が湧いた。わたしの本が売れているのはもしかして、批判的な書評も、好意的な書評も、小説にはきわどい場面があると触れているためなのではないだろうか。ニーノからリラの性的傾向を打ち明けられたのも、そんな小説を書くわたしのような女ならば、その手の話だって気兼ねなくできるはずだと思われたからなのではないか。そんな邪推までした。あれこれ考えているうちに、リラにまた会いたくなった。もしかしたら彼女もカルメンと同じように、わたしの本を手に入れたのではないかと思った。わたしはリラの姿を想像してみた。夜、仕事から帰ってきた彼女は――エンツォはどこかの部屋にひとりでおり、彼女は男の子と一緒に別の部屋にいる――へとへとになりながらも、本を読もうとしている。集中した時の癖で、唇をわずかに開き、額に皺を寄せて。リラならどんな評価を下すだろう。彼女にまで〝例のきわどい場面〟だけの駄作扱いをされてしまうのだろうか。いや、もしかするとまだ読んでいない可能性だってある。本を買うお金などないかもしれない。わたしが自分で一冊持っていって、プレゼントしよう……。しばらくはいい考えに思えたが、結局は実行しなかった。リラのことは相変わらず誰よりも大切に思っていたが、会いにいく決心がつかなかった。時間もなかった。学ぶべきこと、急いで覚えるべきことが山のようにあったのだ。それに、前回の別れ際の光景――コートの上に青い上っ張りを着て、工場の庭で焚き火の前に立っているリラ。炎の中では『青い妖精』のページが燃えている――は、子ども時代の名残に完全に別れを告げ、わたしたちの歩みがもはや別々の道をたどっているという事実をはっきりと告げていた。もしかしたら本を持っていっても、そんな本を読んでいる時間なんていないの、この有り様を見ればわかるでしょ、なんて言われてしまうかもしれなかった。だから結局、わたしは自分の道に専念した。

　一方、理由はなんであれ、わたしの本は本当にどんどん売れだした。一度などアデーレから電話があり、いつもの皮肉と親しみの入り混じった口調でこんなことを言われた。このまま本が売れ続けたら、あなた、お金持ちになって、哀れなピエトロのことなんてわずらわしくなっちゃうかもね。それからアデーレは、なんと彼女の夫グイド・アイロータと電話を代わろうとした。グイドがあなたと話したがっている、そう言うのだった。アイロータ教授と言葉を交わしたことはほとんどなかったので、わたしは戸惑った。しかし彼はとても愛想がよく、わたしの成功を喜んでくれた。教授はわたしの本を中傷する者たちを恥知らずだと嘲り、イタリアの長きに過ぎた文化的暗黒時代を嘆き、そんな国の近代化に対するわたしの貢献を讃え、そうした賛辞をさらにいくつか並べた。小説の内容についての具体的な感想はなかったが、まず読んではいないはずだった。この上なく多忙なひとなのだ。それでもわたしに対する支持と評価をそうして示そうとしてくれたその気持ちは嬉しかった。

　マリアローザも父親に負けずに優しく、電話でわたしを褒めちぎってくれた。最初は本について細かい感想を述べるつもりだったようだが、そのうち興奮した口調で話題を変え、わたしを彼女の大学に招待したいと言いだした。〝誰にも止められない、次から次に起きる出来事の流れ〟にあなたも絶対に参加すべきだ、とマリアローザは言い、こう急かした。明日にでもこっちに来て。フランスで今、何が起きているか知ってる？　わたしはみんな知っていた。母さんが台所に置いていた油まみれの小さい水色のラジオに毎日張りついて過ごしていたからだ。だから答えた。ええ、凄いわね、ナンテールも、カルティエ・ラタンのバリケードも。ところが彼女はこちらよりずっと事件（一九六八年五月にフランスで起きた激しい学生運動、いわゆる五月革命を指す）に詳しく、当事者意識も高かった。彼女は仲間たちとパリに向かうつもりでおり、車で一緒に行こうとわたしを誘ってきた。心揺れる話だった。だから、うん、考えておく、と答えた。ミラノで車に乗り、フランスに入り、反乱に揺れるパリに到着し、警察の横暴に立ち向かい、数カ月前からどこよりも白熱した混乱の中にわたしは個人的な問題を山と抱えたまま飛びこんでいくだろう。何年も前にフランコと行ったフランス旅行の続きだ。マリアローザと旅立てたら、どんなに素敵だろう。偏見にとらわれず、考え方が斬新で、世界のどんな出来事にも通じていて、男たちにも引けを取らないくらい政治用語を使いこなす。こんな子はほかに知らない。わたしは彼女に憧れていた。彼女のように何もかもを投げ出す勇気で知られた娘は皆無に等しかった。進んで危険に身をさらし、対抗勢力の暴力に立ち向かう若き英雄たちはその名をルディ・ドゥチュケとかダニエル・コーン＝ベンディットといい、男ばかりが活躍する戦争映画と同じで、彼らと一体感を覚えるのは難しかった。わたしたちにできるのはせいぜい彼らを愛し、頭の中で彼らの思想に共鳴し、彼らの運命に心を痛めることくらいだった。その時、ふと思った。マリアローザの仲間にはニーノもいるのではないか。ふたりは知りあいだ。あり得る話だ。ああ、彼と再会を果たし、そんな冒険に巻きこまれて、ふたり一緒に次から次に危険にさらされたら、どんなに素敵だろう……。そうしてその日は終わった。台所はもはや静けさに包まれ、両親は寝ており、弟たちはまだどこかをほっつき回っていて、エリーザはバスルームで体を洗っていた。明日の朝、出発しよう。わたしは心を決めた。

13

わたしは出発した。ただし目的地はパリではなかった。荒れに荒れた六八年の総選挙が終わると、ジーナに本の宣伝ツアーに送り出されたのだった。最初に向かったのはフィレンツェだった。アイロータ家の友人のまた友人に当たる大学教授の女性にフィレンツェ大学教育学部で講演を頼まれたはずが、行ってみれば、当時、学生運動の渦中にあった大学で学生たちがしばしば開いていた自主講座だった。そこでわたしは三十名ほどの学生たちを前に話すことになった。ただちにはっとさせられたのは、多くの女子学生の様子が、アイロータ教授が『ポンテ』に書いていた以上にひどいことだった。服装もひどければ、化粧もひどく、口を開けば言葉まで感情的でまとまりがなく、試験について腹を立てたり、教授陣に腹を立てたりした。招待してくれた教授にうながされて、わたしは学生運動について、特にフランスで進行中のそれについて熱をこめて語った。学習中の知識を披露しながら、わたしは満足だった。自信を持ってはっきりと話せているのが自分でもわかったし、女の子たちがわたしの話し方と豊かな知識に感嘆し、世界にあふれる複雑な問題の数々にざっと触れながら、それを理路整然とひとまとめにする手腕に感心しているのがわかったからだ。ところがまもなくわたしは、自分があの本について一切触れまいとしていることに気づいた。語ろうとすれば気まずく、地区で受けたような反応をされるのではないかと不安になった。それよりは『クアデルニ・ピアチェンティーニ』や『マンスリー・レビュー』といった雑誌の記事にあった意見を自分なりにまとめて語ったほうが気楽だった。とはいえ、わたしはまさに自著について語るために招待されたのであって、事実、本についての質問もすでにいくつかあった。最初のほうの質問はすべて、生まれ育った環境から抜け出すために主人公の女性がした苦労に関するものだった。だが終わりのほうになって、ひとりの娘が――とても背が高く、ひどく痩せた子だったのを覚えている――ひきつった笑い声を時おり交えながらわたしに説明を求めた。あれほど洗練された小説の中で、どうしてあなたはあんな〝いかがわしい話〟を書く必要があると考えたのか、と。

わたしは困ってしまった。もしかしたら赤面もしていたかもしれない。とりあえず社会学的な動機をあれこれと並べ立てて誤魔化したが、ようやく最後に、人類のあらゆる体験を率直に語る必要があると主張することができた。一見とても言葉にはできそうになく、自分に対しても沈黙を選んでしまうような体験であっても、やはり語るべきであるという点を特に強調した。この主張は歓迎され、わたしは調子を取り戻した。招待してくれた教授も褒めてくれ、自分も考えてみたい、そのうち手紙を書かせてほしいとまで言ってくれた。

彼女に支持されたおかげで、そのささいな思いつきはわたしの記憶に残り、ほどなく、人前で作品を語る時に頻繁に用いる決まり文句となった。同じ概念をわたしは時に愉快に、時に劇的に、時に簡潔に語り、時には複雑な言い回しに展開して使った。ある晩、トリノの書店でかなり多くの聴衆を前にした時は、語るにつれてますますリラックスできて、とりわけ気分がよかった。砂浜でのセックスのエピソードについて誰かに質問されるのも、それが好意的な問いかけであれ、挑発であれ、次第に自然なことに思えてきて、お得意の回答もさらに磨きがかかって受けがよくなり、なかなかの成功を収めるようになった。

トリノでは、出版社に頼まれてタッラターノ教授が付き添ってくれた。アデーレの友人の、例の老教授だ。彼はわたしの作品の持つ可能性を自分が最初に見抜いたことを誇りに思うと言い、以前にミラノの書店で使ったのと同じ熱烈な褒め言葉でわたしをトリノの聴衆に紹介した。講演会が終わると彼は、短い期間にずいぶんと弁舌の腕を上げましたね、と褒めてくれた。そしていつもの穏やかな口調でこう尋ねてきた。どうしてあなたは自分の作品のエロチックな場面がいかがわしいと評されるのを喜んで受け入れるばかりか、自ら進んでそう呼ぶのか。そんなことをしてはいけない。砂浜のエピソードばかりがあなたの小説の肝ではないし、もっと興味深く、素晴らしい箇所がたくさんあるではないか。それに、いくらか大胆に思える箇所がところどころにあるとすれば、それは何よりもひとりの若い女性によって書かれた作品だからだ……。教授は最後にこう締めくくった。卑猥さは優れた文学とも本物の芸術とも無縁なものではなく、たとえ良識の範囲を超えたとしても、いかがわしいということは決してないのですよ。

わたしは混乱してしまった。この極めて教養ある男性は、わたしの本が犯した罪はいずれも軽微なものであると言い、それをことあるごとに万死に値する重罪であるかのように語るのは間違っていると言うのだった。つまり誇張が過ぎたということか。わたしは聴衆の浅はかな意見に悪い影響を受けていたのだろう。もうたくさんだ。これからはもっと自分を大切にして、読者たちとの意見の相違にも慣れなくては。自分の水準を彼らの水準まで落としてはいけない。またあの場面をあげつらう者があれば、次からはもっと厳しく当たろう。そう決めた。

夕食は、出版社の広報担当者が予約しておいてくれたホテルのレストランでタッラターノ教授とったが、気まずさと楽しさの入り混じった気分で彼の話を聞かされた。彼はわたしがまだまだうぶな作家である証拠としてヘンリー・ミラーの例を挙げたり、わたしのことを〝お嬢さん〟と呼んで子ども扱いしながら、二〇年代から三〇年代にかけてはセックスに通じた非常に才能ある多くの女流作家たちがいて、今のあなたには想像できないくらいに激しいことを書いていたんです、と説明したりした。話に上った作家たちの名をわたしはいつもの手帳にいちいち書き留めていったが、そうしながらこんなことを考えていた。このひとはわたしをさんざん褒めておきながら、実はそれほど才能がないと思っているらしい。分不相応な成功に恵まれた娘っ子くらいにしか思っていないのだろう。読者に一番人気のあるあのくだりまでたいした価値はないように言うし、完全な無知か、ろくにものを知らない人間が読めば驚くだろうが、自分のような人間にとってはどうってことない、とでも言いたげじゃないか。

わたしは少し疲れたと断り、飲みすぎた教授が席を立つのを助けた。彼は背こそ低かったが、食通らしい大きな腹をしていた。左右の大きな耳の上ではもつれた白髪が房をなし、真っ赤な顔に小さい口、大きな鼻をしていて、瞳をくりくりとよく動かし、ヘビースモーカーで、指は黄ばんでいた。エレベーターの中でわたしは彼に抱きつかれ、キスされそうになった。もがいたが、相手も諦めず、なかなか離してくれなかった。押しつけられた腹の感触と酒臭い息は今も覚えている。あんなに年を取った紳士が、それも普段はきちんとしていて、学識豊かで、わたしの未来の夫の母親とも仲よしだというのに、あれほどみっともない真似ができようとは、当時のわたしには想像の枠外の出来事だった。エレベーターを降りた廊下で教授は慌てて詫びを言い、すべてワインのせいにして、いそいそと自室に入っていった。

14

翌日、教授は朝食の時も、ミラノまでわたしたちを乗せていった自動車での移動のあいだも、自分の人生のなかでもっとも刺激的だったとする一九四五年から四八年にかけての時期についてやけに熱く語り続けた。その声には当初、本物の憂いの色があったが、やがて、やはり本物の興奮とともに革命の気運の新たな盛り上がりについて語りだすと消えた。新しいエネルギーは若者だけではなく老人までも巻きこみつつある、彼はそう言うのだった。わたしは話にうなずき続けたが、胸の中では驚いていた。君の現在は、実はわたしの輝かしい過去の再来に過ぎないのだよ——教授はわたしにそう信じこませたくて仕方ないように思えたからだ。彼のことが少し哀れになった。ふと漏らした経歴に関する言葉を頼りに、わたしは途中で彼の年齢をざっと計算してみた。目の前の人物は五十八歳だった。

　ミラノに着くと、わたしは出版社のそばで降ろしてもらい、付き添い役に別れを告げた。寝不足でわたしは少しぼんやりしていた。歩きながら教授との肉体的接触がもたらした不快感をなんとか払拭しようとしたが、おぞましさはいつまでも消えず、地区で受けるある種の辱めとなんとなく似ているという既視感も消えなかった。出版社ではおおいに祝福された。ほんの数カ月前に受けたお義理の挨拶ではなく、今度はみんなが喜んでいた。あなたが優秀だと見抜いたわたしたちは偉い、という意味だ。前回ただひとり、わたしを冷たくあしらった電話交換手の女性までブースから出てきて、抱擁してくれた。そして、わたしの原稿に徹底的に手を入れたあの編集者が初めて昼食に誘ってくれた。

　近所の空いたこぢんまりとしたレストランで席に着くなり彼は、あなたの文章にはやはり何か魅力的な秘密が隠されていると賛辞を述べ、食事をしながら、急ぐ必要はないが、成功にあまり安住せず、次の作品を計画すべきだと助言してくれた。それから、十五時にミラノ大学でひとつ仕事が待っていると告げた。ミラノ大学といってもマリアローザとは関係なく、出版社が自らの伝手を通じて手配した、学生グループ相手のイベントだという。大学に着いたら誰を探せばよいか尋ねると、わたしの頼もしき食事相手は誇らしげに答えた。わたしの息子が入口でお待ちしているはずです。

　いったん出版社に荷物を取りに戻ってから、わたしはホテルに向かった。でもまたすぐに出て、大学を目指した。うんざりするほど暑い日だった。大学は細かな文字で埋まった政治的な貼り紙、赤い旗、闘う民衆の図、イベントを予告するポスターでいっぱいだった。がやがやと騒がしく、あちこちで笑い声がしているのに、どこか空気が緊迫しているのが印象的だった。わたしのイベントに関する予告のようなものがどこかにないかと少し歩いてみた。ひとりの黒髪の若者が走ってきて、わたしに激しくぶつかったのを覚えている。転びかけた若者は体勢を立て直し、誰かに追われているみたいに外に走り去った。だが追っ手の姿などなかった。誰かがひとり奏でるトランペットの音も覚えている。とても清潔なその音色は辺りの息苦しい空気を貫いて響いた。小柄な金髪の娘のことも覚えている。娘は一端に大きな掛け金のついた鎖を騒々しく引きずっていて、今行くわ、と誰かに向かって懸命に叫んでいた。そうしたことを今も覚えているのは、誰かがわたしに気づき、近づいてくるのを期待して、作家らしく見せるためにいつもの手帳を取り出し、あれこれ書き留めていったからだ。でも三十分待っても、誰も来なかった。そこで、ポスターや貼り紙にわたしの名前か小説のタイトルがないかもっと注意して見てみたが、成果はなかった。少し苛々したが、誰か学生を呼び止めて尋ねるのはやめておいた。ずっと重要な問題を訴える紙が壁にびっしりと貼りつけられたその場所で、自分の本を話題にするのが恥ずかしかったのだ。わたしは、相反するふたつの感情のあいだで揺れている自分に気がついて嫌になった。その場所で徹底的に無規律な行動を起こし、声を上げている若い男女全員に対する好感、そして、子ども時代から無秩序の魔の手を逃がれ続けてきた自分がよりによってそこで捕まり、騒乱の真っただ中に突き出され、まもなく問答無用の権力——用務員か教授か、学長か警察かもしれない——に罪を糾弾され——いつだっていい子だったのに——罰を受ける羽目になるのではないか、という恐怖だ。

帰ってしまおうと思った。どうせわたしよりちょっと年下の若者たちが何人か待っているだけで、会ってもまたお決まりのどうしようもない話しかしないのだから。もうホテルに戻ろう。しょっちゅう旅をして、レストランで食事をして、ホテルで眠る、ちょっとした人気作家の身分を楽しもうじゃないか……。ところがそこへ、袋をたくさん持った忙しそうな娘たちが五、六人通りかかったので、わたしはほとんど意識せぬまま彼女たちのあとを追い、ざわめきと叫び声、例のトランペットの音を追いかけることになった。しばらく歩いて着いたのは、ひとでいっぱいの教室の前だった。教室ではちょうど、怒気を帯びた喧噪が沸き起こったところだった。娘たちが中に入っていったので、わたしも恐る恐る続いた。

満員の教室のあちこちでも、教壇を取り囲む小集団の中でも、異なるグループ間で激しい衝突が起こっている様子だった。わたしはドアのそばに留まり、いつでも立ち去る構えでいた。煙草の煙と学生たちの呼気からなる灼熱した薄霧、そして、興奮した彼らの放つきついにおいに、来た早々から追い立てられそうだった。

とりあえず状況を把握しようと思った。若者たちが議論しているのは、何かの手順の問題のようだったが、辺りは怒鳴る者もあれば、黙る者もあり、からかう者もあれば、笑い声を上げる者もあり、戦場の伝令のように駆け回る者もあれば、議論になんの関心も示さぬ者もあり、自習をする者もいるといった具合で、誰ひとり、合意が可能だと考えているようには見えなかった。どこかにマリアローザがいやしないかとわたしは期待した。そうしているうちに騒ぎにもにおいにも慣れてきた。本当にたくさんの若者がいた。男子のほうが多かった。ハンサムな子もいれば、不細工な子もおり、優雅な格好の子も、だらしない格好の子もいて、乱暴な子もいれば、びくびくした子もおり、楽しそうにしている子もいた。わたしは興味津々で女子を観察した。ぽつんとひとりでいるのは、どうもわたしだけのようだった。一部の女子──たとえばわたしの追ってきたグループ──はぴったりと団子になっていて、混雑した教室の中をビラを配って歩いている今も互いに離れようとせず、一緒に声を上げ、一緒に笑っていた。誰かが数メートルでも仲間から遠ざかろうものなら、はぐれまいとして互いに気を配っていた。以前からの友だち同士なのか、今日たまたま出会ったメンバーなのかはわからなかったが、とにかくそうして一団をなすことで、こんな大混乱の中に自分はいてもいいのだと考えているような印象を受けた。その場の無規律な雰囲気に惹かれながらも、あくまでも仲間と一緒でなければそんな体験に身をさらすつもりはないとでも言いたげで、ひとりでも教室を去れば残りのメンバーも帰ると、事前にもっと安全な場所で決めてきたらしかった。教室にいるその他の女子はどうだったかと言えば、ひとりか、せいぜいふたり組で、男子の集団に紛れこみ、挑発的なまでに馴れ馴れしく振る舞って、安全距離を陽気に解消していた。彼女たちがそこでは一番幸せそうで、攻撃的で、誇り高い存在に見えた。

わたしは自分ひとりが浮いていて、許可なくそこにおり、彼らのように何かを叫ぶにも、その蒸気とにおいの中に残るにも、条件不足な気がした。教室の空気は今や、沼地で抱きあっていた時にアントニオの体と息が発していたそれを彷彿とさせた。かつてのわたしはあまりに貧しく、優等生であれという義務感で気負いすぎていた。映画もほとんど観にいったことがなかった。レコードもほしかったけれど、一枚だって買ったことがなかった。誰か歌手のファンになったこともなかったし、コンサートに駆けつけたこともなく、サインを集めたこともなければ、酔うほど酒を飲んだこともなく、セックスの体験にしてもわずかな上に、ろくに楽しめもせず、人目を忍んで、びくびくしながらだった。ところが目の前の彼女たちは、程度の差こそあれ、ずっと裕福な暮らしをしてきたはずで、そうして脱皮をするにしても、わたしの時とは違って、十分な心構えができているに違いなかった。もしかするとその教室、その空気の中に自分たちがいること自体、逸脱行為だなどとは思わず、急を要する正しい選択だと思っているのかもしれなかった。わたしは思った。今は自分だっていくらかお金ができたし、まだまだ儲かりそうなのだから、失ったものをいくらかでも取り返してみたっていいじゃないか。それとももう手遅れなのだろうか。もはや自分は教養がありすぎて、しかも愚かすぎて、慎みがありすぎて、発想と情報ばかり無闇に蓄積して、生きる情熱を冷ますことに慣れすぎ、結婚と家庭生活まで目の前にしている。つまりわたしは、ここでは時代遅れにさえ見える古い秩序の中であまりに愚鈍な形で完成してしまっているのではないか。この最後の仮説は我ながら恐ろしかった。早くこんなところは出ていこう。彼らの一挙一動と言葉はどれを取っても、わたしの重ねてきた努力に対する侮辱だ……。だが思いとは裏腹に、わたしは混みあった教室の中に入っていった。

そして、もの凄くきれいなひとりの娘にただちに目を奪われた。繊細な顔立ちをしていて、漆黒の長い髪を肩に垂らしたその子は、間違いなくわたしより若かった。わたしは彼女から目が離せなくなった。娘は、激しく議論する若者たちのあいだに立っており、その背中には、葉巻を吸う三十代の黒髪の青年がまるでボディーガードのように張りついていた。彼女を際立たせていたのは、その美しさだけではなかった。腕に生後数ヵ月の男の子を抱いていたのだ。彼女は赤ん坊に乳を含ませながら、交わされる激論を熱心な表情で追い、時おり自分も大声で発言していた。水色のおべべでくるまれ、赤みを帯びた両脚も足も剝き出しになった赤ん坊が乳首から口を離しても、彼女は乳房をブラジャーのカップに収めようとせず、白いブラウスの前をはだけたまま、膨らんだ乳房を隠そうともせず、眉をひそめ、口を半開きにした表情でいた。そして子どもが乳を吸うのをやめたと気づくたび、反射的にまた吸わせようとした。

娘はわたしを不安な気持ちにした。騒がしく、煙が充満した教室で、型破りな母親の姿は目立っていた。わたしより若く、美しく、一児の母という責任を負った娘。しかし彼女は、我が子の世話に穏やかに没頭する若い女とみなされることを全力で拒否しているようだった。甲高い声を上げ、身振り手振りも激しく発言の機会を求めては、怒りのあまりに笑い、軽蔑した手つきで誰かを指差す。それでも男の子は彼女の一部をなしており、乳房を求めたり、見失ったりしていた。ふたりは危うげに揺らめく一枚の絵を構成していた。ガラスにでも描かれたか、今にも砕け散りそうな絵だ。男の子は母親の腕から落ちるか、小さい頭が誰かの肘か、不注意な動作か、何かものにぶつかるかしてしまいそうだった。不意に娘の隣にマリアローザが現れた時は嬉しかった。やっと来てくれた。彼女はなんと元気で、色鮮やかで、愛想がいいんだろう。どうやら若い母親とはとても仲よしのようだった。わたしは手を振ったが、気づいてもらえなかった。マリアローザは娘の耳に何かちょっとささやくと、見えなくなり、今度は教壇の周りで侃々諤々とやっている若者たちのあいだに姿を見せた。そのあいだに教室の横の入口のひとつから数人の小集団が入ってきて、それだけで辺りの騒ぎが少し収まった。彼らに向かってマリアローザは手を振り、相手が手を振り返すのを待ってから、メガフォンをつかみ、短く言葉を発した。満員の教室はそれで完全に静まりかえった。その時、数秒間のことだが、わたしはある印象に襲われた。ミラノという町、当時の社会的緊張、そしてわたし自身の興奮がひとつになって、この頭の中にいた過去の亡霊たちを解放したのではないか。そんな印象だ。ここ数日、わたしは自分が初めて受けたあの政治教育を何度思い起こしたことだろう？　マリアローザが隣に立った若者にメガフォンを手渡した時、それが誰だかすぐにわかった。ピサ時代初期のわたしの恋人、フランコ・マーリだ。

15

彼はまるで変わらなかった。説得力のある温かい声も昔と同じなら、演説のパターンも同じだった。序盤は大まかな話から始まるが、徐々に無理なく展開し、誰もが覚えのある日常的な体験へと着地して、意図を明らかにするのだ。こうして書いていると、自分がフランコの外見をほとんど覚えていないことに気づかされる。記憶にあるのは、髭をきれいに剃った青白い顔と短髪の頭だけだ。それでも当時のわたしにとって彼の体は、まるで夫婦のようにしがみついたことのあるただひとつの体だったのだが。

演説を終えたところへ近づいていくと、彼は驚きに目を輝かせ、抱きしめてくれた。ただ、まともに会話のできる状況ではなかった。その腕を引く者もあれば、彼をしつこく指差しながら早くも糾弾し、何か恐ろしい罪に対する釈明でも求めるように声を荒らげる者までいたからだ。わたしはどうしたものかと迷いながら、教壇を取り囲む集団の中に留まっていた。喧噪の中、マリアローザの姿も見失ったが、今度は向こうがわたしを見つけ、腕を引っ張ってくれた。

「こんなところでどうしたの?」彼女は嬉しそうに問いかけてきた。

約束をすっぽかしたことは伏せ、たまたま通りかかったことにした。それからフランコを指差してわたしは言った。

「わたし、彼、知ってるの」

「マーリのこと?」

「そう」

マリアローザはフランコを熱心に褒めたたえてから、小声で言った。あとでみんなに恨まれるわ。彼を呼んだの、わたしだから。おかげで大変な騒ぎになっちゃって……。フランコはその晩、彼女の家に泊まり、翌日にはトリノに向かって出発するという話だった。間髪を容れず、だから是非あなたも泊まっていってくれと彼女にせがまれた。せっかく用意してもらったホテルの部屋がもったいなかったが、わたしは承知した。

集会はなかなか終わらなかった。非常に緊迫した場面もあり、常にぴりぴりした空気に包まれていた。日も暮れかけたころ、わたしたちは大学を出た。マリアローザとフランコだけではなく、あの若い母親、そして教室で葉巻を吸っていた三十代の男も一緒だった。娘は名をシルヴィアといい、彼のほうはフアンといってベネズエラ人の画家だった。夕食はみんなでマリアローザのなじみの食堂(トラットリア)に行った。フランコと話すうちに自分の印象が誤っていたことにわたしは気がついた。彼は昔のままなどではなかった。フランコは仮面を一枚被らせられたか、自ら被ったようだった。その仮面は目鼻立ちこそ以前のそれとそっくり一緒だが、彼から寛容さをすっかり奪っていた。フランコは表情の硬い、感情を表に出さない、言葉を選ぶ人間になっていた。表面的には親しげな短いやりとりのあいだ、彼は一度もわたしとの過去の関係について触れなかった。こちらから、どうして手紙を書いてくれなくなったのかと嘆いてみせても、まともに相手にしてくれず、あれでよかったんだ、とぼそりとつぶやいておしまいだった。あれから大学はどうしたのかと尋ねてもあいまいで、卒業はしなかったようだった。

「もっとやるべきことがあるからね」フランコは言った。

「何があるの?」

するとの彼はわたしとの会話のあまりにプライベートな調子が不快になったという風に、マリアローザに声をかけた。

「今、何をやるべきなのか、エレナは知らないそうだよ」

マリアローザは陽気に答えた。

「革命よ」

それを聞いて、わたしは皮肉っぽくやり返してやった。

「じゃあ、お休みには何をしてるの？」

するとファンが真面目な声で答えた。その手は、隣に座るシルヴィアの赤ん坊の、ぎゅっと握った拳を優しく揺らしていた。

「休日には、革命の準備さ」

夕食後、わたしたちは全員でマリアローザの車に乗った。彼女はサンタンブロージョ地区の古いがとても広いアパートに住んでおり、ベネズエラ人のファンはそこにアトリエのような部屋を持っていた。ひどく乱れた部屋だったが、彼はフランコとわたしを招き入れ、作品をいくつか見せてくれた。大型の絵で、ひとでいっぱいの街角が写真かと見まがうような精緻な筆で描かれているのだが、その上に、絵の具のチューブに筆、パレットに溶き油用のお椀、布きれなどを貼りつけて、せっかくの風景を台無しにしているのだった。マリアローザはファンの絵をおおいに褒めたが、その声はむしろフランコに向けられており、彼が感想を述べるととても喜んだ。

わたしは四人の様子をうかがっていたが、彼らの関係がよくわからなかった。ファンがそこに住んでいるのは確かで、シルヴィアも赤ん坊のミルコを抱いて家の中を歩き回る様子を見ればそうと知れた。ただ、最初はこのふたりがカップルで、部屋のひとつをマリアローザにまた借りしているのだろうと思ったのだが、すぐに考えを改めた。事実、画家はその晩、シルヴィアに淡泊な優しさ以上の態度は見せなかった。しかしマリアローザに対しては、しばしばその肩に手を回し、一度など首にキスまでした。

最初はファンの作品についての会話がしばらく続いた。フランコは以前から視覚的芸術に羨ましいほど精通しており、実に鋭い批評感覚の持ち主だったから、わたしたちはみな彼の評を楽しんだ。ただしシルヴィアは例外だった。ずっといい子にしていたミルコが急に泣きだして、どうにも落ちついてくれなかったのだ。わたしはしばし、フランコがわたしの書いた小説の話もしてくれないかと期待した。彼ならば、今ファンの絵について語っているように、ちょっと辛辣でも気の利いたことを言ってくれるだろうと思ったのだ。ところが誰ひとり、わたしの本など話題にしてくれなかった。それどころか、芸術と社会に関するフランコの意見が気に入らなかったベネズエラ人画家が癇癪を起こすと、話題はイタリアの文化的遅れ、総選挙後の政治状況、社会民主主義陣営の連鎖的譲歩、学生運動と警察による抑圧、そして、いわゆる〝フランスの教訓〟と呼ばれるものへと移行していった。フランコとファンのやりとりはただちに激論となった。シルヴィアはミルコがどうしてほしいのか理解できずに画家の部屋を出たり入ったりしており、まるで大きな子どもを相手にするみたいにきつく叱りつけたり、赤ん坊をあやしながら行き来していた長い廊下か、おしめを替えにいった部屋で、非難の声を上げたりしていた。マリアローザは、パリ大学で抗議活動中の学生たちの子どものために用意されたという託児所について語ってから、六月頭の、雨の降る寒いパリの街角を描写した。ゼネストでまだ経済活動が停止したままのパリだ。それは彼女が自分の目で見てきた光景ではなかったが（マリアローザは残念そうにそう告白した。結局、彼女も出発できなかったのだ）、女友だちが寄こした手紙の内容そのままだということだった。フランコとファンはどちらも彼女の話をなんとなく聞いていたが、自分たちのあいだの論争は片時も忘れず、その勢いはさらに激しくなる一方だった。

結果、わたしたち三人の女は、二頭の雄牛の徹底的な力比べが終わるのをじっと待つ三頭の雌牛のような状態になってしまった。そんな状況がわたしは腹立たしく、マリアローザが議論に復帰したら、わたしも参戦しようと待ち構えていた。ところが男たちはわたしたちの入りこむ隙をまるで残してくれなかった。一方、赤ん坊の泣き声は激しさを増し、シルヴィアの対応はますます乱暴になってきた。リラはジェンナーロを産んだ時、この子よりも若かったんだな、と思った。そして、大学の集会で初めて見た時から、自分がなぜか彼女をリラと結びつけて考えていたことに気がついた。もしかしたら、ニーノが去り、ステファノと別れたあとに、リラもまた孤独な母親という状態に置かれたからなのかもしれない。あるいはリラの美しさゆえか。もしも彼女がジェンナーロを抱いてあの教室にいたならば、シルヴィアよりもずっと魅惑的で、覚悟ある母親に見えただろう。しかしリラはもはや別の世界にいる。わたしがあの教室で感じた波はいずれサン・ジョヴァンニ・ア・テドゥッチョに届くだろうが、あの地区に流れ着いてあんな風になってしまった彼女は気づきもしないだろう。残念な話だ。わたしは罪悪感を覚えた。リラをさらってでも連れ出し、一緒に旅をするべきだった。あるいはせめて、わたしの体の中にある彼女の存在を強め、その声を自分の声に混ぜるべきだった。まさに今のように。わたしにはリラの声が聞こえていた。そんな風に黙って、あのふたりにだけしゃべらせて、部屋の飾りの観葉植物みたいに突っ立っているだけなら、せめてその子に手を貸してやったら？　小さな赤ん坊がいるって、大変なんだから……。空間と時間の混乱、さまざまな感情の混乱が起きていた。わたしはぱっと立ち上がり、シルヴィアの手からそっと、どきどきしながら赤ん坊を取り上げた。彼女は喜んで渡してくれた。

16

なんて美しい子どもだろう。それは忘れがたいひと時となった。わたしはミルコにあっという間に夢中になった。桃色を帯びた肌の手首と脚の付け根にできた皺の愛らしいこと。なんてハンサムさん。

ぱっちりとしたお目々。髪の毛もこんなにふさふさで。ほっそりとした小さなあんよも素敵ね。なんていい香りの赤ちゃんなのかしら……。わたしはそんな褒め言葉を静かにささやきながら、家中をあやして回った。やがて男たちの声が遠ざかり、彼らが主張する意見も、殺伐とした空気も遠ざかると、思いがけないことが起きた。かつて覚えのない快感に包まれたのだ。赤ん坊の体温と動きが、制御しようのない炎のように感じられ、自分のすべての感覚が普段より敏感になり、用心深くなった気がした。腕の中にある完璧な生命のかけらに対する感覚が痛いほど研ぎ澄まされ、その愛らしさを感じると同時に責任を感じ、その家の暗がりに潜んでいるであろう悪意ある影たちから赤ん坊を守ろうと身構えたくなる気分だった。ミルコはそんなこちらの反応に気づいたらしく、落ちつきを取り戻してくれた。それも嬉しかった。赤ん坊をほっとさせることができた自分が誇らしかった。

部屋に戻ると、シルヴィアはマリアローザの膝に腰かけ、ふたりの男たちの議論に耳を傾け、不機嫌な声を上げていたが、わたしを振り返ると、赤ん坊を抱きしめるこちらの表情に浮かぶ愉悦に気づいたのだろう、急に立ち上がって、きつい声でありがとうと言いながらミルコを取り上げ、ベッドに寝かしつけに行ってしまった。あとには不愉快な喪失感が残された。ミルコのぬくもりが自分から遠ざかっていくのがわかった。わたしは不機嫌に座り直し、混乱した思いに襲われた。赤ん坊を取り返して抱きたかった。また泣きだしやしないか、シルヴィアが助けを求めてこないかと願った。わたしはどうしてしまったのだろう？　子どもがほしくなった？　母親になり、乳をやって、子守歌を歌いたくなった？　結婚と妊娠？　でも、もうこれで安心だと思った矢先に、母さんがお腹から顔を出したらどうする？

17

フランスがわたしたちに示したという教訓にも、ふたりの男たちの緊迫した対決にも、わたしはなかなか集中できなかった。かといって、じっと黙っているのも嫌だった。これまでにパリの事件について本や新聞で読み、考えたことを何か発言したかったが、何を言おうか考えてみても、頭の中で不完全な文句がごちゃごちゃにもつれるだけだった。驚くべきは、あんなにも頭がよくて、あんなにも自由なマリアローザが沈黙を守っていることだった。彼女はひたすらフランコの主張に笑顔でうなずいていた。ファンはそんな彼女の反応に苛立ち、時おり不安げな様子を見せた。マリアローザが黙っているなら、わたしが口を開こう。そう思った。さもないと、どうして自分はホテルに行かず、わざわざここに来たのだ？　その答えなら実はわかっていた。過去に出会ったことのある人間に自分の成長ぶりを見せつけたかったのだ。フランコにわからせてやりたかった。昔のようにわたしをもの知らずな女の子扱いすることはもはや許されず、わたしはあのころとは完全な別人になったと。そしてマリアローザの前で、〝新しいわたし〟を自分は尊敬していると彼に明言してほしかった。だから、赤ん坊が黙り、シルヴィアがそのあとを追って姿を消し、母子のどちらもがこの自分をもはや必要としていないのを見て取ると、わたしはさらに少し待ってから、元恋人に反論する機会を得た。それは即興の反論であって、確固たる意見に支えられた行為ではなく、ただ〝フランコに反対する〟ことだけを目的とした行為だった。あらかじめ用意のあった決まり文句とはったりの自信を混ぜあわせてわたしは反論を開始した。フランスで起きている階級闘争の成熟度にわたしは疑問を持っている、学生と労働者の共闘にしても今のところかなりあいまいなものではないか……。だいたいそんな主張をした記憶がある。確固とした口調で話したが、胸の中では、そのうち男たちのどちらかに遮られて、またふたりだけの議論が始まってしまうのではないかと怯えていた。ところがふたりとも、いや、子どもを置いてそっと忍び足で戻ってきたシルヴィアを含め、みんながわたしの主張を熱心に聞いてくれた。フランコもファンもこちらの言葉に苛立った様子はまるで見せず、ファンにいたっては、わたしが〝民衆〟という言葉を二、三度使うと、そのたびにうなずきさえした。そんなベネズエラ人の反応にフランコは腹を立てたらしい。つまり君は今の状況が〝客観的に見て〟革命的ではない、そう言いたいんだな？　彼は皮肉っぽくそう問い質してきた。それはわたしのよく知っている口調だった。こちらをからかって、我が身を守ろうという魂胆だ。わたしたちはぶつかりあい、意見を戦わせた。〝客観的に見て〟の意味がわからないんだけど？　行動は不可避だってことさ。じゃあ、仮に不可避じゃなければ、あなたはじっと手をこまねいてるってこと？　違う、常に全力を尽くす、それが革命家の使命だ。でも、フランスの学生たちはそもそも実現不可能なことを目指していたし、いったん壊れてしまった教育システムは、このまま二度と直らないと思うな……。色々なことが変化したし、これからも変化は続く。それは認めるかい？　ええ、でも今の状況が〝客観的に見て〟革命的だという保証がほしくて、あなたとか、別の誰かに正式な認定証を求めるひとなんていないわ。学生たちは行動した。それだけの話よ。嘘だ。嘘じゃないわ……。そんな具合に応酬は続き、やがてわたしとフランコは同時に口を閉ざした。

異常なやりとりだった。議論の内容ではなく、熱い口調が異常だった。そこには礼儀のかけらもなかった。マリアローザの楽しげな目のきらめきにわたしは気づいた。わたしとフランコの話し方を聞いて、かつてのふたりがただの大学の仲間以上の関係であったことに気づいたのだ。彼女はシルヴィアとファンに手を貸してくれと呼びかけた。わたしとフランコに貸すシーツやタオルを探すために、梯子を取ってこなければならなかったのだ。シルヴィアとファンはマリアローザを追って部屋を出ていった。その間際、ファンがマリアローザの耳に何やらささやくのが見えた。

フランコはちょっと床を見つめて、微笑みを隠そうとするように唇を固く結ぶと、優しい声で言った。

「君は相変わらずの小市民(プチブル)だな」

それはかつて、大学男子寮のフランコの部屋で、誰かに見つかるんじゃないかとわたしが怯えるたび、彼に貼られ、からかわれたレッテルだった。他人の目がなくなったのを見て、わたしは声を荒らげた。

「それはこっちの台詞よ。生まれも育ちも行動もプチブルそのもののくせに」

「ごめん、怒らせるつもりはなかったんだ」

「怒っちゃいないわ」

「変わったな。ずっと攻撃的になった」

「わたしはわたし、前と同じよ」

「家族は変わりないかい？」

「ええ、おかげさまで」

「君がよく話してた、親友のあの子はどうしてる？」

なんの脈絡もなく飛び出したその質問にわたしは戸惑った。フランコに昔、リラの話なんてしただろうか？　どんな話をした？　そもそもどうして今、リラのことなんて思い出す？　彼が気づいて、こちらが見落としたつながりが何かあっただろうか。

「元気よ」わたしは答えた。

「彼女、今、何してるの？」

「ナポリ郊外のハム工場で働いてる」

「商店主と結婚しなかったっけ？」

「したけど、うまくいかなかったの」

「そのうちナポリに行ったら、紹介してくれないか」

「もちろん」

「君の電話番号か住所をあとで教えてくれ」

「ええ」

彼はこちらの顔をうかがい、わたしをできるだけ傷つけぬよう言葉を選んでから、こんな質問をした。

「彼女は君の本を読んだのかな？」

「どうだろう。あなたは読んでくれた？」

「当然読んだよ」

「どうだった？」

「よかったよ」

「どういう意味？」

「よく書けた部分もあったってことさ」

「どこ？」

「色んなもののかけらを一緒くたにして、自分の周りに溶接できる力を主人公に与えたくだりだな」

「そこだけ？」

18

「そこだけじゃ不満かい？」

「不満よ。それじゃ、あの本を気に入ってもらえなかったのがはっきりしてるもの」

「よかったって言ってるじゃないか」

　知らぬ相手ではない。彼がわたしを傷つけまいとしているのはわかった。でもそれが腹が立った。

「話題になったし、凄く売れてるのよ」

「それなら、いいじゃないか」

「ええ、でもあなたにとっては違うでしょ。どこがどう駄目なの？」

　フランコは結んだ唇にまたぎゅっと力を入れると、覚悟したように言った。

「中身がほとんどないんだよ、エレナ。ゆきずりの情事やら、立身出世の野心やら、そんなものの陰に、本当に語るべきものを君は隠してしまったんだ」

「語るべきものって？」

「もう遅いからやめよう。そろそろ寝ないと」それから彼は悪気のない冗談めかした声を出そうとした。しかし実際に出た声は、例の新しい口調のままだった。何か重要な任務を抱えていて、それ以外の物事に対しては力を出し惜しみする人間の声だ。「とにかく、全力は尽くしたんだろう？　でも今は、客観的に言って、小説なんて書いている時じゃないんだよ」

ちょうどそこへマリアローザがファンとシルヴィアと一緒に戻ってきた。三人は清潔なタオルと寝間着を持ってきてくれた。マリアローザは間違いなくフランコの最後の台詞を聞き、わたしの本が話題になっていたことにも気づいたはずだが、何も言ってくれなかった。わたしあの本好きよ、と適当な感想を述べることもできれば、小説なんていつでも書けるはずでしょ、とも言えたはずだが、そのどちらもなかった。そんな反応から推測するに、政治に取り憑かれた者たちばかりで、知的水準の高いその手の空間では、わたし個人に対する親しみや愛情の表明とは無関係に、あの本は無価値な駄作とみなされているらしかった。人気をあと押ししている例の場面にしても、ずっと驚異的な他の作品(そうした作品をわたしは一冊も読んだことがなかったが)に比べれば屑みたいなものと評価されるか、フランコの貼った〝ゆきずりの情事の物語〟という軽蔑混じりのレッテルがふさわしいとみなされているようだった。

未来の義姉はあいまいな態度で、バスルームとわたしの寝る部屋を教えてくれた。わたしは、朝早く出発することになっていたフランコに別れを告げた。手を差し出して握手をしただけで、彼のほうもわたしを抱擁しようとはしなかった。そして彼はマリアローザとある部屋に姿を消した。ファンの暗い表情とシルヴィアの不幸せそうな目つきから見るに、客人と女主人はその夜、ベッドをともにするようだった。

わたしは自分に割り当てられた部屋に向かった。古い煙草の吸い殻のにおいが強く漂い、シーツの乱れた小さいベッドがひとつあり、ナイトテーブルもなければ、ナイトランプもなく、天井の中央に弱々しい電灯が点いているだけで、床には山積みの新聞と『メナボー』『ヌオーヴォ・インペンニョ』『マルカトレー』といった文学や現代美術、音楽などを扱う雑誌が数号ずつあり、高価な美術書も散らばっていた。美術書はぼろぼろのものもあれば、明らかに一度も開かれたことのない新品も一冊ならずあった。悪臭の源はベッドの下に見つかった。吸い殻でいっぱいの灰皿だ。窓を開けて、下枠の手前の台の上に置いた。わたしは服を脱いだ。マリアローザの貸してくれた寝間着は着丈が長すぎて、しかもきつかった。わたしは薄暗い廊下を裸足で歩き、バスルームに向かった。歯ブラシがないのは気にならなかった。元々、歯磨きをしつけられたことはなく、わたしにとってはピサで身につけた新しい習慣だったからだ。

ベッドに入ったわたしは、その晩会ったフランコの記憶を昔の彼の記憶でかき消そうとした。わたしを愛してくれたお金持ちで心の広い若者、わたしを助け、何から何まで買い与え、教育し、政治集会のついでにパリに連れていき、休暇にはヴェルシリアの両親の別荘にも連れていってくれた、あのフランコだ。でもうまくいかなかった。過去は現在にかなわなかった。嵐が吹き荒れ、満員の教室に怒号が響き、頭の中でざわめく政治用語の群れがわたしの本に襲いかかり、価値を奪ってしまう現在のほうが強力だった。わたしは作家としての自分の将来を楽観しすぎていたのだろうか。フランコの言うとおり、小説を書くよりも大切なことがもっとほかにあるのだろうか。彼はわたしを見てどう思ったのだろう。ふたりの恋にどんな思い出があるのだろう。まだ何か覚えているとすればの話だが。今ごろマリアローザにわたしの悪口を言っているのだろうか、ニーノがわたしにリラの愚痴をこぼしたように？　つらかった。すっかり自信を失ってしまった。少しは寂しい気持ちにもなるかもしれないが、それでも素敵な夕べになるだろうと想像していたのに、すっかり悲しくなってしまった。早く朝になれ、もうナポリに帰りたい……。わたしはいったん寝床を出て明かりを消すと、真っ暗な中をベッドに戻った。

なかなか眠れず、寝返りばかり打って過ごした。ベッドにも部屋にも他人の体が放ったにおいが残っていた。それは実家のぬくもりにも似ていたが、誰の体臭ともしれず、会えばぞっとするような人間のものかもしれなかった。そのうちとうとうとしたが、またはっと目を覚ました。部屋に誰かが入ってきた気配がしたのだ。わたしはつぶやいた。誰？　するとファンの返事があった。彼はなんの前置きもなく、いかにも情けない声で、何か真剣な頼みごとか、それこそ怪我の応急手当てでも求めるように言った。

「君と一緒に寝てもいいかな？」

あんまり馬鹿げた要求に思えたので、はっきり目を覚まして、真意を理解するために、わたしは聞き返した。

「一緒に寝る？」

「そう、隣に寝かせてほしいんだ。迷惑はかけないからさ。ひとりでいたくないだけなんだ」

「絶対に駄目よ」

「どうして？」

なんと答えたものかわからず、わたしはつぶやいた。

「わたし、婚約者がいるの」

「それがどうした？　一緒に寝る、それだけだよ」

「もう出てって。お願いだから。そもそもあなたのことなんて、わたし、ろくに知らないし」

「僕はファンだ。絵だって見せたじゃないか。ほかに何がいるって言うんだ？」

彼がベッドに腰かけるのがわかった。黒いシルエットが見え、葉巻くさい息がにおった。

「お願い」わたしはそっと頼んだ。「眠いの」

「君は恋愛小説を書く作家じゃないか。あらゆる体験が僕らのイマジネーションの肥やしとなり、創作の助けとなるはずだよ。だからそばにいさせてくれ。今夜のことも作品で書けばいいじゃないか」

ファンは指先で片足にそっと触れてきた。我慢ならなくなったわたしは電灯のスイッチめがけて走り、明かりを点けた。彼はまだベッドに腰を下ろしたままだった。パンツにランニングシャツという格好だ。

「出てって」わたしは声を押し殺して命じた。断固とした口調に、次は大声を出す、出ていかなければ全力で殴りかかるという意志を聞き取ったのだろう、彼はのろのろと立ち上がり、嫌悪も露わに吐き捨てた。

「あんたは偽善者だ」

ファンは出ていった。その背に向けてわたしはドアを閉めたが、鍵はなかった。

わたしは呆然とし、猛烈に腹が立ち、怯えた。頭の中では方言の残忍な呪い文句が轟々と鳴り響いていた。少し待ってからベッドに戻った。ただし明かりは消さなかった。わたしは何を誤解させたのだろう。わたしはどんな人間に見え、何がファンにあんな要求をすることを許したのだろう。あの小説のために定着しつつある自由な女という評判のせいなのか。それともわたしが政治的な発言をしたせいなのか。わたしの発言はただの討論とも、自分が男と同じくらい才能があることを示すためのゲームともみなされず、奔放な性的傾向も含めたわたしの性格全般を定義する行為だと思われたのか。ああして議論に口を挟んだことで、彼らと主義を同じくする仲間とみなされてしまったのか。あの男になんの抵抗もなくわたしの部屋に闖入させ、マリアローザに、やはりなんの抵抗もなく、自分の部屋にフランコを連れこませる、ひとをそそのかしてそんな行為をさせる主義だ。それともわたし自身、あの大学の教室で感じたエロチックな興奮の広がりに汚染され、気づかぬままに同じものを辺りに撒き散らしていたのだろうか。やはりミラノで、わたしはピエトロを裏切ってまで、ニーノと愛を交わしたくなったことがあった。でもあの時の情熱には古い根があり、性的願望にも背徳にもそれなりの理由があった。一方、セックスだけ、ストレートに絶頂を求めるだけの関係というのは、わたしは駄目だった。どうも惹かれず、受け入れがたく、吐き気がした。どうしてわたしはトリノでアデーレの友人の教授に触れられ、またこの家でファンに触れられるような目に遭うのだ？ わたしは何を示さねばならず、〝彼ら〟は何を示そうとしたのだ？ 不意にドナート・サッラトーレとの出来事を思い出した。脚色を加えて小説に書いたイスキアの夜の浜辺での出来事よりむしろ、あの男がネッラの家の台所に現れ、ベッドに入ったばかりのわたしにキスをし、触れてきた、あの時のことだ。自分の意志に反して快感の波に襲われたあの時。唖然とし、震え上がったあの時の娘と、エレベーターの中で襲われた女、そして今夜、寝室に侵入された女とのあいだには、果たしてなんらかのつながりがあるのだろうか。アデーレの友人にして名高い学者のタッラターノ教授とベネズエラ人芸術家のファンは、ニーノの父親と同類だというのか。卑しい売文家で、三流詩人の、あの車掌と？

19

眠れなかった。気持ちがぴりぴりし、頭は矛盾した思いでいっぱいな上に、ミルコがまた泣きだしたからだ。赤ん坊を腕に抱いた時に覚えたあの強烈な感情が甦った。落ちつく気配がなかったので、わたしはもう我慢できなくなり、立ち上がると、泣き声の聞こえるほうに向かい、光の漏れているドアの前に立った。ノックすると、シルヴィアのぶっきらぼうな返事があった。彼女の部屋はわたしの部屋より整っていて、古い衣装ダンスがひとつ、整理ダンスがひとつ、ダブルベッドがひとつあって、ピンク色のベビードールを着たシルヴィアはベッドの上であぐらをかき、嫌な顔をしていた。両腕をだらりと下げ、左右の手の甲をシーツに置いた格好で、剝き出しの太股の上にまるで神への献げ物のようにミルコを載せている。ミルコは丸裸で、紫がかった色をしていて、黒い口の穴を大きく開き、小さな目をぎゅっと閉じて、手足をばたつかせていた。とげとげしくわたしを迎えたシルヴィアだったが、やがて態度を和らげた。自分は無能な母親だと彼女は言い、どうすればよいのかわからず、困り切っていたところだと告白してから、こんなことをつぶやいた。この子、お乳を吸うか、こうして泣くかどっちかなの。どこか悪いのかもしれない。きっとこのまま、このベッドの上で死ぬんだわ……。そうして話す彼女はリラとはまるで似ておらず、醜かった。苛立ちにひきつった口元も、ひどく大きく見開いた目も醜悪だった。そして彼女はわっと泣きだした。

母と子の泣き声にわたしはほろりとさせられ、どちらもぎゅっと抱きしめて、あやしてやりたくなった。わたしはささやいた。赤ちゃん、ちょっと抱かせてもらっていい？　彼女がしゃくり上げながらうなずいたので、わたしはその膝からミルコをすくい上げ、胸に抱いた。すると、さまざまなにおいに音、ぬくもりからなるあの流れをまた感じることができた。赤ん坊の命のエネルギーが、一度は別れたわたしの元に早く戻ろうと大喜びしているような気がした。わたしは部屋の中を行ったり来たりしながら、その場で思いついたでたらめな祈りの文句めいたものを唱えた。それは長く、ナンセンスな、愛の告白だった。奇跡的にミルコは泣くのをやめ、眠りに落ちた。わたしは母親のそばに赤ん坊をそっと置いたが、その実、男の子のそばを離れたくはなかった。それに、部屋に帰るのは不安だった。ファンがいるはずだと心の一部で確信していたからだ。だから、そこに留まりたかった。

シルヴィアはまるで気持ちのこもっていない声で礼を述べると、わたしの長所を冷めた声で数え上げた。あなたは頭もよければ、なんでも知ってるし、度胸もある。子どもを扱うのも上手ね。きっといい母親になれるわ……。わたしはそんなことはないと答え、もう行くね、と続けた。すると彼女は急に不安そうな顔をしてわたしの手を取り、行かないでくれ、と言った。この子、あなたがここにいるのを感じてるわ。だから行かないで。そのほうが静かに眠ってくれると思うの……。わたしはすぐに承知した。わたしたちは赤ん坊を挟んでベッドに並び、明かりを消したが、そのまま眠らずに互いのことを語りあった。

暗闇の中、シルヴィアはつんけんした態度をぐっと和らげた。妊娠を知った時はぞっとしたと教えてくれた。愛していた男性には妊娠を伏せ、自分に対しても誤魔化し、普通の病気のようにそのうち治るはずだと思いこんだ。ところが彼女の体は反応し続け、変形を始めた。彼女は親にすべてを告白せねばならなかった。実家はモンツァにあり、両親はどちらも専門職で成功した、裕福な家庭だった。結局、両親とは喧嘩になり、家を飛び出した。しかしその後、彼女は、自分が奇跡を待って何カ月もいたずらに過ごしたことを正直に認めもしなければ、真剣に堕胎を検討しなかったのは体への悪影響を怯えていたためだと白状しようともせず、自分を孕ませた男への愛ゆえに子どもを産みたいのだと主張するようになった。その彼はこう言ったという。君がその子を望むなら、僕も君への愛ゆえにやはり望もう。わたしは愛ゆえに、僕も愛ゆえに。その時はどちらも真剣に発した言葉だった。ところが何カ月かすると、臨月に達する前に、愛はふたりのどちらをも見捨てた。シルヴィアはその点をつらそうに繰り返し強調した。あとに残されたのは恨みばかりだった。こうして彼女は独りぼっちになった。それでも今までなんとかやってこられたのは、ひとえにマリアローザのおかげだ。彼女は熱のこもった口調でマリアローザを褒めたたえた。とても優秀な教師で、本当に学生たちの側に立ってくれる、得がたい同志だ、と。

わたしはアイロータ家の人々はみんな素晴らしいと褒め、ピエトロと婚約していて、秋には結婚する予定であることも教えた。すると彼女は激しい口調で、わたしは結婚も家族も吐き気がする、どっちも時代遅れだ、と答えてから、また急に寂しげな声になり、こう言った。

「ミルコの父親も大学に勤めてるわ」

「そうなの？」

「そもそも彼の講座を受けたのが出会ったきっかけだったの。もの凄い自信家で、知識も豊富で、頭もよくて、とてもハンサムだった。才能の塊みたいなひとで、学生運動が始まる前から彼、言ってたわ。『君たちは教師たちを再教育しなさい。動物扱いに甘んじるな』ってね」

「子どもの面倒も少しは見てくれるの？」

彼女は闇の中で笑い、辛辣につぶやいた。

「所詮、男よ。恋をして正気を失った女の体の中に入ってくる時以外、男ってずっと外にいるものでしょ？　だから気持ちが冷めると、一度は彼がほしかったって思うだけで、嫌になっちゃうのよね。彼はわたしが好きになって、わたしは彼が好きになった。それだけのこと。わたしなんて誰かを好きになること、一日に何度もあるけど、あなたは違う？　ちょっとのあいだだけ好きになって、すぐに冷めるの。あとに残るのは子どもだけ、子どもは母親の一部だから。父親は元々他人だったのが、また他人に戻る。名前まで前とは響きが変わっちゃう。ニーノ。大好きな名前だったわ。朝、目が覚めたらもう頭の中で唱えてて、一日中やめられなかったくらいに。魔法の言葉だった。今はその名を聞くだけで悲しいけど」

わたしはしばらく黙ってから、そっと尋ねた。

「ミルコのお父さん、ニーノっていうの？」

「うん、みんな知ってるわ。大学じゃ有名人だから」

「ニーノ……名字は？」

「ニーノ・サッラトーレよ」

20

早朝にわたしは出発した。赤ん坊に乳を含ませたまま寝ているシルヴィアは起こさなかった。画家の気配は家のどこにもなかった。別れを告げることができたのはマリアローザだけだった。彼女はフランコを駅まで送るためにかなりの早起きをして、戻ってきたばかりだった。眠そうで、なんだか苦しげな表情をしている彼女に尋ねられた。

「よく眠れた？」

「シルヴィアとずいぶん話をしたわ」

「ニーノのことは聞いた？」

「うん」

「あなた、彼と友だちなんですってね」

「ニーノに聞いたの？」

「そう。あなたのこと少し噂させてもらったわ」

「ミルコが彼の子だって、本当？」

「本当よ」あくびを噛み殺して、彼女はにこっとした。「ニーノ、かっこいいから、女の子たちはもう奪いあいで、あっちに引っ張り、こっちに引っ張りしてるわ。今はそういう意味じゃ、幸い、恵まれた時代よね。なんでも好きなものをつかみなさいって感じだから。それに彼って独特な魅力があって、ひとを喜ばせたり、やる気にさせたりするところがあるじゃない?」

自分たちの運動には彼のような人材がたくさん必要だ。マリアローザはそう言うのだった。ただしニーノのことは大切に育て上げ、正しい道を歩ませなくてはいけない、とも言った。ああいう有能な人間には指導が欠かせないの。なぜなら彼らはブルジョア民主主義者とか、企業利益優先主義の技術者とか、近代化主義者になってしまう潜在的な危険もあるから……。わたしとマリアローザはふたりで過ごす時間があまりなかったのを互いに惜しみ、次に会う時はゆっくり話そうと誓いあった。わたしはホテルに荷物を取りに戻り、帰途についた。

列車に乗り、ナポリまでの長い旅が始まってようやくわたしは、ニーノが二児の父になったという事実を正面から受け止めることができた。わびしい灰色の光がシルヴィアからリラへ、ミルコからジェンナーロへと伸びた。リラとニーノのイスキアでの恋も、フォリーオの熱い一夜も、マルティリ広場の店での密会も、彼女の妊娠もすべてが色あせ、ただの機械的なからくりに成り果てたような気がした。ナポリを去ったニーノは同じからくりをシルヴィアを相手に作動させた。ほかにも何人の女性を相手にそうしてきたかしれない。わたしは頭にきた。まるで頭の片隅にリラが隠れていて、彼女の気持ちを自分が感じているような気分だった。わたしは苦々しく思った。今度のことを知らされればリラだってきっとそう思ったように。わたしは激しい怒りを覚えた。自分まで彼女と同じ目に遭わされたかのように。ニーノはリラとわたしを裏切ったのだ。彼女もわたしも同じ侮辱を彼から受けた。ふたりとも彼を愛していた。しかしどちらも彼から本当に愛されることはなかった。つまりニーノは、いくら素敵なところがあるにせよ、その実、軽薄で信用ならぬ男であり、汗と体液をさんざん流したあとは、相手の女性たちのお腹に宿り、そこで育ち、成長した生命体のことなど、なんとなく味わった快楽の残滓に過ぎぬとばかりに省みない、そんな獣なのだ。彼が何年も前に、わたしに会いに地区に来た時のことを思い出した。わたしたちが中庭で話していると、メリーナが窓から彼を見て、その父親と人違いした。つまりドナートの元愛人は父子が似ていることに気がついたのだ。当時のわたしはそんなことはないと思ったが、今となれば、彼女が正しく、こちらが誤っていたのは明白だった。ニーノは父親のようにはなりたくないと言ってドナートから逃げているようで、その実、まるで逃げてなどいなかった。彼は〝とっくに〟父親と同じ人間に成り果てながら、その事実を認めまいとしているのだった。

それでもわたしはニーノを嫌う気にはなれなかった。暑さで激しく熱した列車の中で、わたしは彼とミラノの書店で再会した時のことを振り返り、その思い出を今回のミラノでの出来事に会話、言葉のあいだに加えた。セックスはわたしを追いかけ、ぐっとつかみ、汚らわしくも魅力的で、人々の仕草にも、言葉にも、本の中にもうんざりするほどあふれていた。仕切りの壁は崩れかけ、礼儀作法のくびきは砕けようとしていた。そしてニーノはそんな時代を精力的に生きていた。彼はあの激しいにおいのするミラノ大学の騒然とした集会に参加し、マリアローザの家の混沌にも適応し、彼女と愛も交わしたはずだった。彼はその知能と欲望と誘惑の才をもって今という時代を堂々と好奇心の赴くままに歩いていた。もしかするとドナートの汚い欲望とニーノを結びつけるべきではなかったかもしれない。ニーノの行動は父親とは別の文化に属しているのだから。シルヴィアとマリアローザも言っていたではないか、女の子たちはニーノに夢中で、彼も好きなように彼女らを抱く、と。ただし彼らの関係には蹂躙もなければ、罪もなく、あるのはただ欲望する権利だけだ、と。リラはセックスだって最悪だったと言った時、ニーノはもしかしたらわたしに、快楽に責任を絡めようとするうるさい時代は終わった、そう伝えたかったのではないだろうか。もしも彼が父親と同じ性格であったなら、女性に対する彼の情熱はもっと違った展開を見せていたはずだ。

驚きもあれば、悔しさもあったが、ナポリに着いた時、わたしの一部は譲歩し、彼がどれだけ愛され、愛してきたかと思ううちに、こう認めるまでになっていた。彼は、人生を楽しむのがうまい相手と楽しくやっているだけじゃないか、そのどこが悪い？　地区へと向かう途中でわたしは気がついた。女の子たちの誰もがニーノに夢中になり、彼がまた見境なく相手をするものだから、昔から彼が好きだったわたしも、また余計に好きになってしまう。やはり彼に会うのはなんとしてでも避けよう……。一方、リラの前ではどうすればいいのか迷っていた。黙っているのがいいのか、それとも全部教えてしまうのがいいのか。会ったら、その時に決めよう。そう思った。

21

実家ではニーノの問題を振り返る時間もなければ、そんな気にもならなかった。ピエトロから電話があり、翌週、うちの両親に挨拶に来ると予告があったのだ。わたしはその予定を避けようのない災難として受け入れ、彼のために急いでホテルを探し、家中を磨き上げ、家族の不安を和らげようと奮闘した。しかし三つ目の課題だけは苦労の甲斐もなかった。状況は悪化していた。地区ではわたしの本についても、わたし自身についても、わたしが頻繁に旅に出ることについても、意地の悪い噂が増えていた。母さんはわたしが結婚間近であると自慢することで防戦したが、神を神とも思わぬ娘の選択のせいで戦況がややこしくなるのを避けるため、式はナポリではなくジェノヴァで挙げることになったと嘘をついた。すると噂は余計に増えて、彼女をうんざりさせた。

　ある晩、母さんにこっぴどく叱られ、みんながお前の本を読んで、陰口を叩いているじゃないかと責められた。なんでも弟たちが、お前の姉ちゃんは尻軽女だ、とからかわれて、肉屋の息子たちを殴ったという。ふたりはエリーザの同級生の顔まで殴ったそうだ。妹がそいつに、お前の姉ちゃんみたいにスケベなことしてくれよ、と言われたのが原因だそうだ。

「お前、何を書いたの？」

「別に」

「どうせ、今まであちこちでやってきた、ふしだらなことでも書いたんでしょ？」

「馬鹿言ってないで、自分で読んだら？」

「お前のたわ言なんて、読んでる暇あるもんですか」

「じゃあ、ほっといてよ」

「噂が父さんの耳に入ったら、家を叩き出されるから、覚悟してな」

「いいよ、どうせその前に自分で出ていくから」

　まだ夕方だったので、後悔しそうなことを母さんに言う前にわたしは散歩に出た。通りを歩いても、公園に行っても、大通り（ストラドーネ）沿いでも、住民たちにじろじろ眺められているような気がした。わたしがもう住むのをやめた世界の、文句の多い影どもだ。やがて仕事帰りのジリオーラに出くわした。同じ棟に住んでいたから、一緒に帰ることにしたが、そのうち何か神経に障るようなことを言ってくるのではないかと不安だった。ところが驚いたことに、いつもは攻撃的か意地悪か、そのどちらかの彼女が、恥ずかしそうに言うではないか。

「本、読んだわ。面白かった。あんなこと書くなんて、凄い勇気ね」

わたしは固くなった。

「あんなことって？」

「浜辺でレヌーがしたこと」

「わたしがしたんじゃないわ。物語の主人公よ」

「わかってる。でも、凄くよく書けてると思ったの。だって本当あのまんまだし、あの汚い感じもよくわかるわ。女じゃなければ絶対わからない秘密よね」それから彼女はわたしの腕を引いてこちらの足を止めると、小声になって言った。「リナに会ったら、伝えてほしいの。彼女が正しかった、わたしにもわかるって。あんな糞みたいな連中、リナはみんな捨てちゃって正解よ。あの子の旦那も、母親も、父親も、兄貴も、マルチェッロにミケーレも。わたしだって、ここから逃げ出せばよかった。賢いあんたとリナを見習うべきだったんだよ。でもわたし、生まれつき馬鹿だから、もうどうしようもないんだ」

ほかにたいした話はせず、わたしたちはそれぞれの家に帰った。だがジリオーラの言葉は心に残った。彼女の現況に比べればふたりとも同じ程度にうまくやっているとでも言うかのように、リラの没落とわたしの出世を一緒くたにされたのはショックだった。しかし何より驚いたのは、彼女がわたしの小説に描かれた〝汚い感じ〟に、自ら体験したのと同じ〝汚い感じ〟を見たという事実のほうだった。今まで聞かされたことのない感想で、どう評価していいのかわからなかった。しかしピエトロがやってきたので、そのことはしばらく忘れた。

22

わたしは彼を駅に迎えにいき、まずはフィレンツェ通りのホテルに連れていった。父さんが勧めてくれたホテルで、結局そこにしたのだ。ピエトロはうちの家族よりも不安げに見えた。列車を降りた彼は例によってだらしない身なりで、疲れた顔を暑さで真っ赤にして、大きな旅行鞄を引きずっていた。彼はうちの母さんのために花束を買いたがった。日ごろの吝嗇(りんしょく)ぶりとは裏腹に、かなり大きめで、値の張る花束ができるまで満足しなかった。ホテルに着くと、わたしに花束を持たせてホールに残し、すぐに戻るからと誓ったくせに、三十分もしてから青いスーツに白いシャツ、水色のネクタイを締め、ぴかぴかに磨いた革靴という姿で現れた。思わずわたしが笑いだすと、そんなにみっともないかと尋ねてきたので、凄くいかしてるわと保証してやった。でも道々、男たちの視線をびしびし感じる羽目になった。馬鹿にしたような笑い声も聞かされた。そのしつこさときたら、下手をすると、わたしがひとりで歩く時よりもひどかったかもしれない。お前さんの同伴者は敬意を払うに値しない男だぞという彼らの判定を是が非でも伝えようとするように執拗だった。持たせてくれと言っても渡してくれない大きな花束を抱え、頭のてっぺんから爪先まで完璧に決めたピエトロは、わたしの町には不似合いだった。空いた片手はわたしの肩を抱いていたが、こっちのほうが彼を守ってやらねばならないような気がした。

ドアを開いてくれたのはエリーザだった。それから父さん、続いて弟たちが現れた。みんな晴れ姿で、不自然なまでに愛想がよかった。最後に母さんが姿を見せた。まずはトイレの水を流す音がして、次にいつものいびつな足音が聞こえてきた。髪をセットし、唇と頬に薄紅を塗った彼女を見て、若いころはきっときれいな娘だったのだろうとわたしは思った。母さんはふんぞり返って花束を受け取り、みんなで食堂に向かった。普段はそこで夜のたびに組み立て、朝にはまた片付けるベッドは跡形もなかった。何もかも清潔に輝き、テーブルにはクロスがかけられ、食器が丁寧に並べてあった。母さんとエリーザがその日のために何日も前から料理を仕込んできたので、夕食はいつまでも終わらなかった。ピエトロはやけに社交的に振る舞ってわたしを驚かせた。彼はうちの父さんに市役所での仕事についてあれこれ尋ね、相手の答えに興味深そうに耳を傾け、話をうながした。ついには父さんも無理に標準語を使うのはやめ、方言で市役所職員にまつわる笑い話を次々にやり出したほどだった。わたしの婚約者は話の内容を少ししか理解できなかったはずだが、それでもおおいに喜んでみせた。そして何よりピエトロは食べに食べた。あんなに食べる彼を見たのは初めてだった。しかも、新しい料理が運ばれてくるたびに母さんとエリーザの腕を褒めただけではなく、卵ひとつ調理できないくせに、必ず材料を尋ねた。まるで近いうちに自分でも作ってみるつもりだとでも言いたげだった。じゃがいものオーブン焼き（ガトー）に特にご執心な彼を見て、母さんはお代わりを大量に盛ってやり、口調こそ彼女一流のやる気なさそうなそれではあったが、フィレンツェに戻る前にまた作ってあげましょう、と約束までした。ほどなく和やかな雰囲気となり、途中で抜け出して友だちのところに行くつもりだったペッペとジャンニも出かけるのをやめたほどだった。

夕食が済むと、いよいよ本題という時が来た。ピエトロは真剣な表情になり、お嬢さんを僕にくださいと父さんに頼んだ。震える声で率直に申し出た彼の姿に、わたしの妹は目を潤ませ、弟たちはにやにやした。父さんはうろたえ、口ごもりながらも、こんなにも優秀で真面目な大学の先生に娘をもらっていただけるなんて光栄ですと、好意的な返答をした。こうしてようやく長い夕べも終わりに向かうかと思われた時、母さんが口を突っこんできた。不機嫌な声で彼女は言うのだった。

「教会で結婚しないという考えには、我が家は反対ですよ。神父さま抜きの結婚なんて結婚じゃないわ」

沈黙が下りた。うちの両親は密かになんらかの合意に達しており、母さんがその内容を公表する役を買って出たということのようだった。ただ父さんはこらえきれず、ピエトロに対してそっと微笑みかけた。自分は妻の言った〝我が家〟の側の人間だが、もっと穏やかな助言をする用意がある、という意味の合図だった。ピエトロは父さんに笑顔を返したが、有効な対話相手ではないと判断したらしく、母さんだけを相手にした。うちの家族が友好的ではないだろうことはあらかじめわたしに聞かされていたから、心構えがあったのだ。彼は簡潔な言葉で演説を始めた。口調こそ温かかったが、彼らしい非常にはっきりとした主張だった。ご意見はもっともです。しかし、こちらの話もご理解いただきたいのです。神を心から信じる人々のことは僕も深く尊敬しています。しかし自分は、神を信じる気にはなれなかったのです。無宗教であるからと言って、何も信じていないということではありません。僕にも信条はありますし、エレナさんに対する自分の愛情には完全な自信があります。ふたりの結婚を確固としたものにするのはまさにその愛情であって、祭壇でも司祭でも、市役所の担当者でもありません。宗教儀式の否定は自分にとって主義原則の問題であり、仮に自分がまるで主義のない男であれば、エレナさんには愛想を尽かされるか、間違いなく今ほど強く愛してはもらえないはずです――そして最後に彼はこう結論した――お母さんだって、自分の人生の大原則をたとえひとつでも破ろうとする男にお嬢さんを任せようなどとは、決してお考えになりますまい。

ピエトロの言葉に父さんは深くうなずき、弟たちは呆気にとられ、エリーザはまた感激した。しかし母さんは動じる様子もなく、しばし自分の結婚指輪をいじっていたが、やがてピエトロをまっすぐに見据えると、納得するために元の話題に立ち返ろうともせず、討論を再開しようともせず、冷え冷えとした決意をもってわたしの功績を列挙しだした。この子は幼いころからずば抜けたところのある子どもでした。この子は地区の娘には前例のないようなことをやってのけました。この子はずっとわたしの誇りでしたし、今だって家族みんなの誇りです。わたしはエレナにがっかりさせられたことは一度だってありません。幸せになる権利を自分でつかんだこの子が誰かに苦しめられるようなことがあれば、わたしはそいつをその何千倍も苦しめてやるつもりです。

わたしは戸惑いながら母さんの言葉を聞いていた。そしてそのあいだずっと、彼女が本気でそんなことを言っているのか、それともいつもの調子でピエトロに対し、あんたが大学の先生だろうが、何を言われようが、こっちは少しも気にならない。恩に着るべきはうちらグレーコ家じゃない、そっちのほうなんだよ、と伝えようとしているのか理解しようとした。でも結局、よくわからなかった。一方、わたしの婚約者は母さんの言葉を鵜呑みにして、彼女の言葉にいちいちうなずいていた。そしてようやく相手が黙ると、エレナさんがどれだけ大切なお嬢さんかは重々承知してますし、素晴らしい女性に育ててくださったお母さんには感謝しています、と答えた。それから上着のポケットに手を入れると、取り出した青い小箱を恥ずかしそうにわたしに渡した。何だろうと思った。指輪ならもうもらったのに、またくれるのだろうか。いぶかしく思いながら開くと、そこにはまた別の指輪があった。とても美しいレッドゴールドの指輪で、台座にはダイヤに囲まれたアメジストがあった。ピエトロはつぶやいた。僕の母方の祖母の指輪だよ。うちの家族はみんな、それを君にもらってほしいと言っているんだ。

この贈り物が儀式の終わりを告げる合図となった。みんなまたお酒を飲み始め、父さんは家庭と職場での愉快な体験談を再開し、ジャンニはピエトロにどこのサッカーチームのファンかと尋ね、ペッペは腕相撲を挑んだ。わたしはテーブルを片付ける妹を手伝った。台所でわたしは、よせばいいのに母さんについ聞いてしまった。

「ねえ、どう思う？」

「指輪のこと？」

「ピエトロよ」

「ひどい顔だね。扁平足だしさ」

「若いころの父さんだって、似たようなものだったんじゃないの？」

「父さんの悪口が言いたいのかい？」

「そうじゃないけど」

「なら、おだまり。あんたはそうやって家族にしか偉そうな口が利けないんだから」

「そんなの嘘」

「そうかね？　じゃあどうして、あのひとの前じゃ、おとなしく黙ってるんだい？　向こうにご大層な原則があるなら、お前にだってあっていいはずじゃないか。言いなりになってるんじゃないよ」

エリーザが口を挟んだ。

「母さん、ピエトロは紳士なのよ。母さんは本物の紳士ってものがわからないんだね」

「あんたにはわかるのかい？　小さいくせに生意気言ってんじゃないよ。ひっぱたくからね。それにあの頭をご覧。紳士があんな頭をしてるものかね」

「本物の紳士はね、普通の格好はしてないの。目立って当たり前なのよ。特別なんだから」

母さんが叩く真似をすると、妹は笑いながらわたしを台所から連れ出し、陽気に言った。

「羨ましいわ。ピエトロってあんなに上品で、レヌーのこととても大事に思ってるし。おばあさんの由緒ある指輪までもらっちゃって、凄いわね。ちょっと見せてよ」

わたしたちが食堂に戻ると、うちの男たちがみな、わたしの婚約者と腕相撲をやりたがっていた。せめて力試しでは大学教授にも勝るところを誇示したかったのだ。ピエトロもあとに退かず、上着を脱ぎ、シャツの袖をまくると、テーブルを前に腰かけた。そしてペッペに敗れ、ジャンニに敗れ、父さんにも敗れた。それでも試合に臨む彼の態度があまりに真剣なことにわたしは驚いた。顔を赤紫色に充血させ、額には血管をひと筋浮き上がらせ、相手がルールを恥ずかしげもなく破れば、言い争いさえした。ウェイトトレーニングで鍛えているペッペとジャンニ、指の力だけでボルトを緩めることだってできる父さんを相手にして、彼はあくまで頑張った。おかげでこちらはずっと、諦めの悪い彼が腕をへし折られるのではないかと心配しっぱなしだった。

23

ピエトロは三日間滞在した。父さんと弟たちはほどなく彼と打ち解けた。特に弟たちはピエトロが偉ぶらず、学校では劣等生扱いの自分たちに関心を持ってくれるのが嬉しいようだった。母さんは彼に対して相変わらず冷淡なままだったが、出発の前日になってようやく態度を和らげた。日曜のことだ。父さんは義理の息子となる彼にナポリがどんなに美しいか披露したいと考えた。ピエトロも賛成し、どうせなら外で食事をしようと提案した。

「レストランで食べるのかい?」母さんは眉をひそめた。

「ええ、お母さん。お祝いをしましょう」

「お昼ならわたしが作るよ。ほら、ガトーを作るって約束したじゃないか」

「いいえ、お気持ちだけいただいておきます。お母さんにはもう十分すぎるくらい働いてもらいましたからね」

みんなで出かける支度をしていると、母さんに片隅に連れていかれ、尋ねられた。

「あのひとが払うのかい？」

「そうよ」

「間違いないんだね？」

「間違いないわ。母さん、彼がみんなを招待したんだから」

わたしたちは朝早くに中心街に向かった。みんなよそ行きの格好だった。そこである事件が起きて、誰よりもわたしがいい意味で驚かされた。まずは父さんが案内人を買って出て、客人にマスキオ・アンジョイーノことヌオーヴォ城、王宮、ずらりと並んだ歴代の王の彫像、卵城、カラッチョーロ通り、そして海と、見所を披露した。ピエトロは注意深く父さんの説明に耳を傾けていた。それがやがて、初めてわたしたちの町に来たはずの彼がナポリについて控えめに語りだし、わたしたちの知らなかったことまで教えてくれたのだ。素敵な体験だった。幼少時代から青春時代まで育った町にそれほど関心を持ったことがなかったわたしは、ピエトロがナポリについて声に憧れをにじませながら詳しく語るのを見て感動した。彼は町の歴史について、文学について、昔話について、伝説について、数多くの逸話について、有名な名所旧跡はもちろん、人々の無関心のせいで無名になったそれについても造詣の深さを披露した。博識な彼のことだから元々いくらかは知っていたのだろうが、いつもの熱心さで改めて徹底的に勉強した部分もあるのだろうとわたしは想像した。なぜならナポリはわたしの町であり、その影響はわたしの声から仕草まで全身に及んでいるからだ。当然、そのうち父さんは主導権を奪われたと感じ、弟たちは退屈した。気づいたわたしはピエトロにやめるよう合図をした。彼は赤くなり、すぐに黙った。しかし母さんが――彼女はよくこうした予想外の行動に出るところがあった――ピエトロの腕にしがみつき、こう言った。

「やめないで。面白いわ。そんな話、どれも今まで聞いたことないもの」

食事はサンタ・ルチア地区のレストランに入った。父さんがとてもおいしいと勧めた店だ（実は彼も行ったことはなく、人づてにそう聞いただけだった）。

「好きなものを頼んでいいの？」エリーザがそっとわたしに耳打ちした。

「いいわよ」

時間は飛ぶようにして過ぎた。愉快な食事だった。母さんは少々飲みすぎ、下品な言葉もいくつか飛び出した。父さんと弟たちは冗談を言いだし、ピエトロも仲間に入れておしゃべりを楽しんだ。わたしは未来の夫に目を奪われ、彼のことが好きだとはっきり思った。ピエトロは己の価値をよく心得ている。でも必要となれば、そんな普段の自分を自然に忘れることもできる男性なのだ。彼が実によくひとの話を聞くことにも、司祭の代わりに信者の懺悔を聞く民間聴罪師のような思いやりのある声で話すことにも初めて気がつき、素敵だと思った。もしかするともう一日、滞在を延ばすように説得して、彼をリラのところに連れていくべきなのかもしれない。そして、わたしこのひとと結婚して、ナポリを出ていくの。どう思う？　と聞いてみるべきなのかもしれない……。そんなことを考えていた時だった。近くのテーブルでピザを食べながら何かのお祝いをしていた五、六人の学生たちが、こちらをじろじろと見ながら笑いだした。ピエトロの濃い眉毛と盛り上がったもじゃもじゃの前髪を笑っているのはすぐにわかった。ほどなく弟たちが同時に立ち上がり、学生たちの席に向かい、いつもの乱暴な調子で喧嘩をふっかけた。場は騒然とし、怒号が響き、小突き合いになった。母さんは息子たちを応援して金切り声を上げ、父さんとピエトロは急いでふたりを止めようとした。ピエトロはほとんど楽しげで、喧嘩の原因もまるでわかっていない様子だった。店を出てから彼は冗談めかして言ったものだ。急に立ち上がって、隣の席のひとを叩きのめすというのは、この辺りの風習なのかい？結果、彼と弟たちはますます陽気になり、仲よくなった。それでも父さんはそのすぐあとにペッペとジャンニをみんなから離れた場所に引っ張っていき、先生の前で失礼な真似をするなと叱った。ペッペが小声で言い訳をするのが聞こえた。だってパパ、ピエトロを馬鹿にしてたんだぜ？　どうしろって言うんだよ？　ペッペがピエトロのことを父さんのように先生（プロフェッソーレ）ではなく、ピエトロと名前で呼んだのがわたしは嬉しかった。つまり弟が、ピエトロはすでに家族の一員であり、仲間であり、大切な親友であり、見た目こそちょっと変だが、自分の前でピエトロを馬鹿にするやつは誰であろうと許さない、そう言わんとしているのがわかったからだ。でもこの事件のせいで、わたしはリラのところにピエトロを連れていくのはよそうと決めた。意地悪な彼女のことだ、ピエトロを見ればきっとレストランの若者たちのように笑い物にするだろう。

その晩、一日中、外で過ごしてへとへとになったわたしたちは、家で軽い夕食を済ませてから、またみんなで出かけ、わたしの婚約者をホテルの前まで送った。別れ際、浮かれ調子の母さんが思いがけず、ピエトロの左右の頬に音を立ててキスをした。そのくせ、残りの家族が彼のことを褒めちぎりながら家路を戻るあいだ、母さんはひとりずっと黙っていた。寝室に引っこむ前になって彼女はようやく口を開き、わたしに向かって嫌みっぽく言った。

「お前は運がよすぎるね。かわいそうなピエトロ、お前にはもったいないひとだよ」

24

本は夏いっぱいよく売れ、わたしは宣伝のためにイタリアのあちこちを巡った。内容を批判されても、わたしは冷静に弁護できるようになっていた。特に攻撃的な聴衆に対しては、相手が青ざめて黙りこむような反撃もした。時おりジリオーラの言葉を思い出し、不自然にならぬよう気をつけながら自分の言葉に織り交ぜて使うこともあった。

一方、ピエトロは九月初旬にフィレンツェに引っ越し、とりあえず駅のそばの小さなホテルに腰を据えて、部屋探しを始めた。やがてサンタ・マリア・デル・カルミネ教会の辺りに小さなアパートを見つけたと言うので、わたしはすぐに見にいった。薄暗い部屋ふたつからなる、非常に状態の悪いアパートだった。台所は狭く、バスルームには窓がなかった。昔、リラの真新しいアパートに勉強に行った時は、よく清潔なバスタブにつからせてもらい、温かいお湯としゃぼんの泡を楽しんだものだが、フィレンツェのその物件のバスタブはぼろぼろで、黄ばんでいて、しかも座って湯につかる小型のものだった。それでもわたしは無念さを押し殺し、この部屋でいいと彼に告げた。ピエトロは担当講座がもうすぐ始まるところで、その準備もあり、時間がなかったのだ。それに、いずれにしてもうちの実家と比べれば御殿みたいなものだった。

ところが、まさにピエトロが賃貸契約書にサインをしようという段になって、アデーレが顔を出した。彼女はわたしのような遠慮をしなかった。わたしたちのように多くの時間を仕事のために家で過ごすふたりには、こんなぼろ屋はまったく不向きだとアデーレは断定した。そして、彼女の息子がやろうと思えばできたのにやらなかったことをした。電話の受話器を上げると、彼の断固反対にも構わず、それぞれなんらかの権力を持つフィレンツェの知人たちを数名動員したのだ。ほどなくサン・ニッコロ地区に部屋が見つかった。友人用の破格の家賃、明るい部屋が五つあって、大きな台所がひとつ、悪くないバスルームがひとつという物件だ。しかしアデーレは満足せず、費用は彼女持ちで内装に手を入れさせ、家具選びも手伝ってくれた。つまり、わたしに向かって、ああしたらどうか、こうしたらどうかとアイデアを列挙し、助言をしてくれ、指導してくれたのだ。ただしわたしは彼女がこちらの従順な態度もセンスも信用していないという事実にしばしば気づかされた。わたしがそれでいいと言えば、本当に賛成なのかと疑われ、駄目だと言えば、意見を変えるまで説得された。だからたいていは彼女の言いなりになった。そもそもわたしは滅多にアデーレに逆らわず、素直に従い、むしろ進んで彼女を見習おうとした。アデーレの言葉のリズムにも、その仕草にも、わたしは魅了されていた。髪型に服装、靴にブローチ、ネックレスにイヤリングもいつも素敵で、憧れていた。そしてアデーレのほうも、そんなわたしの勉強熱心な弟子めいた態度が気に入ったようだった。彼女はわたしを説得して髪を思い切り短く切らせ、得意客の彼女に大割引をしてくれる高級ブティックで自分の趣味に合った服を買わせ、自分用にほしいくらいだが年を考えると履けないと言って靴も一足プレゼントしてくれた。知りあいの歯医者にまで連れていってくれた。

そうした一方で結婚式は、アデーレがアパートの改装すべき点を次から次に見つける上に、ピエトロが仕事で大忙しだったので、当初、秋の予定だったのが春まで日延べとなった。おかげで母さんには、わたしからお金を搾り取る闘いをさらに続ける余裕ができた。わたしは、自分は実家の家族を忘れてはいないというポーズを示すことで、彼女との対立の激化を避けようとした。家に電話が来るのに合わせて、廊下と台所の壁を塗り替えさせ、食堂にはワインレッドの新しい壁紙を張り、エリーザにはコートを買ってやり、月賦でテレビも買った。それが済むと、次は自分にもちょっとしたプレゼントをした。自動車教習所に入り、簡単に試験に合格し、免許を取ったのだ。ところがそれで母さんがかんかんになった。

「ずいぶんと無駄遣いをするじゃないか。免許なんてどうするつもり？　車も持ってないのにさ」

「まあ、いいじゃないの」

「車まで買うつもりなんだね？　いったいどれだけ貯めこんだのさ？」

「そんなの勝手でしょ」

　車はピエトロが持っていたので、結婚したら使わせてもらおうと思っていた。やがて彼が向こうの両親をうちの両親に会わせるため、ナポリまでその車に乗って戻ってきた時、旧地区と新地区を少し運転させてもらった。ハンドルを握ったわたしは大通り（ストラドーネ）を進み、小学校の前を通り、リラが結婚当時に住んでいた通りを走ってからまた同じ道を戻り、公園沿いを走った。結局、このドライブがその日ただひとつの楽しい記憶となった。そのあとは、最悪な午後と終わりしれない夕食が待っていたのだ。わたしとピエトロは両家を重苦しい空気から救い出そうとさんざん苦労した。ふたつの世界の隔たりはあまりにも大きく、ひどく長い沈黙が繰り返し訪れた。アイロータ家の人々がうちの母さんに強いられて余り物の包みを大量に持たされて立ち去った時、不意に、自分はこの上なく大きな過ちを犯しつつあるのではないかと思った。わたしはこの家族の人間で、ピエトロは別の家族の人間で、どちらもその体にそれぞれの先祖の血を受け継いでいる。わたしたちの結婚生活はどうなるのだろう。何が起きるのだろう。相似は違いに勝るだろうか。わたしは次の本を書けるのだろうか。いつ、何について書くのだろう。その時、ピエトロは支えになってくれるのだろうか。アデーレはどうだ？　マリアローザは？

　ある晩、そんなことを悩んでいると、外からわたしの名を呼ぶ声があった。わたしは窓辺に急いだ。

パスクアーレ・ペルーゾの声だとすぐにわかったからだ。彼はひとりではなく、エンツォと一緒だった。どきりとした。この時間、エンツォはサン・ジョヴァンニ・ア・テドゥッチョの家にいるはずではないか。リラとジェンナーロはどうした？

「下りてこられないか」パスクアーレは大声で呼びかけてきた。

「どうしたの？」

「リナが調子悪くて、レヌーに会いたがってるんだ」

わかったと答え、わたしは階段を駆け下りた。うしろから母さんが怒鳴る声が聞こえたが、構わなかった。こんな時間にどこに行くの、待ちなさい。

25

パスクアーレもエンツォも会うのは相当に久しぶりだったが、ふたりは余計な挨拶抜きですぐにリラの話を始めた。パスクアーレはチェ・ゲバラのような髭をたくわえて、前よりかっこよくなっていた。瞳が以前よりも大きく、強い光を湛えて見え、大口を開けて笑っても髭のおかげで虫歯が隠れたからだ。それにひきかえ、エンツォは変わっていなかった。相変わらず口数が少なく、集中した表情をしていた。パスクアーレのぼろ車に乗ってから初めて、そうして彼らが一緒にいる姿を目撃するのは実は驚くべきことなのだと気がついた。わたしはてっきり、地区の仲間はひとり残らずリラとエンツォには関わるまいとしているものとばかり思っていたのだ。ところが実際は違っていた。パスクアーレはふたりの家によく顔を出していて、現にわたしに会いにきたエンツォにもつきあい、リラはリラで彼らを一緒にわたしの元に送ってきたのだった。

ことの顚末はエンツォが説明してくれた。彼らしい簡潔でよくまとまった説明だった。その日パスクアーレは、サン・ジョヴァンニ・ア・テドゥッチョの現場での仕事を終えたあと、リラとエンツォのところで夕食をとることになっていた。ところが、いつもであれば四時半には工場から戻ってくるリラの姿が、エンツォとパスクアーレがアパートに着いた七時になってもまだなかった。家には誰もおらず、ジェンナーロは隣家に預けられていた。彼らは料理を始め、エンツォはとりあえず男の子に食事を与えた。リラは九時になってようやく帰ってきた。真っ青な顔をしており、やけに苛立っていた。エンツォとパスクアーレが何を聞いても答えず、ただひと言、ひどく怯えた声で、爪がみんな剝がれそうなの、と言った。それは事実ではなかった。エンツォが彼女の手を取って確かめてみたが、爪はどれも無事だったのだ。するとリラは怒りだし、ジェンナーロと一緒に自分の部屋に閉じこもってしまった。それから少しして彼女は金切り声で叫び、レヌーが地区にいるか見てきてくれ、急いで話したいことがある、と言った。

わたしはエンツォに尋ねた。

「喧嘩でもしたの？」

「いや」

「仕事中に気分が悪くなったとか、怪我をしたとかじゃなくて？」

「そういう感じでもない。よくわからないんだ」

するとパスクアーレがわたしに言った。

「今から余計な気を揉むのはやめようや。大丈夫、レヌーに会えば、きっとすぐに元気になるさ。家にいてくれて、本当、助かったよ。もう有名人だからな、凄く忙しいんだろう？」

わたしがそんなことはないと言うと、パスクアーレは証拠に『ウニタ』の古い記事を引き、エンツォも同意の印にうなずいた。彼も読んだと言う。

「リラもあの記事は見たよ」エンツォは言った。

「なんて言ってた？」

「写真をとても褒めてたな」

「でもさ」パスクアーレが不満げに言った。「あの記事、お前のことまだ学生呼ばわりしてたぜ。抗議の手紙を編集室に書いたほうがいいぞ。大学はとっくに卒業しました、ってさ」

パスクアーレは、『ウニタ』まで学生運動について紙面を割きすぎだと非難した。エンツォも友人の意見にうなずき、ふたりは政治談議を始めた。言葉遣いが荒っぽいという点を除けば、内容はわたしがミラノで何度も聞かされた議論とさほど変わらなかった。友人とはいえ、『ウニタ』に写真付きで登場するような有名人だ、それなりのふさわしい話題でもてなそうじゃないか、と気を遣ってくれたのだろう。とりわけパスクアーレはそう思ったはずだ。だがもしかすると、そんな話で三人それぞれの不安をかき消したいという気持ちもあったのかもしれない。

わたしは聞き役に徹した。まもなくわかったのは、ふたりがまさに政治への情熱のおかげでよりを戻したらしいということだった。彼らはしばしば仕事のあとに会い、政党や政治団体か何かの集会で会っているようだった。わたしは聞き役を続け、求められれば一応意見を述べ、彼らもそれに答えた。しかしそうしながらもわたしは、何かの不安に取り憑かれて苦しんでいるらしいリラの姿が頭を離れなかった。いつだってあんなに強い子だったのに、どうしたというのか。サン・ジョヴァンニに着くころにはふたりはわたしのことがすっかり誇らしくなったようで、パスクアーレなどわたしの言葉をひと言も聞き逃すまいとし、道中、何度もバックミラーでこちらの様子をうかがったほどだった。相変わらず自信たっぷりな口の利き方をするくせに——彼は共産党の地区支部書記長になっていた——彼の政治的意見に対するわたしの賛同を、自分が正しい側にいるというお墨付きとみなしているのがわかった。事実、わたしの支持を確信した彼は、今、エンツォと他の党員とともに党内で厳しい対立に直面しているところなのだ、と少し苦しげに打ち明けた。彼はハンドルに両手を叩きつけながら忌々しげに言うのだった。党はアルド・モーロ（一九一六－一九七八。イタリアの政治家。一九六三～六八年に初の中道左派政権で首相を務める）が口笛を吹くのを忠実な犬みたいに待ってるのさ。自分で決断して、まともに対決する気なんてないんだ。

「そうじゃないか？」パスクアーレに尋ねられた。

「そうね」わたしは同意した。

「やっぱりお前は偉いよ」彼は真面目くさった声でわたしを讃えた。わたしたちはアパートの汚らしい階段を上っているところだった。「レヌーは昔から偉かった。そうだろ、エンツォ？」

　エンツォはうなずいたが、わたしと同じく、階段を一歩上るごとにリラへの懸念が膨らみ、そんなおしゃべりで気を紛らわそうとした己に罪悪感を覚えているようだった。彼は玄関のドアを開け、大きな声で帰宅を告げると、わたしに向かってひとつのドアを指差した。ドアは半分磨りガラスになっていて、ほのかな明かりが漏れていた。わたしは軽くノックして、中に入った。

26

リラは小さなベッドに横たわっていた。服は着たままだった。傍らにはジェンナーロが寝ていた。入って、と彼女は言った。きっと来てくれると思ってた。さあキスして。わたしは両頬にキスをしてやり、男の子のものであろう空のベッドに腰を下ろした。最後に会ったのはいつのことだったか。彼女は以前に増して痩せ、青白くなったように見えた。目は充血し、小鼻はひび割れ、ほっそりとした両手にはいくつもの切り傷があった。リラはほとんど息も注がずに、子どもを起こさぬよう小声で続けた。写真を新聞で見たわ。元気そうね。髪型も素敵。レヌーのことならなんでも知ってるよ。結婚するんだってね。彼は大学の先生でしょ？　凄いじゃない。フィレンツェに行くって聞いたわ。こんな時間に呼びつけてごめんなさい。わたし、頭がなんかうまく回らなくて、壁紙みたいに剝がれてばらばらになっちゃうの。本当、来てくれて嬉しいよ。

「何があったの？」わたしは尋ね、リラの片手を撫でようとした。

そんなこちらの問いかけと仕草だけで、彼女は目を瞠り、混乱した様子で、乱暴に手を引っこめた。そして言った。

「ごめんね、調子が悪いんだ。でもちょっと待って。恐がらないでほしいの、すぐに落ちつくから」

リラは平静を取り戻すと、ゆっくりと、ひと言ひと言区切るようにして、こんなことを言った。

「わざわざ来てもらったのはね、ひとつ約束をしてほしいからなの。わたし、レヌーのほか、頼りになるひとがいないから。もしもわたしに何かあったら、たとえば入院するとか、精神病院に入れられるとか、行方不明になるとかしたら、ジェンナーロを連れていって。レヌーに自分の家で育ててほしいの。エンツォはいいひとだし、偉いし、信頼してる。でもあのひとには、あなたと同じものをこの子に与えることはできないから」

「どうしてそんなこと言うの？　リラ、どこが悪いの？　ちゃんと説明してくれなきゃ、わかんないよ」

「まずは約束して」

「わかった」

するとリラはまた興奮して、わたしを怯えさせた。

「駄目。わかった、じゃなくて、今ここで、この子は自分が預かるってきちんと約束して。お金が必要になったら、ニーノを探して、助けてもらって。でも、約束してちょうだい。〝子どもはわたしが育てます〟って」

わたしは戸惑いながら彼女を見つめ、約束した。約束をして、そのあとはひと晩中、彼女の話を聞いて過ごすことになった。

27

リラについて細かなところまで語れるのは、もしかするとこれが最後になるかもしれない。あの夜を境に彼女はどんどんつかみ所がなくなり、わたしの手持ちの資料も乏しくなるからだ。ふたりの人生が異なる道を進んだせいであり、互いの距離のせいでもある。それでも、わたしが別の町に暮らし、わたしたちがほとんど会わなくなり、例のごとくリラからはなんの知らせもなく、こちらも敢えて近況を尋ねまいと頑張っていた時でも、彼女の影はわたしを刺激したり、落ちこませたり、鼻高々にしたり、へこませたりするのをやめず、落ちつかせてくれなかった。

そうした彼女の刺激が、作家となった今のわたしには以前に増して必要だ。わたしは彼女にいなくなってほしくない。だからこそ、こうして書いているのだ。文章を消したり、書き足したりして、ふたりの物語を書くのをリラに手伝ってほしい。彼女の知っていること、言ったこと、考えたことを自由にここに吐き出してほしい。極右活動家（ファシスト）になったジーノと彼女が対面したという話も、ガリアーニ先生の娘、ナディアと会ったという話も、かつて場違いな思いを味わったヴィットリオ・エマヌエレ大通りの先生の家を再訪した時の話も、自らの性的体験を冷徹に見つめ直したという話も。リラの長い話を聞きながらわたしが覚えた戸惑いと痛み、わたしが発したわずかな言葉のことは、あと回しにする。

28

『青い妖精』が工場の庭の焚き火の中で頼りない灰になってしまうと、リラはすぐ仕事に戻った。わたしとの再会が彼女にどれほどの影響を与えたかはよくわからない。確かなことは、リラはそれから幾日も惨めな気分でいたが、その理由を自問しなかったということだ。理由を探せば苦しくなるのは過去の経験から知っていたから、彼女は待った。惨めな気分がよくある不機嫌に変わり、ついには日々の慌ただしさの中に紛れてしまうのを待った。ジェンナーロの世話をし、乱れたベッドを整え、家を掃除し、子どもとエンツォ、自分の服を洗ってアイロンをかけ、三人全員のために昼食を用意し、隣の奥さんに、あれをさせてくれるな、これをさせてくれるなと山ほど注文をつけてジェンナーロを預けてから、工場に急ぎ、つらい仕事と周囲の横暴に耐え、帰宅してジェンナーロの面倒を見て、息子の遊び仲間の面倒も見て、夕食の支度をし、また三人で食事し、エンツォがテーブルを片付け、皿を洗うあいだにジェンナーロを寝かしつけ、台所に戻ってエンツォの勉強を手伝う、そんな日々だ。エンツォの手伝いは彼がとても頼りにしてくれていたので、疲れていても断る気になれなかった。

彼女はエンツォに何を見ていたのだろう。結局のところは、恐らくだが、ステファノとニーノに期待していたものと同じだったのではないか。すなわち、あらゆる物事をようやく正しい形で元に戻す方法だ。ただし、金という防壁が崩れた途端にステファノが虚ろで危険な正体を露わにし、知能という防壁が崩れた途端にニーノが苦痛でできた真っ黒な煙になったのに対し、エンツォに悪い意味で驚かされることはとりあえずなさそうだとリラは思っていた。小学校時代のエンツォに彼女はどういう訳か常に敬意を覚えていた。そして今や彼はその一挙一動に無駄がなく、何ごとに対しても確固とした態度を示し、彼女に対してはこの上なく穏やかに接する大人だったから、その彼がいきなり形を失うようなことはなさそうに見えた。

確かに、ふたりはベッドをともにしていた訳ではなかった。リラはどうもその気になれなかった。夜はそれぞれ別の部屋にこもり、壁の向こうでエンツォが動く音に彼女は耳をそばだてた。やがてその音も途絶え、ふたりの家と建物が立てる音、通りの往来の音しか聞こえなくなる。疲れているのに彼女はいつもなかなか眠れなかった。暗闇の中では、彼女が慎重を期して名前をつけずにきた、不幸な現状をもたらした理由の数々が一緒くたになって、ジェンナーロに集中してしまうからだ。この子はいったい何になるのだろうか。名前をリヌッチョと方言で呼ぶのをやめなくては。せっかく標準語を覚えさせたのにこのままでは忘れてしまう。ジェンナーロの遊び友だちも助けてやらないといけない。そうでもしないと、あの子たちと一緒にこの子まで駄目になってしまう。急がないと駄目だ。わたしだって前のわたしとは違うのだから。今じゃ何も書かないし、本だって読まなくなってしまったじゃないか……。

胸の上に重しが載ったような感覚に襲われることもあった。そんな時ははっとして、深夜だろうが明かりを点け、眠っている我が子をじっと見つめた。ニーノの面影はほぼ皆無となり、むしろ兄リーノに似てきた気がしていた。もっと小さかったころ、ジェンナーロは彼女のそばをいつも離れなかったが、今では飽きっぽくなり、しょっちゅう金切り声を上げ、遊びにいきたがり、母親にひどい言葉を浴びせるようになっていた。彼女はしばしば考えた。わたしはこの子が大好きだ。でも、あるがままのこの子を本当に好きだと言えるだろうか。ひどい問いかけだった。見れば見るほど、自分の望んでいたようには息子が育っていないように思えてくるのだった。いくら隣の奥さんが頭のいい子だと褒めてくれても駄目だった。ジェンナーロにすべてを献げた歳月などなんの役にも立たなかった気がした。人間の質は二歳ぐらいまでに決まってしまうという話も今では嘘に思えた。粘り強さは重要な素質だが、ジェンナーロは辛抱が利かず、それは彼女にしても同じだった。頭がこうもしょっちゅうおかしくなるんじゃ仕方ないさ。母親がこんなじゃ、子どもだって駄目で当然じゃないか……。でも彼女はそんな風に考えたことをすぐに悔やみ、眠る男の子に向かってささやくのだった。お前は賢い子だよ。もう読み書きもできるし、足し算に引き算だってできる。ママは馬鹿だね。満足するってことを知らないんだから。そして幼子の額にキスをし、明かりを消すのだった。

それでも眠気はなかなかやってこなかった。帰りの遅かったエンツォが勉強に誘ってくれず、寝てしまう時はなおさらだった。そんな夜はどうしても、エンツォは商売女を買ったのだろう、とか、愛人でもいるのだろう、とか考えてしまった。愛人は勤め先の工場の女工だろうか。彼がすぐに入会した共産党の末端組織の活動家だろうか。どうせ男なんてそんなものだ。リラは思った。少なくともわたしの出会った男たちはみな、しょっちゅう女を抱いていないと惨めな気分になるみたいだった。エンツォだってきっとそうなのだろう。どうして彼だけ違うなんてことがある？　それにこっちのほうが彼をはねつけ、独りぼっちで寝かせているのだから、自分には何も言う権利などない……。ただ、ひとつだけリラが心配していたのは、エンツォが誰かと恋に落ち、自分がここを追い出されることだった。ねぐらを失うこと自体は恐くなかった。ハム工場での仕事もあったし、元気だってあった。驚くべきことに、ステファノと結婚してお金持ちになれはしたが、夫の支配下にあったころよりも、今の彼女はずっと元気だった。むしろ恐ろしいのはエンツォの優しさを失うことのほうだった。彼女が不安になるたびに彼が見せる気配り、彼が放つ穏やかな力、まずはニーノの不在から、続いてステファノの存在から救ってくれたその力を失うことだった。しかも、お前には特別な才能があると言って彼女を喜ばせてくれるのも、今の生活環境では彼ひとりになっていた。

「これどういう意味かわかるかい？」

「わかんない」

「よく見てくれよ」

「それドイツ語よ、エンツォ。わたし、ドイツ語なんて知らないわ」

「でもお前なら、少し集中すれば、きっとわかるよ」彼はまんざら冗談でもないといった口調でそんなことを言うのだった。

工業技師の資格取得のために苦学し、ついに成功したエンツォは、リラのことを学歴こそ小卒止まりでも、自分よりもずっと勉強向きな頭をしていると考え、どんな分野の知識でもすぐに吸収してしまう奇跡の才能の持ち主だと評価していた。だからこそ、電子計算機のプログラミング言語には人類の未来があるだけではなく、それを最初にマスターしたエリートは世界の歴史においてこの上なく重要な役割を果たすことになると、わずかな手がかりから確信した時、彼はただちにリラに声をかけたのだ。

「手を貸してくれ」

「疲れてるの」

「リナ、俺たちの暮らしはひどいもんだ。どうにかして抜け出さないといけないよ」

「わたしはこのままで結構よ」

「ジェンナーロだって一日中、よその人間とばかり過ごしているじゃないか」

「もう大きいもの。いつまでも檻の中には入れておけないでしょ」

「自分の手を見てみろよ。そんなに傷だらけにしちまって」

「わたしの勝手でしょ。放っておいて」

「俺、もっと稼ぎたいんだ。お前のためにも、ジェンナーロのためにも」

「あなたは自分のことだけ考えて。こっちもそうするから」

最初、彼女からは例のごとく、そんな荒っぽい反応が返ってきただけだった。やがてエンツォは毎月教材が配布される通信講座に登録した。彼らの稼ぎでは高価な講座だった。定期テストが何度もあり、チューリッヒに拠点のある国際的なデータ演算センターに解答を送れば、添削されて戻ってくる仕組みになっていた。そのうちリラもエンツォの勉強に興味を引かれ、彼について行こうと努力しだした。ただし、ニーノと一緒だったころとは違い、自分にはどんな場合でも彼を助ける力があるところを必死になって見せようとする、ということはなかった。エンツォと勉強をする彼女は落ちついていて、彼を圧倒するような真似はしなかった。エンツォにとって夜の通信講座の勉強は努力の時間だったが、リラにとっては一種の鎮静剤だった。恐らくそのためだろう、まれにエンツォの帰りが遅く、自分が彼に必要とされていないように感じてしまう夜は眠れず、彼女はバスルームで流れる水の音を不安な気持ちで聞きながら、彼は愛人たちの痕跡をひとつ残らず体から洗い流そうとしているのだろうと想像するのだった。

29

工場で働きだしてまもなく、リラはあることを理解した。過酷な労働は人々をして、妻でも夫でもない他人とのセックスに駆り立てるものらしい。それも、疲れきって帰り、もう何ひとつする気になれない自宅での話ではなく、朝であろうが晩であろうがお構いなしに職場でするセックスだ。工場の男たちは暇さえあれば女たちに手を伸ばし、そばを通っただけで誘いの声をかけてきた。そして女たちも――主にもう若くはない女たちだが――笑い声を上げては、大きな胸を男たちに押しつけた。彼らはそうして恋に落ち、恋は疲れと倦怠を和らげる気晴らしとなり、本当の人生を味わっているような気分にしてくれるのだった。

彼女は勤務初日から早速、においでも嗅ごうとするかのように近づいてくる男たちに悩まされた。そのたびはね返したが、相手は笑ったり、卑猥なほのめかしだらけの歌を口ずさみながら離れていった。ある朝、彼女は白黒はっきりつけようとして、通りすがりにうなじに唇を押しつけてきた男の片耳をほとんど引きちぎりそうになった。エドという顔は悪くない四十前後の男で、女と見れば片っ端から甘い声をかけ、艶っぽい笑い話も上手だった。リラはエドの耳を片手でつかんでぐっと握ると、力いっぱい引っ張った。爪が相手の皮膚に食いこむのがわかった。彼が悲鳴を上げ、彼女の繰り出す蹴りから身を守ろうとしても、手は離さなかった。それから猛然とブルーノ・ソッカーヴォの元に抗議に向かった。

ブルーノに仕事を紹介してもらって以来、彼の姿は数えるほどしか見ておらず、それもちらりと見かけただけだったが、この時はしっかりと観察することができた。ブルーノは机のうしろに立っていた。ご婦人を部屋に迎えた紳士のマナーだと言わんばかりに、わざわざ立ち上がったのだ。その容姿にリラは驚いた。顔は膨れ上がり、目は贅沢な暮らしのせいでどんよりと濁り、胸も重たげに肥えていた。何より印象的だったのは、真っ黒な髪の毛とあの狼めいた白い歯とまるでマグマのように強烈な対照をなす、紅潮した肌の色だった。彼女は思った。ニーノの友だちで、法律を学んでいたあの若者と、ここにいるこの男にどんな関係があるというのだろう？　どうやらあのイスキア時代と今のハム工場時代は連続していないようだ。ふたつの時代のあいだには空白が広がっており、ブルーノはその空白を飛び越えた時に――父親が最近体調を崩し、会社経営の重圧（借金があちこちにあるという噂もあった）がひと息に彼の肩にのしかかってきたためもあったのかもしれない――壊れてしまったらしかった。

彼女の抗議を聞いて、ブルーノは笑いだした。

「リナ、よく聞いてくれ」彼は警告した。「僕は君の恩人のはずだよな？　じゃあ、厄介ごとは勘弁してくれ。みんな職場の仲間じゃないか。そんなにつんけんするなよ。あいつらだって時には気晴らしが必要さ。さもなきゃ、こっちに火の粉が飛んでくるからな」

「あんたたちの気晴らしに巻きこまないでよ」

ブルーノは愉快そうにリラの全身を舐め回すようにして眺めた。

「そういえば、君は冗談が好きだったね」

「わたしの決めた冗談ならね」

リナのきつい口調にブルーノも態度を改め、真面目な表情になると、彼女の顔を見ずに言った。まったく相変わらずだな。イスキアの君は本当にきれいだったよ。そして彼はドアを指差した。さあ、仕事に戻ってくれ。行った、行った。

しかしその時から、工場でリラとすれ違うたびに、ブルーノは必ずみんなの前で彼女に声をかけ、優しくお世辞を言うようになった。そうした彼の親しげな態度によって職場における彼女の地位は定まった。あの女はソッカーヴォの若旦那のお気に入りらしい、手を出さないほうがいい、という訳だ。その憶測の正しさを証明するような出来事がある日の午後、昼休みの直後にあった。テレーザという大女がリラの前に立ちふさがり、嘲るように告げたのだ。熟成室でお呼びだよ、と。サラミやハムを乾燥させる熟成室にリラは向かった。長方形の大部屋で、黄色っぽい明かりの下、天井から大量の腸詰めがぶら下がっていた。待っていたのはブルーノだった。製品を検査するそぶりで、実は彼女とおしゃべりがしたいだけみたいだった。

いかにも専門家らしい手つきで製品に触れ、においを嗅いだりして、彼は熟成室を歩き回りながら、ピヌッチャは元気かな、君のお兄さんの奥さんだったね？　とリラに尋ねた。それから彼女の顔は見ずに、一本のソップレッサータ・サラミを調べながら——その失礼な態度にリラは腹が立った——こう言った。あの子は君のお兄さんにはずっと不満だったみたいだな。あの夏、君がニーノに恋したように、彼女は僕に惚れたんだ。ブルーノは足を進め、リラには背を向けたまま続けた。僕はあの子のおかげで、妊娠した女性はセックスが大好きだって知ったんだよね……。それから彼は、リラには返事をする間も、皮肉を言う間も、怒る間も与えず、部屋の中央で立ち止まり、話を続けた。僕は小さいころからこの工場のにおいが気持ち悪くて大嫌いだった。でも、この熟成室だけは別で、ずっとお気に入りだった。ここはなんだか、満ち足りた感じがして、豊かな気分になれるからね。工程は最終段階だし、製品はどんどんおいしくなる訳で、においもいいし、もうじき完成して市場に出回るんだ。ほら、触ってごらん。みっしり詰まってて、固い。それにこの香りはどうだい？　そう、男と女が抱きあって、いちゃいちゃする時と同じにおいさ。いいもんだろう？　僕がガキのころからここに連れこんだ女の子の数を知ったら、君も驚くだろうな——その途端、ブルーノはリラの腰を抱き寄せ、彼女の長い首に唇を滑らせたかと思うと、尻をぎゅっとつかんだ。まるで手が百本はあるのではないかというような猛烈な勢いで、上っ張りの上から下から、息を切らせて彼女の体をまさぐった。それは快感のかけらもない単なる探査であり、侵入したいという渇望しかない行為だった。

リラは、ハムやサラミのにおいをはじめ、その場の何もかもにかつてステファノから受けた暴力の記憶を呼び覚まされ、一瞬ひるみ、殺されるのではないかと怯えた。それから激しい怒りにかられ、ブルーノの顔を殴り、股間を蹴り上げ、怒鳴った。この変態野郎、どうせ股ぐらには何もありゃしないんだろう？　あるってなら出してみな、ちょん切ってやるから。

ブルーノは彼女から手を離し、うしろに下がった。血の滴る自分の唇に触れ、彼は困ったように小さく笑うと、もごもごと言った。悪かったよ、少しは感謝の気持ちを示してもらえるんじゃないかなって思ってたんだ。リラは大声で答えた。つまり、その手のお礼をしなきゃ、仕事は首だってこと？　彼はまた笑い、頭を振った。そうじゃないさ。嫌なら嫌、それでいい。もう謝ったじゃないか、これ以上、どうしろって言うんだ？　しかし彼女の怒りは収まらなかった。その時になって初めてブルーノの手の跡を肌身に感じだしたのだ。その感触がしばらくは消えぬだろうこと、石鹸で落ちる類いの汚れではないことを彼女は知っていた。ドアに向かってあとずさりしながら、彼女は啖呵を切った。今日は命拾いしたと思いな。でも、この工場から追い出されようがどうしようが、わたしに触ったことをいつか絶対に後悔させてやるから。部屋を出る時、背中でブルーノの愚痴が聞こえた。なんだよ、何もしちゃいないじゃないか。戻ってこいよ。それで気が済むなら、謝るからさ。

リラは持ち場に戻った。そのころは加熱槽の湯気に包まれて働いていた。一種の雑用係で、主な任務は床の水気を拭き取ることだったが、いくら拭いても無駄な努力だった。いつかリラに耳をむしり取られそうになったエドが好奇心剝き出しで見つめてきた。かんかんになって熟成室から出てきたリラは、男女の別なく工員たち全員の注目の的だった。彼女は彼らの視線を完全に無視した。そして雑巾を一枚つかむと、タイル張りの床に投げつけ、まるで沼のような惨状の床を拭きだした。それから大声を上げて、周囲を威圧した。ほかにもブタ野郎がいるなら、いくらでも相手してやるよ。それを聞いて、工員たちはめいめいの仕事に集中した。

その後、リラは何日も解雇の通知を待ったが、とうとう何も届かなかった。ブルーノとすれ違えば、彼は親切そうな笑みを浮かべ、彼女は冷たい会釈で応えた。つまり、事件の影響は何もなかったのだが、彼の小柄な両手に対するおぞましさと、時おり感じる瞬発的な憎しみは残った。ただし工員のなかでもボス的な者たちは、彼女が相変わらず偉ぶって誰にも遠慮をしないのを見て、突然、またいじめを始めた。頻繁に持ち場を変えさせ、くたくたになるまで働かせ、卑猥な声をかけてくるのだ。男たちが上から許可を得ているのは明らかだった。

エンツォには何も明かさなかった。ある男の片耳をむしり取りそうになった話も、ブルーノに襲われた話も、日々受けていた虐待と苦労も一切語らなかった。彼からハム工場の仕事はどうだと聞かれれば、そっちこそ自分の仕事の話を聞かせてよ、と皮肉っぽく聞き返した。するとエンツォが必ず黙ってしまうので、彼女はしばらく彼をからかい、それからふたりで通信講座の練習問題に取り組むのが常だった。彼らが勉強に逃避していた理由は色々あったが、最大の理由は、将来についての話しあいを避けたいというものだった。ふたりは互いにとってどういう存在なのか、どうして彼は彼女とジェンナーロの面倒を見ているのか、なぜ彼女はそうした彼の行いを受け入れるのか、同じ屋根の下にもう長いこと一緒に暮らしているというのに、なぜエンツォは毎晩、自分の部屋で、彼女が来やしないかといたずらに待ち、ベッドの上でやたらと寝返りを打ち、ちょっと喉が渇いたふりで台所に行っては、半分磨りガラスになった彼女の部屋のドアをちらりと眺め、明かりがまだ点いているかを確かめ、相手の影を盗み見たりしているのか。音のない緊迫があり——ノックしてみようか。部屋に入れてやろうか——それぞれの疑念があった。結局ふたりは、フローチャートを体操器具のように使って腕を競い、余計なことは考えまいとした。

「開くドアのフローチャートを作ってみようよ」とリラが言えば、

「ネクタイの結び目を作るフローチャートをやってみよう」とエンツォは言い、

「わたしがジェンナーロの靴ひもを締めてやる手順のチャートを書いてみようよ」と彼女が言えば、

「ナポリ式の沸かし器でコーヒーを淹れる時の手順をチャートにしてみよう」と彼は言う。そんな具合だった。

単純な動作から複雑なものまで、ふたりは日常生活を図式化しようと頭をひねり続けた。ただしチューリッヒのテストではそんな課題は要求されていなかったし、エンツォが望んだ練習でもなかった。例によってリラだ。最初はこっそり始めたはずの勉強に彼女は夜ごと夢中になり、今では夜の家の凍えるような寒さも忘れて、自分たちが生きているこの惨めな世界を丸ごと0と1からなる究極の姿に変換してしまいたい、そんな熱狂の虜になっていた。彼女はある種の抽象的な一貫性——あらゆる抽象の生みの親である抽象——を目指し、そこにたどり着けば、心安らぐ清澄な境地が待っているのではないかと願っていたようだ。

「工場をチャート化してみましょ」ある晩、彼女はエンツォに提案した。

「工場でやること、全部かい？」当惑ぎみに彼は聞き返した。

「そうよ」

エンツォはリラを見つめ、答えた。

「よし、そっちの工場から始めよう」

すると彼女は忌々しげな顔になり、おやすみなさいとつぶやいて、部屋にこもってしまった。

30

元から相当に危ないバランスの上に成り立っていたそうした一連の状況が変化するきっかけとなったのは、パスクアーレの再登場だった。そのころ近くの現場で仕事をしていた彼は、共産党のサン・ジョヴァンニ・ア・テドゥッチョ支部で開かれた集会に参加するため同地区にやってきた。そして街角で偶然エンツォと出くわした。ふたりはたちまち昔のように打ち解けて政治談議となり、似たような不満を漏らしたのだった。エンツォのほうは当初、慎重に意見を述べるに留めていたが、わたしたちの地区で共産党の支部書記長という重要な責務にあるはずのパスクアーレのほうが意外にも歯に衣着せぬ物言いで、修正主義に傾いた党を批判し、不正に目をつぶることの多すぎる市長を攻撃した。

ふたりは激しく意気投合し、その結果、リラは夕食の時間にパスクアーレの突然の来訪を受け、彼の分までなんとか食事を用意せねばならなかった。

夕べはぎすぎすしたスタートを切った。彼女は無遠慮に自分を眺める客人の視線に腹を立てまいと努力した。なんだと言うのだ、パスクアーレは？　わたしの様子を観察して、地区のみんなに惨めな暮らしぶりを報告するつもりなのか。なんの権利があってわたしを裁く？　彼はリラに向かって友だちらしい言葉のひとつもかけず、地区にいる彼女の家族のこともまるで伝えようとする気配がなかった。それどころか工場の男の工員たちと同じ、値踏みするような目つきで彼女を見やり、気づいたリラが振り返れば、目をそらすではないか。醜くなったとでも思っているのだろう。どうしてガキのころ、俺はこんな女に熱を上げたんだ？　馬鹿だったな、なんて思っているに違いない。それに、なんて最低な母親だ、とも。カッラッチ食料品店の経営一族の一員として息子に豊かな暮らしをさせることもできたはずなのに、こんな貧困に引きずりこんだのだから。やがてリラは鼻を鳴らし、エンツォに言った。後片付けはお願いね、わたしもう寝るから。ところがそこでパスクアーレが不意に声を改め、やや興奮ぎみに彼女に向かってこんなことを言った。リナ、寝る前にひとつ聞いてほしいことがある。お前は凄い女だよ。人生と全力で格闘しているもんな。もしもお前みたいな力を俺たちみんなが持っていたら、世界だってとっくの昔に変わっていただろうよ……。彼はそう口火を切ると、リラに彼女の家族の近況を伝えた。フェルナンドが靴の修理の仕事を再開したこと、リーノがひっきりなしにステファノに金を無心して相手をうんざりさせていること、ヌンツィアは家を出なくなり、ほとんど見かけないこと。でも、お前は凄いよ。彼はなおもそう言うのだった。カッラッチとソラーラの連中にあれだけ痛い思いをさせたのは、地区でもお前くらいなものだもんな。俺はお前の味方だよ。

その晩以来、彼はよく顔を出すようになり、エンツォとリラの夜の勉強に少なからぬ影響を及ぼした。彼はいつも夕食の時間に焼きたてのピザを四枚持ってきて、資本主義と反資本主義の世界のことなら俺はなんだって知っているぞという例の調子で熱弁を振るった。こうして三人の幼なじみの絆はさらに堅固になった。パスクアーレが愛に恵まれぬ日々を送っているのは明らかだった。妹のカルメンが婚約し、兄の面倒を見る時間があまりないという事情もあった。それでも彼は熱烈に政治活動に打ちこむことで孤独に抵抗していた。そんなパスクアーレの姿勢がリラは気に入り、彼の活動にも興味を引かれた。工事現場での仕事で疲れきった体に鞭を打って労働運動に関わり、米国領事館に真っ赤なペンキをぶちまけに行き、ファシストの連中と喧嘩になれば必ず先頭に立ち、労働者と学生の対話集会に参加しては後者とよく口論になった。ましてや共産党に対する批判の厳しさときたらなかった。あまりに批判的な姿勢のせいで、地区支部書記長という肩書きをいつ失ってもおかしくないとみなされていたくらいだった。彼はエンツォとリラを相手に、個人的な恨みごとと政治的主張をごちゃ混ぜにして語りまくった。やつら、よりによってこの〝俺を〟党の敵呼ばわりするんだぜ？　パスクアーレはそう嘆くのだった。〝俺が〟滅茶苦茶やりすぎるって、もっとおとなしくしてろってさ。だが党を駄目にしているのも、党をシステムの歯車のひとつにしつつあるも、〝やつら〟のほうだ。反ファシズム運動をいい加減な監視運動に格下げしちまったのも〝やつら〟だ。ふたりは知ってるか、イタリア社会運動（MSI）のうちの地区の支部長に誰が選ばれたか？　薬局の息子、そう、ジーノさ。あの、ミケーレ・ソラーラの半端もんな手下だよ。俺の地区でファシストの連中が勢いを取り戻すのをのんびり見てろって言うのか？　死んだ親父は——彼は感極まった顔で語った——すべてを党に献げた。それなのになんだ、今の甘っちょろい反ファシズム運動は？　こんな下らないもののために親父は闘ったんじゃないぞ。親父が無実の罪で刑務所に入れられた時——そう、あれは、完全な冤罪（えんざい）だった、ドン・アキッレを殺（や）ったのは親父なんかじゃない——とにかくあの時、党は親父を見捨てた。あんなに偉大な同志をだぞ？　ナポリの四日間（第二次大戦末期一九四三年九月二十七日〜三十日の市民蜂起。町を占領していたドイツ兵を撤退させた）にも参加してサニター橋で戦ったし、戦後は戦後で、地区では誰よりも危険に身をさらして闘ったというのに。お袋にしたってそうだ。哀れなジュセッピーナを誰が支えてくれた？　その名を口にするたび、彼はジェンナーロを捕まえて膝に乗せ、こう尋ねるのだった。坊主のママは凄く美人だな、ママのこと好きか？

リラはじっと耳を傾けていた。そして時には、自分はこの若者と結婚するべきだったのかもしれないと思った。ステファノとその財産など狙わず、ニーノと厄介な関係にもならずに。自分の本来の居場所に残り、高慢の罪を犯すこともなく、心静かに過ごすべきだったのかもしれない……。ところが、パスクアーレの非難に次ぐ非難を聞いているうちに、またしても自分が子ども時代と地区の残忍な一面、さらにはドン・アキッレに捕まってしまったような気分になることもあった。ドン・アキッレとその無残な死。幼い日々、勝手に思いついた架空の詳細をたくさん織り交ぜながら何度もひとに語って聞かせたせいで、リラは今やあの凶行が行われたまさにその場に居合わせたような気さえしていた。パスクアーレの父親が逮捕された時のことも思い出した。家具職人がどんなに悲鳴を上げ、その妻が、娘のカルメンが、どんなに苦しんだか……。嫌な回想だった。本当の記憶が偽の記憶と入り混じり、暴力と流血の場面が目の前に浮かんだ。そんな時、彼女ははっと我に帰り、落ちつかぬ気分になり、パスクアーレの恨み節をこれ以上耳に入れまいとし、落ちつきたくて、彼に何か懐かしい話をさせようとした。家族で過ごしたクリスマスや復活祭、母ジュセッピーナのおいしかった手料理といった思い出話だ。パスクアーレはまもなくそんな彼女の反応に気づき、リナは俺と同じで、家族の愛に飢えているようだと判断したようだった。というのは、ある日、予告なしにやってきた彼がやけに陽気な声を出して、こう言ったからだ。リナ、今日は誰を連れてきたと思う？　彼はヌンツィアを連れてきたのだった。

母と娘は抱きあった。ヌンツィアは長いこと泣いてから、ジェンナーロにピノキオのぬいぐるみをやった。ところが母親が娘の選択を非難する気配を見せた途端、初めは再会を喜んでいたリラが言った。ママ、そういう話はとりあえずやめようよ。それが無理なら帰って。ヌンツィアは腹を立て、ジェンナーロと遊びだしたが、男の子と話すふりでこんなことを言った。哀れな子だよ。ママがお仕事に行ってるあいだ、どこで預かってもらってるんだい？　それを聞いてパスクアーレは自分が間違いを犯したと気づき、もう遅いから帰ろうとヌンツィアをうながした。ヌンツィアは腰を上げ、娘に向かって脅し半分、哀願半分といった口調で愚痴をこぼした。お前はわたしたちにまずはお金持ちみたいな暮らしをさせておいて、それからどん底に突き落とした。リーノは見捨てられたと思ってるし、お前にはもう会いたくないそうだ。パパもお前のことは忘れたよ。リナ、頼むよ、ステファノと仲直りをしろなんて無理は言わない、でもせめてソラーラ兄弟とはきちんと話をつけておくれ。お前のせいで、あいつらに何もかも取られちまったじゃないか。リーノも、パパも、わたしたち一家も、また一文無しに逆戻りじゃないか。

リラは最後まで黙って聞いてから、母親をほとんど家から押し出すようにして言った。ママ、二度と来ないでちょうだい。次に彼女はパスクアーレを怒鳴りつけ、彼にも同じ言葉を告げた。

31

彼女はいっぺんに多くの問題を抱えこみすぎていた。ジェンナーロとエンツォ、それぞれに対する罪の意識、過酷な交替勤務、残業に次ぐ残業、ブルーノの嫌がらせ。ふたたび彼女の懐に頼ろうとする実家の家族、そして、怒るだけ無駄なパスクアーレという存在。パスクアーレは彼女の抗議を決して真面目には取らず、いつも賑やかにいきなりやってきては、リラとジェンナーロとエンツォをピザ屋に連れていったり、三人を車に乗せ、男の子にいい空気を吸わせようと言って、アジェーロラ（ナポリの南東、アマルフィ近郊の町）までドライブしたりした。さらに彼は、リラを自分の政治活動に巻きこもうとした。彼女は労働組合にも登録させられたが、元々乗り気でなく、ただ、ブルーノの顔に泥を塗ってやりたいという一心での承諾だった。工場の経営者にしてみれば厄介な話だからだ。パスクアーレは彼女にパンフレットもあれこれ渡した。給与、労働争議、地域別基本給制度といった各テーマを明瞭かつ簡潔に説明したパンフレットで、彼自身はちらとも読んだことがなかったが、リナならばそのうちきっと読むだろうという確信があってのことだった。リラをエンツォと男の子と一緒に、キアイアの海岸通りで開かれたベトナムの平和を願うデモに連れていったこともあった。ところが衝突が起きてデモは大混乱に陥り、人々が我先に逃げ出す事態となった。石塊が飛び交い、ファシストたちが挑発し、警察が逮捕者を車に積み、パスクアーレは揉みあい、リラは怒号を上げて罵り、エンツォはジェンナーロをそんな場所に連れてきた自分たちの決断を呪った。

しかしその時期のリラにとって特に重要なものとなったのは、別のふたつの出来事だった。ある時、パスクアーレに重要な女性同志の演説があるから聞きにこいと熱心に勧められたリラは興味を引かれ、承諾した。ところが彼女は演説をろくに聞けなかった。内容は大まかに言えば、党と労働者階級に関する話だったようだ。主役である重要な同志の到着が遅れたため、演説会がやっと始まったころにはジェンナーロが駄々をこねだし、リラは子どもの相手をせねばならず、外に出て遊ばせては会場に戻り、すぐにまた出ていくという具合だったからだ。それでもわずかに耳に入ってきた言葉だけでも、その女性がどれだけの傑物で、聴衆の労働者たちとも小市民たちともかけ離れた次元の人物であるのが彼女にはわかった。だからパスクアーレやエンツォをはじめとする一部の聴衆が演者の発言に不満げであることに気づいて、そうした反応を失礼だと思った。教養豊かな婦人が貴重な時間を自分たちのために割いてくれているのだから、むしろ感謝すべきではなかろうか。やがてパスクアーレがあまりに挑発的な反論をしたために、国会議員の女性同志は声を裏返して、もううんざりです、わたし、失礼させてもらいます、と憤懣をぶちまけた。リラはその反応が気に入り、彼女に味方したくなった。だが彼女の心中は例によって混乱の最中にあったのだろう。エンツォがパスクアーレを援護して、同志、君は〝我々なしでは〟存在せぬも同然だ。だから〝我々が〟望む限り、そこに座っていたまえ。そして〝我々が〟よしと言ったら出ていきたまえ、と叫ぶと、リラは急に考えを変え、今度は彼の〝我々〟という言葉の持つ激しさに共感し、あの女性にはそう言われても仕方のないところがあると思った。そして、夕べを台無しにしたジェンナーロに立腹しながら、家に帰った。

この時よりもずっと大変だったのが、予定を活動で埋めることに取り憑かれていたパスクアーレが参加を決めた、とある政治団体の集会だった。リラがついて行ったのはパスクアーレの強い希望もあったが、そんな彼を突き動かし、探そう、理解しよう、とさせる焦燥感が悪い性格のものとは思えなかったためもあった。集会はナポリで開かれ、トリブナーリ通りの古い家が会場となった。ある晩、彼らはパスクアーレの車で目的地の建物に到着し、おんぼろだが立派な階段を上った。着いた部屋は広かったが、参加者はわずかだった。リラは思った。学生と労働者の顔を見分け、上に立つ人間の流暢な話し方と下っ端のぎこちないそれを聞き分けるのはなんと簡単なことだろう。それからまもなく何かが彼女の癇に障った。学生たちの演説はどれも偽善的で、そのつつましげな態度は、彼らの自信にあふれた物言いと不協和音を奏でた。しかも彼らは口々に同じ決まり文句を繰り返した。すなわち、僕たちはみなさんから学ぶためにこうして集まりました、だ。〝みなさん〟というのは労働者のことだった。だが学生たちはそう言いながらも、資本について、搾取について、社会民主主義勢力の裏切りについて、階級闘争の方法について、迷いのかけらもない完成された理論を披露するのだった。その上、わずかな若い女性たちが、たいていはじっと黙っているのに、エンツォとパスクアーレにだけはやけに甘い声をかけることにもリラは気づいた。社交的な性格のパスクアーレは特に人気だった。ポケットには共産党の党員証明書を持ち、党地区支部を統率する労働者でありながら、労働者階級（プロレタリアート）としての自らの経験を彼ら革命派学生の拠点で語ろうとする姿勢をパスクアーレは評価されていた。学生たちは自分たちのあいだでは衝突ばかりしているのに、パスクアーレとエンツォが発言すると、ふたりの言葉には必ず同意した。エンツォは例によって口数こそ少ないが、密度の濃い言葉を述べた。一方、パスクアーレは、標準語と方言をごちゃ混ぜにして、県下各地の工事現場における政治活動の進展を雄弁に語り、学生たちに対して活動がおとなしすぎると軽い皮肉を飛ばし、挑発した。そして最後に、なんの予告もなくリラを議論に巻きこんだ。彼は彼女の氏名を明かし、小さな食品工場で働く同志だと紹介して、おおいに持ち上げた。

リラは額に皺を寄せ、目を凝らした。みんなが自分のことを珍しい動物のようにじろじろと見るのが気に入らなかった。さらにパスクアーレに続いてある娘が——女性では最初の発言者だった——口火を切ると、彼女は余計に不愉快になった。何よりもまずその娘の話し方が本の書き言葉のように堅苦しいのが気に入らず、次にリラをチェルッロ同志と呼んでたびたび話題にしたのも気に入らず、そして、自分が娘をとっくに知っているのが気に入らなかった。ガリアーニ先生の娘、ナディアだったのだ。ニーノの元恋人、イスキアにいた彼にラブレターを書いて寄こした、あの娘っ子だ。

少しのあいだ、ナディアもこちらの正体に気づいたのではないかとリラは不安になった。しかしナディアはほぼずっとリラだけに話しかけながらも、彼女のことを思い出した気配がまるでなかった。そもそも、どうやって思い出せと言うのだ？　リラは思った。この娘は金持ち連中のパーティーなんて数え切れないくらい出ただろうから、頭の中は曖昧模糊とした人影でいっぱいのはずだ。ところがリラのほうは、そうしたパーティーは何年も前のあの晩限りのことだったから、強烈に記憶に残っていた。ヴィットリオ・エマヌエレ大通りのあの家も、ニーノの姿も、良家の子息揃いの若者たちの姿も、ずらりと並んだ本も、たくさんの絵も、あの晩のひどい経験も、嫌な気分も、鮮やかに覚えていた。甦った記憶にたまらなくなり、ナディアはまだ話の途中だったが、リラは席を立ち、ジェンナーロを連れて界隈をぶらついた。彼女の中の嫌なエネルギーはぴったりなはけ口を見つけられず、胃の中で暴れた。

それでも少しすると会場に戻った。負けるものか、わたしだって言うべきことは言ってやろう、と思ったのだ。今度は巻き毛の若者がイタルシデル社の公害問題と賃金の問題を巧みに弁じているところだった。リラは若者の話が終わるのを待って、手を挙げた。エンツォのいぶかしげな視線は無視した。彼女は腕の中でもがくジェンナーロを押さえながら、標準語で長いこと話した。最初は小さな声で始めたが、やがて部屋が静まりかえるとその声は大きすぎるくらいに響いた。彼女は馬鹿にしたような口調で言った。労働者階級なんてわたしは聞いたこともないね。労働者と言えば、同じ工場で働く工員たちと女工たちしか知らない。あんな連中から学ぶべきことなんて、貧乏暮らしがせいぜいってところだよ。モルタデッラを煮るお湯に一日八時間も腰までつかって過ごす気分なんて、あんたたちにわかるかい？　骨から肉をそぎ落とす作業で指を傷だらけにする気持ちがわかるかい？　マイナス二十度の冷凍庫に出たり入ったりして、どんな得をするかと思えば、一時間たった十リラの寒さ手当だよ？　そんな日々を送る人間から何を学ぼうって言うんだい？　女工は上の連中や同僚に尻を触られても、文句ひとつ言えやしない。工場主の若旦那がお望みとくれば、女工は熟成室について行かなきゃいけないんだ。親父の代からの悪習さ。ジジイだってたぶん同じだったんだろう。呼ばれた女が熟成室に入ったら、あの馬鹿息子、相手に飛びつく前に、サラミのにおいで自分がどんなに興奮するかなんて得意げに説明するんだよ。あの工場じゃ、男も女も身体検査を受ける。〝えこひいき〟なんて呼ばれてる装置が出口にあってね、緑のランプじゃなくて赤のランプが点くと、お前はくすねたサラミかモルタデッラを隠し持っている、ってことになるのさ。〝えこひいき〟を操作してるのは守衛だよ。あれは社長のスパイだ。あいつが赤いランプを点けるのは、泥棒の疑いがある者だけじゃない。むしろほとんどは、内気で可愛い娘か、あいつが目の敵にしている工員さ。これがわたしの働いている工場の状況だ。あそこには労働組合なんて入ってきたことがないし、工員は脅かされてびくびくしている哀れな連中ばかりだよ。社長の決めたルールがすべてなんだ。俺が賃金を払うんだから、お前の命も家族も、お前に関するものは何もかも俺のものだ、言うとおりにしないとお前はおしまいだぞ、ってね。

誰もがしばし息を呑んだ。それからの発言は、リラの言葉を完全に支持する内容のものばかりだった。集会が終わるとナディアが来て、リラを抱きしめ、褒めちぎった。あなたったらなんて美人で、優秀で、話も上手なの。ナディアは礼を言ってから、真面目な顔でこう続けた。おかげで、わたしたちの努力がまだまだ足りないことがよくわかったわ……。しかしその威厳すら感じさせる気品のある声にもかかわらず、リラにはナディアが記憶よりもずっと子どもっぽく見えた。何年も前にニーノと一緒にいるところを見た記憶だ。あの時、ふたりは何をしていたのだっけ？　踊っていたか、おしゃべりをしていたか、いちゃついていたか、キスでもしていたか。ともかく、一度見たら忘れられない優美な娘だったのは間違いなかった。そして今、目の前にいるナディアは、そのころよりもさらに清純な印象をリラに与えた。清純で壊れやすく、他人の苦しみに無防備に身をさらし、激しい痛みに耐えているようにすら見えた。

「また来てくれるんでしょ？」

「子どもがいるから無理」

「必ず来てね、わたしたち、あなたが必要なの」

　だがリラは困った顔で首を横に振り、子どもがいるからと繰り返して、ジェンナーロを指し示すと、息子に命じた。さ、お嬢さんにご挨拶しなさい。僕は読み書きもできて、お話だって上手だって、教えてあげなさいな。ところがジェンナーロは彼女の首に顔を押しつけて隠れてしまった。ナディアにしても一応、微笑みはしたが、男の子に関心はない様子だった。だからリラはもう一度言った。わたしにはこの子がいて、毎日八時間働いて、残業まであるの。そういう暮らしをしているとね、夜はもう寝ることしか頭にないの。そして会場を出た。頭がぼうっとしていた。自分のことをしゃべりすぎた気がした。あの学生たちは心根は悪くなさそうだが、概念的にはなんでも理解できても、具体的にはわたしのことなど理解できないはずだと思った。〝わたしだって知ってる——その言葉は声にならず、頭の中に留まった——裕福で、善意に満ちた暮らしがどんなものかは。そんな暮らしをしている人間に、本当の貧しさなんて想像できる訳がないんだよ〟

　外に出ると余計に不愉快になった。車に向かって歩きながら、パスクアーレとエンツォの表情が冴えぬことにリラは気がついた。ふたりとも彼女の発言に傷ついたようだった。パスクアーレがそっと腕に触れてきた。彼はそれまで一度も縮めようとはせずにきた彼女との距離をそうしてひと息に縮めると、こう尋ねてきた。

「本当なのか、あんな状態で働いてるってのは？」

リラは接触に苛立って、腕を振り払うと怒鳴った。

「そっちこそどうなの？　あんたたちの仕事はもっとまともだって言うの？」

ふたりの返事はなかった。パスクアーレとエンツォにしてもきつい仕事をしているのはリラもわかっていた。それに少なくともエンツォについて言えば、彼だって勤め先の工場では、労働と侮辱と家事で彼女に負けないくらいぼろぼろになった女工たちをいつも見ているはずだった。それでも今、ふたりの男がどちらも顔を曇らせているのは、〝彼女の〟職場環境を思い、我慢ならないからこそなのだった。男たちには何もかも伏せておくべきだったのだ。彼らはそうしたことはできれば知らずにいたいと考え、自分たちの大切な女だけは雇い主の横暴を奇跡的にも免れている、そんなふりをしたがるものなのだ。さもないと命を賭してまで、女たちを守ってやらなくてはならなくなる。彼らはそういう思想とともに育ってきたのだから。ふたりの沈黙を前にリラは怒りを爆発させた。

「もううんざり。あんたたちも、労働者階級も知るもんか」

車に乗ってサン・ジョヴァンニ・ア・テドゥッチョに到着するまで、彼らはまともに口を利かなかった。しかしリラたちをアパートの前で降ろした時、パスクアーレは真面目な顔で彼女に言った。どうしようもないな、やっぱりお前は頭のできが違うよ。そして彼は地区へと帰っていった。一方、エンツォは、眠った男の子を腕に抱いたまま、暗い声でつぶやいた。

「どうして今まで何も教えてくれなかったんだ？　工場で何かされたのか？」

ふたりとも疲れていた。だからリラは彼を安心させてやるためにこう答えた。

「わたしに手を出す馬鹿はいないわ」

32

その数日後、騒動が始まった。朝早く出勤したリラは自分のやるべきことで頭がいっぱいで、目の前で始まりつつある新たな事態に対して完全に無防備だった。とても寒い日で、彼女は何日も咳がやまず、風邪らしかった。工場の入口にはふたりの少年がいた。学校はサボったのだろう。片方の少年が親しげに彼女に挨拶をしてきて、時おり配られるようなビラではなく、何ページもあるパンフレットを渡された。彼女はあいまいな表情で挨拶に応えた。トリブナーリ通りの集会で見た顔だった。パンフレットをコートのポケットに突っこむと、リラは守衛のフィリッポの前を通過した。彼の顔をちらりとも見ずに通り過ぎたものだから、怒鳴り声が飛んできた。毎日、ご挨拶だな。おはようのひと言くらい、あったっていいもんじゃねえか？

リラはいつものように猛烈に働き――当時の持ち場は骨から肉をそぎ落とす工程だった――少年のことは忘れた。昼休みは飯盒（はんごう）を提げて庭に向かい、日向のどこかで座って食べようと辺りを見回した。ところがその姿に気づいたフィリッポが守衛小屋を出て近づいてきた。年は五十前後、背は低く、太っていて、吐き気のするような下ネタが大好きな上に、感傷的な話をくどくどと聞かせるのも大好きという面倒な男だった。最近、六人目の子どもができたところで、よく勝手に盛り上がっては財布を取り出し、赤ん坊の写真を誰にでも無理矢理拝ませるようになっていた。それでてっきりリラも、その写真を自分にも見せるつもりだろうと思ったのだが、そうではなかった。男は上着のポケットから今朝のパンフレットを引っ張り出すと、ひどく激した声で言うのだった。

「チェルー、よく聞けよ。もし、ここに書いてあることをあの馬鹿どもに話したのがお前なら、相当にやばいぜ。わかってんのか？」

彼女は冷たく答えた。

「なんの話だかさっぱり。お昼にさせてよ」

フィリッポはパンフレットを彼女の顔に忌々しげに投げつけると、ひと息にぶちまけた。

「知らねえってんだな？　じゃあ、読めよ。うちの工場はみんなずっと仲よくやってきたんだ。こんな戯れ言、言いふらして歩くのは、性悪なお前くらいしかいねえんだよ。俺が赤いランプを好きなように点けるって？　女工を触りまくるって？　一家の大黒柱であるこの俺がかい？　いいか、ブルーノさんにしっかりお仕置きしてもらうからな。さもなきゃ、俺がその顔を滅茶苦茶にしてやる。覚悟しておけ」

彼は背を翻し、守衛小屋に戻っていった。

リラはゆっくりと食事を済ませると、パンフレットを手に取った。ずいぶんと大仰なタイトルがついていた。『ナポリおよび周辺地域における労働環境調査』。ページをめくっていくと、ソッカーヴォのハム工場の記事で埋まったページがあった。読んでみると、トリブナーリ通りの集会で彼女の口をついて出た言葉がひと言残らずそこにあった。

彼女は何でもないふりをした。パンフレットは地面に置いたまま、守衛小屋を見ないようにして持ち場に戻り、仕事を再開した。だが心中は怒りで煮えたぎっていた。なんの断りもなく自分を厄介な状況に追いこんだ者たちが憎かった。特にナディア、聖女気取りのあの娘だ。書いたのはあいつに決まっている。文章のきれいなまとめ方も、感情的で気取った表現ばかりなのも、いかにもナディアらしい。ナイフで冷たい肉を切り、においに吐き気を覚え、つのる怒りを抑えながら、リラは周りの同僚たちの冷たい視線を感じていた。男も女も区別なく、彼女を憎んでいるようだった。古くからの顔なじみばかりで、自分が犠牲者であることを知りながらその状態に甘んじてきた彼らは、スパイめいた真似をしたのが誰か、疑いを持たなかった。彼女だ。工場にやってくるなり、仕事が必要だからといって屈辱に甘んじる必要などないと言わんばかりに振る舞ったただひとりの女。

午後にはブルーノが現れ、リラはただちに呼び出された。彼はいつにも増して顔を紅潮させ、あのパンフレットを手にしていた。

「君の仕業だな？」

「違うわ」

「リナ、本当のところを教えてくれ。門の外には今でも面倒臭い連中が多くて迷惑しているんだ。君までやつらの仲間になったのか？」

「違うって言ってるでしょ」

「そうか。だがうちの工場には、こんな嘘っぱちばかりを思いつくほど賢い人間もいなければ、そんな恥知らずな人間もいないはずなんだが」

「事務の誰かが書いたんじゃない？」

「絶対にあり得ない」

「じゃあ、わたしにどうしろって言うの？　騒いでるのはあの連中でしょ？　あいつらに言ってよ」

ブルーノは鼻を鳴らした。本当にショックを受けている様子だった。

「君には職を与えた。労働組合に入った時は見逃してやった。親父ならとっくに工場から蹴り出しているところだ。そうだな、僕も馬鹿をやった。熟成室でのことは悪かった。でもちゃんと謝ったよな？　虐待したとまで言われる筋合いはない。それがなんだよ、うちの工場の看板に泥を塗って、僕が熟成室にしょっちゅう女工を連れこんでるみたいなことまで書いて？　この僕が女工と？　馬鹿じゃないか。恩をあだで返すような真似をされるとはね。がっかりだよ」

「恩ですって？　こっちはあんたのためにさんざん働いてるのに、もらえるのは雀の涙じゃないの。むしろ、そっちのほうがわたしにずっと大きな恩があるはずでしょ？」

「ほらね、まるであの厄介な連中と同じ口を利くじゃないか。いい加減認めろよ、これは君が書いたんだろう？」

「わたしは何も書いちゃいないわ」

ブルーノは口を歪め、目の前のパンフレットをにらんだ。リラは相手がどうしたものか迷っているのに気づいた。もっと厳しく出て、彼女を脅し、首にするか。それともここはいったん退いておいて、ほかにも同じような抗議行動の用意が進行中なのかを探るべきか考えているようだ。リラは決めた。気は向かなかったが――ブルーノから受けた暴力の記憶はまだ肌の上に生々しく、おぞましかった。それでも軽く愛想笑いまで浮かべて――和平の言葉を小声で告げた。

「ねえ、信じて。わたし、小さな子どもだっているのよ。こんなもの本当に書いてないわ」

彼はうなずいたが、不満げにつぶやいた。

「君のせいで、僕がこれから何をしなきゃならないかわかるかい？」

「いいえ。知りたくもないわ」

「いや、聞かせてやる。あの連中がお友だちなら伝えてやれ。今度またうちの工場の前で騒いだら、うんざりするくらい痛い目に遭わせてやるから覚悟しておけ、ってね。リナ、君も気をつけろよ。こっちだって我慢には限界があるからな」

ところが災難な一日はそこで終わらなかった。リラが工場の門を出ようとすると、〝えこひいき〟の赤ランプが点灯したのだ。いつもの話だった。守衛は毎日ほくほくしながら三、四人の犠牲者を選ぶ。内気な娘たちはうつむいて辱めに耐え、酸いも甘いもかみ分けた女たちは笑い声を上げ、フィリッポ、そんなに触りたきゃ触んな、ただ急いでおくれ、こっちは夕食の支度が待ってるんだ、と彼をからかった。その晩、彼が止めたのはリラひとりだった。寒くて、強い風が吹いていた。小屋から出てきた守衛にぞっとしながら、リラは言った。

「ちょっとでも触ったら、絶対に殺してやるからね」

フィリッポは暗い顔で、バールにあるような小さなテーブルを指差した。守衛小屋の横に以前からあったものだ。

「ポケットをひとつずつ空にして、中身をそこに置くんだ」

コートを調べると、生ソーセージが一本、ポケットに入っていた。腸詰めにされた軟らかな肉のおぞましい感触でそれとわかった。リラはソーセージを取り出すと、大笑いして言った。

「あんたたちって、どいつもこいつも最低だね」

33

窃盗罪で訴えるぞ、月給から天引きだ、いや罰金だ。フィリッポがリラを罵倒する声、そして彼女のやり返す声が続いた。ブルーノは姿を見せなかったが、まだ工場にいるはずだった。彼の車が庭にまだあった。これを境に自分の立場はこれまで以上に悪くなるはずだ。リラは悟った。

家に戻った彼女はいつにも増してへとへとだった。お隣でもっと遊びたいというジェンナーロを叱りつけてから、夕食を作った。そして給仕は自分でやってくれとエンツォに頼み、早めに床についた。掛け布団を被っていてもどうにも体が温まらなかったので、いったんベッドを出て、ウールのセーターをネグリジェの上から着た。そうしてまた横になっていると、突然、はっきりした理由もなく心臓が大きく鼓動し、自分のそれとは思えぬ激しさで脈打ち始めた。

その症状自体は以前から知っていた。のちに――一九八〇年に――彼女が周縁消滅(ズマルジナトウラ)と名付けた現象の前触れだ。ただ、そんな乱暴な形で始まったのも、ひとりでいる時に起きたのも初めてだった。それまでは、なんらかの理由でそうした症状を引き起こす人間が必ず周りにいたのだ。やがて彼女は、自分がひとりなどではないことに気づいてぞっとした。糊のはがれた頭からその日に遭遇したひとの姿や声が次々に出てきて、部屋の中を漂いだしたのだ。政治団体のふたりの若者もいれば、守衛のフィリッポも、同僚の工員たちも、広い熟成室にいるブルーノも、ナディアもいて、その誰もがサイレンス映画のようにやけにせわしなく動くのだった。〝えこひいき〟の赤ランプまで忙しく点滅を繰り返し、彼女の手からソーセージをひったくり、脅し文句をがなるフィリッポもせかせかしていた。何もかも自分の頭のせいで、幻覚なのはわかっていた。その部屋には、隣の小さいベッドで穏やかな息を立てて寝ているジェンナーロ以外に本物の人間はおらず、音もしていないはずだった。だがそうは思っても落ちつかず、むしろ余計に恐ろしくなった。胸の鼓動の勢いはもはや凄まじく、継ぎ目という継ぎ目を吹き飛ばして何もかもをばらばらにしてしまいそうだった。部屋の壁と壁をしっかりとくっつけていた力は弱まり、彼女の喉元を繰り返し突き上げる猛烈な衝撃はベッドを揺らし、壁の漆喰にひびを入れ、頭蓋骨を崩壊させようとしていた。ジェンナーロまで壊れてしまうかもしれない。リラは怯えた。そうだ、このままだと、きっとセルロイドの人形みたいに壊されてしまう。胸も腹も頭もぱっくり割られて、中身を剝き出しにされてしまう。この子を遠ざけないといけない。わたしの近くにいればいるほど、危険なはずだ……。ところがそこで彼女は、かつて自分が遠ざけた別の子どものことを思い出した。お腹の中でうまく形にならなかった、ステファノの子だ。わたしはあの子を追い出してしまった。あるいはそうではなかったのかもしれないが、少なくともピヌッチャとジリオーラにはそんな陰口を叩かれた。でも本当にわたしがやったのかもしれない。わざとあの子をお腹から追い払ったのかもしれない。どうしてわたしには今の今まで、うまくできたものがひとつとしてないのだろう？　だが、どうして失敗作を手元に残しておかないといけない？　動悸は鎮まる気配を見せず、ぼんやりした影たちはざわめきながら彼女を挑発し続けた。リラはまたベッドを出て、端に腰かけた。べたべたした汗でびっしょりだった。冷え切った油みたいな汗だと思った。彼女は裸の両足をジェンナーロの小さなベッドに乗せると、ゆっくりと押して、遠ざけた。ただし、遠ざけすぎるのも嫌だった。傍らにいれば壊してしまいそうで不安だったが、遠くにいれば今度はなくしてしまいそうで恐かったのだ。彼女はゆっくりと台所に向かった。家具につかまり、壁に寄りかかって。だがそうして進みながらも、何度もうしろを振り返った。自分の背後で床が沈みだし、ジェンナーロを呑みこんでしまうのではないかと不安だった。蛇口から水を飲み、顔を洗うと、心臓はいきなり鼓動をやめた。急ブレーキでもかかったみたいに彼女は前に投げ出された。

終わった。継ぎ目という継ぎ目は元どおりにつながり、彼女の体はゆっくりと常態に戻り、汗も引いた。リラは震えていた。極度の疲労で周りの壁が回転して見え、今にも気を失いそうだった。エンツォのところに行こう。行って、体に熱を取り戻さないと。そう思った。今すぐ彼のベッドに入って、寝ている彼の背中にしがみついて、わたしも眠ろう……。だが、諦めた。ブルーノに向かって〝ねえ、信じて。わたし、小さな子どもだっているのよ。こんなもの本当に書いてないわ〟と言った時に自分が浮かべた愛想笑いを頰に感じたのだ。わたしはあいつに向かってしなを作った。誘惑したようにも見えたかもしれない。わたしは嫌悪感を覚えていたのに、女の肉体が勝手に反応した。恥ずかしくなった。熟成室でされたことを忘れようはずもないのに、なぜわたしはあんな態度を取ったのだ？　それでも、ああ、男たちをそそのかし、聞き分けのいい犬か何かみたいに、思いのままに操る快感ときたらどうだ？　いや、あんな真似は二度とすまい。過去にはほとんど意識せぬまま、そうしてステファノも、ニーノも、ソラーラ兄弟も手玉に取ってきた彼女だった。あるいはエンツォさえ、操ったことがあったのかもしれない。だが、もう嫌だと思った。今度は自分の力でなんとかしたかった。守衛とも、職場の同僚たちとも、学生たちとも、ブルーノとも自分の力で決着をつけよう。そして、わたしの欲張りな頭とも決着をつけてみせる。運命に屈することを知らず、人々や物事との衝突でぼろぼろになり、壊れかけたこの頭とも。

34

目が覚めると熱があったが、アスピリンを一錠飲んで、仕事に出かけた。空はまだ暗かったが、青白い薄明もあり、背の低い建物の並ぶ通り、泥まみれの雑草、スクラップをぼんやりと照らしていた。工場の門へと続く砂利道にさしかかったところで、水たまりを避けて歩きながら、今朝は学生たちが四人いることに気づいた。ふたりは前日と同じ顔ぶれ、三人目はふたりと同じ年ごろの少年、四人目は明らかに太りすぎな二十代の若者だった。彼らは工場の塀に闘争を呼びかけるポスターを貼っており、同じ調子のビラを配りだしたところだった。しかし昨日は好奇心もあれば礼儀もあってパンフレットを受け取ったはずの工員たちが、今日はその大半がうつむいて通り過ぎるか、ビラを受け取るや否や丸めて捨てた。

若者たちがもう来ているのを見て、リラは不愉快になった。出勤時刻ぴったりで、彼らの言うところの政治的労働は彼女の仕事よりも時間に厳密なのだと言わんばかりの態度に思えた。彼女に気づいた昨日の少年が親しげな笑顔を見せ、ビラをたくさん持って駆け寄ってくると、不快感は敵意に変わった。

「同志、調子はどう？」

リラは少年の挨拶を無視した。喉が痛み、こめかみがどきどきいっていた。彼は追いかけてきて、自信なさそうに言った。

「僕、ダリオっていうんだ。覚えてないかな、トリブナーリ通りで会ったんだけど」

「うるさいわね、覚えてるわよ」彼女はかっとなって言った。「でもあんたとも、あんたのお友だちとも、こっちは関わりたくないの」

ダリオは言葉を失い、歩みを緩め、ほとんど独り言のように言った。

「ビラはいらない？」

リラは答えなかった。ひどいことを怒鳴ってしまいそうで嫌だったのだ。ただ、少年の戸惑い顔が心に残った。正義の側にいるつもりの人間が、他人がどうして自分と同じ意見ではないのか理解できない時に見せる顔だ。この子に一からよく説明してやるべきなのだろうとリラは思った。どういう訳で自分が集会であんな発言をし、発言の内容がパンフレットに掲載されたことがなぜ我慢ならず、またどうして今、彼ら四人を愚かしく思っているかを。まだ家で寝ているか、学校の教室に向かうべきところを、わざわざこの寒い中、細かな文字がびっしりと記された紙切れを、よりによって文字もろくに読めず、そもそもそんなものは読む必要もない者たちに配っている若者たち。工員たちにビラなど読む必要がないのはなぜか？　そこに書いてあるようなことはとっくに知っているからだ。彼らにしてみれば、いずれも日々身をもって体験していることばかりだからだ。工員たちはもっとひどい話だって知っている。それは未来永劫、誰も語ろうとも、書こうとも、読もうともしないが、彼らの服従の真の理由が閉じこめられた、声にならぬ声だ。だがリラは熱もあれば、何もかもにうんざりで、そうした一切を説明するだけの気力がなかった。それにいずれにしても、彼女はもう正門に到着しており、そこでは状況が悪化しつつあった。

守衛が、四人のなかで一番年上の、あの太りすぎの若者に向かって声を上げ、方言で脅していた。その線を一歩でも越えてみろ、馬鹿野郎。てめえは私有地に許可なく入ったことになる。そうしたら俺は撃つぜ。学生のほうもすっかり興奮しており、げらげらと嘲り笑いながら、相手を奴隷呼ばわりし、標準語でやり返した。撃ってみろよ、お手並拝見だ。ここは私有地なんかじゃないぞ、この敷地の中にあるものはすべて人民に属しているんだ。リラはふたりの横を通り過ぎながら――この手の空いばりはもう聞き飽きた。リーノも、アントニオも、パスクアーレも名人だし、エンツォまで得意だ――真面目な顔でフィリッポに言った。お望みどおり撃ってやんな。しゃべるだけ時間の無駄だよ。おとなしく寝てるか、お勉強でもしてればいいのにさ、こんなとこまで来て騒ぐやつらは撃っちまえばいいんだ。フィリッポは彼女に気づき、その言葉を聞いて、ぽかんとした顔になった。本気で撃てと言ってるのか、からかわれているのかよくわからなかったのだ。一方、学生は迷わず、リラをにらんで怒鳴りつけた。行けよ、中に入って、社長のケツにキスでもすればいいさ。そして、首を横に振りながら数歩後退すると、門から二メートルほど離れたところでビラを配り続けた。

リラは庭を歩いていった。朝の七時からもうへとへとだった。両目が焼けるように痛み、八時間の仕事が永遠にも思えた。不意にうしろで甲高い急ブレーキの音と、男たちの叫び声がして、彼女は振り返った。灰色と青の二台の車が着いたところで、灰色の車から降りた者が早くも塀のポスターを破り捨て始めていた。まずいことになったと彼女は思い、自然とあと戻りを始めていた。むしろ他の工員たちと同じように足を速め、工場に入って仕事を始めるべきだと頭ではわかっていたのだが。

何歩か戻ると、灰色の車のハンドルを握っている若者の顔がはっきりと見えた。ジーノだ。ドアを開けて出てきた彼は背が高く、全身筋肉ではち切れそうで、手には棒を握っていた。残りの連中は、ポスターを破っている者たちとようやく車から出てこようとしている者たちを合わせて全部で七、八人いたが、鎖や鉄パイプを手にしていた。ファシストたちだった。ほぼ全員が地区の人間で、リラもよく知っている顔がちらほらあった。ステファノの父親、ドン・アキッレもファシストだった。ステファノ自身もそうなら、ソラーラ一家も祖父から孫にいたるまでみなファシストだ。連中は時々、都合次第で王制支持者を名乗ったり、キリスト教民主党支持者を名乗ったりもした。リラは昔から彼らを激しく嫌悪していた。少女のころにファシストの汚いやり口を細かなところまで想像し、連中からは逃れる術もなければ、撲滅する術もないらしいと悟った時からだ。過去と現在のつながりが完全に解消されたことなど一度もなかったから、地区の住民の圧倒的大多数はこの手の連中を愛し、可愛がっていた。そして連中は暴れる機会があるたびに、いつもの黒ずくめの格好でぞろぞろ湧き出てくるのだった。

トリブナーリ通りのダリオ少年は真っ先に反応し、ポスターを破り捨てられたことに抗議すべく走った。その手に握られたビラの束を見て、リラは思った。馬鹿ね、そんなもの捨てなさい。だが彼はビラを捨てず、やめてくれ、とか、君たちにそんなことをする権利はない、とか、標準語で無駄なことばかり言うと、助けを求めて仲間のほうを振り返った。ダリオは明らかに喧嘩のやり方を知らなかった。敵からは片時も目を離してはいけない。地区の男たちは喧嘩で言葉は費やさない。せいぜい目をかっと見開いてひと声吼え、相手を脅すぐらいで、そのあいだにも先に攻撃を始める。それも、すぐにできるだけ相手を痛めつけようとする。手を休めてはいけないのだ。強力な敵に力尽くで止められない限りは。その時、ポスターを剝がしていた男のひとりが、まさに地区の流儀で行動した。なんの予告もなくダリオの顔を殴ると、地面に散乱したビラの上に倒れた少年に馬乗りになってさらに殴り続けたのだ。ふたりの周囲をビラが舞う様子は、まるで紙切れが残忍な興奮を覚えているかのようだった。そこであの太った若者が、倒れた少年に気がつき、徒手空拳、駆けつけようとしたが、途中で鎖を持った男に遮られ、腕に一撃を食らった。若者は猛然と鎖をつかむと、敵から武器を奪おうとして引っ張った。ふたりは互いを罵倒しながらそうしてしばらく鎖を争ったが、やがてジーノが肥満した学生に背後から迫り、棒をひと振りして打ち倒した。

リラは熱も疲れも忘れて門へと急いだが、自分でも何がしたいのかよくわからなかった。もっと近くで見たいのか、学生たちを助けたいのか、それとも単純にいつもの衝動に突き動かされているだけなのか。その衝動ゆえ、暴力は彼女を怖じ気づかせるどころか、むしろ怒りに火を点けた。しかし砂利道まですぐには戻れなかった。門から走って入ってくる工員たちの一団を避けて、脇によけなければならなかったのだ。数名の工員が――エドと仲間たちに違いない――襲撃者たちを止めようとしてかなわず、いっせいに逃げてきたのだった。逃げまどう男たちと女たちのあとを鉄パイプを持ったふたりの若者が追っていた。イーザという事務職の女性が走りながら、フィリッポに向かって金切り声を上げた。あんた、どうにかしなさいよ、警察を呼んで。するとエドが片手から血を流しながら、大声で独り言を言った。よし、斧を取ってこよう。目にもの見せてやるぞ。その結果、リラが砂利道に着いた時には、青いほうの車はすでに出発していた。だが、ちょうど灰色の車に乗りこもうとしていたジーノが彼女に気づいた。彼はたまげた様子で立ち止まると言った。リナ、こんなところにいたのか？　それからジーノは仲間たちに車中に引きずりこまれ、エンジンをかけて車を出したが、去り際に運転席の窓から叫んだ。せっかく金持ちの奥さんになれたってのに馬鹿だな、ざまあ見ろ。

35

リラは不安に包まれて勤務時間を過ごしたが、周囲には軽蔑したような態度か、脅すような態度で接し、心の揺れを誤魔化した。ずっと平和だった工場に不意に訪れたこの緊迫した空気はお前のせいだ――誰もがそう思っているのが伝わってきた。それでも工員たちはまもなくふたつの陣営に分かれた。ひとつ目のグループは少数派だったが、昼休みにどこかで集まって話しあった上で、現状を利用してリラを社長に会わせ、慎重に少しでも賃上げ交渉をさせたいと考えていた。残りの多数派は彼女には声もかけず、すでに困難な職場の環境をさらに混乱させるような行動には一切反対の立場を取った。ふたつのグループはどうしても合意に達することができなかった。むしろ、少数派に属するエドなど、多数派のある男に対してこんなことまで言った。万が一この手をばい菌にやられて、切り落とす羽目になったら、俺はお前の家に行って、ガソリンをひと缶ぶち撒いて、お前も家族も焼き殺してやるからな。リラはどちらのグループも無視した。彼女は自分の殻にこもり、いつものように作業に集中し、おしゃべりも悪口も風邪も忘れた。それでもこの先どうなるのかという懸念は消えず、熱っぽい頭の中では無数の思いが渦巻いていた。暴力を振るわれた学生たちはどうしたろう。うまいこと逃げたろうか。あの子たちのせいでこっちは大変なことになってしまった。ジーノはきっと地区中でわたしの噂を触れ回り、ミケーレ・ソラーラに何もかも語って聞かせるだろう。ブルーノにすがりつこう。屈辱的だが、そうするしかない……。リラは首になるのを恐れ、月給を失うことを恐れていた。雀の涙のような収入ではあっても、おかげで、エンツォを自分とジェンナーロが生き延びるために不可欠な存在とみなすことなしに好きでいられたからだ。

それから彼女は悪夢のような昨夜の体験を思い出した。あれは何だったのだろう。誰か医者に診てもらうべきだろうか。でもそれで、悪いところがあると言われたら、仕事と子どもはどうしたらいい？　駄目だ、慌てちゃいけない。とにかく問題を解決しないと。山ほどの懸念に耐えきれなくなった彼女は、昼休みにブルーノに会おうと決めた。嫌でも仕方なかった。ポケットにソーセージを突っこまれた悪趣味ないたずらも、ジーノ率いるファシストの連中の騒動も、自分の責任ではないと説明したかった。ただしその前に、彼女は自己嫌悪に陥りつつもトイレにこもって、髪を直し、少し口紅を塗った。ところが秘書はブルーノが工場にはおらず、今週いっぱいはまず来ないだろうと冷たく言うのだった。リラはまた不安になった。苛立ちをつのらせながら、パスクアーレに頼んで、学生たちが工場の前に戻ってこないように言ってもらおうと思った。あの政治団体の若者たちが姿を消せば、ファシストの連中も来なくなるだろうし、工場は以前と変わらぬ日常のなかで落ちつきを取り戻すだろう。でも、パスクアーレにどうやって連絡を取ればいい？　彼女は彼が今働いているという現場の場所も知らなければ、地区まで行って探す気にもなれなかった。両親か兄に出くわすのではないかと不安だった。特にリーノとの衝突は嫌だった。こうして、くたくたな上に不機嫌の種を山と抱えこんだ彼女は、直接ナディアに会いにいこうと決めた。仕事が終わると家に急ぎ、エンツォに宛てて夕食を用意しておいてくれとメモを書き残して、ジェンナーロを防寒着と帽子でしっかりとくるんでから、バスを何本も乗りついで、ヴィットリオ・エマヌエレ大通りに到着した。

淡く柔らかな色をした空が広がり、雲のひとかけらもなかったが、夕方の光は消えようとしており、強い風が紫色の息を吹いていた。リラはナディアの家をはっきりと覚えていた。通りに面した大きな扉も、何もかも。幾年も前の屈辱の記憶が今の恨めしさをさらに焚きつけた。過去とはなんと崩れやすいものか。そうしてしばしば地崩れを起こしては、彼女に襲いかかる過去。かつてリラがわたしと階段を上ってたどり着き、パーティーで苦しい思いをしたあの家から、今度はニーノの元恋人であるナディアが転がり落ちてきて、また彼女を苦しめていた。だがリラは責め苦におとなしく甘んじるタイプではなかったから、負けるものかとジェンナーロの手を引いて坂道を上っていった。あの生意気な娘に言ってやりたかった。あんたとお仲間のせいでこのままだとうちの子どもの将来が滅茶苦茶だ。そっちにとってはただのお遊びで、たいして危ない目にも遭わないだろうが、わたしとうちの子にとっちゃ真剣な問題なんだよ。だからなんとかしてことを収めろ。さもなきゃ、ぶん殴ってやるから……。本当にそう言うつもりだった。咳をしながら、彼女の怒りはつのる一方だった。早いところ鬱憤を晴らしたかった。

通りに面した大きな扉は開いていた。リラは階段を上っていった。そしてわたしと来た時のことを思い出し、ふたりをそこまで車で連れてきたステファノを思い出し、着ていた服のこと、靴のこと、行きと帰りにわたしたちが交わした会話をひと言残らず思い出した。呼び鈴を鳴らすと、ガリアーニ先生が自らドアを開けた。記憶どおりの姿で、親切で、身なりも家の中もきちんと整っていた。それにひきかえ自分は汚いとリラは思った。肉の生臭いにおいがするし、風邪で胸はぜいぜいいってるし、熱のせいで情緒不安定だし、子どもは方言で泣き言ばかり漏らして疎（うと）ましいし。リラはぶっきらぼうに尋ねた。

「ナディアさん、います？」

「いないわ。出かけてるの」

「いつ戻りますか」

「ごめんなさい、わからないの。十分後かもしれないし、一時間後かもしれない。あの子は勝手だから」

「リナが会いたがっていたと伝えてもらえますか」

「急ぎのご用なのね？」

「そうです」

「なんでしたら、わたしが代わりに聞いておきましょうか」

何を聞かせろと言うのか。リラはよろめき、相手の背後を見る格好となった。高貴な雰囲気の年代物の家具とシャンデリア、かつて彼女を魅了した本でいっぱいの本棚、価値のありそうな絵画が壁に並んでいるのが見えた。そして思った。これが、ニーノがわたしにつまずく前に目指していた世界なんだ。このもうひとつのナポリのことを自分は何ひとつとして知らない。わたしもジェンナーロも決して住むことのないだろう世界だ。ならば、そんなものは破滅してしまえばいい。炎に包まれ、灰となれ。溶岩がこの丘の上まで覆い尽くせばいい……。それからやっと彼女は答えた。いいえ、結構です。ナディアさんとお話がしたいので。そして帰ろうとした。まったくの無駄足だった。ただ、娘について語る先生の苦々しげな口調が気に入った彼女は、急に軽薄な調子で大声を出した。

「実は何年か前にわたし、パーティーでこちらにお邪魔したことがあるんですよ。もの凄く期待してたんですけど、退屈で退屈で、早く帰りたいって、そればかり思ってました」

36

ガリアーニ先生もリラのどこかに惹かれたようだった。無作法寸前のざっくばらんな態度が気に入ったのかもしれない。次にリラがわたしと友だちであると告げると、先生は嬉しそうに声を上げた。ああ、グレーコさんね。もうずっと顔を見せてくれないわ。きっとあの子、本が売れすぎて、どうかしちゃったんじゃないかしら……。それからリラと男の子は客間に通された。そこでは先生の孫が遊んでいた。先生は金髪の男の子にほとんど命令口調で言った。マルコ、新しいお友だちよ、ご挨拶なさい。リラも息子の背を押して、言った。さあジェンナーロ、マルコ君と遊びなさい。そして彼女は、古いが快適な緑色の肘掛け椅子に腰を下ろし、幾年も前のパーティーの思い出話を続けた。先生は何も覚えていないと言って残念がったが、リラのほうは何もかも覚えていた。あんなにひどい夕べは生まれてこのかたほかになかったと彼女はこき下ろし、どんなに気まずい思いをしたかと語り、何も理解できぬまま耳を傾けた若者たちのおしゃべりについてきつい皮肉を言った。あのころのわたし、とても無知でしたから——彼女は妙にはしゃいだ声で言った——でも、今はもっと無知ですけど。

　ガリアーニ先生はリラの話に耳を傾け、その率直な物言い、聞く者を圧倒する語り口、力強い標準語で構築された言葉、巧みに使いこなす皮肉に強い印象を受けた。恐らくは先生も、リラの中にあの捉えようのない何かを感じたのだろう。聞く者を誘惑し、同時に警戒させるセイレン（ギリシア神話の海の精。船乗りを美しい声で誘惑して滅ぼすとされる）の魔力だ。誰をも虜にするその力。先生も例外ではなかったという訳だ。ふたりはしばらくおしゃべりを続けたが、やがてジェンナーロがマルコの頬を打って方言で罵り、緑色のミニカーを取り上げた。リラはかっとなって立ち上がり、息子の片腕をつかむと、マルコを叩いたほうの手を何度も叩いてお仕置きした。先生がそっと、いいのよ、子どもなんだから、と止めてもリラはやめず、ジェンナーロを厳しく叱りつけて、おもちゃを返すように言った。マルコは泣いていたが、ジェンナーロは涙のひと粒もこぼさず、それどころか馬鹿にしたようにミニカーを先生の孫に投げつけた。リラはまた手を上げ、息子の頭を強くはたいた。そして腹立たしげに暇乞いをした。

「そろそろ失礼します」

「そう言わずに、もう少しいらっしゃいな」

リラは座り直した。

「この子、いつもはこんな風じゃないんですけど」

「可愛いお子さんね。そうよね、ジェンナーロ君、あなた、可愛くて、いい子でしょ？」

「悪い子です。ちっともいい子じゃありません。でも、利口は利口なんです。小さいけど、アルファベットは大文字も小文字も、全部読み書きできるんですよ。どう、ジェンナー？　ちゃんと読めるところ、先生に聞かせて差し上げたら？」

リラはクリスタルの小さな美しいテーブルの上にあった雑誌を手に取り、表紙にあった言葉を適当に指差して、さあ、読んで、とジェンナーロをうながした。男の子は嫌がったが、リラはその肩を軽く叩いて、恐い声でまた命じた。読みなさい、ジェンナー。すると男の子は渋々読みだした。「デ、ス、ティ……」だがそこでやめてしまい、マルコのミニカーを憎らしげににらんだ。マルコはおもちゃをしっかりと胸に抱くと、にやりとして表紙の言葉をすらすらと読み上げた。「目的地（デスティナツィオーネ）」

リラは傷つき、暗い顔をして、先生の孫を嫌そうに見た。

「お上手ね」

「わたしがずっと教えてるから。この子の両親はほとんど家にいないの」

「年はいくつ？」

「三歳半よ」

「もっと上かと思いました」

「そうね、がっしりしてるから。そちらは？」

「今度、五歳になります」リラは嫌々ながら白状した。

先生はジェンナーロに優しく触れながら、言った。

「ママ、ずいぶん難しい言葉を選んだね。でも僕はお利口さんだ。本当はきちんと読めるって、おばさんにはわかりましたよ」

その時、派手な物音がした。玄関のドアが開き、また閉じたかと思うと、どたばたと廊下を歩く音がして、男性と女性の声がどちらも複数聞こえてきた。子どもたちが帰ってきたわ、先生は言い、ナディアの名を呼んだ。しかし最初に顔を出したのはナディアではなかった。痩せた、ひどく青白い顔の娘だった。頭は金髪で、嘘じゃないかと思うくらい青い目をしていた。娘は腕を大きく開くと、マルコに向かって大声で呼びかけた。ママにキスをしてくれるのは誰かな？　駆け寄ってきた男の子を彼女が抱きしめ、キスの嵐を浴びせるその横で、次に顔を出したのは先生の長男、アルマンドだった。リラは彼のこともすぐに思い出した。アルマンドはマルコを母親の腕から奪い取るようにして抱くと、大きな声で、パパにも最低三十回はキスしてくれよと頼んだ。すると男の子は父親の頬に、ウーノ、ドゥエ、トレ、クワットロ、と数えながらキスをしだした。

「ナディア」先生がまた娘を呼んだ。だがその声はにわかに不機嫌な色を帯びていた。「耳が遠くなっちゃったのかい？　早く来なさい、お客さんですよ」

ようやくナディアが顔を出した。そのうしろにはパスクアーレの姿があった。

37

リラの怒りにふたたび火が点いた。つまりパスクアーレは、仕事が終わるといつもこうして、この家にいそいそと向かっていたということなのか。母親も父親も祖母も叔母も子どもらもみんな幸せそうで、愛情豊かで、教養があって、彼がしがない現場作業員であろうと、仕事帰りの汚らしい格好のままであろうと、家族のひとりとして受け入れてくれるほど、誰もが進歩的な、こんな連中の家に？

ナディアはリラを例のごとく興奮した調子で抱擁してから、こう言った。よかったわ、来てくれて。子どもなら、母に任せておけば大丈夫。わたし、あなたに大事な話があるの。リラはぶっきらぼうに答えた。そう、こっちも急いで話したいことがあるんだよ。だから来たんだ。ただ、長居はできないから。するとパスクアーレが家まで車で送っていくと申し出た。こうして、客間に子どもたちと先生を残し、みんなで――アルマンドと金髪の娘も来た。彼女の名はイザベッラと言った――ナディアの部屋に向かった。大きな部屋で、シングルベッドがひとつと机がひとつ、本でいっぱいの本棚が並び、歌手に映画のポスター、革命のために闘争を呼びかけるポスターが飾られていた。リラには見慣れぬポスターばかりだった。部屋にはほかにも三人の若者がいた。うちふたりには見覚えがなかったが、あとひとりはダリオだった。暴行を受けた跡も生々しく、ナディアのベッドにだらしなく横になって、靴も脱がずにピンク色の掛け布団に足を載せていた。三人とも煙草を吸っていて、部屋は煙でいっぱいだった。リラはもはや躊躇せず口火を切った。ダリオの挨拶にも応えなかった。あんたたちのせいでわたしは厄介なことになっている。そっちの向こう見ずのせいで仕事は首を切られそうだし、あのパンフレットのせいで大騒ぎだ。もう二度と工場の門に姿を見せてくれるな。あんたたちのせいでファシストやら何やら面倒な連中まで来た。もう、左も右も大嫌いだ。リラは次にダリオに向かってぴしゃりと言った。あんたね、喧嘩もできないなら、おとなしく家にいなさいよ。殺されてもおかしくなかったの、わかってるの？ パスクアーレに二度ばかり言葉を遮られそうになったが、彼女はそのたび軽蔑したようにはねつけた。彼がその家にいること自体が裏切り行為だと言わんばかりの態度だった。残りの若者たちはおとなしく話を聞いていた。そして彼女が口を閉じて初めてアルマンドが発言した。母親そっくりの繊細な顔立ちに濃い眉毛をしていて、髭をしっかりと剃った青々とした跡があごから頬骨まで続いていた。話す声は温かく、深みがあった。アルマンドは自己紹介をし、こうして君と会えて嬉しい、前回の集会で君の話を聞けなかったのは残念だが、あれから話の内容を僕らは何度も議論し、ひとつの重要な貢献であると考えた。そこで、きちんと文章に残しておくことに決めたのだ、と語った。そして落ちついた様子でこう結論した。心配はいらない。君と君の仲間たちのことは僕らがあらゆる手段で支えていくつもりだ。

リラは咳きこんだ。部屋に充満した煙草の煙のせいで喉が余計に痛んだ。

「前もって教えてくれてもよかったでしょ？」

「確かにそうだ。だが時間がなかった」

「時間なんて、作ろうと思えば必ず作れるものよ」

「人手が足りないんだ。そのくせ、やるべきことは増える一方でね」

「あなた、仕事は何？」

「え？」

「なんの仕事で食べているのか、って聞いてるの」

「医者だ」

「お父さんと同じ？」

「そうだよ」

「じゃあ聞くけど、今あなたは、仕事を失うような危険を冒してる？　今日、明日にも、子どもと一緒に路頭に迷うような可能性ってあると思う？」

　アルマンドは不愉快そうに首を横に振ると、言った。

「リナ、誰が一番危険に身をさらしているかなんて競争は間違ってるよ」

　パスクアーレが口を挟んだ。

「アルマンドは二度逮捕されたし、俺だって八度も告発を受けている。ここにいるみんなは、それぞれ同じくらい危険を冒しているんだよ」

「へえ、そう？」

「そうよ」ナディアが答えた。「わたしたちはみんな最前線に立ってるの。自分の行為の責任を取る覚悟だってできてるわ」

　それを聞いてリラは他人の家にいるのも忘れて、怒鳴った。

「そこまで言うなら、わたし、仕事を首になったら、ここに越してくるからね。ちゃんと面倒を見てくれるんでしょ？　わたしの暮らしがどうにかなったら、責任はあんたたちが取る、そうよね？」

　ナディアは平然と答えた。

「ええ、あなたがそう望むなら」

短い言葉だったが、リラは、それをナディアが冗談ではなく、本気で言っているのだと確信した。たとえブルーノ・ソッカーヴォが工場の従業員全員を解雇したとしても、ナディアはその甘ったるい声で、同じ無意味な答えを繰り返すはずだった。わたしは労働者階級のために尽くしている、ナディアはそう主張する。自分は海を見下ろす、本でいっぱいの家にある自室にいて、そこから労働者たちに指示を出し、働き方を変えろと言い、リラたちの代わりにあれこれ決めて、仮にあなたたちが路頭に迷うことになっても対策の用意もちゃんとあるとすら言う。リラは舌先まで言葉が出かかっていた。わたしだってやろうと思えば、あんたよりずっとうまく何もかも台無しにできるさ、この偽善者め。そのいい子ぶりっ子した声でああしろ、こうしろなんて言われたくないね……。しかし彼女はぐっとこらえ、急にパスクアーレに声をかけた。

「わたしもう行かなきゃ。ねえ、家まで送ってくれるの、くれないの？」

沈黙が下りた。パスクアーレはナディアを見やってから、もごもごと答えた。送るよ。リラが別れも告げずに部屋を出ていこうとすると、ナディアは急いで先に立ち、歩きながら、あなたが自分ではっきりと説明してくれたような条件下で働き続けるのはどうしても受け入れがたい、とか、一刻も早く闘争の火蓋を切るべきだ、とか、その手の文句を並べた。そして客間に入る直前、逃げないでね、とまで言ったが、リラは返事をしなかった。

ガリアーニ先生は肘掛け椅子に座り、不機嫌な顔で本を読んでいた。先生は、娘のナディアも、戸惑った様子で追いかけてきたパスクアーレもまるで無視して、リラに声をかけた。

「お帰り？」

「ええ、もう遅いですから。ジェンナーロ、さあミニカーはマルコ君に返して、コートを着なさい」

するとふくれ面をしている孫に笑顔を向けてから、先生は言った。

「いいの、ミニカーはマルコがジェンナーロ君にプレゼントしたんだから」

それを聞いてリラは目をぎゅっと凝らして、言った。

「先生のご家族はみなさん本当にお優しいですね。ありがとうございます」

コートを着せようと息子と格闘するリラを先生はじっと見つめていたが、やがて尋ねてきた。

「ひとつ教えてもらえないかしら」

「なんでしょう」

「あなた、高校はどちらに通ってらしたの？」

その質問が癪に障ったらしく、ナディアが口を挟んできた。

「ママ、リナは急いでるのよ」

子どもっぽいナディアの声に初めて浮かんだ苛立ちの色に、リラは嬉しくなった。

「ほんの少し話がしたいだけじゃないの」先生は言い返した。娘に劣らずぴりぴりした声だった。だが、リラに質問を繰り返した声はもう優しいそれに戻っていた。「それで、高校はどちらに通ってらしたの？」

「どこにも行ってません」

「話し方を聞いてると――怒鳴る声を聞いても、ですけど――そうは思えないのだけど」

「でも本当です。小学校を出て、それっきりです」

「どうして進学なさらなかったの？」

「わたし、頭が悪かったから」

「どうしてそう思ったのかしら？」

「グレーコさんは頭がよかったけど、わたしは駄目だったんです」

ガリアーニ先生は同意できないという風に首を振った。

「もしもあなたが進学していたら、グレーコさんと同じくらいお勉強ができたと思いますよ」

「そんなこと、どうしてわかります？」

「それがわたしの仕事ですもの」

「教師のみなさんって、口を開けば勉強は大切だってそればっかりですけど、教えるのがご自身の生活の糧だからですよね。本当は勉強なんてなんの役にも立たないし、よりよい人間になるどころか、元より悪くなるくらいで」

「エレナさんの性格が元より悪くなったってこと？」

「いいえ、彼女は違います」

「どうして違うの？」

リラは息子の頭に毛糸の帽子を被せた。

「小さなころにわたしたち、約束したんです。悪い子はわたしの役だって」

38

車中、リラはパスクアーレに怒りをぶつけた（〝パスカー、いつからあんな連中の手下になったの？〟）。彼はおとなしく言われるがままになり、彼女の不平不満が出尽くしたころを見計らって、手慣れた政治演説を一席ぶった。自分たち南部の労働者が置かれた現状、その奴隷にも似た状態、絶え間ない圧力、労働組合の弱さあるいは不在、そうしたひとつひとつの状況を扇動して闘争へと導くことがどれだけ必要であるか……。悲哀に満ちた方言で彼は言った。リナ、お前がわずかな賃金を失うのが不安なのはわかるよ。そりゃそうだ、ジェンナーロを育てなきゃいけないからな。でも俺は知ってるぞ。お前は本物の同志だ。俺の言い分だって本当はわかっているはずだ。この辺りじゃ俺たち労働者の稼ぎは地域別最低賃金にも足りないし、ありとあらゆるルールに違反している。俺たちはひととして扱われてないんだよ。だから、放っておいてくれ、とか、自分の問題でもう手いっぱいだ、とかいう台詞は許されない。ひとりひとりが、自分に巡ってきた場所で、やれるだけのことをやるべきなんだよ。

リラはくたくただった。ジェンナーロが後部座席で眠ってくれたのがせめての救いだった。男の子の右手はミニカーを固く握っている。パスクアーレの演説はぼんやりとしか聞いていなかった。そして時々、ヴィットリオ・エマヌエレ大通りの家のこと、ガリアーニ先生のこと、アルマンドのこと、イザベッラのことを思い返したり、姿をくらまし、恐らくはどこかでナディアに似た人妻でも見つけたのであろうニーノを思ったりした。まだ三歳なのに言葉を読むのが彼女の息子よりもずっとうまかったマルコのことも思った。ジェンナーロを利口な子どもに育てようなんて、無駄な努力だったのだ。この子はすでに負けつつある。息子が後れを取っているのに、今のわたしにはもう助けてやることができない。車がアパートの前に着いた時、パスクアーレに家に上がっていけと言わざるを得なくなったリラはこう告げた。夕ご飯だけど、エンツォ、何を作ったかわからないから。あのひと料理すごく下手なの。もしかしたら今日は食べるのやめておいたほうがいいかもね。彼女としてはパスクアーレがこのまま帰ってくれないかと期待したのだが、彼の答えは、ちょっとあいつの顔を見たら、今日はすぐに帰るよ、というものだった。そこでリラは彼の腕にそっと触れ、小声で頼んだ。

「エンツォには何も言わないで」

「何もって、なんのことだい？」

「ファシストの連中のこと。知ったらあのひと、今夜のうちにジーノをぶん殴りにいくわ」

「あいつのこと好きなんだな？」

「怪我させたくないの」

「なるほど」

「そういうこと」

「でもエンツォは俺よりもお前よりも、やるべきことが何かよくわかっている男だと思うぞ」

「そうね。でもやっぱり言わないで」

パスクアーレは難しい顔で承知すると、ジェンナーロを起こしたくないと言って男の子を抱き上げ、階段を上りだした。そのあとを追いながらリラは愚痴をこぼし続けた。なんて一日なの、もうへとへとよ。あなたとあのお友だち連中のせいで、こっちはもう工場で最悪なんだから……。ふたりはエンツォに、ナディアの家で集会があったとだけ伝えた。そしてそれからはパスクアーレが、友人に質問をする間を与えまいとして、真夜中まで休むことなくひとり語り続けた。彼は、ナポリは今、全世界で起きていることだが、新しい生き方の広まりに興奮のるつぼにある、と言い、次いでアルマンドをおおいに讃えた。あいつは偉い医者で、自分の出世には執着せず、貧しい者たちを無料で治療し、下町の子どもたちの健康に気を配り、ナディアとイザベッラと一緒になって民衆のために無数の計画を抱え、幼稚園をひとつと診療所をひとつ運営しているんだよ。今や孤立する者などひとりとしていない。同志という同志が互いに助けあい、ナポリの町では素晴らしい出来事がたくさん起きているところなんだ。だからお前たちも家に閉じこもってばかりいないで、町に出ろ、俺たちはもっと一緒に過ごすべきだよ……。そして最後にひとつ発表があった。なんと彼は今後、共産党とは一切の縁を切るという。党を巡って多くのひどい事件が起き、国内外を問わずあまりに多くの妥協があった。そんな鬱陶しい状況にはもううんざりだ、と言うのだった。エンツォは友人の選択に大きな動揺を見せ、ふたりの議論は白熱し、いつまでも終わらなかった。党は党じゃないか、そんなことはない、いやそうだ、安定化政策はもうたくさんだ、体制に対する攻撃はその構造を対象にするべきなんだよ……。リラはすぐに飽きてしまって、眠くてぐずりながら夕食を済ませたジェンナーロを寝かせに向かい、そのまま部屋から戻らなかった。

だがパスクアーレが去り、エンツォの立てる物音が途絶えた時も、リラはまだ起きていた。熱を測ると三十八度あった。ふと、ジェンナーロが雑誌の表紙の言葉を読むのに苦労した光景を思い出した。どうしてわたしはあんな言葉を選んでしまったのだろう。目的地（デスティナツィオーネ）なんて、ジェンナーロは今日まで聞いたこともなかったはずだ。アルファベットを知っているだけではまだまだ不十分ということなのか。もしもこの子が、ニーノとナディアのあいだにできた子どもだったなら、もっと別の運命が待っていただろうに。自分は駄目な母親なのだろうか。それでもこの子はわたしが望んだ子だ。ステファノの子どもはほしいと思わなかったが、ニーノの子ならばほしかった。ニーノのことは本当に好きだった。彼女は彼を心から望み、好かれたいと願った。殺されたくない、ただその一念で、おぞましいのを我慢して夫にしていたようなことだって、彼のためならば、喜んでやった。それでも、男が中に入ってくる時に女が普通は感じると言われるものは、一度も感じたことがなかった。その点は間違いないという確信があった。ステファノとだけの話ではなく、ニーノが相手でも同じだった。男というものはやけに一物にこだわり、自分のそれを誇るところがあり、女はなお執着するはずだと信じているように見える。ジェンナーロにしても自分の小さなおちんちんをしょっちゅういじっていて、時々見ていて気まずくなるほど、やたらと引っ張ったり、こね回している。あんなにして怪我をしやしないか、彼女はよく不安になった。息子のおちんちんを洗い、おしっこをさせるのだって、彼女にとっては当初、努力が必要で、慣れるのに時間がかかった。エンツォはその点とても慎みがあり、家の中でパンツ一丁になることもなければ、下品な言葉も使わなかった。だからこそリラは彼に深い愛情を覚え、彼が辛抱深く別の部屋で自分を待ち続けてくれていること、一度だって不快な目に遭わされたことがないことに感謝していた。あらゆる物事と自身に対する彼の節度は、彼女にとってただひとつの慰めだった。だがそこまで思って、罪の意識も湧いた。自分をほっとさせてくれるその状況が、当然ながら彼を苦しめていたからだ。わたしのせいでエンツォが苦しんでいるという罪悪感は、その日に出くわしたひどい出来事のリストに追加された。あれもこれも、あんな声もこんな声も彼女の頭の中を無秩序に長いこと回り続けた。さまざまな口調と、細切れになった無数の言葉も。明日は工場でどう振る舞えばいいのだろう？　本当にナポリも世界もパスクアーレが言うような熱気に包まれているのだろうか。それとも彼とナディアとアルマンドが自分たちの不安を静め、退屈をしのぎ、勇気を出すために勝手に想像しているだけの話なのだろうか。信用していいのだろうか。絵空事にはまって抜け出せなくなる危険もあるというのに？　それともまたブルーノに会って、この面倒な状況からの脱却を図るべきなのだろうか。でも、ブルーノのご機嫌を取る価値なんてあるんだろうか。また襲われるだけではないのか。守衛のフィリッポと職場のボスたちのいじめに屈して、それで本当にどうにかなるんだろうか。思考は堂々巡りを続けた。最後に彼女はうとうとしながら、わたしたちふたりが幼いころに身につけたある古い原則にたどり着いた。自分を救い、ジェンナーロを救うためには、彼女を脅かそうとする者を逆に脅かし、恐怖を与えようとする者に恐怖を与えるしかない。よし、やっつけてやろう、そう思いながらリラは眠りに落ちた。ナディアには、お前は甘ったるいおしゃべりばかりのいいとこのお嬢ちゃんに過ぎないと自覚させてやろう。ブルーノからは、熟成室でサラミと女たちに鼻をくんくんさせる喜びを奪ってやろう。

39

彼女は朝の五時に目を覚ました。汗びっしょりだったが、熱はもうなかった。工場の門の前に学生たちの姿はなかった。ただ、ファシストの連中がいた。昨日と同じ二台の車、同じ顔ぶれで、スローガンを叫び、ビラを配っていた。また暴力沙汰になりそうな予感がして、リラは下を向き、両手はポケットに入れた格好で、まっすぐに歩いた。そして、騒ぎが起きる前に工場に入れればと願った。しかし、ジーノに道をふさがれてしまった。

「お前、まだ字は読めるのかよ?」彼は方言で言い放つと、ビラを突きつけてきた。彼女はコートに手を突っこんだまま答えた。

「読めるさ。そっちこそ、そもそも字なんて読めたことあったっけ?」

それで通り過ぎようとしたが、無理だった。ジーノが邪魔をして、ビラをポケットに突っこんできたのだ。ひどく乱暴な動作で、手をひっかかれた。リラは落ちついてビラを丸めた。

「こんなもの、ケツを拭く役にも立たないね」彼女はビラの玉を投げ捨てた。

「拾えよ」薬局の息子は彼女の片腕をつかみ、命じた。「今すぐ拾え。それに、言葉には気をつけろ。俺、昨日の午後にお前の情けない旦那に会ってな、女房の顔を滅茶苦茶にしていいかって聞いたんだ。

そしたらあいつ、いいって言ったんだぜ」

リラは相手の目をにらんだ。

「あんた、わたしの顔を殴るために、わざわざうちの夫の許可を取りにいったのかい？　離してよ、馬鹿」

そこへエドがやってきた。見て見ぬふりをするかと思いきや、意外にも彼は足を止めた。

「チェルー、大丈夫か？」

あっという間の出来事だった。エドはジーノに顔面を殴られて地面に倒れた。リラの心臓は喉元まで跳ね上がり、何もかもが早回りを始めた。彼女は拾い上げた石をしっかりと握ると、それで薬局の息子の胸のど真ん中を打った。長い一瞬が続いた。ジーノに突き飛ばされた彼女が電柱に叩きつけられ、エドが立ち上がろうともがいているところへ、砂利道からまた、一台の車が砂埃を立ててやってきた。リラにはひと目で誰の車だかわかった。パスクアーレのおんぼろ車だ。やっぱり。彼女は思った。アルマンドはわたしの言うことを聞いてくれた。ナディアも、かもしれない。ふたりは礼儀というものを知っている。ところがパスクアーレは我慢できず、戦いにきてしまったという訳だ。事実、ドアが開いて出てきた五人のなかには彼の姿もあった。全員、現場作業員らしく、ごつごつした棍棒でファシストたちを叩きのめしていった。その攻撃は凶暴ながら整然としており、無闇に残酷ではなく、たった一撃で正確に相手を倒そうとしていた。リラはパスクアーレがジーノを狙っているのにすぐに気がつき、まだそばにいた薬局の息子の片腕に両手でしがみつくと、笑いながら言ってやった。あんた、逃げたほうがいいかもよ。さもなきゃ殺されちゃうから。ところがジーノは逃げるどころか、彼女をまた突き飛ばして、パスクアーレに飛びかかっていった。そこでリラはエドを立たせ、庭へ運ぼうとした。しかし相手はただでさえ重い上に、身をよじるのをやめず、罵倒を続け、血まで流しているので大変だった。パスクアーレがジーノを棍棒で叩きのめすのを見届けると、エドはようやくいくらか落ちついた。もう大変な騒動で、めいめい道端で拾ったがらくたが銃弾のように飛び交っていた。パスクアーレは、昏倒したジーノを置き去りにすると、下は石灰で汚れた幅広の青いズボンを穿き、上はランニングシャツ一枚の男と一緒に庭に駆けこんだ。そしてふたりで、震え上がったフィリッポが閉じこもっている守衛小屋を棍棒で滅多打ちにし、窓ガラスを粉々に砕き、品のない罵倒を上げた。そこへパトカーのサイレンが聞こえだした。リラはまた、暴力のどきどきするような喜びに包まれていた。そうだ、こちらを恐がらせようとする者があれば逆に恐がらせてやる、それしか手はない。目には目を、奪われたものは取り返す、やられたらやり返す……。ところが、パスクアーレと仲間たちがもう車に乗りこみ、ファシストの連中も同様にジーノを引きずりながら退散を始め、パトカーのサイレンがますます近づいてきたころになって、彼女をどきりとさせることが起きた。自分の心臓が、巻きすぎたおもちゃのぜんまいのようになりつつあるのがわかったのだ。急いでどこかに座らないとまずかった。工場の建物に入るとリラは中庭で力なく崩れ、背を壁にもたれて、落ちつこうとした。骨から肉をそぐ工程で働いている四十代の大女、テレーザがエドの面倒を見てくれた。彼の顔の血を拭きながら、テレーザはリラをからかった。

「前は耳をちぎりかけた相手じゃないか。それをわざわざ助けたのかい？　外に放っておけばよかったのにさ」

「先にこっちが助けてもらったから、お返しよ」

テレーザは信じられないといった顔でエドを見た。

「〝あんたが〟この子を助けたって？」

すると彼は口ごもりつつ答えた。

「俺より先によそ者がそいつの顔を台無しにするのが許せなかったんだよ」

テレーザは言った。

「フィリッポのやつ、相当びびったろうね」

「いい気味だ」エドがつぶやいた。「滅茶苦茶になったのが、小屋だけだってのが残念だが」

テレーザはリラを見て、ちょっと意地悪そうに尋ねた。

「ねえ、あの左翼のやつら呼んだの、あんたじゃないの？」

冗談のつもりだろうか。リラは疑問に思った。それともテレーザは実はスパイで、もうすぐジーノの元へご注進に急ぐつもりだろうか。

「違うよ。でも、ファシストの連中を呼んだのが誰かは知ってるよ」

「誰だい？」

「ソッカーヴォさ」

40

パスクアーレは夜、夕食のあとになって、暗い顔をして現れた。エンツォをサン・ジョヴァンニ・ア・テドゥッチョ支部の集会に誘いにきたのだ。パスクアーレと何分かふたりきりになった時、リラは言った。

「今朝はずいぶんと馬鹿やってくれたわね」

「やるべきことをやったまでだ」

「お友だちも賛成だったの？」

「お友だちってのは誰のことだ」

「ナディアとお兄さん」

「当然だろ」

「じゃあ、自分たちだけ家でのんびりしてたんだ」

パスクアーレは不満げに答えた。

「家でのんびりしてた？　そいつはどうかな」

彼はご機嫌斜めのようだった。いや、むしろ、暴力の行使によっていつもの病的な行動欲求が底を尽き、エネルギーが空になったように見えた。その上、彼女を集会に誘わず、エンツォにだけ声をかけるというのも初めてのことだった。どんなに夜遅くて、寒くて、彼女が息子を連れ出すことはまずあり得なさそうな時ですら、パスクアーレは必ず誘ってきたのだから。もしかしたら新たな男だけの戦いを準備中なのかもしれなかった。あるいは彼女に腹を立てているのかもしれない。闘争に反対して、ナディアとアルマンドの前で彼に恥をかかせたからだ。今朝の彼らの出動に対する彼女の批判的な反応に気分を害しているのは確かだった。リラは思った。パスクアーレはきっと、彼がどうしてジーノをあれほどまでに痛めつけ、守衛の頭を叩き割ろうとしたか、こちらが理解していないとでも思っているのだろう。それが善人だろうと、悪人だろうと、男というものは、何かを成し遂げるたびに、竜を退治した聖ゲオルギオスのようにわたしたち女に崇めてもらわないと気が済まないらしい。だから彼はわたしを恩知らずだと思っているんだ。お前の屈辱を晴らすためにやったのだから、せめて感謝の言葉のひとつもあっていいだろう、と。

ふたりが出かけると、リラは横になって、だいぶ前にパスクアーレがくれた仕事と労働組合に関する数冊のパンフレットを遅くまで読んだ。そうしていれば、単調な日々の暮らしに自分をつなぎ止めておくことができた。家の静けさに眠気、言うことを聞かぬ胸の鼓動が恐ろしかった。あらゆるものが今にも輪郭を失ってしまいそうだった。ひどく疲れていたが構わず読み、例によって夢中になり、短時間に多くのことを学んだ。不安を払拭するために彼女はエンツォの帰りを待とうとした。だが彼は戻らず、ジェンナーロの規則正しい呼吸に眠気を誘われ、いつの間にか寝ていた。

翌朝、エドとテレーザはリラに何かとつきまとい、遠慮がちに親しげな言葉をかけてくるようになった。リラのほうもふたりをはねつけようとはせず、むしろ他の同僚たちも含めて、誰でも親切に扱った。不平を漏らす者があれば聞いてやり、怒る者があれば理解を示し、権力濫用を呪う者があれば同調してみせ、不満を持つ者たちを互いに近づけ、優しい言葉でしっかりと団結させた。続く日々、彼女はエドとテレーザを中心に、自分たちのとても小さな団体を活性化させ、昼休みを秘密集会の時間に変えた。彼女には、あれこれ提案して彼らを誘導しているのは自分ではなく、他の者たちだという印象を与える才があったから、その周りにはますます多くの工員が集まるようになった。ありふれた不満だと思いこんでいた自分の愚痴が実は正当な要求であり、即急に是正すべき問題にほかならないと聞かされるのが、みんな嬉しかったのだ。肉そぎ工程、冷凍庫、加熱槽で働く者たちの要求をまとめてみると、彼女もいくらか驚く事実が判明した。ひとつの工程の問題は他の工程の問題に起因しており、そうした問題の数々がひとつにつながり、酷使の連鎖をなしていたのだ。彼女は労働条件が原因の病気や怪我の詳細な一覧表を作ってみた。手の怪我、骨折、気管支炎などがあった。情報もたくさん集まり、工場全体が最悪な状態にあって、衛生条件は危機的で、傷んだ原材料や、どこから来たかもよくわからない原材料が使用されることもあるという現実を証明するに足る量となった。パスクアーレと一対一で話せる機会が来ると、彼女は短期間で実現した成果を説明した。すると彼は最初、仏頂面だったのが、そのうち呆気に取られた顔になり、大喜びで言った。お前なら、きっとやってくれるってわかってたよ。それから彼はリラのために、カポーネという人物と会う約束を取り付けてくれた。労働組合の下部組織、労働会議所の書記だという。

リラは書き留めたものをすべていつものきれいな筆跡で書き写すと、カポーネのところに持参した。書記は彼女の文書を読むと、パスクアーレと同じく大喜びしてこんなことを言った。驚くじゃないか、同志。君は今の今までどこにいたんだい？　素晴らしい仕事だよ。よくやったね。ソッカーヴォの工場には我々も今日まで入れずじまいだったんだ。あそこはファシストだらけだからな。でもこれからは君がいる。状況は変わるぞ。

「それでわたしたちはどう動けばいいの？」リラは尋ねた。

「委員会を作りたまえ」

「もう作ったわ」

「よろしい。では、ここに記された内容に順序をつけるといい」

「〝順序をつける〟って、どういうこと？」

カポーネはパスクアーレを見やったが、パスクアーレは何も言わなかった。

「君たちはいっぺんにあれこれ要求しすぎなんだ。どこの誰も要求したことのないようなものまで含まれてる始末だ。つまり、要求に優先順位をつけろ、ということだよ」

「どれも大切な要求ばかりなんだけど」

「それはそうだ。しかし、これは戦術の問題なんだ。すぐに何もかも変えさせようとすると、敗北の危険が高まるんだよ」

リラはぎゅっと瞳を凝らし、しばしカポーネと口論になった。しかもよく聞けば、委員会による雇用者との直接交渉は許されず、交渉には組合の仲介が必要になるというではないか。

「でも、わたしだって組合の人間でしょ？」リラはかっとなって言った。

「もちろんだとも。しかしね、物事には適切なタイミングとやり方というものがあるんだ」

ふたりはまた言い争いになり、やがてカポーネが言った。「じゃあ、とりあえずは君たちで好きにやってみたまえ。交替勤務の割り当てとか、休暇とか、残業手当とか、何かひとつ議題を決めて話しあうといい。あとはその調子で続けるんだ。なんにしても――と彼は結論した――君のような同志がいてくれて僕は本当に嬉しいよ。滅多にない話だ。お互いおおいに協力しよう。そして食品業界で大きな前進を果たそうじゃないか。運動に力を貸してくれる女性はまだまだ少ないんだ。そこでカポーネはズボンの尻ポケットに入れてあった財布を取り出すと、リラに尋ねた。

「いくらか経費も必要じゃないかな？」

「経費って？」

「ビラを刷ったり、紙を買ったりするのにかかる金だ。運動に当てる時間だって無給じゃ大変だろうし」

「いらないわ」

カポーネは財布をしまった。

「でもリナ、怖じ気づいて、姿を消したりしないでくれよ。これからよろしく頼む。ほら、君の名前はこうして書いておいたから。組合にも今度のことを教えてやりたいんだ。君のことはおおいに活用しないとな」

労働会議所を出たリラはご機嫌斜めでパスクアーレに聞いた。なんであんなやつに会わせたの？

41

ところがパスクアーレは彼女をなだめ、カポーネは素晴らしい人物で、実際、戦術も駆け引きも必要だ、そこは理解すべきだと言うのだった。それから彼はほとんど涙も流さんばかりに感激して、リラを抱きしめそうなそぶりを見せたが、考え直してこう言うに留めた。このまま行けよ、リナ。正式な手続きなんて糞食らえだ。俺はとりあえず、ナディアたちに報告しておくから。

リラは工員たちの要求を少しも選り抜かなかった。彼女がしたことと言えば、最初に書いた文書があんまり大部だったので、それを細かな文字で書き直し、紙一枚にまとめてエドに手渡しただけだった。そこには、作業の組織編成から時間配分、工場の全般的な状態、製品の品質、慢性化している負傷と罹患リスク、乏しい各種手当と給与にいたるまで、幅広い分野の要求が列挙されていた。残る問題は、誰がこの一覧表をブルーノの元に届けるか、それだけだった。

「あんたが行きなさいよ」リラはエドに言った。

「俺、すぐにかっとなっちまうから」

「そのほうがいいじゃない？」

「向いてないよ」

「ぴったりの役だと思うけど」

「いや、お前が行けよ。組合にも入ってるんだしさ。それにお前は話がうまいから、あいつだってすぐに説得できるさ」

リラは自分にお鉢が回ってくることを端から知っていた。彼女は時間を稼ぐことにし、ジェンナーロを隣家に預けると、パスクアーレとトリブナーリ通りの団体の集会に向かった。ソッカーヴォ社の状況も、その日予定された〝議題のひとつ〟だという話だった。今回の参加者はナディアにアルマンド、イザベッラにパスクアーレを含めて十二名だった。リラは文書の写しを彼らに回した。カポーネのために用意した、要求のひとつひとつが詳しく説明された最初の版だ。ナディアは熱心に読んでから、こう言った。パスクアーレの言っていたとおりね。あなたは行動力のある女性だわ。あっという間にこんなに素晴らしい成果を挙げるなんて凄い……。それからナディアはリラの文書の政治的価値と組合運動上の価値を褒めただけではなく、文章としての出来にも心からの賛辞を送った。本当にお見事。この手の文章をこんな風に書けるなんて画期的よ。しかし、そんな前置きのあとでナディアは、ソッカーヴォとの直接対決は今の時点ではまだ避けるべきだとリラに忠告した。アルマンドも同じ意見らしく、こう続けた。

「もっと僕たちが力をつけて、成長する時まで待つことにしよう。ソッカーヴォの工場の一件はまだ機が熟していない。こうしてとっかかりがつかめただけでも立派な成果だよ。軽率に動いて、今のうちに芽を摘まれてしまってはもったいない」

ダリオが質問した。

「みんなはどう思う？」

答えたのはナディアだったが、その言葉はリラに向けられていた。

「特別集会を開きましょう。できるだけ早くここであなたの同志たちと会って、工場の委員会を強固なものにするの。あとは、そうね、あなたの資料を使って新しいパンフレットを用意しましょうか」

にわかに慎重になった彼らの反応に、リラは強烈で凶暴な満足感を覚えた。彼女は馬鹿にしたように言い放った。

「わたしがこんな努力をしたのも、仕事を失う危険まで冒してるのも、〝あんたたちに〟そんな特別集会を開かせて、新しいパンフレットを作らせてやるためだと本気で思ってるの？」

ところが溜飲を下げる間はなかった。突然、正面にいたナディアが、はまり具合の悪いガラス窓のようにがたがた揺れだしたかと思うと、粉々に砕けたのだ。明確な理由もなく、リラは喉が詰まる感覚に襲われ、参加者たちのあらゆる動作が、まばたきひとつにいたるまで、加速した。彼女は目を閉じ、座っていたおんぼろ椅子の背もたれに寄りかかった。息ができなかった。

「どうした？」アルマンドが尋ねてきた。

パスクアーレが動揺しつつ答えた。

「こいつは働きすぎなんだ。リナ、大丈夫か、水でも飲むか？」

ダリオが水を汲みに急ぎ、アルマンドが脈を診ているあいだ、パスクアーレは落ちつかぬ様子でリラに立て続けに問いかけていた。

「どうしたんだ、脚を伸ばせ、深く息を吸ってみろ」

彼女は小声で大丈夫だと答え、アルマンドから手首をさっと引っこめると、少し放っておいてくれれば治ると言った。それでもダリオが水の入ったコップを持って戻ってきたのでひと口飲み、本当になんでもない、ただの風邪だと言い張った。

「熱があるのかい？」アルマンドが穏やかに尋ねてきた。

「今日はないわ」

「咳とか、息苦しい感じは？」

「ちょっとだけ。心臓が喉元で鳴ってる感じがするの」

「今はどうだい。少しはよくなったかな？」

「ええ」

「別の部屋で診よう」

　診察を受けるのは嫌だったが、ひどく不安なのも事実だった。彼女はうなずき、なんとか立ち上がると、金色の留め具がついた黒い革鞄を手にしたアルマンドのあとを追った。たどり着いたのは、彼女がまだ見たことのなかった広くて寒い部屋で、薄汚い感じのマットレスの載った簡易ベッドが三つ並び、くすんだ鏡のついた衣装ダンスがひとつ、整理ダンスがひとつあった。ベッドのひとつに彼女は力なく座りこんだ。ジェンナーロを産んで以来、医者の診察を受けたことは一度もなかった。アルマンドの問診にはまともに答えず、胸の中に重しがあるような感覚だけは伝えたが、どうってことないんだけどね、と付け加えた。

　アルマンドは診察のあいだ口を利かなかった。リラはすぐにその沈黙を憎んだ。意地の悪い沈黙に思えたのだ。目の前の冷静で清潔な男は、質問を重ねながらも、彼女の答えをまったく信用していないように見えた。彼女を調べるその態度はあたかも、診察道具と知識によって強化された己の肉体以外は一切信用ならないとでも言いたげだった。彼は彼女の体の発する音に耳を傾け、触れ、観察しながら、胸や腹、喉で起きていることについて最終的な結論が出るまで患者を待たせた。見慣れていたつもりの自分の体が、リラにはまるで見知らぬものに思えてきた。最後にアルマンドは質問をした。

「夜は眠れるかい？」

「ええ、ぐっすりと」

「何時間くらい？」

「そんなのまちまちよ」

「どうして？」

「つい考えちゃう時もあるし」

「食事はきちんととってる？」

「気が向けば」

「時々、息が苦しくなったりしない？」

「しない」

「胸は痛まない？」

「何か重い感じはある。たいしたことはないけど」

「冷や汗をかくことは？」

「ないわ」

「気を失うか、失いそうになったことはある？」

「いいえ」

「あれは規則的に来る？」

「あれって？」

「生理だ」

「いいえ」

「最後に来たのはいつだった？」

「わかんない」

「記録してないのかい？」

「記録するものなの？」

「そのほうがいいね。避妊のために何かしている？」

「何が言いたいの？」

「コンドームや避妊リングやピルのことだよ」

「ピル？」

「新しい薬だ。飲んでおけば、子どもができない」

「それって本当？」

「本当の本当さ。ご主人はコンドームを使ったことがあるかい？」

「わたし、もう夫はいないから」

「ご主人、出ていっちゃったのか？」

「こっちから家を出てやったの」

「まだ一緒だったころ、使ってた？」

「コンドームなんて、どんな形をしているのかも知らないわ」

「性生活は今も定期的にあるかい？」

「どうしてそんなこと話さなきゃなんないの？」

「嫌ならやめてもいい」

「嫌よ」

アルマンドは診察道具を鞄にしまうと、クッションがなかば抜けた椅子に腰を下ろし、ひとつ息をついた。

「ペースを落とさないと駄目だ、リナ。君は自分の体を限界以上に追いこんでいる」

「どういうこと？」

「栄養不良で、神経過敏で、不摂生が過ぎる」

「あとは？」

「痰もあるね。あとでシロップをあげよう」

「あとは？」

「検査をいくつかするべきだ。肝臓が少し腫れてるよ」

「検査なんて受けてる暇ないの。お薬ちょうだい」

アルマンドは不満げに首を横に振った。

「よし、君と話をする時は遠回りをしないほうがよさそうだね。つまり、心雑音があるんだ」

「何それ？」

「心臓の問題だよ。悪性の疾患の可能性もある」

リラは不安そうな表情を浮かべた。

「どういうこと、わたし死ぬの？」

彼は微笑み、答えた。

「そうじゃないさ。ただ心臓病の専門医に診てもらうべきだ。明日、僕のいる病院に来てくれ。優秀な医者を紹介しよう」

リラは額に皺を寄せ、立ち上がると、冷ややかに言った。

「明日は駄目。ソッカーヴォに会いにいくから」

42

パスクアーレの心配そうな声にリラはうんざりさせられた。帰り道、車を運転しながら彼が尋ねてきたのだ。

「アルマンド、なんだって？　具合はどうなんだ？」

「大丈夫よ。もっと食べなさいってさ」

「ほらな、お前は自分の体を粗末にしすぎるんだ」

リラはかっとなって言い返した。

「パスカー、あなたはわたしのパパでも兄貴でもなければ、誰でもないんだから、放っておいてよ。わかった？」

「俺が心配をしちゃいけないかい？」

「駄目。それに、自分のやることにも言うことにも気をつけて。特に、エンツォには余計なことを言わないで。わたしが気分悪くなったなんて──それだって嘘、少し目まいがしただけだもの──彼に言ってみなさい、絶交だからね」

「仕事を二日ばかり休めよ。それとソッカーヴォに会うのはよせ。カポーネだって、みんなだって、やめろって言ったじゃないか。政治的に見てまだその時機じゃないんだよ」

「政治的にどうこうなんて関係ないわ。わたしを厄介ごとに引きずりこんだのはあなたたちのほうじゃないの？　今度は好きなようにやらせてもらうから」

彼女は家に上がるようパスクアーレに勧めず、彼は怒って帰っていった。部屋に戻ってからは、ジエンナーロに優しくしてやり、夕食を作り、エンツォを待った。息苦しさがどうにも抜けなかった。彼がなかなか帰らないので、先にジェンナーロに食べさせた。そして、もしかしたら今夜は女遊びで遅くなる日なのではないかと懸念した。男の子が水で満杯のコップを倒すと、彼女は態度を一気に硬化させ、まるで大人を相手にしているみたいに方言できつく怒鳴った。少しはじっとしてられないの？　叩かなきゃわかんない？　どうしてそうやってわたしに面倒ばかりかけるの？

ちょうどそこへエンツォが戻ってきた。リラは努めて優しく振る舞おうとした。そして食事になったが、口に入れたものがすんなりと胃に下りてくれず、胸でつっかえるような気がした。男の子を寝かしつけると、ふたりはすぐにチューリッヒの通信講座の課題に取り組んだが、エンツォはまもなくやる気を失い、今日はもう寝たいと何度も控えめに許しを求めた。彼の願いは聞き入れられず、リラは遅くまで粘った。自分の寝室にこもるのが恐ろしかったのだ。暗闇でひとりになったが最後、アルマンドには黙っていたあれやこれやの症状が出るのではないか、それも、いっぺんに襲いかかってきて、自分は殺されてしまうのではないか……。エンツォがそっと尋ねてきた。

「どうかしたのか？」

「なんでもないわ」

「このところパスクアーレと出かけてばかりじゃないか。ふたりで俺に何を隠しているんだ？」

「労働組合の用事よ。あのひとに組合に入らされたおかげで、やることが色々できちゃったの」

するとエンツォががっかりした顔をするので、彼女は尋ねた。

「何よ？」

「パスクアーレに聞かされたよ。工場でお前が何をしているか。あいつにも、団体の連中にも話したのに、どうして、よりによってこの俺だけは教えてもらえないんだ？」

リラはむかっときて、席を立つと、バスルームにこもった。パスクアーレめ、あれほど言ったのに。どこまで話してしまったのだろう。ソッカーヴォを相手取って労働争議をしようという話だけか、それともジーノのことも、トリブナーリ通りで調子を崩した話までしたのだろうか。どうして黙っていられなかったのだろう。男の友情には堅固な不文律があり、女の友情とは違うということか。リラはトイレの水を流し、エンツォのところに戻ると言った。

「パスクアーレって、スパイみたいな真似するのね」

「パスクアーレは本物の友だちだよ。それにひきかえ、お前はなんだ?」

彼の口調にリラは傷つき、思いがけず心が折れてしまった。突然のことだった。目は涙でいっぱいになり、こらえようとしてもこらえきれなかった。自分の弱さが悔しかった。

「あなたにこれ以上、迷惑をかけたくなかったの」リラはしゃくり上げながら言った。「だって、家を追い出されるんじゃないかって恐かったから」彼女は鼻をかむと、かすかな声で続けた。「ねえ、一緒に寝てもいい？」

エンツォは我が耳を疑うように彼女を見つめた。

「寝るって、どういう風に？」

「エンツォの好きにして」

「でも、お前はそんなことしたいのか？」

リラはテーブルの中央にある水差しを凝視していた。雌鶏の頭がついた、ジェンナーロお気に入りの水差しだ。視線はそのままに彼女はつぶやいた。

「あなたの横にずっといられるなら、いいわ」

エンツォは不愉快そうにかぶりを振った。

「したくないんだな」

「したいわ。でも何も感じないの」

「〝俺に対して〟何も感じないって言うのか？」

「馬鹿ね。あなたは大好きだし、毎晩、呼んでもらえないか、抱きしめてもらえないか、って思ってるわ。〝でも、それ以上は何もほしくないの〟」

エンツォは真っ青になった。耐えがたい痛みに襲われたように、整った顔を歪めて、彼は言った。

「そんなに俺が嫌か」

「違う、違うって。本当に好きにしてほしいの。今すぐ。ねえ、お願い」

彼は寂しげな笑みを浮かべて、しばらく黙っていた。それから、不安げな彼女を見ているのがたまらなくなったらしく、つぶやいた。

「もう寝よう」

「別々の部屋で？」

「いや、俺の部屋で」

リラはほっとして、着替えに向かった。服を脱いでネグリジェを着ると、寒さに震えながらエンツォの部屋に入った。彼はもうベッドの中にいた。

「わたし、こっち側でいい？」

「いいとも」

リラはベッドに潜りこみ、彼の肩に頭を乗せると、相手の胸に片腕を回した。エンツォは身じろぎひとつしなかったが、その体が放つ激しい熱を彼女はただちに感じた。

「足が凄く冷たいの。そっちの足の近くに置いてもいい？」彼女はささやいた。

「ああ」

「体、ちょっと撫でてあげようか？」

「放っておいてくれ」

ゆっくりと寒気が消えていった。胸の痛みは溶けてなくなり、喉の息苦しさも忘れて、彼女は安らかなぬくもりに身を委ねた。

「寝てもいい？」疲れでぼんやりしながら彼女は尋ねた。

「ああ、おやすみ」

43

日の出のころ、リラははっと目を覚ました。体が起床時間を告げたのだ。一瞬のうちに、嫌なことばかりどれもはっきりと思い出した。病んだ心臓、ジェンナーロのさまざまな退歩、地区のファシストたち、ナディアの物知り顔、信用できないパスクアーレ、改善要求の一覧表。それからようやく、自分がエンツォと一緒に寝たことに気づいたが、彼はもうベッドにはいなかった。彼女が慌てて起き上がるのと同時に、玄関のドアが閉じる音が聞こえた。わたしが寝てすぐ、エンツォはベッドを出たのだろうか。ひと晩中起きていたのだろうか。隣の部屋で子どもと寝たのだろうか。それとも、欲望はきれいさっぱり忘れて、ずっとわたしの横で寝たのだろうか。わたしとジェンナーロのために食器を並べてから、独りぼっちで朝食をとったのは間違いない。そして仕事に行ってしまった。何も言わず、あれこれ頭の中で悩みながら。

子どもを隣家に預けると、リラも工場に急いだ。

「それで、決心はついたのかよ？」エドがいくらかふてくされた様子で尋ねてきた。

「いつ決心しようと、そんなのこっちの勝手でしょ」リラは以前の態度に戻って答えた。

「俺たちは委員会なんだから、ちゃんと報告してくれなきゃ」

「一覧表はみんなに回してくれた？」

「回したよ」

「それで、なんて言ってる？」

「沈黙は賛成の印さ」

「違うね。沈黙は震え上がってる証拠よ」

カポーネの言っていたとおりだとリラは思った。ナディアとアルマンドの意見も正しい。自分たちの運動はまだまだ弱く、無理がある。彼女は作業に入り、がむしゃらに肉を切った。何かを痛めつけたい気持ちと自分に苦痛を与えたい気持ちとでいっぱいだった。この手に包丁を突き刺してしまいたい。今この場で、死んだ肉から自分の生きた肉へと刃（やいば）を滑らせてしまいたい。思い切り叫び、手当たり次第に暴れて、何ごともほどほどにできない自分の無能さを誰かれ構わず当たり散らしたかった。

ああ、リナ・チェルッロ、お前は相変わらずだな。どうしてあんな一覧表を作った？　酷使されるのが嫌だからか。お前とここの連中の労働条件を改善したいから？　お前は自分があの連中と一緒になって、今の状態から一歩ずつ前進して、全世界の労働者階級（プロレタリアート）の栄光の行進に合流しようなどと真面目に考えているのか？　下らない。そんな行進をして何になると言うのだ？　また工員か？　永久に工員のままか？　朝から晩まで働き詰めでも、権力を握った工員になろうとでもいうのか？　馬鹿馬鹿しい。仕事のつらさをうわべだけ誤魔化そうとしているだけじゃないか。お前は労働者の現状がどんなにひどいものかをよく知っている。なすべきは改善じゃない、そんな状況は抹消してしまわなければいけないんだ。子どものころからわかっているはずだろう？　改善しよう、もっと優れた人間になろう、だって？　たとえば、そう言うお前は優れた人間になれたのか？　ナディアやイザベッラのようになれたのか？　お前の兄貴はどうだ？　アルマンドのようになったか？　お前の息子はどうだ？　マルコと同じか？　そうじゃない。わたしたちはわたしたちのまま、彼らは彼らのままなんだよ。ならばなぜ、お前は諦めない？　おとなしくしていられない、その頭のせいだ。その頭が、回転するための目的をいつだって探してしまうんだ。靴をデザインしたのもそう、製靴会社を作るために奔走したのもそうだ。ニーノの記事を書き直したのもそうなら、お前の言いなりになるまでニーノにうるさく迫ったのもそうだ。エンツォの通信講座を勝手に利用しているのだってそうだ。そして今度はナディアが犠牲者だ。あの娘が革命を起こすつもりなら、こっちはもっと激烈な革命を起こしてみせようとお前はたくらんでいる。頭、そうお前のその頭こそが諸悪の根源だ。欲求不満なこの頭のせいで、わたしの体は病んでいる。わたしはもう自分にうんざりだ。何もかも、もううんざり。ジェンナーロにもうんざりだ。あの子の将来にしたって、せいぜいが、この手の職場ではした金をいくらかでも余計に稼ごうと経営者の前で床に這いつくばってみせる、そんなところだろう。ならば、どうすればいい？　ならばチェルッロ、取るべき責任を取って、前からやろうと思っていたとおりに動くことだ。ブルーノをびびらせてやれ、熟成室で女工たちを慰み者にする悪い癖をあの野郎から取り上げてやれ。あの狼面（づら）した大学生に、あいつを成敗するためにお前が何を仕込んでおいたか披露してやれ。イスキアで過ごしたあの夏。あのジュースも、フォリーオのあの別荘も、ニーノと寝たあの豪華なベッドも、必要な金はすべてここで生まれたものだったのだ。この悪臭から、ここで過ごした最悪な日々から、雀の涙ほどの賃金しかもらえぬこの仕事から生まれた金だった訳だ。あれ、今、何を切ったのだろう？　粘ついた黄色い液体が飛び散った。気色悪い。世界は回っている。それでも、落ちれば壊れるのがせめてもの救いだ。

昼休みの直前に彼女は心を決め、エドに告げた。行ってくるよ。ところが上っ張りを脱ぐ間もなく、社長秘書が肉そぎ工程にやってきて、彼女に告げた。

「ソッカーヴォ社長が今すぐ社長室に来てくれと言ってます」

誰かスパイが彼女の意図をブルーノに先回りして教えたのだろう。リラは作業を投げ出し、ロッカーから改善要求の一覧表を取り出すと、上の階に向かった。そして社長室のドアをノックし、中に入った。すると、そこにいたのはブルーノひとりではなかった。肘掛け椅子に座り、煙草をくわえていたのは、ミケーレ・ソラーラだった。

44

ミケーレが遅かれ早かれまた彼女の人生に登場するだろうことは、リラも予想していた。しかしこうしてブルーノの社長室でその姿を目の当たりにしてみれば、恐怖を覚えた。子ども時代に実家の暗がりに幽霊を見た時のような恐怖だった。ミケーレがこんなところで何をしてる？　さっさと出ていこう。そう思ったが、向こうは彼女を見るなり立ち上がり、両腕を開いた。本当に感激しているようだった。ミケーレは標準語で言った。リナじゃないか、いやあ、会えて嬉しいよ。そして彼女を抱擁しようとしたが、相手のあからさまな嫌悪の表情を見てやめた。彼はそうしてしばし腕を開いたままの格好でいたが、やがて、中途半端に片手で自分の頬からうなじをさすり、逆の手でリラを指差して、ソッカーヴォに向かってわざとらしい声を出した。

「まったく信じられないね。ブルーノ、お前、カッラッチ夫人をサラミとハムのあいだに隠してたのか?」

リラはブルーノに向かってぶっきらぼうに言った。

「あとでまた来るわ」

「座ってくれ」彼は暗い声で答えた。

「立っているほうがいいの」

「疲れるだろう、座れよ」

リラは首を振り、座らなかった。するとミケーレがブルーノに意味ありげな笑みを見せて言った。

「こういう女なんだ。諦めろ。誰の言うこともまず聞かねえから」

リラにはミケーレの声が以前よりも力を増したように思われた。あたかもここ数年のあいだに練習を重ねてきたかのように、彼はひとつひとつの言葉をずっと明瞭に発音するようになっていた。体力を維持しようとしてか、あるいは相手の言葉に逆らうためか、彼女は考えを変え、腰を下ろした。ミケーレもまた座ったが、体ごと彼女のほうに向き直って、まるで、今この瞬間からブルーノなどこの部屋にいないとでも言いたげだった。ミケーレは親しげな顔で彼女をまじまじと見つめると残念そうに言った。手がぼろぼろじゃないか。なんてこった。娘っ子のころのお前の手は、あんなにきれいだったのにな。それから彼はマルティリ広場の店の話を淡々と始めた。まるでリラがまだ彼の下で働いていて、今日も仕事の話で会っているかのような口ぶりで、新しく取り付けた棚と照明の話に続き、中庭に通じるトイレのドアを改めてふさぎ、壁に塗りこめたと説明した。リラはあのドアのことを思い出し、静かに方言で言った。

「あんたの店なんてどうでもいいんだけど」

「〝俺たちの〟店だろ。一緒に作った店じゃないか」

「あんたと一緒に作ったものなんて、何もないわ」

ミケーレはまたにやりとし、そうじゃないんだなという風に首を横に振ると、こう言った。金を出す人間ってのはな、まさに手と頭を使って働く人間と同じように、ものを作ったり、壊したりできるんだよ。金は新しい風景を作り、状況を作り、暮らしを作る。俺が小切手にサインするだけでどれだけの人間が幸せになったり、不幸になるかお前にはわかるまいな……。ミケーレはそこでまたのんびりとした口調に戻り、友人を相手にしているように、楽しげに近況を報告した。まずはアルフォンソの知らせだった。アルフォンソはマルティリ広場の店で実によく働き、今では家族を養うのに十分な稼ぎもある。しかし結婚に興味はなく、哀れなマリーザを一生婚約者のままにして、自分は気ままにやるつもりでいた。ところがアルフォンソの雇用主であるミケーレが若者の尻を叩いた。節度ある生活は従業員のためになるからだ。結婚式の費用も彼が出すと言ってやった。それでついにアルフォンソも六月に結婚する運びになった。ミケーレは言った。リナ、もしもお前が俺の元で働き続けていたら、アルフォンソどころの話じゃなかったぞ。お前のためなら俺はなんでもくれてやったろうな。今ごろは女王様だ。次に彼は反論の間を与えず、煙草の灰を古びた青銅の灰皿に落としてから、自分も六月に結婚することになったと告げた。相手は当然、俺が人生最大の恋をしたジリオーラだよ。お前を招待できなくて残念だ。でも、旦那に気まずい思いをさせたくないからな。ミケーレは残念そうにそう言うと、次にステファノとアーダ、ふたりのあいだに生まれた女の子の話を始め、三人を大げさに褒めたたえたかと思えば、二軒の食料品店が以前のようには繁盛していないと深刻ぶったりもした。カッラッチの連中は、親父の金が残っているうちはなんとかやっていたが、商売の世界は今や荒海だ。ステファノの船はしばらく前から浸水が始まっていたが、今度こそ沈没も近いな。新しい店が次々とできて、競争が激しくなったからさ。たとえば俺の兄貴、マルチェッロも哀れなドン・カルロの店を広げて、ほら、石鹸から電球から、モルタデッラからケーキまでなんでも売ってる今風の店を作ろうってずっと思ってたんだが、とうとうそいつを開店した。凄くうまくいってるよ。店名は〝トゥット・ペル・トゥッティ（「あらゆるものをみなさんへ」の意）〟だ。

「要するに、あんたたち兄弟はステファノまで破滅させたってこと？」

「リナ、言葉には注意しろ。俺たちは真面目に働いているだけさ。破滅させるどころか、助けられる友人がいれば、喜んで助けてるさ。そうだ、マルチェッロが自分の新しい店に誰を雇ったか、当ててみな」

「さあね」

「お前の兄貴さ」

「リーノに店員なんてやらせてるの？」

「そう言うなよ。お前に見捨てられて、あいつはひとりで父親と母親と息子と妻を食わせなきゃならないんだぞ？　その上、ピヌッチャのやつはまた妊娠だ。どうしろって言うんだ？　あいつはマルチェッロに助けを求め、マルチェッロは助けてやった。気に入らないか？」

リラは冷たく答えた。

「気に入らないよ。あんたたちのやることは何ひとつ気に入らないね」

ミケーレはむすっとし、思い出したようにブルーノに声をかけた。

「ほらな、言ったとおりだろう？　こいつは性格がとことん悪いのが玉に瑕なんだ」

ブルーノは仲間っぽく振る舞おうとしたか、戸惑った笑みを浮かべた。

「本当だね」

「お前も何かやられたか？」

「少し」

「知ってるか、こいつまだガキのころに、俺の兄貴の喉に切り出しナイフを突きつけたんだぜ？　てめえよりふた回りもがたいの大きな相手だぞ？　しかも、あれは冗談じゃなかった。本気で刺すつもりだったな」

「それ本当の話かい？」

「もちろんだ。この女はとにかく肝っ玉が据わってやがるんだ」

リラは左右の拳を固く握った。衰弱した体が恨めしかった。部屋が揺らめいていた。命を持たぬものと生きた人間の輪郭がいずれも膨らみつつあった。煙草の吸い殻を灰皿でもみ消すミケーレを彼女は見つめた。やけに力をこめていると思った。落ちついた口ぶりとは裏腹に、彼もそうして何か鬱憤を払おうとしているようにも見えた。いつまでも吸い殻を押しつけるのをやめないその指に彼女は注目した。爪がどれも真っ白だった。いつだったか、この男に愛人になってくれと頼まれたことがあった。でも、こいつが本当にわたしに望んでいるのは、そんな関係じゃない。そうじゃなくて、何かもっと別のもの、欲情とはまるで無関係な、こいつにも説明のつかぬ何かだ。ミケーレはそれに執着している。まるで迷信のように。〝リナには特別な力がある、俺にはその力が絶対に必要だ〟、そんな風に信じているのかもしれない。ほしいのに手に入らない、だから苦しんでいる。しかもそれは力尽くでは奪えないものらしい。本当にそういうことなのかもしれない。そうでもなきゃ、こいつもわたしのことなんてとうの昔に叩き潰していたはずだ。でもどうしてよりによって、このわたしなんだろう？　こいつの役に立ちそうな何を持っているというのだ？　これ以上ここにいては駄目だ。あの視線を避けなくては。声も聞いちゃいけない。ミケーレがわたしに見ているもの、望んでいるものが恐ろしい。リラはブルーノに言った。

「渡したいものがあるの。渡したら、下に戻るわ」

彼女は立ち上がり、ブルーノに改善要求の一覧表を渡そうとした。そんなものを渡してもどうしようもないという気持ちが時とともに強まっていたが、やはり必要な行為だという気もしていた。この書類を机の上、灰皿の横に置いたら、部屋を出ていこう。ところがミケーレの声が彼女の足を止めた。今やその声はずっと優しげで、ほとんど甘く響きさえした。わたしが逃げようとしているのに気づいて、今度は全力でこちらを惑わせ、ここに留めようとしているのだろうか。ミケーレはブルーノに語り続けた。

「ほらな、本当にたちが悪い女なんだ。俺がこうして話しているのに、こいつは丸きり無視して、紙切れ一枚取り出すと、もう帰るだなんて言うじゃないか。だが、大目に見てやってくれ。性格の悪さを補ってなおあまりある才能の持ち主なんだよ。ブルーノ、お前はただの工員を雇ったつもりだろう？　それが違うんだ。このご婦人は、ずっとずっと凄い人物なんだよ。好き放題にやらせておけば、糞だって黄金に変えるぜ。このおんぼろ工場を見違えるようにして、お前には想像もできないようなレベルまで成長させちまう力だって持ってる。どうしてかって？　なぜなら、こいつには、並みの女は当然だが、俺たち男だってかなわないくらいのおつむがあるんだ。まだガキみたいなころから目をつけてきたが、本当に凄いんだ。昔、こいつにデザインしてもらった靴を俺は今でもナポリやあちこちの町で売ってるが、これがよく売れる。マルティィリ広場の店もこいつに改装を頼んだんだが、これがまた最高のセンスで、キアイアとかポジッリポとかヴォメロに住んでるような金持ち連中が通うサロンに変えちまった。その手のことが、この女にはまだまだやれるはずなんだ。ところがひとの言うことをまるで聞かない。いつでも自分の好きにできると勘違いしてやがる。だから、行くも帰るも、直すも壊すも、みんな気分次第で手に負えないって訳だ。お前、俺がリナを首にしたと思ってるんじゃないか？　そうじゃない。ある日、突然、なんの前触れもなく店に来なくなっちまったのさ。ふっと、消えちまったんだ。だからって捕まえれば、また逃げるよ。ウナギみたいな女なんだ。要は、やっていいことと悪いことの区別ができない、そこがこいつの欠点なんだな。どうしてそんなかって言えば、本物の男にまだ会ってないからだ。本物の男には、女の性根を叩き直す力がある。料理ができない女？　本物の男に会えば、そいつは料理を覚える。家の掃除ができない女？　そいつは掃除をするようになる。本物の男ならば、女はなんでも言いなりだからな。たとえばな、このあいだ俺、口笛の吹けない女に会ったんだ。一緒にいたのはほんの二時間くらいだったかな——ただし熱い二時間だったぜ——最後に口笛を吹いてみろって言ったら、嘘だと思うだろうが、そいつ、ちゃんと吹けたんだ。つまりそういうことさ。ちゃんと女の教育ができる男ならいいが、そうじゃなきゃ、女なんてものは手を出さないほうがいい。痛い思いをさせられるだけだからな」最後の台詞をミケーレはやけに真剣に語った。まるで絶対厳守の戒律でも説くような口ぶりだったが、言ってる途中でもう、彼自身その決まりを守れたことがなく、相変わらず守れぬままであることに気づいたようで、いきなり表情を変え、声色を変えた。そしてリラを侮辱したいという衝動にかられたか、彼女をさっと振り向いて嫌そうににらむと、ずっと品のない方言で付け足した。「ただな、この女は一筋縄じゃいかねえぞ。一度惚れたらなかなか忘れられねえんだ。だが見てみろ、目もちっぽけで、胸なんてぺったんこだし、ケツも小せえ。今じゃ箒の柄みたいにがりがりだ。こんな女とは何もする気にはならねえのが普通だよな？　勃つものも勃たねえよ。ところがどうだ、ほんの一瞬、そう、一瞬でも目をやると、不思議とやりたくなっちまうんだよなあ」

　その時だった。リラは頭の中で激しい衝撃を感じた。喉元で激しく鼓動していた心臓が頭蓋骨の中で爆発したような衝撃だった。彼女は聞かされたばかりの言葉に輪をかけて汚い文句でミケーレを罵倒し、机の上から青銅の灰皿をつかむと、辺りに吸い殻と灰を撒き散らしながら殴りかかった。ところが激しい怒りにもかかわらず、その動作はあまりにも遅く、力なかった。彼女の耳に届いたブルーノの声──リラ、何をするんだ、やめろ──にも切迫感はなかった。恐らくそのためだろう、ミケーレは彼女の手を簡単に止め、灰皿を楽々と取り上げると、腹立たしげに言った。

「お前、『わたしの雇い主はソッカーヴォさんだ、だから、ここではミケーレ・ソラーラも大きな顔はできない』とか思ってるんじゃないか？　誤解もいいとこだぞ。このソッカーヴォさんはな、うちのお袋の赤い帳簿にもうずいぶん前から名前が載ってるんだよ。表紙は同じ赤でもお前たちの毛沢東語録より、ずっと大事な帳簿だ。だからな、お前のボスはブルーノじゃない。俺だ。これからもずっと、俺だけがお前のボスなんだよ。今日まではこっちもお前の好きにさせてきた。お前とあの図々しい野郎がどんな穴蔵でこそこそ暮らすつもりか興味があったからな。だがこれからは違う。いつでも俺が見張ってるのを忘れるな。そして俺に呼ばれたら、すぐに飛んでこい。いいな？」

　その時になってようやくブルーノはぱっと立ち上がった。ひどく緊張した顔だった。そして叫んだ。

「よせ、ミケー。やりすぎだぞ」

　ミケーレはゆっくりとリラの手首を離してから、ブルーノを振り返り、つぶやいた。言葉は標準語に戻っていた。

「お前の言うとおりだな、悪かった。ただこれこそ、カッラッチ夫人の力なんだよ。どうにかして必ず、相手から大げさな反応を引き出すんだ」

リラは怒りを押し殺し、丁寧に手首をさすると、服に少し落ちた煙草の灰を指先で払った。それから一覧表の紙を開き、ブルーノの前に置いた。そしてドアに向かう途中、ミケーレに言った。

「口笛なら、わたし、五歳の時から吹けるから」

45

階下に戻ったリラは真っ青な顔をしていた。うまくいったかと尋ねてきたエドを黙って押しのけ、彼女はトイレにこもった。またすぐにブルーノに呼び戻されるのではないかと怯え、ミケーレの前での対決を余儀なくされるのではないかと怯えていた。自分の体のいつにない弱さが恐ろしく、どうにも慣れることができなかった。小さな窓から庭を注視していた彼女はやがて安堵のため息を漏らした。ミケーレが——背の高い、せかせかした歩き方の、額のはげ上がった、ハンサムな顔はきれいに髭を剃り、上は黒い革ジャン、下は褐色のズボンという格好の彼が——自分の車に乗って、出発するのが見えたからだ。そこで、肉そぎ工程に戻るとエドにまた聞かれた。

「それで？」

「ちゃんと渡したわ。でもこれからはあなたたちでやって」

「どういう意味だい？」

まともに答える間はなかった。ブルーノの秘書が飛んできて、社長がすぐに来いと言っていると伝えたからだ。リラは、自分の生首を両手で持ったあの聖女のように社長室に向かった。首はまだ肩の上にあったが、とっくに切られたような気分だった。ブルーノは彼女が現れるのを見るなり、ほとんど怒鳴りつけるようにして言った。

「なんだこれは、リナ？　この際、朝は君たちのベッドまでコーヒーをお持ちするか？　正気かい？　座って、説明してくれ。まったく、信じられないよ」

リラは、言うことを聞かないジェンナーロを相手にする時と同じ口調で、要求のひとつひとつをブルーノに説明していった。そして、そこに書かれた内容を真剣に受け取り、建設的な態度で問題に向きあうよう勧めた。もしも理不尽な対応をすれば、ただちに労働局が監査にやってくるだろうとも告げた。最後に彼女は、ソラーラ兄弟のような危険な連中の手に落ちるなんて、どんな馬鹿な真似をしたのかと尋ねた。すると彼は完全に平静を失った。紅潮した顔は紫がかり、目を血走らせて、君なんか破滅させてやると金切り声を上げた。君のせいで僕に刃向かった連中だって、ちょっと小遣いをやればすぐに問題解決さ。労働局の監査だって？　あいつらなら親父が昔から心づけを渡してきたから、恐くもなんともないね。君の組合活動だってソラーラが潰してくれるさ。ブルーノは最後に声を嗄らして叫んだ。出ていけ、今すぐ、ここを出ていけ。

リラはドアのほうに向かい、出口まで来てからこう告げた。

「もう会うこともないわ。わたし、ここで働くのはこれでもうおしまいにするから」

その言葉に彼ははっと我に返る様子を見せた。危ぶむような顔をしているのは、リナは解雇しないとミケーレに約束してしまったからだろう。彼は言った。

「なんだ怒ったのか？　そんな勝手は許さないぞ。さあ、こっちに来いよ。話しあおう。首かどうか決めるのは僕のほうだぞ。畜生、来いって言ったら、来いよ」

46

一瞬、リラはまたイスキアのことを思い出した。わたしたちは毎朝、ニーノとその友人を待っていた。あの若者はお金持ちで、フォリーオに別荘を持っていて、とても礼儀正しく、いつも我慢強かった。彼女は社長室を出て、うしろ手にドアを閉めた。途端に激しい震えに襲われ、どっと汗が出た。そのまま職場には戻らず、エドにもテレーザにも挨拶抜きで、フィリッポの前を通り過ぎた。守衛は妙な顔で彼女を見つめ、どこに行く、チェルー、戻れと大声で呼びかけてきた。しかしリラは構わず砂利道を急ぎ、やってきた最初のバスに乗った。港湾地区(マリーナ)行きで、海に着いた。彼女は長いことさまよい歩いた。冷たい風が吹いていた。ヴォメロ地区までケーブルカーで登り、ヴァンヴィテッリ広場をうろつき、スカルラッティ通り、チマローザ通りと歩いて、ケーブルカーで下に戻った。ジェンナーロのことを忘れていたのに気づいたのは、遅くなってからだった。彼女は夜九時に家に戻った。そして、いったい何ごとかと不安げに質問を重ねるエンツォとパスクアーレに向かって、地区までわたしを探しにいくようにと頼んだ。

こうしてわたしは、真夜中に、サン・ジョヴァンニ・ア・テドゥッチョの貧しげなその部屋にいるのだった。ジェンナーロは眠っており、リラは小声でいつまでも話し続け、エンツォとパスクアーレは台所で待っていた。わたしはいにしえの物語の騎士にでもなった気分だった。まばゆいばかりに輝く鎧兜に身を包んだ騎士だ。騎士は世界を巡り、無数の偉業を成し遂げたあと、ひとりの牧人と巡りあった。ぼろをまとい、痩せこけたその牧人は、自分の牧場を一歩も離れることなく、丸腰で、驚くべき勇気をもって、見るも恐ろしい野獣どもを屈服させ、飼いならしていた。

わたしは静かに耳を傾け、彼女の話を妨げなかった。聞いていて、ひどくつらくなることも何度かあった。特に彼女の表情と言葉が突然、痛ましくよじれる時だ。そんな時は強い罪悪感を覚えた。わたしだってこんな人生が待っていたかもしれない。そうならなかったのはリラのおかげもあると思った。話している彼女を抱きしめたくなることもあった。質問をしたり、何か言いたくなったりすることはもっとあった。それでもたいていはこらえた。話を遮ったのは多くても二、三度だったはずだ。

ガリアーニ先生とその子どもたちに話が及んだ時は、間違いなく口を挟んだ。わたしの先生が何を言っていたか、正確にはどんな言葉を使ったか、ナディアとアルマンドと一緒にいた時、ふたりの口からわたしの名前が出てこなかったか、知りたかったのだ。でもそれがどんなに卑屈な要求かに気づいて、危うく口をつぐんだ。ただし、心の一部は関心が湧くのは当然だと主張していた。なんにしてもあの三人はわたしの大切な知人なのだから。結局はこう尋ねるに留めた。

「フィレンツェに帰る前に、ガリアーニ先生に挨拶に行くわ。よかったらリラ、つきあってくれない？」それからこう付け加えた。「イスキアのあと、先生とはちょっと疎遠になっちゃったんだ。ニーノがナディアをふったの、あのひと、わたしのせいだと思ってたから」リラがわたしなど目に映らないような顔でこちらを見ているので、さらに続けた。「先生の一家ってみんないいひとなんだけど、ちょっと偉そうだよね。心雑音の話だって確かめてみないとどうだか」

今度は彼女も反応した。

「心雑音はあるよ」

「そうなんだ」わたしは答えた。「でもアルマンドだって、心臓病のお医者さんに診てもらわないといけないって言ってたんでしょ?」

　すると彼女はこう答えた。

「なんにせよアルマンドは音を聞いたんだから」

　しかしわたしが一番黙っていられなくなったのは、セックスの話題だった。熟成室での体験を聞かされた時は、もう少しで口を滑らせてしまいそうになった。あのね、わたしもトリノで、学者のおじいさんに飛びつかれたの……。それにミラノでも、何時間か前に会ったばかりのベネズエラ人の画家に夜這いされかけたわ。まるで彼をベッドに受け入れるのが、こっちの義務みたいな態度だった……。しかしこの時もわたしは踏み留まった。こんな時に自分の話をしてなんの意味がある? それに話したとしても、わたしの話は彼女の話と本当に似ているだろうか?

　このふたつ目の疑問がはっきりと胸に浮かんだのは、リラが事実の羅列に留まらず――何年も前に彼女から結婚初夜の話を聞かされた時、ふたりで語りあったのはひどく残酷な事実の数々についてだけだった――自らの性的傾向を総合的に語りだした時だった。わたしと彼女にとって、そうして真正面からセックスを話題にするのは、まったく新しい体験だった。ふたりの生まれた地区の人間の言葉が汚かったのは、攻撃をしたり、身を守ったりするために、乱暴であることが必要とされていたからだ。ただ、まさに暴力の言葉であるがために、打ち明け話をしようと思うとその言葉はまるで助けにならず、むしろ妨げとなった。だから、彼女が地区の生々しい言葉遣いで、男と寝ても子どものころに期待していたようないい気持ちになんてぜんぜんなれなかった、と告げた時、わたしは気まずくてうつむいてしまった。彼女は言うのだった。それどころかほとんどなんの感覚もなくて、ステファノが去り、ニーノも去ったあとは、あの行為自体が嫌になり、実際、あれほど優しいエンツォすら自分の中に迎え入れることができずにいる、と。それだけではなかった。彼女はさらに露骨な言葉遣いでこう続けたのだ。仕方なかったり、興味があったり、相手が好きだったりして、男が女に望むようなことはなんでも試してみたけれど、ニーノの子どもがほしいと思って、本当に授かった時ですら、大恋愛をすると特に感じるという快感を自分は一度だって覚えたことはない。

そこまでの告白をされては、わたしも黙っている訳にはいかなかった。彼女を支持していることを伝えなくては、信頼には信頼で返さないといけないと思った。しかし、いざ自分のことを話そうと思うと――方言は嫌だった。さりとて、刺激的な物語を書く作家として有名になったとはいえ、学んで身につけた標準語は、性体験という生々しい話をするにはもったいない気がした――どうにも居心地が悪くなって、彼女の告白が容易になされたものではないことを忘れ、その言葉のひとつひとつが、どれだけ下品であっても、衰弱した表情や震える両手を背景としたものであることを忘れ、簡潔に言い切ってしまった。

「わたしは違うな」

嘘ではなかった。しかし真実でもなかった。真実はもっと複雑で、表現するためにはよく練った言葉が必要だった。そのためには、まずこう説明しなければならなかったはずだ。アントニオとつきあっていたころは、彼に体をこすりつけ、触れてもらうと、強い快感を覚えたし、あの快感を自分は今なお欲している。その上で、男に挿入されるという行為には初め自分もがっかりしたと認める必要があったろう。罪悪感と条件の悪さが性体験を台無しにしていたからだ。誰かに見られるかもしれないという恐れもあれば、恐れのもたらす慌ただしさもあり、妊娠の不安もあった。ただし、そのあとでフランコの話――セックスに関するわたしの知識の多くは彼に由来していた――を付け加える必要もあったろう。彼は入ってくる前に、その太股とお腹にこちらが自分自身をこすりつけるのを許してくれたし、それが気持ちよかったから、挿入も時には素敵だった。そして――と、わたしは結論することになったはずだ——まもなく自分は結婚する予定で、相手のピエトロはとても優しい男性だ。落ちついた環境で、正式な夫婦として体を重ねたならば、セックスの悦びも時間をかけて発見していくことができるのではないか……。そう、こんな風に表現できていれば、わたしは正直な告白をしたことになったろう。しかし、もうすぐ二十五になろうとしていたふたりだが、そこまで複雑な告白をする習慣を持ったことがなかった。彼女がステファノと、わたしがアントニオと、それぞれ交際していたころにちょっと話したことがあるくらいで、それにしたって、ためらいがちな言葉やほのめかしばかりだった。それに、ドナート・サッラトーレとフランコのことは、どちらもまだ打ち明けたことがなかった。だから、わたしはあんな短い言葉——〝わたしは違うな〟——だけで、それ以上は敢えて説明しなかった。彼女にしてみれば、〝もしかするとあなたが異常なのかも〟とでも言われた気がしたはずだ。事実、リラは困った顔でこちらを見ると、自分を弁護するようにこう言った。

「でもレヌー、本には違うことを書いていたじゃない？」

つまり彼女も読んだのだ。わたしは言い訳ぎみに答えた。

「もう自分でも、何を書いたのかわからなくなっちゃった」

「汚い話だよ」リラは答えた。「男どもが知りたがらない話、女たちは知ってても、恐くて普通は口に出せないような話。何さ、今さら誤魔化すつもり？」

あの時、彼女はだいたいそんなことを言った。〝汚い〟という言葉を使ったのは確かだ。つまり彼女もまた、ジリオーラが〝汚い感じ〟と言ったように、例のきわどい場面の話をしているのだった。続いてあの本の総合的な評価を聞けるのではないかと思ったが、そうしたことはなかった。その話題は、〝男とやる時のわずらわしさ〟と彼女がしつこいくらいに繰り返し呼んだものについての議論に戻るためのつなぎとして利用されただけだった。彼女は興奮ぎみに言った。レヌーの小説にはあのわずらわしさがちゃんとあるんだよ。自分で書いたんだから、レヌーだってあの感覚を知らないはずないよ。わたしは違うなんて言っても無駄だからね……。対するわたしは、そうね、そうなのかもしれない、たぶんだけど、とあやふやに答えた。それから彼女が苦しげながらも赤裸々に自らの体験——激しい興奮、わずかな悦び、おぞましい思い——をまた語りだした時、わたしはふとニーノを思い出し、自分がいたずらに悩み続けていた疑問の数々を思い出した。果たしてこの長い告白の夜は、彼に再会したと彼女に告げる好機なのだろうか。ジェンナーロのことで彼は当てにできない、彼にはもうひとり息子がいる、あれは無頓着に我が子を見捨てるような男だと警告してやるべきなのだろうか。この機に、彼女の告白をきっかけにして、教えてやるべきなのだろうか。ミラノでニーノからあなたについてひどい感想を聞かされた、〝リラはセックスだって最悪だった〟と言っていた、と。あなたの興奮ぎみな告白にしても、わたしの本の〝汚い〟ページに対する読み方にしても、話を聞いていると、なんだかニーノが結局は正しかった気がするんだけど——いっそのこと、そこまで言ってやるべきなのだろうか。あの時、彼がわたしに教えようとしたのは、つまるところ、彼女が今、認めつつある事実にほかならないのではないか。リラにとって男性の挿入を受け入れることはひとつの義務に過ぎず、セックスを楽しめない女なのだと彼は気づいた。違うだろうか？　ニーノは玄人だ。多くの女性と関係を持ったから、セックスにおける女性の理想的な振る舞いも知っていれば、当然、最悪なそれを見分けることもできる。〝セックスだって最悪な女〟という彼の言葉の意味は明らかだ。男性の体の下で悦びを感じられない女、自分の欲望の火を消したいという思いのあまりに身もだえし、体をこすりつけてくる女のことだ。嫌がるフランコを無視してわたしが時々したように、男性の両手をつかんで自分の秘部に導く女、先に絶頂に達してしまい、もう寝たいと思う女のことだ。わたしはひどく落ちつかない気分になってきた。自分は本当に〝そんなこと〟を小説に書いたのだろうか。〝そんなこと〟をジリオーラとリラはあの本に見出したというのか。恐らくはニーノも？　だから彼は〝そんなこと〟について話をしたがったのか。わたしは疑念を振り払い、適当につぶやいた。

「残念だわ」

「何が？」

「リラが楽しい思いもできずに妊娠したこと」

すると彼女は急に皮肉っぽい口調になって答えた。

「そりゃ、まあね」

わたしが最後にリラの言葉を遮ったのは、もう空は白みだし、彼女がミケーレとの対決の場面を語り終えた時だった。わたしは言った。もうやめて。休まないと。ほら、熱を測って……。果たせるかな三十八度五分の熱があった。元気になるまでは、ずっとずっと一緒だからね。これからはわたしがリラの面倒を見るから。元気になるまでは、わたしは彼女をぎゅっと抱き、ささやいた。フィレンツェに戻る時は、リラもジェンナーロと一緒に来てちょうだい。すると彼女はこちらの申し出を力強く断り、その夜、最後の告白をした。エンツォについてサン・ジョヴァンニ・ア・テドゥッチョまで来たのは過ちだった。地区に戻りたい。そう言うのだった。

「地区に？」

「うん」

「正気？」

「元気になったらすぐに引っ越すわ」

わたしはリラを叱り、そんなものは熱に浮かされた思いつきで、地区はあなたを衰弱させるだろうし、戻ろうなんて馬鹿げていると言った。

「わたしなんて、すぐにでも出ていきたいのに」思わず大きな声が出た。「レヌーは強いから」彼女はそう答え、わたしを驚かせた。「わたしはずっと弱かったもの。レヌーは遠くに行けば行くほど、自信が湧いてきて元気になるよね。でもこっちは、大通り（ストラドーネ）のトンネルを越えたら、もうびくびくよ。ほら、ふたりで海に行こうとして、途中で雨に降られた時のこと覚えてる？　あの時、わたしとあなた、どっちが前に進みたがって、どっちが帰りたがった？」

「そんなの覚えてない。なんにしても、地区なんて戻っちゃ駄目だよ」

わたしはいたずらに説得を試み、激しい議論になった。

「もう行って」最後にリラは言った。「外のふたりに説明してやって。何時間も待ちっぱなしだもの。徹夜しちゃって、仕事に行かなきゃいけないのに」

「なんて言えばいいの？」

「なんでもいいよ」

わたしはリラをベッドに入れ、ジェンナーロの布団を直してやった。男の子はひと晩中、うなされっぱなしだった。彼女がもううとうとしているのを見て、わたしはつぶやいた。

「またすぐに来るね」

するとこんな返事があった。

「約束、忘れないでね」

「約束？」

「もう忘れちゃったの？　わたしに何かあったら、ジェンナーロの面倒を見てくれって頼んだじゃない？」

「また縁起でもないこと言って」

部屋を出ようとすると、まどろんでいたリラがはっと目を覚まし、ささやいた。

「眠るまで見てて。いつでもわたしを見ててね。ナポリから出ていったあとも。レヌーが見ていてくれるって思うと、安心できるから」

47

あの晩から結婚式当日——フィレンツェで一九六九年五月十七日に結婚し、ヴェネツィアでのたった三日間の新婚旅行から戻ると、わたしはやる気満々で新たな生活に臨んだ——までの期間、わたしはリラのために全力を尽くした。最初は、正直に言えば、単純に風邪が治るまで助けてあげようくらいのつもりでいた。フィレンツェの新居の準備もあれば、自分の本に関する仕事もたくさんあり——実家の電話が鳴りっぱなしで、母さんは愚痴ばかり言っていた。地区の住民たちに電話番号を教えまくったのに、誰も彼女にはかけてこなかったからだ。こんなものが家にあってもうるさいだけだと彼女はこぼした。実際、ほとんどの電話はわたしにかかってきたものだった——新作のアイデアのメモも書き続けており、文学と政治に関する教養不足を補う努力も続けていた。ただ、親友の心身ともに衰弱した状態に、わたしはまもなく自分のことなど放り出して、彼女の世話ばかりするようになった。母さんはわたしたちがまたつきあいだしたとすぐに気づいた。それを不名誉なことだと考えた彼女は、わたしとリラの両方の悪口をさんざん言って大騒ぎした。やるべきこと、やるべきではないことをまだ娘に指示できると信じていたのだろう。母さんは不自由な脚でわたしを追い回して非難した。わたしの自分勝手を止めるためならば、こちらの体の中にだって入りこむつもりでいるのではないか、時にはそんな印象さえ受けた。彼女はこんな言葉でわたしを挑発した。どうしてあんなのとつきあうかね？　自分が何者で、あの娘が何者だかよく考えてみな。いやらしい本を書いてもまだ物足りないから、ふしだらな女とつきあうのかね……。でもわたしは何も聞こえぬふりでやり過ごし、毎日、リラに会った。そして、彼女の人生を再編成する作業に集中した。眠った彼女を部屋に残し、台所で夜通し待っていたふたりの男を前にしたあの時以来、わたしはずっと同じ作業に取り組んでいた。

あの時わたしはエンツォとパスクアーレに、リラの具合が悪いこと、これ以上ブルーノのところで働ける状態ではないこと、彼女が仕事を辞めたことを説明した。エンツォはこちらがいたずらに言葉を重ねる必要もなく納得してくれた。リラが工場の仕事を続ける訳にはいかぬことも、厄介な状況にあることも、彼女の中で何かが弱りつつあることも、前から把握していたからだ。ところがパスクアーレは、早朝の空いた道を地区に向けて車を運転しながら、わたしの言葉を素直に聞き入れようとしなかった。彼は言うのだった。大げさなこと言うなって。リナの生活が楽じゃないのは本当だよ、でもそれは、世界中で酷使されている労働者たちだって同じじゃないか……。続いて彼は、少年時代から変わらぬ例の調子で、南部の農民たちと北部の労働者について語りだし、南米諸国の人々について、ブラジル北東部について、アフリカについて、米国の黒人たちについて、ベトナム人について、米国の帝国主義についてとうとうと語りだした。ほどなくわたしが口を挟み、パスクアーレ、このままだとリナ、死んじゃうよ、と言っても、彼はなお諦めずに反論を続けた。それは何も彼がリラのことなどどうでもよいと思っていたからではなく、ソッカーヴォ社における闘争をそれだけ重視し、リラの役割が勝敗を握っていると考えていたからだった。しかも彼は、たかが風邪くらいでずいぶんと大げさな今度の話は、リラ自身の考えというより、わたしの考えによる部分が大きいとにらんでおり、知識人の小市民であるエレナは、労働争議の敗北がもたらすであろう政治的悪影響よりもつまらぬ微熱の心配をしている、そんな風に思っていたに違いなかった。そうしたことを彼ははっきりと言わず、言葉の端々ににおわすばかりだったので、わたしは相手の言わんとするところを簡潔にまとめて伝えてやった。わかっているぞと教えてやりたかったのだ。するとパスクアーレは余計に腹を立て、わたしを団地の門の前で降ろすとこう言った。レヌー、今日は仕事でもう行かなきゃならんが、いずれまたきっちり話しあおうな。その次にサン・ジョヴァンニ・ア・テドゥッチョに向かった時、わたしはエンツォを片隅に呼んでこう警告した。リナを大事に思うんなら、パスクアーレを近づけちゃ駄目。工場の話は二度と彼女に聞かせないで。

そのころわたしはいつも鞄の中に何か本を一冊と例の手帳を入れて歩き、バスの中や、リラが眠った時に本を読む習慣だった。気づけば、彼女が目を開けてこちらをじっと見ていることもあった。何を読んでいるのか気になったのかもしれない。しかし、なんという本か尋ねられたことは一度もなく、試しに読んであげた時も──フィールディング作『トム・ジョウンズ』の、旅宿が舞台の話だったはずだ──飽きた様子で目を閉じた。熱は数日で下がったが、咳がやまなかったので、まだ寝ているようにわたしは言った。家事と料理はわたしが担当し、ジェンナーロの面倒も見た。少し大きくなったせいか、男の子は少々乱暴で、わがままで、ニーノのもうひとりの子ども、ミルコが放っていたあの無防備な可愛らしさは感じられなかった。それでも時々、荒っぽい遊びをしていた男の子が急にしょぼんとして、床の上で眠りこんでしまうような時はほろりとさせられ、やがて愛着を持つようになった。ジェンナーロのほうもそんなこちらの気持ちに気づくとそばを離れなくなり、家事も読書も難しくなった。

そうこうしながら、わたしはリラの現状の理解に努めた。貯金はあるの？　ないよ。わたしがお金を貸そうとすると、彼女はいつか必ず返すとさんざん誓ってからようやく受け取ってくれた。ブルーノからの未払い金は？　月給二カ月分だね。退職金は？　知らない。エンツォはどんな仕事をして、どのくらい稼いでるの？　さあね。例のチューリッヒの通信講座って、具体的な仕事につながる将来性はあるの？　さあ、どうかね……。リラは咳ばかりしていて、胸が痛む上、やたらと汗が出て、喉が息苦しく、心臓が急に暴れだすという疾患を抱えていた。わたしはすべての症状を細かく記録し、改めてお医者さんに行くべきだ、アルマンドが一応診てくれたにせよ、もっときちんとした診察を受けないと駄目だと説得を試みた。彼女はうんとは言わなかったが、反対もしなかった。ある晩、エンツォがまだ帰ってこないうちにパスクアーレが顔を出し、やけにかしこまった口調で、自分と団体の仲間たちとソッカーヴォ社の工員数名はリナの具合を知りたい、と言った。彼女の具合は悪く、休養が必要だというこちらの答えには構わず、彼はリラに会いたがり、ちょっと挨拶がしたいだけだと粘った。わたしはパスクアーレを台所に残して、リラのところに行き、会わないほうがいいと勧めた。すると彼女は、あなたの言うとおりにするわ、という意味の表情を浮かべた。わたしは胸がいっぱいになってしまった。いつだってひとに指図してばかりで、やりたい放題だったあのリラが、何も言わずにわたしに降参したのだから。

48

その晩のうちにわたしは実家からピエトロに長い電話をかけ、リラの抱えていた一連の問題をすべて細かく説明し、自分はどうしても彼女を助けたいのだと伝えた。ピエトロはこちらの話に辛抱強く耳を傾けてから、僕も協力したいとまで言ってくれ、ピサ出身の若いギリシア語文学者のことを思い出してくれた。電子計算機に取り憑かれ、文献学に革命を起こそうと夢想している人物だという。わたしは嬉しかった。いつもは仕事のことしか頭にない彼がこの時はわたしへの愛ゆえに、なんとか役に立とうと努力してくれているのがわかったからだ。

「そのひとに連絡してみて」わたしは頼んだ。「エンツォのことを話してほしいの。もしかしたら、何か仕事の伝手ができるかもしれないし」

ピエトロは連絡すると約束し、さらに、短い期間ながらマリアローザの恋人だったという、ナポリの若手弁護士のことを思い出し、姉ならば、その弁護士を見つけて、君を助けるように頼んでくれるかもしれないと言った。

「助けるって、何を？」

「君の友だちのお金を取り戻すのを、さ」

わたしはもう有頂天だった。

「マリアローザに電話して」

「わかった」

わたしは念を押した。

「口で言うだけじゃなくて、本当に電話してね、お願い」

彼は一瞬黙ってから答えた。

「今の口調、うちの母にそっくりだったよ」

「どういう意味？」

「何か、特に気がかりなことがある時のあのひとにそっくりだった」

「わたし、彼女とはぜんぜん違うわ。残念ですけど」

ピエトロはまた沈黙した。

「違っていてくれてよかったよ。なんにしても、この手の相談をするなら、あのひとほどの適任者はいないよ。友だちのことを話してごらん、きっと助けてくれるから」

わたしはアデーレに電話をした。少し恥ずかしかったが、わたしの本のために力を貸してくれた時のこと、フィレンツェの家探しの時のことを思い出して、勇気を奮った。忙しく働くのが好きなひとなのだ。何か必要となれば、アデーレは受話器を上げ、ひとつ、またひとつと輪をつないで、やがて目的へといたる鎖を完成させる。彼女は、相手が断ろうにも断れないものの頼み方を心得ていた。そして楽々と主義主張の違いを乗り越え、階層の違いなど気にかけず、掃除婦だろうと小役人だろうと、大企業の社長だろうと知識人だろうと、大臣だろうと片っ端から捕まえて、その誰に対しても頼みごとをした。しかも恩を売っているのは自分のほうだとでも言いたげな、礼儀正しくも冷たい態度で当たるのだった。わたしは気まずくて繰り返し失礼を詫びながら、彼女にも詳しくリラの話をした。するとアデーレは興味を示し、リラに同情し、義憤にかられた。そして最後にこう言った。

「少し考えさせてちょうだい」

「もちろんです」

「とりあえず、ひとつアドバイスしてもいいかしら」

「はい」

「あなた、もっと堂々としなさい。作家なんだから、作家という立場を利用して、何ができるか試して、相手に重圧を与えるの。今、時代は大きく変わろうとしているわ。世の中、何もかもが大混乱している。あなたも時代に参加して、もっと目立たなきゃ。手始めに故郷のその下劣な連中を相手にやってみるといいわ。とっちめてやりなさい」

「でも、どうやって？」

「記事を書くの。ソッカーヴォと悪党一味を死ぬほど驚かせてやりなさい。書くって約束できる？」

「やってみます」

アデーレは『ウニタ』のとある編集者の名前を教えてくれた。

49

ピエトロへの電話、そして何より彼の母親への電話によって、わたしの中である感情が解き放たれた。わたしが前から慎重に監視を続け、ずっと押し殺してきたが、それでも息絶えることなく、いつか優位に立とうと待ち構えていた感情だった。それは、わたしの身分的な変化に関連した感情だった。アイロータ家の人々、なかでもグイドは――そして恐らくはアデーレも――わたしのことを、やる気はある娘かもしれないが、息子のための理想の伴侶にはほど遠い人間だと考えていたはずだ。わたしの出身、言葉の訛り、何かと無粋なところも、彼らにとっては自分たちの見識の広さを問われる厳しい試練であったのではないか。少し大げさかもしれないが、あの本の出版自体、わたしを彼らの世界で人前に出せる人間にするための窮余の策であったのかもしれないと疑うことだってできた。いずれにせよ、アイロータ家の人々がわたしを受け入れたことは疑いようのない事実であり、彼らの承認の下にわたしがピエトロとまもなく結婚することも、頼れる家族の一員となることも事実だった。この新たな家族は守りの堅固なお城のようなもので、わたしはそこから恐れることなく出陣もできれば、身の危険を覚えればただちに中に退却することもできるようになるはずだった。つまり、わたしはそんな新しい身分に早く慣れ、アイロータ家の一員であるという自覚を持つ必要があった。もはやわたしは、いつもマッチが残り一本になりそうなマッチ売りの少女ではない。わたしは莫大な量のマッチを手に入れたのだ。つまり――不意に気づいた――今の自分はリラのために、思っていたよりずっと多くのことができる人間なのだ。

そんな気持ちでわたしはリラに、彼女がブルーノに対抗するために集めたという資料を見せるように言った。すると彼女はなんに使うのかと問い質すこともなく、言われるがままに差し出してきた。わたしは読めば読むほどその文書に夢中になった。よくもこんなに多くの恐ろしいことを正確かつ効果的に書けたものだと感嘆した。工場の描写を読めば、そこで起きている耐えがたい体験の数々がまざまざと伝わってきた。わたしは長いことページをめくっていたが、やがて突然、ほとんどまともに決断もせず、電話帳で番号を探してソッカーヴォ社に電話をかけた。わたしはそうした場合にふさわしい声を作り、適度に横柄に名乗った。もしもし、エレナ・グレーコですが。そして、ブルーノにつないでもらった。彼は愛想のいい声をかけてきたが――久しぶりだね、嬉しいよ――わたしは冷たく応じた。すると彼は言った。凄いじゃないか、エレナ、『ローマ』で君の写真を見たよ。やったね。イスキアで過ごしたあの夏が懐かしいよ……。わたしは答えて、こちらもあなたの声が聞けて嬉しいが、イスキアの日々はもうはるか昔のことだし、わたしたちはよくも悪くもみんな変わった。たとえば、あなたのひどい噂をわたしはずいぶんと耳にしたが、どれも嘘であることを祈ってる、と言った。彼はただちにこちらの意図を理解して声を荒らげ、リラをさんざん罵り、恩知らずだとか、どれだけ迷惑をかけられたか、などと言った。わたしも態度を変え、自分はあなたよりも彼女のことを信じていると先に告げてから、こう続けた。書くものある？　わたしの電話番号を言うから、メモして。書いた？　じゃあ、リナに払ってないお金をきっちり耳を揃えて用意させて。わたしが受け取りにいくから、用意できたら連絡ちょうだい。あなたの写真まで新聞に載るようなことにならないように祈ってるわ。

ブルーノが言い返してくる前に受話器を下ろした。自分が誇らしかった。これっぽっちも興奮せずに話せたからだ。あくまで淡々と、簡潔な標準語で、最初は親切な声、次に冷淡な声と切り替えまでやってのけた。ピエトロの言っていたとおり、自分は本当にアデーレの声色を手に入れつつあるのだろうか。そして、無意識のうちに彼女の処世術を習得しつつあるのだろうか。やろうと思えば、電話の最後に吐いた脅し文句を現実のものにする力が本当にあるのか、わたしは試してみることにした。ブルーノに電話をした時とはまるで異なり——彼はなんだかんだ言ってもわたしにとっては、チターラの浜でキスされそうになった退屈な若者でしかなかった——ひどく緊張しながら、『ウニタ』編集部に電話をかけた。先方のベルが鳴っているあいだ、わたしは祈った。通話の途中、自分の声の背後で、エリーザに向かって方言で何か怒鳴っている母さんの声が聞こえたりしませんように……。交換台の女性に、エレナ・グレーコと申しますが、と名乗ると、用件を伝える間もなく、相手が驚きの声を上げた。作家の、エレナ・グレーコ先生ですか？　彼女はわたしの本の読者で、作品を絶賛してくれた。わたしは感謝し、なんだか楽しくなり、自信も湧いてきて、その必要もないのに、ナポリ郊外の工場について記事を書いてみたいのだと彼女に説明し、アデーレに勧められた編集者の名を告げた。交換手はもう一度、わたしの小説を褒めてから、仕事向けの声に戻り、そのままお待ちください、と告げた。一分後、ひどくしゃがれた男性の声が小馬鹿にした口調で、いつから高尚な文学の作家さんが、賃金や交替勤務や残業みたいな退屈この上ない話のためにペンを穢すようになったのか、特に若手のベストセラー作家で女性となれば、まず避けるような話題ですがね、と尋ねてきた。

「で、業種はなんでしたっけ？　建設業、港湾、それとも鉱夫ですかい？」

「ちっぽけなハム工場なんですけど」小声でわたしは答えた。「そんなにたいしたニュースじゃありません」

男はわたしをからかうのをやめなかった。

「そう謙遜されずに。まったく問題ありませんよ。本紙が紙面を半分も割いて作品をべた褒めした、かのエレナ・グレーコ先生さんがソーセージについて書きたいと仰せになるのなら、我々哀れな編集者風情に興味がないなどと申せる訳がありますまい。三十行でいかがです？　足りませんか？　では思い切って、六十行差し上げましょう。原稿が上がったらどうされます？　直接こちらにお持ちいただけますか、それとも電話で口述ですかね」

わたしはただちに原稿を書き始めた。リラの文書からわたしの六十行を絞り出さなくてはならなかった。彼女を思えばこそ、よい仕事がしたかった。ただ、わたしには新聞記事を書いた経験がまるでなかった。ただ一度、十六歳の時にニーノの雑誌のために宗教の先生との摩擦について書いてみたが、結果は大失敗だった。あるいはそんな記憶がわたしの作業を余計にややこしくしたのかもしれない。またはあの編集者の皮肉っぽい声が耳に残っていたせいかもしれない。電話の最後にアデーレによろしくと言った彼の声は特に嫌みだった。とにかく相当な時間をかけて、何度も何度もしつこく書き直した。ようやく完成したと思ったものも納得いかず、編集部には持っていかなかった。その前にリラに相談したかった。ふたりで一緒に決めるべきことだ。原稿を納めるのは明日にしよう。

翌日、わたしはリラに会いにいった。彼女は普段より具合が悪そうで、あなたがここにいないと、得体の知れぬ者たちが今のうちにと色々なものから出てきて、自分とジェンナーロを虐げるのだと愚痴をこぼした。だがこちらの不安げな顔に気づくと、彼女は明るい顔を作り、ただの冗談だと言い、もっと一緒にいてほしい、そう言いたかっただけなのだと誤魔化した。ふたりでずいぶんとおしゃべりをしたおかげで、彼女を落ちつかせることはできたが、結局、原稿は読ませなかった。もしも『ウニタ』が原稿にOKを出してくれなかったら、不評だったと彼女に告げねばならず、自分が恥をかくことになる。そう思うと嫌だったのだ。わたしを楽観的にし、原稿の提出を決めさせたのは、夜になってかかってきたアデーレの電話だった。彼女は前回のわたしからの電話のあと、夫とマリアローザとも話しあい、ほんの数時間のうちに驚くほどたくさんの人々に働きかけてくれた。医学界の権威たち、社会主義者で労働組合に詳しい教授たち、アデーレに言わせれば少しお調子者だが、善人で労働者の権利に詳しいキリスト教民主党員といったお歴々だ。結果、わたしは早くもその翌日には、ナポリ最高の心臓病の専門医――友人の友人ということで、診察は無料――と会うことになり、ソッカーヴォ社にはただちに労働局の監査が入ることになり、リラの給料の未払い金回収についてはピエトロが教えてくれたマリアローザの元恋人だという弁護士が会ってくれることになった。ニコラ・アモーレ広場に事務所を構える社会主義者の若手弁護士で、リラの問題についてはすでに説明済みだという。

「ご満足？」

「はい」

「記事は書けた？」

「はい」

「あら、実は書かないんじゃないかなって思ってたの」

「でも書きました。明日、『ウニタ』に持っていきます」

「偉いわ。わたし、あなたを過小評価しすぎね。危ないわ」

「そうですか？」

「ええ、過小評価はいつだって危険よ。ところで、哀れなうちの息子とはうまくやってる？」

50

この時から何もかもが順調に流れだした。自分には、泉から湧き出す水のように物事を勢いよく進める力があるのじゃないか、そう思いたくなるくらいだった。ピエトロまでリラのために動いてくれた。彼の同僚のギリシア語文学者は口ばかりだとわかったが、それでも結局は役に立った。この学者の知りあいに、ボローニャに住む、電子計算機の本物の専門家がいたのだ。彼こそがギリシア語文学者の夢物語の情報源であり、こちらは頼りになる人物だった。ピエトロはこのボローニャの専門家からナポリの知人の電話番号を教えてもらった。やはり頼りになるというそのナポリの知人の氏名、住所、電話番号を電話で教えてもらいながら、わたしは婚約者を褒めちぎり、いつになく積極的な協力ぶりを愛情をこめて茶化し、電話線を介してキスの音までひとつ送った。

それからすぐにリラのところに向かった。彼女は嫌な深い咳をしており、こわばった顔は血の気がなく、目つきが異様に緊迫していた。それでもこちらはよい知らせを伝えにきたところだったから、有頂天だった。彼女を揺すり、抱きしめ、両手を握って、わたしはブルーノへの電話について報告し、書き上げた記事の原稿を読み聞かせ、ピエトロとその母親と姉の熱意ある尽力のおかげで実現した成果を列挙した。リラは耳を傾けていたが、その様子はまるでわたしがとても遠い場所——わたしのたどり着いた別世界——から話しかけていて、話の内容もはっきりと聞き取れるのはせいぜい半分だ、とでも言いたげだった。しかもジェンナーロに遊んでくれと始終引っ張られていて、こちらが話しているあいだも、ぼんやりと男の子にうなずいていた。とはいえ、わたしの喜びに変わりはなかった。かつてリラは食料品店の奇跡の引き出しを開いては、色々なものを買ってくれた。特に教科書は助かった。今度はわたしが自分の引き出しをあれこれ開いて、お返しをする番だった。自分の覚えている安心感をできるものなら彼女にも味わってほしかった。

「そういうことだから、明日の朝、心臓病のお医者さんに会いにいこうね？」最後にわたしは尋ねた。

こちらの問いかけにリラは妙な反応を示した。小さく笑って、こんなことを言ったのだ。

「ナディアはこんなやり方、嫌がると思うよ。たぶん、彼女のお兄さんも」

「こんなやり方って、どういう意味？」

「気にしないで」

「リラ、お願い。ナディアなんて関係ないでしょ？　あの子の顔色をうかがう必要なんてないって。余計に図に乗るだけよ。アルマンドにしたって同じこと。彼、昔からいい加減だったし」

そう言いながら、わたしは自分の下した評価に驚いていた。ガリアーニ先生のふたりの子どものことなどたいして知りもしないくせによく言ったものだった。それから何秒か、こちらを見るリラの目が他人を見るそれに思えた。彼女の不調につけこもうとする亡霊でも見ているような目だった。わたしはそもそもナディアとアルマンドの悪口が言いたかったのではなく、権力の強さの違いをリラに正しく理解してほしかっただけだった。アイロータ家に比べればガリアーニ家などなんの力もなく、ブルーノ・ソッカーヴォのような輩やミケーレのようなチンピラにいたってはさらに取るに足らない、つまり、わたしの言うとおりにしておけば、何も心配いらない……。そう言いたかっただけなのだ。でも、話の途中から、このままではただの自慢話に聞こえてしまうと気づいた。だから彼女の頬を撫でると、なんにしてもナディアとアルマンドの政治活動には自分もとても感心していると一応断り、笑いながらこう続けた。でも、わたしを信じて。するとリラはつぶやいた。

「わかった。そのお医者さんに診てもらうわ」

わたしは続けて確認した。

「それで、エンツォの話はどうする？　何日の何時に行きたいって先方に言えばいい？」

「いつでもいいけど、午後五時よりあとにして」

家に戻るとすぐに、わたしは電話の前に陣取った。まずは弁護士にかけて、リラの現状を細かく説明した。心臓病の専門医にも電話をして明日の予約を正式に取った。電子計算機の専門家にも電話をした。勤め先の地方振興公社だ。彼はチューリッヒの通信講座はなんの役にも立たないと断じたが、とにかくエンツォを何日の何時にどこどこに寄こしてくれれば会おうと言ってくれた。それからわたしは『ウニタ』に電話をした。すると例の編集者に言われてしまった。ずいぶんとまたのんびり屋さんですな。それで原稿はいついただけますかね、クリスマスまで待たなきゃなりませんか？　続いてブルーノの秘書に電話をかけ、社長に伝言を頼んだ。いくら待ってもそちらからの連絡がなかったので、まもなく『ウニタ』にわたしの書いた記事が載ると伝えてほしい、と。

最後の電話にはただちに、激しい反応があった。ブルーノは二分後にかけ直してきた。前回の親しげな口調とは打って変わり、今度は脅迫された。わたしも負けずに、すぐに工場には労働局の監査が入り、リラの利益を守る弁護士もやってくるだろうと予告してやった。そして気分よく興奮したまま——愛情と信念ゆえに不正義と闘う自分が誇らしかった。相変わらずわたしを素人扱いするパスクアーレとフランコにどうだと言ってやりたい気分だった――夕方には、原稿を届けるため『ウニタ』ナポリ支局に急いだ。

わたしと電話で話した編集者は、背の低い太った中年男性で、よく動く小さな目が悪気のない皮肉で常にきらめいていた。彼はわたしにぼろぼろの小さな椅子を勧めると、注意深く原稿を読んだ。そして机に紙を置くと、こう言った。

「これが六十行ですか？　わたしには百五十行はありそうに見えますがね」

顔が赤くなるのがわかった。わたしはつぶやいた。

「何度も数えました。六十行です」

「行数は確かにあってるが、手書きで、その上、こんなに小さな字で書かれちゃね。虫眼鏡でも読めませんよ。ですが、内容は本当によく書けてます。さあ同志、その辺で空いてるタイプライターを見つけて、切れるところは切って、仕上げてくださいな」

「今ですか？」

「今じゃなきゃ、いつ？　久しぶりにこんな紙面に埋もれない原稿をもらったのに、まさか永遠に待たせるつもりじゃないだろうね？」

51

その数日間、わたしが感じていた活力ときたら実際たいしたものだった。まずはリラを連れて心臓病の専門医を訪れた。医師はクリスピ通りに自宅と診察室を持っていた。ナポリ出身の先生ではあっても、アデーレの世界と関わりのある人間であるからには、みっともないところは見せられないと思い、わたしは頭を丁寧に整え、アデーレに贈られた服を着て、彼女のものに似た繊細な香水をつけて、薄化粧をして出かけた。医師があとで電話で彼女と話したり、どこかで会った時に、できれば褒めてもらいたかったのだ。一方、リラは普段わたしが彼女の家で見ているのと同じ姿で、外見にはまるで無頓着だった。わたしたちは控え室で診察の順番を待った。広い部屋で、壁には十九世紀の絵画が並んでいた。肘掛け椅子に座った貴婦人と背後に立つ黒人女性の召使いを捉えた絵もあれば、老女の肖像画もあり、狩りの光景を描いた広大な一枚もあった。控え室にはほかにもふたりの患者が順番を待っていた。男性と女性ひとりずつで、どちらも高齢で、どちらも富裕層らしい清潔で上品な空気を漂わせていた。わたしたちは黙って待った。一度だけリラが口を開いた。彼女は道々、わたしの格好をすでに何度も褒めていたのだが、小声でこう言ったのだ。レヌーはこういう絵から出てきたみたいだね。そっちが奥方、こっちは下女ってところだね。

待ったのはほんの数分だった。看護婦に呼ばれて、わたしたちは先客のふたりを明確な理由もなしに飛び越した。この時になってリラはにわかに緊張したらしく、診察にはレヌーも付き添え、ひとりじゃ絶対に中には入らないと駄々をこねた。そしてとうとう彼女に背を押され、こちらのほうが患者みたいに診察室に先に入ることになってしまった。医師は六十前後の痩せぎすの男性で、頭は灰色の髪がふさふさだった。医師はわたしを温かく歓迎してくれた。こちらのことをよく知っていて、それから十分間、まるでリラなどいないみたいにしゃべり続けた。なんでも彼の息子もピサ高等師範学校の卒業生で、わたしの六年先輩に当たるらしかった。さらに彼の兄か弟もそれなりに知られた作家だと自慢したが、あくまでもナポリでは有名な作家だという話だった。続いて医師はアイロータ家の人々を賞賛し、アデーレの従兄弟に当たる有名な物理学者のことをよく知っていると言った。そして、こんな質問をしてきた。

「結婚式の日取りはいつですか？」

「五月十七日です」

「十七日？　縁起の悪い数字ですね。是非、別の日になさい」

「もう無理ですわ」

リラはずっと黙っていた。医師にはまったく興味がない様子で、むしろわたしのほうに好奇心満々なのがわかった。わたしの一挙一動、言葉のひとつひとつに感嘆しているようだった。ようやく医師が彼女に意識を集中し、長いこと問診をしても、やる気のない返事しかせず、方言か、方言の話し方をなぞった醜い標準語で答えた。わたしはしばしば口を挟み、以前、彼女に聞かされた症状を思い出させたり、今は彼女がたいしたことがなさそうに伝える症状に医師の注意を呼びかけねばならなかった。そして最後にこの上なく丁寧な診察と細かな検査を受けた時も、まるでわたしと医師のほうが何かひどいことをしているように、リラはむすっとした顔をしていた。薄い水色の、彼女には大きすぎる、ひどく擦り切れた下着に包まれた細い体をわたしは見つめた。長い首は頭を支えるのに苦労し、皮膚は骨のあいだで張りつめ、今にも破れそうな薄紙のようだった。左手の親指が時おり無意識にぴくりと動くのにわたしは気づいた。医師が服を着るように言うまで、優に三十分はかかった。相手を見つめながら言われたとおりに服を着た彼女は、なんだかびくびくしていた。医師は机を前にして腰かけると、ようやく診断を下した。心臓に問題はなし、心雑音らしきものはまるで見つからなかったとのことだった。彼はリラに言った。奥さん、あなたの心臓は完璧ですよ。ところが診断結果が彼女にもたらした効果は一見したところあいまいで、喜んでいるようには見えず、むしろ不快そうですらあった。その知らせを自分の心臓のことのように喜んだのはわたしのほうで、続く医師の言葉に懸念を示したのもわたしだった。彼女の反応の乏しさに腹を立てたか、彼はまたわたしに話しかけるようになり、眉をひそめて、こう付け加えたのだ。ただし、ご友人の健康状態はただちに対処が必要です。問題は咳ではありません。咳は風邪によるものです。ちょっとしたインフルエンザでしょう。シロップを処方します。本当の問題はむしろ、激しい器質的損傷がもたらした衰弱のほうです……。つまり、リラはもっと自分の体に注意をして、きちんと食事をとり、健康の回復に心がけ、少なくとも毎日八時間は寝るべきだと彼は言うのだった。体力さえ取り戻せば、ご友人の症状の大半は回復するでしょう。いずれにしても、神経科の診察も一度、お勧めします。医師はそう結んだ。

この最後の言葉にリラは我に返った。彼女は額に皺を寄せ、前に身を乗り出すと、標準語で医師に尋ねた。

「それって、わたしが神経の病気にかかっているという意味ですか？」

医師は驚いた顔で彼女を見た。あたかも、今診たばかりの患者が魔法で別人に入れ替わったとでも言いたげな表情だった。

「その逆ですよ。一度、検査されることをお勧めしているだけです」

「わたしが何か、おかしなことを言ったり、したりしたからですか？」

「いえ、ご心配無用です。神経科の診察はただ、あなたの総合的な状態を把握するためだけのものです」

「うちの親戚で」リラは言った。「母の従姉妹に当たるおばなんですけど、不幸な女性で、ずっと不幸な人生を過ごしてきたんです。夏になると、わたしがまだ子どものころの話ですけど、開いた窓から叫んだり、げらげら笑ったりするおばの声が聞こえました。外でちょっと普通じゃない振る舞いをするところもよく見かけました。でもあれは、不幸が原因でした。だから神経科なんて一度も行かなかった。それどころかおばは、お医者さんに診てもらったことなんて一度もないはずです」

「でも診察を受けるべきでしたね」

「神経の病なんて、良家のご婦人のかかる病気です」

「おばさんはそうではないと？」

「ええ」

「あなたはいかがです？」

「わたしには、おば以上にもったいない病気です」

「あなたも不幸なのですか？」

「とっても幸せです」

医師はまたわたしに向き直った。ふくれ面だ。

「絶対安静ですな。きっちり休ませてください。できれば、田舎に連れていくのもいいでしょう」

それを聞いてリラは大笑いをし、方言に戻って言った。

「前にお医者にかかった時は、海に行けって言われたわ。おかげでもう、さんざんな目に遭ったんです、わたし」

医師が聞こえぬふりで苦笑いをしてきたので、わたしも苦笑いを返した。彼は友人だという神経科医の名を挙げ、できるだけ早く診てもらえるようにとわざわざ電話までかけてくれた。リラを別の診療所に引っ張っていくのは楽な仕事ではなく、愚痴ばかり聞かされた。わたしにはそんな時間はない、心臓病のお医者だけでも飽き飽きした、ジェンナーロの世話もあるし、そもそも無駄にできるお金もなければ、レヌーにもそんな無駄遣いはしてほしくない……。わたしが診療は無料だからと保証すると、渋々ながら彼女は折れた。

神経科医は丸はげの元気な小男で、トレド通りの古い建物に診療所を構え、待合室には哲学書だけがきれいに並べられていた。話すのがとにかく好きらしく、患者のことよりも自分がどこまで話をしたかのほうが気になるようだった。リラを診ながらわたしに向かって話しかけ、彼女に何か問いかけながらも、その答えには構わず、こちらに向かって彼の深遠なる考察とやらを披露するという具合だった。いずれにせよ、医師は上の空で結論した。リラの神経に問題はない、心臓と同じくらい完璧だ。しかし——と、やはりわたしに向かって彼は言葉を続けた——心臓の医者が申し上げたとおりですよ、グレーコさん。ご友人はお体が弱っています。結果、プラトンがいう魂の中の気概的部分と欲望的部分が勢いづいて理性的部分を凌駕せんとしているのです。まずは体の健康を取り戻し、それによって心の健康を取り戻しましょう。それから彼は処方箋を解読不能な筆跡で埋めたが、同時に必要な薬の名前をはっきりと読み上げ、分量を説明してくれた。次はアドバイスだった。最初に、リラックスするためだと言って、長い散歩を勧めた。ただし——と彼は言うのだった——海は避け、カポディモンテやカマルドーリの森を歩いたほうがよろしいでしょう。次に彼は読書を勧め、ただしこちらも日中に限った話で、夜は絶対に駄目だと言った。さらに、常に手を動かして何かをするよう心がけるといいとも言ったが、本当によくリラの手を観察していたならば、彼女が手を使わぬどころか酷使してきたことに気づいたはずだ。続いて、かぎ針編みの効用について彼が話しだすと、リラは椅子の上でもぞもぞし始め、相手が口を閉じるのも待たずに、突如、なんの脈絡もなくこんなことを聞いた。

「ついでみたいで悪いんですけど、子どもを作らないで済むというピルをいただけませんか？」

医師は眉をひそめた。恐らくわたしも同じ顔をしたと思う。あまりに場違いな要求に思えたからだ。

「失礼ですが、ご結婚されているんですか？」

「以前はしてましたが、今は違います」

「今は違う？」

「別居中です」

「では、やはりまだ奥さんだ」

「どうなんでしょうね」

「お子さんは？」

「ひとり、います」

「ひとりはちょっと寂しいですな」

「わたしには十分です」

「妊娠は奥さんのような症状の場合、助けになるんですがね。女性にとって妊娠に勝る薬はありません」

「妊娠ですっかりおかしくなっちゃった女性を何人も知っています。やっぱりピルがいいです」

「そういうお話であれば、産婦人科の医師にご相談ください」

「先生が詳しいのは神経だけで、ピルはわからないってこと？」

医師は腹を立ててしまった。彼はもう少し雑談をしたあと、診察室の出口でわたしにタッピア橋にある検体検査所に勤めているという女医の住所と電話番号をくれた。そして、ピルがほしいと言ったのがまるでわたしであるかのように、この女医に連絡してみなさいと言うと、わたしたちに別れを告げた。そのまま出ようとすると、受付の女性に診察費を払うように言われた。神経科医はアデーレの手配した一連の伝手には入っていなかったのだ。お金はわたしが払った。

外に出るとリラは怒ってほとんど叫ぶように言った。あの藪医者が言ってた薬なんて飲むものか。

飲んだって飲まなくたって、どうせわたしの頭はどうかなっちゃうんだから。わたしは答えた。いい考えとは思えないけど、好きにしたら。すると彼女は混乱した様子でつぶやいた。レヌーにむかついてんじゃないよ。医者のやつらだよ。それからわたしたちはタッピア橋に向かって歩きだした。ただし、そっちに行こうとはどちらも言わず、適当に散歩しているうちにそうなったという風を装っていた。リラは黙りこんだり、苛立った様子で神経科医の口真似をしたりした。わたしには彼女の怒りが、元気を取り戻しつつある証拠に思えた。そこで聞いてみた。

「エンツォとは最近どう?」

「相変わらずよ」

「じゃあピルなんてもらってどうするの」

「レヌーはピルのこと詳しい?」

「まあね」

「飲んでるの?」

「ううん、でも結婚したらすぐに飲むつもり」

「子ども、ほしくないの?」

「ほしいけど、まずはもう一冊、本を書かないといけないから」

「彼は知ってるの? 子どもはまだほしくないって?」

「そのうち伝えるわ」

「じゃあ、わたしと一緒にこの医者のところに行ってピルをもらったらいいじゃない?」

「リラ、あめ玉じゃあるまいし、そんな適当に飲んでいいものじゃないんだよ? エンツォと何もしないならやめておきなって」

彼女は目を細めてわたしを見つめた。細い隙間から瞳孔がかろうじて見えた。そして言った。

「今は何もしないけど、もしかしたら、そのうちね」

「本当？」

「やめておいたほうがいいと思う？」

「ううん、そんなことないって」

タッピア橋に着くと、わたしたちは公衆電話を探し、女医に電話をかけた。すると、すぐに会えるという返事があった。検体検査所に向かいながらわたしが言葉を重ね、彼女がエンツォとの距離を縮めようとしているのを喜ぶ気持ちを伝えると、リラは認めてもらえてほっとした様子だった。わたしたちは少女時代に戻ってふざけあい、なかば真剣に、なかば冗談で、こんな言い争いを続けた。お医者さんとはリラが話してよね、わたしよりずっと無遠慮だし。そう言うそっちこそ、お金持ちの奥様みたいな格好してるんだから、自分が話してよ。わたしはピルなんてすぐに必要ないもの。それはこっちだって同じだし。じゃあ、どうしてわたしたち、お医者さんのところに向かってるの？

女医は通りに面した建物の入口で、白衣姿で待っていた。気さくな女性で、甲高い声で話した。近くのバールにわたしとリラを誘い、まるで昔からの友人のように接してくれた。彼女は、自分の専門は産婦人科ではないのだが、と繰り返し断りを入れた上で、説明とアドバイスを山ほどしてくれた。わたしは少々退屈して上の空でいたが、リラのほうはどんどん具体的な質問をするようになり、反論したり、また質問したり、皮肉の効いた意見を述べたりした。ふたりはすっかり意気投合したようだった。最後に女医は、あれこれ指示をしながら、わたしとリラに一枚ずつ処方箋をくれた。報酬は受け取ろうとしなかった。ピルの普及は友人たちとひとつの使命として始めたことだから、だそうだ。別れ際――女医は職場に戻らなくてはならなかった――彼女はわたしたちに手を差し出す代わりに、抱擁してきた。帰路、リラが真面目な声で言った。ようやく真っ当な人間に会えたね。楽しそうな顔だった。彼女のそんな表情を見るのはとても久しぶりだった。

52

編集者はあれだけ気に入ってくれたのに、『ウニタ』にはわたしの記事がなかなか掲載されなかった。もしかしたらこのまま載らないのではないかと不安だった。ところが神経科医の診療所に行ったまさにその翌日、朝早くにいつものキオスクに行き、『ウニタ』のページを急ぎ足でめくっていくと、とうとう記事があった。てっきり短縮された記事がどうでもいいようなローカルニュースのあいだに載るものかと思っていたら、全国ニュースのページにあった。しかも全文丸ごとだ。自分の署名がそこに印刷されてあるのを見るのは、強烈に感動的な体験だった。ピエトロは嬉しそうに電話をくれた。アデーレも大喜びで、記事は彼女の夫はもちろん、マリアローザまで気に入ったとのことだった。しかし驚いたのは、わたしの小説を出した出版社の部長に加え、その出版社から長年本を出している非常に著名な作家ふたりからも賞賛の電話があった上、フランコ・マーリからも電話があったことだった。マリアローザに番号を聞いたという彼の声には、わたしに対する敬意がにじんでいた。彼はわたしを誇りに思うと言い、労働者の現状をきめ細かく描いた模範的なルポルタージュだと褒め、早く会って問題を語りあいたいとまで言ってくれた。こうなったらどこか予想もつかぬ経路でニーノからも賛辞が届くのではないかと期待したが、いつまでたっても彼からの知らせはなく、わたしはがっかりした。パスクアーレも何も言ってこなかったが、彼は政治的な嫌悪から、共産党の機関紙である『ウニタ』をずいぶん前から読まなくなっていた。いずれにしても例の担当編集者がわたしを慰めてくれた。彼は記事が編集部でどれほど好評だったかを伝えるために電話をくれ、いつものからかい口調で、タイプライターを買って、いい記事をじゃんじゃん書いてくれと言ってくれた。

ただし何より衝撃的だったのは、ブルーノからの電話だった。秘書がかけてきて、本人と代わった。ブルーノはあの記事に——ブルーノ・ソッカーヴォからの電話だった……とはいっても、彼はしばらく記事について直接触れようとしなかったが——ひどい打撃を受け、すっかり元気を吸い取られたみたいに物憂げな声を出した。そして、あのイスキアでの日々、僕は君のことを深く愛していた、あんな愛には二度と巡りあうことがなかった、などと言い、まだ少女だったわたしが大きな方向転換を成し遂げたことをやたらと賞賛した。さらに、彼は父親から非常に困難な状況にあった会社を受け継がされ、会社は当時からひどい習慣だらけだったと釈明し、工場は自分の目から見ても非難されて当然の状況だが、僕は罪なき後継者に過ぎないんだよ、と誓った。それから最後にようやくわたしの記事に言及し、あの記事を読んで僕は目が覚める思いがした、過去から受け継いだ過ちの多くは早急に改めていくつもりだ、と断言した。さらに、リラとのあいだに生じた齟齬（そご）は遺憾であり、経理のほうですべての問題を〝君の〟弁護士と処理中であると言ってから、静かに続けた。君もソラーラ兄弟は知っているだろう？　今、彼らに助けてもらっているんだ。この困難な局面に我が社を刷新するためにね。そして、こう付け加えた。ミケーレが君に是非よろしく伝えてくれと言っていたよ……。わたしは礼を述べ、こちらこそミケーレによろしくと告げ、あなたの状況改善の意志は理解したと言ってから電話を切った。それでもすぐにわたしはマリアローザの友人の弁護士に電話をして、ブルーノの電話の内容を報告した。すると彼はお金の問題は解決済みだと認めた。数日後、わたしはこの若手弁護士に会いに、勤務先の法律事務所に向かった。会ってみると、年齢はわたしよりほんの少し上なだけで、嫌な感じの薄い唇以外は親しみやすく、服装もとてもおしゃれだった。誘われて、バールでコーヒーを飲むことになった。彼はグイド・アイロータを深く敬愛していると言い、ピエトロのこともよく覚えていた。そして、ひったくりに注意しろと念を押しつつ、ソッカーヴォ社がリラに支払ったお金を渡してくれた。なんでも彼が現地に行くと、正門には学生たちに労働組合の組合員たち、警察がいて大変な騒ぎで、工場の中には労働局の係官の姿まであったということだった。しかしその様子はなぜか満足しているようには見えなかった。別れ際になって、こう尋ねられた。

「君はソラーラ兄弟とは知りあいかい?」

「ええ、わたしが生まれ育った、同じ地区の人間ですから」

「ソッカーヴォの背後にあの連中がいるのは知ってる?」

「知ってます」

「それでも、不安にはならないんだね?」

「どういうことです?」

「ソラーラと昔からの知りあいで、しかも大学時代、ナポリを出ていたからこそ、君にはもしかしたら状況がはっきりと見えていないんじゃないかと思ったんだ」

「そんなことはありません」

「ここ数年でソラーラは大きく勢力を広げた。ナポリでは今、強い影響力を持っているんだよ」

「だから?」

彼は唇を固く結ぶと、手を差し出してきた。

「まあ、よしとしようか。僕らは狙いどおりにお金を手にしたのだから。マリアローザとピエトロによろしく伝えてくれるかな。結婚式はいつだっけ？　フィレンツェ暮らしはどうだい？」

53

わたしはリラにお金を渡した。彼女は嬉しそうに二度も数え、以前わたしに借りた金額をすぐに返してくれた。少ししてエンツォが帰ってきた。例の電子計算機に詳しいという人物に会ってきたところで、いつもの淡々とした態度の範囲内ではあったが、満足そうだった。彼のポーカーフェイスはもしかすると自らの意志に反してまで、感情と言葉を押し殺してしまうのかもしれなかった。リラとわたしは彼の口から苦労して情報を引き出し、ついには面談の顚末がかなりの部分まで明らかになった。専門家はとても親切にエンツォに接してくれた。初めのうちは、チューリッヒの通信講座はお金の無駄でしかないと言われた。しかしそのうち、講座は無駄だったかもしれないが、エンツォがそれとは無関係に優秀だと理解してくれた。そしてＩＢＭがヴィメルカーテ（北イタリア・ロンバルディア州の町）の工場で最新型の電子計算機の生産をまもなく始めるはずで、ナポリ支社ではパンチカードの入力と検証を行うキーパンチャー兼チェッカー、オペレーター、プログラマー兼解析係を早急に必要としている、と教えてくれ、ＩＢＭが技術講習を開始したらすぐに知らせると約束した上で、エンツォの氏名と連絡先を書き留めたということだった。

「信用できそうだった？」リラが尋ねた。

するとエンツォは相手が信用のできる人間であったことを証明しようとしてか、わたしをちらりと見てから、こう言った。

「あのひと、レヌッチャの婚約者のことをよく知ってたよ」

「どういうこと？」

「レヌッチャの相手はとても重要な人物の息子だって」

リラは不快そうな顔をした。今度の約束を手配したのがピエトロであることも、アイロータの名字が面談の好結果に影響していることも彼女は当然承知していたが、どうやら、エンツォがそうしたことを意識しているという事実が気に入らない様子だった。彼もまたわたしに借りがあるという状態が嫌なのかもしれなかった。そうした借りがあったからといって、わたしと彼女のあいだの話ならば恩による上下関係が生まれることはないが、エンツォに対しては悪い影響を及ぼし得る、彼女はそう思っているのではないか。そこでわたしは慌てて言った。未来の義父の名声はこの場合あまり関係がない。その証拠にあの専門家は、エンツォが有能でなければ助けることはできないとわたしにもあらかじめ断っていた……。するとリラは少し大げさな仕草でわたしの言葉にうなずき、その正しさを追認した。

「このひとは凄く有能よ」

「でも俺、電子計算機なんて見たこともないんだぞ？」エンツォが反論した。

「それが何？　そんなこと関係なしに有能だって見抜いてくれたに決まってるじゃない？」

彼は少し考えてから、わたしを少し嫉妬させるくらい感心した口調でリラに言った。

「お前にやらされた練習に、あのひととても感心してたよ」

「本当？」

「ああ。特にアイロンがけとか、釘を打つ動作とか、その手のフローチャートの練習だ」

その時からふたりはちんぷんかんぷんなルールで冗談を言いあい、わたしはのけ者にされた。不意にふたりが相思相愛のとても幸せなカップルに見えた。あまりに秘められているがゆえに、当の本人たちすら知らない、ふたりだけの秘密があるようなカップルだ。わたしは幼い日々の団地の中庭を思い出し、リラとエンツォが校長とフェッラーロ先生とオリヴィエロ先生の見守るなかで算数の才を競いあう光景を思い出し、決して涙を見せることのなかったエンツォが石くれでリラを傷つけたがために泣いた姿を思い出した。そして思った。このふたりがこうして一緒にいるのは、あの地区にもよい一面があればこその話だ。もしかすると、地区に帰りたいというリラの考えは間違ってなどいないのかもしれない。

54

わたしは〝貸します(シ・ローカ)〟と記された看板に注意するようになった。貸部屋があるという印だ。同じころ、わたしの家族宛てではなく、わたし個人宛てにジリオーラ・スパニュオロとミケーレ・ソラーラの結婚式の招待状が届いた。その数時間後には別の招待状が直接届けられた。こちらはマリーザ・サッラトーレとアルフォンソ・カッラッチの結婚式だった。ソラーラ家、カッラッチ家ともにわたしの宛名書きは、〝グレーコ・エレナ先生〟という丁重なものだった。二通の招待状を受け取ってまもなくわたしは気がついた。これは、地区へ戻りたいというリラの考えに賛成すべきか否かを判断するのにちょうどいい機会ではないか。そこでミケーレ、アルフォンソ、ジリオーラ、マリーザに会いにいくことにした。表向きはお祝いの言葉を伝え、残念ながら式の日取りはわたしがすでにナポリを離れたあとで出席は難しいと説明するためだったが、実際には、ソラーラ家とカッラッチ家の面々に今なおリラを虐げる気があるかどうかを見極めることだけが目的だった。アルフォンソは、その兄ステファノが、家を出た妻をまだ恨んでいるかどうか、公平な意見を聞かせてもらえそうな唯一の人物に思えた。ミケーレともきちんと話しあいたかった。大っ嫌いな男だが——あるいは大嫌いだからこそ——リラの健康問題を落ちついて説明して、向こうが何様のつもりだろうと、相変わらず子ども扱いされようと、もしもリラをまだ困らせるようならば、こちらにも彼の生活と稼業を混乱させるのに十分な力があると思い知らせてやりたかった。二枚の招待状は自分の鞄にしまった。母さんに見せたくなかったのだ。両親をないがしろにして娘のわたしだけが招待されたと怒るに決まっていた。わたしは丸一日時間を作って、ミケーレたちと会うことにした。

　天気が崩れそうだったので傘を持って家を出た。それでもなんだかうきうきした。今日は歩きまくり、あれこれ考え、地区と町に別れの挨拶を済ませたい。そんな気分だった。真面目な学生だったころの習慣で、一番難しそうな面会から始めることにした。ソラーラだ。一家のバールに行ってみたが、ミケーレもジリオーラもおらず、マルチェッロすらいなかった。みんな、大通り（ストラドーネ）に新しく開いた店にいるのかもしれないと言われ、わたしは辺りを眺めながら暇人のようにふらふらと歩いて、店を見にいってみた。小さいころに液体洗剤や家で必要なあれこれをよく買いにいった、暗い穴蔵めいたドン・カルロの店は今や面影もなく、三階の窓から縦長の巨大な看板が下に伸び、〝TUTTO PER（トゥット・ペル） TUTTI（トゥッティ）〟の文字が、広い入口のところまで来ていた。店内は昼間だというのに煌々と電灯が点き、ありとあらゆる商品が並んでいて、まさに豊かさの勝利といった感じだった。店にはリラの兄、リーノがいた。前よりずいぶんと太っていた。わたしへの態度は冷たく、この店じゃ俺がご主人様だ、ソラーラ兄弟なんて関係ない、ミケーレに会いたいなら、やつの家に行けよ、ときつい口調で言うと、いかにも忙しそうに背を向けた。

わたしはすぐに歩きだし、新地区に来た。ソラーラ一家が何年も前にそこに大きな家を買ったと聞いていたからだ。ドアを開けたのは母親のマヌエーラ、高利貸しだった。彼女と会うのはリラの結婚式以来だった。まずは覗き窓からこちらをじっと見ている視線を感じた。マヌエーラは長いことそうしていたが、やがてかんぬきを外し、ドアの枠の中に現れた。その姿は一部をアパートの暗がりに捉えられ、残りの部分を階段の大窓から届く光に侵食されていた。干上がったように痩せていて、大柄な骨格の上で皮膚は張りつめ、一方の瞳が強い光を放っているのに対し、反対側の瞳はほとんど光を失っていた。耳にも首も、今やぶかぶかの黒っぽいドレスにも、パーティーに出かけるところだったみたいに金や宝石が輝いていた。彼女はわたしに礼儀正しく応じ、家に入って、コーヒーでも飲まないかと勧めてくれた。ミケーレはいなかった。母親の説明から、彼がポジッリポに別の家を買ったのがわかった。結婚式のあとは完全にそちらの新居で暮らすつもりで、ジリオーラと準備を進めているところなのだという。

「ふたりは地区を出ていくということですか?」

「もちろんですよ」

「ポジッリポで暮らしたくて?」

「六部屋もあるのよ、レヌー、三部屋は海に面しているの。わたしだったらヴォメロにしたところだけど、ミケーレがすっかり自分で決めちゃって。でも朝は、空気がいいわ。それにあの光。なかなかの見ものよ」

わたしは驚いていた。ソラーラ兄弟が稼業の縄張りを離れ、戦利品を隠しておくアジトを離れるなんて、まったく思いがけなかったのだ。ところがよりによって、一家で一番の切れ者で、誰より強欲なあのミケーレが引っ越そうとしているのだった。下町からポジッリポの丘の上へ、海とヴェスヴィオ山を見渡す山の手へと。兄弟の〝今よりもっと大きなもの〟への執着がそこまで肥大化したということなのだろう。弁護士の言うとおりだった。とはいえ、その時は、ミケーレの引っ越しをわたしは喜んだ。彼が地区を出ていけば、リラの帰還には有利だと思ったのだ。

55

わたしはマヌエーラから住所を聞き出すと、別れを告げ、町を横断した。まずは地下鉄でメルジェッリーナまで、それから歩きとバスでポジッリポの丘を登った。わたしは興味津々だった。自分はもはや、誰もが崇める正統な権力に属する人間であり、高貴な文化の後光を背負っているのだ――そんな気分だったので、幼いころから目の当たりにしてきた別の権力が今度はどのような華美な装いをまとおうとしているのか、ひとつ見てやろうと思ったのだ。つまり、他者を圧倒しては下劣な喜びを覚え、罪を犯しながら罰を受けず、笑顔で法の網の目をくぐっては派手な浪費をひけらかしてきたソラーラ兄弟のことだ。ところがミケーレはまたしても捕まらなかった。真新しい建物の最上階にいたのは、ジリオーラだけだった。驚きも露わにわたしを迎えた彼女の顔には、同じくらいはっきりと恨めしさが浮かんでいた。そこでわたしは理解した。彼女の母親に断ってしょっちゅう電話を使わせてもらっていた時は、わたしはずっと礼儀正しい隣人だった。ところが、実家に電話を引いて以来、気づかぬままにわたしはスパニュオロ家の人々をまるで意識しなくなっていたのだ。そんな勝手な人間がよりによって昼時に、なんの予告もなく、それも今にも雨が降りそうな暗い日にポジッリポに来て、まだしっちゃかめっちゃかな新居に押しかけるような真似をしたのだった。恥ずかしくなったわたしは、わざと賑やかに振る舞い、無礼を許してもらおうとした。ジリオーラはしばらくふくれ面をしていた。警戒もしていたのかもしれない。だがそのうち彼女は、自慢な気持ちを抑えきれなくなった。わたしを羨ましがらせ、幼なじみのあいだで一番幸運な人間であるとはっきり認めさせたくなった。だから彼女は、こちらの反応をうかがい、賛嘆の声に得意になりながら、部屋を見せて回り、この上なく高価な家具や豪華なシャンデリアの数々を自慢し、ふたつの広いバスルーム、巨大な給湯器、冷蔵庫、洗濯機、残念ながらまだ使えない三台もの電話機、何インチあるとも知れぬ大きなテレビを見せつけ、最後にテラスを披露したのだった。そこは単なるテラスではなく、花でいっぱいのれっきとした空中庭園だった。あいにくの天気でなければ、色とりどりの花々が目にも鮮やかだったはずだ。

「こんな海、見たことある？　ナポリの眺めも凄いでしょ？　ほら、ヴェスヴィオも。それに、この空。地区でこんなに広い空を見たことある？」

実際、見たことのない絶景だった。鉛色をした海をるつぼの口のように湾岸が丸く囲み、重たげな真っ黒な雲の塊が毛を逆立ててわたしたちのほうに転がり落ちてこようとしていた。しかし遠くのほう、海と雲のあいだには長い一本の裂け目があって、ヴェスヴィオの紫色の山影にぶつかり、まばゆいばかりの鉛白を傷口から滴らせているのだった。強い風で服をぴたりと体に張りつけたまま、わたしたちは長いことその光景に見入った。ナポリの美しさに魂を抜き取られたような気がした。何年も前にガリアーニ先生の家のテラスで感嘆した眺望さえ、そこまで美しくはなかった。町並みを台無しにする新建築は高い代償と引き換えに、絶景が楽しめるコンクリート製の見晴台をいくつも提供中で、ミケーレは選りすぐりのひとつを購入したという訳だった。

「どう？」

「素敵ね」

「地区のリナの家なんて比べものにならないでしょ？」

「そうね」

「あ、今はリナじゃなくて、アーダが住んでるんだった」

「うん」

「ここはもっと、高級な感じでしょ？」

「うん」

「でもレヌー、さっき嫌な顔してたみたいだけど」

「そんなことないよ。本当によかったね」

「幸せって、ひとそれぞれよね。あなたは大学に行って、本まで書いたけど、わたしにはこの家がある」

「そうね」

「今の返事、本気っぽくないいんだけど」

「ううん、本気も本気よ」

「このアパート、表札を見ればわかるけど、住んでるのは、技師とか、弁護士とか、偉い先生ばかりなの。素敵な眺めと素敵な家は、それなりにお金がかかるってことよね。レヌーも旦那さんとふたりでお金を貯めれば、きっといつかはこんな家が買えると思うな」

「どうかな」

「彼、ナポリに住む気はないの？」

「あり得ないと思う」

「でもわからないよ、レヌーは運がいいから。わたし何度もピエトロの声を電話で聞いたし、窓から見たこともあるけど、いいひとそうだったもの。ミケーレとはきっと別物で、なんでもレヌーの言うとおりにしてくれるって」

　そこでジリオーラはわたしを家の中に引っ張っていき、何か食べようということになった。彼女は生ハムとプロヴォローネチーズの包みを開け、パンを切ってから、こんな言い訳をした。ごめんなさいね、まだキャンプみたいで。でも、いつかご主人とナポリに戻ったら、また会いにきて。それまでにすっごく素敵な家にしておくから。そう言って彼女は、大きく見開いた目を輝かせた。自分の裕福な暮らしを一点の曇りもなくこちらに印象づけようと力むうちに興奮したらしい。しかし、まずあり得なさそうな将来の話――わたしとピエトロがナポリに来て彼女とミケーレの家を訪ねる――があだとなったようだった。彼女はふとぼんやりし、何やら不吉な思いにとらわれた顔をした。ふたたび始まった自慢話は先ほどまでの自信がなく、雲行きが怪しくなってきた。彼女は言った。わたしだって運はいいのよ。しかしその声に喜びはなく、むしろ自嘲の響きがあった。だって、カルメンのお相手なんて大通り（ストラドーネ）のガソリンスタンドの店主でしょ？　ピヌッチャにしたってリーノの馬鹿のせいでさんざん苦しんでるし、アーダはステファノの情婦（いろ）にされちゃって。その点、わたしにはミケーレがいるもの。やっぱり運がいいわ。あんなにハンサムで、頭がよくて、誰だってあのひとの言いなりだし。そんなミケーレがついにわたしとの結婚を決めてくれたんだから。この家だって凄いでしょ？　彼が用意してくれた式だってそれはもう豪華なんだから。それこそ、イランの王様とソラヤの結婚式だってかなわないと思うくらい。ああ、十代のころにミケーレを捕まえておいて本当によかった。自分でもみんなを出し抜いて、うまいことやったなって思うの……。そんな具合に彼女は自慢を続けたが、その口調はますます自虐的になってきた。自分はいかに抜け目がなかったかと自画自賛を繰り返しながらも、話題の中心は次第に、ミケーレを捕まえて手に入れた裕福な暮らしから、結婚を控えた彼女の孤独へと移っていった。ミケーレね、ほとんどうちにいないの、まるでわたしひとりで結婚しようとしてるみたい……。そこで彼女は突然、本当にこちらの答えを望んでいるかのような口ぶりで、こんなことを尋ねてきた。レヌー、わたしって存在してると思う？　よく見て、わたしちゃんといる？そして彼女は片手のひらをその豊かな胸に打ちつけた。自分の手が体をすり抜けるところを見せよう、この体はミケーレのせいでもう存在しない、とでも言いたげな仕草だった。あの男は彼女のすべてを奪った。それもずっと昔、まだ彼女がほとんど子どもだったころの話だそうだ。さんざん弄び、ぼろぼろにしておいて、彼女が二十五歳になった今や飽きてしまって、もう見向きもしないという。ジリオーラは言った。あいつ、あちこちの女と好き放題に寝てるの。本当最低でね、誰かに子どもは何人ほしいかって聞かれると、ジリオーラに聞いてみてくれ、俺の子どもならとっくにいるが、多すぎて全部で何人いるのかもわからない、なんてほらを吹くの。レヌーの未来の旦那様はこんなこと言わないでしょ？　ピエトロが、妻とは三人ほしいです、ほかの女性とはわかりません、なんて言うはずないでしょ？　あいつ、わたしのことを人前で雑巾か何かみたいに扱うの。理由だってわかってる。わたしに惚れたことなんて一度だってないからよ。結婚だって、忠実なメイドがほしいだけ。男なんてみんなそれで結婚するのよ。ミケーレ、わたしの顔を見るたびに言うの。お前みたいな女とこの先どうしろって言うんだ？　無知で、馬鹿で、センスもなくて。こんなきれいな家だってもったいない。お前と一緒だと何もかもが最悪だ、って。彼女は泣きだし、嗚咽しながら言った。

「ごめんなさい。こんなこと話すのは、レヌーがあの本を書いたからよ。わたし、読んで感動したし、あなたなら女の苦しさもわかるだろうと思って」

「どうして、そんなひどいことを言われて黙ってるの？」

「だって、結婚してくれなくなったら困るし」

「でも、結婚したら思い知らせてやりなよ」

「どうやって？　どうせあいつ、わたしのことなんて屁とも思ってないわ。今だってろくに会えないのに、結婚したらなおさらよ」

「じゃあ、どうしたいの？　わたし、わからないな」

「わからないのは当然。わたしとは違うもの。だってレヌーだったら、ほかの女に惚れてるってわかりきってる男となんか結婚しないでしょ？」

　わたしは戸惑い顔で彼女を見た。

「ミケーレに愛人がいるってこと？」

「山ほどいるわ。男だもの、もう手当たり次第よ。でも、問題はそこじゃないの」

「じゃあどこ？」

「レヌー、これから話すことは、誰にも言っちゃ駄目よ。さもないとわたし、ミケーレに殺されちゃうから」

　わたしは秘密は守ると誓い、約束を守った。それなのにこうしてここに記すのは、彼女が死んだからだ。ジリオーラはあの時、こう言った。

「あいつね、リナが好きなの。わたしなんて比べものにならないくらい、大好きなの。ミケーレがあんなに惚れる女、これからも絶対に現れないと思う」

「馬鹿言って」

「馬鹿なんて言ってないわ。嘘だと思うなら、もう出てってちょうだい。本当なんだから。リナがマルチェッロの喉にナイフを突きつけたあの忌まわしい日から、ミケーレはあの子にぞっこんなの。嘘なんかじゃないよ。本人がそうだって言ったんだから」

それから彼女に聞かされた話はわたしを深く動揺させた。それはこんな具合だった。それほど前ではないある晩、まさにその家で、酔っ払ったミケーレは、過去に自分が何人の女性と関係したかをジリオーラに教えた。金で買った女も、無料の女もひっくるめて、正確に百二十二人だという。彼はこう付け加えた。お前も数には入ってるが、特によかった女のひとりじゃないぜ。むしろ逆だ。どうしてかわかるか？　お前は馬鹿だからさ。セックスだってうまくやるには、少しはおつむが必要なんだよ。たとえば、お前はナニをくわえるのが下手だ。ぜんぜんなってないし、教えるだけ無駄だ。どうせうまくやれやしない。気持ち悪がってるのが見え見えなんだよ……。ミケーレはその手のおぞましい話をしばらく続けた。その内容はどんどん聞くに堪えないものとなっていった。下品が当たり前の男なのだ。やがて彼は自分の腹のうちを明かしておこうと決めたらしく、こんなことを言った。ジリオーラと結婚するのは、彼女の父親を尊敬すればこそ、あの腕利きの菓子職人を慕えばこその話だ。それに男はどうしたって妻を持たねばならないし、子どもも必要なら、客を迎えるための家だって構えねばならないからだ。ただし、と彼は警告した。勘違いはしてくれるな。お前は、俺にとってはなんの価値もない女だ。夢中になったことなんてないし、一番好きな女でもない。だから結婚したからって、図に乗って、妻には何かの権利があるとか勘違いして、でしゃばった真似はしてくれるなよ……。ひどい言葉だった。そのうち、さすがにミケーレも気づいたらしく、何やら憂鬱そうな顔をした。そしてつぶやいた。女なんてものは俺にとっちゃ、お楽しみ用にふたつ三つ穴が開いたおもちゃだよ。みんなそうだ。ただしひとりだけ例外がいる。リナだ。世界でただひとり、あの女だけを俺は愛し―

――そう、愛しているんだ、映画みたいにな――尊敬している……。ジリオーラは泣き声で続けた。あいつ言ったのよ、リナならば、この家だって、素敵に仕上げてみせただろうって。そのためにあの子に金を渡せたら楽しかっただろうなって。あの子とならば、俺もナポリで本当の大物になれたはずだって。こんなことも言ってたわ。お前、覚えてるか、リナのやつがあの花嫁姿の写真をどうしちまったか？　あの店の内装をどんなに見事に変えちまったか？　ところがお前やピヌッチャや残りの女どもはなんだ？　お前たちに何ができる？　ミケーレの告白はそこに留まらなかった。彼はジリオーラに向かって、自分は夜となく昼となくリナのことを考えていると明かした。しかも彼女を欲する気持ちは、彼がよく知っている当たり前の欲望とはまるで似ていないという。〝実はリナのことはほしいとも思わない〟、そうも言ったそうだ。つまり、普通、女たちに対して彼が抱くような、相手を組み伏せてやりたいとか、ひっくり返してやりたいとか、股を開かせたいとか、滅茶苦茶にしてやりたいとか、踏みつけてやりたいとか、そういう気持ちではないというのだ。我が物にしたらすぐに忘れるような女ではなく、ひらめきに満ちた繊細な頭脳の持ち主として彼はリラを欲し、彼女の発明の才を欲していた。要は彼女を台無しにするためではなく、いつまでもそのままでいてもらいたいと願っていたのだ。あの女とやりたい訳じゃない。やるという言葉自体、リナを思えば気まずくなる、ミケーレはそう言ったそうだ。彼女に口づけをし、優しく触れたい、そして、彼女にも優しく触れてほしい、助けてほしい、導いてほしい、命じてほしい。彼女が時とともにどう変化し、どう年を取るのか見てみたい。一緒にあれこれ考えたり、考えるのを助けてほしい。それが彼の願いなのだった。ねえ、わかる？――ジリオーラは言った――あいつ、あの子のこと、そんな風にわたしに話して聞かせたの。もうすぐ夫婦になるわたしには一度だって、そんな優しいこと言ってくれたことないのに。誓って言うけど、これみんな本当の話よ。それからミケーレ、まだぶつぶつ言ってた――俺の兄貴にしても、ステファノの馬鹿にしても、糞ったれのエンツォにしても、あいつらにリナの何がわかる？　てめえが何をなくし、この先なくすかもしれないのか、わかっているのか？　いや、あいつらにそこまでの頭はない。本当のリナを知っているのは俺だけだ。そうだ、〝あいつの正体に俺は気づいた〟。だから、つらいんだ。あの女が今もその真価を無下にしていると思うとな……。ミケーレ、鬱憤晴らしにそんな脈絡もない話を続けたわ。わたし、彼が眠りこんでしまうまで、ずっと何も言わずに聞いてた。そして聞きながら思ってた。このひとにこんな感情が持てるはずはない、今話してるのはきっと彼じゃなくて、誰か別人だ、って。わたし、その別人を憎んだ。だから、そんなやつは寝ているうちに刺し殺しちゃって、わたしのミケーレを取り戻そうなんて思った。でもリナは別よ。あの子のことは恨んでないわ。ミケーレにマルティリ広場の店員を辞めさせられて、また菓子屋のカウンターのうしろに戻された時は、あの子を殺したいとまで思ったけど。あの時は最悪だったな。でも今はもう憎んでない。だって関係ないもの。あの子はいつだって抜け出そうとしてきた。リナは、ミケーレと結婚するわたしほど馬鹿じゃないから、あいつのことなんて絶対に相手にしないと思う。それにちょっと前からわたし、あの子が憎らしいどころか、好きになってきたんだ。なんでもかんでも自分のものにしちゃうミケーレがリナだけは手に入れられないと思うと、嬉しくて。せめてひとりは、あいつを手玉にとって血反吐を吐かせてくれる女がいるって。

わたしはジリオーラの話に耳を傾け、何度か、そんな大げさな話のはずがないと言って慰めようとした。たとえば、あなたと結婚するんだから、口ではなんと言ったって、彼も本当は大切に思ってくれてるはず、そんなに気にしちゃ駄目、とも言った。するとジリオーラは力強く首を横に振り、頬の涙を指でぬぐいながら、言うのだった。ミケーレのこと、レヌーは知らないでしょ？　あいつのことはこのわたしが一番よく知ってるんだから……。そこで尋ねてみた。

「ねえ、ミケーレが思わずかっとなって、リナに暴力を振るうようなことってあると思う？」

彼女は笑い声とも悲鳴ともつかぬ妙な声をひとつ上げた。

「あいつが？　リナに？　昔からあの子の前に出るとミケーレがどんなだったか、覚えていないの？　そりゃ、あいつはわたしにだって、あなたにだって、誰かれ構わず暴力を振るうことのできる男よ。やろうと思えば、実の父親にだって、母親にだって、兄貴にだって手を上げるでしょ。リナの大切なひとたちだって当然同じこと。あの子の子どもだろうと、エンツォだろうと、容赦なく叩きのめすでしょ。でもね、リナ本人は別。あの子にだけは、絶対に何もしないわ」

56

わたしは調査行の最後の目的地に向かうことにした。歩いてメルジェッリーナに下り、マルティリ広場に着いた時には、真っ黒な空が辺りの建物に覆い被さりそうなくらい低くなっていた。今にも大雨が降りだしそうだったので、大急ぎでソラーラ靴店の優雅な店内に飛びこんだ。するとそこには、男前にさらに磨きがかかったアルフォンソがいた。大きな目に長い睫毛、美しい曲線を描く唇、細身でしかも強靭な体つき、ラテン語とギリシア語の猛勉強のせいで少しわざとらしい響きを帯びてしまった標準語。彼はわたしとの再会を心から喜んでくれた。ジンナジオと高校での困難な歳月をともに過ごすうちに生まれた優しい関係は、会うのは相当に久しぶりだったのにすぐに復活した。わたしたちは冗談を言いあい、気の向くままにおしゃべりを楽しんだ。学生時代の思い出、当時の教師たちのこと、わたしが出した本のこと、彼の結婚にわたしの結婚のこと……。リラの話題を持ち出したのは、当然ながらわたしだった。アルフォンソは困った顔をした。彼女の悪口も言いたくなければ、自分の兄の悪口も、アーダの悪口も言いたくなかったのだろう。彼はただこう言った。

「こうなることはわかりきってたよね」

「どうして？」

「ほら、僕が昔、リナは恐いって言ってたの覚えてる？」

「うん」

「あれは恐怖じゃなかったんだ。ずいぶんしてから気づいたんだけど」

「じゃあ、なんだったの？」

「違和感と共感。彼女は、遠い感じと近い感じが同時にしたんだよ」

「どういうこと？」

「説明は難しいね。たとえば僕と君はすぐに友だちになれたし、君のことは好きだよ。でもあの子とは昔から、そういう風になるのが無理な気がしていたんだ。リナにはなんだか恐ろしげなところがあったから、僕は彼女の前にひざまずいて、胸の奥に秘めた思いを告白してしまいたい、よくそんな衝動にかられた」

わたしは彼を茶化した。

「素敵、まるで宗教的体験ね」

アルフォンソは相変わらず真剣な口調で続けた。

「いや、あれは、自分を相手より格下だと認める行為、それ以外の何物でもないよ。ところが、勉強をリナに助けてもらうのは素敵だった。彼女、教科書を読むと、あっという間に要点を理解して、凄くわかりやすくまとめてくれるんだ。あのころはもちろん、今でも、思うことがあるよ。もしも女に生まれていたならば、リナみたいになりたかったって。実際、カッラッチ家では僕と彼女はふたりとも異分子で、あのままじゃ持ちっこなかった。だからあの子があれこれ責められていることだって、僕は気にしたことがないし、いつだって彼女の味方のつもりだよ」

「ステファノって、まだリナのこと怒ってるの？」

「どうかな。怒ってるにしても、彼女のことなんて考える暇もないくらい、兄貴はどっさり問題を抱えてるからね」

その説明は正直なものに聞こえ、何より説得力をもって響いたので、リラの話はとりあえず置いておくことにして、次にわたしはマリーザの近況を尋ね、サッラトーレ家のことを尋ね、最後にニーノについて尋ねた。アルフォンソの答えは誰についてもあいまいだったが、ニーノのこととなるとなお著しく、僕らのわずらわしいばかりの結婚式にも、ドナートの意思を尊重して、彼は招待していないと言った。

「結婚するの、嬉しくないの？」わたしは思い切って聞いてみた。

するとアルフォンソはショーウィンドウの向こうを見つめた。稲光が何度もひらめき、雷鳴も轟いていたが、雨はまだ降っていない。彼は答えた。

「僕は元のままが居心地よかったんだけどね」

「でもマリーザは？」

「彼女は違った。苦しんでた」

「一生、フィアンセのままでいさせるつもりだったの？」

「わからない」

「つまり、マリーザの希望をかなえてあげることにしたのね」

「彼女、ミケーレに相談に行ったんだ」

わたしは怪訝な顔で彼を見返した。

「それ、どういう意味?」

アルフォンソは、小さくひきつった笑い声を上げた。

「マリーザは彼を味方につけて、僕にけしかけたんだよ」

わたしはクッションソファーに座っていた。彼は立っており、光の加減でシルエットしか見えなかった。緊迫し、縮こまったその影は、闘牛の映画に出てくる闘牛士のそれと同じだった。

「よくわからないんだけど、あなたがマリーザと結婚するのは、彼女に頼まれたミケーレから、そうしろって言われたからなの?」

「僕がマリーザと結婚するのは、ミケーレをがっかりさせたくないからだよ。彼は僕をこの店に置いてくれた。僕の能力を信頼してくれたんだ。そんな彼に僕は惚れたんだ」

「どうかしてるわ」

「君たちみんなミケーレのことを誤解しているんだよ。彼のこと、何もわかってないんだ」アルフォンソは顔を歪め、あふれる涙をこらえようと無駄な努力をした。そして続けた。「マリーザ、妊娠してるんだ」

「そうだったの」

つまり、本当の理由はそれだったのだ。わたしはアルフォンソの片手を取り、内心では困り果てながらも、落ちつかせようとした。やがて彼はなんとか落ちつきを取り戻して、言った。

「人生ってとても醜いものだよ、レヌー」

「そんなことないって。マリーザはきっといい奥さんになるし、いいお母さんにだってなるよ」

「マリーザなんてどうでもいい」

「そんなこと言っちゃ駄目」

するとアルフォンソはわたしをじっと見つめた。こちらの胸のうちをうかがっているのがわかった。あたかもそこに、自分を躊躇させている何かを見通そうとしているかのようだった。それからこう尋ねてきた。

「リナは、君にすら何も言ってないんだね？」

「なんの話？」

彼は参ったねという風に首を振った。表情が急に楽しげになった。

「ほらね？　やっぱり彼女は並みの人間じゃない。僕は一度、あの子にある秘密を打ち明けたんだ。僕は怯えていた。それで自分が怯えている理由を誰かに聞いてほしかったんだ。彼女にその理由を告白したら、熱心に耳を傾けてくれたよ。おかげで気が楽になった。リナに話して本当によかったと思ってる。彼女は耳で聞くんじゃなくて、彼女しか持っていない特別な器官で僕の言葉を聞いて、つらい言葉も受け入れやすく変えてしまうみたいだった。話し終わった時、普通なら、絶対に誰にも言わないって約束して、とか言うものだろうけど、僕は何も言わなかった。それでも、君にさえあの秘密を明かさなかったということは、誰にも言わなかったということだよ。腹いせにぽろりと言ってしまうということもなければ、僕の兄貴に憎まれ、痛めつけられて、一番つらかったはずの時期にも黙っていてくれたんだな」

わたしは口を挟まなかった。ただ残念に思ったのは、なんだかわからないがその秘密を彼がわたしではなく、リラに打ち明けたという事実だった。わたしだって昔からの友人だというのに。アルフォンソはこちらの気持ちに気づいたらしく、詫びるようにわたしをぎゅっと抱きしめると、耳にこうささやいてきた。

「レヌー、僕はホモなんだ。女性には興味がないんだよ」

わたしの帰り際、彼は戸惑った様子でつぶやいた。君は絶対に気づいていると思っていたんだけどな……。その言葉にこちらは余計に気が重くなった。ちらりとも疑ったことがなかったからだ。

57

こうしてその長い昼間は終わった。降りはしなかったが、ずっと雨模様の暗い一日だった。そしてこの時を境に流れが変わった。リラとの関係が一見、成長傾向にあった時期が急に終わり、わたしの中で、こんなことはさっさと終わりにしたい、自分の生活に戻りたいという気持ちが俄然強くなってきたのだ。もしかすると変化は以前から始まっていたのかもしれない。以前はぶつかっても気づかぬくらい細かな部分で起きていた変化が、今や積もり積もって目立ってきたということなのかもしれなかった。歩き回っただけの収穫はあったが、家に戻ったわたしは不機嫌だった。わたしとリラの友情ってなんだったのだろう？　何年もアルフォンソの秘密を黙っているなんて、わたしと彼が特に仲よしだったことは、彼女だって知っているはずではないか。それに、ミケーレの自分への強烈な執心にリラが気づかなかったなんて話があるだろうか。それともなんらかの理由でわたしには伏せておこうと決めた？　そういうわたしにしても、どれだけ多くのことを彼女に隠してきたか。

それから夕方までの時間をわたしは、さまざまな場所に時期、人々の記憶からなる混沌の中で過ごした。何かに取り憑かれたみたいなマヌエーラ夫人、ぼんやりとしたリーノ、小学校時代のジリオーラ、中学校時代のジリオーラ、ソラーラ兄弟の力強いかっこよさに惹かれたジリオーラ、兄弟の愛車ミッレチェントに目がくらんだジリオーラ、ニーノみたいによくモテるが、彼とは異なり、絶対的な情熱に燃えることのできるミケーレ、そしてリラ、ミケーレの情熱をかき立てた彼女。彼の熱狂は、単なる支配欲や下町のほら話や復讐心や、リラが言うところの下品な欲望のみを糧とするものではなかった。それは偏執的な形であれ、女性を高く評価する行為であって、崇拝でもなければ、隷属でもなく、むしろ、男性の愛のなかでもとりわけ人気の高い愛のひとつであり、その複雑な感情はひとりの女を断固として、ある意味では残酷にも、選ばれし女に変える力を持っていた。わたしはジリオーラに親近感を覚え、彼女の屈辱を理解した。

その晩はリラとエンツォに会った。彼女との友情のため、そして彼女と同居する男性を守るために、わたしが昼間、ナポリを歩き回ってきたことにはひと言も触れなかった。しかしリラが台所で男の子に夕食を与えているあいだに、わたしはエンツォに彼女が地区に戻りたがっていると打ち明けた。自分の意見を彼には隠さずに伝えておこうと思ったのだ。わたしは言った。いい考えだとは思えないが、リナを安定させるために必要なことであれば――体そのものは健康だから、必要なのは心のバランスを取り戻すことだけだ――または彼女が必要だと思うのであれば、応援すべきだろう。それに、もうずいぶんと長い歳月が過ぎたから、わたしの見たところ、地区に戻ってからのあなたたちの暮らしが今のサン・ジョヴァンニ・ア・テドゥッチョのそれよりひどくなるとも思えない。するとエンツォは肩をすくめて答えた。

「俺は特に反対しないよ。朝は今より早く起きて、晩は今より遅く戻ることになるがね」

「ドン・カルロの家が貸しに出てたわ。息子たちはもうカゼルタに越していて、ひとり残された夫人もそっちに行きたがってるんですって」

「家賃はいくらだって？」

わたしは金額を伝えた。地区の家賃はサン・ジョヴァンニ・ア・テドゥッチョのそれよりも安めだった。

「よし」エンツォは了解した。

「なんにしても、問題は色々起こると思うよ」

「それはここだって同じさ」

「わずらわしい思いをすることも、面倒な要求をされることも増えるだろうし」

「なんとかなるさ」

「リナのそばにいてくれるよね？」

「あいつが望む限りは、な」

わたしとエンツォは台所のリラのところに行き、ドン・カルロの家について話した。彼女はジェンナーロと喧嘩をしたばかりだった。このところずっと母親と一緒で、隣家で過ごすことの減った男の子は情緒不安定になっていた。前よりも好き勝手にできなくなり、以前の習慣の多くを捨てざるを得なくなったからだ。それで反抗して、もう五歳だというのに、食事をあーんして食べさせろと母親に要求したのだった。リラは金切り声を上げて叱り、男の子は皿を床に落として粉々にした。わたしたちが台所に入ったのは、彼女が息子の頬を張った直後だった。リラは嚙みつくようにわたしに問いかけた。

「スプーンで飛行機の真似をしてこの子に食べさせたのって、レヌー？」

「一回だけね」

「駄目じゃないの」

「もうしません」

「そりゃそうでしょうとも。どうせそっちはまたいなくなって、作家さんに戻るんだもの。それでわたしが割食って、こんなことで時間を無駄にさせられるんだから」

リラは次第に落ちつきを取り戻した。床はわたしが掃除した。エンツォは彼女に向かって、地区で家を探すことに自分は異論がないと言い、わたしはむかっ腹を抑えながらドン・カルロの家の話をした。リラは男の子を慰めながら、興味なさげにふたりの話を聞いていたが、やがて、まるでエンツォが地区に越したがっていて、わたしがその選択をあと押ししているかのような態度で反応した。彼女はこう言ったのだ。わかったわ。あなたたちの言うとおりにする。

翌日はみんなでその家を見にいった。ひどい状態だったが、リラは大喜びだった。家が地区の外れの、鉄道のトンネルのほとんど隣にあること、窓からカルメンの婚約者が経営しているガソリンスタンドが見えることが気に入った様子だった。エンツォが、夜は大通り（ストラドーネ）を通るトラックと操車場の列車がうるさいぞと忠告しても、その騒音もいいんだ、子ども時代の懐かしい音だと言って聞かず、ふたりはドン・カルロの未亡人と話をつけ、格安な家賃で契約をした。その日からエンツォは毎晩、サン・ジョヴァンニ・ア・テドゥッチョの家に帰宅する代わりに地区に向かい、おんぼろの新居をまともな住まいに改装すべく、あれこれと手を入れた。

それはもうすぐ五月というころで、結婚式の日取りも迫ったわたしは、フィレンツェとナポリを行ったり来たりしていた。ところがリラはこちらの予定などまるで気にせぬ様子で、地区の新居を仕上げるための買い物につきあわせた。わたしたちはダブルベッドをひとつと、ジェンナーロのための小さなベッドを買い、家に電話を引くための申請にも一緒に行った。ふたりで道を行けば住民たちにじろじろと眺められた。わたしにだけ挨拶をしてくる者もあれば、両方に声をかけてくる者もあり、どちらも目に入らぬふりをする者もあった。いずれの場合でもリラは気楽そうだった。アーダに会ったこともあった。アーダはわたしたちふたりにきちんと挨拶をしてから、先を急ぐようにいそいそと行ってしまった。マリアに会ったこともあった。ステファノの母親だ。わたしもリラも挨拶をしたが、顔を背けられてしまった。ステファノ本人が車で通りかかり、呼び止めもしないのに車を停めたこともあった。彼は車を降りると、わたしにだけ陽気に話しかけ、結婚式のことを尋ね、最近アーダと娘を連れて訪れたと言って、フィレンツェの町を褒めた。そして最後にジェンナーロの頬を軽く突き、リラに向かって会釈すると、去っていった。フェルナンドに会ったこともあった。リラの父親だ。背は曲がり、ひどく老けた彼は、小学校の前に立っていた。リラは動揺した様子でジェンナーロに向かって、お前のおじいちゃんよ、ご挨拶しましょう、と言った。わたしは止めたが、彼女は言うことを聞かず、父親に近づいていった。果たしてフェルナンドは目の前の娘などいないかのごとく振る舞い、孫を数秒じっと見つめてから、こう言い放った。ママに会ったら言っておけ、このあばずれ女、とな。そして行ってしまった。

しかし何より衝撃的な出会いは、最初はたわいのない出会いとしか思えなかったにせよ、彼女が新居に越してくる数日前にあった。リラとふたりで家を出たところで、メリーナに出くわしたのだ。メリーナは孫のマリアの手を引いていた。ステファノとアーダの娘だ。彼女は例によって夢うつつな様子だったが、きれいな服を着て、頭はオキシドールで脱色し、顔には厚化粧をしていた。わたしが誰であるかには気づいたが、リラのことはわからないようだった。あるいは、わたしとだけ口を利こうと決めたのかもしれない。彼女はわたしがまだ息子のアントニオとつきあっているかのように、もうすぐあの子がドイツから戻ってくる、手紙ではいつもあなたはどうしているかと尋ねてくると言った。わたしが服を褒め、髪を褒めると、メリーナは嬉しそうな顔をした。しかし、恥ずかしそうに祖母のスカートにしがみついている孫娘を褒めた時はもっと喜んだ。彼女はお返しにジェンナーロを褒めちぎらないといけないと思ったようで、リラに話しかけた。お坊ちゃんは、あなたのお子さん？そこで初めて彼女は、ずっと黙って自分を見つめていた相手の正体に気づいたようだった。自分の娘、アーダに夫を奪われた妻だ、と。メリーナは両目を大きな隈に深く沈めると、ごく真剣な調子で言った。リナ、あんた、ずいぶんと不細工でがりがりになっちゃったのね。道理でステファノに愛想尽かされる訳だよ。男ってのはね、肉づきのいい女を抱くのが好きなんだ。じゃないと、どこをつかんでいいかわかんないだろう？　そして、いきなり首を振ってジェンナーロに顔を向けたかと思うと、孫娘を指して金切り声を上げた。知ってるかい、この子はお前の妹なんだよ？　さあお前たち、ほっぺにキスをして。まあ、どっちも本当に可愛いこと。ジェンナーロはすぐに女の子の頬にキスをした。マリアも嫌がる様子はなかった。くっついて並んだふたつの顔を見て、メリーナは歓声を上げた。〝どっちも父親似だね。そっくりじゃないか〟。その言葉を最後に、メリーナは孫の手をぐっと引くと、急ぎの用でもあるみたいに挨拶もせずに行ってしまった。

リラはそのあいだ一度も口を開かなかった。それでも、何かとても暴力的な出来事が彼女の内面で起きたのはわかった。昔、軟らかな石鹸を食べながら大通り(ストラドーネ)沿いを歩くメリーナを見た時と同じ反応だった。メリーナとその孫娘が遠ざかると、リラははっと我に返り、片手で髪をぐしゃぐしゃにしてから何度かまばたきをし、きっとわたしもあんな風になるよ、と言った。それから髪をなでつけ、つぶやいた。

「メリーナがなんて言ったか、聞いた？」

「リラがガリガリで不細工なんて、嘘だよ」

「そんなことはどうでもいいの。そっくりだってほう」

「そっくりって誰と誰が？」

「この子とあの子。メリーナの言うとおりだよ。どっちもステファノそっくりだ」

「何言ってんの？　あの子は似てるけど、ジェンナーロは似てないよ」

するとと彼女は大笑いをした。久しぶりに聞く、あのいかにも悪そうな笑い声だった。

「そっくりもそっくり、瓜ふたつだよ」

58

わたしは是が非でもナポリを離れねばならなかった。リラのためにやれることはすべてやったし、これ以上残っても、無意味な問いかけの数々にとらわれて自分まで身動きできなくなりそうだった。ジェンナーロの本当の父親は誰なのか、メリーナの見立てはどこまで正しいのか、リラは頭の中で何を考えているのか、彼女はいったい何を知っていて何を知らず、何を予想しながら口には出さずにいるのか、わたしは都合よくだまされているんじゃないか。そうした問いが頭の中で渦を巻き、おかしくなりそうだった。だからエンツォが仕事に行っているあいだに、メリーナと会った時のことをリラと話しあった。母親には自分の子どもの父親が誰だかわかるものだ、といった決まり文句を並べつつ、わたしは言った。リラだって前からジェンナーロはニーノの子どもだって感じていたんでしょ？　そもそも産もうと決めたのだって、そう思ったからでしょ？　それが今になって、頭のおかしいメリーナに言われたからって、それだけでステファノの子どもだって確信しちゃうわけ？　ところが彼女はくすくす笑いながら、言うのだった。馬鹿よね、わたし。どうして気づかなかったんだろう？　しかも奇妙なことに彼女は嬉しそうだった。訳がわからず、わたしはついに黙った。彼女がそんな風に納得して、それで元気になるというのなら、それはそれで結構だと思った。でも、これもまた不安定な状態の証だとしたら？　わたしに何ができる？　もううんざりだった。わたしの小説はフランスとスペインとドイツで権利が売れ、翻訳されることになった。新聞記事も二本、カンパーニア州の工場における女工たちの労働状況について書き、『ウニタ』編集部で好評を得ていた。出版社からは次作を催促する声が繰り返し届いていた。つまり、わたしにはやるべきことが無数にあった。リラにはもう十分に尽くしたではないか。これ以上、彼女の生活のもめごとにつきあって時間を無駄にする訳にはいかなかった。ミラノでは、アデーレに勧められて、結婚式のためにクリーム色のスーツを買った。上着はぴったりしたカットで、スカートは短めで、とてもよく似合った。スーツを試しながら、わたしはリラを思い、彼女の豪華なウェディングドレスと直線道路（レッティフィーロ）の店のショーウィンドウに仕立屋が飾った写真を思い出して、自分が彼女とは完全に違う人間になった気がした。リラの結婚式とわたしの結婚式。もはやかけ離れた別世界だった。その少し前、彼女に、自分は教会では結婚しない、伝統的なウェディングドレスも着ない、身内の人間だけでも式に呼びたいという要求をピエトロに吞ませるのだって苦労した、と説明したことがあった。

「なんで？」彼女は尋ねてきたが、実際はたいして興味はなさそうだった。

「なんでって、何が？」

「どうして教会で式を挙げないの？」

「彼もわたしも信者じゃないから」

「神の指とか、聖霊とか、あれだけ言ってたのに？」リラが言うのは、わたしと彼女が昔、一緒に書いた短い記事のことだった。

「わたしだって大人になったもの」

「せめてパーティーくらいやりなよ。友だちだけでも呼んでさ」

「ピエトロ、そういうの嫌いなの」

「わたしも招待してくれないの？」

「だって招待したら、来る？」

彼女は笑いながら、首を横に振った。

「行かない」

この会話はそこで終わった。ところが五月の頭、いよいよナポリを去る前に最後にひとつ用事を片付けようとしたら、事態はわたしの結婚式についても、その他の点についても、不愉快な方向に動き出してしまった。具体的にはこうだ。わたしはガリアーニ先生に会いにいこうと決め、電話番号を探し、先生に電話をかけた。そして、もうすぐ結婚し、フィレンツェに移り住むので、その前に挨拶にうかがいたいと伝えた。すると彼女は驚きもしなければ、喜びもしなかったが、翌日の午後五時に来なさいと優しく招待してくれた。そして電話を切る前にこう言った。あのあなたのお友だち、リナさんも連れていらっしゃい。もちろん彼女にその気があれば、ですけど。

リラはわたしが頼むまでもなく快諾し、ジェンナーロはエンツォに預けた。わたしはアデーレを真似て身につけたスタイルで化粧をし、髪を整え、服を選んだ。リラにも手を貸して、せめてみっともなくない格好をさせた。きれいに装うように言っても聞いてくれなかったからだ。彼女はお土産に菓子を持っていこうとしたが、やめさせた。その代わり、わたしの本を一冊買って持っていくことにした。先生は当然もう読んでいるだろうと思ったが、献辞を書いて、贈りたかったのだ。

わたしたちは時間どおりに先生の家に到着し、呼び鈴を鳴らしたが、返事はなかった。もう一度押すと、ナディアが現れたが、荒い息をついており、格好もだらしなくて、以前の上品な彼女は見る影もなかった。まるでわたしたちのせいで外見のみならず、礼儀作法まで乱れてしまったかのようだった。彼女の母親と約束があって来たのだと説明すると、母親はいないとナディアは答えたが、それでも客間に通してくれた。そして姿を消した。

わたしとリラは黙って、苦笑いを浮かべた顔を見合わせて待った。家の中は静かだった。そのまま五分はたったろうか、ようやく廊下の奥から足音が聞こえてきた。現れたのはパスクアーレで、髪が少し乱れていた。リラは驚いた様子がまったくなかったが、わたしは本当にびっくりして、思わず大声で聞いてしまった。どうしてあなたがここにいるの？　すると彼は冷たく答えた。それはこっちの台詞だろ？　〝お前たちのほうこそ〟、何しにきたんだよ？　その質問に立場を逆転されたわたしは、まるでそこが彼の家でもあるかのように、ガリアーニ先生と会う約束になっているのだと説明せねばならなかった。

「へえ」とパスクアーレは答え、馬鹿にしたような口調でリラに尋ねた。「元気になったみたいだな？」

「それなりにはね」

「よかったじゃないか」

かっとなったわたしは、リラの代わりに言い返してやった。彼女はようやく調子を取り戻しつつあるところで、いずれにしてもソッカーヴォ社にはさんざん思い知らせてやったし、労働局の監査だって入ったし、会社が彼女に払うべきだったお金もきちんと耳を揃えて返してもらった、と。

「そうかね」パスクアーレがそう言うのと、ナディアがお出かけするみたいにきちんとした格好でふたたび現れたのは同時だった。「聞いたか、ナディア。グレーコ先生はソッカーヴォにさんざん思い知らせてやったそうだよ」

わたしは声を上げた。

「わたしが自分でやった訳じゃないわ」

「彼女じゃないなら、きっと天罰ね」

ナディアはにやりとしてから、部屋を横切ると、ソファーが空いているのに、わざわざパスクアーレの膝の上に優美な仕草で腰かけた。わたしは気まずくなった。

「わたしはリナを助けようとしただけよ」

パスクアーレはナディアの腰に片腕を回し、こちらに身を乗り出すと、まくしたてた。

「最高だな。そういうことなら、これからはどっかの工場か工事現場で雇用者が好き勝手やって、労働者が危険な目に遭ったら、それがイタリアだろうと、世界のどこだろうと、すぐにエレナ・グレーコ大先生を呼ぶことにしようや。そうすれば先生がお友だちに電話をして、労働局に電話をして、天国の聖者に電話をして、問題を解決してくださるって訳だ」

彼がわたしにそんな口の利き方をするのは初めてのことだった。こちらがまだ少女で、向こうはもう大人に見えたころでさえ、覚えがなかった。まるでいっぱしの政治家気取りだった。わたしは悔しくなり、反論しようとしたが、ナディアに先を越され、口を封じられた。彼女はわたしなど相手にしても仕方ないとでも言いたげに、いつものおっとりとした喋り方でリラに話しかけた。

「リナ、労働局の監査なんてね、なんの意味もないの。係官たちがソッカーヴォ社に行って、書類をあれこれ書いた。でもそれで何が変わった？　工場は何もかも今までどおりよ。とりあえず、表だって抗議した工員たちは今、厄介な立場に立たされていて、黙っていた連中は裏でわずかばかりの小遣いを褒美にもらって、警察はわたしたちを逮捕して、ファシストの連中はうちの前まで押しかけて、アルマンドをぼこぼこにしたわ」

　ナディアが話し終わるのを待たずにパスクアーレが口を開き、わたしに向かって前よりも攻撃的に怒鳴った。

「いったい何を解決するつもりだったんだ？　言ってみろよ」その声には苦しみと、本物の失望がこもっていた。「お前にはイタリアの状況がわかってるのか？　階級闘争なんて、実はこれっぽっちもわかっちゃいないんだろう？」

「大きな声を出さないで、お願い」ナディアが彼をなだめ、それからまたリラに話しかけた。ほとんどささやくような声だった。

「同志はね、見捨てちゃいけないの」

　するとリラが答えた。

「どうせ、うまくいくはずなんてなかったんだよ」

「どうして？」

「あの工場の問題は、ビラを撒いたり、ファシストの連中と喧嘩したりして、解決できるような代物じゃないんだよ」

「じゃあどうすればいいの？」

　リラは答えなかった。パスクアーレが今度は彼女に向かって息巻いた。

「じゃあ何か、資本家の素敵なお友だちを総動員すれば解決できるってか？　自分だけいくらか金をもらって、仲間はみんな見捨てればいいってか？」

それを聞いて、わたしは黙っていられなくなった。

「いい加減にしてよ、パスクアーレ」思わず声が大きくなっていた。「何、その言い草？　そういうことじゃないでしょう？」

わたしは自分の言い分を伝え、彼を黙らせたかった。でも頭の中は空っぽで、どんな理屈で攻めたものかわからなかった。ひとつだけ喉から出かかっている台詞があるにはあったが、それは意地悪で、政治論議で使う訳にはいかない、こんな台詞だった。いいとこのお嬢さんを好きにできるようになったからって、自分まで何様のつもりなの？　偉そうに何よ？　ところがそこでリラに、いかにもわずらわしそうに止められてしまった。思いがけない反応にわたしは混乱した。彼女は言った。

「もうやめて、レヌー。ふたりの言うとおりなんだから」

わたしはひどくがっかりした。ふたりの言うとおり？　言い返してやろうと思った。今度はリラも敵に回して、何が言いたいのかと問い詰めてやりたかった。だがまさにその時、帰宅したガリアーニ先生の足音が廊下から聞こえてきた。

59

大声を先生に聞かれていなければいいがとわたしは願った。その一方で、ナディアが今にもパスクアーレの膝から跳び上がり、ソファーに座り直すはずだと期待した。いちゃいちゃしていたのが真面目なふりをせねばならなくなって、屈辱に震えるふたりが見たかった。気づけば、リラもふたりを皮肉っぽく見つめていた。ところが彼らはそこを動かなかった。むしろナディアなど、転落を恐れるようにパスクアーレの首に片腕を回し、居間の入口に姿を見せた母親に向かって、お客さんがあるなら次はちゃんと先に言ってよね、と愚痴までこぼした。先生は答えず、わたしとリラに向かって冷たい声で言った。ごめんなさい、遅くなって。さあ、書斎に行きましょ。先生についてリラと居間を出ていく途中で、パスクアーレがナディアを遠ざけ、にわかに意気消沈した様子でつぶやくのが聞こえた。なあ、向こうに行こうぜ。

先生はわたしたちの先に立ち、廊下を進みながら、腹立たしげにぼやいた。無作法な田舎者ほど不愉快なものはないわね……。着いたのは広々とした部屋で、古い机がひとつ、本がたくさんあって、クッションの入った簡素な椅子が並んでいた。先生は態度を和らげたが、胸の中で不機嫌と闘っているのは明らかだった。彼女はわたしたちにまた会えて嬉しいと言った。しかしそのひと言ひと言にも、言葉のあいだの沈黙にも、怒りがつのる気配が感じられて、一刻も早く立ち去りたくなった。わたしは長い無沙汰を詫びてから、いくらか慌てぎみに大学での苦労、小説のこと、我が身に起こった無数の出来事、婚約者との出会い、そして目前に迫った結婚式について語った。

「教会で式を挙げるの？　それとも市役所での儀式だけ？」

「市役所の儀式だけです」

「偉いわね」

続いて先生はリラに声をかけた。会話に巻きこもうと思ったらしい。

「あなたは教会で結婚されたの？」

「はい」

「信者なのかしら？」

「いいえ」

「じゃあ、なぜ教会で？」

「みんながそうしてたからです」

「でも、みんながやるからという理由だけで自分も同じようにするのは、あまりよくないわね」

「そういうことって、ほかにもたくさんあると思います」

「エレナさんの式には行くの？」

「招待してもらえなかったんです」

わたしはぎょっとして、すぐに訂正した。

「そんなことありません」

リラはくくっと笑った。

「本当ですよ。わたしなんて、呼ぶのがきっと恥ずかしいんです」

冗談めかした言い方だったが、それでもわたしは傷ついた。今日はなんだというのだろう？　さっきはナディアとパスクアーレの前でわたしの非を認め、今度は先生の前でそんなひどいことを言うなんて。

「馬鹿言って」わたしは言い返し、落ちつきたくて、鞄から自分の本を出すと、ガリアーニ先生の前に置きながら言った。差し上げたいと思って持ってきました。先生は本をぼんやりと眺めた。何か別のことでも考えている様子だった。それからわたしに礼を言い、あなたの本ならもう持っているからと言って、こちらに返しつつ、こう尋ねてきた。

「フィアンセは何をなさっている方？」

「フィレンツェ大学でラテン語文学を教えています」

「それじゃ、あなたとはずいぶんと年が離れているの？」

「いいえ、同い年です」

「そんなに若いのに、もう教室を持ってらっしゃるの？」

「ええ、できるひとなんです」

「お名前は？」

「ピエトロ・アイロータです」

　ガリアーニ先生はわたしをじっと見つめた。学校で、彼女の質問に対するこちらの回答を不完全だと判断した時と同じ表情だった。

「グイド・アイロータのご親類？」

「息子です」

　彼女はあからさまに意地悪な笑みを浮かべた。

「素敵なお相手ね」

「ええ、おかげさまで」

「二冊目の本はもう書いているの？」

「試行錯誤中です」

「最近、『ウニタ』に寄稿しているのね」

「まだ数本ですけど」

「わたしはもうあの新聞には書かないわ。あんまり役人寄りだもの」

　それから先生はまた話し相手をリラに切り替えた。自分の親近感をなんとしてでもリラに伝えようとするように、彼女は言った。

「あなた、工場では大活躍だったわね」

リラはしかめ面をして答えた。

「わたしは何もしてません」

「それは嘘」

ガリアーニ先生は立ち上がり、机の上の書類の山から数枚の用紙を見つけ出すと、れっきとした証拠のようにリラに見せた。

「あなたの書いたこの文章、ナディアが家のあちこちに置きっぱなしにしたものだから、読ませてもらったの。勇気のある仕事よ。それに新しさがあって、とてもよく書けてる。それが伝えたくて、また会いたいって思ってたの」

彼女の手にはリラの書いたあの文書があった。わたしが『ウニタ』に掲載された最初の記事の元にしたものだ。

60

ああ、こんなひとたちを相手にするのはもうこりごりだ。わたしは苦々しい思いでガリアーニ先生の家を出た。喉がからからだった。先生に向かって、あなたにこんなひどい扱いを受けるいわれはないと啖呵を切る勇気は最後まで持てなかった。彼女はわたしの小説を話題にしてくれなかった。相当前から持っていて、少なくとも軽く目を通すくらいはしたはずなのに。わざわざ持っていった本にも献辞を求めてくれず、去り際にわたしが――性格的な弱さもあれば、先生との関係を友好的に締めくくりたいという気持ちもあって――献辞を書きましょうかと自ら提案した時も、彼女はいるともいらないとも言わず、ただ微笑み、リラとの会話を続けた。しかも、わたしの記事の感想も聞かせてくれず、それどころかあの記事のことは『ウニタ』批判のきっかけとして触れただけで、続けてリラの書いた文書を取り出し、彼女を相手に議論を始めてしまった。まるで工場の一件についてはわたしの意見など価値がなく、わたしはもうその部屋にいないかのような態度だった。できるものなら叫んでやりたかった。ええ、そのとおりです。リラはとても頭がいいんです。わたしは彼女の才能に昔から気づいてましたし、とても尊敬しています。わたしが今までやってきたことはすべてリラの才能に影響されたんです。それでも、わたしだって必死で自分の才能を磨き、開花させました。どこに行っても絶賛されます。あなたの娘みたいな、頭が空っぽなうぬぼれ屋さんとは違うんです……。ところがわたしは黙ったまま、ふたりが労働問題について、工場について、団体交渉について話しあうのを見ていた。踊り場に出てもふたりは議論をやめなかった。ようやくお別れとなった時、ガリアーニ先生はわたしにはなんとなく別れを告げただけだったが、リラに対しては、もはや友だちを相手にする時の砕けた口調で、きっと連絡してね、と言い、抱擁さえしたのだった。わたしは屈辱を覚えた。しかもパスクアーレとナディアが二度と姿を見せなかったため、やり返す機会もなく、あのふたりに対する怒りも残っていた。友人を助けて何が悪い。リラを助けるためにわたしは危険に身をさらした。そんな犠牲的行為をなんの権利があって批判するのか。そう言ってやりたかったのだが。階段を下り、ロビーに出て、ヴィットリオ・エマヌエレ大通りの歩道に出た。わたしとリラはまたふたりきりになった。わたしは今にも彼女を怒鳴りつけてやろうと思っていた。本当にわたしがあなたを恥ずかしがると思ってるわけ？　どうしてあんなことを言うの？　どうしてパスクアーレとナディアの言い分を認めたの？　恩知らずにもほどがあるじゃない？　リラのそばにいよう、役に立とうってさんざん努力してきたのに、こんな扱いを受けるなんて思わなかった。本当に頭がどうかしちゃったんだね……。ところが建物の外に出た途端、こちらが口を開くよりも先に（そもそもわたしが何か言ったところで、事態にどんな変化があったろうか？）、リラはわたしの腕を取り、わたしに対する先生の態度をけなし始めた。

口を挟む隙はまるでなかった。彼女がパスクアーレたちに味方したことも、わたしに結婚式に呼んでもらえないというナンセンスな言いがかりをつけたことも責めてやりたかったが、そんな発言をしたのは別のリラだ、知らない人間のことを自分に釈明を求められてもどうしようもないとでも言いたげな態度だった。なんてひどい連中――彼女はそう口火を切り、アメデオ広場の地下鉄駅まで話をやめなかった――あの婆さん、レヌーのことさんざんな扱いだったじゃない？　きっと復讐したかったんだよ。レヌーが良縁に恵まれたのも気に入らないんだ。何よりナディアのことが悔しいんだね。一等優秀な人間になるようにって手塩にかけて育てて、母親の自分を大喜びさせてくれるはずだったのに、それがぜんぜん駄目で、現場作業員とくっついちゃって、目の前であばずれみたいな真似をするもんだから。そう、あの婆さんはそれが気に入らないんだ。でもレヌーも、だからってがっかりしてるようじゃいけないよ。あんな女、気にすることないんだから。本だって置いてくるべきじゃなかったし、献辞がほしいかなんて聞いちゃいけなかったね。そもそもそんなことしてやる価値もない連中だよ。あの手の輩はケツでも蹴飛ばしてやればいいのさ。レヌーは性格がよすぎるのが玉に瑕だね。お勉強した連中の言うことはなんでも鵜呑みにするから。まるであいつらしかまともな頭を持ってないみたいにさ。でも、そんなことはないんだよ。もっと気楽にやりなって。とにかく結婚して、ハネムーンを楽しんでさ。わたしのことはもうそんなに心配しなくていいから。それでまた新しい小説を書いて。レヌーからいい知らせがたくさん届くの、わたし待ってるから。大好きだよ。

わたしはただただ呆気に取られて聞いていた。彼女との関係を安定させる手立てはなかった。ふたりの関係はいったん落ちつくことがあっても、遅かれ早かれ、それが一時的な状態に過ぎなかったことが必ず明らかとなった。やがてリラの頭の中で何かがぐらつき、彼女のバランスを崩し、わたしのバランスを崩すのだ。わたしにはリラの言葉の真意がわからなかった。こちらに許しを求めるために発せられたものなのか、あるいは嘘八百を並べただけで、その胸にはこちらに明かすつもりのない感情が渦巻いているのか、それとも最後の別れを告げようとしているのか。確かなことは、リラが嘘つきで、恩知らずであるということ、そしてわたしが、いくら変化を重ねても、相変わらず彼女に隷属しているということだった。この劣等感から自分は永遠に逃れることができない、そんな気がした。耐えがたい話だった。だからわたしは願った——よくないことだとは思っても我慢できなかった——あの心臓病の専門医が診断を誤り、実はアルマンドの見立てどおりで、リラは重い病気にかかっていて、死んでしまいますように、と。

この時を最後に、それから何年もわたしたちは会うことなく、電話だけのつきあいとなった。ふたりは互いにとって、視線で真偽を確認されることのない声の破片の集まりとなった。それでも、リラなど死んでしまえという願いはわたしの心の片隅に留まり、いくら追い払おうとしても、出ていってくれなかった。

61

　フィレンツェに発つ前夜、わたしは眠れなかった。つらい思いのなかでも特に頑固だったのはパスクアーレに関するそれだった。彼から受けた一連の批判がつらかった。最初はわたしも丸ごと拒否したが、そのころにはどれも的外れだという思いと、リラが彼の言葉を支持したくらいだからわたしは本当に過ちを犯したのかもしれないという思いのあいだで揺れていた。それでとうとう、生まれて初めての暴挙に出た。朝の四時に起き上がると、まだ日も出ていないのに、ひとりで出かけたのだ。ひどく不幸な気分で、いっそのこと何かひどい目に遭いたかった。これまで犯してきた過ちと胸に抱いてきた悪しき思いの罰をそうしてわたしが受ければ、リラもまた間接的に罰を受けることになるのではないかと思った。ところが何も起こりはしなかった。無人の通りはいくら歩いても、ひとでいっぱいの時よりずっと安全だった。空が紫色を帯び、やがて海に着いた。海は灰色がかった一枚の紙のようで、その上に広がる青白い空には、桃色に縁取りされた雲がぽつりぽつりと浮かんでいた。海辺に立つ卵城が光でくっきりと両断されていた。ヴェスヴィオ山側は輝く黄土色の塊、メルジェッリーナとポジッリポのほうは茶色の染みのようだった。磯辺に沿って延びる道路を行く者はなく、海は静かだったが、強いにおいがした。もしも毎朝、地区ではなくて、こんな海辺の建物のひとつで目覚めていたら、わたしはナポリをどう思い、自分のことをどう思うようになっていただろう？　わたしはいったい何を求めているのだ。生まれを変えたいのか。自分だけではなく、残りの人々も変えてしまいたいのか。今は人気（ひとけ）のないこの町を新たな住民たちで満たしたいのだろうか。貧困の苦しみとも貪欲の苦しみとも無縁で、恨みも怒りも知らず、かつてここに暮らしたという神々のごとく、この美しい風景を心から楽しむことのできる住民たちで？　それとも我が悪魔の言葉に従い、いい暮らしを送り、幸せになりたいのか。わたしはアイロータ家の権力を利用した。何代も前から社会主義の実現のために闘ってきた、パスクアーレやリラのような者たちの味方である一族の力を。でも何も、世界の過ちをことごとく正したいと思ってその力に頼った訳ではなかった。愛するひとを助けられる立場にあったから、そして、何もしなければ罪になると思ったからそうしたのだ。わたしの行動は間違っていたのだろうか。窮地にあったリラを見捨てるべきだったというのか。もう二度と、誰にも手を差し伸べてやるものか。わたしは妻となるべく、出発した。

62

結婚式のことは何も覚えていない。写真の力を借りて思い出そうとしたら、かえって記憶はその数点のイメージの周囲に凍りついてしまった。ぼんやりとした表情のピエトロ、わたしは怒った顔で、母さんはピントが合っていないが、いずれにしても不機嫌なのがわかる。いや、そうでもなかったか。儀式そのものは記憶にないが、その数日前にピエトロとした長い議論のほうはよく覚えている。わたしはあの時、子どもができないようにピルを飲むつもりだ、何よりも先に二作目を書く努力をしたいからだと彼に説明した。すぐに賛成してもらえるものとばかり思っていたが、驚いたことに反対された。まず彼が挙げたのは、違法性の問題だった。当時はまだピルの販売が正式には認可されていなかったのだ。続いて彼は、セックスと愛と受胎についてややこしい演説をぶった。そして最後に、本当に書くべきことがあるなら、妊娠していても書けるはずだ、と文句を言った。わたしは悲しくなり、腹も立った。そうした彼の反応は、非宗教的な結婚を望んだ学識豊かな若者にはふさわしくないと思った。だから彼にもそう告げた。結果、喧嘩になった。結婚式当日もまだ仲直りはできておらず、ピエトロはだんまりを決め、わたしは冷たく振る舞った。

もうひとつ、まだ記憶に残っている事件がある。披露宴だ。わたしたちは元々、市役所で結婚して、親族一同に別れを告げたら、なんの宴も開かずにまっすぐ家に帰るつもりだった。それはピエトロの禁欲的志向と、わたしの、自分がもはや母さんの世界には属していないという事実を何かにつけ披露したがる傾向がひとつになって定まった選択だった。ところがふたりの方針はアデーレによって秘密裏に覆されてしまったのだ。乾杯ぐらいしようと言われ、わたしとピエトロは彼女の友人宅に連れていかれたのだが、そこで待っていたのは、フィレンツェ風の豪華な邸宅での盛大な披露宴だったのだ。アイロータ家の数多くの親類に加え、超のつく有名人を含めた名士たちも招かれていて、夕方まで誰も帰ろうとしなかった。夫は暗い顔になり、こちらは混乱してしまった。これは事実上、〝わたしの〟結婚を祝う宴のはずだ。なのに、どうして主役のわたしが両親と弟妹しか招待できなかったのだろう？　わたしはピエトロを問い質した。

「あなた、このこと知ってたの？」

「いいや」

しばらくわたしたちは力を合わせて新たな状況に対峙しようとしたが、彼はほどなく、自分をあちこちの来賓に紹介しようと引っ張る母親と姉の手から逃れ、わたしの一家とともに会場の片隅に立てこもり、最後まで彼らと話して過ごした。こちらは最初、少し戸惑いながら、自分たちのはまった罠に慣れるしかないと諦めていたが、そのうち、有名な政治家に文化人、若き革命家たちのみならず、非常に高名な詩人と小説家までもがこのわたしとわたしが書いた本に関心を示し、『ウニタ』の記事を褒めてくれるので、次第に興奮してきた。時間は飛ぶように過ぎ、それにともない、アイロータ家の世界に自分がますます受け入れられていくような気がした。ついには義父のアイロータ教授までわたしに傍らにいるように言い、温かい態度で労働問題についてのこちらの知識を試すような問いかけを始めた。するとまもなく人垣ができた。彼らはみな、国中で盛り上がりを見せていた無数の労働争議について新聞や雑誌で論じている書き手だった。わたしはそんな錚々たる面々に囲まれ、しかもそれはわたしのための宴であり、会話の中心にいるのもこのわたしなのだった。

やがて教授は『モンド・オペライオ』に掲載されたというある評論を取り上げ、イタリアの民主主義の問題を明解に論じていると言ってずいぶんと褒めた。膨大な量のデータを駆使したその文章の主旨はつまるところ、国営放送に大手新聞各紙、教育機関に大学、そして司法機関がこのまま日々、体制側イデオロギーの強化にばかり注力すれば、選挙など出来レースも同然で、労働者たちの政党が政権を取るに足る票数を獲得することはいつまでたってもないだろう、というものだった。論旨に賛同する声、他の主張を引用しながら同意する声、他のさまざまな主張との関連を論じる声が続いた。そして最後にアイロータ教授が、威厳に満ちた声でその評論を記した筆者の名を明かした。彼がその名を口に出す前から、わたしにはそれが誰だかわかっていた。ジョヴァンニ・サッラトーレ、すなわちニーノだ。あんまり嬉しくて我慢できなくなり、わたしはニーノならばよく知っていると言って、アデーレを呼ぶと、自分のナポリの幼なじみがどれだけ優秀な青年であるか、彼女の夫とみんなの前で認めてもらった。

こうしてニーノはわたしの結婚式に出席することなく、参加したのだった。彼について話しているうちに、自分の話をしてもよしと許可された気分になったわたしは、自分がどうして労働争議を取材することになったのかを説明してから、左翼の各党とその議員たちに今日の政治と経済の潮流に対する理解の遅れを挽回させるため十分な材料を提供することが求められている、といった決まり文句の数々を披露した。どれも覚えたばかりの常套句だったが、その割には自然に話せた。自分を褒めてやりたかった。わたしはさらに上機嫌になった。義理の両親の隣でその友人たちから評価されるのは楽しかった。うちの家族が恥ずかしそうにわたしに別れを告げ、ナポリ行きの始発を待つべくどこかの宿を目指してあたふたと出ていくころには、わたしはもうピエトロの前でふくれ面をする気もなくしていた。彼もこちらの気持ちに気づいたのだろう、態度を和らげ、かりかりするのをやめてくれた。

新居に着いたわたしたちは、玄関のドアをうしろ手に閉めるなり、愛を交わした。初めはとてもいい感じだった。でもあの特別な一日は、最後にもう一度わたしを驚かせようと待ち構えていた。わたしの最初の恋人、アントニオは、男性自身をこちらの体にこすりつける時、いつもせわしなく、力強く動いた。ふたり目のフランコは、達しそうになるのを必死にこらえてから、やがてあえぎ声をひとつ上げてわたしの中から出ていくか、コンドームをつけていれば急に動きを止め、ぐっと重くなったかと思うと、わたしをそのまま押しつぶして耳元で笑うのが癖だった。一方、ピエトロは永遠とも思えるほど長いこと頑張るタイプだった。ひと突きひと突きが遅い上に、乱暴だった。おかげで最初の快感は次第に失せて、単調で執拗な動きにわたしは飽き、痛みまで覚えるようになった。彼は長い運動と恐らくは苦しさに汗だくで、その汗まみれの顔と首筋を見て、濡れた背中に触れた途端、こちらは完全に冷めてしまった。それでも彼は気づかず、腰を引いては力強く突く動作を、一定のリズムで、一度も休むことなく続けた。わたしはどうしたものかわからず、彼を撫で、愛の言葉をささやきながら、早くやめてくれることを祈った。彼がうなり声を上げて爆発し、精根尽き果ててようやく崩れ落ちた時は、痛みもあれば、満たされもしなかったが、嬉しかった。

彼はほどなくベッドを出ると、バスルームに向かった。帰りを数分だけ待ったが、疲れていたわたしは眠りに落ちた。一時間後にはっと目が覚めると、彼はまだ戻っていなかった。探せば、書斎で机に向かっていた。

「何をしてるの？」

ピエトロは微笑んで答えた。

「仕事さ」

「もう寝ましょうよ」

「先に寝てて。あとで行くから」

自分が妊娠したのはあの夜のことに違いないとわたしは確信している。

63

赤ちゃんを身ごもったとわかった途端、わたしは不安にかられ、母さんに電話をした。昔から衝突してばかりの相手だったが、あの状況では母親の声を聞きたいという気持ちが勝った。だが過ちだった。すぐに彼女の電話攻めが始まったのだ。そっちに行きたい、家に泊めて面倒を見させろ、あれこれ教えてやりたい、と言うこともあれば、逆に、お前を地区に連れて帰りたい、実家に戻れ、出産はうちの子たちをみんな取り上げてくれた産婆のばあさんに任せたい、などとも言った。母さんを思い留まらせるのは骨が折れた。妊娠の経過はアデーレの友だちの産婦人科医が診てくれている、腕利きのお医者さんだから大丈夫、彼の診療所で産むつもりだと説明すると、母さんは癇癪を起こし、実の母親よりお姑さんのほうがいいってことかいと声を荒らげ、それきり電話はかけてこなかった。

　その数日後、今度はリラから電話があった。わたしがフィレンツェに来てから、それまでにも彼女とは何度か電話で話していたが、毎回、数分の短い会話だった。お金がかかるのがどちらも嫌だったのだ。いつも向こうは陽気、こちらは冷淡で、結婚生活の調子はどうだと冗談めかして尋ねてくる彼女に、わたしが健康状態を聞き返すのが常だった。ところがその時は、様子がどこかおかしかった。

「わたしのこと怒ってるの？」彼女はいきなりそう尋ねてきた。

「ううん、どうして？」

「だって何も教えてくれないんだもん。レヌーが妊娠したって、お母さんがみんなに自慢しているの聞いて知ったんだよ」

「ちょっと前まで、まだ確かじゃなかったから」

「ピル、飲んでなかったんだね」

　わたしは困ってしまった。

「うん、やっぱりやめたの」

「どうして？」

「あっという間に年を取るからね」

「書くって言ってた本はどうするの？」

「また考えるわ」

「絶対に書いてよ」

「できるだけやってみる」

「できるだけ、じゃなくて、とことん頑張るの」

「わかった」

「わたしはピル、飲んでるよ」

「じゃあ、エンツォとはうまくいってるんだ？」

「まあね。でも二度と妊娠したくないから」

リラはそこで黙り、わたしも何も言わなかった。ふたたび口を開いた彼女は、子どもができたことに気づいた時の話を始めた。ひとり目の時も、ふたり目の時も、どちらもひどい体験だったというリラの話はこんな具合だった。ふたり目の時はニーノの子どもだと信じていたから、苦しくても嬉しかったわ。でもね、嬉しかろうがなかろうが、関係なく体は苦しむの。変形するのが嫌なんだろうね。本当、痛いんだから……。彼女は語り続け、その内容は先に進むにつれて暗さを増していった。以前に聞かされた話ばかりだったが、あんなに熱心に自分の苦しみを語り、それをわたしにも実感させようとする彼女は初めてだった。これから起きるはずのことに向けて心の準備をさせようとしたようだった。こちらの身を深く案じ、将来を心配してくれているのがわかった。彼女は言うのだった。別の人間の命がね、まずはお腹の中に巣くうの。それがようやく出てきたかと思ったら、今度はあなたを首輪でつないでもう離さないの。自由なんてもうないわよ……。彼女は自分の体験を元にわたしの妊娠の各段階を鮮やかに描いてみせた。相変わらずの表現力だった。妊娠なんて、苦痛の原因をわざわざ自分で作るみたいなものなんだから……。大げさに嘆ずる彼女の声を聞くうちに、わたしはひとつ気がついた。リラには、彼女は彼女、わたしはわたしで、それぞれ違う人間であるという考え方ができないのだった。わたしの妊娠は彼女の体験したそれとは違うものになるかもしれず、生まれてくる子どもに対する感情も彼女のそれとは違うかもしれない、そういう風には考えられないようなのだ。リラはわたしが彼女とまったく同じ困難に直面するものと当然のごとく信じており、こちらが母となる体験に喜びを感じようものなら、裏切りとみなされそうな気配すらあった。

聞いていられなくなって、わたしは受話器を耳から遠のけた。恐ろしくなってしまったのだ。わたしたちは淡々と別れを告げた。

「こっちの助けが必要だったら、教えてね」彼女は言った。

「うん」

「前に助けてもらったから、今度はわたしが助けたいの」

「うん」

だがその電話はわたしを助けてくれるどころか、怯えさせただけだった。わたしはなじみのない町に住んでいた。ピエトロのおかげで町そのものは隅々まで把握できていたから、そういう意味ではナポリよりも詳しかったが、やはりなじめなかった。たとえば、川沿いのルンガルノ通りは大好きでよく散歩を楽しんだが、町並みの色がどうしても好きになれなかった。ひとを食ったような住民たちの態度――アパートの管理人も、肉屋も、パン屋も、郵便局員もそんな風だった――に影響されて、こちらまで横柄な態度を取るようになり、訳もなくとげとげしい気分になった。それに義理の両親の友人たちも、披露宴の時はあんなに愛想がよかったのに大半は二度と顔を見せず、ピエトロもわざわざ会う気はなさそうだった。わたしは寂しくて、心細かった。完璧な母親になるための本を何冊か買い求め、例によって真面目に勉強した。

それから幾日、何週間とたっても、驚いたことに、妊娠に苦しまされることはなかった。むしろ、前より軽やかになったくらいだった。つわりはたいしたことなく、体調も気分もやる気もまるで衰えなかった。妊娠四カ月の時にわたしの小説が重要な文学賞を受賞し、わたしはさらに名をあげ、またいくらか収入を得た。その手の文学賞には政治的に何かと厳しい世相だったが、わたしは構わず授賞式に出席し、自分を優美だと感じ、誇りに思った。肉体的にも精神的にも満ち足りた気分のおかげでいつもの内気さは霧散し、とても開放的になれた。受賞スピーチでは話しすぎて、白く広がる月面に立った宇宙飛行士のように幸せな気分です、なんてことまで言ってしまった。二日ほどして、強気になっていたわたしは、リラに受賞を伝えたくて電話をした。妊娠も彼女が見こんでいたほどつらいものではなく、むしろすべてが順調で、不満はひとつもないと言ってやりたかった。とにかく自信満々だったので、彼女にあれこれ苦しめられたことも水に流してあげようと思ったほどだった。ところが彼女は『イル・マッティーノ』で──わたしの受賞を報じたのは、この新聞をはじめとするナポリ発行の数紙だけだった──宇宙飛行士云々という例の台詞を読んでいたらしく、こちらには口を開く間も与えず、辛辣に批判してきた。白く広がる月面だって？ そんな馬鹿を言うくらいなら、黙っていたほうがよかったんじゃない？ 彼女は嫌みを言い、さらにこう付け加えた。月なんてものは無数の石ころのひとつに過ぎないんだから、同じ石ころなら、この地球にしっかりと足を踏みしめて、身の回りに山ほどある厄介ごとを見つめることだね。

胃がきゅっと痛んだ。どうしてリラはこうもわたしを苦しめ続けるのだろう。幸せになってはいけないとでも言うのだろうか。それとも彼女はまだ調子が悪くて、それでこんなに意地悪なのだろうか。思わずひどい文句が口を突きかけたが、声にはできなかった。一方、彼女のほうはわたしを傷つけたことすら気づかないのか、自分にはわたしを苦しめる権利があるとでも思っているのか、今度は親しげな口調で自分の近況を語りだした。なんでも彼女は兄と母親はもちろん、父親とも仲直りをしたという。さらにはミケーレ・ソラーラを相手取り、靴のブランドを巡る以前からの問題とリーノに対する未払い金のことで激しくやりあった。ステファノにも会って、マリアだけではなく、ジェンナーロに対しても少なくとも経済的には父親の役目を果たすよう求めたとのことだった。彼女はリーノについても、ソラーラ兄弟についても、ステファノについても、下品な表現を織り交ぜて、怒りのこもった言葉で語った。そして最後に、これでよかったと思うかと尋ねてきた。本当に今すぐあなたの意見が聞きたいのだとでも言いたげな口ぶりだったが、わたしは答えてやらなかった。せっかく重要な文学賞を取ったというのに、彼女の反応が宇宙飛行士云々という文句についてだけ、というのが納得いかなかったのだ。わたしは逆に、あの、頭がばらばらになるという症状は出なくなったかと質問した。やりこめたい気持ちもあったかもしれない。すると彼女はもう大丈夫だと答え、このところ絶好調だと二度繰り返してから、自嘲ぎみに笑って、ただ時々、視界の端のほうで、家具からひとがぞろぞろ出てくるのが見えるだけだと言った。そして今度は彼女が、妊娠の経過は順調かと尋ねてきたので、こっちも絶好調だ、こんなに調子がよかったことはない、と答えた。

あの数カ月はよく旅をした。本の成功のためだけではなく、新聞記事のほうの評判もあって、あちこちから呼び声がかかるようになり、呼ばれた先でも、新形式のストライキや資本家どもの反応を見てほしいと言われて、またどこか別の現場に取材に向かわざるを得なくなることがよくあった。ただし本気でジャーナリストになろうと思ったことは一度もなかった。そうしているのが楽しかったから、やっていたのだ。反逆者か暴徒にでもなったような力あふれる気分で、おとなしそうな見かけはまるで隠れ蓑だった。実際、その見かけのおかげで、わたしはさまざまな工場前のピケに紛れて労働者たちと組合員たちと話すこともできれば、警官隊をすり抜けて逃げることだってできた。恐いものなど何ひとつなかった。ミラノの全国農業銀行が爆破された時も、わたしは同じ町のいつもの出版社にいたが、不安にもならず、不吉な予感すら覚えなかった。自分は誰にも止められない力の一部で、無敵だと思っていた。わたしとお腹の子どもを傷つけることは誰にもできない。わたしは目に見え、彼は（〝彼女〟かもしれなかったが、ピエトロは男の子をほしがっていた）今のところ目に見えないという違いこそあれ、わたしたちふたりだけが、いつまでも続く堅固な現実だった。その他の物事はすべて風のようなもの、映像と音からなる非物質的な波であって、その禍福はともかく例外なくわたしの仕事の材料であり、そのまま流れすぎていくか、こちらに迫ってきて、わたしの魔法の言葉で物語や記事や演説に閉じこめられた。その際、大切なのは、型破りなものを書かぬこと、アイロータ家の人々にも出版社にも気に入ってもらえるような概念のみを使用することだった。きっとどこかでわたしの文章を読んでいるはずのニーノにも、パスクアーレにも、ナディアにも、リラにも喜んでもらえるものを書く必要があった。そうすればみんなだってついにこんな風に認めざるを得なくなるはずだと思った。これを見ろ、自分たちはエレナを不当に扱ってきた。やっぱり彼女はこちら側の人間だ。実にいいことを書くじゃないか。

妊娠から出産までの時間はとても濃密だった。身ごもって以来、自分が普段よりも夫婦の営みに積極的になるというのも驚きだった。わたしのほうからピエトロを誘い、彼を抱きしめ、キスをするようになった。ただし彼のほうはキスに興味がなく、すぐに例の長くて、痛みをともなう行為へと移った。ことが済むと彼は起き上がり、夜遅くまで仕事をした。わたしは一、二時間まどろんでから目を覚まし、ベッドに彼の姿がないことに気づいて、明かりを点け、本を読んだ。そして読書に疲れると、彼の書斎に向かい、もう寝るようにうながした。すると彼はわたしの言うとおりにしてくれたが、必ず朝早くに起床した。まるで寝るのが恐いみたいだった。一方、わたしのほうは正午まで起きなかった。

ひとつだけ、わたしを不安がらせた出来事があった。妊娠七カ月目のことで、お腹はもう重たかった。場所はヌオーヴォ・ピニョーネ社の正門前で、不意に衝突が起きて辺りは騒然とし、わたしは逃げ出した。その時、何かいけない動作をしてしまったのかもしれないが、とにかく、右臀部の中心辺りにずきんという激痛が走り、そこから鈍い痛みがまるで熱い鉄のように爪先まで伸びていったのだ。足を引きずりながら帰宅し、ベッドに横になると、症状は去った。それでも時々痛みは戻ってきて、太股と鼠径部に向かってぱっと広がった。そのうち痛みの和らぐ姿勢を取ってやり過ごすことを覚えたが、気がつけば、足を引きずって歩くようになっていた。わたしは恐くなり、妊娠の経過を診てもらっている産婦人科医に相談に行った。すると医師はすべて正常だと保証してくれた。重たいお腹のせいで疲労し、座骨神経痛になったのだという。いつも冷静な奥さんがどうして今度はそんなにご心配なのですか。優しくそう尋ねられたが、自分でもわからないと白を切った。本当はよくわかっていた。母さんの歩き方に追いつかれてしまったかと思ったのだ。あの歩き方がこの体に棲みつき、わたしも彼女のように生涯、足を引きずって歩くことになるのではないか、と。

産婦人科医の説明でわたしは落ちついた。痛みはまだ少しのあいだ続いてから、消えた。ピエトロには、もう馬鹿な真似はよせ、その体であちこち走り回っていい訳がないだろう、といさめられた。こちらも素直に言うことを聞いて、妊娠後期は日がな一日本を読んで過ごし、ほとんど何も書かなかった。娘は一九七〇年二月十二日に生まれた。時刻は午前五時二十分。名はアデーレにした。ただし義母には、かわいそうな子ですよ、アデーレなんてみっともない名前、なんでもいいからそれだけはやめてちょうだい、とさんざん言われた。分娩の痛みは凄まじかったが、短かった。娘が生まれ、真っ黒な髪の毛をした、すみれ色の生命体がもがき、元気いっぱいに泣き声を上げている姿を見た時、わたしは圧倒的な肉体的快感を覚えた。あの時の感覚を他のどんな快感にたとえればよいか、その答えは今なお見つからない。わたしとピエトロは娘に洗礼を受けさせなかった。そうと知って母さんは、電話でわたしに向かってこの上なくひどい言葉を投げつけ、孫娘には絶対に会いにいくものかと誓った。悲しかったが、そのうちきっと落ちついてくれるだろうと思った。それに、初孫に会えずに苦しむのは、どうせ彼女のほうなのだ。

床を上げてすぐ、わたしはリラに電話をした。こちらからなんの連絡もないといってへそを曲げてほしくなかったのだ。

「とても素敵な体験だったわ」わたしは彼女にそう告げた。

「なんの話？」

「妊娠と出産よ。アデーレも美人さんだし、凄くおとなしいの」

すると彼女はこう答えた。

「自分の話になると、みんな都合のいいことばかり言うものだよね」

64

あのころのわたしは、絡みあってほどけない糸玉の中にいるようなものだった。そこには古くて色あせた糸もあれば、真新しい糸もあり、色鮮やかな糸もあれば、無色の糸もあり、細くて、ほとんど見えないような糸もあった。出産前後の快適な状態は、リラの予言から逃げ切ったと思った途端にいきなり終わってしまった。赤ん坊は手がかかるようになり、何をどう間違ったものか、いちばん古典的な問題が浮かび上がってきた。最初、まだわたしが入院していたころは娘も簡単に母乳を吸ってくれたのだが、退院して家に帰ると、何かが変わってしまったらしく、もう乳房をほしがらなかったのだ。一応は何秒か吸うのだが、それから怒り狂った獣のように泣いた。わたしは気が弱くなり、古い迷信が気になりだした。この子はどうしたんだろう。わたしの乳首が小さすぎて吸いにくいのだろうか。わたしの母乳がおいしくない？　それとも、母親のわたしのことが嫌いなんだろうか。まさか何か呪いをかけられたのでは？

こうして医者巡りが始まった。歩き回るのはいつもわたしと赤ん坊だけだった。ピエトロは大学の仕事で忙しかったのだ。無駄に張った胸が痛むようになり、乳房の中に焼けた石が入っているような感触もあって、わたしは、炎症ではないか、切除する羽目になるのではないかと怯えた。張った胸を空にし、哺乳瓶での授乳に十分な母乳を集めるため、それに痛みを和らげるために、わたしは搾乳器で自分を虐げた。そして赤ん坊に向かってささやき、ほら吸って、いい子だから、本当に可愛い子、可愛いお口、素敵なお目々、ねえ、どうして駄目なの、と頑張ったが、無駄な努力だった。乳房と哺乳瓶の併用にしても苦渋の末の決断だったが、やがてそれも諦め、粉ミルクに移った。おかげで昼となく夜となくミルクの用意に時間を奪われ、哺乳瓶と乳首の面倒な殺菌をやらねばならず、授乳の前後にいちいち体重測定をして、下痢をされるたびに罪の意識に苛まれる羽目となった。シルヴィアを思い出すこともあった。ミラノ大学の学生集会の騒然とした会場で、ニーノの息子、ミルコになんでもない様子で乳をやっていたあの姿。あの子にできて、どうしてわたしにできない？　人目を忍んで何度もさめざめと泣いた。

二、三日、娘が落ちついた時があった。わたしはほっとして、自分の生活を立て直す時が来たものと期待した。しかし休戦は一週間と続かなかった。人生最初の一年間、あの子はほとんど目を閉じず、その小さな体からは思いもよらない激しさで手足をばたつかせては、何時間もぶっ通しで泣き続けた。わたしが腕に抱いて話しかけながら、家の中を歩き回るとようやく落ちついてくれた。いい子、いい子、静かにしてね、もう寝ないと駄目ですよ、ほらおやすみなさい……。それでもいい子はまず寝てくれず、父親同様、眠りを恐れているようも見えた。何がいけないのだろう。お腹が痛いのか、空腹なのか、乳房をくわえさせないから親に放棄されたようで不安なのか、誰かに呪いをかけられたのか、悪魔に乗り移られたのか。それともわたしの問題なのか。どんな毒がわたしのお乳に入ってしまったのか。それにこの脚は？　痛む気がするのは気のせいか。それともまた痛みだすのか。母さんのせいなのか。わたしがずっと彼女には似たくないと思っていたから、母さんは罰を与えようというのだろうか。それとも何かほかに原因が？

ある夜、ジリオーラの語る声まで思い出した。彼女が地区で、リナには恐ろしい力がある、あの子には火の呪いが使える、お腹に宿った赤ん坊だって息の根を止めてしまう、という噂を触れ回っていた時の声だ。わたしは自分が恥ずかしくなり、なんとかしよう、休まないといけないと思った。そこでまずは娘をピエトロに預けてみた。彼は元々夜に研究をする習慣だったので、こちらほど疲れていなかったのだ。へとへとだから休ませて、二時間したら起こしてちょうだい。そう頼んでからわたしはベッドに横になり、毎度、あっという間に気を失ったように眠りに落ちた。ところがある時、娘のひどい泣き声で目が覚めた。いくら待っても泣きやまなかったので、起き上がって様子を見にいくと、ピエトロは揺りかごを書斎に持ちこんで、我が子の大騒ぎには構わず、まるで耳など聞こえぬかのように本を読み、カードに記入を続けていた。わたしは完全に礼儀を忘れ、昔の自分に逆戻りして故郷の方言で夫を罵倒した。どうしてそうなの、お勉強が自分の娘よりそんなに大切なわけ？　すると彼は、書斎から出ていってくれ、揺りかごも持っていってくれ、と冷淡に告げた。イギリスの雑誌の依頼で一本、重要な論文を書いているところで、締め切りも間近だったのだ。以来、彼には二度と助けを求めなかった。手を貸そうと言われても、いいわ、行って、忙しいんでしょ、と断った。それで彼は夕食が済むと、まずわたしの周りをどうしたものかと困った顔でうろつき、それから書斎にこもり、深夜まで働くようになった。

65

見捨てられた気がしたが、こんな自分には当然の報いだとも思った。娘に穏やかな生活を約束できない母親なのだから。それでもわたしは歯を食いしばって頑張った。だが不安はいや増す一方だった。わたしの体は母親という役目を拒否していた。いくらはね返そう、無視しようと努力しても、脚の痛みはぶり返し、ひどくなっていった。しかしわたしは負けず、くたくたになるまでがむしゃらに働いた。わたしたちのアパートにはエレベーターがなかったので、わたしは赤ちゃんを乗せた乳母車を持って階段を上下し、買い物に出かけ、買い物袋をいっぱい提げて帰宅し、家を掃除し、料理をし、そして時おり思った。わたしこのまま地区の女みたいに、早く老けて、醜くなるんだわ。そして当然、わたしの絶望が特に深い時に限って、リラから電話がかかってきた。

彼女の声を聞くたび、怒鳴りつけてやりたくなった。わたしに何をしたの？　何もかもうまくいってたのに、いきなりあなたの言うとおりになっちゃったじゃないの。赤ちゃんは調子悪いし、わたしは足を引きずってるし、ねえ、どうしてなの？　もうやってられないわ……。でも、いつもなんとかこらえて、こんなことをつぶやくのだった。万事順調よ、赤ちゃんは少しぐずるし、最近体重もあまり増えないけど、でも凄く可愛いの。だから幸せ。そして、次はいかにも興味のあるふりでこちらから質問をするのが常だった。エンツォはどうしてる？　ジェンナーロは？　ステファノとはどうなった？　リーノとは？　地区に変わりはない？　ブルーノやミケーレとまた面倒なことになっていない？　リラはぶっきらぼうな汚い方言で答えたが、たいていの場合、その声に怒りの色はなかった。ブルーノ？　あいつは痛い目に遭わせてやらないといけないね。ミケーレに会ったら、面に唾吐いてやるよ……。一方、ジェンナーロについて語る時は、もはやはっきりステファノの息子として扱うようになり、父親似で、やけにがっちりしてるよ、などと言った。わたしが、とてもいい子じゃないの、と言えば、彼女は笑いだし、悪い冗談を言った。あなた、そんなに腕利きのお母さんならさ、うちの子も育ててよ。そうした彼女の言葉には、どんな秘密の力のおかげか知らないが、こちらの実情をちゃんとわかっている者ならではの嫌みがこめられている気がして、恨めしかった。しかし、だからこそわたしはお芝居を続けた――ほらデデ（アデーレの愛称）の可愛い声、聞こえるでしょ？　フィレンツェはいい天気よ。今、バランの面白い本を読んでるの――すると、そのうち決まってリラはこちらの話を遮り、エンツォが通い始めたＩＢＭの技術講習の話をした。

　彼女が敬意をもって、じっくりと話すのは、エンツォのことだけだった。そして彼の話が終わると、すぐにピエトロについて尋ねてきた。

「旦那とはうまくいってる？」

「うん、おかげさまで」

「こっちもエンツォとは仲よくやってるよ」

　彼女が受話器を下ろしたあとは、その声が頭に残した過去のイメージと音の数々が何時間も消えなかった。団地の中庭、危険な遊戯、彼女が地下室に落としたわたしの人形、人形を取り返そうとして上ったドン・アキッレの家までの薄暗い階段、彼女の結婚式、心の広いリラ、悪いリラ、ニーノの心を奪ったリラ……。彼女はわたしの幸運が許せないんだ。わたしはこわごわと思うのだった。リラはわたしを自分の元に呼び戻して、また手下にして、地区での惨めな闘いやら何やらを手伝わせたいんだ。だが次には必ずこう思った。なんてわたしは馬鹿なんだろう。あれだけ勉強をしたって、これじゃ仕方ないじゃないか。そして、わたしは問題など何ひとつないふりをした。よく電話をくれたエリーザにはいつも、母親になるってとても素敵だと自慢した。大通り（ストラドーネ）でガソリンスタンドをやっている男性と結婚することになったと語るカルメンには、なんていいニュース、幸せになってね、パスクアーレはどうしてる？　などと答えた。珍しく母さんがかけてくれれば、明るい声を作ったが、一度だけ弱気になって、思わず尋ねたことがあった。母さんって、どうして足を引きずって歩くようになったの？　でも返ってきた答えは、あんたには関係ないでしょ、だった。

　わたしは何カ月も闘い、自分の一番愚かな部分の暴走に注意した。たとえば、無神論者のつもりでいたのに、いつの間にか聖母に祈りを献げている自分に気づいて、恥ずかしくなることが何度かあった。それよりもっとよくあったのが、子どもとふたりきりで家にいる時に、もの凄い叫び声を上げてしまうことだった。言葉をなさぬ、絶望とともに漏れるただの息の音だった。それでも恐ろしい季節はなかなか過ぎてくれなかった。流れの遅い、苦しい時間だった。夜は相変わらず足を引きずりながら、赤ん坊を抱いて廊下を行ったり来たりしたが、無意味な文句をささやきかけてあやすのはもうやめ、彼女のことは無視して、自分のことを考えようとし、手には本か雑誌を持つようになった。ただし、ほとんどまともに読めやしなかった。日中は、アデーレが静かに眠ってくれれば――初めわたしは娘をアデと呼んだが、その二音節の略称が〝地獄〟の意味を持ち得ることに気づかずにいた。やがてピエトロに指摘され、慌ててデデに改めた――『ウニタ』の記事を書こうと努めた。でも取材に出かける時間はなかったので――そうする気力も確実になかったが――わたしの書く言葉は迫力を失い、自分の文章力を誇示するばかりの、中身のない落書きに成り果てた。ある時、原稿をざっと書き上げてから、編集部に電話で口述する前にピエトロに読ませたら、こんな反応が返ってきた。

「空っぽだね」

「どういう意味？」

「これじゃ、言葉が並んでるだけだよ」

腹が立ったが、原稿は構わず口述した。しかし掲載は見送られた。以来、支局編集部も本社編集部もいささか気まずそうに、スペースの都合だと言って、わたしの原稿の掲載を断るようになった。つらかった。ほんの少し前まで、これからはずっとこれが自分の生活と仕事なのだと信じて疑わなかった状態がどんどん崩壊しつつあった。恐ろしく深い場所から届いた激しい地震にでもやられたみたいだった。惰性で本や雑誌に目を落としていると、今や自分は記号としての文字のレベルから先に進めず、その意味にまでは手が届かない印象さえ受けた。二、三度、ニーノの記事にぶつかったこともあったが、読んでみても、以前のように彼の姿と声を想像する楽しさもなければ、彼の思考を味わう喜びも覚えなかった。もちろん、ニーノのためには喜ばしいことだと思った。記事を書いているということは、彼が元気にしていて、どこかで誰かとどうにか生きている証だったからだ。それでも彼の署名を見つめ、数行読めば、もうそれ以上先には進めなかった。印刷された彼の言葉を読めば読むほど、ただでさえ耐えがたい自分の状況が余計に悪化する気がした。わたしは完全に好奇心を失い、身なりさえ構わなくなった。それに、誰のために身なりを気にしろと言うのか。どうせ誰にも会わなくなっていたし、唯一の例外であるピエトロにしても、一応は礼儀正しく接してくれたが、その実、わたしのことを影のような存在としか思っていないのがわかった。まるで彼の頭で考えているような気分になり、その不満がわかる気がする時もあった。わたしと結婚して、彼の学者人生はややこしくなっただけだった。しかもよりによってそれは、彼の名声がイギリスと米国を中心に高まりつつある時期だった。わたしは夫を尊敬していたが、癪にも障った。彼と話す時はいつも、恨めしさと劣等感が入り混じっていた。

もうたくさん。ある日、わたしは決心した。『ウニタ』のことは忘れよう。次の本のために正しい方向性さえ見つかれば、それだけでも十分にたいしたことじゃないか。本が書き上がれば、きっとまた何もかもうまくいくはずだ。でも本ってどの本？　義母にも、出版社にも、次作はいいところまで来ていると説明していたが、嘘だった。わたしは機会があるたびに愛想よく嘘をついた。だが現実には、やる気のないメモでいっぱいのノートが何冊もあるだけだった。デデの都合次第で時間は夜だったり、昼だったりしたが、いざノートを開いても、知らぬ間に居眠りしてしまうのが常だった。ある日の夕方、大学から帰ってきたピエトロが見た光景は、いつかわたしが彼の書斎で見たそれよりもひどかった。わたしは台所のテーブルに頭を載せて寝ており、デデはお乳ももらえずに遠い寝室でひとり、ぎゃんぎゃんと泣いていたのだ。彼が見つけた時、赤ん坊は揺りかごの中に半裸で捨て置かれていた。彼女がもの凄い勢いで哺乳瓶を吸い、落ちつくと、彼はため息混じりに言った。

「君に手を貸してくれそうなひと、誰かいないのかい？」

「この町にはいないわ。あなただって、それはわかってるでしょ？」

「お義母さんを呼べよ。妹さんでもいいじゃないか」

「嫌よ」

「じゃあ、あのナポリの友だちの子はどうだい？　君にはさんざん世話になったはずじゃないか。恩返しに助けてくれるんじゃないかな」

思わず息を呑んだ。一瞬、はっきりと感じたのだ。自分は心のどこかで、リラがもうこの家の中にいることを確信している。かつてわたしの中に潜んでいた彼女は、今、デデの中に忍びこみ、そこで目を凝らし、額に皺を寄せているのだ……。わたしは頭を思いきり振った。不吉なイメージよ、ただちに消えろ、そんなことがあっていいはずがない、馬鹿なことを考えるものじゃない。

ピエトロは観念し、母親に電話をした。そして渋々、しばらくうちに泊まりにきてくれないかと頼んだ。

66

わたしは義母にすべてを委ねた。それだけですぐにほっとできた。そしてこの時も彼女は、自分もこんな女性であったならばとわたしに思わせる活躍を見せた。すなわち、彼女はわずか数日のうちに二十歳を少し超えた大柄な娘を見つけると――トスカーナ州南西部のマレンマ地方出身で、名はクレリアといった――家事全般に買い物、炊事を任せるべく、みっちりと仕込んだのだ。事前になんの相談も受けず、家でいきなりクレリアと鉢合わせしたピエトロは、いくらかへそを曲げた。

「僕の家に奴隷はほしくないな」

するとアデーレは冷静に答えた。

「奴隷じゃないわ。ちゃんとお給料払ってるもの」

義母の存在に力を得て、わたしはこぼした。

「それじゃあなたは、わたしに奴隷をやれって言うの?」

「君は母親だろう。奴隷とは違う」

「あなたの服を洗って、アイロンをかけて、あなたの家を掃除して、あなたのために料理をして、娘を産んで、ただでさえ忙しいのに子育てまでして。わたし、もうへとへとなの」

「君が勝手にやっているんじゃないか。僕がそうしろと言ったことがあるか?」

わたしにはピエトロと対等にやりあうことができなかったが、アデーレは強かった。彼女は時に残酷なまでの皮肉で息子をやりこめ、クレリアはそのまま我が家に残ることになった。それからアデーレはわたしの腕から娘を取り上げると、割り当てられた自室に揺りかごを運び、哺乳瓶の用意に関する一連の作業を昼となく夜となく、極めて正確に遂行した。さらにわたしが足を引きずっているのに気づくと、彼女の友人だという医師のところに連れていき、色々な注射の処方箋を出させた。そして自ら毎朝、毎晩、注射器を煮沸消毒する鍋とアンプルを持ってわたしの前に現れ、楽しそうに尻に注射までしてくれた。おかげでわたしはすぐに回復した。脚の痛みは消え、気分もよくなり、落ちつきを取り戻した。それでも義母はわたしの世話をやめようとしなかった。彼女は上品だが有無を言わさぬ調子で、わたしに元どおり美容に注意するように命じ、美容院に送り、歯医者にもまた通わせた。それに彼女は演劇や映画の話、今翻訳中だという本の話、監修中だという別の本の話を実に熱心に聞かせてくれた。今、この雑誌やあの雑誌に彼女の夫グイドや、彼女が親しげに下の名前で呼ぶ有名人が何を書いたかという話もあった。とても挑発的な主張をしているフェミニズムの小冊子があるという話を初めて聞かされたのも、やはりアデーレからだった。なんでもマリアローザが、その小冊子を作っている若手女性グループをよく知っていて、わたしの義姉は彼女らに夢中で、おおいに尊敬しているとのことだった。しかしアデーレ自身はそうでもないらしく、いつもの皮肉っぽい口調で、あの子たちの論理はろくでもない、女性の権利の問題を論じるのに階級闘争なんて関係ないとでも言いたげだと断じた。とにかく読んでみるといいわ、最後に義母はそう勧め、その小冊子を二冊くれ、こんな謎めいたことを言った。作家になりたかったら、何ひとつ見過ごしちゃ駄目よ……。受け取った小冊子はとりあえずしまっておいた。アデーレ自身が認めていない文章を読んで時間を無駄にしたくはなかった。それにこの時の会話でわたしはあることに気がついた。彼女のおしゃべりはどれも、わたしと意見の交換がしたいなどという理由で生まれたものではなかったのだ。彼女は言葉をこすり合わせて火花を起こし、わたしの凍りついた頭脳と視線にふたたび火を点け、無能な母親という絶望的な状況から計画的に救い出そうとしていた。ただし、彼女はこちらの言葉に耳を傾けることより、わたしを救う作業のほうが楽しかったようだ。

それでもデデは夜泣きをやめなかった。その泣き声を聞くたび、わたしは動揺し、アデーレの手助けの効果すらかき消す不幸な気分に襲われた。それに、自由にできる時間が増えても、やはり何も書けなかった。その上、普段はあれだけ自制心が強いピエトロが母親の前ではぶしつけなまでに遠慮がなくなり、彼が仕事から戻るたび、親子は嫌みを言いあってぶつかるようになった。そのせいでわたしの身の回りの何もかもが崩壊していくような感覚まで強くなってしまった。ピエトロには——まもなく気づいたのだが——自分の問題はすべてアデーレに根本的な原因があると考える癖があった。職場でのトラブルを含め、彼はなんでも母親のせいにするのだった。そのころ夫が日々大学で直面し、心を疲弊させていたさまざまなストレスのことをわたしはほとんど知らなかった。今日の仕事はどうだったかと尋ねても、彼の返事はいつだって〝順調だよ〟のひと言で終わりで、まず本音を明かしてくれなかったからだ。ところが母親が相手だと彼は心の堤防を決壊させ、自分を見捨てた親をなじる子どものような態度で、こちらには隠していた憤懣のすべてを彼女にぶつけるのだった。そんな場面にわたしが居合わせても、ピエトロは知らんぷりをした。彼の妻だというのに、お前にできることは沈黙の証人ぐらいだ、とでも言いたげな扱いだった。

こうして色々なことがわたしにもわかってきた。大学の同僚たちは例外なくピエトロよりも年上だったが、彼の輝かしいキャリアはもちろん、広がり始めたばかりの海外での小さな名声までアイロータという名字のおかげだとみなされ、ピエトロは仲間外れにされていたのだった。学生たちは彼を必要以上に厳しいと評し、激動する世相に構わず勝手気ままにやっている物知り顔のブルジョア、つまりは階級の敵だと糾弾していた。しかし彼は例によって、弁明もしなければ、攻撃もせず、あくまで我が道を歩み続けた。しかも——これはわたしも察していたが——極めて明澄な知性をもって授業を重ね、学生たちの学力もやはりはっきりと評価し、容赦なく落第させた。でも、難しいんだ。ある晩、ピエトロはほとんど金切り声でアデーレに向かって駄々をこねるように言うと、すぐに声を落として続けた。僕は静かに働きたいんだよ。仕事は大変だし、学生たちを僕にけしかける教師もたくさんいるし、教室にいきなり乱入してきて、講義を中断させる若者グループまでいる。嫌なことを壁に落書きされたりもするんだ……。わたしはそれを聞いて、アデーレが口を開く前に、思わず口走っていた。あなたがあんまり反動的だから、そういうことになるんじゃないの？　するとピエトロは鋭く叫んだ。黙れ、いつもどこかで聞いたようなことばかり言って。彼にそんな乱暴な口を利かれたのは初めてだった。

わたしはバスルームに閉じこもった。そして不意に気がついた。自分はピエトロという人間のことをほとんど知らない。わたしは彼の何を知っているだろう。穏やかな男だが、頑固なまでに意志が強い。労働者と学生の味方だが、教え方も試験のやり方も極めて保守的だ。無神論者で、教会での挙式を嫌い、デデの洗礼も許してくれなかったが、オルトラルノ地区のキリスト教徒集団のことは尊敬している様子で、宗教問題についてはひとかどの論客だ。さらに、アイロータ家の人間でありながら、家名に由来する特権と贅沢は我慢できない……。わたしは落ちつきを取り戻した。それからは努めて彼を支えようとし、こちらの愛情を感じてもらおうとした。だが、アデーレの存在がますます大きな問題になってきた。この親子のあいだには何か隠された事情があり、それがピエトロに礼儀を忘れさせ、アデーレには、救いようのない愚か者を相手に話しているような態度を取らせてしまうらしかった。

そんな風に衝突ばかりの日々が続いた。彼が母親と喧嘩を始め、そのうち何かわたしの気に障るようなことを言って、わたしが彼に嚙みつくというのがお決まりのパターンだった。だがそれもある晩の夕食の席でアデーレがピエトロに、どうしてお前はソファーで寝るのか、と尋ねた時に終わった。彼は母親にこう答えたのだ。ママ、明日、ここを出ていってくれ。わたしは口を挟まなかったが、彼がどうしてソファーで寝るのかは知っていた。わたしのためだった。ピエトロには午前三時ごろに研究を中断してひと休みする習慣があり、ベッドで眠っているわたしを起こすまいと気を遣って、ソファーで横になっていたのだ。翌日、アデーレはジェノヴァに帰った。そしてわたしは途方にくれた。

67

ところがそれから何カ月ものあいだ、わたしも娘もアデーレなしで無事にやり抜いた。デデは一歳の誕生日に歩けるようになった。彼女の前にしゃがみこんだ父親が賑やかに声をかけると、デデはにこりとしてわたしから離れ、ふらふらしながら、両腕を前につっぱり、口をわずかに開けて、彼のほうに歩いていったのだった。あたかもそこが、彼女が一年間泣き通しで目指してきた楽しい目的地でもあるかのように。その瞬間を境に彼女は毎晩、穏やかに眠るようになり、わたしの夜にも平和が戻ってきた。娘はクレリアと過ごすことが増え、あれこれの不安も和らいで、わたしは自分のための時間をまた少し持てるようになった。しかし難しいことをする気にはなれなかった。長い闘病生活が終わったあとのように、早く外に出かけたい、陽光を浴び、色とりどりの風景を楽しみたい、ひとにあふれた街角を歩きたい、ショーウィンドウを眺めたい、いつもそんな気分だった。それに自由になるお金がたくさんあったので、あの時期は自分の服とデデとピエトロの服を買いまくり、新しい家具や飾り物で家をいっぱいにした。あんなに無駄遣いをしたのは生まれて初めてだった。美しくなりたい、面白い人々と出会い、会話をしたいという欲求もあったが、誰とも友だちになれなかった。そもそもピエトロは滅多にひとを家に連れてこなかった。

わたしは一年前まで普通だった充足の日々をゆっくり取り戻そうとした。そして初めて気がついたのだが、家の電話は滅多に鳴らず、わたし宛ての電話にいたっては皆無に等しくなっていた。わたしの小説は人々の記憶の中で色あせ続け、それと同時にエレナ・グレーコという名前に対する世間の好奇心も薄まりつつあった。そんなやる気に満ちたひと時が過ぎると次は、不安だらけで、時に鬱屈とした日々がやってきた。何をすべきかと自問した結果、わたしは改めて現代文学を読みだした。そして、自分の書いた小説を何度も恥じることになった。あまりに軽薄で、ひどく保守的な作品に思えたのだ。新しい作品のために書きためていた着想のメモは第一作を模倣する傾向があったので、いったん忘れることにして、もっと歯ごたえのある、今の時代の騒然とした空気を織りこんだ物語を考えようと努力した。

『ウニタ』に恐る恐る電話をかけ、また記事を書かせてもらおうともしたが、自分の原稿がもはや編集部の好みに合わぬことはすぐにわかった。わたしは後れを取っていた。現在の情勢が把握できておらず、渦中の場所に取材に出かけるような時間もなかった。その上、わたしが優雅な文体で書くやたらと抽象的な文章の内容と言えば、いったい誰に伝えたかったのかわからないが、よりによって共産党と労働組合に対する厳しい批判を自分は支持するという意見の表明だった。今にして思えば、どうして自分がそんな原稿を書くことに固執したのかよくわからない。言い換えてみれば、ナポリの政界とはほとんど縁のない日々を送り、性格だっておとなしかったわたしが、なぜああも極端な意見にばかり惹かれたのだろう。不安の裏返しだったのかもしれない。または、あらゆる形態の仲介者に対する不信のせいだったのかもしれない。幼いころからわたしは仲介という生業に、非効率的な市役所でずる賢く立ち回っていた父さんの姿を重ねていた。あるいは、貧苦を肌身で味わって育ったからなのかもしれない。あの苦しみを忘れてはいけない、今なお虐げられている人々、すべてをひっくり返すために闘っている彼らの味方でいたい。わたしは常々そう思っていた。または、ありふれた政治とか、かつて真面目に報じたこともある団体交渉なんて実はどうでもよいと思っていて、〝偉大な何か〟――それはわたしが前からよく使っていた言い回しだった――が世に広がること、その場に立ち会って体験を語り伝えることだけを望んでいたからなのかもしれない。または――こちらの仮説はなかなか受け入れにくかったが――相変わらず、どこまでも理不尽で妥協を許さぬリラを手本としていたせいなのかもしれない。実際、あらゆる意味で彼女から遠ざかっていた当時も、もしもリラが自分と同じ手段を与えられ、地区にこもらずにいたら、何を言い、何をしただろうかと想像し、そのとおりに発言し、行動するのがわたしは好きだった。

わたしは『ウニタ』を買うのはやめ、やはり左翼の新聞である『ロッタ・コンティヌア』と『イル・マニフェスト』を読むようになった。そして後者に時々ニーノの記事が載ることに気がついた。彼の文章は例によっていずれも資料でしっかりと裏付けられていて、実に説得力があった。ニーノの文章を読むたび、少女のころに彼と話していた時のように、こう思った。わたしも、美しい一般命題でできた網の中に閉じこもってしまいたい。そうすれば、こんな風にいつまでも気持ちが揺れることもなくなるだろう。わたしは自分がもう彼を欲しておらず、恋い焦がれてもいないことに気がついた。むしろ今や彼は、後悔の対象だった。チャンスは自分にもあったのに、このままでは絶対になれないかもしれない、ひとつの理想像だ。わたしたちは同じ環境で生まれ、どちらもそこからの脱出に見事成功した。ならばなぜわたしは凡人になりつつあるのだろう？　結婚のせいだろうか。デデを産み、母親になったせい？　わたしが女で、家事もあり、家族の面倒も見なくてはならず、赤ん坊のおしめを替え、下の世話もせねばならないから？　ニーノの記事にぶつかり、よく書けていると思うたび、わたしは不機嫌になった。とばっちりを受けるのはいつもピエトロだった。彼は事実上、わたしが言葉を交わす唯一の相手となっていたからだ。わたしは彼に八つ当たりし、一番つらい時期にわたしはあなたに見捨てられたと責め、あなたはわたしのことなど忘れて自分の出世のことしか考えていないと責めた。夫婦関係は悪化の一途だった。認めるのは恐ろしかったが、それが現実だった。ピエトロが職場の問題で苦しんでいるのはわかっていたが、わたしは彼を許せず、むしろ批判した。それもしばしば、彼の悩みの種である学生たちと同じ政治的立場から批判した。ピエトロはそんなわたしの言葉をつらそうに聞くばかりで、まず反論しなかった。そうした時、わたしの胸にはこんな疑念が湧いた。いつか彼がわたしに投げつけた言葉（〝黙れ、いつもどこかで聞いたようなことばかり言って〟）は、たまたま口をついて出た適当な文句などではなく、彼が普段からわたしのことをまともな議論のできぬ相手と見下している証拠なのではないだろうか。そう思えば癪に障り、気落ちし、余計に恨めしくなった。相反した感情のあいだで自分が揺れているのは自覚していたから、なおさら腹が立った。それは、端的に言えば次のような感情だった。社会の不平等のせいで、勉強はある者（たとえばわたし）にとっては苦行なのに、ある者（たとえばピエトロ）にとっては気晴らし同然だ、という気持ちがまずひとつ。その一方で、不平等だろうとなんだろうと、勉強はするべきで、それもしっかりとするべきだという気持ちがあった。わたしは自分の歩みと活躍を誇りに思っていたから、過去の努力が無駄であったとか、どこか間抜けなものであったとは、どうしても信じたくなかった。ところがピエトロが相手だと、どういう訳か、不平等が悪いという方向でばかり責めることになってしまうのだった。たとえばこんな風に。あなた、学生なんてみんな同じ、みたいな態度で彼らと接しているでしょう？ そうじゃないの。与えられたチャンスも違う若者たちに同じ結果を求めるのは酷に過ぎるわ……。二十は年上の同僚と激しい口論になったと聞かされた時も、わたしは非難をやめなかった。喧嘩の相手はマリアローザの知りあいで、ピエトロのことをそれまで、保守派の教授たちと対立する自分の仲間だと思いこんでいたらしい。ことの次第はこうだった。その男性はピエトロに対し親しみをこめた口調で、成績の評価をもう少し加減してはどうかと忠告した。ピエトロはいつもの礼儀正しくも率直な物言いで、自分の評価はそこまで厳しくない、ただ要求が高いだけだと反論した。すると相手は答えて、じゃあ、そこまで高望みするのはやめたまえ、特にこのおんぼろ大学の体質を変えようとおおいに貢献している学生たちには手心を加えてやるべきだ、と言った。そこからふたりの会話は一気に険悪になったという。ただし、具体的にどんなやりとりがあって、どう火が点いたのかまでは、わたしにはわからない。なんでも矮小化して語る癖のあるピエトロは初め、僕は反論し、生徒たちを分け隔てなく、それぞれにふさわしい敬意をもって扱うのが自分の習慣だと主張しただけだ、としか教えてくれなかった。だがそのうち、年上の同僚を責めたことを認めた。あなたはふたつの尺度を都合よく使い分けている。攻撃的な生徒には言いなりになるくせに、おとなしい生徒だと相手が屈辱を覚えるほど無慈悲になる、そう非難したのだそうだ。すると男性は腹を立て、こんなひどいことを怒鳴った。友人のマリアローザの弟だと思えばこそ、今まで言わずに我慢していたが、君のような愚かな人間には教壇に立つ資格などない。

「もっと慎重になれないの？」

「僕は慎重だよ」

「そうは見えないけど」

「でも、自分の考えはきちんと相手に伝えるべきだろう？」

「敵と味方を区別することを学んだほうがいいんじゃない？」

「敵なんていないよ」

「味方だっていないくせに」

つい調子に乗って、わたしは感情的に余計なことを口走ってしまった——そういうあなたの態度のせいで、この町じゃ誰も、そう、お義父さんとお義母さんの知りあいも含めて誰ひとり、わたしたちを夕食とか演奏会とかピクニックとかに誘ってくれないのよ。

68

職場でピエトロが退屈な男だとみなされ、アイロータ家の人間らしい熱烈な行動主義からも縁遠い、一族の落ちこぼれと思われていることは、もはやわたしの目にも明らかだった。そしてわたし自身その意見に賛成であるという事実は、ふたりの共同生活と夫婦の営みによい影響を与えなかった。デデがようやく落ちつき、規則的に眠ってくれるようになると、ピエトロはわたしたちのベッドに戻ってきた。しかし、彼が身を寄せてくるたび、わたしは不快感を覚えるようになっていた。また妊娠するのではないかと不安で、何もせずに寝かせてほしかったのだ。だから毎度、無言で拒んだ。たいていは背を向ければこと足りたが、彼が粘り、ペニスをネグリジェに押しつけてくるような時は、かかとで相手の脚を蹴って、ほしくない、眠い、という意思表示をした。すると彼は不満そうに引き下がり、ベッドを出て、書斎に向かうのが常だった。

ある晩、わたしと彼はクレリアのことで口論になった。初めてのことではなく、彼女に賃金を払う段になると必ずそうして軽い喧嘩になったが、その時はクレリアは明らかにただの口実だった。彼は暗い声でつぶやいた。エレナ、僕らは自分たちの関係を点検して、現状を確認するべきだよ……。わたしはすぐに同意し、自分はあなたの頭のよさと礼儀正しさを高く買っており、デデも素晴らしい子どもだと言ってから、でももう子どもはほしくない、孤絶した自分の現状は我慢ならない、活動的な日々に戻りたい、わたしが子どものころから頑張ってきたのは何も、妻と母親という役目でがんじがらめになるためではない、と告げた。わたしたちは話しあった。わたしは厳しい口調で、彼は穏やかに。彼はもうクレリアについてはあれこれ言わず、最後には折れてくれた。そしてコンドームを買うと決め、夕食に友人を招待するようになった。より正確には、彼には友人などいなかったから、いずれも知人だったが。わたしがデデを連れて集会やデモに出かけることも、流血をともなう街頭での衝突は増える一方だったが、承諾してくれた。

しかしそんな風向きの変化は、わたしの日々を改善するはずが、逆にややこしくしてしまった。デデは日増しにクレリアに懐き、わたしに連れられて出かければ、退屈し、機嫌を損ね、こちらの耳やら髪やら鼻やらを引っ張って、クレリアに会いたいと言って泣いた。デデは母親のわたしよりも、あのマレンマ娘といるほうが嬉しいのだ。そう思った。すると、以前の疑念が甦った。おっぱいで育てることができず、つらい生後一年を過ごしたデデは、今やわたしのことを嫌っており、何かといえばすぐに叱る悪いやつ、くらいに思っているのではないか。一緒に遊んでくれたり、お話を聞かせてくれる、彼女の明るいベビーシッターに意地悪をする嫉妬深い嫌な女だ。わたしにハンカチで鼻水や口の周りの食べかすをちょっと拭かれるだけでデデは嫌がり、痛いと言って泣いた。

一方、ピエトロはコンドームのせいで余計に感覚が鈍り、絶頂に達するまでにさらに長い時間がかかるようになった。結果、彼もつらければ、わたしもつらいことになった。時にはわたしから彼に背を向けた姿勢を取った。そのほうが痛みが軽い気がしたのだ。そして、彼が例によって乱暴な突きを繰り返すあいだ、わたしは彼の片手をつかみ、秘部に導いて、自分が愛撫を望んでいるのをわかってもらおうとした。ところが彼はふたつのことをいっぺんにはできぬらしく、しかも前者のほうが好きだったので、後者はすぐに忘れてしまった。その上、いったん自分が達したあとは、こちらも欲望の火を消したくて、彼の体のどこでもいいから欲しているなどとは思ってもみないようだった。満足した彼はいつもわたしの髪を撫で、ちょっと仕事してくる、とささやいた。そうして彼が去れば、孤独が残念賞に思えた。

時にわたしは、デモ行進の最中に若い男の子たちを興味津々で眺めることもあった。どんな危険にも恐れ知らずで突き進み、脅威に直面した時も、また自らが脅威となる時も、いつでも陽気なエネルギーに満ちた彼ら。わたしは彼らに魅了され、その熱さに惹かれた。それでも若者たちの周りに群がっている色とりどりの格好をした娘たちを見れば、自分とは何もかも違いすぎる、わたしは分別臭くて、真面目すぎて、結婚までしていて、いつも時間のない女だ、と思った。こうしてわたしは毎度、不満を抱えたまま家に戻り、夫を冷たく扱い、もう老けた女になった気がした。二度ばかり白昼夢を見たこともあった。若者たちのひとりで、フィレンツェではとても有名で人気者の男の子がわたしに気づき、どこかに連れ去ってくれる夢だ。昔、まだ幼かったわたしが気後れして、踊る気になれなかった時、アントニオかパスクアーレに腕をつかまれ、無理矢理、一緒に踊らされたあの時のように。実際にはそんなことは起きなかった。厄介ごとの種となったのは、ピエトロがわたしのために家に呼び始めた彼の知人たちだった。わたしは夕食の準備に奮闘し、みんなの楽しい会話を盛り上げるよくできた妻を演じた。文句はなかった。少しは客を招いてもいいんじゃないかと夫に言ったのはこのわたしなのだから。ところがすぐにわかったのだが、夕食はただの夕食で終わらなかった。困ったことに、わたしは自分に少しでもモーションをかけてくる男性がいれば、それが誰であれ、惹かれるようになっていたのだ。背が低かろうが高かろうが、痩せていようが太っていようが、醜かろうがハンサムだろうが、年寄りだろうが、既婚者だろうが独身だろうが構わなかった。その男性がわたしの意見を褒めたり、わたしの小説を覚えていていいことを言ってくれたり、なんて聡明な女性だと持ち上げてくれたりすれば、わたしは相手を親しげに見つめだし、少し言葉と視線を交わせば、こちらが乗り気であるのはすぐに伝わった。すると初め退屈そうにしていた男性はにわかに陽気になり、ついにはピエトロを完全に無視して、わたしにばかり意識を集中させるようになるのだった。彼の言葉はほのめかしの度合いが強くなり、振る舞いも会話のあいだにどんどん馴れ馴れしくなってきて、指先でこちらの肩に触れたり、わたしの目をじっと覗きこんでため息混じりに何か言ったり、こちらの膝に自分の膝をぶつけたり、靴先でわたしの靴に触れたりするのだった。

そうした時、わたしは気分がよかった。ピエトロとデデの存在を忘れ、夫と娘の存在にともなう退屈極まりない責務の数々も忘れることができた。ただ心配だったのは、客人が去ってしまえば、自分はこの家に漂う憂鬱な空気にふたたびとらわれるのだろう、無意味な日々、倦怠、穏やかな仮面の下に隠された怒りが待っているのだろう、ということだった。だからわたしは羽目を外した。興奮して大声になり、べらべらとしゃべりすぎ、相手を意識して脚を組み替えたり、さりげなくブラウスの胸のボタンを外したりした。そんな風にわたしのほうから距離を詰めたのは、心のどこかで、そうして目の前の他人に接近すれば、今のいい気分が少しは自分の体に残るはずだと信じていたからなのかもしれない。そうすれば、彼がこの家をひとりで出ていくか、または妻か恋人と一緒に去ったあとでわたしが覚えるはずの憂鬱も、感情と意見をさんざんひけらかしたあとの空しさも、失敗したかもしれないという不安も軽くて済むはずだ。そんな考えがあったのかもしれない。

だが実際には、客が帰り、ピエトロは書斎に入り、ひとりベッドにいれば、自分が単に愚かしく思えてきて、自己嫌悪に陥った。でも、いくら頑張ってみても、わたしは変われなかった。しかも、脈ありと思いこんだ男たちがたいていは次の日に電話をしてきて、なんのかんのとまた会いたがるからなおさらだった。わたしはいつも会うことを了承した。そのくせ、約束の場所に行けばすぐに恐くなった。相手が三十も年上だったり、妻子があったりしながら、わたしに熱を上げているというただそれだけの事実が彼らの威厳を失わせ、わたしが妄想していた救い主のイメージも霧散し、誘惑ゲームのあいだに感じていた快感まで恥ずべき幻となるのが常だった。そしてわたしは戸惑い、なぜあんなことをしたのだろう、いったい自分はどうしてしまったのだろうか、と自問することになり、そのあとは決まってデデとピエトロにもっと気を配った。

ところが新たな機会が訪れれば、また同じことの繰り返しだった。わたしは空想にふけり、娘のころには無視していたような音楽をボリュームを上げて聴くようになり、本は読まず、何も書かなくなった。そして、己の自制心を強く呪った。あらゆる場面で強力に作用するこの自制心のせいで、わたしは羽目を外す楽しさを知らぬままにきてしまった。それが世間では、わたしと同じ年ごろの女たちが堂々と楽しみ、楽しもうとしていた。たとえばマリアローザは研究や政治集会のためにフィレンツェに来るたび、毎回違う男性とわたしたちの家に泊まった。女友だちと一緒のこともあった。彼女はドラッグをやり、友人たちにも、わたしたち夫婦にも勧めた。ピエトロは渋い顔をして書斎にこもったが、わたしは魅力を感じ、マリファナやアシッドは迷いつつ断ったが――気分が悪くなりそうで不安だった――彼女とその友人たちの会話には夜遅くまで交じった。

彼女らの会話はあらゆることが話題に上り、激しいやりとりもしばしばで、あんなに苦労して身につけた自分の上品な言葉遣いが場違いに思えた。わたしの標準語はあまりに緻密で、清潔に過ぎた。実際、マリアローザの言葉遣いの変わりようときたらなかった。過去に受けた教育とは縁を切ったのだろうと思わせるほど、彼女は口汚くなっていた。ピエトロの姉は今や、少女のころのわたしとリラに輪をかけて下品な言葉を使った。たとえば名詞の前には必ず卑語が入った。〝あの胸糞悪いライター、どこ置いたっけ？　あの胸糞悪い煙草、見なかった？〟という具合だ。リラの話し方は昔からずっとそんな風だったが、わたしは迷った。また彼女のようになれと言うのだろうか。一からやり直し？　あれだけ苦労してきたのに？

わたしは義姉を倦むことなく眺めた。彼女がわたしとこれ見よがしに仲よくしながら、弟のピエトロはもちろん、自分で我が家に連れこんだ男たちまで困らせるのが愉快だった。ある夜など、彼女は乱暴にみんなの会話を遮ったかと思うと、連れてきた若者に向かってこう言った。もううんざり、ねえ、一発やりにいこうよ。そう、〝一発やる〟と言ったのだ。ピエトロは以前に良家の子どもにふさわしいセックス関連用語を独自に発明し、わたしはそれを覚えて、幼いころに覚えた方言の淫らな言い回しの代わりに使うようにしていた。さて、変化する世界を実感するためには、本当にその手の下品な言葉を改めて使わなくてはならないのだろうか。やりたくてたまんない、とか、はめまくりたい、という風に？　ピエトロが相手ではあり得ぬ話だった。ところが、わたしと当時つきあいのあったわずかな男性の友人たちは、いずれも高学歴だったが、自ら貧しい庶民の変装をしては、下女に扮した女たちを相手に楽しんでいた。淑女をあばずれ扱いする感覚がよかったらしい。彼らは最初は必ずても礼儀正しく、上品に振る舞った。しかしその実、無言の駆け引きからさっさと言葉のやりとりに移り、さらにあけすけな言葉の応酬へと進みたくてうずうずしていた。彼らの自由の遊戯では、女のうじうじした態度はただの猫かぶりとみなされていた。開放的で、ぐずぐずしない。それこそが解放された自由な女の美徳だとされており、わたしも自分を変える努力はしていた。しかし努力をすればするほど、わたしは目の前の相手に夢中になってしまうのだった。自分は恋をしているのではないか、そう思ったことも二度ほどあった。

69

ひとり目はギリシア文学の講師だった。アスティ出身の、わたしと同い年の男性で、故郷に婚約者がいたが、相手に不満だと言っていた。ふたり目はパピルス学者の非常勤講師の夫で、夫婦にはふたりの幼い子どもがあり、彼女はカターニア出身、彼はフィレンツェの人間で、機械工学を教える技師だった。名をマリオといい、政治文化に造詣が深く、その世界ではとても有名で、長髪で、余暇にはロックバンドでドラムを叩いていた。年はわたしより七つ上だった。どちらも始まり方は同じで、ピエトロが相手を家に招き、わたしが気のあるそぶりを見せ、次に電話のやりとりがあり、政治集会に並んで参加して楽しいひと時を過ごし、時にはデデも連れて、時にはふたりきりで、何度も散歩を重ね、何度か映画に行く。そんな流れだった。ギリシア文学の講師のほうは、体の関係を迫られてすぐにこちらから身を引いた。だがマリオの場合、蜘蛛の巣に絡め取られるようにわたしはじわじわと自由を奪われていき、ある晩、彼の車の中でキスをされた。長いキスで、ブラジャーの下の胸まで揉まれた。わたしはなんとか彼をはねのけ、あなたとはもう二度と会いたくないと告げた。それでも彼は電話をしてきた。それも執拗に。するとこちらも会いたくてたまらなくなり、ついには観念した。一度キスをし、こちらの体にも触れたマリオは、もはや自分には十分な権利があるものと確信しており、ただちに前回の続きから始めようとした。彼は諦めず、何度も迫ってきた。そのたびわたしが誘惑しつつも、笑って逃げるもので、彼は腹を立て、わたしを侮辱した。

ある朝、わたしはマリオと散歩をしていた。デデも一緒だった。記憶に間違いがなければ、デデが二歳と少しの時で、彼女はそのころお気に入りの人形、テスにすっかり夢中だった。テスという名前は彼女が自分で思いついたものだった。わたしはあの時、娘にほとんど注意を払っていなかった。彼とのやりとりにすっかり気を取られていて、彼女がいるのを忘れる瞬間さえあった。マリオのほうはデデのことなどまるで気にしておらず、わたしにぴったりと寄り添い、恥も外聞もない口説き文句を浴びせることとしか考えていなかった。ふざけてデデの耳に、ねえ、僕に優しくするよう、ママに言ってくれないか、などとささやきかけることもあった。時間は飛ぶように過ぎ、彼に別れを告げ、わたしとデデは家路についた。ところがほんの少し歩いたところで娘が辛辣な声でこう言うではないか。テスがね、パパに秘密を教えるんだって。わたしは胸の鼓動が止まる思いだった。テスがそう言ってるの？　うん。それで、何を教えるんだって？　テスしか知らない秘密よ。それってていいこと、それとも悪いこと？　悪いこと。わたしはデデを脅した。テスによく言って聞かせなさい。もしもパパにそんなこと教えたら、真っ暗な物置に閉じこめてやるから覚悟しなさい、って。娘はわんわんと泣きだした。普段ならばわたしを喜ばせようとして、どんなに疲れていても歩こうとする彼女だったが、その時は抱いて帰らねばならなかった。つまり、デデにはわかっていたのだ。あるいは、よくわからなくとも、少なくとも感じてはいたはずだ。ママとあの男のひとのあいだには、恐らくはパパが許さないような何かがある、と。

　わたしはまたマリオと会うのをやめた。結局のところ、あの男はなんだ？　卑猥な会話が病的に好きなブルジョアじゃないか。ただし、気分は相変わらず落ちつかなかった。胸の中では、いけないことをしたいという切迫感が高まる一方で、世界がますます無秩序になるのならば、自分だって放埒（ほうらつ）に生きてみたいと思っていた。たった一度でいい、結婚というたがを外してみたい。あるいは、いっそのこと、自分の人生のすべてから自由になってみたい。これまで学んだことからも、書いてきたことからも、書くつもりでいたことからも、自分が産んだ子どもからも自由になってみたい。そうだ、結婚とはひとつの牢獄なのだ。リラは勇敢だから、命をかけてそこから脱出した。それに比べたらわたしなんて、ピエトロを相手にどんな危険を冒すことになるというのか。あんなにぼんやりしていて、いるんだかいないんだかわからない夫に何ができる？　何もできやしない。じゃあ、どうする？　わたしはマリオに電話をした。デデはクレリアに預け、彼の事務所に行った。わたしたちはキスを交わした。彼はこちらの乳首を吸い、アントニオが昔、沼地でしてくれたみたいに股間に触れてきた。でも、ズボンを下ろし、パンツを膝のところまで下げた彼にうなじをつかまれ、ペニスに顔を押しつけられそうになった時、わたしは嫌だと言い、服を着て、逃げ出した。

　わたしはひどく動揺して家に帰った。罪悪感でいっぱいだった。そしてピエトロと熱い愛を交わした。あんなに無我夢中な体験は初めてだった。コンドームはつけないでくれと言ったのもわたしのほうだった。心配いらない、どうせもうすぐ生理だ、何が起きるはずもないじゃないか。そう思った。ところが、それが起きてしまった。それから二、三週間して、わたしは自分がまた妊娠したことを知ったのだった。

70

中絶という選択肢について、わたしはピエトロに相談すらしなかった。ふたり目ができたと知って彼は大喜びだったし、わたし自身、その選択が恐ろしく、その言葉を思うだけで胃が痛んだ。アデーレが電話で中絶について触れたことがあったが、わたしはすぐにありがちな返事で話題をそらした。

デデだって、弟か妹がいたほうがいいと思うんです。ひとりっ子じゃ寂しいでしょう?

「本のほうはどう?」

「いいところまで来てます」わたしは嘘をついた。

「そのうち読ませてくれるわね?」

「もちろんです」

「みんな楽しみにしてるから」

「わかってます」

恐くなったわたしは、ほとんど考えなしにある行為に出て、ピエトロをおおいに驚かせた。わたし自身、びっくりした気がするがよく覚えていない。わたしは母さんに電話をし、もうひとり子どもができたと告げてから、しばらくフィレンツェに来る気はないかと尋ねたのだ。母さんが不満げな声で無理だと答え、父さんと弟たちの面倒を見ないといけないと言うのを聞いて、わたしは怒鳴った。じゃあ、もう母さんのせいでわたし、本なんてずっと書けないからね。対する彼女の返事は、知ったこっちゃない、というものだった。贅沢な暮らしだけじゃご不満かね？　そう言い捨てると母さんは電話を切った。ところが五分もすると、エリーザから電話があった。妹は、家のほうは自分がなんとかするから大丈夫だ、母さんは明日出発する、と言ってくれた。

ピエトロが駅まで車で迎えにいくと、母さんは鼻高々になり、婿の優しさに感激した。彼女が家に到着すると、わたしはすぐに一連の規則を伝えた。わたしの書斎とピエトロの書斎のものは何ひとつ勝手に動かさないこと、デデを甘やかさないこと、わたしたち夫婦の問題に口を挟まないこと、クレリアを監督すること、ただし彼女の気を損ねないように注意すること、わたしのことは他人と思い、何があっても邪魔をしないこと、来客がある時は台所か自分の部屋でおとなしくしていること。どうせ母さんにはこんな規則はひとつも守れまいと諦めていたが、蓋を開けてみれば、追放の憂き目に遭うのを恐れるあまり性格まで変わったか、彼女はわずか数日のうちに忠実なメイドに成り果てた。しかも家事全般を担当し、あらゆる問題を迷うことなく有能に解決しながら、わたしとピエトロの邪魔は決してしなかった。

母さんは時おりナポリに帰ったが、そうして彼女がいなくなるたび、わたしは運命のいたずらに怯え、このまま二度と戻ってこないのではないかと恐れた。しかし母さんは必ず戻ってきた。そして地区のニュースをひと通り語り終えると（カルメンが妊娠した、マリーザの子どもは男の子だ、ジリオーラはミケーレ・ソラーラのふたり目の子を孕んだ、など。ただしリラのニュースはなかった。わたしと口論になるのを避けるためだろう）、我が家の精霊じみた存在となった。つまり、姿は見えないのに、家族全員に清潔でアイロンのきいた服を常に確保してくれ、子ども時代の懐かしの味がする料理も用意してくれれば、家の中はいつもきれいに保ち、どこかがちょっとでも乱れれば、病的なまでに素早く片付けてくれた。ピエトロは当然ながら、クレリアはもういらないのではないかとまた言いだし、母さんも賛成した。わたしは腹が立ったが、夫に怒りをぶつける代わりに母さんに矛先を向けた。すると彼女は口答えひとつせずに自室に引っこんだ。ピエトロはわたしを叱り、わたしたちを仲直りさせるべく力を尽くした。和平はどちらも望むところで、ただちに実現された。ピエトロは母さんを尊敬していた。お義母さんはとても頭のいい女性だ、と彼はことあるごとに言い、夕食のあとは台所に彼女と残り、おしゃべりをすることもしばしばだった。デデも母さんをおばあちゃんと呼んで懐き、クレリアが姿を見せると嫌な顔までするようになった。さあ、これで万事解決。もう言い訳はできないわよ。わたしは自分に発破をかけて、新作の執筆に集中しようとした。

まずは書きためたメモを読み返してみた。そして方向性を変えなくてはいけないという結論にいたった。以前フランコに〝ゆきずりの情事の物語〟と評された路線は捨て、何かもっと今の時代にふさわしいものを書きたかった。町の広場でのデモ、暴力的な死を遂げた者たち、警察による抑圧、クーデターの不安。そんな時代にふさわしい作品だ。しかしあれこれ試してみても、十ページも気の抜けた文章を書くと、それより先には進めなかった。自分には何が足りないのだろう？　その答えは簡単には出そうになかった。足りないのはナポリと地区かもしれず、『青い妖精』のような何らかのイメージかもしれず、情熱かもしれなかった。あるいは、わたしの道しるべとなって、進むべき方角を示してくれる誰かの声なのかもしれなかった。わたしはひとの小説を読んだりしながら、何時間も机を前にして無為に過ごした。そのあいだ書斎からは一度も出なかった。デデに捕まるのが嫌だったのだ。ひどく不幸な気分だった。廊下からは娘の声、クレリアの声、母さんの不揃いな足音が聞こえた。わたしはよくスカートのウエストを広げ、もう大きくなりだしたお腹を眺めた。招かれざる幸せな気分がそこから全身に向かって放射されていた。わたしはふたたび身ごもりながらも、空っぽだった。

71

そのころからわたしは、以前のように時々ではなく、ほとんど毎日、リラに電話をするようになった。高価な遠距離電話だったが、彼女の影の中にうずくまりたい、出産までの日々を早くやり過ごしたい、リラならば昔のようにわたしの想像力に火を点けてくれるのではないか、それだけを願ってかけていた。もちろん言うべきではないことは口にせぬよう気をつけ、向こうもそうしたことを言わないでくれれば、と祈っていた。ふたりの友情を育みたければ、どちらも言葉に気をつけなくてはならない。それはもう確かなことだった。たとえばわたしの場合、かつて自分が心の暗い片隅で、リラに遠くから呪いをかけられているのではないかと疑っていたこと、そして心の同じ部分が当時もなお、彼女など本当に病気になって死ねばいいと思っていることは告白する訳にいかなかった。彼女にしても、わたしに対する荒っぽく、しばしば攻撃的なその態度の裏で、本当は何を考え、悩んでいるのかを白状してはならなかった。だからわたしたちの会話は、小学校で成績上位にいるジェンナーロのことや、もう文字が読めるようになったデデのことに終始し、母親同士が普通に子どもの自慢話をするような具合だった。ある時は、本の執筆に挑んでいるところだと説明したこともあったが、大げさには語らず、頑張ってるけど、難しいの、妊娠のせいで弱っちゃって、などと言うに留めた。またある時は、ミケーレが彼女を我が物にしようとまだつきまとっているのではないかと、探りを入れてみたこともあった。またある時は、映画やテレビに出てくる俳優の誰々は好きかと彼女に尋ねてから、エンツォ以外の男性に惹かれることはないのか聞き出そうとしたこともあった。その流れで、わたしもピエトロ以外の男のひとがほしくなってしまうことがあると白状したかったのだが、どうも彼女はそうした話題には興味がないようだった。俳優の話をすれば答えは必ず、誰それ？ 映画でもテレビでも、そんなひと見たことないんだけど、だった。それにエンツォの名がこちらの口に上ったが最後、彼女は、ＩＢＭの電子計算機の件がどうなったか即座に近況報告を始め、理解不能な専門用語の羅列でわたしを圧倒した。

彼女はそうした話をいつも熱をこめて語り、わたしも時々、いつか役に立つかもしれないと思ってメモを取った。エンツォは努力の甲斐あって、今はナポリから五十キロの距離にある下着メーカーの工場に勤めているとのことだった。会社がリース契約を結んだ一台のＩＢＭのマシンのシステム管理者というのが彼の役職だった。リラの話はこんな風だった。システム管理者ってなんだかわかる？ エンツォね、手作業の各工程をフローチャートで図式化するの。マシンの中央ユニットは大きさが、扉が三枚ある洋服ダンスほどもあって、メモリーは八キロバイト。その部屋がね、レヌー、すっごく熱いの。電子計算機ってストーブなんかよりもずっと熱くなるんだから。極めつけの抽象と汗とひどいにおいが一緒くたになってるってわけ……。彼女はフェライトコアというものについても話してくれた。それは電線が通ったリングで、電線を流れる電流の方向によってリングの磁界の向きが変わる性質を利用して、0と1というふたつの値を示すのだという。ひとつのリングが一ビット、八つのリングで一バイトとなり、それで文字ひとつ分の情報を示すことができるらしい。リラの長話ではエンツォが絶対的な主役だった。彼はそうした機械の一切をまさに神のごとく支配し、大型のエアコンを備えた広い部屋で、マシンの言語と実体を自在に操り、人間の手作業をすべて機械にやらせてしまうことのできる英雄なのだった。ねえ、わかった？　彼女は時々そう尋ねてきた。そのたびこちらは弱々しく、うん、と答えたが、実はちんぷんかんぷんだった。はっきりしていたのは、彼女がわたしが何も理解できていないのに気づいているということだけで、それが恥ずかしかった。

彼女の興奮は遠距離電話のたびに高まっていった。エンツォね、月給が十四万八千リラになったの。凄いでしょ、十四万八千リラよ。それだけ優秀ってこと。わたしが今まで会った男のなかでも一等頭いいもの。仕事ができる上に賢いひとだから、すぐに会社にとってなくてはならない存在になったわ。それで、彼の口利きのおかげで、わたしも助手として雇ってもらえることになったの……。そう、大ニュースだった。リラがまた働き始めた。しかも今度は彼女の好きな仕事だ。彼女は言った。あのひとが主任で、わたしは副主任なの。ジェンナーロはママに預けて──ステファノに預ける時だってあるわ──毎朝、工場に行くんだ。わたしとエンツォで会社を隅々まで研究してるの。事務のひとたちの仕事を自分たちでもやってみて、何を電子計算機に入力すべきか把握したりしてね。たとえば会計帳簿の項目をひとつひとつ確認したり、送り状に印紙を貼ったり、見習い従業員の労働手帳とかタイムカードなんかを調べたりして、そうしたものをみんなフローチャートにして、最終的にはパンチカードの穴にするわけ。そう、わたし、キーパンチャーもやってるの。キーパンチャーはほかにも三人いるわ。みんな女よ。わたしはそれで、毎月八万リラもらってる。十四万八千足す八万で、二十二万八千リラよ、レヌー。凄いでしょ、わたしたちお金持ちになったの。しかも、あと何カ月かすれば、もっともらえるはずなんだ。社長がね、わたしも仕事ができるって気づいてくれて、講習を受けろって言うの。だからこっちは万事順調。安心した？

72

　ある晩、彼女のほうから電話があった。たった今、悪い知らせが届いたと言う。あの子、殴り殺されたの。それも学校が終わって出てきたところを、ジェス・ヌオーヴォ広場で。ダリオよ。いつか話したことあるでしょ、学生で……。ソッカーヴォの工場の前でビラを配っていた、ナディアの団体のあの少年だ。

　リラの声は不安そうだった。彼女は次に、わたしたちの地区だけではなく、ナポリの町全体に垂れこめる暗雲の話に移った。襲撃事件が相次いでいるという。その手の暴行の多くは、背後にジーノの手下のファシストたちがいて、ジーノの影にはミケーレ・ソラーラがいるとのことだった。ふたりの名を口にした時、リラの声に古い嫌悪と新たな怒りがこもるのがわかった。言葉にした内容よりもずっと多くのことを彼女はこちらに伏せているということなのか……。そこでわたしは思った。どうしてリラはあのふたりのせいだとそんなに自信を持って言えるのだろう？　もしかして、トリブナーリ通りの学生活動家たちとまだつきあっているのだろうか。エンツォの電子計算機にすべての時間を費やしている訳ではないということか。聞く者を虜にするおなじみの語り口で言葉を連ねる相手の声にわたしは黙って耳を傾けた。彼女の細かい説明によると、ファシストの連中は、小学校の前にあるイタリア社会運動（MSI）の支部からしばしば徒党を組んで出発し、直線道路（レッティフィーロ）からムニチーピオ広場、ヴォメロ地区へと進みつつ、左翼活動家と見れば片っ端から鉄パイプやナイフで襲いかかるのだという。パスクアーレも二度ばかりやられ、前歯を何本も折る怪我をし、エンツォもある晩、自宅のアパートの下でジーノと一対一の殴りあいになった。

リラはそこで不意に言葉を切ると、口調を変えて、こんなことを尋ねてきた。ねえ、覚えてる？　わたしたちが小さかったころの地区の雰囲気？　今のほうがひどいくらい、いや、同じかな……。彼女は自分の義父に当たる、高利貸しでファシストだったドン・アキッレ・カッラッチと、家具職人で共産主義者だったペルーゾ氏の名を挙げ、幼いわたしたちの目の前で起きた両者の争いを振り返った。その瞬間からわたしとリラはあの時代にゆっくりと戻っていき、口々に当時の思い出を語りあった。やがてリラの語り口は空想的な色合いを強め、少女のころと同じように事実の断片と多くの空想を織り交ぜながらドン・アキッレ殺人事件を語りだした。首に刺さったナイフ、遠くまで飛び散った血しぶきが銅の鍋を汚す……。そして当時と同じく彼女は、犯人は家具職人ではなかったと言い、大人っぽく断言した。あの時の司法は――今も似たようなものだけど――一番それらしい容疑者ですぐに満足してしまった。つまり、共産主義者のペルーゾ氏ね。――リラはそこで声を昂ぶらせた――でもカルメンとパスクアーレの父親が犯人だなんて誰にわかる？　それに、犯人は男じゃなくて女かもしれないでしょ？　わたしは子ども時代の遊びのように、リラとわたし、ふたりでひとつだと思えたあのころのように、彼女の言葉を一歩一歩追い、彼女の興奮した声に自分のそれを重ねた。やがて、わたしたちは一緒に――あのころのふたりの少女と今のふたりの女が一緒に――ひとつの真実に近づきつつある、そんな気がしてきた。それは、二十年あまりも言葉にすることの許されなかった真実だった。

〝だって、考えてみてよ〟彼女はそう言った。〝あの事件で本当に得をしたのは誰だと思う？　ドン・アキッレが独占していた高利貸し稼業は、彼が殺されたあと誰のものになった？〟そうだ、誰だ？　わたしたちは声を揃えて答えた。得をしたのは赤い帳簿の女、マヌエーラ・ソラーラだ。マルチェッロとミケーレの母親だ。ドン・アキッレを殺したのはあの女だったんだ。わたしたちは声をうわずらせてそう言った。でもそれから、まずはわたしが、次いでリラが、どちらも声を落として、物憂げな声になって、交互に言った――わたしたち、何、馬鹿を言ってるの？　もうやめようよ、まるで子どものままじゃない？　この調子じゃふたりとも、ずっと大人になんてなれないよ。

73

ようやくリラと素敵な時間を過ごせたと思った。昔のようにそこまで息が合ったのは、本当に久しぶりだったのだ。ただし今度は息が合うと言っても、電話線を介しての話で、文字どおり、振動するふたりの息が絡みあったものでしかなかった。もうずいぶんと前から彼女とは会っていなかった。二度の妊娠を経たわたしの容貌を彼女は知らず、こちらも彼女が相変わらず青白くて、痩せぎすのままなのか、それとも変わってしまったのか知らずにいた。数年来、わたしが電話で話しかけてきたのは、彼女の声がこちらの心にぼんやりと甦らせるひとつのイメージだった。そのためだろうか、ドン・アキッレ殺人事件が不意に作り話に思えてきた。これは新しい物語の核として使えるぞ……。だから受話器を下ろすと、わたしはただちにふたりの会話を順序立てて思い出そうとした。哀れなダリオが殺された事件を皮切りに、リラは過去と現在をごちゃ混ぜにしながら、ドン・アキッレの事件、そしてマヌエーラ・ソラーラへと話を進めた。目が冴えてしまってなかなか眠れず、わたしは長いこと思いを巡らせた。この素材を足場にしてそこから手を伸ばせば、きっと何か物語をつかめるはずだという思いはどんどん強くなっていった。続く日々、わたしはフィレンツェとナポリを混ぜあわせ、現在の動乱と過去の声を混ぜあわせ、今日の自分の豊かな暮らしと貧しい生まれから抜け出すために重ねた苦労を混ぜあわせ、すべてを失うことへの恐れと堕落の魅力を混ぜあわせた。考えに考え抜いて、これならば本になるという自信を得た。苦労もすれば、何度も後悔もしたが、一冊の方眼ノートを言葉で埋めることができた。わたしが生み出したのは、過去二十年をひとつにつなぐ、暴力の物語だった。

時々リラが電話をかけてきて、こんなことを聞かれた。「どうしてずっと電話してくれないの？ 調子でも悪いの？」

「ううん、元気よ。今、書いてるの」

「書いてる時は、わたしはこの世にいないも同然ってこと？」

「そうじゃないけど、ぼんやりしちゃって」

「わたしが病気になったり、レヌーの助けが必要になったら、どうすればいいの？」

「その時は電話してよ」

「こっちが電話しなければ、そっちは自分の小説の中にこもりっぱなしってわけ？」

「うん」

「いい気なもんね、羨ましいわ」

出産の前に書き上げられないんじゃないか、出産中に死んでしまったらどうしよう、未完のままじゃ死にきれない……。書き進めるわたしの胸の中ではそんな不安が強くなる一方だった。過酷な作業だった。能天気にさっと書けた処女作の時とはまるで違っていた。物語がとりあえず最後までできあがると、文章をもっと練ることにした。ダイナミックな新しい文体、意図的に混沌とした文体がほしくて、とことん手を入れた。そして、徹底的に見直した第二稿の作成にかかった。デデがお腹にいた時に買ったオリベッティ社のタイプライター、レッテラ32とカーボン紙を使って、ノートに書きつけた草稿を三部のタイプ原稿に起こした時も、一行一行、飽きずに修正を繰り返した。こうして分厚い原稿が完成した。二百ページ近くあり、タイプミスのひとつもなかった。

夏だった。とても暑くて、わたしは巨大なお腹を抱えていた。少し前からお尻の筋肉の痛みがぶり返していた。痛み具合には波があり、廊下を歩く母さんの足音が気に障って仕方なかった。原稿を見つめているうちに、自分が恐れていることに気づいた。それから何日も決心がつかなかった。ピエトロに感想を求めようか、もしかしたらアデーレに直接送ったほうがいいかもしれない、ピエトロはこの手の小説には不向きだ。そう思った。それに彼は頑固な性格のせいで、依然、大学で苦しい日々を送っており、家に帰ればいつも苛々していて、よくわたしに向かって、法の遵守がいかに大切であるかといった抽象的な演説をぶった。つまり、彼の精神状態はとてもではないが、労働者に資本家、闘争に流血、カモッラに高利貸しが登場する小説を読むのにふさわしいものとは言えなかった。しかもそれは、〝わたしの〟小説だった。彼は決して悩みを打ち明けてくれず、わたしが過去にどんな人間であったかも、そこからどんな成長を果たしたのかも、興味を持ってくれたことがない。そんな彼に原稿を見せても意味があるだろうか。用語の選択と句読点の打ち方についてふたつ三つ意見してもらえるのがせいぜいで、粘って感想を求めても、あいまいな言葉しか返ってこないはずだ。わたしはアデーレに郵便でタイプ原稿を一部送ってから、彼女に電話をした。

「終わりました」

「おめでとう。読ませてくれる？」

「今朝、送りました」

「ありがとう。楽しみにしてるわ」

74

　わたしは待った。それは、お腹の中で蹴ってくる赤ん坊を待つ気持ちよりも、ずっと不安に満ちた待機となった。指折り数えて五日がたってもアデーレから連絡はなかった。そして六日目、夕食の時だった。母親を失望させまいとしてデデがひとりで食べようと頑張り、彼女の祖母が孫に手を貸したくてたまらないのをこらえている横で、ピエトロがわたしに尋ねた。

「本、書き終わったんだって？」

「うん」

「どうして母には原稿を読ませておいて、僕には読ませてくれないんだい？」

「だってあなたは忙しいから、邪魔したくなかったの。でも読みたければ、写しが一部、わたしの机の上にあるわ」

　ピエトロの返事はなかった。少し待ってからわたしは尋ねた。

「わたしが原稿を送ったこと、お義母さんに聞いたの？」

「ほかに誰がいるって言うのさ」

「アデーレ、全部読んだって？」

「うん」

「どう思うって？」

「母に聞いてくれ。僕には関係ない話じゃないか」

ピエトロはすねてしまったようだった。夕食後、わたしは自分の書斎にあったタイプ原稿を彼の机に移し、デデを寝かし、頭にも耳にも何も入らぬままテレビを眺め、ベッドに横になった。眠れなかった。どうしてアデーレはピエトロに本のことを話したのに、わたしにはまだ電話をくれないのだろう。翌日——一九七三年七月三十日だった——わたしは夫が原稿を読み始めたか気になり、彼の書斎を覗いた。するとわたしの原稿は、彼がほとんど徹夜で研究していた数冊の本の下敷きになっていた。めくってみようともしなかったのは明らかだった。わたしは頭にきて、クレリアを怒鳴りつけた。デデの面倒を見なさい、母さんに何もかもやらせておいて、ぼけっとしてるんじゃないの……。娘の厳しい態度を自分への愛情の印と受け取ったか、母さんは落ちつかせようとするようにわたしのお腹に触れてから、こんな質問をしてきた。

「また女の子だったら、名前はどうするつもり？」

とてもそんなことを考える気分ではなく、脚も痛かったから、とっさに答えた。

「エルサにするわ」

すると母さんは顔を曇らせた。そこでようやく、彼女が別の答えを期待していたことに気がついた。デデにはピエトロのお義母さんの名前をつけたから、今度も女の子だったら、母さんの名前をつけるつもりよ——そう言ってもらいたかったのだ。わたしは言い訳を試みたが、どうでもいい気分だった。だって考えてみてよ、母さんの名前、インマコラータでしょ？　そんな名前を娘につけるの、わたし嫌よ。それを聞いて彼女は不満を漏らした。どうしてだい、エルサのほうがきれいな名前だって言うのかい？　わたしは言い返した。エルサならエリーザと同じようなものでしょ？　妹の名前をつけるんだから、母さんは喜んでくれなきゃ。すると彼女はむすっと黙ってしまった。何もかもうんざりだった。毎日暑くなる一方で、わたしはいつも汗まみれで、お腹は重くてたまらず、足を引きずって歩くのも嫌なら、あれもこれもみんな本当に嫌だった。

そしてようやく、お昼の少し前に、アデーレから電話があった。その声にはいつもの皮肉っぽい響きがなかった。ゆっくりした深刻そうな話し方で、ひと言ひと言を声にするのがつらそうだった。彼女は慎重に言葉を選びながら、遠回しに、今度の作品はできが悪いと告げた。しかしわたしが自分の作品を擁護しようとすると、彼女はこちらを傷つけそうな表現を避けるのをやめて率直な物言いになり、理由を列挙した。主人公が憎たらしい。登場人物が三枚目ばかりで、ぱっとしない。状況と会話もみんなありがち。文体はモダンを気取っているが、乱雑なだけ。憎悪に満ちた物語だが、それが不快でしかない。終わり方が乱暴で、月並みな西部劇みたいで、このままではあなたの知性と教養と才能に対して失礼だ。わたしは口をつぐみ、アデーレの批評を最後まで黙って聞いていた。やがて彼女はこう結論した。前回の作品には命が宿っていて、とても斬新だったけど、今回は内容も古臭いし、文章もあんまり気取ってて、言葉まで空っぽな感じがするの。わたしはそっと言ってみた。でも出版社に見せたら、少しは喜んでもらえるってこともあるかもしれませんね。すると彼女はむっとしたらしく、こう言い返してきた。向こうに送りたければ、送りなさい。でもね、出版の可能性なしって判断されるに決まってるから。わたしはなんと答えたものかわからず、わかりました、考えてみます、ではまた、と力なくつぶやき、電話を切ろうとしたが、引き留められた。アデーレはあっという間に優しい声になって、デデの話、うちの母さんの話、わたしの妊娠の話、このところ腹に据えかねるというマリアローザの話を次々にしてから、こう尋ねてきた。

「どうして今度の原稿はピエトロに見せなかったの？」

「わかりません」

「あの子も助言くらいはしたでしょうに」

「どうでしょうか」

「ぜんぜん当てにしていない感じね」

「ええ、してません」

電話のあと、わたしは部屋にこもり、ひとり絶望した。あまりに屈辱的で、耐えられなかった。昼はほとんど何も食べず、暑かったが、窓も開けずに寝た。午後四時、陣痛が始まった。母さんには何も言わず、前から用意してあったバッグを持つと、車に乗り、産婦人科医の診療所に向かった。運転しながらわたしは、自分もふたり目の子どもも病院に着く前に死んでしまえばいいと願っていた。ところが万事順調に進んだ。激痛に襲われはしたが、ほんの数時間のうちにわたしはふたり目の女の子を授かった。ピエトロは早くも翌朝から、次女にはお義母さんの名前をつけようと言いだした。お義母さんのためにそうしてしかるべきだと言うのだった。ひどく気分の悪かったわたしは、そんな伝統はうんざりだ、名前はエルサに決めたと言い張った。退院して家に戻ると、まずリラに電話をした。そして、無事出産したとは伝えず、新しい小説の原稿を送ってもいいか、とだけ尋ねた。

何秒か小さな呼吸音が続いてから、彼女はつぶやいた。

「読むのは、本になってからでいいよ」

「すぐにリラの感想を聞かせてほしいの」

「本なんてずっと読んでないもの。レヌー、わたしにはもう無理。まともに読めっこないよ」

「それでもお願い」

「前のはそのまま出版したのに、今度はどうして駄目なの?」

「あれは、本になるなんて実感なかったから」

「わたし、好きか嫌いかしか言わないよ」

「ありがとう。それで十分」

75

リラが原稿を読み終わるのを待っていたら、ナポリでコレラが発生したというニュースがあった。母さんは大げさに騒ぎだし、次に注意散漫になり、果てはわたしが大切にしていたスープ入れを割ってから、自分はナポリの家に戻らねばならないと宣言した。すぐにぴんときた。コレラ騒ぎが母さんの決断に影響したのは確かにせよ、自分の名前を孫娘につけることをわたしに拒否されたという事実も決して小さくはなかったはずだった。引き留めようとしたが、かなわなかった。産後で体力が回復しておらず、脚も痛むというのに、母さんに見捨てられてしまった。彼女にしてみれば、親に対する敬意もなければ感謝も知らぬ娘のために、自分の生活を何ヵ月も犠牲にすることにいい加減うんざりしたのだろう。夫と善良な息子たちと一緒にコレラで死んだほうがましだ、そう思ったに違いなかった。それでも我が家を出るまで彼女は、最初にわたしに命じられたとおり、平然とした態度を守り続け、愚痴は一切こぼさず、それまでの不満をわたしに向かってぶちまけるということもなかった。駅まで車で送るというピエトロの申し出を彼女は素直に受け入れた。婿の好意を感じたのだろう。それに恐らく、母さんがずっとああも従順だったのは、わたしを喜ばせるためではなく、ピエトロの前でみっともない真似をしたくなかったからではないか。そう思った。デデに別れを告げる時だけは彼女も心揺れる様子を見せた。階段の踊り場で、母さんは慣れぬ標準語で孫娘に向かって尋ねた。おばあちゃんがいなくなるのは寂しいかい？　デデは祖母の出発を裏切り行為とみなしていたため、寂しくなんかない、と恐い顔で答えた。

　わたしは母さんよりも、自分に対して腹が立った。そして自虐的な衝動に取り憑かれ、それから数時間後にはクレリアをお払い箱にした。驚き、危ぶむピエトロにわたしは苛々と説明した。デデのマレンマ訛りと格闘したと思ったら、今度は母さんのナポリ訛りでしょ？　そういうの、もううんざり。家と子どもたちのことはやっぱり自分でやりたいの。しかし、罪の意識ゆえに自分を厳しく罰したかった、というのが本当のところだった。わたしは絶望的な喜びにひたった。これで、娘ふたりの世話、山のような家事、痛む脚に翻弄されることになるぞ。

　わたしはエルサのせいで、デデの時と同じかそれ以上にひどい一年を過ごす羽目になるものと信じていた。ところが新生児の世話に慣れたためか、母親失格な自分を諦めて受け入れ、完璧主義を放棄したためか、赤ん坊は最初から問題なくわたしの乳房から母乳を飲んだ。それも長々と飲み、よく寝てくれた。おかげでわたしも退院してからしばらくは、ゆっくりと眠ることができた。しかもピエトロが驚くほど家の中をきれいに保ってくれ、買い物も行けば、料理までしてくれ、エルサを洗ったり、妹の登場と祖母の出発で呆然としているデデを可愛がったりもしてくれた。脚の痛みも不意に消えた。そんな具合で、つまるところ穏やかに過ごしていたある日の午後遅く、うとうとしていると、夫に起こされた。ナポリのいつもの友だちから電話だという。わたしは電話機のところに急いだ。

　リラはずいぶんと長くピエトロと話したようで、早く会ってみたいな、などと言った。わたしは彼女の話に仕方なく耳を傾けたが――ピエトロは自分の両親の世界に属していないひとたちには、いつだって愛想がよかった――明るいのにどこかぴりぴりした感じの声で冗長な話をするので、もう少しで怒鳴ってしまうところだった。ねえ、いくらでもわたしを傷つけられる材料をあげたんだから、さっさと悪口でもなんでも言ってよ。十三日間も原稿を持ってたんだから、感想くらい聞かせてくれてもいいじゃないの……。だが実際にわたしがしたのは、彼女の話をいきなり遮ることだけだった。

「ねえ、読んでくれた？」

すると彼女は真剣な声になって、答えた。

「読んだよ」

「どうだった？」

「よかったよ」

「よかったって、どうよかったの？　興味深いとか、面白かったとか。それとも退屈だった？」

「興味深いね」

「どのくらい？　少しだけ？　それともうんと？」

「うんと興味深かった」

「それはどうして？」

「話がよかった。早く先を読みたいって気になったよ」

「それから？」

「それから、何？」

わたしは声をこわばらせて答えた。

「リラ、わたし、今度の作品のできがどうなのか、本当に知りたいの。そんなこと聞ける相手はあなたしかいないの」

「だから答えてるでしょ」

「嘘、ちゃんと答えてない。誤魔化そうとしてるでしょ？　リラがこんな適当な返事ばかりするの、初めて聞くし」

　長い沈黙が続いた。電話機を載せた不格好な台の横で、脚を組んで椅子に座っているリラの姿をわたしは想像した。もしかすると彼女とエンツォは仕事から戻ったばかりで、ジェンナーロは少し離れた場所で遊んでいるのかもしれない。彼女の声がした。

「もう本なんてまともに読めないって言ったでしょ」

「そんなことはどうでもいいの。こっちが助けを求めてるのに、リラにその気がまるでないってことのほうが問題でしょ？」

　また沈黙が下りた。やがて何やらぶつぶつ言う声が聞こえたが、聞き取れなかった。文句を言ったのかもしれない。それから冷たく、恨みっぽい声が続いた。そもそもこっちはこっち、そっちはそっちで、やってる仕事が違うんだから、わたしに意見を求めること自体、お門違いなんだよ。大学まで行ったのはレヌーだろ？　物語がよく書けてるかどうかなんて話、そっちの領分のはずじゃないか……。リラの声はそこでひび割れ、ほとんど叫ぶような調子になった。レヌー、こんなこと書いちゃ駄目だよ。あなたはこんな風じゃない。全部読んだけど、どこもレヌーに似てないもの。ぜんぜん駄目、こんなひどい話ないよ。前の本だって、ひどかった。

　早口なのに、つっかえつっかえしながら、彼女はそう言った。軽やかな気体であるはずの息が急に固体になってしまい、喉を出入りできなくなったみたいだった。胃が痛んだが――お腹の上のほうが強く痛み、痛みはどんどん激しくなっていった――痛みをもたらしたのは彼女の言葉そのものではなく、彼女が〝いかにして〟その言葉を発したか、そのことだった。リラがしゃくり上げている？　わたしは心配になって声を上げた。リラ、どうしたの、ほら落ちついて、深く息を吸って。でも彼女は落ちついてくれなかった。聞こえてくるのは、嗚咽以外の何物でもなかった。自分の耳に届いたその音が湛える悲しみのあまりの深さにショックを受けて、わたしは、〝ぜんぜん駄目、こんなひどい話ないよ〟という言葉にも傷つかなければ、一冊目を——あんなに売れて、わたしを成功に導いたのに、彼女がそれまでひと言も触れようとしなかった本を——失敗作扱いされたことにも腹が立たなかった。それだけ彼女の涙が痛かった。思いがけなくて、動揺するしかなかった。選べるものなら、いつもの悪いリラに意地悪を言われたほうがずっとよかった。ところが彼女は泣きじゃくり、落ちつく気配もなかった。

困ってしまった。わたしは二冊のひどい本を書いた。それはいいとしよう。でも、そんなことより、リラをこんなにもがっかりさせたことのほうがずっと重たかった。だから静かに言った。リラ、何もあなたが泣くことないでしょう？　わたしが泣くべきところよ。もう泣かないで。ところが彼女は金切り声を上げて訴えるのだった。どうして読ませたの？　どうして本音を言わせるの？　黙っていようと思ってたのに……。わたしは言い返した。そんなこと言わないで。教えてくれてありがたいと思ってる。本当だよ……。なんとか落ちついてほしかったが、彼女は収まらず、混乱した文句をぶつけてきた。もう何も読ませないで。わたし、向いてないから。レヌーには最高のものを期待してるんだよ。あなたならできるって、わたし、嫌になるくらい自信があるから。もっといいものを作ってほしいの。それが一番の望み。だってレヌーが優秀じゃなかったら、このわたしはいったい誰？　そうでしょ？　そんな彼女にわたしはそっと語りかけた。わかったから安心して。いつも本音を言ってくれて構わないよ。そうじゃないと、わたしのためにならないから。小さなころからリラはずっとそうしてわたしを助けてくれたじゃない？　あなたがいないと、わたし、何もできないから……。するとようやく彼女は泣くのをやめ、鼻をすすり上げながらつぶやいた。どうしてわたし、泣いたりしたんだろう？　馬鹿だね。そして、笑いながら続けた。レヌーをがっかりさせたくなかったの。いいことずくめの感想を聞かせてやろうと思って、文章を考えて、わざわざ書いておいたのに、失敗しちゃったな。わたしはその感想文を是非送ってくれと頼んでから、こう言った。もしかしたらリラのほうが、わたしが何を書くべきかよくわかってるのかもね。そこでわたしたちは、あの小説の話はやめた。わたしはエルサの誕生を報告し、それからふたりでフィレンツェにナポリ、コレラについておしゃべりした。リラは皮肉っぽく言った。本当はコレラなんてどうってことないんだよ。例によってやたらと大騒ぎして、こんなことで死にたくないってみんな恐がってるだけ。不安ばっかり大きくなっちゃってるの。実際はたいしたことないのに。みんな、下痢が恐くてレモンばっかり食べて、逆に糞詰まりになってるよ。

リラの口調はようやく普通になり、ほとんど陽気なくらいだった。胸のつかえが取れたのだろう。その結果、今度はわたしのほうが自分の置かれた厄介な状況――幼い娘がふたり、存在感の薄い夫、ろくな小説が書けない自分――を改めて実感したが、不思議と不安にはならず、むしろ気分は軽やかで、こちらから自分の失敗に話を戻したくらいだった。元々はこんなことを言うつもりでいた。糸が切れちゃったみたいなの。リラの神通力にいい刺激をもらってたんだけど、それが届かなくなっちゃって、わたし、本当に独りぼっちになっちゃった……。でも、そうは言わなかった。むしろ、自嘲ぎみにこんな告白をした。今度の小説は、地区と決別したいという気持ちがあって書いたの。それに、自分の周りで起きている色々な大きな変化も伝えられると思った。あんな物語を書いてみる気になったのも、書けるぞって背を押してくれたのも、あの、ドン・アキッレとソラーラ兄弟の母親の話なんだよ。それを聞いてリラはげらげら笑いだし、こう言った。物事の醜い上っ面だけで、小説が書けるはずがないんだよ。そこに想像力がなければ、本物の顔じゃなくて、ただの仮面にしか見えないもの。

76

それから、自分に何が起きたのかはよくわからない。今こうしてあの時のリラとの電話を振り返ってみても、彼女の嗚咽がもたらした効果を説明するのは難しい。記憶を覗きこんでまず気づくのは、自分が奇妙にもある種の満足を覚えたことだ。あの涙によってわたしはリラの愛情を確認し、自分の才能に対する彼女の信頼を確認することができた。その結果、わたしの二作品に対する彼女の低い評価まで帳消しになったのだ。しかし、だいぶあとになって気づいたこともあった。あの涙によってリラは、有無を言わさずにわたしの作品を破壊できた。しかも涙のおかげでわたしに恨まれることもなければ、次に何も書けなくなってしまうくらい高い目標――彼女をがっかりさせない――を課すことにまで成功した。ただし、くどいようだが、あの時の会話の内容をいくら思い出してみてもわたしには、実はあの電話こそ、あとで起きたあれこれのきっかけだった、というようなことは言えない。あの電話がふたりの友情のひとつの頂点であったとも、逆に、一番惨めな瞬間のひとつだったとも言えない。ともかく、わたしの無能さ加減を映し出す鏡というリラの役割が強化されたのは確かであり、わたしが自分の失敗を前より進んで受け入れる気になったのも確かだった。彼女の意見はわたしにとって義母のそれよりもはるかに価値があり、ずっと魅力的で温かく響いたのかもしれない。

事実、その数日後にわたしはアデーレに電話をし、こう告げた。率直なご感想、ありがとうございました。お義母さんのおっしゃるとおりだと思います。今になって思えば、第一作にもたくさん欠点がありました。少し考えてみたいと思います。もしかすると、わたしは作家には向いていないのかもしれません。あるいは、単にもう少し時間が必要なだけなのかもしれません。それを聞くなりアデーレはわたしにこれでもかと賛辞を浴びせ、よくぞそこまで反省したと讃え、楽しみにしている多くのファンがいることを忘れてくれるなと言った。わたしは、ええ、もちろんですとも、と小さく答えた。それからすぐに小説のタイプ原稿の最後の一部を引き出しにしまい、メモでいっぱいのノートもひとまとめにして片付けて、日々の暮らしに身を委ねた。無駄な努力だったという不快感は第一作にまで及び、小説を書くという行為そのものにも及んだようだった。何かイメージが浮かんだり、気の利いた言い回しを思いついたりするだけで気分が悪くなり、ほかのことを考えようとするようになった。

わたしは家事に集中し、娘ふたりとピエトロのために働いた。以前のようにひとりで何もかもやろうとしたのは、メイドを雇おうという気には一度もならなかった。クレリアを呼び戻そうとか、ほかの間違いなく気を紛らわすためだった。ところがこれが案外うまくいった。特別な努力もいらず、不満を覚えることもなかった。これこそは正しい日々の送り方だと急に悟ったみたいに、心の一部はわたしにこうささやいていた。もう妙なことばかり考えて過ごすのはおしまいにしなさい。わたしは家事に真剣に取り組むようになり、エルサとデデの世話に思いがけぬ喜びを覚えるようになった。お腹と原稿の重さから解放されただけではなく、心の奥底にあった何か、自分でもなんと呼んでいいかわからない重しからも自由になった気分だった。エルサはまるで手のかからない赤ん坊だった。お湯に入れても、いつまでもおとなしくつかっていて、お乳もよく吸い、よく寝、よく笑った。眠っていても笑うくらいだった。しかし、デデのほうが気を抜けなかった。デデは妹を憎み、毎朝、疲れた顔で起きてきて、エルサが火傷しそうだったのを救ったとか、水に溺れそうだったのを助けたとか、狼から守ったとか、そんな嘘ばかり言うようになり、ひどい時は赤ん坊のふりをして、わたしに向かって乳を吸わせろとわがままを言ったり、泣き真似をしたりした。つまり、自分がもう四歳近い女の子で、言葉もしっかり話せれば、基本的になんでもひとりできちんとできるという事実を彼女は受け入れまいとした。わたしは意識してデデに優しく接するようにし、賢い子だ、偉い子だと褒め、ママは何をするにも、デデお姉ちゃんの助けが必要なのだと理解させようとした。あなたがいないと買い物も、料理もできないし、小さなエルサにおいたをさせないためにも助けてほしいの。

そのころからわたしはピルを飲むようになった。また妊娠するのではないかと不安だったからだ。太りもすれば、体が膨張するような違和感もあったが、飲むのをやめようとは思わなかった。また妊娠することのほうがずっと恐かった。それに、自分の見た目がどうなろうと以前ほど気にならなくなっていた。わたしは娘ふたりにこう言われた気分だった。あなたはもう若くないのですよ。苦労の数々が――娘たちを洗い、服を着せ、服を脱がせ、乳母車に乗せ、買い物に行き、食事の支度をし、片腕に片方の娘を抱き、反対の手でもうひとりの手を引き、あるいは両方とも腕に抱き、一方の鼻を掃除してやり、もう一方の口の周りをきれいにしてやり、つまりは日々のストレスが――刻まれたその顔にしても、成熟した女の証であって、地区の母親たちのようになるのは恐れるべきことではなく、ごく当たり前の現象なのですよ……。これでいいのだ、わたしは自分にそう言い聞かせるようになった。

ピエトロはピルの服用について長い反対の末にやっと譲歩してくれたが、いつも心配そうにこちらの様子を観察していた。君、ずいぶんと丸くなってきたな。なんだい、ここところの肌の染みは？彼は、子どもたちとわたし、そして自分が何かの病気になることをやたらと恐れるくせに、医者嫌いだった。わたしはそんな彼をいつもなだめようとした。そのころピエトロは急に痩せた。目にはいつでも隈ができていて、頭にはもう白いものがちらほらと交じっていた。その上、片方の膝が痛いと言ったかと思えば、今度は右脇が痛いと言いだし、次は肩を痛がったりして、あちこちの痛みを訴えるのに、医者には診せたがらなかった。結局、わたしが厳しく言って、娘たちと一緒に病院に連れていった。すると、いくらか精神安定剤を飲む必要はあるものの、そのほかの点では健康そのものだとわかった。診断を聞いて数時間は彼も大喜びし、症状もいっぺんに消えた。しかし、安定剤の甲斐もなくまたすぐに状態は悪化した。一度など、デデがテレビのニュースを見せてくれないと言って――チリでクーデターがあったばかりの時期だった――必要以上に強く娘のお尻を叩いたこともあった。それに、わたしがピルを飲みだすと、彼は以前に増して頻繁に愛を交わしたがるようになった。しかも時間は朝か昼間だけで、夜は駄目だという。夜のオーガズムは眠気を奪う。だから自分は夜通し研究をすることになり、それで慢性疲労を抱え、何かと調子が悪いのだ、というのが彼の言い分だった。

ナンセンスなでたらめだった。ピエトロの夜の研究は昔からの習慣であり、彼にとっては欠かせないことなのだから。それでもわたしは必ずこう答えた。いいわよ、夜はやめましょう。あなたの好きなようにして。もちろんこっちだってうんざりすることはあった。たとえば彼が相手だと、少し暇な時に買い物に行ってもらうとか、夕食後にお皿を洗ってもらうというような、ちょっとした頼みごとをするのも難しかった。それである晩、ついかっとなってしまった。何もひどいことを言った訳ではなかったが、大きな声を出してしまったのだ。そして、わたしは大発見をした。こちらが金切り声を出すだけで、彼はわからず屋をぱっとやめ、言うことを聞いてくれるようになるのだ。少し厳しい態度を見せれば、例の正体不明の痛みまで消え、執拗にわたしを抱こうとする例の神経症ぎみな欲求も消えた。ただ、わたしはこの手に頼るのが嫌いだった。毎回、彼が哀れになったし、自分が相手の脳に痛みをともなう振動を引き起こしているような印象さえ受けたからだ。それに、なんにしても効果は長続きしなかった。いったんは降参し、落ちつきを取り戻し、それなりに真面目な声であれこれ約束してくれるのだが、少しすると本当に疲労困憊し、約束など忘れ、また自分のことしか考えなくなってしまうのだった。結局はわたしも諦めて、彼を笑わせたり、キスしてやったりした。皿を数枚いい加減に洗ってもらったところで、こちらにどんな得があるというのか。不満な顔をされ、やることがあるのに僕はこうして時間を無駄にしているという意味のぼんやりした態度を取られるのが関の山ではないか。それよりは波風を立てずにいたかった。衝突の回避に成功するたび、わたしは嬉しくなった。

ピエトロを苛立たせぬように自己主張をやめることも覚えた。そもそも彼は、こちらの意見などどうでもよいと思っている様子だった。たとえば石油危機に対する政府の対策について意見を述べたり、キリスト教民主党に対する共産党の歩み寄りを評価したりする時、彼がわたしに望むのは、ひたすらうなずくばかりの聴衆でいることだった。こちらが珍しく反対しようものなら、彼は気づかぬふりをするか、学生を相手にする時と明らかに同じ口調でこんなことを言った。君は育ちが悪いから、民主主義の価値も、政府の価値も、法律の価値もわからないんだよ。利害関係の仲裁の大切さも、国家間のバランスの大切さも知らないね。君は破滅が好きなんだ……。わたしは彼の妻だった。それも教養のある妻だ。だから、彼が政治を話題にし、自分の研究を話題にし、不安を抱えながら身を粉にして書いていた新しい本を話題にする時、しっかりと耳を傾けることがわたしには期待されていた。しかし求められていたのは、愛情に満ちた拝聴姿勢だけで、わたしの意見ではなかった。特にその意見が、彼に己の正しさを疑わせる種類のそれである場合は。彼の話は、考えをまとめたくて、大声で独り言を言っているようなものだった。とはいっても、ピエトロの母親は彼の理想とするそんな女性とはまるでタイプが違った。姉にしてもそうだ。ただ明らかに彼は、わたしがふたりのようになることを望んでいなかった。彼が弱っていたそのころ、わたしはその言葉の端々からあることを理解した。彼は、わたしの処女作が得た成功も、その出版自体も喜んでいなかったらしいのだ。第二作に関しては、あ

77

の原稿はどうなったとも、これからどうするつもりなのかとも聞かれなかった。わたしが作品の執筆について何も言わなくなったことにほっとしているようだった。

しかしながら、ピエトロの期待外れな本性が日増しに明らかになっても、わたしがほかの男性にまた惹かれだすという展開にはならなかった。技師のマリオに出くわすことはたまにあったが、誘惑したい、誘惑されたいという願望がとっくに消滅していたことにまもなく気がついた。それどころか以前の自分の興奮具合が我ながら愚かしく、あんなとんでもない季節が過ぎてくれてよかったとほっとしたくらいだった。とにかく出かけたい、町の社会生活に参加したいという強迫観念も薄れた。討論会やデモに参加しようと決めれば、必ず娘たちも連れていった。そして、ふたりの着替えの類いで膨れ上がった自分のバッグも誇らしければ、こんなに小さいお子さんを連れてきては危ないですよ、とたしなめられることまで誇らしかった。

毎日、どんな天気でも、わたしは構わず出かけた。子どもたちに外の空気を吸わせ、日に当たらせてやるためだ。そうした時は必ず本を一冊持って出かけた。この習慣ばかりは変わらず、どんな場所でもわたしは本を読んだ。ただし、なんでも学んでやろうという昔の野心は跡形もなくなっていた。たいていは少し散歩をしてから、家の近くのベンチに腰を下ろした。そして難しい評論を読んだり、新聞を読んだり、デデ、遠くに行っちゃ駄目、ママのそばにいなさい、と叫んだりした。これがわたしなのだ。そう納得するしかなかった。リラは、この先どんな運命が彼女を待っているにせよ、自分とは違う人間なのだ。

　そのころマリアローザが、大学の同僚の女性が書いたピエロ・デッラ・フランチェスカのフレスコ画『出産の聖母』の研究書を紹介するため、フィレンツェに来たことがあった。ピエトロは必ず出席すると言っておきながら、ぎりぎりになって言い訳をして雲隠れした。義姉は車でやってきた。今度はひとりで、少し疲れた様子だったが、例によって優しく、デデとエルサに贈り物をたくさん持ってきてくれた。没になったわたしの小説についてはひと言もなかったが、間違いなくアデーレからすべてを聞いているはずだった。彼女はわたしにフィレンツェまでのドライブのこと、色々な本のことを気ままに、いつもの熱っぽい語り口で話してくれた。そしてそのままの勢いで、次は世界中の出来事をあれこれ語った。ある話題について語っているうちに飽きて次の話題に移り、少し前に自分がうっかり否定した意見をまた肯定するようなこともあった。同僚の本を紹介する講演では、美術史の研究者たちからなる聴衆の心をただちにつかんだ。その調子で話を進めていれば、学会独特のお約束の軌道に沿ってその夕べはこともなく終わったはずだが、彼女は途中で急に方向転換をし、下品な言葉も交えてこんなことを言った。子どもを父親に与えようなんていう考え方は、相手が誰であれ間違っていますが、父なる神とくれば、なおさらいけません。子どもたちは子どもたち自身のものであるべきです。男性の視点ではなく、女性の視点から研究すべき時が来たのです。あらゆる学問の背後にはペニスがあります。ペニスは気弱（インポ）になると鉄パイプに頼り、警察に頼り、刑務所に頼り、軍隊に頼り、強制収容所に頼ります。それでもこちらが降参せず、大騒ぎを続ければ、ついには殺戮が始まります……。不満と同意の声で辺りは騒然とし、講演が終わると彼女は多くの女性たちに囲まれた。そしてわたしを楽しげな仕草で呼び寄せ、フィレンツェの友人たちに誇らしげにデデとエルサを見せ、わたしのことをとても褒めてくれた。なかにはわたしの本を思い出して話題にする者もいたが、わたしはまるで他人が書いた本みたいにすぐに話をそらした。とても楽しい夕べとなり、色とりどりの服装をした若い娘たちと大人の女性たちからなる小さな一団に誘われて、それからは週に一度、誰かの家に集まり、わたしたちについて——と彼女たちは言った——語りあうことになった。

マリアローザの挑発的な発言とその友人たちからの誘いに刺激されて、わたしは本の山からいつかアデーレにもらった二冊の小冊子を取り出した。そしてそれをいつものバッグにしまっておき、出かけた時、晩冬の曇り空の下で読むようになった。まずは『ヘーゲルに唾せよ』と題された文章から始めた。タイトルに興味をそそられたのだ。エルサが乳母車で眠り、コートにマフラー、毛糸の帽子姿のデデがお気に入りの人形と小声でおしゃべりしている横で読んだ。その一句一句、単語のひとつひとつが衝撃的で、作者の傲慢なまでに自由な考え方も強く印象に残った。わたしはさまざまな言葉に力強く下線を引き、感嘆符を記し、あちこちに書きこみをした。ヘーゲルに唾せよ、男たちの文化に唾せよ、マルクスに、エンゲルスに、レーニンに唾せよ。唯物史観に唾せよ。フロイトに唾せよ。精神分析医たちとペニス羨望に唾せよ。結婚と家族に唾せよ。ナチズムにスターリニズム、テロリズムに唾せよ。戦争に唾せよ。階級闘争にプロレタリア独裁に唾せよ。社会主義に共産主義、平等の罠に唾せよ。〝あらゆる〟愛国主義文化のデモに唾せよ。その手のデモの〝あらゆる〟組織形態に唾せよ。女たちの知性の浪費に抵抗せよ。文化を捨てよ。母となった時から既存の文化を否定し、子は誰にも〝譲るな〟。奴隷と支配者という論法を捨てよ。脳みそから劣等感を引き剝がせ。本来の自分に戻れ。アンチテーゼを持つな。個性を旗印にひとと異なる観点から動け。大学は女を解放せず、むしろ抑圧を完成する機関だ。知恵と闘え。男たちが宇宙事業に専念する時代に、女たちの人生はこの惑星の上で始まってすらいない。女性はこの大地のもうひとりの主役だ。女性は〝予期せぬ主体〟だ。

服従から自由になれ、今、ここで、この瞬間に。著者はカルラ・ロンツィという女性だった。どうしたらひとりの女性がこんな風に思考できるのだろう？　わたしはさんざん勉強をしてきたが、知識に対して常に受け身だった。学んだ知識を本当の意味で使ったこともなければ、まともに疑ってみたこともなかった。これこそ、本当に考えるということなのだ。これこそ、本当の抵抗だ。わたしは——あんなに苦労したのに——考え方を知らない。マリアローザだって知らない。もの凄い量の本を読んだ彼女は、記憶にある文章を巧みに組み合わせて派手に演説をぶってみせるが、そこまでだ。ところがリラは本当の話し方を知っている。生まれつきの才能だ。もしもリラが進学を続けていたならば、今ごろはこのカルラ・ロンツィという女性のように考える力を持っていたに違いない。

その考えが頭を離れなくなった。それからの一時期は何を読んでも、なんらかの形でリラに結びつけて考えるようになった。こうして遭遇したひとつの女性の思想モデルは、当然違いもさまざまにあったが、リラに対して感じていたのと同じ憧れと同じ劣等感をわたしに抱かせた。それだけではなかった。そうした文章を読みながらわたしは彼女を思い、彼女の人生のさまざまな場面を思い、リラが読んでいればこの言葉には賛成しただろうな、とか、これは拒否しただろうな、とか思った。その種の読書に背を押されて、やがてわたしはマリアローザの友人たちの集まりによく顔を出すようになったが、そう簡単なことではなかった。デデはお家に帰りたいとひっきりなしに駄々をこね、エルサはエルサでよく不意に楽しげな金切り声を上げげたからだ。でも厄介なのは娘たちだけではなかった。そこにいた女たちはみんなわたしに似ていたから、実のところ、まるでわたしの助けにならなかったのだ。議論の内容がわたしには既知の事実の下手なまとめに過ぎない時は退屈した。それに、女に生まれることの意味ならばよく知っているつもりだったから、自己に目覚めることがいかに困難かといった話にも夢中になれなかった。あらゆる階層と年齢層の男たちについて理解する一助として、わたしとピエトロの関係、さらには、男性一般との関係をそうした場で語るつもりもなかった。男性社会に歓迎されるために男勝りの思考法を身につけることの意味にしても、わたしほど熟知している者はそこにいなかった。経験者であり、相変わらずそうしていたからだ。彼女らの衝突や嫉妬の爆発、尊大な声にへりくだった小声、知識人にはつきもののヒエラルキー、いつも号泣に終わるグループの中の首位争いにも関わらなかった。それでも、わたしをまたリラの元に引き戻す、新しいことがひとつあった。時に不快になるほど率直な、彼女らの口の利き方、討論の仕方に魅了されたのだ。おしゃべりな人間に対して場を譲るような迎合はあまり好きにはなれなかった。それならば、わたしも子ども時代からよく知っていたからだ。むしろ魅力的だったのは、本当のことが知りたいという彼女らの切迫した思いのほうだった。わたしには覚えがない衝動で、恐らくは性格的に元々持っていなかったのではないかと思う。その場では、そんな衝動にふさわしい言葉をひと言も発しなかったわたしだが、こうした議論を自分もリラとしてみないといけないと思った。この女性たちと同じ真摯さでふたりのもつれあった関係を一緒に検証し、互いにずっと黙ってきたことをとことん打ち明けあうべきだ。それこそ、わたしの失敗作のことで彼女が流したあの不意の涙を話の糸口にしてもいいかもしれない……。

早くリラと話したいという思いのあまりの強さに、いっそのこと娘たちを連れてしばらくナポリに行こうか、それともジェンナーロを連れてうちに来てくれと彼女に頼もうか、あるいは文通を持ちかけてみようかと思った。実際、彼女と電話で一度相談をしてみたのだが、うまくいかなかった。読んでいたフェミニズムの本について、参加していたあのグループについてわたしが語ると、彼女はしばし耳を傾けてくれたが、やがて『クリトリス的女性と膣的女性』といったタイトルを笑い物にして、わざと下品な方向に話を持っていこうとした。レヌー、快感とか、女のあそこがどうしたとか、なんなの今日は？　それでなくたって問題は山積みなのに、頭は平気？　彼女はそんな口を利くことで、こちらが興味を持っているような話題について行けないふりをしたかったのだと思う。ついには馬鹿にした口ぶりでこう言った。なにやってんの？　あなたにはもっとやるべきことがあるはずでしょ？　時間を無駄にしちゃ駄目。彼女は怒っていた。タイミングが悪かったのだろう、また日を改めて話してみようと思った。ところが改めて話す時間もなければ、勇気も湧かず、そのうちわたしは、リラと話をするより、まずは自分についてより深く理解することが先決だ、と決めこんだ。わたしはいったいどんな女なのか？　これまでわたしは、男性的な能力を身につけようと努力し、やりすぎてしまった。なんでも知らなくてはいけない、なんでも関心を持たなくてはいけないと思っていた。政治や闘争なんて本当はどうでもよかったのに。男たちの前でいい格好がしたい、ついて行けるようになりたいと思ってきた。わたしは何について行こうとした？　男たちの考え方、その、とことん非理性的な理性だ。だからこそ、流行の言い回しを必死になって記憶した。実に無駄な努力だった。わたしは学問の僕（しもべ）となり、頭も声も変えられてしまった。優等生になりたくて、わたしは自分とどんな秘密の契約を交わしたのだろう。そして今、あんなに苦労して学んできたあとで、今度は何を忘れなくてはならないのだろうか。しかも、リラにあんまりぴったりくっついていたので、わたしは自分を現実とは異なる姿で想像する癖がついてしまった。リラと一心同体のつもりでいたから、彼女から遠ざかれば、途端に体の一部をもがれた気がしてしまう。彼女なしでは、まともにものも考えられない。彼女の考えに支えてもらわないと、どんな自分の考えにも自信を持つことができない。イメージひとつまともに湧かない。リラ抜きの自分を受け入れないといけない。それが鍵だ。自分が凡人であることを受け入れろ。どうすればいい？　また書いてみるべきではないだろうか。でも、もしかしたら、わたしにはそんな情熱などなくて、ただ与えられた課題をこなすように書いてしまうかもしれない。では二度と書くな。なんでもいいから仕事を見つけろ。それも嫌なら、母さんが言うところの奥様でもやってろ。家庭にこもれ。さもなきゃ、みんな投げ出してしまえ。この家も、娘たちも、夫も。

78

わたしはマリアローザとの絆を改めて強化し、しばしば彼女に電話をするようになった。ところが、そのことに気づいたピエトロは、自分の姉をどんどん悪し様に言うようになった。あれは軽薄で、空っぽで、己にとっても他人にとっても危険な女だ。僕は子ども時代と思春期を通じてマリアローザから残酷ないじめを受けた。うちの両親にとって姉は一番の悩みの種だ……。ある晩、彼がくしゃくしゃ頭に疲れた顔で書斎を出てきた時、わたしはマリアローザと電話中だった。彼は台所をぐるりと回って、何か口に入れると、デデと遊びながらわたしたちの会話に耳をそばだてていたが、いきなり甲高い声で叫んだ。あの馬鹿、夕食の時間だってわかってるのか？　わたしは彼女に謝り、受話器を下ろすと、彼に言った。夕食なら支度できてるわ。すぐに食べられるし、そんな大きな声出す必要なんてないのに。すると彼は、うちの姉のたわ言を聞くためにわざわざ高価な遠距離電話をかけるのは馬鹿げていると文句を言った。わたしは口答えせず、テーブルに食器を並べた。こちらが怒っているのに気づいた彼は、心配そうに言い訳をした。何も君に腹が立ったんじゃない、悪いのはマリアローザだよ。しかしその晩からピエトロはわたしの読んでいる本のページをめくっては、わたしが印をつけた言葉について皮肉を言うようになった。こんな口車に乗せられちゃ駄目だよ、まったく下らないね……。彼はそんなことを言っては、フェミニズム運動のポスターや小冊子にありがちなロジックの破綻を証明しようとした。

同じ問題について、ある晩、わたしたちは口論になった。そして言いすぎだったのかもしれないが、わたしはついこんな言葉を吐いてしまった。ずいぶん偉そうにしてるけど、あなただってマリアローザとおんなじで、今の自分があるのは、何もかもお義父さんとお義母さんのおかげじゃないの……。すると彼はまったく予想外の反応を見せた。わたしの頰に一発、びんたを張ったのだ。それもデデの見ている前で。

わたしは冷静に受け止めた。彼よりずっと落ちついていた。生まれてこのかた、びんたならずいぶんともらってきたこのわたしだ。ところがピエトロのほうはそれまで一度も誰かを叩いたことがなく、恐らくは叩かれたことすらないはずだった。その顔を見れば、己の行為にぞっとしているのがわかった。彼は娘を一瞬じっと見つめると、家を出ていった。わたしは怒りを静めると、床にはつかず、彼を待った。ところがなかなか帰ってこないので心配になってきた。どうすればいいのだろう。もしかするとピエトロは神経をやられてしまったのだろうか。睡眠不足のせいなのだろうか。それともこれが彼の本性で、今の今まで本の山と礼儀作法の影に埋もれていただけなのだろうか。彼のことをあまりに知らなすぎる。改めてそう思った。だから行動が読めない。アルノ川に身投げしてしまったのではないか。酔っ払ってどこかに倒れているのではないか。母親の胸に慰めを求め、泣き言を聞いてもらうためにジェノヴァに旅立ったという可能性だってある……もうやめて。わたしは怯えていた。そして、気がついた。読んだばかりの主張も、新しい知識も、自分の私生活のことになると完全に脇に追いやられてしまうものらしい、と。二児の母親として、そう簡単に結論を出す気にはなれなかった。

ピエトロは午前五時ごろに戻ってきた。無事な姿にあんまりほっとして、わたしは彼に抱きつき、キスをした。すると彼はつぶやいた。君は僕を愛しちゃいない。これまでだってずっとそうだったね。

そして、こう付け加えた。いずれにしても、僕は君にはふさわしくない男だ。

79

ピエトロは、もはや彼の生活のあらゆる部分に蔓延した無秩序を受け入れることができずにいた。彼が本来望んでいたのは、あくまで明瞭な一連の習慣からなる規律正しい生活だった。研究をし、大学で教え、子どもたちと遊び、妻と愛を交わし、こんがらがったイタリアの現状をよくするために微力ながら民主的に貢献したい……。ところが現実には大学での人間関係に消耗しきっていた。海外での評価は高まる一方だというのに、大学の同僚たちは彼の仕事をこき下ろした。常に軽蔑され、脅威にさらされている。彼はそう感じていた。しかもわたしがそわそわと落ちつかないばかりに（どこが落ちつかないというのか。むしろわたしはあいまいな女だった）、家族まで始終危険にさらされていると彼は思っていた。ある日の午後、エルサはひとりで遊び、わたしはデデに読みの練習をさせていて、彼は書斎にこもり、家中の動きがぴたりと止まったような時間があった。わたしは苛々と考えていた。ピエトロが望んでいるのは頑丈な砦だ。その中で彼は自分の本の執筆に専念し、わたしは家事を担当し、娘たちは穏やかに成長する。そんな生活を望んでいるのだ……。そこで玄関のブザーが鳴ったので、急いでドアを開けにいった。入ってきたのは思いがけぬ顔ぶれだった。パスクアーレとナディアだ。

ふたりは大きな軍用リュックサックを背負っており、彼のほうはおんぼろ帽子を巻き毛のもじゃもじゃ頭に載せ、やはりもじゃもじゃの巻き毛の髭をたくわえていた。彼女のほうは前より痩せて、疲れた様子で、目を大きく見張ったその表情は、恐いのになんでもないふりをしている女の子みたいだった。わたしたちの家の住所はカルメンに聞いたとのことだった。カルメンはうちの母さんから聞いたらしい。わたしに対するふたりの態度は温かく、こちらも優しく接した。以前の衝突も意見の相違もまるでなかったみたいにわたしたちは振る舞った。パスクアーレはよくしゃべった。それも大声で、ほぼ常に方言だった。最初は彼もナディアも、わたしの単調な日常に変化を添えてくれるありがたい来客に思えた。でもそのうち気がついた。ピエトロはふたりを気に入っていなかった。ふたりがあらかじめ来訪を電話で伝えてこなかったのも、態度があまりに図々しいところも気に障ったようだった。ナディアは靴を脱ぐと、ソファーに寝そべった。パスクアーレはおんぼろ帽子を被ったままで、あれこれ勝手に触ったり、本をめくったりしていたが、やがてなんの断りもなく冷蔵庫から瓶ビールを自分に一本、ナディアにも一本取り出すと、ラッパ飲みしてから、派手なげっぷでデデを笑わせた。出かけてみたくなったのだとふたりは言った。そう、彼らは〝出かける〟という言葉を使い、細かな説明はしなかった。いつナポリを発ったのだと尋ねても答えはあいまいで、いつ帰るつもりだと聞いてもやはり同じだった。仕事はどうしたのかと聞くと、パスクアーレは笑って答えた。もうたくさんだよ。働きすぎなくらい働いたからな。今は休みたいんだ。そこで彼はピエトロに両手を見せると、お前さんの手も見せろと言い、相手の手のひらに自分のそれを擦りあわせながら、ずいぶん違うだろ？と言った。それから新聞を手にすると一面に右手を滑らせ、荒れた皮膚が紙をこする音に得意げな顔をした。新しい遊びでも思いついたみたいに楽しそうだった。次に彼はほとんど脅かすような口調でこう付け加えた。このざらざらの手がなけりゃな、センセイさんよ、椅子も、建物も、自動車も、何ひとつ、この世にはあり得ないんだ。お前さんだって同じだよ。俺たち労働者が働くのをやめたら、すべてがストップする。天は地に落ちるだろうし、地は天に飛び散るだろう。草木は町を覆い尽くし、アルノ川はあんたがたのきれいなお家を洪水で呑みこむだろう。そして、俺たちのように汗水たらして働いてきた労働者だけが生き残る。ところが、本ばかり読んでたおふたりさんは、犬に八つ裂きにされておしまいってとこだな。

大げさで、率直な、いつものパスクアーレ節といったところだった。ピエトロは黙って聞いていた。ナディアもソファーに横たわったまま、真面目な顔で、天井を見つめていた。ふたりの男たちの会話に彼女はほとんど口を挟まず、わたしにも声をかけてくれなかった。ところがコーヒーを用意しようと思って台所に向かうと、彼女がついてきた。そしてエルサがわたしにくっつきっぱなしなのを見て、深刻な声で言った。

「お母さんが大好きなんだね」

「まだ小さいもの」

「大きくなったら、もう好きじゃなくなるって言いたいの？」

「ううん。それは、大きくなっても好きでいてほしいわ」

「うちのママ、しょっちゅうあなたの話をしてたわ。ただの生徒なのに、まるでわたしよりもあなたのほうが本物の娘みたいに」

「本当？」

「だからわたし、あなたのこと嫌いだった。ニーノも取られちゃったし」

「彼があなたを捨てたのは、わたしが原因じゃないわ」

「もうどうでもいいよ。今じゃ、あいつの顔も思い出せないし」

「高校のころ、わたし、あなたみたいになりたかったのよ」

「どうして？　生まれた時から何ひとつ不自由のない人生が素敵だとでも思ってるの？」

「まあ、苦労は少なくて済むんじゃない？」

「大間違い。なんでもかんでもとっくに完成しているみたいに見えて、頑張る気にもなれないってのが本当のところよ。むしろ、こんな自分が恥ずかしい、自分にはこんな楽をする資格はないって気分」

「失敗して罪悪感を覚えるよりいいじゃない」

「それって、リナがそう言ってたの？」

「違う、違う」

ナディアは勢いよくこちらに顔を向けると、意地の悪い表情を浮かべた。彼女にそんな顔ができるとはまったく意外だった。

「わたし、あなたよりリナのほうが好きよ。ふたりとも手の施しようがないくらい最低なクズ女で、典型的なルンペンプロレタリアートよね。でも、あなたは誰にでもいい顔するけど、彼女はそうじゃないもの」

啞然とするわたしを残してナディアは台所を出ていった。パスクアーレに向かって怒鳴る彼女の声がした。わたし、シャワーを浴びてくる。あんたもちょっと洗ったほうがいいよ。そしてふたりはバスルームにこもった。彼らの笑い声はわたしたちのところまで聞こえてきて、ナディアが小さな叫び声を上げるたび、デデがひどく怯えた。やがて出てきたふたりは半裸に頭はびしょびしょという姿で、やけにはしゃいでおり、まるでわたしたちなどいないみたいにふざけあった。ピエトロは会話に入ろうとして、君たちいつからつきあってるの、などと質問をした。するとナディアから冷たい声が返ってきた。わたしたち、つきあっちゃいないわ。つきあってるのは、もしかして、おふたりさんのほうなんじゃない？　ピエトロは相手をこの上なく軽薄な人間だと判断した時のむっとした声で聞き直した。それ、どういう意味かな？　彼女は、あんたにはわかんないよ、と答えた。わたしの夫は、相手に伝わらない時は説明を試みるべきだろう、と言い返した。そこへパスクアーレが笑いながら口を挟んできた。センセイさんよ、説明するようなことなんて何もないんだ。ただ、お前さんが死んでいること、その自覚がお前さんにないことだけは、知っておいたほうがいいな。あんたたちは生き方も話し方も死んでる。自分たちは凄く頭がよくて、民主主義者で、左の人間だっていうその自信も、みんな死んでるんだよ。死んだ人間に何をどう説明できる？

緊迫した時間が続いた。わたしは一切口を開かなかった。ナディアの悪口が耳を離れなかったのだ。どうしてあんなことをなんでもなさそうに、それもひとの家で言えるのだ？　そしてようやくふたりは出ていった。来た時と同じようにほとんどなんの予告もなく、ふたりは荷物を手に取ると姿を消した。パスクアーレは戸口でひと言だけ、急に寂しそうな声になってこう言った。

「じゃあな、アイローラ夫人」

〝アイローラ夫人〟？　つまり、地区の幼なじみの彼まで、わたしのことをよく思っていないということなのだろうか。わたしはもう彼にとってはレヌーでも、エレナでも、エレナ・グレーコでもないということなのか。ほかのみんなにとってもそれは同じ話なのだろうか。もしかして、わたしにとっても同じ？　お前だって、自分の名字が以前に獲得したわずかな輝きを失ったものだから、ずっと夫の名字で名乗っているではないか……。わたしは家の中を片付けた。ふたりの使ったバスルームは特にひどい状態だった。やがてピエトロが言った。あのふたり、僕の家には二度と入れたくないね。インテリの仕事をあんな風にこき下ろすなんて、あの男はファシストだ。本人にその自覚はないだろうがね。あの女のほうはよくいるタイプさ、頭が空っぽな人間だよ。

80

ピエトロの言い分を認めるかのように、無秩序は具体的な形を取り始め、わたしの身近な人々を巻きこんでいった。まずはマリアローザの口から、フランコがミラノでファシストの連中に襲われ、重傷を負い、片目を失明したと知らされた。わたしはデデとエルサを連れてすぐに出発した。列車の旅のあいだ、わたしは娘たちと遊んだり、食事を与えたりしたが、胸のうちは憂鬱だった。どこかに行方をくらませたものとばかり思っていた別のわたし——政治運動に熱中する裕福な学生フランコ・マーリの、貧しく、教養のない恋人だったわたしだ。果たして今や何人のわたしがいるのだろうか——が不意に戻ってきたからだ。

ミラノの駅では、青ざめた顔をこわばらせた義姉が待っていた。連れていかれた彼女の家は、前回、大学での集会のあとで泊めてもらった時とは異なり、ほかに人影がなく、散らかっていた。デデが遊び、エルサが寝ているあいだに、彼女は電話よりも詳しく状況を説明してくれた。事件が起きたのは五日前だった。その日、フランコは労働者による前衛（アヴァングアルディア・オペライア）という団体の集会で演説をした。会場となった小劇場は聴衆であふれかえっていた。集会のあと彼はシルヴィアと一緒に歩いて会場を離れた。彼女はその劇場のそばにある素敵な部屋で『イル・ジョルノ』紙の編集者と暮らしており、フランコはその晩そこに厄介になり、翌日ピアチェンツァへ発つ予定となっていた。ふたりがアパートの入口のすぐ手前まで来て、シルヴィアがバッグから鍵を取り出した時のことだった。道端に白いバントラックが横付けになり、中からファシストたちが飛び出してきて、フランコを半殺しにし、シルヴィアに暴力を振るい、レイプした。

わたしたちはワインを痛飲し、彼女はドラッグを取り出した。この日はわたしも試してみることにした。いくら飲んでも、一向に気が晴れなかったからだ。義姉は怒りをつのらせながら語り続けていたが、やがて沈黙し、うわっと泣きだした。慰めようにも言葉が見つからなかった。わたしには彼女の涙が〝聞こえた〟。涙が音を立てながら目からこぼれ、頰を伝うような気がしたのだ。そして急に視界から彼女が消え、部屋も消え、目の前が真っ暗になった。わたしは気を失ったのだった。

意識を取り戻したわたしは、疲れのせいだと言い訳をした。気まずいことこの上なかった。その夜はまともに眠れなかった。過剰な修養のせいで全身がやけに重たく、本や雑誌の語彙からは不安が滴っていた。にわかにアルファベットが組み合わせ不能になったみたいだった。わたしはふたりの娘の傍らに身を寄せた。あたかも彼女たちのほうが母親のわたしを慰め、守らなくてはならぬかのように。

翌日、わたしはデデとエルサを義姉に預け、病院に向かった。フランコは緑がかった色の大部屋にいた。患者たちの呼気と尿と薬品のにおいが強く漂っていた。彼は体がぎゅっと小さくなり、しかも膨らんだように見えた。あの時の包帯の白さ、顔と首の一部の紫色は今でもはっきりと覚えている。歓迎はされなかった。自分の状態を恥じているようにも見えた。わたしばかりがしゃべり、娘たちの話をした記憶がある。そうして数分がたったころ、彼がつぶやいた。頼む、帰ってくれ。今は出ていってほしいんだ……。それでもわたしが粘ろうとすると、彼は小声で腹立たしげに言った。今の俺は俺じゃない、もう帰れ。とても具合が悪かったようだ。あとで、見舞いに来ていた彼の仲間たち数人から、再手術になるかもしれないと聞かされた。病院から戻ったわたしを見て、マリアローザはこちらの動揺の大きさに気づき、娘たちの世話を手伝ってくれた。そしてデデが眠ると、わたしのこともすぐにベッドに送った。ただ次の日になると、シルヴィアのところにつきあってくれと頼まれた。わたしはなんとか断ろうとした。フランコに会い、自分の無力さを感じた上にかえって彼を弱らせてしまった体験だけでもひどくつらかった。だから、シルヴィアのことは大学の集会の時の姿のままで記憶に留めておきたいとマリアローザに説明した。ところが彼女は駄目だと言うのだった。シルヴィアは今のありのままの姿をわたしとあなたに見せたがっている。それが彼女の心からの願いだ、と。結局、一緒に行くことになった。

ドアを開けてくれたのはとてもエレガントな婦人で、ウェーブを描いて肩にかかる髪の毛はきれいな金髪だった。シルヴィアの母親だ。彼女はミルコを連れていた。やはり金髪の男の子はもう五歳か六歳にはなっていた。デデはいつものむくれたような、つんとしたような態度で、すぐミルコに、テスとのおままごとを強要した。テスというのは、彼女がどこに行くのにも連れていくあの古い人形の名だ。シルヴィアは眠っていたが、わたしたちが来たら起こしてくれと母親にことづけていたという。それからだいぶ待たされた。姿を見せた彼女は厚化粧をして、緑色のきれいなロングドレスを着ていた。痣や傷跡、不確かな足取りを見るのは、それほどショックではなかった。新婚旅行から戻ってきたリラのほうがずっとひどい様子だった。ただ、無表情な目つきが気になった。その空っぽな瞳は、時おり笑い声で途切れる、何かに取り憑かれたような小声のおしゃべりとひどく不釣り合いだった。シルヴィアはわたしに向かって、そう、まだ自分の話を聞いていないわたしのためだけに、ファシストの連中に何をされたかを語りだした。まるで残忍なわらべ歌でも暗唱するかのような口ぶりで、そうして見舞い客が来るたびに同じ話を繰り返すことで、なんとか恐怖を抑えこんでいるらしかった。母親が何度も話をやめさせようとしたが、そのたび娘はうるさげな仕草ではねつけ、声を大にして、自分が受けた卑猥な行為を説明し、そう遠くない未来に残酷な復讐をしてやると誓った。そのうちわたしが泣きだすと、彼女はぴたりと話をやめた。しかしそのあいだにも新たな見舞い客たちはやってきた。主に家族の友人と彼女の女友だちだ。そしてまた彼女が頭から話を始めたので、わたしは慌ててエルサを抱き寄せ、何度も軽いキスをしながら部屋の片隅に避難した。わたしはそこで、ステファノがリラにしたこと、シルヴィアの話を聞きながら想像したことを振り返った。すると、ふたりの語った言葉がどれも命の上げる恐怖の叫びに思えた。

やがてわたしはデデを探しにいった。娘は廊下でミルコと人形と一緒にいた。ふたりは母親と父親、そしてその息子のふりをして遊んでいたが、家庭円満ではないようで、夫婦喧嘩の真似をしていた。わたしは足を止めた。デデはミルコにこんな指示をしていた。〝あなたはわたしの頬を叩くの、わかった？〟。新しい世代は古い世代の行為を遊戯の中で繰り返していた。わたしたちは影を連ねた一本の鎖であり、はるか昔から延々とそうやって、愛と憎しみと欲望と暴力の同じ重荷を負って舞台に上がり続けてきたのだ。わたしはデデをよく観察してみた。ピエトロに似ていると思った。ミルコのほうは、ニーノにそっくりだった。

81

それからほどなくして、急に激化した時だけ新聞やテレビで報じられる地下戦争――クーデター計画、警察の抑圧、武装組織の暗躍、銃撃戦、傷害事件、殺人、爆破事件、殺戮といった大都市でも小さな町でも変わらず発生していた騒動――がふたたび身近に迫ってきた。きっかけはカルメンからの電話だった。彼女はひどく不安そうな声で、兄パスクアーレがもう何週間も前から行方不明だと告げ、わたしに尋ねた。

「もしかしてそっちに行かなかった？」

「来たは来たけど、二ヵ月以上前のことよ」

「そう。あなたの電話番号と住所を聞かれたの。何か相談したいことがあったみたいだけど、どうだった？」

「相談ってなんの相談？」

「わかんない」

「パスクアーレ、そんなこと何も言ってなかったけど」

「じゃあ、どんな話をしてた？」

「特に何も。元気で、楽しそうだったよ」

カルメンは手当たり次第に兄の行方を尋ねたという。リラにも、エンツォにも、トリブナーリ通りの政治団体の青年たちにも尋ねた。とうとうナディアの実家にまで電話をしたが、母親には冷たくあしらわれ、アルマンドには、妹はなんの連絡先も残さずに引っ越してしまったとしか教えてもらえなかったという。

「どこかで一緒に生活しているんじゃないの？」

「パスクアーレとあの女が？　連絡先のひとつもこっちには教えないで？」

わたしとカルメンは長いこと話しあった。わたしは、ナディアはパスクアーレと一緒になるために家族との絆を断ったのだろう、という意見だった。きっとふたりでドイツか、イギリスか、フランスにでも行ったのだろう。ところがカルメンは納得せず、言うのだった。あんなに家族思いの兄がこんな風に姿を消すはずがない。自分は悪い予感がする。地区での衝突はもはや日常茶飯事で、左翼の同志は誰であれ襲撃に警戒せねばならなくなっている。ファシストの連中はわたしと夫まで脅迫した。パスクアーレは、極右政党の支部とソラーラ兄弟のスーパーマーケットに放火した犯人として連中から名指しの非難を受けている……。そんな話はまるで知らなかったので、わたしは驚いてしまった。地区はそんなことになってるの？　ファシストの連中が放火をパスクアーレのせいにしてるって本当？　するとカルメンは答えた。そうよ、やつらのリストの一番上にいるわ。排除すべき敵のひとりとみなされてるの。もしかしたら、もうジーノに殺されちゃったのかもしれない。

「警察には行った？」

「うん」

「なんて言ってた？」

「危うくこっちが逮捕されるところだったわ。警察なんて、ファシストよりもファシストだよ」

わたしはガリアーニ先生に電話をした。すると皮肉っぽく言われてしまった。どうしたの？　このところあなたの顔、本屋でも、新聞でも見ないじゃない？　もう引退しちゃったの？　わたしは、娘がふたりできて、その世話で今は忙しいのだと答えてから、ナディアの行方を尋ねた。すると先生は冷ややかな声になり、あの子はもう大人です、この家を出てひとりで暮らしています、と答えた。どこに住んでいるのかと尋ねると、そんなことは知らないと言われ、ではアルマンドさんの家の電話番号を教えてくれないかとこちらが言い終わるのを待たずに、挨拶も抜きでいきなり切られてしまった。

アルマンドの自宅の電話番号を手に入れるのはひと苦労だったが、彼が家にいるところを電話で捕まえるのはもっと大変だった。ようやく出た彼はわたしの声を聞いて嬉しそうで、やけに熱心に打ち明け話を始めた。なんでも病院での仕事が忙しく、結婚生活は破綻、妻は男の子を連れて出ていってしまい、孤独でどうにかなりそうだという。ところが妹ナディアの話になると急に歯切れが悪くなり、静かにこう言った。あいつとはもう縁を切ったんだ。政治の話に限らず、何につけ意見が合わなくなってね。パスクアーレとつきあいだしてから、妹は頭がどうかしてしまったみたいなんだ……。わたしが、ふたりは同棲していると思うかと尋ねると、彼は、まあそうだろうね、とだけ答えて、いかにもその話題の軽薄さが耐えられないという風に話をそらし、政況の厳しい批判を始め、ブレシアの爆弾テロ（一九七四年五月二十八日のロッジャ広場爆破事件のこと。八名が死亡、百二名が負傷）に触れ、普段は政党に金を送って根回しをし、形勢不利と見れば、ただちにファシストたちを送りこむ資本家たちを弾劾した。

　わたしはまたカルメンに電話をかけた。安心させてやろうと思い、ナディアはパスクアーレと一緒になるために家族を捨てた、パスクアーレは彼女のあとをまるで子犬のようについて行ったのだ、と説明した。

「本当にそうだと思う？」カルメンが聞いてきた。

「間違いないって。恋ってそういうものよ」

　彼女は疑わしげだった。わたしは自説を譲らず、パスクアーレとナディアがうちで過ごしたあの午後の顛末を細かく語り、ふたりがどれだけ仲がよかったかという点を少し誇張して話した。その日はそこで電話を切ったが、六月のなかば、カルメンからまた電話があった。ひどく落ちこんだ声だった。聞けば、ジーノが薬局の前で殺害されたという。白昼堂々の犯行で、正面から銃で撃たれたらしい。わたしは早とちりをして、カルメンがわざわざそんなことを伝えてきたのは、ジーノが思春期の仲間のひとりであり、彼がファシストであろうとなかろうと、エレナにはやはり驚きのニュースに違いないと考えたからだろうと思った。ところが彼女は何も、恐ろしい殺人事件の衝撃をわたしと分かちあおうとした訳ではなかった。憲兵（カラビニエーリ）が彼女の家にやってきて、隅々まで家宅捜索をした挙げ句、夫のガソリンスタンドまで徹底的に調べていったというのだった。当局はパスクアーレの居場所を特定するための手がかりを探していた。それで彼女は、ドン・アキッレ殺害容疑でやはり憲兵が父親を逮捕しにきた時以上に暗澹としていたのだった。

82

カルメンは不安で動転しており、彼女の目には新たな迫害としか思えぬ事態に涙した。一方わたしは、薬局の前のがらんとした小さな広場のイメージが頭を離れなかった。店内の様子も目に浮かんだ。そこに漂うキャンディとシロップのにおいも好きなら、カラフルな壺が並ぶ褐色の木製家具も好きだったが、なんといってもジーノの両親がわたしは好きだった。どちらもとても親切で、揃って少し猫背で、いつもバルコニーから外を眺めるみたいな格好でカウンターの向こうに並んでいた。銃声にはっと息を呑んだ時、きっとふたりはそこにいたのだろう。もしかするとそこで目を見張って、店の入口で倒れる息子も、流れる血も、見届けたのかもしれない。わたしはリラと話したくなった。ところが、彼女の反応はひどく冷めていて、ジーノの死をよくある事件だと片付けた上で、こう言っただけだった。憲兵隊がパスクアーレのせいにするのなんて、わかりきったことでしょ？　リラの声にはただちにわたしの心をつかみ、納得させる力があった。彼女は続けた。仮にパスクアーレが本当にジーノを殺した犯人だとしても——そんなことはまずあり得ないけど——わたしは彼の味方だよ。だって憲兵隊は、現場作業員で共産主義者のパスクアーレを目の敵にするより、さんざん悪事をなしたジーノのほうに腹を立てるべきだったんだから。それから彼女は、それよりもっと大事な話があるとでも言いたげに口調を改め、ジェンナーロを夏休みが終わるまで預かってくれないかと頼んできた。ジェンナーロ？　こっちはデデとエルサで手いっぱいなのに、どうしろと言うのだろうか。わたしはぼそりと言った。

「でも、どうして？」

「仕事が忙しいの」

「夏は娘たちと海で過ごすつもりだったんだけど」

「うちの子も連れてってよ」

「ヴィアレッジョ（トスカーナ州の海沿いの町）に行くの。そのまま八月末までは帰ってこないよ。あの子、わたしのことなんてぜんぜん知らないじゃない？　きっとお母さんを恋しがるわ。リラも来るならいいけど、わたしひとりじゃ、困っちゃうな」

「うちの子の面倒は見るって約束してくれたはずでしょ？」

「あれは、リラが具合悪かったらって話だよ」

「具合がいいなんて誰が言った？」

「悪いの？」

「ううん」

「それなら、ヌンツィアか、ステファノのお母さんに頼めば？」

彼女はちょっと黙ってから、急に乱暴な声になって言った。

「ねえ、頼みを聞いてくれるの、くれないの？」

わたしはすぐに降参した。

「わかった。連れてきなよ」

「エンツォが連れてくから」

エンツォはある土曜日の晩に真っ白に輝くフィアット・チンクエチェントに乗って現れた。ぴかぴかの新車だった。家の窓から彼の姿を認め、まだ車の中にいる男の子に何か言っているその方言を聞くだけで――彼はどこも変わっていなかった。控えめな一挙一動も、密度の高そうな体つきも以前のままだった――ナポリとわたしたちの地区が目の前に甦る思いがした。ワンピースの裾にしがみついたデデをそのままに、わたしはドアを開けた。そして、そこにいるジェンナーロをひと目見るなり、五年前のメリーナの言葉が正しかったことを理解した。十歳になった少年は、ニーノの面影などどこにもなく、リラにすら似ておらず、ただただステファノに生き写しだったのだ。

そうと知ってわたしは、失望と嬉しさの入り混じった複雑な気分になった。どうせ長いこと彼を預かり、娘たちと一緒に過ごさせるのなら、やはりニーノの息子がよかったという残念な気持ちもあれば、ニーノがリラに何ひとつ残していかなかったとわかって嬉しい気持ちもあったからだ。

83

エンツォはただちに帰途につこうとしたが、ピエトロが彼をとても礼儀正しく歓待し、その晩は、我が家に泊まっていくよう説得した。わたしはジェンナーロの背を押し、六歳近い年の差があったが、デデと遊ばせようとした。ところが彼女のほうは乗り気でも、彼のほうがきっぱりと首を振って拒否するのだった。自分の子どもではないジェンナーロをまめに世話するエンツォの姿にわたしは心打たれた。少年の習慣から好みから注意すべき点まで、エンツォはなんでも知っていた。ジェンナーロが眠いと駄々をこねても、寝る前に小便をして、歯を磨けと少年に優しく言い聞かせ、疲れ果てて眠ってしまえば、そっと服を脱がせ、パジャマを着せてやった。

わたしが皿を洗い、片付けているあいだ、ピエトロは客人の相手をした。台所のテーブルを挟んで座った男ふたりにはなんの共通点もなかった。まずは政治談議を試みたが、わたしの夫が共産党のキリスト教民主党への漸進的歩み寄りを評価すると、エンツォは、仮に歩み寄り戦略が成功すれば、ベルリングエル書記長は労働者階級の最悪な敵に手を貸すことになるだろうと反論したので、衝突を避けるために政治の話はやめとなった。ピエトロは次に、エンツォの仕事について丁寧に尋ねた。するとエンツォは相手が本当に関心を持っているようだと判断したらしく、普段に比べれば饒舌に、無駄のない解説を始めた。少々専門的すぎではあったかもしれない。最近、ＩＢＭは彼とリラを前よりももっと規模の大きな企業に派遣することを決めた。ノーラ（ナポリ東北東二十三キロに位置する町）近郊の工場で、三百名の工員と四十名近い事務員のいる大きなメーカーだ。提示された報酬額にエンツォとリラは息を呑んだ。電算室長の彼には月に三十五万リラ、その補佐役である彼女には十万リラ。ふたりは当然、その提案を承諾した。しかし今や、報酬に見合うだけの活躍が期待されており、膨大な量の仕事が待っているという。エンツォはそこから主語を〝俺たちは〟という複数形に切り替えて説明を続けた。つまり、リラと彼は、という意味だ。俺たちはＩＢＭのシステム／３モデル10という電子計算機、一台を任されている。部下はオペレーターがふたり、キーパンチャーが五人。キーパンチャーはチェッカーも兼ねている。俺たちの任務は莫大な情報を集めてＩＢＭのシステムに入力することだ。どんな情報かというと、この機械に色々な仕事をさせるために必要な情報だ。そうだな、たとえば、会計に給料計算、送り状の作成、在庫管理、注文管理、外注、製造、出荷といった仕事だ。そのために俺たちは紙のカードを使う。それがつまり、キーパンチャーが穴を開けるパンチカードだ。その穴こそがすべてなんだ。俺たちの仕事はそこに結実する。ひとつ、送り状の発行を例に、こうした簡単な作業のプログラムを作るためにどんな準備が必要になるか説明してみようか。この場合、手がかりとなるのは紙の納品書だ。納品書には、在庫管理担当者の手で製品の情報も納入先の顧客の情報も記されている。顧客にはそれぞれ番号(コード)がついている。顧客の住所氏名といった情報にも、製品にもそれぞれコードがついている。キーパンチャーはカード穿孔機を前にして、専用のキーを押して新しいカードをセットすると、入力キーを叩いて、納品書コード、顧客コード、顧客住所氏名コード、製品数量コードに対応する穴を紙のカードの上に開ける。たとえば、納品書千枚を十種類の製品のために用意すれば、針を突き通したみたいな穴だらけのカードが一万枚できる訳だ。どうだろう、ここまではわかるかな?

その晩はそんな調子で過ぎていった。ピエトロは話をきちんと聞いている印に時おりうなずいたり、質問さえ試みた(〝穴が大切なのはわかった。でも、穴の開いていない部分にも意味はあるのかい?〟)。わたしは微笑みを浮かべたまま、黙って皿洗いと掃除を続けた。エンツォはそうしてわたしたちのまるで知らないことを解説できるのが嬉しそうだった。大学教授が真面目な生徒のように自分の話を聞き、大学を卒業し、本まで書いた幼なじみが台所を片付けながら、話を聞いてくれている、と。しかし、実をいえばわたしはすぐに退屈した。ひとりのオペレーターが一万枚のカードを取り、カード分類機と呼ばれる機械に入れる。分類機は製品コード順にカードを並べ替える。それから二台のレットーレにかける。レットーレといっても人間の〝読者(レットーレ)〟のことではなく、カードの穴と、穴の開いていない部分を読み取る装置のことだ。それから? そこでわたしは話を見失った。穴が穴と照合し、コード、カードの入った巨大な箱の数々、穴、穴、穴のあいだで戸惑うばかりだった。無数のコ穴が穴を選び、穴が穴を読み、穴が四則演算をし、名前を印字し、住所を印字し、合計を印字する。初めて聞くｆｉｌｅという言葉にもわたしは戸惑わされた。エンツォはしばしばこの言葉を口にし、イタリア語で〝列〟を意味する女性名詞の複数形のように〝フィーレ〟と発音したが、女性名詞であれば本来〝レ・フィーレ〟と言うべきところを、奇妙にも〝イル・フィーレ〟と、あたかも男性名詞の単数形のように言った。それも一度や二度の話ではなかった。リラについての話にも戸惑った。彼女はそうした専門用語も、機械も、仕事も何もかも知っているらしい。エンツォの給料だけでもわたしよりずっと贅沢な暮らしができるはずなのに、なぜかノーラの大きな会社で働いている彼女。エンツォ自身の話にも戸惑いを覚えた。彼は誇らしげに〝彼女がいなかったら、俺はとてもやっていけない〟と言い、深い愛情をわたしたちに告白した。そうやって彼の伴侶がどれだけ並外れた女性であるかを自分にも他人にも思い出させるのがエンツォはどうやら好きらしかった。一方、わたしの夫といえば、わたしを褒めてくれることなどまずなく、むしろ彼の子どもの母親という身分に貶め、過去にどれだけ学んでいようが、今は自分の考えをまったく持てない女であることを望んでいた。そして彼は、わたしが読む本、わたしの興味の対象、わたしの言葉をことごとく馬鹿にしては、わたしを見下した。しかもわたしにはそんな彼に愛してもらう条件として、常に無価値な人間らしく振る舞うことが求められているようだった。

わたしはようやく腰を下ろした。鬱屈としていた。ふたりの男がどちらも、食卓の用意も、食器の片付けも、皿洗いも、床の掃除も手伝おうと言ってくれなかったからだ。エンツォは話を続けた。送り状なんてものは単純な書類だ、そのくらい手で書いたっていいじゃないか、そう思うだろう。確かに一日に十通ならまったく問題ないだろう。しかし千通必要になったら？　読み取り機は毎分二百枚のカードを読むことができる。つまり、二千枚なら十分、一万枚なら五十分。機械のスピードは大きな強みだ。時間のかかる複雑な作業をこなせるように設定されていれば、なおさらだ。俺とリナの仕事はまさにそれなんだ。ＩＢＭのシステムが複雑な作業をこなせるように用意すること。プログラム開発は本当にやりがいのある仕事だよ。システムの運用そのものはそこまで楽しくない。カード分類機の中でパンチカードが紙詰まりを起こしたり、破れてしまうこともよくある。整理したばかりのカードの入った容器を落として、床にぶちまけてしまうこともしょっちゅうだ。それでもやっぱりいい。素敵な仕事だよ。

そこでわたしは口を挟んだ。何が言いたい訳でもなかったが、仲間外れが嫌だったのだ。

「彼、間違えることもあるの？」

「彼って誰のことだい？」

「計算機よ」

「彼なんていないんだよ、レヌー。いるとすれば俺のことだ。システムが間違え、問題を起こしたら、それは俺がミスを犯し、俺が問題を起こしたということなんだ」

「へえ」とわたしは言い、つぶやいた。「わたし疲れたわ」

ピエトロもうなずき、今夜はここまでと締めに入りそうな気配を見せた。ところが彼はエンツォに向き直り、こんなことを言った。

「実に驚くべき話だね。でも、もしも君の言うとおり、その手の機械が人間の代わりをするようになったら、多くの職業も姿を消すだろう。フィアットではもうロボットが溶接をやっていると聞いた。仕事の口もずいぶんと減ってしまうだろうな」

エンツォは最初うなずいていたが、やがて思い直した顔をし、結局、彼がただひとり権威を認める人間の意見に頼った。

「リナはそれでいいんだと言ってるよ。屈辱的な仕事や、頭がどうにかなりそうな仕事は、いっそなくなったほうがいいんだって」

リナ、リナ、リナって。わたしはからかうように問い詰めた。リナがそんなに頭いいなら、どうしてエンツォには三十五万リラで、彼女には十万リラなの？　室長と補佐役の違い？　エンツォはまたためらい、何か打ち明けようとしてから、やはり思い直したらしく、こんな風にこぼした。俺にどうしろって言うんだ？　そもそも生産手段の私的所有を廃止すべきなんだよ。静まりかえった台所にしばし、冷蔵庫の立てるジーッという音が響いた。ピエトロが立ち上がり、さあ寝ようか、と言った。

84

エンツォは朝の六時までには出たいと言っていたが、四時にはもう部屋でごそごそやっている音がした。わたしはコーヒーを淹れてあげようと思い、起き上がった。静かな家の中、そうして一対一で向きあえば、電子計算機を語った時の口調も、ピエトロの肩書きの重圧に対抗するために必要だった標準語も姿を消し、わたしたちは方言で話した。リラとの仲を尋ねると、俺たちはうまくいっているが、あいつはいつも何かと忙しく走り回っている、と答えた。仕事の問題を解決すべく奔走していたかと思えば、今度は母親に父親、兄を相手に喧嘩をし、ジェンナーロの宿題を助けていたかと思えば、リーノの子どもたちをはじめ、俺たちの家に立ち寄る子どもを片っ端から手助けしている。リナは自分の健康に気を遣わない。だからいつでもへとへとで、今にもいつかのように倒れそうだ。あいつは疲れているんだ……。ほどなくわたしは理解した。肩を並べて仕事をし、高給にも恵まれ、息の合ったふたりは、今よりも複雑な秩序の中に身を置くべきなのだ。わたしは思い切って言ってみた。

「あなたたち、もう少し落ちついたほうがいいのかも。仕事にしたって、リナはそんなに頑張っちゃ駄目でしょ」

「それは俺も口を酸っぱくして言ってるんだが」

「それに、別居と離婚の手続きだってあるでしょ。いつまでもステファノと結婚したままでいても、意味がないもの」

「その点、リナはまるで気にならないらしい」

「でもステファノのほうは？」

「あの男は、今は離婚ができるようになったということすら知らないよ」

「アーダはどうなの？」

「あいつはあいつで、生き延びるために苦労している。車輪は回り、前は上でふんぞり返っていた者が、今度は下敷きになるって話だよ。カッラッチの一族はもう一文無しで、ソラーラの借金まみれなんだ。だからアーダは、今のうちにつかめるものはなんでもつかんでおこうと必死だ」

「でもあなたは？　リナと結婚したくないの？」

彼としてはそうしたいところだが、リラが反対している。エンツォの話からはそんな状況が見えてきた。なんでも彼女は、わざわざ時間をかけて離婚をするのが面倒なのもあるが——わたしがあいつと夫婦のままだからって何さ。あなたと一緒に暮らして、一緒に寝てる。大切なのはその事実でしょ？——もう一度結婚すると考えただけで、馬鹿馬鹿しくなってしまうらしかった。実際、こんなことも言ったらしい。わたしとあなたが結婚する？　何言ってるの、このままでいいじゃない？　それにこのほうが、嫌になったらすぐ、お互い別々の道を行けるし。彼に言わせれば、リラは再婚に関心がなく、もっとほかのことで頭がいっぱいなのだった。

「ほかのことって？」

「もうやめよう」

「教えて」

「あいつから何も聞いてないのか？」

「なんのこと？」

「ミケーレ・ソラーラのことだ」

短いが張りつめた言葉を連ね、エンツォは語った。驚いたことにミケーレはいまだ性懲りもなくリラに自分の下で働いてくれと頼み続けているのだという。ヴォメロ地区の新しい店を任せたいと言ってきたこともあれば、会計と税務を任せたいと言ったり、友人の秘書になってくれと言ったこともあったらしい。その友人とは、キリスト教民主党の名のある政治家だったそうだ。月に二十万リラやるから、何か発明してくれ、どんな馬鹿げた思いつきでもいいから教えろ、と迫られたことまであったという。ミケーレはポジッリポに住んでいたが、稼業の本拠は地区の実家のままにしていた。だからリラはしょっちゅうあの男と鉢合わせした。通りでも、市場でも、あちこちの店でも出くわした。そのたび、向こうは彼女を止め、いつも極めて友好的な態度で、ジェンナーロに冗談を言い、ちょっとしたプレゼントをくれたりした。それから必ず真面目な顔になり、たとえ彼女に仕事の提案を断られても辛抱強く受け止め、例の冗談めかした口調でこう言ったそうだ。俺は諦めない。永遠に待っているからな。いつでも呼んでくれ、すぐに駆けつけるから……。だがそれも、彼女がＩＢＭと契約を結んだと知るまでのことだった。その知らせにミケーレは怒り狂い、伝手を頼りにエンツォをコンサルタント業界から干そうとさえしたという。リラも道連れに、ということだ。しかし成果はゼロだった。IBMは多数の技術者を緊急に必要としており、エンツォとリラほど優秀な技術者はそうそういなかったからだ。ただし、ふたりを取り巻く空気は変化してしまった。エンツォは家の前でジーノの手下のファシストたちの待ち伏せに遭い、辛くもアパートの入口に逃げこみ、ドアを閉めて難を逃れた。だがそこで終わらず、少しして今度はジェンナーロの身に不穏な出来事が起きた。リラの母親がいつものように孫を学校の下校時間に迎えにいくと、ほかの生徒はみんな出てきても、少年の姿がなかった。担任の先生は、ほんの少し前までここにいた、と言い、同じクラスの子どもたちも、ここにいたけど、急に姿が見えなくなった、と口々に言うばかりだった。ひどく不安になったヌンツィアは仕事先の娘に電話をかけた。リラはただちに帰宅し、ジェンナーロを探し始めた。果たして少年は公園で、ひとりおとなしくベンチに座っていた。学校に着ていったスモックも、襟元のリボンも、手提げ鞄も普段のままだったが、どこに行っていたの、何があったの、と母親が聞いても、虚ろな表情で笑うだけだったという。彼女はエンツォの襲撃未遂と息子を拐かされた恨みを晴らすべく、ミケーレの息の根を止めに今にも走りだしそうだったが、エンツォに止められた。当時、ファシストの連中は左の人間であれば誰であれ襲ったから、あの襲撃がミケーレの命令だったという証拠はなかった。ジェンナーロの誘拐騒ぎにしても、本人が、いたずらで隠れたのだと白状していた。いずれにしてもエンツォは、まずはリラを落ちつかせ、それからひとりでミケーレと話をつけに行った。バール・ソラーラにやってきたエンツォの話をミケーレは眉ひとつ動かさずに聞くと、およそ次のようなことを言った。エンツォよ、ジェンナーロは俺だって可愛いと思ってるんだぞ。あの子に手出しするやつがあれば、そいつは死んだも同然だ。黙って聞いてりゃ、たわ言ばかり並べやがって。だが、リナの頭がいいって話だけは本当だ。あの才能を駄目にしちまうのは惜しい。だからこうして何年も飽きずに、俺のために働いてくれって頼んでいるんじゃないか。それが腹立つって？　知ったこっちゃないね。しかし、今のままじゃよくないぜ。もしもリナを大切に思ってるなら、あのもの凄え頭をもっと使えと励まさなければ嘘だぜ。さあ、こっちに来いよ。座って、コーヒー飲んで、うまい菓子でも食え。お前たちの計算機とやらがなんの役に立つのか聞かせてくれよ……。この話はそこで終わらなかった。それからミケーレはエンツォと二、三度、偶然に会い、そのたび、システム／3にますます興味を示した。そしてある日、楽しげにこんなことを言ったという。ＩＢＭの人間に聞いてみたよ、お前とリナとどっちが優秀かってな。すると、エンツォは間違いなく腕利きだが、業界トップはリナのほうだとさ……。そのあとミケーレはリラを通りで呼び止め、大きな儲け話を持ちかけた。俺はシステム／3を借りて、商売で使えるだけ使うつもりだ。だから電算室長としてお前を雇いたい。月に四十万リラでどうだ？

「この話も聞かされていなかったのか？」エンツォは、念のために聞くがという風に尋ねた。

「聞いてないわ」

「それだけレヌーに迷惑をかけたくないってことなんだろうな。そっちにはそっちの生活があるから。でも彼女にとっては出世のチャンスだし、ふたりの給料を合わせれば凄いことになるのはわかるだろう？　だって、月に七十五万リラだぞ？」

「でもリナはなんて？」

「九月に返事をすることになっている」

「どうするんだろう？」

「わからない。あいつの考えていること、先読みできたことあるかい？」

「ないわ。でもエンツォとしては、どうするべきだと思う？」

「どうもこうもない。俺はあいつの考えに従う」

「たとえ、彼女の考えに反対でも？」

「そうだ」

わたしはエンツォを車のところまで見送った。階段を下りながら、もしかしたら、彼がまず知らないだろうあのことを告げるべきなのかもしれないと思った。ミケーレがリラに対し、蜘蛛の巣のような危ない情熱を抱えているという事実だ。あの男のそれは、単なる肉体的な独占とも、献身的な隷属とも無関係な愛情だった。やっぱり教えてあげよう。ほとんど決意は固まっていた。エンツォのことが好きになっていたから、彼がミケーレを軽く見て、愛するリラの知性を金で買おうと以前からたくらむ、ただの半端なチンピラだと勘違いしてはいけないと思った。もう運転席に収まった彼にわたしは尋ねた。

「でも、ミケーレがあなたからリナを奪おうとしたらどうするの？」

彼は動じる様子もなく答えた。

「殺すさ。だが、やつにその気はないな。愛人ならとっくにいるから。みんな知ってるよ」

「誰？」

「マリーザだ。しかもまた孕ませやがった」

一瞬、話がまるで見えなかった。

「マリーザ・サッラトーレのこと？」

「そうだ。アルフォンソの奥さんだよ」

いつかのアルフォンソとの会話をわたしは思い出した。自分の人生がどれだけややこしくなってしまったかを彼が説明しようとしたのに、わたしはその告白の本質よりも表面的な部分に衝撃を受けて、耳をふさいでしまったのだった。今度も彼の不幸は混乱ぎみに思えた——はっきりさせるためにはアルフォンソと改めて話してみないといけないと思った。それでもわたしにはわからないかもしれないが——が、わたしはその事実をうまく受け入れられず、痛いくらいの不快感を覚えた。

「アルフォンソはなんて言ってるの？」

「あいつは気にしていない。ホモだって噂だし」

「誰がそんなことを？」

「みんなさ」

「みんなって、エンツォ、ずいぶんいい加減じゃない？　〝みんな〟の噂はほかにもあるの？」

彼は一瞬、何を今さらという顔でこちらを見ると、言った。

「色々あるさ。噂の好きな地区だからな」

「たとえば？」

「昔の話が蒸し返されてる。ドン・アキッレを殺したのはソラーラ兄弟の母親だ、というのもある」

エンツォは出発した。彼が自分の言葉も一緒に連れていってくれればと願ったが、聞かされた話は頭を離れず、わたしは心配になったり、腹を立てたりした。うんざりしたわたしは受話器を手に取り、不安と恨めしさがない交ぜになった声でリラを問い詰めた。どうしてミケーレからあれこれ仕事の提案があったことを教えてくれなかったのか。特に最後の提案は教えてくれてもよかったのではないか。どうしてアルフォンソの秘密をばらしてしまったのか。どうしてソラーラ兄弟の母親の話を触れ回っているのか。あの話はわたしたちがお遊びで思いついたものではないか。どうしてジェンナーロをこちらに送ったのか。彼の安全を心配してのことならば、はっきり教えてほしい。わたしには知る権利があるはずだ。リラが腹の中で何を考えているのか、一度くらいは教えてくれてもいいではないか……

…。つまりは不満をぶつけたのだが、そうして話しているうちにある希望が湧いてきた。この話がここで終わらず、電話だけでもいいから、わたしとリラの関係を見直し、はっきりさせ、徹底的に理解したいという昔からの願いがかなえばいいと思ったのだ。彼女をうまいこと挑発し、個人的な質問に次々答えさせてみたかった。ところがリラはへそを曲げてしまい、かなり冷たくあしらわれた。虫の居所が悪かったようだ。彼女の答えは、地区を離れて何年にもなるわたしに何がわかろうはずもない、ソラーラ兄弟ともステファノとも無関係なら、マリーザともアルフォンソともまるで縁のない日々を送っているくせに、というものだった。レヌーは休暇先でせいぜいのんびりするがいいよ——彼女はさっさと話を切り上げようとした——本を書いてさ、インテリやってなよ。こっちは相変わらず田舎者ばかりだから、近寄るんじゃないよ。そうそう、ジェンナーロに少しは日光浴をさせてやって。父親みたいにひ弱に育つと厄介だからね。

皮肉っぽい声と、なんでもたいしたことがなさそうに語る、ぶしつけなまでの物言いに、エンツォの話が大げさに思えてきた。なんだか、今自分が読んでいる本について彼女と話しあうとか、マリアローザとその友人グループに教わった新しい言葉について話すとか、わたしがそのころ考えていた女性の生き方に関する一連の問題について話してみるとか——リラなら基本概念さえつかめば、わたしたちよりずっと楽々、答えが出せると思うんだけど——そういう気分でもなくなってしまった。だから思った。わかったわ。こっちはこっち、そっちはそっちでやっていきましょ。そうしたけりゃ、リラはいつまでも子どものままで、ずっと団地の中庭で遊んでいればいいわ。もうすぐ三十歳になるっていうのに。もううんざり。どうでもいいから、こっちは海にバカンスに行こう。わたしはそう決め、そのとおりにした。

85

ピエトロはわたしと三人の子どもたちを車に乗せて、ヴィアレッジョに借りたみすぼらしい家に連れていくと、自分は本を書き上げたいからとフィレンツェに戻っていった。これでわたしも立派なバカンス客だ。そう思った。おもちゃをたくさん持った子どもを三人連れた、裕福な奥様だ。ビーチにはわたし専用のパラソルがあり、ふかふかのバスタオルもあれば、食べ物もたっぷりあって、色違いのビキニが五着、メンソール煙草だってある。太陽は肌を小麦色に焼き、髪をもっときれいな金髪にしてくれるだろう。毎晩、ピエトロとリラに電話をした。誰それから君に電話があったとピエトロが教えてくれることもあった。遠い季節の名残のようなものだ。滅多になかったが、思いついた研究テーマを話してくれることもあった。リラへの電話では毎度ジェンナーロと代わり、少年はその日の大きな出来事——といっても彼に言わせればだが——をいかにも面倒臭そうに母親に語り、おやすみを告げた。わたしは夫に対しても、親友に対しても、ほとんど無言だった。特にリラは、とうとう本当に声だけの存在になってしまった気すらした。

しかしそのうち自分の思い違いに気がついた。ジェンナーロの中にはリラの一部がそっくりそのまま棲みついていたのだ。少年は見た目こそ確かにステファノそっくりで、リラにはどこも似ていなかったが、その仕草と話し方、ある種の言葉遣いと口癖は、子ども時代の彼女のそれだった。だから時々ぼんやりしていると、ジェンナーロの声に驚かされることがあった。あるいはデデに何かの遊びを説明している彼の仕草を見ながら、うっとりしてしまうこともあった。

しかし母親と異なり、ジェンナーロは卑怯だった。幼いリラの悪さはいつだって正々堂々としていて、罰が恐いから誤魔化すといった真似はしなかった。ところがジェンナーロはお行儀のいい少年を演じ、時には内気なふりさえした。そして、こちらが背を向けた途端にデデをおちょくり、人形を隠したり、叩いたりするのだった。ママにおやすみの電話をさせてあげないよとわたしが脅せば、一応は反省した顔をした。だが実はそんな罰はなんとも思っていないのだった。そもそも毎晩母親に挨拶しろと命じたのはわたしのほうで、彼は別に電話できなくてもへっちゃらだった。むしろ、ジェラートを買ってあげないよ、という脅しのほうが効き目があった。ただしこの場合、少年は泣きだし、嗚咽混じりにナポリに帰りたいとぐずるもので、わたしがすぐに降参してしまった。しかも彼はそこで気が済まず、腹いせに隠れてデデをいじめるのだった。

デデはきっとジェンナーロを恐れ、嫌うようになるだろうとわたしは思っていた。しかしそうはならなかった。時とともに娘は少年の横暴に逆らわなくなり、すっかり懐いてしまったのだ。デデはジェンナーロをリーノまたはリヌッチョと呼んだ。友だちはみんな俺をそう呼んでいると言われたらしい。そしてわたしに呼ばれてもまるで構わず、彼のあとを追い回してばかりいるようになった。それどころか、いつもデデのほうがパラソルから遠ざかろうと彼を誘うのだった。わたしは日がな一日怒鳴りっぱなしだった。デデ、どこに行くの。ジェンナーロ、こっちに来なさい。エルサ、駄目でしょ、砂なんて食べちゃ。ジェンナーロ、やめなさい。デデ、今すぐやめないと恐いわよ。しかし騒ぐだけ無駄だった。エルサは決まって砂を食べ、その口をわたしが水でゆすいでいるあいだに、決まってデデとジェンナーロは姿を消した。

ふたりの隠れ家はさほど遠くない場所にある葦原だった。一度、そこで何をしているのか気になって、エルサと見にいってみたら、ふたりとも水着を脱いで裸になっており、デデはジェンナーロの抜露する、直立したおちんちんを興味津々で触っているところだった。わたしは少し離れた場所で立ち止まり、どうすべきか迷った。デデが腹ばいになってしょっちゅう自慰をしていることはわたしも知っていたし、実際に目撃したこともあった。それでも幼児性欲についてはあれこれ読んで——デデのために、短い言葉で男女のあいだに起きることを説明したカラフルな絵本を買ったこともあったが、読んでやってもあの子は特に関心を示さなかった——知っていたから、戸惑いはしたが、敢えて止めず、叱りもしなかった。むしろ、ピエトロならきっと叱ると思って、彼に見つからないよう気を遣ったくらいだった。

でも今度はどうしたらいい？　ふたりの遊びを邪魔してはいけないのだろうか。このままあとずさりして、見なかったことにする？　それとも近づいていって、行為そのものは気にせぬふりで、素知らぬ顔で別の話をするか。でもずっと年上の、この乱暴な太っちょの少年がデデに妙なことをやらせて、怪我でもさせたら？　この年の差は危険ではないだろうか……。その時ふたつの出来事が起きて、事態は急転した。エルサが姉に気づき、喜びの声を上げ、その名を呼んだ。それと同時にわたしの耳に、ジェンナーロがデデに方言で話しかけたその言葉が飛びこんできた。ひどく下品な言葉だった。わたしも幼いころに団地の中庭で覚えた、この上なく汚い言い回しだった。もう我慢できなかった。快感について、潜伏期について、神経症について、性的倒錯について学んだ知識はすべて吹き飛び、わたしはふたりを叱り飛ばし、ジェンナーロの腕をつかむと、娘から遠ざけた。少年は激しく泣きだし、デデは冷ややかに、物怖じせぬ声で言った。ママってもの凄く意地悪ね。

わたしはふたりにジェラートを買い与えた。しかしそれ以降は二度と同じようなことが起きぬよう慎重な監視を始め、しかも、デデの語彙がナポリ方言の下品な単語を吸収していく様をいくらか警戒するようになった。子どもたちが寝てしまうと、わたしは毎晩、記憶をたどる努力をした。わたしも中庭で同い年の男の子たちとあんな遊びをしたことがあったろうか。リラもあんなことをしたのだろうか。ふたりのあいだで話題にした覚えはなかった。おぞましい言葉なら、あのころのわたしたちだって口にしたことがある。それはそうだ。でもあれは罵倒に必要な文句だった。いやらしい大人たちの手を払いのけ、大声で罵りながら逃げるために必要な言葉だったのだ。でも残りの行為はどうだった？　次の問いかけを自分にするのは容易ではなかった。わたしと彼女は触りっこをしたことが一度でもあったろうか。子どものころのわたし、少女のころのわたし、思春期のころのわたし、大人になったわたしは、そうしたいと思ったことがあったろうか。リラのほうはどうだったのだろう？　わたしは長いことそれらの問いの前で留まり、やがてゆっくりと答えた。わたしにはわからないし、答えを知りたいとも思わない。だが、それから思い直した。彼女の体に対する憧れめいた気持ちならば、確かにあったかもしれない。それでも、ふたりのあいだにその手の出来事は何も起きなかった。それは間違いない。先立つ恐怖が大きすぎた。そんなところを大人に見つかれば、叩き殺されていただろうから。

いずれにしても、その問題に悩んでいるあいだは、ジェンナーロを公衆電話に連れていかなかった。わたしのところにはもういたくないとリラに告げるのではないか、ひょっとしたら葦原での事件を暴露されるのではないかと不安だった。しかしその懸念は自分でも不快だった。どうしてわたしが怯えなくてはならない？　結局、時がすべてを過去のものにしてくれるのを待った。デデとジェンナーロに対する監視も次第に緩くなった。四六時中、神経を尖らせている訳にはいかなかった。わたしはエルサの世話に集中し、ふたりのことは放っておいた。ただし、唇が真っ青になり、指の腹がふやけても、ふたりがまだ海から上がろうとせぬ時ばかりは例外だった。二枚のタオルを手に波打ち際に立ち、かんかんになって金切り声を上げた。

八月はあっという間に過ぎていった。家、買い物、海水浴の用意で膨らんだバッグの支度、ビーチ、帰宅、夕食、ジェラート、電話。その繰り返しだった。ほかの母親たち――みな、わたしよりも年上だった――とおしゃべりをしては、三人の子どもたちを褒められ、自分の忍耐強さを褒められて喜んだ。彼女らはそれぞれの夫を話題にし、その職業を口々に説明した。わたしもピエトロの話をし、ラテン語が専門の大学教授ですの、と言った。週末になればピエトロが来た。昔、イスキアで、ステファノとリーノが週末ごとに泊まりにきた時とまったく同じだった。母親たちは敬意をもって彼に接し、やはり大学教授というのが大きかったのだろう、もじゃもじゃ頭にまで好印象を持った様子だった。彼は娘ふたりとジェンナーロを連れて海に入っては、冒険ごっこをさせて、四人で大はしゃぎしていた。それからパラソルの影で横になって研究関連の資料を読み、よく眠れないんだと時々愚痴をこぼした。トランキライザーをしょっちゅう飲み忘れてしまうらしかった。子どもたちが眠ると、ベッドがきしむからと言って、彼は台所で立ったままわたしを抱いた。わたしにはもはや結婚というものが、一般に考えられているのとは逆に、セックスからあらゆる人間らしさを奪う制度に思えていた。

86

新聞が何日も前からファシストによるイタリクス号爆破テロ事件（一九七四年八月四日にボローニャ県で発生した急行列車爆破テロ。十二名が死亡）の記事で埋め尽くされていたある土曜日、『コリエレ・デッラ・セーラ』紙にナポリ郊外の小さな工場に関する短い記事があるのに気がついたのは、ピエトロだった。

「君のナポリの友だちが前に働いていた会社、ソッカーヴォっていわなかったっけ？」彼にそう尋ねられた。

「何かあった？」

渡された新聞にはこうあった。男ふたりと女ひとりからなる武装グループがナポリ郊外の小さなハム工場を襲撃した。三人はまず守衛のフィリッポ・カーラ氏の両脚を撃った。カーラ氏は重体。次に犯人グループは上階の社長室に向かい、ナポリ出身の若手実業家、ブルーノ・ソッカーヴォ社長を殺害した。凶器は拳銃で、胸に三発、頭に一発、計四発が命中していた。文面を読みながらわたしは、ブルーノの顔があの真っ白な歯と一緒に滅茶苦茶になる場面を思い描いていた。ああ神様、なんてひどい。ショックだった。ピエトロに子どもたちを任せると、公衆電話に急ぎ、リラにかけた。電話のベルは長いこと鳴り続けたが、誰も出なかった。夕方にかけ直してみたが、無駄だった。翌日ようやくつながり、リラの警戒した声が耳に飛びこんできた。何かあったの？　ジェンナーロの具合でも悪いの？　わたしは彼女を安心させてから、ブルーノの話をした。彼女は知らなかったと言い、わたしの話を黙って聞いてから、淡々とした声でつぶやいた。本当にひどい話ね。それきり彼女が何も言わないのでわたしは、誰かに電話して、詳しい話を聞いてくれ、お悔やみの電報の宛先も知りたいから、と催促した。すると彼女は工場の仲間とは縁が切れたと言い、電報なんて打つ必要ないと吐き捨てるように言った。

電報は打たなかった。それでも翌日の『イル・マニフェスト』にジョヴァンニ・サッラトーレ、つまりニーノの書いた記事があって、カンパーニア州の小規模産業界の現状を詳しく説明し、時代遅れな労働条件に起因する多くの政治的緊張の存在を強調し、ブルーノとその哀れな最期について親愛の情をこめて報告していた。その日からしばらくわたしは事件の報道を追い続けたが、ほどなく新聞も取り上げなくなってしまった。リラもその話はしたがらなくなり、毎晩、子どもたちと一緒に電話をかけても、わたしとはあまり話したがらず、すぐに、ジェンナーロに代われと言うようになった。こちらがニーノの名を挙げた時はとりわけ腹立たしげな声になり、こんな文句を言った。なんにでも口を挟みたがるのは、あの男の悪い癖だよ。政治があの事件となんの関係があるって言うんだい？　理由なんてほかにもいくらだってありそうじゃないか。ここらじゃ、色んな理由で殺されるんだから。浮気とか、裏稼業とか、それこそ目つきが悪かったというだけで死ぬこともあるさ……。こうして日々は過ぎ、わたしの中に残されたブルーノの記憶は、あるイメージだけとなった。わたしがアイロータの威光を武器に電話で脅した経営者のイメージではない。キスをされそうになって、わたしが乱暴にはね返したあの若者のイメージだ。

87

バカンスでそのビーチにいたころから、わたしは一連の不吉な思いにとらわれるようになった。リラはわざと感情を押し殺し、本音を隠していると思った。こちらが自分を納得させるための材料を探そうとすればするほど、彼女は余計に本心を隠そうとする。わたしが彼女を表に引きずり出し、彼女の助けを借りて何もかもはっきりさせようと意気ごめば意気ごむほど、向こうはますます薄暗い場所に逃げこむ。まるで森の影に隠れ、木々の枝葉で目鼻をいたずら書きされた満月のようだった。

九月頭にわたしはフィレンツェに戻った。しかし不吉な思いは消えず、疑念は余計に高まった。ピエトロには打ち明けてみるだけ無駄だった。彼はわたしと子どもたちの帰宅を少しも喜んでくれなかった。本の執筆が遅れている上、もうすぐ新学年が始まってしまうので苛々していたのだ。ある晩など、夕食の席でデデとジェンナーロが何かの理由で口論になった時、ピエトロは急に立ち上がり、ドアを強く叩きつけて台所を出ていった。ドアの磨りガラスが粉々に砕けるほどの勢いだった。わたしはリラに電話をし、ジェンナーロを連れ帰ってくれと単刀直入に告げた。男の子がうちに居候を始めてから一カ月半が過ぎていた。

「九月の末まで預かってくれない？」

「駄目よ」

「こっちはひどい状況なんだけど」

「こっちだって同じよ」

エンツォは真夜中に出発し、朝のうちにフィレンツェに到着した。ピエトロは仕事に出ていた。ジェンナーロの荷物はわたしがもう先にまとめてあった。わたしはエンツォに、子どもたちの衝突が耐えきれないほど激しくなった、悪いが三人は多すぎてとても面倒見きれない、と説明した。エンツォはこちらの言い分を理解し、わたしの協力に感謝してくれた。ただひとつだけ、彼は言い訳をつぶやいた。悪かったね、リナってああいう性格だから……。わたしは返事をしなかった。ジェンナーロの出発に絶望したデデが大騒ぎをしていたせいもあったが、もしも口を開けば、まさにリラの性格を皮切りに、後悔するようなことを言ってしまいそうだったからだ。

わたしの頭の中では、独り言でも声に出したくない疑念が渦巻いていた。声に出してしまえば、事実のほうが魔法のようにわたしの言葉に適応してしまう。そんな悪い予感がしていた。さりとて言葉のほうをかき消すこともできなかった。言葉はどれも頭の中ですでにきちんと文をなして出番を待っており、わたしを不安にし、魅了し、恐れさせ、誘惑した。かけ離れた複数の要素を関連づけてひとつの秩序を見出す得意技が、こちらの意思を無視して暴走を始めていた。わたしはジーノの非業の死をブルーノ・ソッカーヴォのそれと重ねて考えた（さらには、工場の守衛のフィリッポが死を免れたことも）。そして、どちらの事件もパスクアーレが犯人であり、もしかするとナディアも共犯なのではないかという推理にたどり着いたのだった。この仮説だけでもわたしはひどく動揺した。カルメンに電話をしようか、彼女の兄の消息はつかめたかと聞いてみようかと思ったが、やめた。彼女の電話が当局の監視下にある可能性を恐れたからだ。エンツォがジェンナーロを迎えにきた時、わたしは胸中でつぶやいていた。彼に相談してみよう、どんな反応をするだろう？　しかし結局は何も言えなかった。自分はしゃべりすぎてしまうのではないか、パスクアーレとナディアの背後にいる人物の名を思わず口にしてしまうのではないかと怯えたからだ。つまり、リラのことだ。いつもの彼女、考えを口には出さず、実行するリラ、地区の流儀にどっぷりとつかり、警察も法律も政府もまるでお構いなしで、問題という問題はすべて切り出しナイフで解決すべきものと思いこんでいるリラだ。不平等の恐ろしさを知り尽くしたリラ、トリブナーリ通りの集会に通っていたころは革命理論とその実践を活発すぎる頭脳の不満のはけ口にしていたリラ、積年の怒りと新たな怒りを政治的課題に変化させたリラ、人々をお話の登場人物のように操るリラ、貧困と蹂躙に関するわたしたちの体験的な知識を対ファシスト、対支配階級、対資本家の武装闘争に結びつけた、あるいは結びつけようとしているリラ。ここでひとつ、初めてはっきりと認めてしまおう。わたしはあの九月の日々、パスクアーレ――自らの生い立ちに背を押され、武器を握ることになってしまった彼――とナディアだけではなく、リラもまたその手を血で汚したのではないかと疑っていた。料理をしたり、娘たちの世話をしたりしている途中で、不意にリラの姿が目に浮かぶ時期がしばらく続いた。仲間ふたりと一緒に、ジーノを撃ち、フィリッポを撃ち、ブルーノ・ソッカーヴォを撃つ彼女の姿だ。ところが、パスクアーレとナディアの行動を細かなところまで想像するのは難しかったが——わたしにとって彼は少しほら吹きだが善良な若者に過ぎず、激しい殴りあいならばともかく、人殺しまではできないという印象を持っていた。彼女のほうは、言葉でひとを傷つけるのがせいぜいな、いいとこのお嬢さんといったところか——リラについては一度だって疑いを抱いたことがなかった。彼女ならば最高の計画を練り上げることも、危険を最小限に留めることも、恐怖心を押し殺すこともできただろうし、殺意に抽象的な純粋さを与えることも、肉体と血液から人間らしさを排除することさえできたはずだ。そして彼女ならば、なんのためらいもなく殺し、悔いもせず、なお正義は我にありと感じることだってできたはずだった。

わたしには見えた。ひとりだけ姿のはっきりしたリラが、影のようにしか見えないパスクアーレとナディアと、ほかにもいたかもしれない誰かと一緒にいる。彼らは車で地区の小さな広場にさしかかり、薬局の前でスピードを緩めると、ジーノを撃つ。白衣に隠されたファシストのリーダーの体を撃つ。あるいは彼らの車がソッカーヴォの工場にやってくるところが見えた。あの埃っぽくて、ありとあらゆる種類のゴミが両脇に山積みの道を通って。パスクアーレが正門を乗り越え、フィリッポの両脚を撃つ。守衛小屋の床に広がる鮮血。悲鳴が聞こえ、震える男の瞳が見える。経路を知り尽くしたリラが庭を横切り、工場に入る。彼女は階段を上がり、ブルーノのオフィスにいきなり侵入する。そして彼が陽気に、やあ、今日はどうしてまた……と言いかけたところで、胸で三発、顔で一発の銃弾がはじけるのだ。

そう、下手な受け売りを本能的に避けることのできるリラならば、戦闘的反ファシズムとか、新しいレジスタンスとか、プロレタリアの裁きとか、その手の使い古された言い回しにだってきっと新たな重みを与えることができる。もしかしたら彼女の一連の行動は、赤い旅団、プリマ・リネア、ヌクレイ・アルマーティ・プロレターリのような、どこかの左翼テロ組織に入るために義務づけられた通過儀礼なのかもしれない──わたしはそんな想像までした──リラはパスクアーレと同じように地区から姿を消すつもりなんだ。だからこそわたしにジェンナーロを預けたのかもしれない。表向きは一カ月だけと言いながら、実は一生、預けっぱなしにするつもりだったのかもしれない。そのまま彼女とは二度と会えなかったのかもしれない。それとも、赤い旅団の幹部だったクルチョとフランチェスキーニみたいに、彼女もいつか逮捕されることになっただろうか。それとも、あれだけ想像力豊かで無鉄砲な彼女だから、うまいこと当局の手を逃れ、刑務所送りを免れただろうか。そして〝偉大な夢〟が実現されたあかつきには意気揚々と姿を見せ、その偉業ゆえに崇められ、革命指導者としてわたしにこう言ったろうか。そっちは小説を書くつもりだったかもしれないけど、わたしは本物の人々を動かし、本物の血を流して、現実の世界で物語を作ったんだよ……。

夜になればどんな空想も現実の出来事に思えてきて、わたしはリラが追い立てられたり、傷つけられたりしているのではないかと心配になった。騒乱の中にある世界では多くの男女がそうした目に遭っていたからだ。彼女が哀れだったが、同時に羨ましくもあった。リラは何か偉業を成し遂げるべく宿命づけられて生まれてきたという、幼い日々の思いこみがわたしの中で膨れ上がり、自分がナポリから逃げ出し、彼女のそばを離れたことを後悔し、またずっと一緒にいたいと思うようになった。でも腹も立った。どうしてリラはわたしになんの相談もなく、そんな道に進んでしまったのか。まるでわたしなど役に立たないとでも言いたげではないか。実際には資本家階級も労働者の酷使も、階級闘争もプロレタリア革命の不可避性もわたしはよく知っていたし、彼女の役に立てたろうし、闘いに参加する資格は十分あるはずだった。だからわたしは落ちこんだ。自分が母親であり、妻であることをベッドの中で悶々と呪った。きっとこのまま一生、台所仕事に夫婦の夜の務めが繰り返されるばかりで、別の将来なんてわたしにはもうあり得ないのだろう……。

　昼間はわたしもずっと正気で、恐ろしさが勝った。気まぐれなリラが巧みに他人の憎しみをあおり、残酷な活動にますますのめりこんでいく姿を想像した。よくも一線を越える勇気があったものだと思った。曇りない決意と、自分の正義に勢いを得た者ならではの惜しみない残酷さをもって、あんな行動を起こすなんて。でもこれからどうするつもりなのだろう。内乱を起こす？　わたしたちの地区を、ナポリを、イタリア全土を戦場に変え、地中海の真ん中のベトナムにするつもりなのか。東西陣営の狭間の、終わり知れぬ無慈悲な紛争に人々を投げこむつもりなのか。騒乱の炎を欧州全土に広げ、全世界にまで広げるつもりなのか。勝利するまでは、いつまでも闘うつもりなのか。彼女はどんな勝利を目指すというのか。破壊された町、町、町。燃えさかる炎、通りに横たわる死者たち、激烈な戦いのもたらす恥ずべき惨禍。しかもその戦いは、階級の敵を相手にしたものばかりではなく、共同戦線の内紛もあれば、出自も思想も異なるさまざまな革命家グループ同士の争いもあるはずだ。その誰もが労働者階級（プロレタリアート）とその独裁の名の下に戦うのだろう。果ては核戦争さえ待っているかもしれない。

　毎晩、わたしはおののきながら目を閉じた。娘たちは、未来はどうなる？　そして、慣れ親しんだ決まり文句にすがりついた。予期せぬ主体、家父の破壊的論理、生存の女性的価値、慈悲の心……。そのたび、リラと話しあわないといけないと思った。彼女がやっていること、計画していることをすべて聞かせてもらわないと、彼女の共犯者となったものかどうか判断できない。

　しかしわたしは結局、彼女に電話をせず、向こうもかけてこなかった。何年ものあいだ長い電話線を通じてのみ接触を続けてきたわたしたちだが、それがよくなかったようだ。ふたりは確かに互いの物語の接点を維持してきたが、それは引き算の関係であり、わたしたちはどちらも相手にとって観念的な存在に成り果てた。だからこそわたしは彼女を電子計算機の専門家として思い描くこともできれば、勇猛果敢で無情なゲリラとして思い描くこともできた。彼女にしても恐らくは、わたしを典型的な成功した知識人とみなすこともできれば、高学歴の裕福な婦人、自分の子どもと読書にしか興味がなく、学者の夫を相手に難しい話ばかりしているような女とみなすこともできたはずだ。わたしたちはどちらも新たな重み、新たな実体を必要としていた。だが遠ざかってしまったふたりは、それができずにいた。

88

こうして九月が過ぎ、十月も過ぎた。わたしはほとんど誰とも口を利かずに過ごした。アデーレは多忙らしかった。フランコを自宅に引き取ったマリアローザにしても――障害を負ったフランコは介助なしでは生活ができず、鬱のために性格も変わってしまったという――電話をすればとても喜んでくれ、彼にもよろしく伝えておくと言ってくれるのだが、山のように用事があるとかで、いつもすぐに切られてしまった。その上、ピエトロはだんまりを決めこんでいた。本の外の世界が彼にはますます重荷となり、勤務先の大学の統制された混乱状態がたまらず、しばしば仮病を使ってずる休みをした。家で仕事をするためだと言っていたが、本はいまだ書き上がらず、研究のために書斎にこもることも滅多になかった。その代わり、自らを許し、また許してもらおうと思ってか、よくエルサの相手をし、料理に掃除、洗濯にアイロンがけまでするようになった。厳しく叱りつければ、なんとか出勤してくれたが、そのたびわたしのほうが後悔した。身近な人間が暴力の犠牲となりだして以来、ピエトロの安全が気がかりだったのだ。彼は何度も危険な目に遭いながらも、教室の学生たちと多くの同僚たちの〝愚行のオンパレード〟に堂々と刃向かうのをまだやめようとしなかった。〝愚行のオンパレード〟というのは彼が好んで使っていた言い回しだ。わたしは彼を心配しつつも、あるいは心配だったからこそ、決してその言い分に賛成しなかった。わたしの批判を受けて彼が反省し、自らの反動的改良主義（とわたしは呼んでいた）を改め、もっと柔軟になってくれぬものかと願っていたからだ。しかし、そうしたこちらの反応のせいで、ピエトロの目にはわたしがふたたび、彼を攻撃する学生たちと、陥れようとする教授たちの側の人間と映るようになった。

実際はそうではなかったし、状況はもっと複雑だった。わたしは一方ではどうにかして彼を守りたいと思いながら、また一方ではリラの味方のつもりでもあり、彼女が取ったであろう実力行使という危険な選択を支持したいと思っていた。時おり彼女に電話をしたくなるほど状況はややこしかった。ピエトロの問題を説明し、わたしと彼の衝突について意見を求めてから、うまく話を持っていって、彼女の化けの皮を剝がしてやりたかった。でも当然ながら、そんな電話はしなかった。そうしたことを電話で正直に話せと求めるほうが無理だからだ。ところがある晩、リラから電話があった。やけに陽気な声だった。

「いい知らせがあるんだ」

「どうしたの？」

「わたし室長になったの」

「室長って？」

「ミケーレがリース契約を結んだＩＢＭの電算室の室長よ」

まさかと思った。わたしは念のために聞き直し、詳しい説明を求めた。リラがソラーラ兄弟の提案を受け入れた？　あんなに抵抗してきたのに、マルティリ広場の店の時みたいにソラーラに雇われた？　彼女は嬉しそうにそうだと答え、ますます明るい口調で、具体的な話を始めた。ミケーレはIBMに借りたシステム／3をアチェッラ（ナポリ北東十三キロに位置する町）にある靴の倉庫に置き、それをリラが任されることになった。彼女の下でオペレーターとキーパンチャーが何人も働くことになる。報酬は月に四十二万五千リラ。

　わたしはがっかりした。ゲリラになったリラのイメージが一瞬で消えただけではなく、彼女について知っているつもりでいた自分の知識のすべてが揺らぐ思いだった。だから言った。

「ちょっと信じられないな」

「だって、どうすればよかったの？」

「断ればいいのに」

「どうして？」

「ソラーラがどんな輩か知らないはずないでしょ？」

「だから？　何も今度が初めてじゃないし、前にミケーレに雇われていた時のほうが、最低野郎のブルーノのところよりずっとましだったよ」

「じゃあ、好きにすれば」

　彼女が息を吸いこむ音がして、声が続いた。

「なんかその言い方、凄く嫌な感じなんだけど。男のエンツォより高給取りになるのに、どこがいけないの？」

「別に」

「革命とか、労働者とか、新しい世界とか、その辺の下らない話？」

「やめて。急に本当のことを打ち明ける気になったなら聞くけど、じゃなきゃもういいよ」

「ひとつ言わせてもらっていい？　レヌーって話す時も、書く時も、やたらと〝本当〟とか〝本当の〟とか言うよね。あと〝急に〟も。でも、ひとが〝本当に〟話したり、〝急に〟何かが起きることって、まずあり得ないんじゃない？　何もかもいかさまばかりだって、レヌーなら、わたしなんかよりもよく知ってるはずでしょ？　ひとつの出来事には別の出来事が続いて、そのあとにはまた別の出来事って具合に、延々と続くものだって。わたしね、もう何も〝本当に〟なんてやらないの。それにずっと慎重になったんだ。物事が〝急に〟起きるなんて信じてるのは、馬鹿だけだよ」

「よく言うわ。すべて自分の予測どおりだって、わたしに思わせたいわけ？　自分が都合よくミケーレを利用するのであって、逆じゃないって？　もういいよ。じゃあね」

「待って。言いたいことがあるなら、全部聞かせて」

「何もないわ」

「ないなら、こっちが話すよ」

「話したきゃ話せば？」

「わたしには言いたい放題だけど、自分の妹には甘いんだね」

わたしは唖然とした。

「なんで、うちの妹が出てくるの？」

「エリーザのこと、何も聞いてないの？」

「なんの話？」

彼女は意地悪く笑った。

「お母さんに聞いてみな。お父さんでも、弟たちでもいいよ」

89

　リラはそれ以上何も教えてくれず、ひどく怒った様子で電話を切った。わたしは不安になって実家にかけた。母さんが出た。

「たまには、わたしたちが生きてることも思い出すみたいね」彼女は言った。

「ねえ、エリーザに何があったの？」

「今時の娘によくあることさ」

「要は何？」

「男ができたんだよ」

「婚約したの？」

「そうとも言えるね」

「相手は誰？」

　母さんの答えはわたしの心臓を貫いた。

「マルチェッロ・ソラーラさ」

　リラがにおわせたのはこのことに違いなかった。マルチェッロ。思春期の初めにわたしたちが憧れたハンサムなマルチェッロ。リラにしつこく必死に求婚をしたのに、ステファノ・カッラッチと結婚されてしまい、侮辱されたあの若者。そのマルチェッロがエリーザを手に入れたという。末っ子のエリーザ、わたしの善良な妹、もう立派な大人なのに、わたしの中ではまだ小さな妹のままだったエリーザ。だがその彼女がマルチェッロの誘いをはねつけなかった。わたしの両親と弟たちも少しもあの男を妨げようとはしなかった。このままではうちの家族はもちろん、わたしまで、ソラーラ兄弟と縁続きになってしまうではないか。

「でも、いつから？」わたしは尋ねた。

「さあ、一年くらい前かね」

「母さんたちは賛成したの？」

「そう言うあんたは、わたしたちに許しを求めたかい？　自分だって勝手に婚約したじゃないか。エリーザも同じだよ」

「ピエトロはマルチェッロ・ソラーラとは違うでしょ」

「そうだね。ピエトロと違ってマルチェッロは、エリーザがお前みたいな態度を取れば、絶対に許さないだろうよ」

沈黙が下りた。

「教えてくれたってよかったじゃない？　相談にだって乗ったのに」

「どうして？　あんたはここを出ていった人間じゃないか。〝みんなのことはわたしに任せて、心配いらないから〟だっけ？　よく言ったものさ。あんたは自分のことにかまけて、わたしたち家族を見捨てたんだよ」

わたしは娘たちを連れてすぐにナポリに向かうことにした。列車で行こうかと思ったら、ピエトロが車で送ると言いだした。親切のふりで、その実、仕事に行きたくなかっただけに決まっていた。ドガネッラでバイパスを降りて、ナポリ名物の渋滞に巻きこまれた途端、わたしは自分がまたこの町に捕まり、どこにも記されていない独特のルールに左右されるようになったのを自覚した。結婚直前に出ていってから、一度も足を踏み入れたことのないナポリだった。町の騒音が耐えがたかった。ドライバーたちの鳴らし続けるクラクションにわたしは苛立ち、道を知らぬピエトロがためらい、スピードを落とすたびに投げつけられる悪態に苛立った。カルロ三世広場の手前でわたしは夫に車を脇に寄せるように言い、運転を代わると、荒々しい走りでフィレンツェ通りに向かった。目的地は、何年も前にピエトロが泊まったあのホテルだ。荷物を運びこむと、わたしは娘ふたりと自分の格好を念入りに整えた。それからみんなで地区の実家に向かった。わたしに何ができるだろう？　大学を卒業し、まともな夫を見つけた姉として、エリーザを説得するつもりか。たとえば、こんな風に？　わたし、マルチェッロのことはよく知ってるの。あいつに腕をつかまれて、ミッレチェントに連れこまれそうになって、母さんの銀のブレスレットを壊された時から。だから信じて、あいつは下品で暴力的な男なの……。そう、それがいい。わたしは勇気が湧いてきた。エリーザを罠から救い出してやろう。

母さんはピエトロをとても温かく迎え、孫たちには次から次に——はい、これはデデちゃん。はい、これはエルサちゃん——たくさんのプレゼントを与え、反応に違いこそあれ、どちらも大喜びさせた。父さんは感動のあまり声を詰まらせた。父さんは痩せ、以前に増して腰が低くなったように思えた。いくら待っても弟たちが出てこないと思ったら、家にいなかった。

「あいつら、いつも仕事でいないんだよ」父さんが嬉しくもなさそうに教えてくれた。

「仕事って何をしてるの？」

「仕事は仕事さ」母さんが口を挟んできた。

「職場はどこ？」

「マルチェッロが案配してくれた場所さ」

わたしはソラーラ兄弟の〝案配〟の結果、アントニオがどんな人間になってしまったかを思い出した。

「何をやらされてるの？」

母さんはとげとげしく答えた。

「何だろうが、ふたりはうちにお金を入れてくれる。それで十分じゃないか。エリーザはあんたとは違うよ。あの子は家族みんなのことを考えているんだから」

わたしは聞こえなかったふりで、さらに尋ねた。

「今日わたしが帰ってくるって、エリーザに伝えてくれた？　どこにいるの？」

すると父さんはうつむいてしまい、母さんが素っ気なく答えた。

「あの子の家だよ」

それを聞いてわたしは頭に血が上る思いだった。

「ここにはもう住んでないの？」

「そうさ」

「でも、いつから？」

「もう二カ月にはなるかね。エリーザとマルチェッロは新地区で暮らしてる。素敵な家だよ」冷え冷えとした声で母さんは答えた。

90

つまり、婚約どころか、ずっとその先までふたりの仲は進んでいたのだった。わたしはすぐにエリーザの家に行ってみようと思った。母さんには何度も、エリーザはあんたのために何かびっくりするようなことを用意しているそうだから、今は行くな、あとでみんなで一緒に行こうと止められたが、構わなかった。わたしはエリーザに電話をかけた。電話に出た妹の声は喜びと戸惑いが入り混じっていた。待ってて、今から行くから。わたしは彼女にそう伝え、ピエトロと子どもたちを実家に残し、歩きだした。

地区の様子は退廃の色がなお深まったように見えた。壁の剝げかけた建物が並び、道路の舗装は穴だらけで、どこもゴミだらけだった。あちこちの壁を覆う訃報を告げる黒枠の貼り紙――そんなにたくさん貼ってあるのを見るのは初めてだった――から、ソラーラ兄弟の祖父、ウーゴ・ソラーラ老人の死を知った。日付から見るに決して最近の出来事ではなく、少なくとも二カ月は前のことで、実際、貼り紙に記された大仰な文言も、痛ましげな聖母の顔も、死者の名も、みな色あせ、ぼやけていた。それでも貼り紙は通りのいたる所に残されており、あたかもほかの死者たちはウーゴ・ソラーラに敬意を表し、誰にも何も告げずにこの世から姿を消したみたいだった。ステファノの食料品店の入口の周りにも多量に貼ってあった。店は開いていたが、まるで壁に開いた裂け目のように暗く、客の姿もなく、ステファノは白い上っ張り姿が奥のほうに見えたと思ったら、幽霊みたいに消えてしまった。

わたしは線路に向かって坂道を上っていき、かつて新しいほうの食料品店と呼ばれていた店の前を通った。するとシャッターが下りていた。シャッターは一部レールから外れていて、錆だらけで、いやらしい文句と落書きでさんざんなことになっていた。地区のその辺りは丸ごと見捨てられたような有り様で、かつて輝いていた白い壁は灰色になり、漆喰が剝げて下のレンガが剝き出しになった箇所もところどころにあった。リラが住んでいた建物の前も通った。当時から発育不良だった細い並木は大部分が枯れてなくなっていた。入口のドアのガラスにはひびが入っていて、ガムテープで応急処置が施されていた。エリーザが住んでいるのはずっと高台のほう、それほど荒れておらず、もっと高級な空気の漂う区画だった。入口では守衛が顔を出した。薄い髭をたくわえたはげた小男で、わたしの行く手を遮り、誰に用かときつい口調で尋ねてきた。なんと答えていいかわからず、わたしはつぶやいた。ソラーラさんです。すると男はぱっと態度を改め、通してくれた。

エレベーターに乗ってから初めて、自分が急激な退化を遂げたようになっているのに気がついた。ミラノやフィレンツェにいれば受け入れられたはずのことが——女性が自分の体を自由に扱い、思うがままに振る舞うことも、結婚をともなわない同棲も——そうして地区に戻ってみると、すべて受け入れがたく思えたのだ。妹の将来がかかっている、そう思えば冷静ではいられなかった。エリーザがマルチェッロのような危険な男と一緒に暮らしている？　しかもうちの母さんまで賛成するとは何ごとか。わたしが教会ではなく市役所で結婚すると言ったらあんなに怒った彼女がなぜ？　エンツォと同棲しているリラをあばずれ呼ばわりし、ステファノの愛人となったアーダをろくでなしの売女呼ばわりする、あの母さんが？　自分の末の娘が、結婚もしていないのにマルチェッロ・ソラーラ——れっきとした悪人ではないか——とベッドをともにするのを認めるというのか。エリーザの家の階まで上りながら、わたしはそんなことを考え、怒りを覚え、自分が怒るのは当然だと思っていた。それでも頭の中は普段の冷静さは影もなく混乱していて、どんな理屈を頼りに妹を諭したものかと迷っていた。仮にわたしがそんな真似をしていたならば、数年前までの母さんならきっと頼っただろう理屈か。つまり母さんすら放棄したレベルまでわたしに退化しろというのか。それとも、誰と一緒に暮らしても構わないが、マルチェッロ・ソラーラだけは許さない、そう言ってみてはどうだろう？　だがそんなことが本当に言えるのか。ここがフィレンツェかミラノであれば、恋した相手を諦めろだなんて、今時、どこの娘に言えるだろう？　それがどんなにひどい男だろうと、わたしには言えないはずだ。

ドアを開けたエリーザを、わたしはぎゅっと抱きしめた。彼女が笑いながら、痛いと言うほどきつく抱いた。客間に通された。生地は花柄、背もたれの木部は金色のソファーと肘掛け椅子がいくつも並ぶ、派手な部屋だった。妹の緊張が伝わってきた。彼女はおしゃべりを始め、ひっきりなしに言葉を継いだが、どうでもいい話ばかりだった。彼女にはわたしがどんなに元気そうで、わたしのしているピアスやネックレスもどんなに素敵で、わたしがどんなに優雅に見えて、デデとエルサにどんなに早く会いたくてたまらないか、そんなところだ。わたしは娘たちのことを熱をこめて語り、ピアスを外して渡してやり、鏡の前で試させて、そのままプレゼントした。するとエリーザは明るい顔になり、笑い声を上げ、こうつぶやいた。

「よかった。怒られるかと思ってたの。お姉ちゃん、わたしとマルチェッロのこと反対で、それでわざわざ来たのかって心配しちゃった」

わたしは彼女をしばし見つめてから、言った。

「エリーザ、わたしは反対よ。そう、あなたにも、母さんにも、父さんにも、ジャンニとペッペにも、それが言いたくてわざわざ来たの」

エリーザは顔を曇らせ、目を涙でいっぱいにした。

「なんだ、がっかり。どうして駄目なの？」

「ソラーラは悪党揃いの一族よ」

「マルチェッロは違うわ」

エリーザはマルチェッロの話を始めた。ふたりのなれそめは、わたしがエルサを妊娠していた時期だったという。母さんがわたしのところに行ってしまったため、残された家族の面倒をエリーザがひとりで見なくてはならなくなった。そんなある日、ソラーラ兄弟のスーパーに買い物に行くと、リラの兄リーノが、買い物のメモを渡してくれれば、家までみんな届けさせると言ってくれた。彼の話を聞きながらエリーザは気がついた。すべて自分の采配だという風に、マルチェッロが離れた場所から挨拶の仕草をしていたのだ。その時以来、マルチェッロは何かといえば彼女に便宜を払ってくれるようになった。最初はエリーザも、相手はずっと年上だし、嫌だと思っていた。ところが時がたつのにつれてその存在は彼女の生活の中で大きくなっていった。しかも彼は常に礼儀正しく、ソラーラ一家の憎むべき行いをにおわせる振る舞いも言葉もまったくなかった。マルチェッロは本物の紳士だった。彼といるとエリーザはほっとした。彼にはある種の力があり、どっしりとした存在感は頼もしくて、背丈など十メートルはありそうに思えた。それだけではなかった。マルチェッロが彼女に興味を抱いていることが明らかになって以来、エリーザの生活は一変した。地区の中でも外でも、誰もかもが彼女をまるで女王様のように扱い、うやうやしく接するようになったのだ。素敵な気分だが、まだ慣れないとも彼女は言った。前はわたしのことなんて誰も知らなかったのに、いきなり有名人になっちゃったの。ドブネズミまでわたしのこと知ってるんじゃないかってくらい。そりゃ、お姉ちゃんはいいわ。本を書いて、有名になって、もう慣れたでしょ？　でもわたしは駄目ね、ぽかんとしちゃって……。これから先は何ひとつ心配いらないのだ、そう気づいた時の感動は大きかったという。何しろなんでもマルチェッロがやってくれるのだ。エリーザの願いはなんであれ、ひとつの命令として彼が引き受けてくれた。こうして時とともに彼女のほうも彼に恋するようになり、ついに交際を承諾した。そして今ではマルチェッロに一日でも会えぬか、声が聞けぬかすると、ひと晩中泣き明かすほどだと言うのだった。

エリーザが思いがけぬ幸運に恵まれたと信じていること、そして、自分はそんな彼女の幸せを台無しにする気には到底なれぬだろうことをわたしは理解した。反論しようにも妹はとっかかりひとつ与えてくれなかった。口を開けば、マルチェッロは頭がいい、マルチェッロは責任感が強い、マルチェッロはかっこいい、マルチェッロは完璧だ、とべた褒めだったのだ。エリーザは慎重に言葉を選び、ソラーラ一家から彼を遠ざけて語ろうとした。あるいは、遠慮がちに親しみをこめて彼の母親について語り、胃の病に苦しみ、ほとんど家を出なくなった彼の父親について語り、亡くなったばかりの祖父について語りもした。さらにはミケーレのことまで、何度も会ってみれば、世間の評判とは違っていて、とても愛情豊かな男性だと評した。だからお願い――と彼女は言うのだった――信じてほしいの。わたし、こんなに幸せだったこと今までなかったわ。あの母さんまで、わたしに味方してくれているの。父さんとジャンニとペッペだってそう。お兄ちゃんたちはちょっと前まで来る日も来る日もぶらぶらしてたけど、今じゃ、マルチェッロに使ってもらって、お給料だってたくさんもらってるんだよ……。

「そういうことなら、結婚したら？」わたしは言った。

「そのつもりよ。でも今は時期がよくないの。マルチェッロが言うには、難しいお仕事をたくさん片付けないとならないんですって。それにおじいさんの喪もまだ明けてないし。かわいそうに、最後は頭がおかしくなって、歩き方も忘れて、まともに口も利けなくなっちゃって。神様が苦しみから解放してくださったんだわ。でも落ちついたら、わたしたちすぐに結婚するつもりだから心配しないで。それに、結婚の前にうまくいくか相性を試してみたほうがいいじゃない？」

エリーザは自分の言葉で語るのをやめ、恐らくは雑誌か何かで身につけたのであろう、今時の娘らしい言葉を使いだした。同じ話題について自分だったらどんなことを言うだろうか。彼女のそれと大差ない気がした。違いはエリーザの言葉のほうがいくらか粗削りなことだけだ。なんと言い返せばいい？　端から正解を知らぬわたしだったが、その時になってもまだどうしたものかわからなかった。もちろんこう言ってしまうこともできた。エリーザ、相性を試す価値なんてないの。結末は初めからはっきりしてるでしょ？　マルチェッロはあなたをぼろぼろにする。あなたの体にもそのうち飽きて、捨てられるに決まってるわ……。でもそんな台詞はあまりにも古臭く、母さんさえ使わない気がした。だから説得を諦めた。わたしはこの土地を去ったが、エリーザは留まった。もしもわたしも留まっていたならば、今ごろどんな選択をしていただろう？　少女のころには、自分だってソラーラ兄弟に憧れたではないか。それに地区を出ていくことでわたしは何を得た？　妹を説得し、破滅から救うための思慮深い言葉すら見つけられないではないか。エリーザはとても繊細で美しい顔立ちをしていて、体つきも均整が取れていて、声は甘かった。一方、わたしの記憶にあるマルチェッロは、背が高く、ハンサムで、角張った顔が健康的に日焼けした筋骨隆々とした男性で、深い愛情をひとりの女性にいつまでも抱ける人間のはずだった。かつてリラに恋した時の彼がそうだった。あれ以来、ほかに恋人はいなかったはずだ。それで結局、エリーザにはなんと言えばいい？　やがて彼女は箱をひとつ持ってきて、マルチェッロにもらったという宝石の類いを全部見せてくれた。どれも素晴らしい品で、それと比べればわたしが贈ったピアスなどおもちゃみたいなものだった。

「気をつけてね」わたしは言った。「自分をなくしちゃ駄目よ。困ったことがあったら、すぐに電話して」

　そして立ち上がろうとしたが、笑いながら引き留められた。

「どこに行くつもり？　母さんに聞いてないの？　今夜はここでみんな、一緒に食事をすることになってるのに。わたし、たくさんご馳走を用意したんだから」

わたしはむかっときて聞き返した。

「みんなって、誰が来るの？」

「みんなはみんなよ。今はまだ内緒」

91

まずは父さんに母さん、娘たちとピエトロがやってきた。デデとエルサはエリーザにもプレゼントをもらい、熱烈な歓迎を受けた（可愛いデデ、おばさんのほっぺにぎゅっとキスしてちょうだい。エルサもころころしてて、本当、可愛いこと。エルサとエリーザって同じ名前だって知ってた？）。母さんはすぐに台所に姿を消した。うつむきっぱなしで、わたしのことは一顧だにしなかった。ピエトロはわたしを片隅に連れていこうとした。その表情は何か重大な事実を告げようとしていたが、自分は無実だとも言いたげだった。だが口を開く間もなく、夫は父さんに引っ張られていき、テレビの前のソファーに座らされた。父さんはテレビを点け、ボリュームをやたらと上げた。

ほどなくジリオーラと息子たちが現れた。元気すぎる男の子ふたりはただちにデデと徒党を組んだが、エルサは戸惑った様子でわたしの懐に逃げてきた。ジリオーラは美容室に行ってきたばかりという頭をしていて、とても高いハイヒールを履き、耳でも胸元でも手首でも金のアクセサリーを輝かせていた。襟ぐりの深い、きらきらした緑色の服は豊満な肉体ではち切れそうになっていて、顔の厚化粧はすでに剝げだしていた。彼女はわたしに向かってなんの前置きもなく、皮肉っぽく言った。

「今日はわざわざ、あなたたち大学教授夫妻に会いにきたのよ。レヌー、元気だった？　それで、彼が噂の天才教授？　まあなんて凄い頭なの」

ピエトロは肩に回された父さんの腕を逃れ、内気な笑みを浮かべてぴょんと立ち上がると、ついジリオーラの乳房が描く大きな曲線に目を落としてしまった。彼女は相手の視線に気づいて嬉しそうな顔になった。

「どうぞお座りになって」ジリオーラは彼に言った。「あんまり気まずいもの。この家には、わざわざ立ち上がって婦人に挨拶をする殿方なんていませんから」

父さんはわたしの夫を引っ張って座らせた。ピエトロがどこかに連れていかれるのを恐れているかのようだった。そしてテレビの大音量にもかかわらず、途中だった何かの話を再開した。わたしはジリオーラに元気にしていたかと尋ねながら、視線と口調で、前に会った時のあなたの告白を自分は覚えている、わたしはあなたの味方だ、と伝えようとした。ところが向こうはそれが気に入らなかったらしい。

「あのね、レヌー、わたしは元気よ。あなたも元気だし、みんなだって元気でしょ。でも、言っておきますけどね、今夜は夫に行けって言われたからこうして来てやったけど、本当は家でのんびりしていたかったの。おわかり？」

わたしが答える間もなく、また玄関の呼び鈴が鳴った。エリーザがまるで風に舞うような軽やかな動きでドアを開けに急ぎ、歓声を上げた。ようこそお義母さま、さあお入りになって。戻ってきた彼女と手をつないで現れたのは未来の姑、マヌエーラ・ソラーラだった。きれいに着飾り、赤く染めた髪には一本の造花を挿し、陰気な亡霊めいた目はくぼんだ眼窩に囲まれている。最後に見かけた時よりもさらに痩せて、もう骨と皮ばかりだった。マヌエーラに続いて現れたのはミケーレだった。きちんとした格好で、きれいに髭を剃り、その悠然とした目つきと物腰には彼独特の冷徹な力強さが感じられた。続いてすぐに姿を見せた大男が誰かとっさにはわからなかった。それくらいどこもかしこもあまりに巨大な男だったのだ。背は高く、足も大きければ、長い脚は丸々と太ってたくましく、腹に胸、肩はいずれも何か重くて密度の高い物質が詰まっているみたいに膨れていた。大きな頭は額が広く、長い黒髪をオールバックにして、つやつやした薄墨色の髭をたくわえていた。それがマルチェッロだった。その証拠にエリーザが彼に唇を差し出した。まるで神を前にして敬意と謝意を示すような仕草だった。彼は背をかがめて彼女の唇に自分のそれで軽く触れた。そのあいだに父さんが立ち上がり、ピエトロもぎこちなく腰を上げ、母さんが台所から足を引きずりながら急いで出てきた。ソラーラ兄弟の母親の登場がその場では特別なこととみなされており、光栄に思うべきことなのだとわかった。その時、妹が興奮した声でわたしにささやいた。今日ね、お義母さんの六十歳の誕生日なの。そうなんだ、と答えながら、わたしは別のことに驚いていた。家に入ってきたマルチェッロがわたしの夫にすぐ声をかけたからだ。前からの知人のような態度だった。満面の笑みを浮かべ、彼はピエトロに向かって大声を出した。先生、うまくいったかい？　〝うまくいったって、なんのこと？〟ピエトロは相手に向かって困ったような笑みを浮かべてから、こちらを見つめて残念そうに首を振った。僕なりに努力はしたんだ、とでも言いたげだった。事情を説明してほしいところだったが、もうマルチェッロがピエトロに対し母親の紹介を始めていた。ほら、ママ、こちらがレヌッチャのご主人の、大学の先生だよ。先生のそばに座るといい。ピエトロは軽く頭を下げ、わたしもソラーラ兄弟の母親に挨拶せざるを得ない雰囲気となった。マヌエーラは言った。レヌー、まあきれいになって。妹さんもきれいだけど、あなたも負けてないわね。それから彼女は少し不安げにこんなことを聞いてきた。この部屋、ちょっと暑くない？　わたしだけかしら？　わたしは答えなかった。デデが泣きじゃくってわたしを呼び、ジリオーラが――彼女だけはマヌエーラの存在をまるで気にしていなかった――方言で何かひどいことを、わたしの娘を痛めつけた息子たちに怒鳴っていたからだ。その時、ミケーレが黙ってこちらを見つめているのに気づいた。向こうからは挨拶の声ひとつないので、わたしは自分から大きな声で挨拶をし、次に、娘たちを落ちつかせようとした。デデが泣いているのを見て、小さなエルサまで泣きだしそうだったのだ。そこへマルチェッロが話しかけてきた。今夜は君たちを招待できて本当に嬉しいよ、俺にとっちゃ実際、名誉なことなんだ。それから、自分には直接わたしに話しかけるだけの力がないとでもいう風に、彼はエリーザに向かって言った。俺がどんなに喜んでいるか、姉さんによく伝えてくれ。このひとの前だと、俺、どうもあがっちまって駄目なんだ……。わたしは相手を安心させようとして何かつぶやいたはずだ。しかし、そこでまた玄関の呼び鈴が鳴った。

ドアを開けに向かったのはミケーレだった。すぐに愉快そうな顔で戻ってきた彼のあとには、旅行鞄を引きずる高齢の男が続いた。わたしの鞄だった。ホテルに置いてきたはずのものだ。ミケーレがこちらを指差すと、老人は楽しい手品でも披露するような仕草でわたしの前に鞄を置いた。わたしは思わず声を上げた。何よこれ、こんな勝手な真似が許されると思ってるの？　でもエリーザが抱きついてきて、頬にキスをして言うのだった。うちは広いから、お姉ちゃん、わざわざホテルに泊まることないわ。部屋だってたくさんあるし、バスルームだってふたつあるし。マルチェッロも付け加えた。ともかく、ご主人の許可あってのことだからな。俺が勝手にこんな真似をする訳がないだろう？　先生、頼みますよ、奥さんに説明してあげてください。悪者扱いは勘弁してほしいな。わたしは啞然とし、心では憤怒しつつも笑顔で答えた。まったくなんて騒ぎなの？　マルチェー、親切にありがとう。でもね、やっぱりお世話になる訳にはいかないわ……。わたしはホテルに鞄を送り返そうとしたが、泣いているデデの面倒も見なくてはならなかった。どこをやられたの？　なんでもないじゃない。大丈夫、痛いのなんかママのキスで飛んでっちゃうから。さ、遊んできなさい。エルサも連れていって……。それからピエトロを呼んだが、夫はもうマヌエーラ・ソラーラのとぐろに巻かれて身動きが取れなくなっていた。ピエトロ、ちょっと来てよ。マルチェッロになんて言ったの？　ここに泊まる訳にはいかないでしょ？　しかしそうして話しながら気がついた。わたしの声は怒りゆえに訛りが強くなり、一部の言葉はもはや標準語ではなく、地区のナポリ方言にすり替わっていた。地区は——団地の中庭から、大通り（ストラドーネ）から、鉄道のトンネルにいたるまで——わたしに地元の言葉を押しつけ、行動規範を押しつけ、住人たちを押しつけつつあった。フィレンツェでは色あせたイメージにしか見えなかった彼らが、そこでは確かに実在していた。

また呼び鈴が鳴り、エリーザがドアを開けにいった。まだ誰が来るというのか。そう思った直後、部屋に飛びこんできたのはジェンナーロだった。少年はデデを見た。デデも相手に気づいて目を見張り、ぐずるのをぱっとやめた。思いがけぬ再会にふたりは上気した顔で見つめあった。すぐにエンツォが現れた。黒髪の男ばかりのなか、彼ひとりが金髪で、しかもとても明るい金色だったが、沈んだ顔をしていた。そして最後にリラが入ってきた。

92

肉体をともなわぬ言葉と、電気の海を波を描いて走る声だけで成り立っていた長い時間が突然、終わった。リラは膝上丈の青いワンピースを着ていた。かかとの低い靴を履いているのに、引き締まった体つきが彼女の背を以前よりも高く見せていた。口の端にも目尻にも深い皺があったが、顔の残りの部分の肌は真っ白で、額でも頬骨の上でもぴんと張りつめていた。ポニーテールにまとめた髪は、耳たぶの小さい耳の上に白い筋が何本かあった。わたしを見るなり、彼女は微笑み、目を細めた。こちらは驚いてしまって、笑顔も返せず、挨拶の言葉ひとつ出なかった。わたしたちはどちらも三十歳だったが、彼女はこちらよりも老けて見え、わたしが想像している自分の姿よりもずっとしわしわに思えた。その時、ジリオーラが叫んだ。ふたり目の女王様がやっと来たよ。うちの子たち、お腹ぺこぺこで、もうおとなしくさせておくの無理だからね。

夕食となった。わたしは不快な罠にはめられた気分で、食事もろくに喉を通らなかった。ホテルに着いてすぐに開き、中身を出してあった旅行鞄のことを苛々と考えていた。ひとりか何人かの他人が、わたしがせっかく出した荷物を勝手に詰め直したのだろう。連中は、わたしのもの、ピエトロのもの、娘たちのものに触れ、いい加減に詰めこんだ。どうにも許せなかった。マルチェッロ・ソラーラと同棲中の妹を喜ばせるために自分がその家に泊まるというのも納得いかなかった。自分の怒りに憂鬱になりながら、わたしはエリーザと母さんの様子をうかがっていた。妹は多幸感のせいか落ちつかず、しゃべりっぱなしで女主人を演じていた。母さんは笑顔で、リラの皿に愛想よく料理を盛ってやりさえした。エンツォを見れば、うつむいて料理を口にし、隣の席のジリオーラを迷惑がっていた。巨大な乳房を彼の腕に押しつけながら、やたらと大きな声で艶っぽく話しかけてくるからだ。ピエトロの様子には腹が立った。うちの父さんにマルチェッロ、マヌエーラの相手だけでも忙しいのに、リラと話していることが一番多かったからだ。夫の真向かいに座るリラは、わたしを含めた誰に対しても——あるいは誰よりもわたしに対して——無関心を気取っていたが、ピエトロだけは例外だった。わたしは子どもたちにも神経を逆撫でにされっぱなしだった。五つの新しい生命体はふたつの陣営に分かれていた。お行儀はよいがずる賢いジェンナーロとデデのふたり組、そして、ジリオーラの息子たちの組だ。こちらのふたりは、不注意な母親のグラスからワインを何度も盗み飲んで、ますます騒々しくなっていた。エルサも今ではそんな悪ガキたちが気に入ったらしく、まるで相手にされないのも構わず、彼らの側についていた。

いったい誰の筋書きなのだろう。祝う理由をごちゃ混ぜにしたこんなパーティーを開こうなどと、誰が思いついた？　エリーザが当事者なのは確かだが、問題は誰が彼女の背を押したかだった。やはりマルチェッロだろうか。しかし彼がそうするよう誘導したのは、ミケーレに違いなかった。そのミケーレはわたしの隣に座り、悠々と飲み食いしながら、妻と息子たちの振る舞いはあからさまに無視していたが、リラに魅了された様子のわたしの夫を皮肉な目でじっと見ていた。この男はわたしに何を見せたがっているのだろう。ここがソラーラ一家の縄張りであることだろうか。わたしはこの土地を逃げ出したかもしれないが、それでもここに属していて、つまりは彼らの支配下にあるとでも言いたいのか。お前のことなどどうにでも操れる、家族を利用し、言葉を操り、この手の儀式を利用することもできるが、何もかも滅茶苦茶にして、必要ならば白を黒にも、黒を白にもする力だってあるのだぞと誇示したいのだろうか。その時、ミケーレがその晩初めてわたしに声をかけてきた。なあ、俺たちのママときたら今日で六十になるというのに、まだぜんぜん若いし、きれいだろう？　彼はわざと大きな声を出した。自分の声をみんなに聞かせるためというよりは、わたしの返事を聞かせるためだ。わたしに求められていたのは、彼の母親に対する賛辞だった。ピエトロの横に座っている老女。少しぼんやりした様子で、優しげで、一見いかにも無害そうな彼女。骨張った長い顔に大きな鼻が目立ち、残り少ない髪のあいだに馬鹿げた造花を挿した彼女だ。だがこの老女こそは一族の成功の礎となった、かの有名な高利貸しであり、地区の住民に限らず、ナポリの町とその周辺地域の多くの人々の名が記されたあの赤い帳簿の持ち主なのだった。リラとわたしが電話で夢中になった空想の中でも、わたしの没になった小説のかなりの部分でも、彼女こそは裁かれることなき犯罪者であり、残忍で危険この上ない女なのだった。ドン・アキッレに成り代わって高利貸し市場を独占するために彼を殺害し、誰もかもを踏み台にして天下を取れと息子たちを教育した女。そして今、わたしはミケーレにこんな風な返事をせねばならないのだった。そうね、お母さま、本当におきれい。とても六十歳には見えないわ。驚いちゃった……。視界の片隅にリラの姿が見えた。ピエトロと話すのをやめ、わたしの返事を今か今かと待っているらしく、もうこちらを向いて、ぽってりとした唇をほんの少しだけ開き、目を凝らし、額に皺を寄せている。その顔に浮かぶ皮肉っぽい表情を見て、もしかしたら彼女がミケーレに、わたしをこんな檻に追いこむよう勧めたのかもしれないと思った。〝ママは六十になったんだってさ、レヌー。エリーザの未来の旦那の母親、つまりあなたの妹のお義母さんだよ。さあ、見ものだ。なんて言うつもり？　やっぱり優等生っぽく答えるの？〟わたしは答えた。マヌエーラに向かってただひと言、〝お誕生日おめでとうございます〟と。するとすぐにマルチェッロが助け船を出すように口を挟み、いかにも嬉しそうに大声で言った。ありがとう、本当にありがとう、レヌー。それから彼は、顔を汗まみれにし、痩せた首には赤い染みまで浮かべて、暑さに苦しんでいる母親に向かって、レヌッチャがおめでとうって言ってくれたよ、よかったね、ママ、と告げた。マヌエーラの隣に座っていたピエトロもすぐに、お誕生日おめでとうございます、と続け、子どもたちも含めてみんなが——正確にはジリオーラとリラを除いた残り全員が——声を合わせてソラーラ夫人にお祝いを言った。マヌエーラさん、どうかいつまでもお元気で。おばあちゃん、いつまでも元気でいてね。すると彼女は、わたしはもういい年だよ、と恥ずかしげにぼやき、鞄から扇子を取り出した。噴煙を上げるヴェスヴィオ山とナポリ湾が描かれた水色の扇子だった。そしてゆっくりと扇ぎ始めたが、次第に手の動きは激しくなっていった。

ミケーレはわたしに言葉を求めておきながら、ピエトロの祝辞のほうをずっとありがたく思ったらしく、彼に向かって丁寧に礼を言った。先生、ありがたいお言葉、感謝します。先生はこの土地のかたではありませんから、うちの母の功績もご存じありますまい。そこで彼は秘密を打ち明けるような口調になった。我が家は代々、真っ正直な一族なんです。先に亡くなった祖父は――どうか安らかに眠りたまえ――裸一貫から頑張り、そこの角でバールを始めました。それを父が大きくし、ナポリ中で知らぬ者のない菓子屋にしたんです。これは俺の妻の父親、スパニュオロさんの腕のおかげでもあります。素晴らしい菓子職人なんです。そうだな、ジリオー？　でも、一番偉いのは実は、ここにいる俺の、いや、〝俺たちの〟母なんです。最近では、嫉妬深い連中が母の悪い噂を流していますが、うちはいちいち腹を立てたりはしません。昔から商売をやっているんで、みんな辛抱強いんです。どうせ最後には必ず真実が勝ちますから。真実というのはこうです。母は非常に賢明で、肝が据わった女性で、もの凄い働き者なんです。どうもやる気がしない、なんて一瞬だって思ったことはないはずです。ずっと働き詰めでした。本当に。いつだって家族のためで、自分では何ひとつ楽しんだことがないんです。今日の我が家の財産はすべて、母が俺とマルチェッロのために築いてくれたものなんです。俺たちの仕事にしたって、どれもこのひとの仕事を受け継いだだけなんですよ。

マヌエーラは先ほどよりずっと落ちついた手つきで扇子を動かし、ピエトロに向かって大声で言った。ミケーレはとってもいい子なんですよ。小さなころはクリスマスが来るたび、テーブルに登っては、それはそれは上手に詩を暗唱してくれました。ただ、どうにもおしゃべり好きで、つい話が大げさになる悪い癖があるんです。するとマルチェッロが言った。それは違うよ、ママ。大げさどころか、みんな本当の話じゃないか。そしてまたミケーレがマヌエーラを褒めだした。きれいなママ、なんて心の広いママ……。いつまでも終わる気配がなかったが、やがて彼は急にわたしを振り返り、真剣な、いやむしろ厳かな声でこんなことを言った。もうひとりだけ、〝ほとんど〟俺たちの母親と同じくらい偉い女がいるんです……。〝もうひとりいる？ マヌエーラ・ソラーラとほとんど肩を並べ得る女ですって？〟、わたしは戸惑い、ミケーレを見返した。〝ほとんど〟という断りつきではあったが、彼の台詞はどうにも場違いで、騒がしかった夕食の席がしばし音もなく静まりかえった。ジリオーラは夫を忌々しげににらみつけている。目を見張っているのはワインの酔いと失望のためだろう。うちの母さんも何を言いだすかと警戒するような顔をしていた。もしかすると、ソラーラ一家のなかでも最高の地位を継承する権利のようなものをミケーレが娘に授けてくれるのではないかと期待したのかもしれない。一方、マヌエーラはちょっと扇ぐのをやめ、人差し指で唇の汗をぬぐうと、息子が自分の言葉をひとを食ったような文句で誤魔化すのを待った。

ところがミケーレはいつもの横柄な態度で妻もエンツォも母親さえも無視し、リラを見つめた。だがそのうち顔色がだんだん緑色を帯びてきて、身振りも落ちつきを失っていった。彼は言葉を投げ縄にして、ピエトロばかり相手にしているリラの注意を引こうとしたようだった。ミケーレは言った。今夜、こうしてみなさんにマルチェッロの家に集まってもらったのは、まず何より、ここにいらっしゃる高名なふたりの先生と夫妻の可愛らしい娘さんたちをしかるべき形で歓迎するためです。ふたつ目の目的は、素晴らしい女性である、俺の母の誕生日を祝うこと。三つ目は、エリーザの幸せと、彼女が近い将来に幸福な結婚を迎えられるようにと祈ることです。そして四つ目は、まあ勝手なお願いですが、ある合意の実現をみなさんに祝ってもらうためなんです。一生無理かと心配していましたが、ついに夢がかないました。リナ、さあ、こっちに来てくれ。

リナ。つまり、リラのことだったのか。

彼女の視線を求めると、向こうも一瞬目を合わせてきた。その視線はこう言っていた。これでどういうゲームなのかわかったでしょ？　ルールは思い出した？　そして驚いたことに彼女は、テーブルクロスをぼんやりと見つめているエンツォには構わず、素直に立ち上がり、ミケーレのそばに行った。

ミケーレは彼女に指一本触れようとしなかった。彼女の手にも、腕にも触れなかった。ふたりのあいだに危ない刃物でもあるかのような態度だった。彼はその代わりわたしの肩に何秒か片手を置き、また話しかけてきた。悪く思わないでくれ、レヌー。君は頭もいいし、ずいぶん出世したし、新聞にだって載った。幼なじみの俺たちにとっちゃ、みんなの誉れだ。それでも──俺が言うことをレヌーならきっとわかってもらえると思うし、むしろ彼女の親友として、喜んでもらえると思うんだが──リナの頭の中には、ほかの誰も持ってない生き物がいるんだ。強烈な生き物だよ。あっちこっちに飛び跳ねて、誰にも止められない。医者にだって見えなくて、俺が思うに、リナ自身、なんだかよくわかっていないんじゃないだろうか。生まれつきそこにいるのにな──当の本人もよくわからず、そんなものがいるなんて認めたがらない。その証拠に今、彼女、こんなに恐い顔しているだろう？──リナの気が乗らないと、そいつは誰かれ構わず厄介ごとを山ともたらす。ところが彼女さえ乗り気なら、そいつはみんなをあっと言わせてくれるんだ。さて、俺はそんなリナの風変わりな才能をずいぶんと前から買いたいと思ってきた。そう、買うんだ。間違ったことじゃない。真珠やダイヤを買うのと同じだ。しかし残念ながら、それはかなわぬ夢のままとなっている。今度のことは小さな一歩前進に過ぎないが、その小さな前進を今夜はみんなと祝いたいんだ。俺はリナを雇い、アチェッラに作った電算室で働いてもらうことにしたんだよ。最先端の施設だ。レヌー、もしも教授先生に興味があれば、明日でもいいし、とにかく君たちの出発前に見学に連れていこう。リナ、どう思う？

リラは嫌そうな顔をした。それから不満げに首を振ると、ソラーラ兄弟の母親を見つめ、こう言った。ミケーレは電子計算機のことなんて何も知らないから、わたしが凄いことしてるみたいに言ってますけど、そんなたいした話じゃないんです。通信講座の勉強で十分で、小卒のわたしにだって覚えられたくらいなんですから……。それ以上はもう何も言わなかった。頭の中で生き物が走り回っているなどという彼のおぞましいでたらめを笑い飛ばしたり、真珠とダイヤの例え話をきっと馬鹿にするだろうと思っていたのだが。何より意外だったのは、賛辞に次ぐ賛辞を彼女が正面から受け止めたことだった。リラは自分の雇用契約成立を大げさに祝うわたしたちの乾杯を受け入れ、ミケーレがさらに賞賛を重ねることで、彼女に約束した高給の妥当さを証明しようとするのを許した。そうこうするあいだにピエトロは、自分より格下とみなした相手が一緒だと愉快になるという例の才能を発揮したらしく、わたしになんの断りもなく、アチェッラの電算室には是非行ってみたいと言いだし、席に戻ったリラに根掘り葉掘り聞き始めた。一瞬、こんな考えが頭をよぎった。時間さえ許せば、リラはわたしから夫を奪うだろう。かつてわたしからニーノを奪ったように。それでも嫉妬は感じなかった。仮にそうしたことが起きたとしても、それはきっとリラが自分とわたしのあいだの溝をさらに深く掘り下げたいと思ったから、それだけの話であって、彼女がピエトロに惹かれるはずはなく、また、彼のほうも別の女性に欲情してわたしを裏切るなんてことはできっこないと思っていたからだ。

その時わたしを襲った感情は、もっと別のややこしいものだった。わたしは生まれ故郷におり、そこでは昔から誰よりも成功した娘とみなされてきた。その点は、少なくとも地区の住民のあいだでは、議論の余地のない事実だとわたしは信じていた。ところがミケーレは、地区におけるわたしの降格の儀をわざわざ実家の家族の目の前で執行しようとたくらんでいたみたいに、リラの輝きでわたしの影が薄くなるように仕向け、さらには、わたし自身に親友の比類なき力をみんなの前で認めさせ、己の降格に同意までさせたのだった。しかもリラは進んでその一切を受け入れた。それどころか、そうした結果を迎えるべく協力さえしたのかもしれなかった。彼女自身が計画し、実行した可能性だってあった。もしもそうしたことが数年前、わたしが作家として小さな成功を収めたころに起きた話であったならば、こちらも傷つきはせず、むしろ喜んだはずだ。しかしすべてが過去になった今や、それは苦しい変化だった。母さんと目が合った。眉をひそめたその顔は、わたしの頬にびんたをお見舞いしたいのを懸命にこらえている時のそれだった。そんないつもと同じぼけっとした顔してないで、反撃しなさい、そう言いたかったのだろう。どんなに色んなことを知っているか披露しろ、アチェッラのがらくたなんて屁でもない、一級の知恵を見せつけてやれ。母さんの目が発する沈黙の命令が聞こえた。でもわたしは黙っていた。その時、マヌエーラ・ソラーラがにわかに大声を上げ、苦しげな視線を周囲の者たちに投げかけた。わたし、暑いわ。みなさん暑くないの？

93

母さんと同じくエリーザも、わたしが名声を失うのが我慢ならなかったようだ。ただ母さんが黙っていたのに対し、妹は明るい顔でわたしに優しく声をかけ、彼女にとってわたしは偉大な姉のままで、いつまでも誇りに思うと伝えようとしてくれた。お姉ちゃんに渡すものがある、と彼女は言い、ころころと話が変わるいつもの調子でこう続けた。ねえ、飛行機に乗ったことある？　わたしはないと答えた。本当に？　本当よ。やがてその場にいる者たちのなかで飛行機に何度も乗ったことがあるのはピエトロだけだという事実が判明した。彼は自らの体験をいかにもたいしたことがなさそうに語ったが、空の旅はエリーザにとって素晴らしい思い出となったらしい。マルチェッロも同意した。ふたりはドイツに向かった。長時間の飛行は、仕事と観光、両方のためのものだった。最初は彼女も少し恐かったという。がたがたと揺れもすれば、強烈な冷気が頭に穴でも開けようとするかのように真上から吹きつけていたせいもあった。やがて彼女は窓から外を眺め、眼下には真っ白な雲が、上には真っ青な空が広がっているのを見た。そして、雲の上はいつでも天気がいいことを知り、高みから眺める地表はどこも緑色と青色と紫色のいずれかで、山地の上空では大地が雪に輝くことを知ったという。

わたしは彼女にこう尋ねられた。

「デュッセルドルフで誰に会ったと思う？」

何もかもにうんざりした声でわたしはぼそっと答えた。

「わかんないわ、エリーザ。誰？」

「アントニオよ」

「へえ」

「お姉ちゃんにとにかくよろしくって言ってた」

「元気にしてた？」

「うん、とっても。それでお姉ちゃんにって、贈り物を預けられたの」

渡すものがある、というのは、つまりアントニオからのプレゼントだったのだ。エリーザは急いでそれを取りにいった。マルチェッロはわたしを愉快そうに見つめ、ピエトロは疑問を口にした。

「アントニオというのは？」

「うちの従業員です」マルチェッロが答えた。

「奥さんの恋人ですよ」ミケーレが笑いながら付け加えた。「先生、時代は変わったんです。今じゃ、女のほうがたくさん恋人を作って、男顔負けに自慢するようになっちまったんです。先生は今まで何人、恋人がいました？」

ピエトロは真面目に答えた。

「僕は恋人なんてひとりもいませんでした。妻のほかは愛したことがありません」

「この嘘つき」ミケーレがひどく楽しげに囃したてた。「お耳を拝借して、俺のほうの人数を教えましょうか？」

彼は立ち上がると、ジリオーラの不愉快そうな視線を浴びながらわたしの夫のうしろに立ち、その耳に何やらささやいた。

「信じられないな」ピエトロは少しだけ冗談めかした口調で感嘆し、ミケーレと一緒になって笑った。

そこへエリーザが戻ってきて、よくある茶色い包装紙の包みを渡してくれた。

「開けてみて」

「中身がなんだか知ってるの？」わたしは戸惑いつつ尋ねた。

「エリーザも俺も知ってる。レヌーはそうじゃないといいんだが」マルチェッロが答えた。

わたしは包みを開きだした。みんなの目がこちらに集まるのがわかった。特にリラは、中から蛇でも飛び出すんじゃないかとでも言いたげな、いぶかしげな顔で注目していた。やがて、正気を失ったメリーナの息子にして、ソラーラ兄弟の無学で凶暴な僕であり、少女時代のわたしの恋人だったアントニオの贈り物が、ちっともきれいでも、感動的でもなく、過ぎ去った季節をにおわせるところもない、一冊の本でしかないとわかると、みんなはがっかりしたらしかった。ところが、わたしの顔色が見る見るうちに変わり、表紙を見つめて喜びにはち切れそうになっているのに彼らは気がついた。ただの本ではなかったのだ。それは、〝わたしの〟本だった。わたしの小説のドイツ語版だったのだ。

イタリアでの出版から六年がたっていた。わたしの言葉が見知らぬ外国語となって目の前で躍っていた。初めて見る、まさに劇的な光景だった。

「知らなかったの？」エリーザが嬉しそうに聞いた。

「うん」

「嬉しい？」

「凄く嬉しいわ」

妹はみんなに向かって誇らしげに伝えた。

「レヌッチャが書いたあの小説よ。でもドイツ語になってるの」

すると母さんが雪辱を果たせた喜びに頬を真っ赤にして言った。

「ご覧になって？　うちの子、こんなに有名なんですよ」

ジリオーラはわたしから本を取り上げ、ページをめくると、感心したようにつぶやいた。〝エレナ・グレーコ〟って名前以外、なんにもわかんないわね。するとリラがぐっと手を伸ばし、ジリオーラに向かって、渡せという仕草をした。その目には好奇心があり、本に触れたい、もっとよく見たいという願望があった。わたしを内包し、はるか遠くまで運んでいった未知の言語を読んでみたいという気持ちが瞳に浮かんでいた。せっかちなその態度には見覚えがあった。彼女が小さいころによく見せた態度だ。わたしは懐かしくなった。ところがジリオーラはかっとなって本を遠ざけ、リラに渡すまいとしてから言った。

「待って。まだわたしが見てるんだから。それとも何？　ドイツ語までわかるってわけ？」するとリラが手を引っこめ、首を横に振ったもので、彼女は声高らかに言い放った。「じゃあ、邪魔すんじゃないよ。こっちはレヌッチャがどんなに凄いことをしたか、じっくりと眺めたいんだからさ」そして周囲の沈黙にも構わず、まずは本の表紙と裏表紙を満足げに眺めてから、まるで一ページに数行ずつ拾い読みでもするかのように、ゆっくりとページをめくっていった。最後に彼女はわたしに本を差し出しながら、ワインでろれつが怪しくなった声でこう言った。「レヌーはやっぱり偉いよ。本も、旦那さんも、子どもたちも、みんな上出来だもの。わたしたちのレヌーかと思ってたら大間違い、いつの間にかドイツ人まで知ってる有名人だもんね。しかも、みんな自分で努力して手に入れたものだから、なお偉いわ。レヌーは誰にも迷惑をかけなかったし、他人の旦那をたぶらかしたりもしなかったし。ありがとうね、もうわたし帰らないと、じゃあ、おやすみなさい」

ジリオーラはため息をつきながらなんとか立ち上がった。酔ったせいで余計に体を重く感じるようだった。帰るわよ、さっさとしなさい、と彼女に怒鳴りつけられた子どもたちは嫌がった。方言で何か汚い文句を言った長男は母親にびんたを張られ、玄関へと引きずられていった。ミケーレは笑顔のまま、やれやれと首を振ると愚痴をこぼした。あの馬鹿な妻にはほとほと愛想が尽きました。いつだって俺の一日を台無しにしやがるんです。そして彼は落ちついた声で妻に呼びかけた。待てよ、ジリオーラ、そんなに急いでどこに行くんだ。帰るのは、お前の親父さんの菓子を食ってからにしよう。すると子どもたちは父親の言葉に力を得て、瞬く間に母親の手を振りほどき、席に戻ってきた。しかしジリオーラは重たい足取りで玄関に向かうのをやめず、不機嫌に言うのだった。わたし、ひとりで帰る。気分が悪いの。だがそれを聞いてミケーレが怒鳴った。恐ろしい声だった。今すぐここに座れ。その言葉に脚が金縛りにあったようにジリオーラは動かなくなった。すぐさまエリーザが立ち上がり、ほら、ケーキを取りにいくからつきあって、と言いながら、ジリオーラの腕を取って、台所に引っ張っていった。わたしは視線でデデに大丈夫よと話しかけた。ミケーレの怒号に怯えていたのだ。それからリラに本を差し出し、見てみる？　と尋ねた。彼女はちっとも興味なしという顔で首を横に振った。

94

「ここはいったいどこだい？」ピエトロはなかば呆れ、なかば楽しそうな声で聞いてきた。娘たちを寝かせてから、エリーザに割り当てられた部屋に彼と入った時のことだ。その晩に目にした信じがたい場面の数々について冗談を言いたかったようだが、わたしは彼を罵り、声を押し殺した口論になった。わたしはピエトロに腹が立ってならなかった。彼だけではなく、みんなにも、自分自身にも腹が立っていた。混乱した胸の中では、リラなど病にかかって死ねばいいという願望がまた顔を覗かせていた。憎しみゆえの願いではなかった。むしろ彼女を慕う気持ちは強まる一方で、憎むことなど永遠にできない気がしたが、逃げ腰な彼女が寂しくて、見ていられなかったのだ。わたしはピエトロを責めた。どうして荷物をホテルからここに移すのを許したの？　ここに越してこいって言われて、そのまま言いなりになったわけ？　すると彼は、相手がどんな人間だかよくわかっていなかったと答えた。そんなの嘘、わたしはきつく言い返した。あなたがわたしの話をまともに聞いていなかっただけでしょ？　わたしがどんな土地の出か、今までさんざん話したはずよ？

わたしたちは長い時間やりあった。こちらを落ちつかせようとする彼をわたしは遠慮なくこき下ろした。嫌なものは嫌とあなたははっきり言うべきだった、ソラーラにこけにされて悔しくないのか、自分と同じ階層のお行儀のいい人間が相手じゃないと刃向かえないんでしょ？　あなたのことも、お義母さんのこともも う信用できない。どうして二年も前にドイツで翻訳が出たのに、出版社は何も教えてくれなかったの？　わたしには丸きり無断でほかの国でも出てるんじゃないの？　この話は徹底的に追及させてもらいますからね……。彼はとにかくわたしをなだめるためにこちらの言い分を認め、翌朝には僕の母親と出版社に電話をしろと勧めさえした。それから、君の生まれ育った〝庶民的な世界〟に僕は強い親近感を抱いているんだと言いだし、うちの母さんのことをとても心が広く、頭のいい女性だと褒め、父さんにエリーザ、ジリオーラにエンツォのこともそれぞれ褒めた。ところがソラーラ兄弟の話になるとがらりと調子が変わり、彼はふたりをごろつきと呼び、狡猾な悪党と呼び、口のうまい犯罪者と呼んだ。そして最後にリラの話となった。あの子が一番衝撃的だったな、などと言うのでこちらも腹が立って、やっぱりね、最初から最後まで彼女と話しっぱなしだったじゃない？と言ってやった。すると彼は力強く首を横に振り、彼女こそ誰よりも悪い人間に見えたと意外なことを言った。あの子は君の親友どころか、君のことを激しく嫌悪しているよ。もの凄く頭が切れて、魅力的なのは本当だ。でも、たちが悪い頭の使い方をしているね。あれは人々の調和を崩し、人生を憎む、邪悪な知性だよ。そして彼女の魅力だが、あれはもっとも許しがたいタイプの魅力だ。ひとを奴隷にし、破滅へと導く魅力さ。実に恐ろしいね。

最初、わたしは彼の意見に耳を傾けながら、表向きは反対なそぶりで、心の中で快哉を叫んでいた。つまり、わたしの誤解だったのか。リラはピエトロの好感を勝ちとることに失敗したらしい。あらゆる文書の裏の意味を読み取る術に長けた彼は、彼女の不愉快な側面をただちに見抜いたのだろう。ところがほどなく、彼の分析が大げさに思えてきた。たとえばピエトロはこんなことを言った。僕にはどうして君たちの友情がこうも長続きしたのかがわからない。きっと関係にひびを入れそうなものを互いに用心深く隠しているんだろうね。そしてさらにこう続けた。問題は、僕が彼女のことをまるでわかっていないか——恐らくはそうなんだろう、赤の他人なのだから——それとも、君のことをわかっていないか、なんだよ。こちらの可能性のほうが恐ろしいな。それから最後に彼は一番ひどい言葉を口にした。彼女とあのミケーレって男は実にお似合いだ。まだ愛人関係にないとしても、いつかはそうなるだろう。それを聞いてわたしは彼に食ってかかった。あなたのそうしたいかにも高学歴なブルジョアっぽい物知り顔な口ぶりがわたしは我慢ならない、二度とリナのことをそんな風に言ってくれるな、何もわかっちゃいないくせに……。だが、そんな風になじりながら、わたしははっとした。恐らくは彼自身もまだ気づいていないだろう、あることを悟ったのだ。リラはやはり、彼の気を引くことに成功した。ピエトロは彼女のずば抜けた才能にあまりに強烈な印象を受けたために恐れを覚え、矮小化せずにはいられなくなったに違いなかった。ただし彼が心配していたのは自分のことではなく、リラのわたしに対する影響と、わたしたち夫婦に対する影響ではなかったかと思う。あの女ならば遠くにいても、自分から妻を引き離し、家庭を崩壊させるのではないか。そう懸念したに違いなかった。だからこそ彼は、わたしを守るためにあんなにも大げさなことを言い、彼女に泥を塗ったのだ。わたしが嫌悪感を抱き、彼女との縁を切ってくれやしないかと漠然と期待したのだろう。わたしは小さく、おやすみなさい、と言うと寝返りを打ち、彼に背を向けた。

95

翌日は早起きして、荷物をまとめた。すぐにフィレンツェに帰りたかったのだ。でも無理だった。

マルチェッロが、先生たちをアチェッラに連れていくとミケーレに約束してしまったと言い、ピエトロのほうも――わたしがもう出発したいという意思を手を尽くして示したのに――了解してしまったからだ。娘たちはエリーザに預け、わたしたちはあの大男の望みどおり、彼の車に乗せられ、低くて長い、黄色い建物に連れていかれた。そこは靴の大型倉庫だった。移動のあいだ、わたしはずっと黙っていたが、ピエトロはソラーラ兄弟がドイツでどんな商売をしているのかと質問を重ねた。しかしそんな彼をマルチェッロは支離滅裂な話で煙に巻いた。たとえば、こんな具合だった。イタリア、ドイツ、世界と、まあ色々ありますが、先生、俺はね、いわゆる共産主義者よりずっと共産主義者ですし、その辺の革命家よりずっと革命家なんですよ。もしも何もかもきれいさっぱり真っ平らにならしちまって、一切合切ゼロから再建できるって話になりゃ、それこそ真っ先に手を上げて協力しますね。なんにせよ、一番大切なのはやっぱり愛情でさ……。そう言いながら彼はバックミラー越しにわたしを見つめ、同意を求めた。

目的地に着くと、マルチェッロはわたしとピエトロを天井の低い、蛍光灯で照らされた部屋に連れていった。インクと埃、過熱した断熱材のにおいが、革と靴墨のにおいに入り混じり、鼻を強く刺激した。さて、ミケーレが借りた例のあれはここにあります。マルチェッロにそう言われ、わたしは辺りを見回したが、機械の前には誰もいなかった。システム／3はなんともつかみ所のない外見をしていた。壁際に置いてあるまるで魅力の感じられない家具といったところで、金属のパネルに覆われ、ダイヤルが並び、赤いスイッチがひとつあって、木製のデスクとキーボードもあった。マルチェッロは言った。俺にはなんだかさっぱりで、リナにしかわからない代物なんですが、あいつは勤務時間が決まってない上に、いつも出かけてるんですよ。ピエトロはシステム／3のパネルやダイヤルやあちこちを丁寧に観察していたが、どう見ても、最新技術への興味を失い、退屈しつつあった。彼が何を尋ねてもマルチェッロは、みんな弟の仕事でして、俺は俺の仕事で頭がいっぱいなんですよ、としか答えてくれないからなおさらだった。

リラが現れたのは、わたしたちがもう帰ろうとしていた時だった。金属のケースを運ぶ娘ふたりと一緒に登場した彼女はなんだか苛々した様子で、ふたりに厳しく指示を出していた。わたしたちに気づいた途端、彼女は態度を和らげ、親切に振る舞おうとしたが、明らかに無理をしていた。頭の一部が急ぎの仕事のほうに腹立たしげに身を乗り出し、もがいているかのようだった。彼女はマルチェッロを無視し、ピエトロに話しかけたが、そうしながらわたしにも話を聞かせようとしていた。こんなもの、あなたには面白くもないでしょ？　リラはからかうように言うのだった。そんなに気になるなら、仕事を交替しましょうか？　おふたりさんはここで働いて、わたしはそっちの仕事をやるの。小説とか、絵とか、昔の文化とかその手のことを……。彼女が自分よりも老けた印象をわたしは改めて受けた。外見だけではなく、身のこなしも、声も年を取った感じだった。彼女はどことなく退屈した感じの冴えない話し方で、システム／3とさまざまな機械の機能を説明してくれただけではなく、磁気カードにテープ、フロッピーディスクについても教えてくれ、個人が家庭で使用する卓上電子計算機をはじめとする、近い将来に登場するというその他の最新技術についても教えてくれた。そこにいるのはもはや、電話で新しい仕事を子どもみたいにはしゃいで語ったあのリラではなかった。今の彼女は仕事に対するエンツォの熱中ぶりともほど遠かった。極めて有能な従業員が、わたしたちの物見遊山の相手という厄介な役目のひとつを社長に押しつけられた、言わばそんな態度だった。わたしに向かって友だちらしい口を利くこともなければ、ピエトロに冗談を言うこともなかった。最後に彼女は、ピエトロにカード穿孔機の機能を説明する役目を部下たちに任せると、わたしを廊下に連れ出し、こう尋ねてきた。

「それで？　エリーザにはちゃんとおめでとうって言った？　マルチェッロの家は寝心地よかった？　あのおいぼれ魔女が六十歳になって嬉しい？」

　わたしはむかっときて言い返した。

「妹があいつがいいって言うんだから、どうしようもないでしょ？　それとも、ひっぱたいてでも言うこと聞かせろって？」

「ほらね？　おとぎ話なら好きなようにできるけど、現実はなるようにしかならないでしょ？」

「そんなの嘘。リラだって、こんな風にミケーレの言いなりになる必要がどこにあるの？」

「こっちがあいつを利用してるんだよ。勘違いしないで」

「そうは見えないけど」

「そのうちわかるから、楽しみにしてて」

「馬鹿言って。リラ、こんなことやめなよ」

「前も言ったけど、そういうこと言うレヌーは嫌いだよ。どうせわたしたちのことなんてもう何も知らないんだから、黙っててくれない？」

「ナポリに住んでなきゃ、一切ご意見無用ってこと？」

「ナポリもフィレンツェもないよ。どこにいても、何ひとつ形にできてないじゃない？」

「誰がそんなこと言ってるの？」

「だって事実だもの」

「事実？　自分のことはリラなんかより、わたしが一番よく知ってるって」

　こちらの怒りに気づいた彼女は、取りなそうと笑顔になった。

「レヌーのお説教にむかつくと、思ってもないこと言っちゃうんだよね。ナポリを出ていって、やっぱり正解だよ。本当そう思う。そうだ、最近、逆に誰がナポリに帰ってきたと思う？」

「誰？」

「ニーノ」

わたしは胸に鋭い痛みを覚えた。

「どうしてそんなこと知ってるの？」

「マリーザが教えてくれたから。ナポリ大学で教えることになったんだって」

「ミラノの暮らしが気に入らなかったのかな」

するとリラが目を凝らした。

「タッソ通りの名家の娘と結婚したんだって。ナポリ銀行の重役のほとんどが親類みたいなお嬢さんで、ふたりには一歳になる男の子もいるってさ」

それを聞いて自分が悲しくなったかどうかは記憶にない。とにかく信じられなかった。

「ニーノ、本当に結婚したの？」

「うん」

リラの胸のうちを知りたくて、わたしは彼女を見つめた。

「彼と会うつもり？」

「それはないね。でも会うことがあれば、ジェンナーロはあなたの子どもじゃないって教えてやりたいな」

96

　彼女はそんなことを言い、あとはとりとめのない話を少し聞かされただけだった。〝おめでとう、レヌー。ご主人、素敵で頭いいし、神様を信じてないのに熱心な信者みたいな口を利くし、古代のことから今のことまでなんでも知ってるんだね。特にナポリのことたくさん知ってるから驚いたし、恥ずかしくなっちゃった。ナポリ生まれなのに、わたし、何も知らないから。ジェンナーロは無事に育ってるよ。わたしよりもママがよく面倒を見てくれてる。学校の成績も悪くない。エンツォともうまくいってる。わたしも彼も仕事が忙しくて、あんまり会えないけど。ステファノは自業自得で駄目になっちゃった。あのひとの店の倉庫から憲兵（カラビニエーリ）が盗品を見つけたんだって。なんだったのかは知らないけど、それで逮捕されたの。もう釈放されたけど、おとなしくしてないと駄目みたい。一文無しになっちゃって、こっちのほうが逆に生活費を渡してやってる。ほらね、人生ってわからないでしょ？　もしもカッラッチ夫人のままでいたら、わたし今ごろ、あの一族みたいにどん底だよ。ところがどっこい、ラッファエッラ・チェルッロとしてミケーレ・ソラーラの会社の電算室長をやって、四十二万リラの月給をもらっている訳で。おかげでママにはやたらとちやほやされるし、パパは今までのことはみんな水に流してくれた。リーノにはお金をせびられっぱなしだけど、ピヌッチャはわたしのこと大好きだって言ってくれるし、甥っ子たちも、おばちゃんって慕ってくれるよ。でもね、仕事は退屈。最初のころの印象とはまるで逆で、処理のスピードがまだまだ遅すぎて、時間ばっかりかかっちゃって。もっと速い新型の登場に期待するしかないね。いや、違うかな。スピードは何もかもを台無しにしてしまう、写真がぶれる時みたいに――そうアルフォンソが言ったことがあるの。彼、笑い話のつもりだったみたい。僕は生まれつきぶれてて、輪郭がぼやけてるんだ、なんて言ってた。このごろ彼、わたしに会うと、友情の話ばかりするんだよ。僕はリナの親友になりたい、できるものなら、カーボン紙で複写して、君そっくりな女性になりたい、本気だよ、なんて言うの。だからわたし言ってやった。何馬鹿言ってんの、アルフォー、あんた男でしょ？　わたしがどんな人間か、何も知らないくせに。それに仮にわたしたちが親友でも、あなたがどんなにわたしを研究して、観察して、真似てみても、一生何もわからないと思う。そしたら彼、楽しげな顔をして、こう言ったわ。じゃあ、どうしたらいいんだい。僕、今の自分でいるのがつらいのに……。それからアルフォンソ、ミケーレのことが昔から大好きだったって教えてくれた。そう、ミケーレ・ソラーラのことよ。だから、わたしみたいにミケーレに好かれてみたいんだって。わかる、レヌー？　人間って大変だよね。中に詰まってるものが多すぎて、膨れ上がって、破裂しちゃうんだよ。わたし、彼にこう答えた。わかった。友だちになるのはいいよ。でも、だからって、そっくりな女になれるなんて思わないで。どうせね、あんたたち男が勝手に想像してる女以上のものにはなれやしないから。わたしの真似をして、絵描きの肖像画みたいに瓜ふたつになることはできるかもしれない。それでも、わたしの糞はわたしの糞のままだし、あんたのはやっぱりあんたの糞のままなんだよ……。ああ、レヌー、どうしてみんなこうなんだろうね。わたしたちって、水が凍った時の水道管みたい。不満だらけの頭って本当、最悪。わたしの花嫁姿の写真にふたりでしたこと、覚えてる？　あの方向で行きたいの。いつか時が来れば、わたし、自分を完全にフローチャートで分解して、穴だらけの紙テープになって、姿を消すんだ〟

彼女は小さく笑った。話はそれだけだった。廊下でのそのおしゃべりはわたしに、リラとの関係がかつての親密さを失ったことを確信させた。今やふたりの会話は、大まかで短い近況報告に辛辣な悪口、いい加減な言葉ばかりで、わたしにだけ秘密や胸のうちを明かしてくれるというようなことはなくなった。リラの人生はもはや彼女ひとりのもので、誰と分かちあう気もなさそうだった。ある種の質問は粘ってみるだけ無駄だった。たとえば、リラはパスクアーレのことをどこまで知っているのか、彼はどこに行ってしまったのか、ブルーノ・ソッカーヴォが殺され、守衛のフィリッポが脚を撃たれたあの事件に彼女はどれだけ関係しているのか、どうしてミケーレの提案を呑んだのか、あの男の執着を利用してどうするつもりなのか、といった問いかけだ。彼女は何ひとつ明かしてくれなくなり、わたしの好奇心が以前のように議論に発展するということもなくなった。聞いても彼女はこう答えたはずだ。何考えてんの？　ミケーレとか、執着とか、ソッカーヴォとか言って、どうかしちゃったんじゃない？　こうして今、この文章を書いていても、〝リラはどこそこへ行った〟〝リラはこうこうした〟〝リラは誰々に会った〟という風に、リラを主語にした文体に移行するのに十分な材料を自分が持ちあわせていないことに気がつく。それでも、あの日、フィレンツェに戻る車中でわたしはふと思った。地区で、時代遅れと最先端の狭間にいる彼女は、このわたしよりもずっと波瀾万丈に生きているのではないか。何者かになるつもりで地区を去ったわたしは、どれだけ多くのことを見逃してきたことか。ところが故郷に留まった彼女のほうは、新しい仕事を見つけ、高給取りとなり、どこまでも自由に、解読不能な計画に沿って行動しているではないか。彼女は息子を大切にし、もっと小さいころはとても熱心に面倒を見た。そのくせ、いつでも気の向くままに息子を放棄する力があるらしく、わたしのように子どもが懸念の種となることが彼女にはないように見える。さらに彼女は実家と縁を切ったはずなのに、その重みと責任を機会があるたびに背負う。不幸に見舞われたステファノのことも助けてやりながら、よりを戻す気配はまるでない。ソラーラ兄弟を激しく嫌悪しながらも、彼らに屈服している。アルフォンソを茶化すようなことを言いながら、その友だちでいる。ニーノにはもう会いたくないと言っているが、本音はそうではあるまい。きっと会うに違いない。彼女の日々はこんなにも劇的なのに、わたしの人生は停滞している……。ピエトロが黙って運転を続け、娘たちが喧嘩

97

をする横で、わたしはずっと彼女とニーノのことを考え、今後の展開を空想していた。きっとリラは彼を取り戻すだろう。まずはなんとか再会を果たし、お得意のやり方で彼を操り、妻子から遠ざけるはずだ。そして、もう誰が敵なのかもよくわからない自分の戦争で彼を利用し、離婚へと導く。その一方で彼女自身、たっぷりお金を搾り取ってからミケーレの支配を逃れ、エンツォを捨て、ついにステファノとの離婚を決意する。そのあとはニーノと結婚するかもしれないし、しないかもしれない。とにかくふたりは互いの知能をひとつにして、何者かになるだろう。

この〝なる〟という動詞にわたしは昔から絶えず悩まされてきたが、はっきりそうと気がついたのはこの時が初めてだった。わたしはとにかく〝なりたい〟と思って生きてきた。ただし何になりたいのかは、いつまでたってもわからなかった。そして、確かに〝なった〟は〝なった〟のだが、〝何に〟という目的語は欠けたままで、真の情熱もなければ、強い野心もないままになってしまった。要するにこういうことだったのだろう。わたしが何かになりたかったのは、いつかリラが何者かになった時、自分が置いてけぼりになるのが恐ろしかったから、それだけの話だったのだ。わたしの〝なりたい〟は、〝彼女のあとについて、なりたい〟、ということだったのだ。だから、〝なる〟ことをわたしは一からやり直す必要があった。ただし今度は自分のために、ひとりの大人として、彼女から独立してやってみないといけなかった。

家に戻るとわたしはすぐにアデーレに電話をして、アントニオが贈ってくれたドイツ語版の本について尋ねた。義母は仰天した。何も知らなかったらしい。彼女は出版社に電話をかけた。そして、ほどなくかけ直してきて、わたしの本はドイツだけではなく、フランスでもスペインでも出版されていたと教えてくれた。それで、どうしたらいいのかと聞くと、アデーレはあいまいな口調で、特にあなたがすることは何もないし、ただ素直に喜べばいいと答えた。そこでわたしは、もちろん〝とても喜んでますとも、とつぶやいてから、こう続けた。でも実際どうなんでしょう、宣伝のために外国に行ったりしなくていいんでしょうか。すると彼女は優しい声でこう言った。エレナ、本当に何もしなくていいの。残念ながらどの国でも売れ行きはよくなかったみたいだから。

わたしはますます気を悪くした。出版社を電話で質問攻めにして、外国語版についての詳しい説明を求め、誰も自分に連絡をしようとは思わなかったのかと怒り、果てには眠そうな社員に対してこんなことまで言ってしまった。ドイツ語版が出ていること、わたし、あなたたちじゃなくて、文字もろくに読めないような友だちに教えてもらったんですよ？　まともに仕事をする気があるんですか？　それからわたしは暴言を謝り、反省した。そしてフランス語版、スペイン語版、ドイツ語版が次々に家に届いた。アントニオが贈ってくれたドイツ語版はしわくちゃだったが、今度のは新品だった。装丁は三冊とも醜かった。表紙には黒い服を着た女たち、ハンチングを被った鯰髭（なまず）の男たち、干した洗濯物が描かれていた。わたしはページをめくり、ピエトロに披露すると、他の小説と一緒に書棚に並べた。何ひとつ語りかけてこない、無意味な紙でしかなかった。

無気力で、鬱屈とした季節が始まった。わたしは毎日エリーザに電話をかけ、マルチェッロは相変わらず優しくしてくれるか、結婚の意思は固まったかと尋ねた。こちらが不安げに同じことばかり言うと、彼女は賑やかに笑い、楽しい日々を語り、ドライブや空の旅を語り、弟たちの仕事も順調だと言い、父さんと母さんも元気だと言い返すのが常だった。時には妹が羨ましくもなった。わたしは疲れ、短気になっていた。エルサはしょっちゅう病気になり、デデは母親の気を引きたがり、ピエトロは本を書き上げることもないまま、町をほっつき歩くことが増えた。わたしはつまらないことでよくかっとなり、娘たちを怒鳴りつけ、夫と喧嘩をした。その結果、三人ともわたしを恐れるようになった。子どもたちはわたしが部屋の前を通るだけで遊ぶのをやめ、こちらを警戒するように眺めた。ピエトロは以前に増して家よりも大学図書館を好むようになり、朝早く出かけ、夜まで戻らなかった。帰宅した彼にはいつも、世間で起きていた衝突の痕跡が見える気がした。外出らしい外出をしなくなったわたしには新聞記事で読む以外に縁のなくなった衝突、ファシストたちがナイフで敵を傷つけ、殺害し、左翼の活動家たちも負けず劣らず暴力を振るう衝突だ。警察は法律で発砲許可の条件が緩和され、フィレンツェでも発砲するようになっていた。そして、いつかは起きるだろうとかなり前からわたしが予想していた事態が現実のものとなった。ピエトロが恐ろしい事件の登場人物となったのだ。新聞各紙でも大きく取り上げられた事件だった。有力な一族出身で、学生運動に力を注いでいたひとりの若者にピエトロは落第点を与えた。すると若者はわたしの夫を罵り、拳銃を突きつけた。ピエトロ本人ではなく、わたしと彼の共通の知りあいの女性に聞いたところによれば――彼女にしても現場に居合わせた訳ではなく、聞き伝えだったが――彼は落ちついた様子で落第を記録すると、若者に向かって学生手帳を差し出し、だいたいこんなことを言ったようだ。本当に撃つ気がないなら、その銃はすぐにどこかに片付けたほうがいいですよ。わたしはまもなくここを出て、あなたのことを警察に通報しますから。若者はまだしばらく彼の顔に銃を向けたままでいたが、やがてポケットに凶器を突っこむと、学生手帳を受け取って、逃げていった。数分後、ピエトロは憲兵隊の詰め所に向かい、問題の学生は逮捕された。しかし、ことはそこで収まらなかった。若者の家族はピエトロではなくその父親に掛け合い、告訴を取り下げさせてくれと求めたのだ。グイド・アイロータ教授は息子の説得を試み、長電話を何度もかけてきた。驚いたことに、時にはあの老教授が落ちつきを失い、怒鳴る声まで聞こえた。それでもピエトロはあくまで譲らなかった。わたしはひどく興奮して、彼を問い詰めた。

「自分が何をしてるかわかってるの？」

「ほかにどうしろって言うんだ？」

「もっと気楽にやりなさいよ」

「よくわからないんだが」

「わからないんじゃなくて、わかりたくないんでしょ？　わたしたちがピサで泣かされた、頭の堅い教授たちにそっくりね」

「それはないと思うよ」

「そっくりよ。無意味な講座を受けて、もっと無意味な試験に合格するために、さんざん苦労をさせられたの、忘れたの？」

「僕の講座は無意味なんかじゃないよ」

「生徒に聞いてみるといいわ」

「意見を聞くに値する相手でなければ、評価を求めるだけ無駄さ」

「わたしがあなたの生徒だったら、評価を求めてた？」

「真面目な学生とはいい関係を築けているよ」

「つまり、自分にこびへつらう学生が好きってこと？」

「そういう君は、あのナポリの親友の子みたいな、はったり屋が好みだって言うのかい？」

「そうよ」

「じゃあどうしてあんなにいつもガリ勉だったんだ？」

わたしは混乱した。

「だってわたしは家が貧しくて、大学まで行けたのが奇跡みたいに思えたから」

「なら、あの若者と君のあいだには共通点がひとつもないね」

「あなただって、わたしとの共通点なんてひとつもないくせに」

「それ、どういう意味だい？」

念のため回答は避けた。それでもまた腹が立ってきて、彼の頑固さを改めて非難した。もう落第が決まっていたのに、どうして通報までしたの？　するとと彼はぼそっと答えた。罪を犯したからさ。そこでわたしが、ただふざけて脅かしただけでしょ？　相手はまだ子どもよ？　と続けると、彼は冷たく答えた。あの拳銃は本物の武器で、おもちゃじゃなかった。ほかの武器と一緒に七年前、ロヴェッツァーノの憲兵隊の兵舎から盗まれた品だったんだ。わたしは言い返した。でも、その子は撃たなかった。ピエトロは吐き捨てるように言った。銃には弾が入っていたんだ。もし撃たれていたら？　わたしは怒鳴った。でも撃たれなかったじゃない？　彼も声を上げた。通報は撃たれてからにしろって言うのか？　わたしは金切り声を上げた。そんなに怒鳴らないでよ、ストレスたまりすぎなんじゃないの？　彼は答えた。それはこっちの台詞だよ。わたしは声をうわずらせながら、ついあなたを責めるようなことを言ってしまうが、今の状況が自分にはひどく危険に思え、心配なのだと説明した。でも、まともに聞いてもらえなかった。このままだとあなたのことも、娘たちのことも、自分のことも不安だとも言ってみたが、慰めの言葉は返ってこず、彼は書斎にこもり、書きかけの本に取り組もうとした。それから何週間もたったある日、彼がこんな話をしてくれた。あれから二度、私服刑事たちの訪問を受け、学生数人について情報を求められ、写真を見せられた。一度目は彼も丁寧に刑事たちの相手をした上で、情報は一切提供せずに丁重に追い返した。だが二度目はふたりにこんな質問をした。

「写真の若者たちは何か罪を犯したのですか」

「いいえ、まだ今のところは」

「では、わたしに何を話せとおっしゃるのです？」

そして彼は、お得意の慇懃無礼な態度で刑事たちにお引き取り願ったということだった。

98

リラからは何カ月も電話がなかった。もの凄く忙しかったのではないかと思う。わたしも声が聞きたかったが、かけなかった。空しさを誤魔化すため、マリアローザとの関係を深めようとしたが、多くの問題があった。もはや義姉の家にはフランコが定住しており、ピエトロはわたしが彼の姉と接近しすぎることも、昔の恋人と会うことも喜ばなかった。わたしが一日以上ミラノに滞在すれば、夫は気分を害し、気の病の症状が増え、緊迫は高まった。しかもフランコのほうも、怪我の治療のためにまだ続けていた通院以外はほとんど外出をしなくなっていたのだが、わたしの存在を歓迎してくれず、子どもたちの甲高い声を嫌がって、時おり不意に行方をくらませ、マリアローザとわたしを不安がらせた。さらにわたしの義姉はいつも用事を山と抱えていた上、どんな時でも多くの女性に囲まれていた。彼女の部屋は一種のたまり場の様相を呈していて、あらゆる女たちがやってきた。知識階級の女性もいれば、裕福なご婦人もおり、乱暴な男性から逃げてきた労働者もいれば、家出少女もいた。だからマリアローザにはわたしを相手にできる時間もほとんどなかった。その上、彼女は誰が相手でもやたら親しげに振る舞う癖があったから、ふたりの固い絆を確認しようにもその術がなかった。それでもあの家にいれば、数日のあいだは、学びたいという衝動が甦り、時には書きたいとさえ思えた。あるいは、また書ける気がした、と言ったほうが正確かもしれない。

わたしたちは自分たちのことをよく議論した。ところが全員が女なのに――フランコは町に逃げ出さなければ、自室にこもりっぱなしだった――女とは何かという問いに対する答えはなかなか見つからなかった。わたしたちのどんな仕草も、考えも、話も、夢も、そのひとつひとつを徹底的に分析してみると、どれも自分たちのものには思えなかったのだ。この深く掘り下げるという作業は、特に繊細な者たちをうんざりさせることになった。彼女らは過度な反省を嫌い、自由への道を進むためには単純に男たちと断絶するだけで十分だと考えていた。波乱の時代だった。わたしたちの多くは平坦で穏やかな日常への回帰を恐れ、極端な言論にしがみつくことで時代のうねりのてっぺんにいたが、眼下を眺めては恐れ、怒っていた。女性による男女分離主義デモが極左組織ロッタ・コンティヌアの治安部隊に襲撃されたという知らせが届くと、女たちは激高した。なかでも原理主義的な者などは、マリアローザが男をひとり自分の家にかくまっていること――彼女自身は特に言及もしない代わりに、隠しもしなかった――に気づくと、残酷に彼女を糾弾し、大げさに絶交まで宣言した。

そうした光景がわたしは大嫌いだった。わたしは刺激を求めていたが、対立は好まず、研究の構想ならば喜んで聞いたが、偏狭な主張は聞きたくなかった。少なくとも自分ではそういう風に思っていて、時にはマリアローザにもそんな説明をし、彼女は黙って耳を傾けるということもあった。そうした機会にわたしは一度、ピサ高等師範学校時代のフランコとの関係について彼女に語り、自分にとって彼がどんな存在であったかを伝えた。フランコには多くを学んだ、だから感謝している。だからこそ、今になって自分と娘たちが冷たく扱われるのが残念だ。わたしはまずそう言い、少し考えてからこう続けた。もしかすると、わたしたち女をしつけたがる男たちの意思には間違ったところがあるのかもしれない。あのころはまだうぶだったから、彼がわたしを変えようとするのは、そのままのわたしでは満足できず、別の女に変身させたがっている証拠だとまでは気づけなかった。いや、もっと言えば、フランコが求めていたのは、単なる別の女ではなく、仮に彼が女であったならばきっとなれると想像していた女だったのではないか。フランコにとってわたしは、女性の世界にまで自己の境界を広げ、女らしさを我が物にするチャンスだった。つまりわたしは彼の万能さの証拠であり、自分は真っ当な男はもちろん、女にさえなれるという事実を証明する存在だった。それが今は、わたしのことをもう自分の一部とは思えず、裏切られた気分でいるのではないか。

わたしはあの時、確かにそうしたことを言った。マリアローザは真剣に聞いてくれた。彼女が誰にでも見せた、あの少し嘘っぽい興味津々という態度とは違う、本物の関心だった。そして、そのテーマで何か書いてみるといいわ、と勧めてくれた。彼女は心を動かされた様子で、あなたの話に出てきたようなフランコとは会う機会がわたしにはなかった、とつぶやき、もしかするとそれがかえってよかったのかもしれない、と続けた。じゃなきゃ、彼に恋するなんて、あり得なかったかもね。わたし、ああしろこうしろってうるさい頭でっかちな男が大嫌いだから。今ここで面倒を見てる、苦悩する内省的な彼のほうが好きだな……。そして彼女はもう一度言った。今聞かせてくれた話、絶対に書いてね。

わたしは少し慌ててうなずいた。褒められたのは嬉しかったが、戸惑いもあった。そこで今度はピエトロとの関係に触れ、彼がいかに自分のものの見方をこちらに押しつけようとするかを説明した。するとマリアローザは急に大笑いをして、そこまでほとんど厳かでさえあったふたりの会話の調子ががらりと変わった。フランコとピエトロを同じまな板の上に載せるわけ？　冗談でしょ。彼女はそう言うのだった。うちの弟は男らしさをなくすまいと必死にかき集めているようなやつよ、自分で想像した女性的な気持ちをあなたに押しつけるエネルギーなんてある訳ないでしょ？　どうせだから言っちゃおうかな……。わたし、あなたは絶対に弟と結婚しないと思ってた。仮に結婚しても、一年以内にあの子を捨てるだろうって。子どもだって絶対に作らないと思ってたな。なのに、まだ夫婦やってるなんて奇跡みたい。エレナって本当にいい子なのね。かわいそうに。

99

つまり、夫の姉はわたしの結婚を過ちであったとみなしており、しかもそれをわたしに正直に打ち明けたのだった。笑ったものだか、泣いたものだかわからなかった。自分の結婚生活の破綻を公正かつ決定的に認められた気分だった。それに、だからどうしろと言うのだ？　大人になるということは、人生の浮き沈みを落ちついて受け入れられるようになるということではないか。日々の営みと身につけた理想はきちんと区別し、自らを客観的に見つめ、己を知る術を学び、大変革の時を待つ。それが大人というものではないだろうか。一日また一日と、わたしは落ちつきを取り戻していった。長女のデデは少し早めに小学校に入ったが、最初から読み書きができた。次女のエルサは毎日、午前中いっぱい静まりかえった家の中でわたしとふたりきりで過ごせるようになって喜んでいた。夫は誰よりも陰気な大学教授ではあったが、第一作に輪をかけて重要なものとなる予定の二冊目の本の執筆をようやく終えようとしていた。そしてわたし、アイロータ夫人ことエレナ・アイロータは、夫に従順なあまりにしおれた女ではあったが、義姉に刺激されたためもあれば、憂鬱にあらがいたいという気持ちもあって、ほとんど秘密裏に、古代の世界と現代の世界を混ぜあわせながら、男たちによる女たちの発明というテーマで研究を始めていた。特に目的のない作業だった。目的らしい目的と言えば、マリアローザとその母親、あとは一部の知人に向かって、今、執筆中なのだ、と言えることぐらいなものだった。

こうしてわたしは、いつもの屁理屈をこねながら、旧約聖書の創世記第一章と第二章を皮切りに、デフォーの描いた『モル・フランダーズ』、フローベールの『ボヴァリー夫人』、トルストイの『アンナ・カレーニナ』、マラルメの刊行したファッション誌、デュシャンの別人格ローズ・セラヴィへといたり、もっと向こうへ、もっと遠くへと、熱狂的な探求を続けた。そして次第に小さな手応えを感じだした。どこに目をやっても、男たちの作った女性型ロボットが必ず見つかったのだ。わたしたち自身のものなど何ひとつなく、蜂起したわずかなロボットはたちまちロボット製造のための材料にされてしまっていた。ピエトロが仕事に出かけ、デデは学校に行き、エルサは机のそばで遊んでいる時、わたしは言葉の中と狭間を掘り進め、ようやく少しは生きている実感を覚えながら、こんな想像をしてみることがあった。リラとふたりで肩を並べて中学校に入り、高校に進み、大学を卒業するまでずっと一緒だったら、わたしたちの人生はどうなっていただろう。互いの知的エネルギーをひとつにし、理解の喜びと想像の喜びをひとつにして進む、息の合った完璧なふたり組だ。一緒に作品を書き、表紙にはふたりの名を並べたことだろう。互いに相手から力を得ながら、模倣のしようがないくらいオリジナルな作品を書くために力を合わせて闘っただろう。女性の思想的な孤独は悲しい。合意も伝統もないままに女たちが孤立する現状はもったいない。そう思った。だがそうしたことを考えていると、

100

自分の考察が中途半端に思え、魅力的でも穴だらけだという気分になった。そして、きちんと検証してみないといけない、もっと論を練らないといけないと焦るのだが、なんだか自信がなく、自分の手には負えない気がしてくるのだった。すると、昔のように彼女に電話をしたくなった。こんなこと考えたんだけど、どう思う？　リラの意見を聞かせてほしいの。ほら、アルフォンソの話をしてくれた時のこと覚えてる？　そう素直に尋ねてみたかった。しかしそんな機会はとうの昔に永久に失われてしまった。今となっては自分の頭に満足するしかなかった。

そしてある日、わたしがまさにそうした相談相手の必要にかられていた時、玄関のドアの錠前が開く音がした。いつものようにデデを学校に迎えにいってから、お昼を食べに帰宅したピエトロだった。わたしが机の本とノートを片付け終わる前に、長女はもう部屋に飛びこんできて、エルサの熱い歓迎を受けた。デデはいつもお腹を空かせて帰ってきたので、ママ、お昼は何？　と今に大声を上げるだろうと思っていた。それが意外にも、学校の鞄を放り出すより先に、嬉しそうに言うのだった。パパのお友だちがうちでお昼を食べるんだって。日付はしっかりと覚えている。一九七六年三月九日だ。不機嫌に立ち上がったわたしの手をデデが引き、廊下に連れ出した。一方、エルサは、よその人間がいると聞かされて、念のためにもうわたしのスカートにつかまっていた。ピエトロが楽しげにこう言ったのを覚えている。やあ、誰を連れてきたと思う？

ニーノは幾年も前に書店で会った時の濃い髭はもうたくわえていなかったが、頭はもじゃもじゃの長髪のままだった。あとは少年のころと同じで、相変わらず背が高く、とても痩せていて、目はきらきらと輝き、身なりはだらしなかった。彼はわたしを抱擁し、膝を折って娘ふたりに愛嬌たっぷりの挨拶をしてからまた立ち上がり、不意の訪問を詫びた。応じるわたしは、入って、どうぞ座って、どうしてフィレンツェに？　というような短い言葉を機械的に漏らすことしかできなかった。熱いワインを頭の中に直接注がれたような気分で、目の前で起きている出来事が現実のものとは思えなかった。彼が、あのニーノが、わたしの家にいる。自分の内面も外の世界も何かの機能不全を起こしているような感じだった。どこまでがわたしの想像で、どこからが現実の出来事なのか。誰が影で、誰が生身の人間？　ピエトロの説明が聞こえた。大学で会ってね、お昼に招待したんだ。わたしは微笑み、答えていた。そうなの、料理はできてるわ、四人も五人も変わらないから大丈夫、テーブルの支度をするから、そのあいだに話を聞かせて……。平然としているように見えただろうが、ひどく動揺していた。作り笑いでひきつった頰が痛かった。どうしてニーノがここに？　〝ここ〟って何？　〝が〟って何？　驚かせてやろうと思ったんだが……ピエトロが少し不安そうに言った。もしかして間違ったことをしたのではないかと怯えているようだった。するとニーノが笑いながらこう続けた。僕は彼にさんざん言ったんだけどね、先に電話しておけって。本当だよ。でも、どうしても嫌だって言うものだからさ。そしてニーノは、わたしたちに会っていけと自分に勧めたのは、ピエトロの父親だったと教えてくれた。グイド・アイロータ教授とはローマで開かれた社会党の党大会で会ったという。フィレンツェに仕事で立ち寄る予定だと彼が言うと、教授はピエトロの話をしだし、息子が執筆中の二冊目の本を話題にし、実は一冊、ピエトロに急いで渡してやりたい資料があるのだと言いだした。そこでニーノは僕が持っていきますよと請けあい、こうして我が家でお昼を食べることになったという訳だった。デデとエルサは客人の気を引こうと争っていた。ニーノは娘たちに対しては愉快に振る舞い、ピエトロには常に愛想よかったが、わたしには真面目な話を手短にするだけだった。たとえばこんな具合に。

「フィレンツェには前にも仕事で何度も来たけど、君がここにいることも、ピエトロとのあいだにこんな可愛いお嬢さんがふたりもいることも、まるで知らなかった。だから今日は嬉しい」

「まだミラノで教えてるの？」彼がミラノをとっくに去ったことを知りながら、わたしはわざと尋ねた。

「いや、今はナポリ大学だ」

「科目は何？」

するとニーノは眉をひそめて答えた。

「地理だよ」

「地理？」

「都市地理学だ」

「どうしてナポリに戻ったの？」

「ママの具合がよくないんだ」

「どうなさったの？」

「心臓が悪くてね」

「弟さんたちは元気？」

「うん」

「お父様は？」

「相変わらずだ。でも時がたてば、ひとは成長するものだね。最近は僕も、親父とよりを戻しつつあるよ。あのひとに限らない話だけど、いいところもあれば、悪いところもあるさ」そこで彼はピエトロに話を振った。「君だって、父親とか家族にはさんざん刃向かってきただろう？　自分が父親になってみて、どんな感じだい？」

「僕は、うまくやってるよ」ピエトロはほんの少し冗談めかして答えた。

「そうだろうとも。君の奥さんは実に素晴らしい女性だ。ふたりのお姫さまも負けずに素敵だね。お行儀よくて、とっても上品で。デデ、きれいなドレスだね、よく似合ってるよ。それにエルサ、そのお星様のヘアピンは誰にもらったの？」

「ママだよ」エルサは答えた。

次第にわたしは落ちつきを取り戻していった。時間は元の落ちついたテンポで進みだし、自分の身に起こりつつあることも認識できた。ニーノはわたしの隣の席に着き、わたしの作ったパスタを食べ、エルサのカツレツを丁寧に細かく切り分けてやってから、自分の分をもりもりと食べ、ロッキード社がイタリアの国防大臣だったタナッシとグイに贈った賄賂についてさも嫌そうにコメントし、ピエトロを相手にオルタナティブ社会主義について議論し、りんごの皮を途切れることなく一本に剝いて、デデをびっくりさせた。そうこうするあいだに、久しく覚えのない温かな空気が我が家に広がるのがわかった。ふたりの男性が互いの意見を認め、相手に親近感を覚える様子を眺めるのは素敵だった。わたしが黙って皿を片付け始めると、ニーノはぱっと立ち上がり、自分がやると言いだした。ただし、娘たちが手伝ってくれるのなら、という条件付きだった。君は座っていてくれと言われてわたしが席に戻ると、彼はデデとエルサに指示を出し――娘たちはとても楽しそうに働いた――これはどこに置いたらいいかなどと時々わたしに質問をしながら、ピエトロとのおしゃべりを続けた。

あのニーノが、こんなに久しぶりに、目の前にいる。気づけば、彼の薬指の結婚指輪をなんとなく見ていた。自分の結婚について彼はひと言も触れていない。そう思った。母親の話も、父親の話もあったのに、妻と息子の話はまだない。もしかすると恋愛結婚ではなくて、何か目的があっての結婚だったのかもしれない。〝やむを得ず〟の結婚だったのではないか……。やがてわたしの妄想は終わった。彼がいきなり、自分の息子、アルベルティーノのことを娘たちに語りだしたのだ。しかもその語り口はおとぎ話の主人公の話でもするかのようで、ユーモラスになったり、優しくなったりした。最後に彼は濡れた手を拭き、財布から一枚の写真を出して、エルサ、デデの順に見せてから、ピエトロに見せた。わたしには夫から回ってきた。アルベルティーノはとてもりりしい男の子だった。年は二歳とちょっと、母親の腕に抱かれ、ふくれ面をしている写真だった。わたしは男の子を少し眺めてから、すぐに彼女に注目した。美しいと思った。目はぱっちりと大きく、頭は長い黒髪で、年は二十歳と少しくらいではないかと思った。写真の中の彼女は微笑んでいて、歯は白く輝き、歯並びも完璧だった。恋する娘の目をしていた。わたしはニーノに写真を返し、コーヒーを淹れるわと言った。四人は居間に移動し、台所にはわたしだけが残された。

ニーノは仕事の約束があるとかで、やたらと詫びを言い、コーヒーを飲み、煙草を一本吸うと、すぐに出ていった。明日にはフィレンツェを発つが、来週、また戻ってくると言う彼にピエトロは連絡をくれと何度も念を押し、彼も必ず電話すると約束した。娘たちに熱のこもった別れを告げ、ピエトロと握手を交わし、わたしに会釈をすると、彼は姿を消した。その背で玄関のドアが閉ざされた途端、わたしは我が家の重たい空気に押しつぶされそうになった。あれだけニーノと楽しくやっていたピエトロだが、きっと何か客人について毒を吐くに違いないと思った。それがいつもの癖だからだ。ところが夫は嬉しそうに言うのだった。一緒に過ごす価値のあるお客さんがようやく来てくれたね……。

なぜかわからないが、その言葉にわたしは傷ついた。わたしはテレビを点けると、それから夕方まで娘たちとずっと画面の前を動かなかった。

101

わたしはニーノがすぐに電話をかけてこないかと期待し、もう次の日から心待ちにした。そして、電話が鳴るたびにはっとした。ところがなんの知らせもないまま一週間が過ぎた。おかげでこちらはひどい風邪にやられたみたいな気分になった。やる気を失い、研究の資料を読むのもやめ、メモを取るのもやめた。なんの当てもなく待ち続ける自分に腹が立った。そんなある日の午後、ピエトロがやけにご機嫌で帰ってきた。聞けば、ニーノが大学に立ち寄り、しばし一緒に過ごしたが、いくら我が家に夕食に来いと勧めても首を縦に振らなかったとのことだった。彼は言った。その代わり向こうから、明日の晩、夕食に招待してくれたよ。お嬢さんたちも一緒にどうぞ、だってさ。君にわざわざ食事の支度をさせるのは悪いだなんて言ってたよ。

その知らせにわたしの血液は速度を上げて巡りだし、にわかに夫が愛おしくなった。娘たちが寝室に向かうと、わたしは彼を抱きしめ、口づけし、愛の言葉をささやいた。その夜はほとんど眠れなかった。というより、寝るには寝たのだが、ずっと目が覚めていたような気がした。翌日、デデが小学校から戻るとすぐにエルサと一緒にバスタブに入れて、ふたりをしっかりと洗った。それから自分の身支度に取りかかった。うきうきしながらバスタブでゆっくりと体を洗い、無駄毛を剃り、頭を洗い、丁寧に髪を乾かした。次に、持っている服を片っ端から試したが、わたしはどんどん不機嫌になった。自分の見た目が気に入らず、髪の仕上がり具合も納得いかなかった。デデとエルサはそばでわたしの真似をして遊んでいた。鏡の前でポーズを取ったり、服も髪型も気に入らないといった表情をしたり、わたしの靴をつっかけて歩いたり。結局、自分はどうしたって自分だと諦めた。出かける間際に服を汚したエルサを必要以上に厳しく叱ってから、わたしは娘たちを車に乗せ、ハンドルを握った。大学で会う約束をしたピエトロとニーノを迎えにいくためだ。道々、わたしは不安でたまらず、歌詞がうんちとおしっこばかりのでたらめな歌を口ずさむ子どもたちを怒鳴りっぱなしだった。約束の場所に近づくにつれ、ニーノに急な用事ができて来られなくなればいいとわたしは願うようになった。ところが彼と夫の姿はすぐに見つかった。ふたりは何かおしゃべりをしているところだった。ニーノの大きな身振り手振りは、ピエトロを彼のために描いた空間に招き入れようとしているようだった。夫は例によって垢抜けず、顔を紅潮させ、へらへらとひとりで笑っていた。わたしの到着に気づいても、どちらも特に関心は示さなかった。

ピエトロは後部座席に娘たちと並んで座り、ニーノはわたしに道案内をするために助手席に収まった。これから行くお店はおいしい食堂（トラットリア）で——彼はデデとエルサに向かって言った——フリッテッレ（ドーナッツに似た揚げ菓子）が名物なんだよ。それがどんなに甘くておいしいかというニーノの細かい説明に、子どもたちは大興奮だった。わたしはそんな彼の様子を横目でうかがいながら思った。昔、自分はこのひとと手に手を取って散歩をした、二度もキスをしてもらった。なんてきれいな指をしているんだろう……。しかし彼のほうは、〝ここを右に曲がって、また右、それから十字路を左だ〟というような指示しかしてくれなかった。賞賛の眼差しひとつ、お世辞ひとつなかった。

トラットリアでわたしたちは、賑やかながら礼儀正しい歓迎を受けた。ニーノは店の主人とも給仕たちとも顔なじみのようだった。わたしは上座に座らされ、左右を娘たちに挟まれた格好となった。男たちは向かいあって座り、ピエトロが大学での困難を語りだした。わたしはほとんど口を開かず、デデとエルサに目を光らせていた。普段は食事の席でも行儀のいいふたりだったが、この時はニーノの注意を引こうと、いたずらをしてはきゃっきゃっと騒いでばかりだったのだ。わたしは気まずかった。ピエトロは自分ばかり話しすぎだ。これではニーノも退屈するだろう。少し黙ればいいのに……。こんなことも思った。わたしたちはこの町にもう七年も住んでいるのに、ニーノをお返しに招待する店のひとつも知らない。ここみたいに料理がおいしくて、入った途端に常連客扱いされるようなレストランが自分たちにもあればいいのに。わたしは店主の接客態度が気に入った。彼はしょっちゅうわたしたちの席に来て、ニーノに向かってこんな口まで利いた。今晩はこの料理をお出しする訳にはいきません。先生にも、お連れのみなさんにもふさわしくありませんからね。むしろ、お勧めはこちらです……。有名なフリッテッレが登場すると、子どもたちはもちろんピエトロまで大喜びで、三人で争うようにして食べた。その時になってようやくニーノはわたしに声をかけてくれた。

「どうしてあれから一冊も新作が出ていないんだい?」その言葉には食事の席の会話らしい軽さがなく、心から関心があるように響いた。

わたしは真っ赤になり、子どもたちを見やってこう答えた。

「ほかにやることがあったから」

「あの本は最高だったよ」

「ありがとう」

「お世辞なんかじゃない。君は昔から文章を書くのがうまかった。宗教の先生を批判したあの原稿、覚えてる?」

「あなたのお友だちが掲載してくれなかった記事ね」

「手違いがあったんだ」

「おかげで自信をなくしたわ」

「悪かったね。今、何か書いている?」

「家事の合間に書いてるわ」

「小説?」

「なんだかよくわかんないの」

「でも、どんなテーマ?」

「男性が女性を製造するって話」

「いいね」

「まだまだなんとも言えないけど」

「頑張って。早く読みたいよ」

彼は、わたしが研究中の、女性をテーマにした一連の作品をよく知っていた。どれも男性には興味のない作品だと思っていたから、驚いた。それだけではなく、最近読んだというスタロビンスキの本を恐らく役に立つだろうからと薦めてくれた。なんて物知りなんだろう。彼は昔からこうだった。なんにでも興味を持つ少年だった……。今度はルソーとバーナード・ショーの言葉を引用しだした彼の言葉をわたしは遮った。すると、こちらの話に熱心に耳を傾けてくれた。やがて、もっとフリッテッレがほしいという娘たちに両側から引っ張られて苛立つわたしを見て、彼は店主に合図をして追加の注文をしてから、ピエトロに言った。

「奥さんにもっと時間をあげるべきだな」

「彼女は丸一日、自由だよ」

「これは真面目な話だぞ。彼女に時間を与えなければ、君は人間としてはもちろん、政治的にも有罪だ」

「いったいどんな罪で？」

「知性浪費罪だな。子どもたちの世話と家事で女性の知的エネルギーを抑圧することに抵抗を覚えぬ共同体は、自らを損なっている。しかもそのことに気づいていないんだ」

わたしは黙ってピエトロの回答を待った。夫は皮肉っぽく答えた。

「エレナはいつでも好きなように知性を磨くといいさ。僕の時間を奪いさえしなければ、という条件付きだけどね」

「君が時間を譲らなければ、誰から時間をもらえって言うんだい？」

ピエトロは眉をひそめた。

「自分で決めた課題は、本物の情熱があるなら、どんな困難があっても必ず完遂できるはずだよ」

わたしは傷ついたが、笑顔を作ってつぶやいた。

「夫は、わたしには本物のやる気なんてまるでないって言ってるの」

沈黙のあとでニーノが尋ねてきた。

「でも、本当にそうなの？」

わたしはひと息に、わからない、自分には何もわからないのだ、と答えた。でもそう言っている端から目が涙でいっぱいになるのがわかって、恥ずかしさと怒りを覚え、うつむいた。それから、フリッテッレはもういい加減にしなさいと娘たちを叱ったが、つい感情的になってしまった。するとニーノが助け船を出してくれた。彼は声高らかにこう言ったのだ。僕はもう一個だけ食べる。ママも、パパも一個ずつだ。君たちはあと二個ずつ食べるといい。でも、それでおしまいだよ。続いて彼は店主を呼び、厳かな声で宣言した。今日からきっかり三十日後にこのふたりのお嬢さんたちと一緒にまた来ます。その時はこの最高なフリッテッレを山ほど作ってください。いいですね？　エルサが聞いた。

「一カ月っていつ？　三十日っていつ？」

涙を引っこめることに成功したわたしも、ニーノを見つめ、尋ねた。

「そうよ、一カ月っていつ？　三十日っていつ？」

わたしたちはエルサのあいまいな時間の観念を笑い物にした。なかでもデデは三人の大人よりも容赦がなかった。やがてピエトロが会計を頼もうとすると、支払いはニーノがすでに済ませてあると言われた。夫は抗議ののち、車のハンドルを握り、わたしは寝ぼけ眼(まなこ)の娘たちに挟まれて後部座席に収まった。ニーノをホテルに送るまで、わたしは男たちのほろ酔い加減な会話に黙って耳を傾けた。目的地に到着するとピエトロがやけに嬉々とした口調で言った。

「金を無駄にすることはないだろう。うちにはお客さん用の部屋がひとつあるんだ。次はどうか遠慮せずに泊まってくれ」

ニーノは笑って答えた。

「エレナにはもっと時間が必要だって、さっき話しあったばかりじゃないか。なのにもう、そんな面倒を彼女に押しつける気かい？」

わたしは力なく口を挟んだ。

「わたしは歓迎よ。デデとエルサだって喜ぶわ」

それでもニーノがいなくなると、わたしはすぐ夫に噛みついた。

「ああしてひとをうちに招待する時は、先にわたしにせめてひと言あってもいいんじゃない？」

ピエトロはエンジンをかけ直し、バックミラー越しにこちらを見るとぼそりとこぼした。
「君に喜んでもらえると思ったんだけどな」

102

もちろんわたしだって嬉しかった。〝もの凄く〟嬉しかった。ただ、自分の体が卵の殻みたいにもろくなったような気分で、ちょっと腕か額かお腹を押されただけで割れてしまい、そこに隠してあったありとあらゆる秘密が——なかでもわたしが自分に対しても秘密にしていた秘密が——暴かれてしまうのではないか、という不安もあった。わたしは約束の日までの日数を意識せぬように努力した。そして、研究を進めていた資料に集中した。ただし今度は、あたかもニーノが注文主で、次に会う時までに立派な成果を出しておくよう要求されたつもりになって取り組んだ。彼に会ったらこう言ってやりたかった。あなたのアドバイスに従って、書き進めてみたわ。それでこれが下書き。感想を聞かせてくれる？

実に名案だった。三十日の待機の日々は早すぎるほど早く過ぎた。わたしはエリーザを忘れ、リラのことは一度も考えず、マリアローザにも電話をしなかった。新聞も読まず、テレビも見ず、子どもたちの世話も家事もおざなりにした。イタリアと世界の常設競技場で日々繰り返される逮捕に衝突に殺人に戦争もこだましか耳に届かず、緊張に満ちたその年の選挙戦にはかろうじて気がついた、というような状態だった。とにかく書きまくった。いつかは考えようと思って溜め続けてきた課題の山に取り組み、少なくとも文章の上では、最終的な解答を見つけたような気分になれた。ピエトロに相談しようかと思ったことも何度かあった。わたしよりもずっと優秀な彼に助けを求めれば、いい加減なことや粗削りなこと、馬鹿なことを書かずに済むのは確かだった。でも結局はやめた。またその博識で圧倒されるのがたまらなく嫌だったからだ。創世記第一章と第二章については、特に力を入れて書いた記憶がある。ふたつの章をわたしは順に扱い、前者を神による創造のまとめとして、後者をより大きな物語として捉えた。そうして書き上げたのはかなりダイナミックな物語だったが、執筆中、自分が不謹慎なことをしているとは一度も思わなかった。それはおよそこんな内容だった。神は〝イーシュ〟こと男を自らの姿に似せて作った。神は男と女、それぞれひとりずつの人間を作った。どのようにして？　まずは土のちりを用いてイーシュを形作り、その鼻腔に命の息を吹きこんだ。次に〝イッシャー〟を作った。女だ。こちらはすでに形のできていた男から材料を取った。もはやただのちりではなく、命ある材料だ。神はイーシュの脇腹から材料を取ると、ただちにその傷をふさいだ。その結果、イーシュはイッシャーについてこのように主張できるようになった。神の手なる他の万物とは異なり、これはわたしと〝一体〟であり、〝わたしの〟肉の肉、〝わたしの〟骨の骨である。神がわたしからお作りになったもの、わたしに命の息を吹きこまれたのち、〝わたしの〟体から抜き出されたものだ。わたしはイーシュであり、この女はイッシャーである。まずは言葉において、すなわち、与えられたその名において、Isha'h（イッシャー）は Ish（イーシュ）より派生している。我こそは神の霊の生き写しであり、神の御言葉をうちに持つ者である。つまりこの女は、〝わたし〟イーシュの語根に付け加えられた接尾辞に過ぎず、〝わたしの言葉のうちでしか〟意思の表明ができぬ存在なのだ。

　こんな具合にわたしは書き進め、幾日ものあいだ、心地よい知的な興奮状態で過ごした。唯一の気がかりは、ひとに見せられる文章を期日までに用意することだけだった。ニーノに認められたいと思えば筆が進み、その効果は自分でも驚くほどだった。

しかし月が変わっても、彼からは連絡がなかった。とりあえずはわたしも助かった。時間ができたおかげで、仕事を無事完成できたからだ。でもそのあとは心配になり、ピエトロにどうなっているのかと尋ねた。すると彼は研究室でニーノとは電話で何度もやりとりをしたが、数日前から連絡がないと明かした。

「そんなによく電話で話をしていたの？」わたしはむかっときた。

「うん」

「どうして教えてくれなかったの？」

「何を？」

「しょっちゅう彼と話してたって」

「だって仕事の電話だよ」

「ニーノとそんなに仲よしなら、電話して、いつうちに来るつもりか聞いておいてよ」

「どうしてわざわざ？」

「あなたにしてみりゃ、どうでもいいことでしょうよ。苦労するのはこっちですからね。何かと用意があるから、あらかじめ把握しておきたいの」

ピエトロは電話をしてくれなかった。わたしは自分にこう言い聞かせて我慢した。いいわ、待ちましょう。ニーノはきっと戻ってくる。娘たちに約束したんだから、がっかりさせるような真似をするはずがないもの。事実そのとおりとなった。彼は一週間遅れで我が家に電話をかけてきた。夕方で、わたしが出た。彼は気まずげにそそくさと挨拶を済ますと、ピエトロはいるかと聞いてきた。こちらも気まずくなり、夫に代わった。ふたりの会話は長かった。わたしはどんどん不機嫌になりながら、夫がいつもとはまるで違う調子でやけに甲高い声を出したり、大げさに驚いたり、笑ったりするのを聞いた。そしてようやく理解した。ピエトロはニーノとつきあうことで気分が安定し、孤独も紛れ、体のあちこちの不調も忘れ、仕事までやる気が出てくるのだった。わたしは自分の書斎にこもった。部屋ではデデとエルサが遊びながら、夕食はまだかと待っていた。しかし彼の常ならぬ声はそこまで届いた。酔っ払ったみたいな声だった。やがて声が途絶え、家の中を巡る足音が聞こえだしたかと思うと、彼が部屋に顔を出し、娘たちに陽気に告げた。

「おい、明日の夜はニーノおじさんとフリッテッレを食べにいくぞ」

デデとエルサがきゃっきゃと歓声を上げる横でわたしは尋ねた。

「それで、うちに泊まるの？」

「いや、今度は奥さんと子どもが一緒で、ホテルに泊まっているそうだ」

103

その言葉の意味を呑みこむまでにはかなりの時間がかかった。わたしは彼に嚙みついた。

「そうならそうと、先に言ってくれればいいのに」

「出発直前に決まったことだそうだよ」

「礼儀知らずよ」

「エレナ、いったい何が不満なんだ？」

ニーノが妻を連れてくると知ったわたしは、彼女との比較を恐れ、動転したのだった。わたしは自分の容姿をよく自覚しており、それがどんなにお粗末なものかも知っていた。だが、それまで生きてきた時間の大半をその手のことに無頓着なまま過ごしてきたのも事実だった。かつては靴などいつも一足しかなく、服は母さんの手縫いのぼろで、化粧も滅多にしなかったわたしだった。それが何年か前から流行に気をつけ、アデーレの指導の下でセンスを磨くようになり、ようやくおしゃれが楽しくなってきたところなのだ。それでも時おり——普通にきれいな格好をするだけではなく、ひとりの男性のために装った時は特に——〝食卓の用意をする（アッパレッキアーレ）〟（当時はそんな言い方をした）のが、どこか馬鹿げて思えることもあった。あんなに慌てて、あんなに時間を費やしてまで変装する必要があったのか。同じ時間があれば、もっとほかのこともできただろうに。自分に似合う色、似合わない色、痩せて見える服、太って見える服、きれいに見える髪型、逆効果な髪型。長く、お金のかかる準備。お目当ての男性の性的な食欲をそそり、唾を湧かせるため、自ら豪華な食卓、おいしそうな料理に変身するという行為。それに、失敗への不安もあった。きれいに〝見えない〟のではないかという不安、感情もあれば、においもあり、欠点もあるみっともない体を隠しおおせていないのではないか、という不安だ。いずれにせよわたしはそうして装ってきた。最近もニーノのためにしたばかりだった。自分が別の女になったこと、それなりに洗練されたことを彼に誇示したかったのだ。今やリラの結婚式の時の娘でもなければ、ガリアーニ先生の子どもたちが開いたパーティーに来た学生でもなく、ミラノで彼が会ったまだ一冊しか本を出していない作家の卵でもないということを。でも、もううんざりだった。彼が妻を連れてきたことにわたしは憤慨していた。ひどい仕打ちだと思った。ただでさえほかの女性と美しさを競うのは嫌なのに、ひとりの男性の前で比べられることになるとは。しかも、写真で見たあの美しい娘と同席すると思えば、胃が痛かった。彼女はきっと、自分の容姿に注意するよう、幼いころからしつけられたタッソ通りのお嬢さまらしい傲慢な態度でわたしを品定めし、隅々まで観察するに違いなかった。そして、食事が終わり、夫とまたふたりきりになれば、残酷なまでに歯切れよくわたしをこき下ろすに違いなかった。

何時間も迷った末にわたしは決めた。何か言い訳を考えて、夕食には夫と娘たちだけで行かせよう。でも翌日になれば、我慢できなくなった。わたしは服をとっかえひっかえ着替え、髪型もあれこれ変えて、ピエトロにうるさくつきまとった。毎度違う格好で繰り返し彼の部屋に向かい、ぴりぴりした声でどう思うか尋ねたのだ。そのたび彼は興味なさそうにこちらをちらりと見て、似合ってるよ、と答えた。そこでわたしが、青いワンピースのほうがいいかしら、と聞けば、彼はうなずいた。でも青いワンピースを着てみれば、脇がきつくて気に入らなかった。だから彼のところに戻り、きついわ、と言えば、彼は辛抱強く、そうだね、前の小さな花柄の緑の服のほうが似合ってた、と答えた。でもわたしは、小さな花柄の緑のワンピースのほうが単に似合っているだけでは納得できなかった。とてもよく似合っていなければ嫌だったのだ。イヤリングも、髪型も、靴も、とてもよく似合っていなければ嫌だった。とどのつまり、ピエトロの反応は頼りにならなかった。わたしの格好など彼は真剣に見ちゃいなかった。わたしの自己嫌悪はいや増した。胸も尻も大きすぎ、腰も太すぎ、金髪は変な色で、大きな鼻も最悪だった。母さんと同じ、実に醜い体だった。また神経痛がぶり返して、足を引きずることになれば、そっくりそのまま母さんだった。ところがニーノの妻はまだ若く、美人で、お金持ちで、恐らくわたしと異なり世渡りもうまい娘に違いなかった。だから、何度も何度も考え直し、やっぱり行くのはよそう、ピエトロと娘たちだけで行ってもらって、エレナは調子が悪くてこられなかったと伝えてもらおう、と思った。だが、結局は行くことにした。白いブラウスに楽しげな花柄のスカートを合わせ、アクセサリーは母さんの古いブレスレットだけを着けて、鞄にあの原稿を入れて。

わたしは自分に言い聞かせた。こうなったら、ニーノの妻も、本人も、誰もかも、構うものか。

104

わたしが迷っていたせいで、我が家はトラットリアに遅れて着いた。サッラトーレ家はもう席に着いていた。ニーノに妻エレオノーラを紹介されて、わたしの気分は一変した。確かに彼女は写真で見たとおりにきれいな顔立ちをしていて、漆黒の髪も美しかった。ところが、決して背の高くないわたしよりも、なお背が低かったのだ。その上、小太りなのに、胸がなかった。真っ赤な服もまるで似合っていなかった。しかもやたらと賑やかな上に、開口一番、金切り声が耳に障った。言葉のアクセントは、ナポリ湾を見下ろす邸宅でトランプ賭博ばかりしているご婦人たちに育てられたナポリ女のそれだった。それだけではなかった。その夕べを通じて明らかになったのは、彼女が大学で法律を学んでいる割には教養がなく、なんにつけけちをつける癖があり、そうして批判的な少数派を気取るのが好きらしいということだった。要するに、わがままで、品のない、金持ち女だった。優美な顔立ちにしてもしばしば不快そうに歪み、しかもそのあとには必ず、いっひっひっという神経質な笑い声が続くのだった。彼女の話はその笑い声でよく中断され、ひとつの台詞が笑いで途切れ途切れになることもあった。エレオノーラはフィレンツェを呪い――〝ナポリのほうがずっとよくない？〟――トラットリアを呪い――〝最悪ね〟――店主を呪い――〝失礼な男〟――ピエトロが何を言ってもけちをつけ――〝馬鹿みたい〟――うちの娘たちにもけちをつけ――〝まったくよくしゃべるわね。お願い、ふたりともちょっと黙って〝──当然、わたしにもけちをつけた──〟大学はピサですって？　どうして？　ナポリ大学の文学部のほうがずっといいのに。あなたの小説、聞いたこともないんだけど、いつ出たの？　八年前って言ったら、わたしまだ十四だし〟。自分の息子とニーノにだけはいつも優しかった。アルベルティーノはハンサムで、ぽっちゃりした幸せそうな男の子で、エレオノーラは飽きることなく息子を褒め続けた。夫に対しても同じで、ニーノほど優秀な人間はいないと言い、彼が何を言っても賛成し、撫でたり、抱きついたり、キスをしたりと忙しかった。この若い娘とリラ、あるいはシルヴィアとのあいだにどんな共通点があるというのか？　そんなものは皆無だった。ならばどうしてニーノは彼女と結婚をした？

わたしはひと晩中、彼の様子を観察した。ニーノは妻に優しかった。何度抱きつかれても、キスをされても嫌な顔はせず、彼女が礼儀知らずな馬鹿ばかり言っても温かく微笑みかけ、ぼんやりと息子の相手をしていた。ただしわたしの娘たちのことは前回と同じようによく構ってくれた。ピエトロともやはり陽気に議論しあい、わたしにもいくらか声をかけてくれた。勝手な希望的観測ではあったが、妻に心を奪われているという風ではなかった。エレオノーラは彼の波乱に満ちた日々を構成する多くの要素のひとつではあっても、影響を及ぼし得る存在ではない。ニーノは妻など気にせずに我が道を歩んでいるのだ……。そう思えば、だんだん気分がよくなってきた。とりわけ彼が何秒かわたしの手首を押さえ、ほとんど愛撫するような仕草で、ブレスレットに気づいたことをこちらに伝えた時、それに、エレナに少しは自由にできる時間を与えたかと冗談混じりにピエトロに尋ねた時、そのすぐあとに、今度はわたしに向かって、仕事は進んでいるかと尋ねてきた時だ。

「初稿は書き上がったわ」わたしは答えた。

ニーノは真剣な顔でピエトロに聞いた。

105

「君は読んだ？」

「エレナは、僕には何も読ませてくれないんだよ」

「あなたのほうが読みたがらないんじゃない」わたしは言い返したが、夫婦のあいだの冗談に聞こえるように軽い口調にしておいた。

　そこへエレオノーラが口を挟んできた。のけ者にされたくなかったのだろう。

「それってなんの原稿なの？」でもこちらが答えようとした時には、すでに彼女のふわふわした頭が持ち主を別の場所に運んでしまったらしく、彼女ははしゃいだ声でわたしにこんなことを聞いた。

「明日、ニーノの仕事が終わるまで、お買い物につきあってくれない？」

　こちらが愛想笑いを浮かべて了承してやると、彼女は、あれも買いたい、これも買いたいと極めて具体的に希望の品を列挙しだした。トラットリアを出る段になってようやくわたしはニーノと並び、小声で尋ねることができた。

「原稿、よかったら目を通してもらえる？」

　すると彼は心から驚いたようにわたしを見つめて言った。

「本当に読ませてもらえるのかい？」

「面倒じゃなければ」

　わたしは原稿をそっと彼に渡した。胸がどきどきいっていた。ピエトロにも、エレオノーラにも、娘たちにも隠しごとをしているみたいな気分だった。

一睡もできなかった。翌朝は仕方なくエレオノーラにつきあうことにした。ホテルの前で十時に、という約束になっていた。ご主人はわたしの原稿を読み始めたかなどと彼女に聞くなんて馬鹿はよせ――わたしは前もって自分に警告した――ニーノは忙しいのだ。時間がかかって当然だ。考えないようにしろ。最低でも一週間は待つことになるだろう。

ところが九時ぴったり、まさに出かけようとしていた時に電話が鳴った。ニーノだった。

「朝から悪いね。でもこれから図書館に入るところで、今晩までもう電話はできないから、かけさせてもらった。今、平気かな?」

「うん、ぜんぜん平気よ」

「読ませてもらったよ」

「えっ、もう?」

「うん。最高だった。よくあれだけ研究したね。文章も緻密で、自由な発想にも驚かされた。でも何より羨ましいと思ったのは、君の巧みな語り口だ。分類の難しい作品だね。評論と呼んだものか、小説と呼んだものか。とにかく素晴らしいよ」

「それって欠点かしら」

「何が?」

「分類ができないってこと」

「違う違う、むしろ評価すべき点のひとつさ」

「このまま出版すべきだと思う?」

「うん、絶対、そうするべきだ」

「ありがとう」

「礼を言うのはこっちのほうだよ。もう行かないと。エレオノーラのことは我慢してやってくれ。乱暴に見えるかもしれないが、単なる恥ずかしがり屋なんだ。明日の朝、僕らはナポリに戻るけど、選挙が終わったら顔を出すから、その時にでもまた話しあおうか」

「是非。次はうちに泊まりにきたら？」

「本当に迷惑じゃない？」

「心配しないで」

「じゃあ、そうさせてもらうよ」

彼は受話器を下ろそうとしなかった。息を吸い、また吐く音が聞こえた。

「エレナ」

「何？」

「僕らは昔、ふたりとも、リナに目をくらませられたことがあったね」

わたしは強い戸惑いを覚えた。

「どういう意味？」

「君は、君ひとりの力で成し遂げたことまで、彼女の才能のおかげだと思いこんでいた」

「あなたは？」

「僕のほうはもっと大きな過ちを犯した。最初に君の中に認めたものを、愚かにも、彼女の中に見たつもりになってしまったんだ」

しばしわたしは沈黙した。どうしていきなりリラの話なんてするのだろう。それもこんな風に、電話で？　それに、何を言わんとしているのだろう？　ただの褒め言葉？　それとも、昔、本当はわたしのことが好きだったのに、イスキアでは愛情を注ぐ相手を誤ったとでも？

「早く帰ってきてね」わたしは言った。

106

エレオノーラと三人の子どもたちと出かけたわたしはすっかりご機嫌で、今ならたとえ彼女にナイフで刺されたとしても痛くないのではないかというほどだった。ニーノの妻も、やけに優しいわたしを前にして、つんけんするのをやめ、デデとエルサの行儀のよさを褒め、実はわたしをとても尊敬していると告白してくれた。ニーノからわたしについて、何を学び、いかに作家として成功したか、何もかも聞かされたのだという。でも、わたし少し嫉妬してるの——彼女は認めた——あなたが優秀だからじゃないわ。あなたがあのひとのことをずっと前から知っているから。わたしだって、小さいころにニーノと出会いたかった。十歳のあのひと、十四歳のあのひとがどんなだったか知りたかった。声変わりの前の声も、子どものころの笑い声も聞いてみたかった。アルベルティーノがいるのがせめてもの救いね。この子、父親そっくりだから。

言われて男の子をよく見てみたが、ニーノの面影は見当たらなかった。あとから目立ってくるのかもしれない。すぐにデデが、わたしはパパにそっくりなの、と誇らしげに言い、エルサも、わたしはママ似よ、と続けた。わたしはシルヴィアの息子、ミルコを思い出した。あの子は初めて会った時からずっとニーノそっくりだった。マリアローザの家でミルコを腕に抱いた時の喜び、大泣きするあの子をあやした時の喜びはよく覚えている。まだ母親になった経験のなかったあのころ、わたしはミルコに何を求めていたのだろう。本当の父親がステファノであるとまだ知らずにいたあのころ、わたしはジェンナーロに何を求めていたのだろう。そして、デデとエルサの母親となった今、わたしはアルベルティーノに何を求め、どうしてこんなに細かく観察をしているのだろう。ニーノがミルコを思い出すとは思えなかった。ジェンナーロに対して関心を示した、ということも一度もなかったようだ。性欲に支配され、上の空で種をまく男たち。オーガズムに心奪われ、女たちを孕ませる男たち。彼らはわたしたちの体内に顔を覗かせ、そこを抜け出す時、まるで忘れ物をするように己の亡霊をこちらの肉に忍ばせていく。アルベルティーノは望まれてできた子どもなのだろうか。それともやはりこの子も、ニーノの関心を引くことなく、母親であるこの女性の腕に抱かれているのだろうか。わたしは我に返り、エレオノーラに、男の子は父親と瓜ふたつだと告げ、自分の嘘に満足した。それから、ニーノの思い出を細かく、気持ちをこめて、優しく語って聞かせた。小学校時代のニーノについて、ガリアーニ先生と彼について、リヴィエロ先生と校長の開いたあの試合について、高校時代のニーノについて、オリヴィエロ先生と校長の開いたあの試合について、ニーノを含めた友人たちと一緒に過ごしたイスキアでの夏休みについて。エレオノーラは子どもみたいに、それから？　と先をせがみ続けたが、わたしはそこで話を止めた。

おしゃべりばかりしているうちに、彼女はわたしに強い親しみを覚え、かじりついて離れなくなった。お店に入って、わたしが何か気に入ったものを見つけ、試してみたものの、結局、買うのは諦めると、彼女がその商品をいつの間にか買っていて、あとでプレゼントしてくれるということが何度かあった。デデとエルサにも服を買ってくれた。レストランも彼女がお金を出してくれた。帰りのタクシー代も払ってくれた。彼女はまずわたしと娘たちを家まで送り、そのまま同じタクシーでたくさんの紙袋と一緒にホテルに帰っていった。別れ際、わたしと子どもたちは、彼女を乗せた車が角を曲がって見えなくなるまで、手を振って見送った。出身こそ同じナポリだが、自分とは生まれ育ちがまるで違う人種だと思った。エレオノーラはお金を湯水のように使った。それがニーノのお金ということはまずないはずだった。彼女は父親が弁護士、祖父も弁護士で、母親の一族は代々銀行家だった。わたしは疑問に思った。彼らブルジョアの豊かさとソラーラ兄弟の豊かさのあいだには、どのような違いがあるのだろう。彼らの高額な給料と莫大な報酬になる前に、お金は怪しい経路をいったいどれだけ巡るのだろうか。日銭を稼ぐために密輸品の荷下ろしをし、公園の植木を剪定し、工事現場で働く地区の若者たちをわたしは思い返していた。少年時代から生活のために働き、わずかな賃金を稼いでいたアントニオにパスクアーレにエンツォのことも。技師に建築家、弁護士に銀行家といった人々は別世界の住人だが、彼らの収入にしても、何度も濾過され洗浄されたものとはいえ、同じ違法な経済活動と恥ずべき行いに由来しているはずで、そのおこぼれのいくらかはうちの父さんのチップとなり、わたしの進学を助けさえした。悪いお金がよいお金になり、またはその逆となる境目はつまり、どこにあるのだろう。エレオノーラがフィレンツェのこの暑い一日にじゃんじゃん使ったお金はどこまで清潔なものだったのだろう。わたしがこうして家に持ち帰りつつあるプレゼントの数々を彼女が買うのに使った小切手は、ミケーレがリラの給料を支払う時に渡すそれと、どれだけ違うのだろう。わたしと娘たちはその日の午後いっぱい、贈られた服を身につけては、鏡の前で自分の姿に見とれて過ごした。高級で、カラフルで、楽しげな服ばかりだった。とりわけ四〇年代風の薄紅色のドレスは、我ながらよく似合っており、これを着たところをニーノに見せてあげたいと思った。

しかしサッラトーレ家の面々はそのままナポリに帰ってしまい、もう一度会う機会はなかった。意外にもわたしは失望せず、むしろ時は軽やかに流れだした。ニーノは必ず戻ってくるという確信があったからだ。彼は戻ってきて、あの原稿についてわたしと議論することになるはずだった。無用な衝突を避けるため、ピエトロの机の上にも原稿を一部置いておいた。それから、自分はよい仕事をしたという心地のよい自信とともにマリアローザに電話をかけ、以前話したあの内容をついに原稿にまとめたと伝えた。彼女はすぐに送ってくれと言った。数日後、マリアローザは興奮した声で電話をしてきて、よければ自分がフランス語に訳して、ナンテールで小さな出版社をやっている友人に送りたいと言ってくれた。わたしは喜んで承諾した。だが話はここで終わらなかった。数時間後には義母から電話があり、すねたふりの声でこう尋ねられたのだ。

「どうして原稿をマリアローザに読ませて、わたしには見せてくれないの？」

「お義母さんはご興味ないいんじゃないかと思ったんです。ほんの六十ページしかなくて、小説でもなければ、自分でもなんだかよくわからない代物なんです」

「何を書いたか自分でわからないのは、それだけいいものが書けたって証拠よ。なんにしても、興味があるかないかは、わたしに決めさせてちょうだい」

こうしてアデーレにも一部送ったが、ほとんどなんの気負いも感じなかった。その同じ朝、昼近くになって、ニーノから電話があった。今、フィレンツェに到着したところで、駅からかけていると言うではないか。

「三十分後にそっちにお邪魔するよ。荷物を置いて、図書館に行きたいんだ」

「その前に何か食べていかない？」わたしは自然と尋ねていた。彼が——長旅の果てにたどり着いた——わたしの家に泊まることも、わたしのバスルームでシャワーを浴びる彼に食事を用意してやることも、ピエトロが大学で学生たちを相手に試験をしているあいだにわたしとニーノ、娘たちで一緒にお昼を食べることも、ごく当たり前なことに思えた。

107

ニーノは十日間も我が家に逗留した。かつてはなんとかして彼を誘惑しようと必死になったわたしだが、今度はそうしたことは一切なかった。わたしは彼にじゃれもせず、猫なで声も出さず、やたらと親切にもしなかった。マリアローザのような今時の自由な女を演じようともしなければ、悪女っぽくほのめかしたり、潤んだ瞳で彼の視線を求めたりもしなかった。食卓でも、テレビの前のソファーでも、彼の隣に座ろうとはせず、家の中でしどけない姿を披露したり、わざとふたりきりになろうとしたり、肘と肘をぶつけたり、腕と腕、腕と乳房、腿と腿を触れさせたりといった真似もしなかった。わたしはひたすら控えめに、おとなしくしていた。口も必要な時以外はぴったり閉じていた。そして、彼においしい料理を食べてもらうこと、娘たちに邪魔をさせないこと、快適に過ごしてもらうことに専念した。ただしそれは、自分でそうしようと決めて取った態度ではなく、そうするほかになかったというのが実際のところだった。彼はピエトロとも、デデとも、エルサともよく冗談を言って楽しんでいた。それがわたしに顔を向けると、途端に真面目になってしまい、昔からの友情などないかのごとく、言葉を選ぶような態度を見せたからだ。それで、こちらも自然と同じように振る舞うことになった。ニーノがわたしの家にいてくれるのはとても嬉しかったが、打ち解けた声や態度を彼に求める気持ちはまったくなく、むしろずっと端のほうにいて接触を避けたかった。雨に濡れた蜘蛛の巣についた水滴にでもなったような気分で、そこから滑り落ちてしまわぬよう注意していた。

彼との長い会話は一度だけ、しかも話題はわたしの原稿についてのみだった。家に到着してすぐ、ニーノは綿密で鋭い感想を述べた。彼はイーシュとイッシャーの物語には衝撃を受けたと言って、こんな質問をしてきた。君はつまり、聖書の創世記では、女が男とは別の存在ではなく、男そのものだと言うのかい？　わたしはそうだと答えた。イブは、アダムとは無関係なイブでいる方法も知らず、その手立てもないわ。彼女の善と彼女の悪はすなわち、アダムの決めた善悪。イブは女アダムなの。神の操作はあまりに巧みだったから、彼女自身、自分が何者であるかを知らず、姿形はふにゃふにゃと頼りないし、自分の言葉もなければ、独立した魂もない。自分の考えもなくて、簡単に崩れ落ちてしまうの……。それはひどい状態だな、とニーノが言うのを聞いて、わたしはむっとした。からかわれているのかと思ったのだ。横目で様子をうかがうと、彼は大真面目で、わたしの仕事をおおいに褒め、わたしの知らない、関連した話題を扱っている本の名を何冊か挙げてから、君の原稿はこのままで十分に出版に値するとまた言ってくれた。わたしは喜びを顔に出すことなく彼の言葉に耳を傾け、最後にひと言、マリアローザも原稿を気に入ってくれた、とだけ告げた。するとニーノは彼女の近況を尋ねてきて、マリアローザは学者としても優秀だが、フランコを世話するあの献身ぶりも見上げたものだと賞賛し、それを潮に図書館へと急いだ。

あとは毎朝ピエトロと一緒に出かけ、夕方に彼よりも遅く帰宅する生活をニーノは続けた。みんなで揃って出かけたことは数えるほどしかなかった。たとえば一度、子どもたちのために楽しい映画を見つけたから観にいこうとニーノが提案してきたことがあった。映画館では彼とピエトロが並んで座り、わたしは娘ふたりに挟まれて座った。途中でわたしは彼が笑うたびに自分も大笑いしていることに気づき、笑うのをぴたりとやめた。休憩時間、彼が、ジェラートをデデとエルサに買ってやりたい、もちろん君たち大人にもご馳走したいと言うので、わたしは一応たしなめてから、ありがたいが自分はいらないと答えた。すると彼はわたしを軽くからかい、こんなにおいしいのに食べないのはもったいないと言って、味見するように勧めてきた。それでわたしは彼のジェラートをちょっとなめた。まあ、ささいな出来事だ。午後に一度、わたしと彼、デデとエルサで散歩に出かけたこともあった。わたしたちはほとんど口を利かず、ニーノは娘たちばかり相手にしていた。それでもあの時の道順は今もはっきりと覚えている。どの道を歩き、どこで足を止め、どの角を曲がったかも。とても暑い日で、町はひとでいっぱいだった。彼はひっきりなしに知りあいに出くわし、なかには彼をサッラトーレさんと名字で呼ぶ者もいた。彼はわたしを色々なひとに大げさな賛辞とともに紹介してくれた。ニーノはそこまで有名であったかと驚いた記憶がある。そのなかにひとり、名高い歴史学者がいて娘たちのことを褒めてくれた。ただこの男性は、娘たちをニーノとわたしの子どもと勘違いしていた。出来事らしい出来事はそれぐらいで、あとは何もなかった。ただひとつ、彼とピエトロの関係に突如として不可解な変化が生じたことを除けば。

108

きっかけはある日の夕食の席だった。ピエトロが、当時かなりの人気があったナポリ出身の教授のことを憧れをこめて語ると、ニーノがこう言ったのだ。やっぱり君はあの馬鹿が好きだったか。そうじゃないかと思ってたんだ。夫は戸惑った様子で、あいまいな笑みを浮かべたが、ニーノは攻勢を緩めず、君はひとの見かけに簡単にだまされすぎだとからかった。翌日の朝食のあと、早くも次の小さな事件があった。なんの話だったかは思い出せないが、ニーノが途中で、かつてわたしが聖霊の役割について宗教の教師と衝突したエピソードをまた引きあいに出した。その話を知らなかったピエトロは詳しく知りたがった。するとニーノは、わたしの夫ではなく、娘たちに向かってただちに語りだした。ふたりの母親が幼いころになんだかもの凄く偉大な冒険を成し遂げたみたいな語り口だった。

夫はわたしを褒め、君は勇敢だね、と言ってくれた。ただそれから彼はデデに向かってひとつ解説をした。テレビで何か下らない話をしている時に父親として娘にきちんとした説明を与えるべきだと感じた時と同じ口調で、彼はイエスの復活から五十日目の朝に十二使徒に何が起きたかを語った。強い風のような音がして、炎の舌のようなものが現れ、十二使徒があらゆる人々に、あらゆる言語で、自分の言いたいことを伝えられる力を天から授かったというエピソードだ。それから彼は、わたしとニーノに向かって、使徒たちを満たした〝徳(ウィルトゥス)〟について夢中で語り、預言者ヨエルの言葉〝わたしの霊をすべての人間に注ごう〟を引いてから、聖霊とはひとつの象徴であり、相異なる人々がいかに対話をし、集団を構成するかについて考えてみるために不可欠なものだったのだと説明した。ニーノは黙って聞いていたが、その表情はどんどん皮肉っぽくなっていった。そしてついにこう言い放った。君の中に司祭が隠れていることには薄々気づいていたよ。次に彼はわたしに向かって楽しげに、君は彼の奥さん？ それとも司祭のまかない女だったのかい？ と尋ねた。ピエトロは顔を真っ赤にしてうろたえた。聖霊とかその手の話は昔から大好きなテーマだったのだ。激しく傷ついた様子で、彼はもごもごと言った。悪かったよ。どうやらつまらない話をしてしまったみたいだね。そろそろ仕事に行こうか。

そんな場面がこれといった理由のないまま、ますます増えていった。わたしとニーノの関係に変化はなく、形式を重んじ、愛想よく、かつ距離を保ったつきあいが続いていたが、彼とピエトロの関係は悪化の一途をたどった。朝食の時も、夕食の時も、客人は家の主人に対して侮辱すれすれの馬鹿にしたような言葉をかけることが多くなった。あくまで友好的に、唇に微笑みを浮かべたまま、相手をこけにするタイプの言葉だった。言われたほうも下手に腹を立てれば、冗談のわからない堅物扱いされるので何も言えない。わたしにはなじみのある言葉遣いだった。地区では、ずる賢い者たちがよくそんな言葉で自分よりのろまな人間を責め立て、何も言えなくなった相手をいじめたものだ。ピエトロはとにかく戸惑っていた。ニーノとは楽しくやってきたし、友人として高く買っていたから、彼は何を言われても言い返さず、楽しんでいるふりでやれやれと首を振っていた。時には、僕は何を間違ってしまったのだろうと自問するような表情を浮かべることもあった。相手がまた元の優しい友人に戻ることを期待していたのだろう。しかしニーノは執拗な言葉攻めをやめなかった。彼はわたしと娘たちのほうを向き、ますますひどいことを言って、わたしたちを味方につけようとした。デデとエルサは面白そうにうなずいていた。わたしも少しはうなずいてみせたが、心の中では悩んでいた。どうしてニーノはこんな真似をするのだろう。ピエトロが腹を立てたら、我が家と彼のつきあいも終わってしまうではないか……。でもピエトロは腹を立てず、日を追うごとにノイローゼの症状に悩まされることがまた増えた。疲れた表情が戻ってきて、警戒した色を浮かべる目にも、皺の刻まれた額にも、数年来の疲弊が戻ってきた。今のうちになんとかしなくては。そうは思うのだが、何もできなかった。むしろ、目の前の光景に対するある感情を押し殺そうとしてかなわず、わたしは苦しんでいた。それは憧れではなく、興奮だった。そう、恐らくは興奮だったはずだ。自分の目の前で、アイロータ家の人間が、それも才能あふれるアイローータが、攻撃を受けて勢いを失い、混乱し、力ない返事しかできなくなっている。素早く見事な上に残酷な攻撃の主は、わたしと同じ学校に通い、わたしの友人で、わたしと同じ地区で生まれた、あのニーノ・サッラトーレなのだった。

109

ニーノがナポリに戻る二、三日前に、とりわけ不快な出来事がふたつあった。ある日の午後、アデーレから電話があり、やはりわたしの原稿をとても喜んでくれ、すぐに出版社に原稿を送れと言ってくれた。そうすればフランスでの出版と同時か、それが無理でも少しあとには、小型の本にして出せるはずだというのだった。その話を夕食の席で控えめに報告すると、ニーノはわたしを褒めちぎってから、子どもたちにこう言った。

「お母さんは本当に偉いんだよ」次に彼はピエトロに向かって尋ねた。「ちなみに君は読んだかい？」

「時間がなくてね」

「じゃあ、読まないほうがいいな」

「どうして？」

「君には向いていないから」

「どう向いていないと？」

「内容が知的に過ぎるんだよ」

「何が言いたいんだい」

「君はエレナほど知的じゃないってことさ」

ニーノはそう言って笑ったが、ピエトロが黙っているのを見て、挑発した。

「なんだ、怒ったのかい？」

ニーノとしては相手がかっとなれば、もっと侮辱してやろうと思っていたはずだ。ところがピエトロは席を立ち、こう言った。

「途中ですまないが、仕事があるから失礼するよ」

わたしは小声で咎めた。

「きちんと食べてからにしなさいよ」

彼は答えなかった。食事は居間でしていた。居間は広かった。ピエトロは最初、居間を横切り、本当に書斎にこもりそうだったが、そうはせず、部屋を半周してソファーに腰を下ろすと、派手にボリュームを上げて、テレビを見だした。嫌な雰囲気だった。わずか数日のうちに何もかもがずっとややこしくなっていた。わたしはとても悲しい気持ちになった。

「テレビの音、少し下げてくれない？」わたしは彼に頼んだ。

だが、にべもない答えが返ってきた。

「嫌だ」

それを聞いてニーノは短く笑い、食べ終わると、テーブルの片付けを手伝ってくれた。台所でわたしは彼に謝った。

「ごめんなさいね、ピエトロ、仕事が大変で、あまり眠ってないの」

するとむっとした声が返ってきた。

「あんな男、よく我慢できるね」

わたしはピエトロに聞かれやしないかと不安になり、台所の入口を確認した。幸いテレビのボリュームはそのままだった。

「だって好きだもの」わたしはそう答えた。そして皿を洗うのを手伝うと言って聞かぬニーノを追い払った。「お願いだから、もう行って。いてもらっても、かえって邪魔だから」

ふたつ目の出来事はそれに輪をかけてひどく、こちらのほうが決定的だった。わたしは自分でも何を望んでいるのかよくわからなくなっていた。もはや、ニーノのフィレンツェ滞在など早く終わってほしい、普段の我が家の暮らしに戻りたい、新しい本の仕事に集中したいと思っていた。ところがその一方で、毎朝ニーノの部屋に入るのも好きなら、乱れた部屋を片付けるのも、ベッドを直すのも気に入っていて、彼と一緒に食べるのだと思いながら夕食の支度をするのも楽しかった。だから、そんな日々が終わろうとしているのはつらかった。午後のある時間になると必ず、頭がおかしくなったような気がした。子どもたちがいても家が空っぽに思え、わたし自身、空っぽになって、自分の文章になんの興味も持てなくなり、その軽薄さに気づき、マリアローザとアデーレの示した興奮のみならず、フランスの出版社とイタリアの出版社が気に入ってくれたという事実まで信じられなくなるのだった。そして思った。彼が去れば、途端に何もかもが意味を失ってしまうはずだ。

わたしがそんな状態——耐えがたいほどの喪失感を残して人生がこの手をすり抜けていきそうな感じ——でいたある日、ピエトロがひどく恐ろしい顔をして大学から戻ってきた。彼が帰宅してから夕食にしようと、みんなで待っていたところだった。ニーノは三十分前に帰ってきていたが、すぐに娘たちにさらわれていった。わたしは夫に優しく尋ねた。

「何かあったの？」

するとと彼は吐き捨てるように言った。

「君の土地の人間は、今後二度とこの家に連れてこないでくれ」

わたしはぎょっとした。ニーノのことを言ってるのかと思ったのだ。デデとエルサを引きつれて顔を出した本人もそう思ったらしく、喧嘩上等とでも言いたげな挑発的な笑みを浮かべて、わたしの夫を見つめた。ところがピエトロの意図はまるで別のところにあった。独特の軽蔑した口調で彼は言葉を続けた。それは、自分の信奉する根本的な原則が侵害されつつあり、それを守らなくてはいけないと確信した時に彼が効果的に使いこなす声色だった。

「今日また刑事が来たんだ。お尋ね者の名を何人も聞かされ、写真を見せられた」

わたしはほっと安堵の息をついた。拳銃を突きつけてきた学生に対する告訴を取り下げなかったあの一件以来、彼にとっては、多くの学生活動家たちとやはり少なくない教授たちの自分に対する軽蔑よりも、彼を密告者扱いしてたびたび訪れてくる警察のほうがわずらわしい存在となっていた。だからわたしは、今夜の暗い顔もどうせまたそのせいだろうと思って、彼の言葉を遮り、きつい口調で言ってやった。

「自分のせいでしょ？　わたし、あんなやり方しちゃ駄目だってさんざん言ったじゃない？　こうなったら警察はしつこいわよ」

そこへ、ニーノが嘴を挟んできた。馬鹿にしたようにピエトロに尋ねる。

「いったい誰を訴えたんだ？」

ピエトロはニーノを一瞥すらしなかった。わたしに腹を立て、わたしと喧嘩をしたがっていたのだ。彼は言った。

「あの時はやるべきことをしたまでだ。今日だってそうするべきだった。だが、僕は刑事どもに何も教えなかった。君が関係する話だったからだよ」

つまり問題は刑事たちではなく、彼らに聞かされた話の内容のほうらしかった。わたしはつぶやいた。

「なんでわたしが出てくるの?」

彼は声をうわずらせて答えた。

「パスクアーレとナディアは君のお友だちだろう?」

わたしは馬鹿みたいにふたりの名前を繰り返した。

「パスクアーレとナディア?」

「警察に見せられたテロリストの写真のなかに、ふたりの写真もあったんだよ」

わたしは何も言わなかった。唖然としてしまったのだ。つまり、わたしの想像が正しかったということなのか。ピエトロの言葉はそうだと告げたも同然だった。一瞬、心に浮かぶ光景があった。パスクアーレがジーノを拳銃で撃ち、フィリッポの脚を撃つ。一方、ナディアは——そう、リラではなくナディアだったのだ——階段を駆け上り、社長室のドアをノックし、部屋に入るなり、ブルーノの顔を撃ち抜く。恐ろしい話だった。だがそれにしてはピエトロの声が妙だった。わたしをニーノの目の前で困らせ、こちらが避けたいと思っている議論に火を点けるために、その知らせを利用しているようにも聞こえた。事実、ニーノがまたすぐに割り込んできて、彼を嘲笑った。

「要するに君は警察御用達の垂れこみ屋だったんだな。たいしたものじゃないか。同志を告発するのかい? 親父さんは知っているのか。母上はどうだ。お姉さんは?」

わたしは力なく言った。もう食べましょう。でもすぐにニーノに向かって言葉を継いだ。そんなたいした話ではないという風に聞こえるように、愛嬌のある声を作った。彼がアイロータ家の面々まで引きあいに出してピエトロをからかうのをやめさせたかった。垂れこみ屋だなんて、大げさよ……。そして、パスクアーレ・ペルーゾが会いにきた話をなんとなく始めていた。ねえニーノ、パスクアーレのこと、覚えてる？　地区の仲間で、性根はいいひとよ。それが運命のいたずらで、ナディアと一緒になったの――彼女のことは当然ニーノも覚えていた――そう、ガリアーニ先生の娘さんの、あのナディア……。そこでわたしは話をやめた。ニーノがもう大笑いをしていたからだ。ナディア？　あ神様、あのナディアが？　彼はまたピエトロを見て、さらに馬鹿にした調子で言った。ナディア・ガリアーニが武装闘争に関わっているだなんて、そんな馬鹿げたことを思いつくのは、せいぜい君とその愚鈍な刑事たちくらいなものだろうな。ナディアといったら、僕が今まで出会ったなかでも一番善良で、親切な人間だよ？　イタリアはいったいどうなってしまったんだろうね。さあ、もう食べよう。今のところは君の協力なんてなくても、社会体制の維持はちゃんとできるから心配するな。そしてニーノはデデとエルサを呼び、テーブルに向かった。わたしはみんなの皿に料理を取り分け始めた。ピエトロは当然あとから来るものと思っていた。

ところが彼は現れなかった。手を洗いにいったのだろう、気分を静めてからくるつもりなのだろう、そう思い、自分の席に着いた。わたしはぴりぴりしていた。本当なら素敵な夕べを静かに過ごし、今度の共同生活の穏やかな幕引きとしたかったのだ。ところがいつまで待ってもピエトロは姿を見せず、娘たちはもう食べだしてしまった。今やニーノまで困ったような顔をしていた。

「冷めちゃうから、もう食べて」わたしは言った。

「君も食べるなら、食べるよ」

わたしは迷った。夫が何をしているのか、もう落ちついたのか、様子を見にいくべきなのかもしれない。でもそんな気分ではなかった。ピエトロの振る舞いが気に入らなかったのだ。どうして刑事の訪問を内緒にしておけなかったのか。いつもならば、自分の身に起きたことは黙っていて、まず教えてくれない彼だった。それがどうしてあんな風に、わざわざニーノのいる前で、〝君の土地の人間は、今後二度とこの家に連れてこないでくれ〟だなんて言ったのか。そんな問題を急いで話題にする必要があったというのか。鬱憤を晴らすのは、あとで寝室でふたりきりになってからでもよかったではないか。ピエトロはわたしに腹を立てていた、結局はそれが理由なのだろう。彼は当てつけにせっかくの夕べを台無しにしたかったのだ。わたしが何をしようが、何を望もうが、どうでもいいと思っているに違いない。

わたしは食べ始めた。四人ともひとつ目の料理とメインディッシュを平らげ、自家製のお菓子も食べた。それでもピエトロは来ず、わたしもいい加減、堪忍袋の緒が切れた。そんなに食べたくないなら、食べなければいい。きっと腹が減っていないのだろう。ひとりでいたいと言うなら、それもいいだろう。大きな家だ。彼がいなければ無用な衝突も避けられて、むしろ幸いだ。どうせ、たった一度しか我が家に来たことのないふたりの人間がテロ組織メンバーの容疑者リストに載っていたなどという事実は、問題ではないのだろう。ピエトロは機転が利かず、ニーノとの丁々発止に破れた。そしてそのことに苦悩し、わたしに八つ当たりしている。それが真相だ。あんたみたいな小さな男のこと、もう知るもんですか……。お皿はあとで片付けるわ、混乱した自分の心に命令を下すようにわたしは大声で宣言した。そして、テレビを点けて、ニーノと娘たちと一緒にソファーに陣取った。

そのままずいぶんと時間がたった。気疲ればかりする時間だった。ニーノも落ちつかない様子だったが、楽しんでいるようでもあった。やがてデデが、パパを呼んでくる、と言った。空腹が満たされると、父親のことが心配になってきたのだろう。わたしは、そうね、呼んできて、と答えた。娘はほとんど忍び足で戻ってくると、わたしの耳にささやいた。ベッドに横になってる、寝ちゃったみたい。それをニーノが聞きつけて、こう言った。

「明日、出ていくことにするよ」

「仕事は終わったの?」

「いや」

「それならまだいればいいのに」

「無理だよ」

「ピエトロはいいひとよ」

「かばうのかい?」

かばうって何から? それとも誰から? よくわからなかった。あと一歩で、ニーノにまで腹を立ててしまいそうだった。

110

娘たちはテレビの前で寝てしまい、わたしはふたりをベッドに運んだ。居間に戻ると、もうニーノの姿はなかった。自分の部屋に入ったようだった。わたしはがっかりしてテーブルを片付け、皿を洗った。まだいればいいなんて言わなきゃよかった。出ていってもらったほうがいいのに……。そんな反省をしたが、でも、とも思うのだった。彼のいない惨めな日々をどうやり過ごせばいいのだろう。出ていくにしても、せめて、そのうちまた戻ってくるという約束をしてからにしてほしかった。またうちに泊まりにきてもらい、朝は一緒に朝食をとり、夜はまた同じ食卓を囲みたかった。あの陽気な声であれこれと話を聞かせてほしかった。考えをまとめたい時は相談に乗ってほしかったし、わたしの言葉にいつも礼儀正しく耳を傾け、わたしに対しては決して皮肉を言わない彼にいてほしかった。それでも、これほど状況が急激に悪化し、共同生活が継続不可能となったのが彼のせいであることは認めるしかなかった。ピエトロはニーノに愛着を覚え、彼が身近にいることを喜び、新しくできた友人を大切に思っていた。ニーノはなんの必要があってそんな彼を傷つけ、侮辱し、自信を失わせたのだろう。わたしは化粧を落とし、体を洗って、ネグリジェを着た。それから玄関のドアに錠前と鎖をかけ、ガスの元栓を閉じ、窓の鎧戸をすべて下ろし、明かりを消した。そして、子どもたちの様子を確認してから、寝室に向かった。ピエトロが実は狸寝入りで、喧嘩をしようとわたしを待ち受けているのでないかと不安だった。だが、ベッドの彼の側のナイトテーブルを見ると、トランキライザーを飲んだ跡があり、ぐっすり眠っていた。わたしは彼が愛おしくなり、頬に口づけをした。なんて予測のつかないひとなんだろう。とても賢いのにお馬鹿さんで、繊細なのに鈍くて、勇敢なのに卑屈で、博学なのに無知で、礼儀正しいのに無骨で。道のりのどこかでつまずいてしまった、アイロータ家のでき損ない。あれほど自信家でいつも毅然としたニーノであれば、ピエトロのやる気を奮い起こさせ、回復を助けることもできたのではないか。そこでわたしは改めて考えてみた。どうして生まれたばかりの彼らの友情は一方的な敵意に変わってしまったのだろう。すると今度は、なんとなく理由がわかる気がした。ニーノはわたしにピエトロのありのままの姿を見せようと手助けをしたつもりなのだ。あまりに美化された夫のイメージにわたしが感情的にも思考的にも束縛されている、彼はそう信じているに違いなかった。若き大学教授にして、研究書として出版され高い評価を受けた卒業論文の作者であり、もう長いこと新たな研究書の執筆を続ける学者で、その出版のあかつきには確固たる名声を築くであろうピエトロの化けの皮を剝ぎ、情けない正体を暴こうとしたのだ。ここ二、三日、ニーノがしてきたことは、君はつまらない男と暮らしている、無能な男と娘をふたりも儲けたんだぞ、そうわたしに向かって叫び続けることだけだったと言ってよかった。ピエトロの評価をとことん下げることでわたしを解放し、自分を取り戻させる。それがニーノの計画だったのだ。しかし彼は果たして気づいているのだろうか。そうした行動に出ることで自分は、好むと好まざるとにかかわらず、我こそはピエトロに代わる理想的な男であるとエレナの前に名乗り出たも同然だと？

そこまで思ってわたしは頭にきた。ニーノの行動はあまりに浅はかだった。わたしにとってはそれ以外にあり得なかった均衡状態を彼は乱した。どうしてそんな勝手なことを？　せめて先に相談してくれてもよかったはずではないか。誰がわたしの目を開かせてくれ、救ってくれなどと頼んだ？　どうしてわたしが助けを必要としているなどと考えた？　わたしの結婚生活も、母親としての責任も、好きにかき混ぜる権利があるとでも思っているのだろうか。でも、なんのために？　何が狙いなのだ？　目を覚ますべきなのは向こうのほうだ。わたしとの友情など、ニーノにとってはもうどうでもいいのだろうか。夏のバカンスが迫っていた。こちらはヴィアレッジョへ行く予定で、彼のほうはカプリ島の両親の別荘に行くと言っていた。バカンスが終わるまではもう会えないということか。でも、そんなこと誰が決めた？　そうだ、むしろ夏のあいだに、両家の仲を回復するということもできるはずじゃないか。わたしがエレオノーラに電話をして、ニーノとアルベルティーノと一緒に一家三人でヴィアレッジョのわたしたちの家で数日過ごすように誘ってみてもいい。それに、向こうからカプリに招待されたら素敵だ。あの島にはまだ行ったことがない。デデとエルサ、ピエトロも一緒に、一家でどうぞと誘ってもらえないだろうか。それが無理なら、ニーノと文通をしたっていいじゃないか。手紙で意見を交換し、気に入った本を勧めあい、それぞれの仕事の計画について話しあってもいい……。

気持ちの昂ぶりが収まらなかった。ニーノは過ちを犯した。彼が本当にわたしを大切に思ってくれているのなら、一切を元の状態に戻さなくてはいけない。彼はピエトロの好意と友情を改めて勝ち取るべきだ。夫のほうは心からそう望んでいるのだから。しかしニーノは本気でわたしのためを思ってこんな混乱を巻き起こしたのだろうか。駄目だ、面と向かって彼と話してみないと。ピエトロに対するあんな態度は間違っているとはっきり言ってやるのだ。わたしはそっとベッドを抜け出し、寝室を出た。裸足で廊下を横切り、ニーノの部屋のドアをノックした。そして少し待ってから、入った。中は真っ暗だった。

「決心したんだね」彼の声がした。

わたしは息を呑んだ。〝決心って何を？〟とは思わなかった。ただ、彼の言うとおりだと思った。決心はついていた。わたしはネグリジェを急いで脱ぐと、暑さも気にせず、彼の隣に横たわった。

111

自分のベッドに戻ったのは朝四時ごろだった。夫がはっとして、どうしたのかと寝ぼけたまま尋ねてきたが、わたしが有無を言わさぬ調子で寝なさいと言うと、そのまま静かになった。わたしはぼうっとしていた。ニーノとのあいだに起きたことは嬉しかったが、どんなに努力してみても、それが現在の自分の環境の〝中〟で起きたこと、すなわち、フィレンツェのその家に暮らしている自分の生活の〝中〟で起きたことだとは思えなかった。ニーノとのことは地区で起きたのではないか、彼の両親が引っ越しの途中で、メリーナが窓からものを投げ、悲痛な叫び声を上げていたまさにあの時、起きたのではないか。もしくはイスキアで、ふたりで手をつないで散歩したあの時に起きたのではないか。あるいはミラノでのあの晩、書店での発表会で無慈悲な眼鏡の紳士の批評から守ってもらったあとに起きたのではないか……。そんな気分だった。おかげでしばらくは責任を感じずに済んだ。罪の意識も薄かった。リラの親友であり、ピエトロの妻であり、デデとエルサの母親であるエレナは、ニーノを愛し、ようやく彼を捕まえた、女の子でもあり、娘でもあり、女でもあるこのわたしとはまるで無関係だ。ほとんどそんな感じだった。体中に彼の両手と口づけの感触がまだ残っていた。まだ彼がほしいという強い気持ちは収まる気配もなかった。朝まではまだ時間がある、ここで何をしてるの、彼のところに戻ろう、もう一度……。頭の中はそんな思いでいっぱいだった。

やがてわたしはうとうとした。はっとして目を開いた時には、部屋はもう明るかった。なんてことをしてしまったんだろう。それもよりによって自分の家で、なんて馬鹿な真似を。もうすぐピエトロが目を覚ます。子どもたちも目を覚ます。朝食の支度をしなくては。ニーノはわたしたちに別れを告げ、ナポリの妻と息子の元に帰るだろう。わたしは元のわたしに戻るだろう。

わたしは起き上がり、ゆっくりとシャワーを浴びて、髪を乾かし、まるでお出かけでもするように丁寧に化粧をして、派手な服を着た。そうだ、わたしとニーノは夜更けに誓いあったのだ。これからは何があっても連絡を取り続けよう、ふたりの愛を育む方法を見つけよう、と。でもどうやって？それにいつ？　彼がまたわたしに会いたいと思う必然性がどこにあると言うのか？　ふたりのあいだで起きる可能性があったことはみんな起きてしまった。この先に待っているのは厄介ごとばかりだ。もう考えるのはよそう……わたしは丁寧に朝食のテーブルを用意した。ニーノにいい思い出とともに去ってほしかったのだ。今度の滞在のことも、我が家のことも、家の中の見慣れた品々のことも、そしてわたしのことも。

ピエトロがもじゃもじゃ頭で現れた。まだパジャマ姿だ。

「どこかに出かけるのかい」

「どこも行かないわ」

彼はあいまいな顔でこちらを見つめた。目覚めてすぐにわたしがそんなおめかしをすることなど、まずなかったからだ。

「凄くきれいだよ」

「あなたのためじゃないわ」

彼は窓に近寄り、外を眺めてから、つぶやいた。

「昨日は僕、とても疲れていたんだ」

「それに、とても礼儀知らずだった」

「彼には謝るよ」

「まずはわたしに謝るべきでしょ」

「悪かった」

「彼、今日出ていくわ」

デデが顔を出した。裸足だ。わたしはデデのスリッパを取りに向かい、エルサを起こした。エルサはいつものように目をつぶったまま、キスの嵐でわたしを迎えてくれた。なんていい香りがして、柔らかいんだろう。わたしは思った。ついに夢はかなった。よかった。一生かなわぬ可能性だってあったのだから。でもこれからは、しっかりしないといけない。マリアローザに電話をしてフランスの話がどうなったか聞こう。アデーレとも話して、自分で出版社に行って、今度の薄い本をどうするつもりなのか確認しよう。彼らは作品を本当に高く買っているのか、それともわたしの義母を喜ばせたいだけなのか……。その時、廊下で物音がした。ニーノだ。わたしは彼の気配に動転した。彼がそこにいる。でもあと少しでいなくなってしまう。わたしは抱きついてくる娘を引き剥がし、ごめんねエルサ、ママ、すぐに戻るから、と言って、急いで部屋を出た。

ニーノはまだ眠そうな顔で部屋から出てくるところだった。わたしは彼をバスルームに押しこみ、ドアを閉めた。口づけを交わすうちに、わたしは場所と時間の意識をふたたび失った。彼を欲する気持ちの強さは自分でも驚くほどだった。それだけわたしは自分に嘘をつくのがうまかったということなのだろう。初めて経験する激しさでわたしたちは抱きあった。ふたつの体がぶつかりあう様は、どちらもそうすることで自分を砕こうとでもしているかのようだった。つまり悦びとはこういうことだったのだ。ばらばらに砕けて混ざりあい、どれがわたしのもので、どれが彼のものなのか、丸きりわからなくなること。仮にピエトロが現れるか、娘たちが顔を覗かせるかしたとしても、そこにいるのがわたしたちだとはわからなかったはずだ。わたしは彼の口の中にささやいた。

「行かないで」

「無理だよ」

「じゃあ、きっと帰ってきて。帰るって約束して」

「うん」

「電話もして」

「うん」

「お前のことは忘れないって言って。捨てやしない、愛しているって言って」

「愛してるよ」

「もう一度」

「愛してる」
「嘘じゃないって誓って」
「誓うよ」

112

彼は一時間後に出ていった。ピエトロに少しすねた声で引き留められ、デデが大泣きを始めたが、構わず出ていった。夫は顔を洗いに向かい、出勤の支度をすると、またすぐに姿を見せた。そして、うつむいたままわたしに告げた。僕はパスクアーレとナディアがここに来たことを警察に教えなかった。でもそれは君をかばうためじゃない。政府に反対すれば犯罪者扱いという最近の風潮が気に入らないからだよ……。わたしは彼がなんの話をしているのか一瞬わからなかった。パスクアーレとナディアのことなどすっかり忘れていたのだ。何があったか思い出すのに苦労した。ピエトロはしばらく黙って待っていた。もしかすると自分の意見に対するこちらの同意を期待していたのかもしれない。わたしたちが互いのへだたりを埋め、少なくとも一度は意見をともにすることができたという思いとともに、暑く、面倒な試験日に立ち向かいたかったのかもしれない。でもわたしはぼんやりとうなずいただけだった。ピエトロの政治に関する意見など、もうどうでもよかった。パスクアーレとナディアのことも、ウルリケ・マインホフ（一九三四－一九七六。西ドイツのテロリスト）の死も、選挙での共産党の躍進も、そんなものがなんだというのだ？　わたしは自分の中、肉体の奥底に沈んだような気分だった。この体は自分にとって唯一の住み処であるのみならず、本当に悩む価値のある唯一のものだという気がした。秩序と無秩序の証人、ピエトロが家を出ると、わたしはほっとした。彼の視線が耐えられなかったのだ。口づけのせいで痛む唇、夜の疲れ、日焼けしたみたいに過敏な体が、不意に、目で見てそれとわかるようになったらどうしようとずっと怯えていた。

ひとりになった途端、もう二度とニーノとは会うことも電話で話すこともないだろうという確信が戻ってきた。ただし今度は、もうひとつの確信がともなっていた。これ以上、ピエトロと暮らし続けることも、ベッドをともにし続けることも耐えられない。そう思ったのだ。どうする？　ピエトロとは別れよう。わたしは決めた。子どもたちを連れて出ていこう。でもどんな手順を踏むべきなのだろう？　ただ、出ていけばいいのだろうか。わたしは別居のことも離婚のことも何ひとつ知らず、どういった手続きが必要で、ふたたび自由になるまでにどれほどの時間がかかるのかも知らなかった。そうした道のりをたどった夫婦も身近には皆無だった。離婚をした夫婦の子どもたちはどうなるのだろう。養育費についてはどうやって合意するのだろう。わたしは娘たちを連れてほかの町に、たとえばナポリに移り住んでもいいのだろうか。いや、そもそもどうしてナポリなんだ。ミラノのほうがいいじゃないか。ピエトロと別れたら、遅かれ早かれ仕事が必要になる。不景気な世の中だ。ミラノのほうが引っ越し先には向いている。なじみの出版社だってあることだし。でもデデとエルサの気持ちは？　ふたりは父親と離れたくないのでは？　ならばわたしはフィレンツェに残るしかないのだろうか。それは絶対に嫌だ。ミラノがいい。ミラノならば、ピエトロも好きな時に会いにくることができる。そうしよう……。ところがわたしの心はどうしてもナポリ行きに傾いてしまうのだった。ただし、地区には帰るつもりはまったくなかった。まだ暮らしたことのない、まばゆく輝くほうのナポリに住もう。ニーノの家のそばがいい。タッソ通りだ。大学に向かって出勤し、帰宅する彼を毎日窓から眺めるのだ。通りで彼と顔を合わせ、毎日、言葉を交わすのだ。彼の邪魔はすまい。向こうの家族にも迷惑はかけまい。エレオノーラとは友情を深めよう。ニーノとはそんなお隣さんになれれば、それ以上は望まない。むしろ、やっぱりミラノはやめて、ナポリにしよう。それにミラノにしたって、ピエトロと別れてしまえば、今までほどわたしに優しい町ではなくなるだろう。マリアローザとも、アデーレとも、関係が冷めきってしまうに違いない。話のわかるひとたちだから、絶交されるということはないだろうが、ピエトロをあまり高く買ってはいないにせよ、やはり彼の姉と母親には違いない。父親のグイドにいたっては言うまでもない。そうだ、アイロータ家はきっと頼りにできなくなる。もしかするとあの出版社も駄目かもしれない。そうなれば、助けてくれそうなのはニーノだけだ。あちこちにいい伝手を持っている彼ならば、わたしが食べていく方法だってきっと見つけてくれるだろう。そうしてわたしがニーノに頼る姿を見て、エレオノーラが腹を立てたり、彼自身がうんざりしない限りは、という話だが。彼にとってわたしは、フィレンツェに住む人妻だ。ナポリからは遠い町にいる、自由の利かぬ女だ。そんな女がいきなり夫を捨てて、自分のあとを追いかけてきて、すぐ近所に暮らし始めたら、彼はどう思う？　正気を失ったと思われるに決まっている。恋に狂った馬鹿女。まさにマリアローザのグループの子たちが忌み嫌っていた、男に依存する女の典型だ。それは何より、ニーノにはふさわしくない女だ。彼は多くの女性を愛してきた男性だ。ひとりの女性のベッドからまた別のベッドへと渡り歩き、気軽に彼女たちを孕ませてきた。結婚は必要な取り決めではあっても、そこに欲望を封じこめることなどできないと考えるタイプだ。わたしなど笑い物にされるのが落ちだ。これまで、色々なことを我慢して生きてきたわたしではないか。彼なしでもやっていけるはずだ。やっぱり娘たちと自分の道を行こう。

ところがそこで電話が鳴ったので、急いで出た。彼だった。背後では拡声器の声に喧噪が聞こえ、とにかく騒然としていて、彼の声はよく聞こえなかった。ナポリに着いたところで、駅から電話しているという。ちょっと声を聞きたくなってね、元気かい？　彼は言った。元気よ。わたしは答えた。今、何してた？　娘たちと一緒に朝ご飯を食べるところ。ピエトロは？　いないわ。僕とのセックス、よかった？　ええ。どのくらいよかった？　とてもよかったわ。ああコインがもうないや。じゃあ切って、またね、お電話ありがとう。またかけるから。ええ、いつでもどうぞ……。わたしは自分を褒めてやりたかった。自制の効いた受け答えができて満足だったのだ。適当な距離を守って、彼の挨拶代わりの電話にこちらも淡々と答えることができたと思った。ところが三時間後にまたかかってきた。やはり公衆電話からだった。今度は声が不機嫌だった。どうして君はそんなに冷たいんだ？　別に冷たくなんかないわ。今朝は愛してると言えと言うから、言った。僕は基本的に誰にもそんなことは言わない。妻にだって言わないんだぞ。嬉しいわ。それで、君は僕を愛してる？　ええ。今夜はあいつと寝るのかい？　じゃなきゃ、誰と寝ろって言うの？　耐えられないな。そっちだって奥さんと寝るんでしょ？　それとこれとは別だ。どうして？　僕はエレオノーラのことなんてどうでもいいと思ってるからさ。じゃあ、戻ってきて。そんな、どうやって？　奥さんと別れて。それでどうなる？　ニーノは執拗に電話をかけてくるようになった。わたしは彼からの電話のベルを聞くのが大好きだった。特に前の電話で彼と別れの挨拶をして、次はいつまた話せるかわかったものではないと寂しい気持ちでいたのに、三十分もしたらまたかかってきたというような時だ。時にはほんの十分でかけ直してきて、また悩ましげにあれこれ問い詰められ、あれから君はピエトロと一回でも寝たか、と尋ねられたりもした。こちらが否定すれば、真実だと誓えと言われ、誓った。そして今度はわたしが彼に、奥さんと愛を交わしたか、と尋ねれば、彼も否と叫び、こちらの求めるままに誠実を誓うことになるのだった。わたしたちはやたらと誓いあい、約束をした。いつでも連絡がつくようにずっと家にいろ、という約束まで真剣にさせられた。家で自分からの電話を待っていろ、ということだ。たまに家を空ければ——わたしだって買い物はしなければならなかった——彼は誰も出ない我が家の電話のベルをいつまでも鳴らし続けた。そんな時は、帰宅するなり娘たちを放り出し、買い物袋を放り出し、玄関のドアも開けっぱなしで、急いで電話に出た。すると電話線の向こうで彼は、二度と出てくれないかと思ったよ、と絶望的な声を出してから、ほっとしたようにこう続けるのだった。でも、それでも僕は、きっといつまでも受話器を下ろさなかったろうな。そして君のいない寂しさを嚙みしめながら、聞こえてくる呼び出し音をついには愛するようになったと思う。なんだかあの音が、自分に残されたただひとつのものみたいな気がしたんだよ……。それから彼はふたりで過ごした一夜の記憶を細かにたどりだすのが常だった——覚えているかい？　僕がこうしたら、君がああして——何度振り返っても飽きないようだった。わたしと一緒にしてみたいということもよく並び立てた。セックスに限った話ではなく、散歩とか、旅行とか、映画館やレストランに行くとか、自分の研究についてわたしに語るとか、新しい本の進捗状況を説明するこちらの声に耳を傾けるとか、だ。そうして彼の話を聞いていると、そのうち抑えが効かなくなった。ええ、覚えてるわ、そうね、なんでもあなたの好きなようにして、とつぶやいていたはずが、こんな風に怒鳴ってしまうのだった。わたし、もうじきバカンスなの。あと一週間したら、娘たちとピエトロと一緒に海に行くの……。まるで流刑の憂き目に遭うかのような言い草だった。すると彼は言うのだった。エレオノーラが三日後にカプリに出発する。そうしたら僕はすぐにフィレンツェに向かうよ。一時間だけでも君に会いたい……。そうして電話をしていると、エルサによくじっと見つめられ、ママ、誰とおしゃべりしてるの？　こっちで遊ぼうよ、などと言われた。ところがある日、デデが言った。邪魔しないの、ママは恋人とお話し中なんだから。

113

ニーノは夜通し車を走らせ、フィレンツェには朝の九時ごろに到着した。そして電話をかけてきたが、ピエトロが出たので、すぐに受話器を下ろした。二度目の電話は、わたしが急いで出た。聞けば、わたしたちのアパートのすぐ下に車を停めたという。下りてきてくれ。無理よ。すぐに来ないと、こっちから上がっていくぞ……。ヴィアレッジョ行きはあと数日というところまで迫っていて、ピエトロはもう休暇に入っていた。わたしは海水浴のために急いで必要な買い物があると言って、娘たちを彼に任せ、ニーノの元に駆けつけた。

再会は最悪なアイデアだった。欲望は静まるどころか炎を上げて燃え、無数の要求をただちにかなえろと恥ずかしげもなく迫ってきた。互いに離れていて、電話で話すうちは、言葉を通じてふたりの将来を空想し、刺激的な夢を語ることはできても、同じ言葉によってわたしたちはある種の秩序を押しつけられ、抑制され、恐れを覚えていた。ところが実際にそうして狭い車の中で、ひどい暑さにも構わずに再会を果たしてみれば、ふたりの妄想は具体化され、不可避な運命という色彩をまとい、進行中の大いなる革命的季節の一要素となり、不可能なことをなせと要求する当時のリアリズムと一致した行為に変わってしまったのだ。

「もう家には帰るなよ」

「娘たちはどうなるの？　ピエトロは？」

「じゃあ、僕らはどうなるんだ？」

114

ナポリに向けてまた出発する前に彼は言った。八月いっぱい君と会わずに過ごすなんて考えられないよ……。わたしたちは悲痛な気持ちで別れの挨拶を交わした。ヴィアレッジョに借りた家には電話がないと言うと、彼はカプリの家の番号を教えてくれた。そして、毎日電話するように約束させられた。

「奥さんが出たらどうすればいいの？」

「切ればいい」

「あなたが海に行って、留守だったら？」

「仕事があるから、海にはほとんど行かないよ」

そこまで電話にこだわったのは、八月十五日の祝日の前後にせめて一度は会いたい、なんとかして日取りを決めようという狙いもあってのことだった。彼はわたしに何か適当な理由をでっち上げてフィレンツェに戻れるようにしろ、自分もエレオノーラに嘘をついて同じようにするからと言った。それからわたしの家で合流し、一緒に夕食をとり、一緒に寝るという、これまたとんでもない計画だった。わたしは彼にキスをし、愛撫し、噛みついてから、幸福ながらも悲しい気分で無理矢理に去った。そのあとは大急ぎで適当に買い物をした。タオルを数枚、ピエトロの海水パンツを一枚、エルサの砂遊び用バケツとスコップをひと組、デデに青い水着を一着。青は、あのころあの子がお気に入りの色だった。

我が家はバカンスに出かけた。わたしは娘たちのことはほとんど構わず、父親に任せっぱなしで、しょっちゅう公衆電話を探して走り回っていた。ニーノに愛していると告げる、ただそれだけのために。エレオノーラが出たことも二度ほどあったが、すぐに受話器を下ろした。それでもその声を聞くだけで、もう許せなかった。彼女が朝から晩までニーノの隣にいるというのが間違ったことに思えた。エレオノーラが彼と、いや、わたしたちふたりと、なんの関係があるというのだ。怒りで恐れが薄まり、フィレンツェで彼と落ちあう計画が日増しに実現可能な話に思えてきた。わたしはピエトロにこう説明した。イタリアの出版社は頑張っても来年一月頭まで今度のわたしの本を出せないが、フランスでは今年の十月末にはもう出ることになっている——ここまでは嘘ではなかった——だから、急いでいくつかの疑問点を解決するために二冊ほど必要な本があって、それを家に取りに帰ろうと思う。

「僕が取ってくるよ」彼はそう言った。

「あなたは少し子どもたちと一緒にいてちょうだい。普段はなかなかできないことでしょ？」

「でも僕は運転好きだけど、君は苦手だろう？」

「たまには放っておいてくれない？　一日くらい好きにさせて。メイドだって暇をもらえるのに、わたしはどうして駄目なの？」

朝早くに車で出発した。空には白い雲が筋をなしていて、窓から吹きこむ涼しい風が夏のにおいを運んできた。わたしは胸を高鳴らせながら、誰もいない家に入った。服を脱いで、体を洗い、そこだけやたらと白いお腹と乳房に気まずくなりながら鏡を眺め、納得いくまで服をとっかえひっかえした。

午後三時ごろ、ニーノは到着した。妻にはどんな嘘をついてきたのだろう。わたしたちは夕方まで抱きあって過ごした。初めてじっくりと向きあう時間を得たためだろう、彼はわたしの体に対してこちらが戸惑うほどの愛着を示し、心酔する様を見せた。わたしは負けずに夢中になろうとし、彼に床上手だと思ってほしくて努力した。ところが我を忘れた幸せそうな彼の姿を見た途端、不意に頭の中で何かが壊れた。〝これはわたしにとっては一生に一度の体験だけど、彼にとっては繰り返しだ〟、そう思ってしまったのだ。ニーノは女性一般を愛し、その体を崇拝の対象である偶像のように崇める男性だった。その時わたしが思い浮かべていたのは、ナディアやシルヴィア、マリアローザや妻エレオノーラといった、自分が把握している彼の女たちのことではなかった。むしろ、わたしもずっとよく知っている、リラと一緒だったころの彼の常軌を逸した行動、彼を自滅ぎりぎりまで導いたあの熱狂のほうだった。わたしはリラがいかに彼の情熱を信じ、彼にしがみつこうとしたかを思い出した。彼の読んでいた難しい本、彼の思想、彼の野望にしがみつくことで、リラは自分が変わるための力を得ようとしていた。ニーノに捨てられた彼女のひどい落ちこみようも思い出した。彼にはそんな過激な形でしか、女性を愛し、愛されることができないのだろうか。わたしとのこの熱狂的な恋は、過去のそれの再現なのだろうか。こうして彼が無我夢中でわたしをほしがっているのも、実は既存の手順に沿った行為で、その手順はかつてリラを欲した時と同じものなのだろうか。そういえば、わたしとピエトロの家にニーノがこんな風に忍びこんできたこと自体、リラが彼女とステファノの家にニーノを引っ張りこんだあの時となんだか似てはいないか。わたしたちは愛を交わしている訳ではなく、繰り返しているだけなのか。

わたしは彼から離れた。どうかしたのかと尋ねられて、なんでもないと答えた。なんと言えばいいのかわからなかった。とても口にはできない思いだったからだ。わたしは彼にしがみつき、キスをしながら、リラに対する彼の愛情にまつわるもやもやを胸から追い出そうとした。それでもニーノがどうしたのかとこだわり、誤魔化しきれなくなったので、比較的新しい思い出を利用することにした——

――〝ああ、これなら言っても平気かもしれない〟――わたしは楽しげな声を作ってこう尋ねた。

「わたしのセックス、リナみたいにどこか駄目なところある？」

するとと彼の表情がさっと変わった。その瞳にも、顔にも、別人が現れた。その見知らぬ男にわたしは怯えた。だから彼が答える前に、急いでささやいた。

「冗談よ。答えたくなければ忘れて」

「質問の意味がよくわからないんだが」

「前に自分で言ってたじゃない、リナはセックスだって最悪だったって」

「そんなこと、言ったことないよ」

「嘘つき。ほらミラノで、わたしとレストランに行く途中で言ったじゃない？」

「あり得ないね。それに、なんにしてもリナの話はしたくない」

「どうして？」

彼の答えはなかった。わたしはむかっときて、ベッドの反対側を向いた。背中を撫でてきたので、触らないで、と言ってやった。しばらくふたりとも身じろぎせず、黙ったままでいた。それから彼がまた愛撫を始め、優しく肩にキスをしてきた。わたしは降参した。そうだ、ニーノの言うとおりだ。リラのことなど、もう二度と聞いてはいけない。

夕方になって電話が鳴った。ピエトロが娘たちと一緒にかけてきたに違いなかった。わたしはニーノに静かにしていてくれと仕草で伝えてから、ベッドを下り、電話へと急いだ。愛情に満ちた声、ピエトロを安心させるような声で答えようと頭では思っていたが、出てきたのは不自然な小声だった。ニーノに聞かれたくない、あとでからかわれたり、怒られたりしたくないという意識があったためだ。「どうしてそんなに小さな声で話すんだい？」ピエトロに言われてしまった。「大丈夫かい？」

わたしはすぐに大きな声を出した。が、今度は大きすぎた。努めて優しく話し、エルサを相手に大はしゃぎして、デデにはパパに迷惑をかけないよう、寝る前には歯を磨くよう念を押した。ベッドに戻るとニーノが言った。

「実にいい奥さんで、立派なママだな」

わたしは言い返した。

「お互い様でしょ」

緊迫した空気が緩み、夫と娘たちの声のこだまが遠くなるのをわたしは待った。そしてふたりで一緒にシャワーを浴びた。この新しい体験は実に愉快だった。彼の体を洗うのも、洗ってもらうのも気に入った。シャワーのあとは出かける支度をした。つまり彼のためにまた装った訳だが、今度は本人の目の前でそうしながら、なぜかまるで不安を覚えなかった。ふさわしい一着を求めてわたしが服をあれこれ試し、化粧をしているあいだ、彼はうっとりとした顔でこちらを見つめていた。そして時々、背後から近づいてきて、うなじにキスをしたり、胸元や服の下に手を突っこんできたりした。わたしが冗談混じりに、やめて、くすぐったいでしょ、化粧が台無しになっちゃう、ああ、また最初からやり直さないと、服が滅茶苦茶になっちゃう、触らないで、などと言っても耳を貸そうとしなかった。

わたしは渋る彼を説き伏せて、先に家から出し、車の中で待っていてもらった。アパートは住人たちがみなバカンスに出かけ、ほぼ無人状態だったが、それでもふたりでいるところを誰かに見られるのではないかと心配だったのだ。わたしたちは食事に出かけ、おおいに食べ、おおいに語りあい、飲みに飲んだ。帰宅してからは、ふたりでまたベッドに向かったが、そのまま一睡もしなかった。やがて彼が言った。

「十月、モンペリエ（南仏ラングドック地方の都市）に五日間、行くんだ。会議があってね」

「楽しみね。奥さんと行くの？」

「君と行きたいんだ」

「そんなの無理」

「どうして？」

「デデは六歳、エルサは三歳よ。放っておく訳にはいかないもの」

わたしたちは自分たちの状況について議論を始め、〝夫のある身〟とか、〝妻のある身〟とか、〝子どもたち〟といった言葉を初めて声に出した。ふたりは絶望から体を重ね、体を重ねてからまた絶望した。最後にわたしはつぶやいた。

「わたしたち、もうこれきりにしましょう」

「君がそれで済むなら、そうすればいい。でも僕にはとても無理だ」

「嘘ばっかり。何十年も前からのつきあいなのに、あなたはずっとわたしなしでも平気だったじゃない？　わたしのことなんてすぐに忘れるに決まってる」

「毎日電話をくれるって、約束してくれ」

「嫌よ、もう二度とかけないから」

「電話してくれなきゃ、どうにかなっちまいそうだ」

「こっちこそ、あなたのことばかり考えていたら参っちゃうわ」

わたしたちはある種の被虐的な喜びを覚えながら、自分たちがはまりこんだ袋小路を探検した。そして、ふたりの行く手を邪魔するものを数え上げていくうちにうんざりして、喧嘩になった。彼は朝六時にひどく不機嫌なまま帰途についた。わたしは家の中を片付け、ひとり泣いた。そして、ヴィアレッジョになんて一生着かなければいい、とそればかり思いながら車を走らせた。道なかば、今度の帰宅を正当化できるような本を家から一冊も持ってこなかったことに気づいた。別にいいわ、そう思った。

115

帰ってきたわたしをエルサは大喜びで迎え、パパは遊ぶのが下手だ、とふくれ面で言った。デデは父親をかばい、エルサは小さくて、馬鹿だから、どんな遊びも台無しにしてしまうのだと大声で非難した。ピエトロは不機嫌な顔でわたしをまじまじと眺めた。

「眠れなかったのかい?」

「ちょっとは眠ったわ」

「探していた本は見つかった?」

「ええ」

「それで、本はどこ?」

「どこって、家に決まってるじゃない? 調べることを調べたら、もう用はないわ」

「どうしてそんなにかりかりするんだい?」

「あなたがそうさせてるんでしょ」

「昨日の夜、僕らはもう一度電話をしたんだよ。エルサがママにおやすみを言いたいって言うから。でも君は家にいなかった」

「暑かったから、散歩に出たの」

「ひとりで？」

「ひとりじゃなきゃ、誰と？」

「デデは君に恋人がいるって言うんだが」

「デデはあなたが大好きだから、わたしに取って代わりたくて仕方ないの」

「あるいは、僕には見えも聞こえもしないことがあの子には見えていて、聞こえているかだね」

「何が言いたいの」

「そのままの意味さ」

「ピエトロ、はっきり言わせてもらいますけどね、あなた、もう十分たくさんの病気を抱えているのに、今度は嫉妬に狂うつもり？」

「嫉妬なんかしてないよ」

「だといいのだけど。今のうちに言っておきますけど、嫉妬は嫌よ。大嫌いなの」

　続く日々、この手の衝突は増加の一途をたどった。わたしは彼を警戒し、何かとなじりながら、そんな自分を軽蔑していた。そのくせ、怒りも覚えていた。ピエトロは何をどうしろと言うのだ？　わたしはニーノを愛しているのだ。彼のことは昔からずっと好きだった。ようやく相思相愛の仲になれたというのに、どうして彼への思いをこの胸から、頭から、腹から拭い取ることができる？　わたしは幼いころから自己抑制の完璧なメカニズムをこつこつと作り上げてきた。おかげで、本当の願望が勢いを得てついほとばしるようなことは一度としてなかったし、熱い思いは例外なくなんらかの方法で抑えこんできた。でも、もうたくさんだと思った。何もかも爆発してしまえ。まずはわたしから吹き飛んでしまえ。

それでもわたしは揺れていた。数日のあいだはニーノに電話をしなかった。フィレンツェで彼に向かって分別顔で宣言した自分の言葉を守った訳だ。それが次は急に、一日に三度も四度も、まるで無防備に電話をかけるようになった。電話ボックスのすぐ外でじっと待っているデデのことさえ、これっぽっちも気にしなかった。あの日向の檻の耐えがたい暑さの中、汗まみれになりながら、わたしは彼と言葉を交わし、時にはこちらをうかがう娘の視線がたまらなくなって、ガラス張りのドアを勢いよく開き、こんな風に怒鳴ってしまうこともあった。そこで何ぼうっとしてるの、エルサの面倒を見てってお願いしたでしょ？　わたしの頭の中はもはやモンペリエの会議でいっぱいだった。ニーノはその話ばかりで、そのうち、一緒にフランスに行くか否かがわたしの気持ちの真偽を確かめる最終テストであるかのように語るようになった。そして激しい口論になったと思えば、あなたがいなければ生きていけないと言いあったり、長距離電話の高価な沈黙が続いたかと思えば、火傷しそうな言葉を尽くして互いの欲望をこれでもかと表現しあったりした。ある日の午後、デデとエルサがボックスの外で、ママ、早くしてよ、もう飽きちゃった、と駄々をこねているその横で、疲れきったわたしは彼に告げた。

「モンペリエについて行ける方法がひとつだけあるわ」

「どんな方法？」

「ピエトロに何もかも打ち明けるの」

長い沈黙があった。

「君は本当にそこまで覚悟しているのか？」

「ええ、でもひとつ条件があるわ。あなたもエレオノーラに全部告白するの」

また長い沈黙があり、ニーノはつぶやいた。

「僕に、エレオノーラと息子を傷つけろって言うのか？」

「そうよ。ピエトロと娘たちだって傷つくんだから。決めるってそういうことよ。誰かを傷つけることになるの」

「アルベルティーノはまだ小さいんだよ」

「エルサだってそうよ。それにデデだってひどくつらい目に遭うはず」

「そういうことは、モンペリエのあとにしよう」

「ニーノ、からかわないで」

「僕は真剣だよ」

「真剣なら、行動で示して。あなたは奥さんと話す、わたしは夫と話す。それも、今夜すぐに」

「時間をくれ。そう簡単なことじゃない」

「わたしには簡単だって言うの？」

彼は言い訳をして、わたしを説得しようとした。エレオノーラはとても弱い子なんだ、と言い、彼女の生きがいは僕と息子でね、と言い、少女のころには二度も自殺しかけたんだよ、と言った。だが彼はそこで踏み留まらなかった。わたしには、彼がどこまでも正直に胸のうちを明かそうと努力しているのがわかった。事実、彼はいつもの明晰な語り口で言葉を重ねるうち、離婚となれば、妻と息子を傷つけるだけではなく、現在の豊かな暮らしを自分はほぼ丸ごと放棄することにもなり――〝裕福でなければ、ナポリ暮らしはとても耐えられないよ〟――大学で好きなことのできる現在の身分を保証してくれている人脈まで失うことになるとさえ認めた。そして、何もかも赤裸々に告白しようという決意に背を押されたか、最後にこう言った。君のお義父さんが僕を高く買ってくれているのは知っているだろう？　僕たちの関係を公にすれば、僕も君もアイロータ家から完全に縁を切られるかもしれないよ。それを忘れないでくれ……。この駄目押しが、どういう訳か、わたしにはショックだった。

「わかったわ。もうやめましょう」

「待ってくれ」

「わたし、もう十分すぎるくらい待ったわ。もっと前に決めておくべきだったのに」

「どうするつもりだ？」

「わたしの結婚にはこれ以上なんの意味もない。そう肝に銘じて、自分の道を進むつもり」

「本気かい？」

「ええ」

「で、モンペリエには来てくれるんだね？」

「自分の道を進むって言ったでしょ？　あなたの道じゃないわ。わたしたち、これで終わりよ」

116

泣き濡れて受話器を下ろし、ボックスを出た。エルサに、ママ、どこか痛いの？と聞かれ、ううん、大丈夫よ。おばあちゃんの具合が悪いの、と答えた。娘たちの心配そうな視線を浴びながら、わたしは嗚咽し続けた。

休暇の終盤はひたすら泣いて過ごした。疲れた、暑すぎる、頭が痛いと言っては、ピエトロと子どもたちを海に行かせ、ひとり、ベッドの上で枕を濡らした。ひどく弱い自分が我ながら気に入らなかった。幼いころでさえ覚えのない状態だった。わたしもリラも何があっても泣かない鍛錬を重ねて大きくなった。涙をこぼすことがあるとすれば、本当に特別な場合に限り、それもごく短い時間だった。泣くのはそれだけ恥ずかしいことだったのだ。わたしたちはよく嗚咽をこらえたものだった。ところが今は、『狂えるオルランド』の主人公のように頭の中に泉が湧いて、目から水が流れっぱなしになっているような状態だった。ピエトロとデデとエルサの帰ってきた気配に無理矢理、涙を引っこめ、蛇口の水で顔を洗いに急ぐ時も、頭の泉からは水滴が垂れ続け、目から流れ出す機会を常にうかがっていた。ニーノはわたしのことがそこまで好きではなかった。ニーノは嘘ばっかりで、愛情などかけらほどしかなかった。彼はただわたしと寝たかったのだ。そうだ、あの男はいったいこれまで何人の女とそうして寝てきたかしれない。妻と縁を切ってわたしと添い遂げるつもりなど、さらさらなかったはずだ。恐らく彼はまだリラに惚れているのだろう。そして死ぬまで彼女だけを愛するのだろう。リラに出会った多くの男たちと同じように。そしてまさにそれゆえに、彼は死ぬまでエレオノーラと別れようとはしないだろう。リラへの彼の愛情はひとつの保証なのだ。どんな女であれ——例のごとく彼がいかに激しくその女を欲しようとも——エレオノーラとの頼りない結婚を危機に陥れることはないという保証だ。だから、このわたしごときに望みがないのは言うまでもない。つまりはそういうことだったのだ……。時にわたしは昼食と夕食の途中で席を立ち、バスルームに駆けこんでさめざめと泣いた。

　ピエトロはそんなわたしを慎重に扱った。こちらがいつ何時爆発するともしれぬ状態にあるのを察していたのだろう。わたしは当初、それこそニーノと別れて二、三時間という時点から、ピエトロに何もかも打ち明けるつもりでいた。あたかも彼がただの夫ではなく、聴罪司祭でもあるかのような気分だった。特に、ベッドで体を寄せてくる彼をはねつけて、駄目、子どもたちが目を覚ますわ、と小声で拒絶する時など、思い切ってことの顛末を最初から最後までこと細かに話してしまいたくなった。それでも毎回、なんとか踏み留まった。彼にニーノの話をする必要を感じられなかったからだ。愛しいあのひとに電話をかけるのをやめ、彼を完全に失ってしまった今になって、ピエトロをいたずらに苦しめても仕方がない気がした。もうこれ以上、あなたとは暮らせないと告げよう……。それよりも、明確で簡潔な言葉をもって夫婦のあいだの問題を解決すべきだった。しかし、それさえわたしにはうまくできなかった。薄暗い寝室の中で、いよいよ別れを告げる決心を固めても、そのたび彼が哀れに思えてきて、娘たちの将来が不安になり、結局いつも、彼の肩を撫で、頬を撫で、おやすみなさい、とつぶやいておしまいだった。

それがバカンス最終日になって状況に変化が訪れた。もうすぐ真夜中という時間で、デデとエルサは眠っていた。少なくとももう十日以上、ニーノには電話をしていなかった。荷作りを終え、憂鬱と疲れと暑さにぐったりしたわたしは、ピエトロと一緒に家のバルコニーにいた。どちらもデッキチェアに座り、黙っていた。鬱陶しい湿気で髪も服もじめつき、辺りには海と松脂のにおいが漂っていた。やがてピエトロが急に口を開いた。

「お義母さんは元気？」

「うちの母さん？」

「うん」

「元気よ」

「デデがね、おばあちゃんが病気だって言ってたんだ」

「もう治ったから」

「今日、昼過ぎに電話してみたんだけど、お義母さんは最近、病気なんてしたことないって言ってたよ」

わたしは黙っていた。なんてタイミングの悪い男なんだろう。ほら、おかげでまた涙が出てきた。

ああ、もう本当にうんざり。ピエトロの落ちついた声が続いた。

「僕は鈍感で、何ひとつ気づきやしないと君は思っているんだろうね。エルサが生まれる前に我が家にたむろしていたあの馬鹿な連中と遊んでたことだって、僕は知らないと思っているんだろうな」

「なんの話かさっぱりなんだけど」

「よくわかってるくせに」

「いいえ、わからないわ。誰のこと？　何年も前に何度か夜うちに食事にきたひとたちのこと？　あのひとたちとわたしが遊んでた？　頭どうかしちゃったんじゃないの？」

ピエトロは首を振り、苦笑いをした。彼は何秒か待ってから、バルコニーの鉄柵を見つめながらこう尋ねてきた。

「あのドラマーとも遊んでなかったって言うのかい？」

わたしは警戒した。ピエトロが譲らず、諦めなかったからだ。わたしは嫌そうに答えた。

「マリオのこと？」

「ほら、覚えているじゃないか」

「もちろん覚えてるわ。覚えてちゃいけない理由がある？　結婚して七年になるけど、そのあいだにあなたが家に連れてきた、珍しく面白いひとのひとりだもの」

「つまり、面白い男だと思っていたんだね？」

「そうよ。だから何？　なんなの今夜は？」

「知りたいんだ。駄目かな？」

「何を知りたいの？　わたしが知ってることなら、あなただって知ってるでしょ？　マリオと最後に会ってからもう四年はたってるわ。それが今ごろ何、馬鹿なこと言ってるの？」

彼は柵から目を離し、こちらを向いた。真剣な顔だった。

「じゃあ、もっと最近の話をしようか。ニーノとはどういう関係なんだ？」

117

衝撃も強かったが、まったく思いがけない一撃だった。〝彼はわたしとニーノの関係を知りたがっている〟。その質問を聞き、ニーノの名を聞くだけで、頭の中の泉からまた水が湧き出した。目が涙に曇るのを感じながら、わたしは我を忘れて怒鳴った。自分たちが外におり、近所の人々が太陽と海三昧の一日でくたびれて寝ているのも忘れた。どうしてそんなことを聞くの？　それは決してしてはいけない質問だったのに。あなたのせいですっかりおしまい。もうどうしようもないわ。黙っていれば何ごともなく済んだのに。これでわたし、出ていかないといけなくなっちゃった。もう〝絶対に〟出ていかないといけなくなっちゃったんだから。

ピエトロに何が起きたのかはわからない。もしかすると本当にミスを犯したと信じこみ、そのせいで、どういう訳か、わたしとの関係が取り返しのつかない形で破綻しかかっていると信じたのかもしれない。あるいは、急にわたしが野蛮な生き物に見えたのかもしれない。議論のもろい表面を破って前論理的な正体を現した生き物、つまりは、もっとも厄介な種類の女に見えたのかもしれない。いずれにしても確かなのは、こちらの反応が彼には見るに堪えないものであったらしいということだ。ピエトロはぱっと立ち上がると、家の中に戻った。しかしわたしはすぐにあとを追い、構わず怒鳴り続けた。自分は小さなころからずっとニーノが大好きだった。ニーノは新たな人生の可能性を見せてくれた。今まで抑えつけるばかりで使わずにきた活力をわたしは今、この胸に感じている。あなたのせいで何年もずっと憂鬱だった。あなたにはわたしが人生を謳歌するのを妨げた責任がある。

力尽きて部屋の片隅に座りこむと、目の前にピエトロがいた。頬はこけ、目は紫色の隈に囲まれ、唇は青ざめ、日焼けした肌は干からびた泥の表面のようになっていた。その時になってようやく、自分が彼をひどく動転させてしまったことを知った。彼のした質問はどれも、間違っても肯定の許されぬ性質のものだったのだ。たとえば、そうよ、わたしはあのドラマーと遊んだわ、などという答えもあり得なければ、ええ、ニーノとわたしは不倫の関係にあったの、などという答えも、夢にもあってはならなかったのだ。彼はただこちらの否が聞きたくて、胸に浮かんだ疑惑を忘れたくて、穏やかに眠りにつきたくて、そんな質問をした。ところがわたしのせいで悪夢に閉じこめられ、今ではそこからどう抜け出したものかわからずにいるのだった。彼は声にならぬ声で、救いを求めるように尋ねてきた。

「あいつと寝たのかい？」

わたしはまた彼が哀れになってしまった。もしもそうだと答えたならば、わたしはきっとまた声を上げて、こんなことを言っただろう。そうよ、最初はあなたが寝ている時にしたの。二度目は彼の車の中で、三度目はフィレンツェのわたしたちのベッドで寝たわ……。そうして数え上げるうちにわたしは自分の言葉の内容にうっとりして、声を震わせたはずだ。ところがわたしは首を振り、彼の疑念を否定したのだった。

118

わたしたちはフィレンツェに帰った。わたしと彼は自分たちのやりとりを必要最小限な言葉と、娘たちの前で見せるちょっとした友好的な会話に限定した。彼はデデが夜泣きをしていたころのように自分の書斎で眠り、わたしはひとりでダブルベッドに寝るようになった。この先どうするべきなのかとわたしは考えた。リラとステファノの結婚生活の終わり方は参考にならなかった。あれは今とは別の時代の事件であり、法律など無関係に処理された出来事だった。一方わたしは、より文明的で法律に則ったやり方、時代にも状況にもふさわしい形で対処するつもりでいた。ただ実際に何をどうしたものかはわからぬままだったので、何もせずにいた。その上、帰宅してすぐにマリアローザから電話があり、新しい本のフランス語版の用意はかなり進んでいる、近いうちに校正刷(ゲラ)を送る、と報告があった。ミラノの出版社の真面目でやたらと細かいあの編集者からも、原稿のあちこちについて質問があるとの連絡があった。その時は嬉しくなり、また仕事に熱中してみようとした。でも無理だった。どこかの一文に誤訳があるとか、どこそこの段の流れが悪いとか、そんなことよりもずっと深刻な問題を抱えている気がしたからだ。

そしてある朝、電話が鳴り、ピエトロが出た。もしもし、もしもしと繰り返してから、彼は受話器を下ろした。心臓が狂ったように動悸を始め、次は夫よりも早く電話に出ようとわたしは身構えた。しかし電話は鳴らず、そのまま何時間も過ぎた。そのあいだわたしは原稿を読み返して気を紛らわそうと思ったが、最低な思いつきだった。どこを読んでもたわ言ばかりに思えてくたくたになり、机に頭を載せてうたた寝をしてしまったのだ。だがそこへまた電話がかかってきて、また夫が出た。彼はもしもしと怒鳴り、デデを恐がらせ、電話機を叩き壊さんばかりの勢いで受話器を下ろした。

電話の主はニーノだった。わたしもピエトロもそれはわかっていた。フランスでの会議の日取りが近づいていた。ニーノは一緒に来いと改めてわたしを口説き、情欲の渦にまた引きずりこもうとたくらんでいるに違いなかった。そして、ふたりに残された唯一の道は、悪行と快楽のあいだで不倫の関係を擦り切れるまで続けることしかないとわたしに証明しようとするはずだった。つまり、裏切り、嘘をつき、ともに旅立つ、それが道だった。わたしは初めて飛行機に乗り、離陸の瞬間には彼にぴったりと身を寄せることだろう。まるで映画みたいに。モンペリエのあとはナンテールまで行ってもいいはずだ。マリアローザの友だちを訪ね、わたしの本のフランス語版について、出版後のイベントについて打ちあわせて、それからニーノを紹介する。そうだ、愛するひとについて行こう。誰もがはっとせずにはいられない、ただならぬ力を漂わせたあのひとに。怒りは和らぎ、心は傾いた。

翌日、ピエトロは大学に行き、わたしはニーノがまた電話してくるのを待った。だがかかってこなかったので、ゆえなき怒りにかられてこちらからかけた。かなり待たされた。わたしはひどく緊張し、頭には彼の声を早く聞きたいという思いしかなかった。そのあとどうするかまでは考えていなかった。彼を罵り、また泣くことになるかもしれないし、あるいは、わかったわ、あなたと一緒に行く、あなたの愛人になる、あなたが飽きるまでずっと、なんてことを叫んでしまうかもしれなかった。しかしその時はとにかく彼に電話に出てほしい、それだけを望んでいた。

出たのはエレオノーラだった。わたしは飛び出しそうになった自分の声をぎりぎりで捕まえた。ニーノの幻に向かって、電話線を伝い、必死に駆けていきそうになった声。どんな危険な言葉を発していたかしれない。わたしは嬉しそうな声を作って彼女に話しかけた。もしもし、わたし、エレナ・グレーコよ、元気にしてた？　バカンスはどうだった？　アルベルティーノは？　彼女は黙ってこちらの言葉が途切れるのを待ってから、ひと息に怒鳴った。ふん、エレナ・グレーコね、このあばずれの偽善者め。うちの夫に近づくな、電話も二度とするな。さもないと、そっちの住所だって知ってるし、絶対にあんたの顔をぶん殴りにいくから。そして彼女は電話を切った。

119

そのままどのくらい電話機の前にいたかは思い出せない。わたしは憎しみに満ち、頭の中には罵詈雑言しかなかった。いいわよ、来るなら来なさい、馬鹿女、楽しみにしてるわ、タッソ通りだか、フィランジェリ通りだか、クリスピ通りだか、サンタレッラだか、どこの馬の骨だか知らないけどさ、わたしとやる気かい、上等じゃないか、この最低女、目にもの見せてやるよ……。穏やかな表層の下に隠されていたもうひとりのわたしが立ち上がろうとし、胸の中で標準語と幼いころの方言を混ぜこぜにして罵っていた。怒りで沸騰しそうだった。エレオノーラがうちに来たら、あの顔に唾を吐いて、階段から突き落として、髪をつかんで表まで引きずっていって、空っぽな頭を歩道に叩きつけてかち割ってやる。胸が苦しくて、こめかみがどきどきいっていた。アパートの前の通りでは道路工事が始まっていて、窓からは暑さに加え、細かく連続するドリルの音、粉塵、正体不明の機械の耳障りな騒音が入ってきた。デデはエルサと別の部屋で喧嘩中だった。真似ばっかしないでよ。真似ばっかりするのって猿なんだよ、やーい、エルサの猿……。やがてわたしは理解した。ニーノは心を決めて妻に打ち明けた。だからこそ彼女はわたしを罵倒したのだ。すると怒りは去り、抑えきれない歓喜に包まれた。妻にすべてを告白せずにはいられぬほどに、〝ニーノはわたしが好きだ〟ということか。彼は自分の結婚生活を破綻させ、エレオノーラとの結婚に由来する数多くの特権を自らの意思で放棄し、わたしではなく、彼女とアルベルティーノを苦しませるという選択により、己の人生をすっかり狂わせた。つまり本当に、彼はわたしを愛しているのだ。嬉しくてほっと息をついた。そこで電話のベルがまた鳴ったので、すぐに出た。

今度はニーノだった。聞こえてきた彼の声は、落ちついているように思えた。僕の結婚は終わった、僕はこれで自由だと言ってから、彼はこう尋ねてきた。

「ピエトロには話した？」

「少しだけ」

「まだ話してないのか？」

「したと言えばしたし、まだと言えばまだって感じ」

「今さらやめるつもりなのか？」

「違うわ」

「じゃあ、急いでくれ。出発が近いんだから」

ニーノはすでにわたしが一緒に来るものとして計画済みで、ローマで落ちあおう、ホテルも飛行機のチケットも何もかも手配ができていると言った。

「娘たちをどうしたらいいか迷ってるの」わたしはそう言ったが、声に力はなく、口調もあいまいだった。

「君のお母さんに預ければいいじゃないか」

「それだけはあり得ないわ」

「じゃあ、連れておいでよ」

「本気で言ってるの？」

「うん」

「娘たちと一緒でも、わたしを連れていってくれるの？」

「もちろんさ」

「本当にわたしを愛してくれているのね」わたしはつぶやいた。

「そうだよ」

120

不意にわたしは、自分が向かうところ敵なしな、かつてのわたしに戻っていることに気がついた。わたしは何をしてもいいんだ、そう思えた時代の懐かしい感覚だった。自分は生まれつき運がよい人間なのだ。不運を呪いたくなる時でさえ、実は運命はわたしのために働いている。もちろん、わたしには運だけではなく、長所だっていくつもある。几帳面で、記憶力に優れ、いつも必死になって努力をするし、男たちが調整し、完成させてきた手段を利用することも覚え、どんな破片の寄せ集めにも一貫した論理を与えてみせることもできるし、ひとに好かれるのも得意だ。しかし幸運にはそうしたすべてを凌駕するだけの価値があった。以前のわたしは自分の傍らに気の置けない友のように幸運があるのを感じ、その存在を誇らしく思っていた。その幸運が戻ってきてくれたのは心強かった。自分は善人と結婚した。ピエトロはステファノ・カッラッチとも違えば、ステファノよりひどいミケーレ・ソラーラとも違う種類の男性だ。わたしは彼と衝突し、苦しめることになるだろうが、最後にはきっと合意にいたることができるはずだ。結婚を解消し、ひとつの家族を崩壊させることは、もちろん心に大きな傷を残す体験となるだろう。しかも、それぞれ異なる理由からわたしも彼も今度の話を親族に報告するつもりはまるでなく、それどころかできるかぎり長いあいだ伏せておくことになるのは確実だから、当面はピエトロの家族も頼りにはできない。アイロータ家の面々は、どんな時でも、複雑な状況を乗り越えるために何をすべきで、誰に助けを求めればよいかを知っているのだが……。それでもわたしは落ちついていた。そんなに穏やかな気分は実に久しぶりだった。わたしも彼も理性あるふたりの大人だ。きっと冷静に向きあい、意見を交わし、わかりあえるはずだ。何時間か前からの混乱した状況の中、ひとつだけ、これは諦められないと思うことがあった。モンペリエ行きだ。

その晩のうちにわたしは夫に対し、ニーノは自分の愛人だと打ち明けた。ピエトロは是が非でも信じまいとした。わたしに嘘ではないと説得されると、彼は泣き、わたしにすがりつき、怒り、小さいテーブルのガラスの天板を壁に投げつけた。娘たちは父親を怯えた目で見つめていた。怒鳴り声で目を覚ましたふたりは、信じられないという顔をして居間の入口に立っていた。その光景にわたしは動揺したが、降参はせず、デデとエルサをまたベッドに入れ、落ちつかせて、眠るまで待った。そしてまた夫と対決した。一分また一分と時がたつにつれ、わたしたちの傷も増えていった。その上、エレオノーラが四六時中、絶え間なく電話をかけてくるようになった。彼女はわたしを罵倒し、ピエトロを情けない男だとけなした。彼女はわたしに向かって、うちの一族の人間がお前たち夫婦と娘たちを泣きたくても目ん玉がないような目に遭わせてやる、と宣言した。

それでもわたしはひるまなかった。強い興奮状態にあったため、自分が間違っているとはとても思えなかったのだ。それどころか、わたしがピエトロとエレオノーラに与えている痛みも、彼らから受けている屈辱と暴力も、すべて自分のためになっている、そんな気さえしていた。今度のこうした耐えがたい経験によってわたしは誇るべき何者かに〝なれる〟だろう。そればかりか、最終的にはどうにかして、今は苦しんでいる者たちのためにもなるはずだった。エレオノーラもいつかはわかってくれると思った。愛が相手ではどんな手立ても無効で、立ち去ろうとする人間に向かって、駄目、行かないで、と言ってみても無意味なことだと。そしてピエトロはそんな法則くらい知識としてはとっくに心得ているはずだから、時間さえ与えられれば、その理屈をきちんと吸収して英知に変え、寛容の実践へと変えていけるはずだった。

ただ娘たちが相手になると、すべてが難しく思えた。夫は、わたしたちの喧嘩の理由をふたりにきちんと伝えるべきだとこだわった。わたしは反対し、まだ小さいふたりに何がわかるかと主張した。ところがやがて彼に怒鳴られてしまった。この家を出ていくなら、自分の取ろうとしている行為に自信がないってことになるよ。わたしは、誰か弁護士に相談しましょう、とつぶやいた。すると彼は、弁護士なんてあとでいくらでも会える、と言って、いきなり大声でデデとエルサを呼んだ。ふたりはわたしたちが口論を始めるとすぐに子ども部屋にこもるようになっていた。姉妹の行動はぴったり息が合っていた。

「ママからお前たちに話があるそうだ。そこに座って、よく聞きなさい」

娘たちは行儀よくソファーに腰かけ、待った。わたしは口火を切った。

「わたしとパパはお互いが好きなんだけど、仲よくできなくなっちゃったの。だから話しあって、別れることに決めました」

「嘘だ」ピエトロが冷静な声で話を遮った。「ママが家を出ていくって、ひとりで勝手に決めたんだよ。それに、僕らが互いを好きだというのも嘘だ。ママはパパがもう好きじゃないんだから」

わたしはうろたえた。

「あのね、そんなに簡単な話じゃないの。一緒に暮らしていなくても、お互いを好きでいることはできるのよ」

彼にまた話を遮られた。

「それも嘘だ。互いに好きなら、一緒に暮らして、家族でいようじゃないか。でも好きじゃなければ、別れて、家族はやめる。そのどちらかしかないんだよ。君は嘘ばかりついて、この子たちに何を理解させようと言うんだ？　頼むから、どうして僕らが別れることになったのか、正直にはっきりと説明してやってくれないか」

「何も、あなたたちふたりを捨てようって言うんじゃないの。デデとエルサはママの一番大切な宝物だもの。あなたたちがいなかったら、ママ、生きていけないわ。ただ、パパとのあいだに問題があるの」

「問題ってなんだい？」彼が挑発してきた。「具体的に説明してくれないか」

ため息をつき、わたしは情けない声で答えた。

「ママね、別の男のひとが好きになっちゃって、そのひとと暮らしたいの」

エルサはデデの様子をうかがった。わたしの告白にどんな反応を見せればよいかわからなかったのだろう。しかしデデが無感動な態度のままだったので、彼女も姉に倣った。ところがピエトロは平静を失い、金切り声を上げた。

「名前を言えよ。その男のひとの名前を。嫌かい、恥ずかしいのか？　じゃあ僕が教えよう。いいかい、その男のひとっていうのは、お前たちもよく知っている、ニーノおじさんなんだ。覚えているだろう？　ママはこの家を出て、ニーノおじさんと暮らしたいんだってさ」

そして彼は慟哭（どうこく）を始めた。その横でエルサは恐る恐る尋ねてきた。ママ、わたしも連れていってくれる？　しかし返事をする間はなかった。デデがぱっと立ち上がり、ほとんど走るように居間を出ていくと、エルサもただちに姉のあとを追ったからだ。

その夜、デデは寝ぼけて悲鳴を上げた。わたしははっと目を覚まし、あの子の元に駆けつけた。娘はまだ眠ったままだったが、おねしょをしていた。わたしは彼女を起こし、服を替え、シーツを替えた。そしてまた寝かせようとした時、娘がわたしのベッドで一緒に寝たいとつぶやいたので、隣で寝かせてやった。彼女は、眠ったままびくっとし、わたしが横にいるのを確かめる、という仕草を何度か繰り返した。

121

出発の日付はもはや目前まで迫っていたが、ピエトロとの状況は好転する気配もなく、どんな合意にいたることも――たとえ、その対象をわたしのモンペリエ行きに限定したとしても――不可能かと思われた。彼はこんなことを言った。家を出ていったら、二度と娘たちには会わせないからね……子どもたちを連れていったら、僕は自殺するぞ……同居義務の放棄で君を訴えるからな……家族四人で旅に出よう、ウィーンなんてどうだい？……デデ、エルサ、あのな、ママはお前たちよりニーノおじさんがいいんだってさ……。

わたしはうんざりしてきた。昔、わたしに捨てられたアントニオが示した抵抗を思い出した。しかしアントニオはまだ若く、メリーナから頼りない頭を受け継いでおり、それになんといっても、ピエトロほど教養もなければ、幼いころから混沌の中に法則を見出す訓練も受けていなかった。もしかするとわたしは、彼が理性を巧みに活用できること、読書家であること、礼儀正しい話し方ができること、特定の政治的傾向を持つことを買いかぶっていたのかもしれなかった。愛する者に捨てられればみんな同じで、どれだけ整然とした思考の持ち主であっても、自分が愛されていないと気づけば、まず平気ではいられないのかもしれなかった。わたしの夫はもはや手のつけようがなかった。自分には欲望の魔の手から妻を守る義務があると思いこんだ彼は、夫という身分を維持するためならばどんな卑しい手段にも訴える覚悟だった。無宗教式の結婚を選択し、一貫して離婚制度の支持者であったはずの彼が、内面の暴走に突き動かされ、まるでわたしたちが神の前で結婚の契約を誓ったかのように、ふたりの絆が永遠に続くことを断固要求していた。ところがわたしが関係の終結を諦めないもので、彼はまず言葉を尽くして説得を試み、それが無理となれば手当たり次第にものを壊したり、自分の頬にびんたを張ったり、いきなり歌いだしたりした。

そんな大げさな振る舞いをされれば、こちらは腹が立って、彼を罵った。するとたいていの場合、彼は怯えた小動物のように急におとなしくなり、わたしのそばに来て謝り、何も君のせいじゃないんだ、僕の頭がまともに働かないんだと言い訳をした。ある夜、彼は泣き濡れてこんな告白もした。アデーレはずっと彼の父親を裏切ってきた。そのことに気づいたのは、幼いころのことだった。六歳の時に、青い服を着た大男に口づけをする母親を目撃したのだ。場所はジェノヴァの家の海に面した広い居間だった。彼はその時のことを細かなところまではっきりと覚えていた。男はまるで一本の黒い刃のような太い口髭をたくわえていた。ズボンにはきらきらした染みがひとつあって、百リラ硬貨のように見えた。そいつに身を寄せた彼の母親は、今にも折れそうに張りつめた弓のようだった。わたしは黙ってピエトロの話に耳を傾けてから、慰めようとした。落ちついて。きっとそんなの思い違いよ、そんなことくらいわたしが言わなくても、あなただってわかってるでしょ……。ところが彼は思い出を語り続けるのだった。アデーレは薔薇色のサンドレスを着ていた。片方の肩紐が日焼けした肩から滑り落ちていた。おさげにした黒髪がうなじからまるで蛇のように垂れていた。そして最後に彼は、苦しげだった声を怒らせて言った。自分が何をしたか、わかったかい？　君が僕にどんなに恐ろしい思いをさせているか？　それを聞いてわたしは思った。デデもいつか大きくなったら、彼のように思い出して、似たようなことを叫ぶのだろうか。だが次に考えを改めた。ピエトロが母親の秘密を今さらになって語ったのは、まさにそうした罪悪感をこちらに抱かせ、傷つけて、引き留めようとしてのことに違いなかった。

わたしは来る日も来る日も昼夜を問わずへとへとで、まともに眠れやしなかった。夫によるひっきりなしの責め苦もあったが、ニーノにも同じくらい苦しめられた。たとえばわたしが緊張と不安に疲れた声を出せば、彼は慰めてくれる代わりにこんなことを言った。僕のほうはのほほんとしていると思っているのかもしれないけれど、こっちだって地獄なんだよ。エレオノーラが気がかりなんだ。彼女は何をするかわからないよ。だから、僕は君ほど厄介な目には遭ってないなんて考えてくれるな。それどころかこっちのほうがずっとひどいかもしれない……。そこで彼はいつも声を上げ、こう続けるのだった。でもね、僕と君が一緒になれば恐いものなしだよ。僕らは何があってもひとつにならないといけないんだ。それはわかってるよね？　わかっているとはっきり言ってくれ……。もちろんわかっていたが、ニーノのそうした言葉はあまり助けにならず、むしろ、ようやく再会を果たした彼と飛行機でフランスに向かうその瞬間を想像するほうがずっと力が湧いた。それまでは我慢しなければ、あとのことはそれから考えよう。そう思った。とりあえずの望みは、今の不愉快な状態を中断することだけだった。本当にうんざりしていた。だから、デデとエルサの見ている前でピエトロと激しい喧嘩になった時、その真っ最中にわたしは彼に言った。

「もうたくさん。五日の旅行よ。ほんの五日で、わたしは帰ってくるわ。だからお願い、話しあいはまたそれからにしましょう」

するとと彼は娘たちに問いかけた。

「ママは五日で帰ってくるってさ、信じられるかい？」

デデは首を横に振り、エルサもそうした。

「子どもたちまで君の言葉を信じていない。どうせ僕らを捨てて、そのまま二度と帰ってこないつもりだろう？」

すると、その言葉があらかじめ決まっていた合図であったかのように、デデもエルサもわたしにわっと飛びついてきた。ふたりはわたしの脚にしがみつき、行かないでくれ、家に残ってくれとせがんだ。わたしはたまらず膝を折り、ふたりの腰を抱きしめて、わかったわ、もう行かない、ふたりはわたしの大切な娘だもの、ママ、どこにも行かないわ、と答えた。それを聞いて娘たちは落ちつきを取り戻し、やがてピエトロも穏やかになった。わたしは自分の部屋に向かった。

ああ、どうして何もかもがこうも滅茶苦茶なのだろう。夫も、娘たちも、わたしも、周りの世界も。嘘をつかなければ、ひと息つくこともできない……。出発まであと二日あった。わたしはまずピエトロに長い手紙を書き、次いでデデに短い手紙を書き、エルサにも読んで聞かせるようにと書き添えた。それから旅行鞄をひとつ用意すると、来客用の寝室のベッドの下に隠し、山のように買い物をして、冷蔵庫をいっぱいにした。昼食と夕食にはピエトロの好物ばかり作った。彼は嬉しそうに食べた。娘たちもほっとした様子で、元どおり喧嘩ばかりするようになった。

122

一方、ニーノは、よりによって出発が間近に迫ったそのころになって、電話をまったく寄こさなくなった。エレオノーラが出ないよう祈りつつ、こちらから電話をかけてみた。すると出たのはメイドだった。とりあえずほっとしてサッラトーレ先生はご在宅かと尋ねると、今、奥様に代わります、と簡潔にして敵意に満ちた答えが返ってきた。わたしは受話器を勢いよく下ろし、待った。自分の電話が夫婦喧嘩のきっかけとなり、わたしが探していることを彼が知ってくれればと願ったのだ。十分後、電話が鳴った。大急ぎで出た。彼に間違いないと確信していたのだ。ところがリラだった。

ずいぶんと久しぶりの電話だったが、彼女と話したいとは思わなかった。その声を聞けば不愉快になった。あの時期は、リラの名が蛇のように心をよぎるだけでもわたしは混乱し、落ちこんだ。それに、おしゃべりには不向きなタイミングだった。もしもニーノが電話をかけてきても話し中ではつながらない。ただでさえなかなか連絡が取れないというのに。

「あとでかけ直してもいい?」わたしは尋ねた。

「忙しいの？」

「ちょっとね」

リラはわたしの頼みを無視した。例によって彼女は、こちらの人生になんの気兼ねもなく好きなように出入りできると思いこんでいるらしかった。あたかもまだふたりが一心同体で、元気？　とも、最近どう？　とも、今、大丈夫？　とも尋ねる必要はないとでも言いたげだった。彼女は疲れた声で、たった今、悪い知らせが届いたと告げた。なんとソラーラ兄弟の母親が殺されたという。リラはひと言ひと言に注意するようにゆっくりと語り、わたしは最後まで一度も口を挟まずに耳を傾けた。彼女の言葉に導かれ、生前のマヌエーラの姿が頭の中に行列をなすようにして次々に浮かんだ。リラとステファノの結婚式で新郎新婦と同じテーブルに座っていた高利貸しの女。ミケーレに会いにきたわたしに向かって玄関のドアを開いた、何かに取り憑かれたような女。幼いころにわたしたちが思い描いていた、ドン・アキッレを刺し殺した女の影。造花を一本髪に飾り、水色の扇子をばたつかせながら、わたし、暑いわ。みなさん暑くないの？　と言っていた老婦人。それでもわたしにはなんの感慨もなかった。聞きつけた噂をリラが一流の語り口で次々に披露した時もそれは変わらなかった。マヌエーラはナイフで喉を引き裂かれて死んだという噂もあれば、拳銃で五発撃たれて死んだ、四発は胸、一発は首に当たったという噂もあり、いやいや、殴る蹴るの暴行を受け、家の中を引きずり回されたのだという噂もあれば、暗殺者（ウッチゾーリ）たち――リラは犯人をそう呼んだ――は家には入らず、ドアを開けたマヌエーラをその場で撃ち殺し、彼女は顔から踊り場に倒れたが、テレビを見ていた夫は何も気づかなかったという噂まであった。なんにしても確かなことは――とリラは言った――マルチェッロとミケーレがすっかり正気を失っちゃって、警察と争うように犯人を捜してるの。ナポリだけじゃなくて、あちこちから応援を呼んでね。おかげで兄弟の稼業もみんなストップしちゃって、わたしも今日はお休み。みんなびくびくしてるわ。下手に口も利けないって雰囲気よ。

　自分の身の上とその周囲で起きていることをさも重大な事件のように膨らませて語るのがリラは本当に上手だった。殺害された高利貸しの女、動揺するその息子たち、報復をたくらむその手下たち、そして、そうした波乱の中で慎重に事態を見極めようとしている彼女、という訳だ。最後にリラは、電話をかけてきた本当の目的を告げた。

「明日、ジェンナーロをそっちに寄こすから。勝手なお願いなのはわかってるわ。そっちだって子どもがふたりいて、あれこれ忙しいだろうし。でも、こんな状況で、あの子を地区に置いておく訳にはいかないし、ここにいてほしくないの。学校の授業は少し遅れることになるけど、仕方ないでしょ。ジェンナーロ、あなたには懐いてるし、そっちの家が居心地いいみたいだし。わたし、信頼できるひとがあなたしかいないの」

　その〝信頼できるひとがあなたしかいない〟という彼女の言葉をわたしはしばし味わい、思わずにやりとした。わたしが信頼のできない人間になってしまったことをリラはまだ知らないのだ。彼女の頼みごとは、わたしがこの上なく穏やかな良識に従い、波乱とは縁のない人生を送っているものと決めつけていた。葉状枝の上にぽつんとひとつなっているナギイカダの赤い実のような人生を押しつけられた気分だった。わたしはためらうことなく告げた。

「悪いけど、わたしもうすぐ出発するの。夫と別れることになって」

「どういうこと？」

「ピエトロとはもうおしまいってこと。リラ、わたしね、ニーノに会ったの。そしたらわたしと彼ね、昔からずっと、それこそ子どものころから、相手の気持ちに気づかなかっただけで、実は相思相愛の仲だったってわかったの。だからわたしここを出て、新しい人生を始めるの」

123

長い沈黙のあとで、彼女に尋ねられた。

「それって何かの冗談？」

「本気よ」

わたしが自分の家庭を滅茶苦茶にしつつあり、あんなに整然としていた頭脳まで混乱中であるという事態がにわかには信じられなかったのだろう。リラはとっさに夫を材料にして翻意を迫った。ピエトロはとても素晴らしい男性よ。善人でしかも凄く頭もいいし。彼と別れるなんてどうかしてるって。子どもたちだって、どんな悪い影響を受けることになるか……。しかし彼女はそうして話しながらも、ニーノの名は口にしなかった。その名が耳の入口で留まり、脳までは届かなかったかのように。だから、彼の名をふたたび声にするのはこちらの役割となった。わたしは言い返した。無理よ、リラ。わたし、ピエトロとはもう暮らせない。だって、ニーノがいないともう生きていけないから。何があろうと家を出て、彼と一緒に行くわ……。わたしはその手の台詞を勲章でも披露するみたいに次々に並べ立てた。すると彼女は金切り声を上げて怒りだした。

「ニーノのために何もかも投げ出すつもり？　大切な家族をあんな男のために滅茶苦茶にするの？　この先、何が待ってるか知ってる？　あいつに利用されて、骨の髄まで吸い尽くされて、生きる気力も奪われて、捨てられるんだよ？　なんのためにあんなに勉強したの？　わたしの分まで素敵な人生を送ってくれたらいいなってずっと思ってたのに。見損なったよ、レヌーの馬鹿」

わたしは火傷を恐れるようにぱっと受話器を下ろした。リラは嫉妬をしている。わたしのことが羨ましくて、憎らしいんだ。それが本音に違いなかった。そのままわたしはしばらくじっとしていたが、殺されたマヌエーラ・ソラーラの話は思い出さず、亡骸のイメージも消えた。その代わり、不安になって自問した。どうしてニーノは電話をしてこないのだろう。まさか、わたしがリラに洗いざらい打ち明けた今になって彼が尻込みして、こっちは笑い物になるなんて話があるものだろうか。一瞬、無駄に破滅した間抜けな姿を彼女の前にさらす自分が見えた。それからまた電話が鳴った。長いベルが二、三度鳴り終わるまで、わたしは座ったまま電話機を見つめて動かなかった。受話器をつかんだ時、リラに対する台詞が喉元まで出かかっていた。わたしのことなんて二度と心配しないで。ニーノについてあれこれ言う権利なんてあなたにはないから。どんな間違いをしようとわたしの勝手でしょ……。でも聞こえてきたのは彼女ではなく、ニーノの声だった。わたしは喜びのあまり、まともに言葉にならぬ声で彼を包んだ。そしてピエトロと娘たちと話しあった顛末を説明し、夫と落ちついて理性的に合意に達するのは無理だと言い、旅行鞄の用意はもうできていて、早くあなたを抱きしめたくて仕方ないと伝えた。彼は彼で、妻とは激しい喧嘩ばかりで、特にここ数日は最悪だと言ってから、こうささやいた。とても恐いけど、君のいない人生なんて僕はもう考えられないんだ。

翌日、ピエトロが大学に行っているあいだにわたしは近所の女性にデデとエルサを二、三時間預かってほしいと頼んだ。それから用意しておいた手紙二通を台所のテーブルに残すと、家を出た。そして思った。何か大きなことが始まろうとしている。それは古い生き方を丸ごと解体してしまうような何かだ。わたしはこの変革の一部をなす者だ……。それからローマでニーノと落ちあった。約束の場所は駅の近くのホテルだった。彼を抱きしめながら思った。この引き締まった体に自分は決して慣れることがないだろう。驚かされることばかりだ。長い骨も、刺激的なにおいのする肌も、がっしりした感じも、力強さも。それにこの動きはどうだろう？　ピエトロのそれとも、わたしたち夫婦がかつて慣れ親しんだそれともまるで違う。

次の朝、わたしは生まれて初めて飛行機に乗った。シートベルトの締め方がわからなくて、ニーノに助けてもらった。彼の手をぎゅっと握りながら、エンジンの轟音がどんどん高まり、飛行機が走りだすのを待つのは実に心躍る経験だった。衝撃がひとつあって離陸し、家々が小さな箱のようになり、通りという通りが細い筋になり、田園地帯が小さくなって緑色のまだらになる様子を見届けるのは素敵だった。一枚の板のように傾く海、柔らかな岩のようにどっと崩れ落ちる雲。不安と痛み、そして幸福までもが、強い輝きを放つただひとつの動きの一部となった。飛ぶという行為には、あらゆる物事を単純化してしまう効果があるのではないだろうか……。そう思ってからわたしはため息をつき、余計なことは考えまいとした。時々、ニーノに幸せかと尋ねた。するとそのたび彼はうなずいて、キスをしてくれた。時おり、足元の床が——唯一のより所であるはずの表面が——震えるような気がした。

訳者あとがき

本書は二〇一三年に刊行されたエレナ・フェッランテ『ナポリの物語』シリーズ第三巻 ***Storia di chi fugge e di chi resta*** を翻訳したものである。本巻の章だてはひとつのみ、「狭間の時（Tempo di mezzo）」という章題は年齢を示す言葉としてはなじみがないが、青年期から壮年期への過渡期を指したものだろうか。

このあとがきを読んでいる読者の大半は、恐らくもう『ナポリの物語』の魅力にどっぷりと漬かっているに違いない。訳者は今回も物語の展開に色々な意味でため息をつかされた。だから本巻のあらすじはただひとこと、〝リラとエレナの波乱の人生はまだまだ続く〟それだけに留めておこうと思う。そして『ナポリの物語』シリーズを読んでいく上で便利な豆知識を三つ紹介してあとがきに代えたい。

・登場人物の名前について

ただでさえカタカナ表記で覚えにくいイタリア人の名前だが、同じ名前でもさまざまな呼称があって余計に混乱している読者も多いに違いない。たとえば主人公のリラ。本名はラッファエッラだが、友人・家族からはリナと呼ばれている。英語にもよくある短縮形と呼ばれる通称（例、マイケル→ミック）だが、ラッファエッラとリナじゃ大違いじゃないか、と思うのが当然だろう。これは短縮される前に、ラッファエッラ（Raffaella）の語尾に愛情を示す愛称辞イーナ（-ina）がくっついてラッファエッリーナ（Raffaellina）となる、という前段階があるためだ。イタリア語話者の感覚で言えば、ラッファエッリーナという響きにはただのラッファエッラよりも一層のかわいらしさ・愛おしさが漂う。〝小さなラッファッエッラちゃん〟という感じか。この通称が短縮され、語尾の Lina だけとなったのがリナという呼び名だ（日本語表記はリーナでもよかったが、兄リーノと混乱させたくなかった、などいくつかの理由からリナとした）。短縮形はイタリア人でも理由の見当がつかぬものがしばしばある。

同様に、リラの兄と息子も同じジェンナーロという本名よりも、リーノという短縮形で呼ばれることのほうが多いが、ふたりの場合はリーノ（Rino）に愛称辞ウッチョ（-uccio）がついたリヌッチョ（Rinuccio）という呼び名もあるからややこしい。エレナにレヌー（Lenù）とレヌッチャ（Lenuccia）というふたつの通称があるのも同じケースだ。原文ではこうした同じ登場人物の複数の呼び名が相当ランダムに用いられているが、邦訳では読者の混乱を避けるため多少整理した。

・物価について

現在では使用されていないリラ（イタリア・リラ）という通貨が本作では登場する。二〇〇二年のユーロ導入にともない流通の終わった通貨だ。

第一巻にはリラとリーノの作った靴をステファノが二万五千リラで買う場面がある。場面は一九五九年だが、手元の資料によると一九六〇年当時、イタリア北部の自動車メーカー、フィアット社の工員の平均月給が約四万七千リラとある（ちなみにコーヒー一杯は五十リラ、パン一キロは百四十リラだった）。だから兄妹の作った靴の値段は月給の半分にも相当する金額であったことがわかる。ただし南部のナポリの物価は、経済発展の著しかった北部よりも大幅に低かったようだ。倍近い差があったとする資料もあり、事実、一巻には「マルゲリータ一枚とビール一杯で五十リラという気軽な店」というピザ屋も登場する。そのため、あの靴の値段は、当時のナポリの感覚では工員の月給に相当するものだったと考えても大きく外れてはいないと思う。なお、ソラーラ兄弟の乗っていたフィアット社の乗用車ミッレチェントの値段は、五三年〜五九年モデルの定価が百万リラ前後となっている。

第二巻ではどうだろう。エレナが家庭教師として七万リラ稼いだ（六三年）、リラがニーノと暮らすために郊外に月二万リラの小さな部屋を借りた（六三年）、エレナがデビュー作の前金として出版社からもらったのが二十万リラ（六七年）という描写がある。六五年当時の物価は上の資料の北部のデータで工員の平均月給が八万六千リラ、コーヒー一杯六十リラ、パン一キロ百七十リラとなっている。

第三巻では登場人物のひとりが技術者となり、月四十万リラという高給を稼ぐようになるというエピソードがある。七四年の出来事だ。七五年当時、北部の工員でも平均月給が約十五万四千リラ（コーヒー一杯百二十リラ、パン一キロ四百五十リラ）であったというから、その三倍に迫る厚待遇であったようだ。

・結婚制度について

三巻には〝教会で結婚する（宗教婚）か、市役所で結婚する（民事婚）か〟で議論になるシーンがある。カトリック教会の影響があらゆる方面でずっと強かった過去のイタリアでは、離婚が基本的に認められない時代が長く続き、一九七〇年まで離婚法すらなかった。しかも離婚法が成立したといっても、当初は離婚成立の前に五年間もの別居期間が必要で、別れるまでには相当の時間と手間がかかった。この別居期間は八七年に三年間に、二〇一五年に一年（離婚条件をめぐる裁判を経る場合。なければ半年）に短縮されている。

熱心な信者が減少傾向にある現在、北部イタリア全体では二〇一七年の統計で六割以上のカップルが民事婚を選ぶようになっているが、伝統色の強い南部のナポリでは今なお七割強の大多数が宗教婚を選んでいる。
ちなみに市役所での結婚というと窓口に婚姻届を提出しておしまいと思われるかもしれないが、イタリアでは書類提出から八日間の公示期間（文字通り市役所の掲示板に婚姻希望者のリストが公示される）を経て、異議申し立てがなければ、さらに四日後にようやく結婚の許可が下りる。しかるのちやはり市役所で結婚式が催され、市の戸籍係と参列者の前で新郎新婦が戸籍簿にサインすることになっている。
訳者もイタリア人と民事婚をしたが、小さな市であるため市長自ら式を執り行い、友人たちが事前にあれこれアレンジしておいてくれていたため、それなりに立派で厳粛な式となって驚かされた。

最後になるが、イタリアとアメリカでは二〇一八年後半に『ナポリの物語』第一巻の内容を忠実に再現した連続テレビドラマの第一シーズン（全八話・各六十分）が放映され、高い人気を博した。リラとエレナの地区が、十四棟のアパートを含む、広さ二万平方メートルという大掛かりなセットで再現され、八カ月を要したキャスティングには地元カンパーニア州から子ども八千人、大人五百人がオーディションに参加したそうだ。その甲斐あって配役は、主人公のふたりをはじめ、実に魅力的な顔ぶれが揃っている。原作第二巻に相当する第二シーズンの撮影開始も二〇一九年春に予定されている。いつか日本でも放映される日が来るものと期待したい。

二〇一九年二月
モントットーネ村にて

本書では作品の性質、時代背景を考慮し、現在では使われていない表現を使用している箇所があります。ご了承ください。

訳者略歴　1974年生，日本大学国際関係学部国際文化学科中国文化コース卒，中国雲南省雲南民族学院中文コース履修，イタリア・ペルージャ外国人大学イタリア語コース履修
訳書『素数たちの孤独』パオロ・ジョルダーノ，『復讐者マレルバ』ジュセッペ・グラッソネッリ＆カルメーロ・サルド，『リラとわたし』『新しい名字』エレナ・フェッランテ（以上早川書房刊），『反戦の手紙』ティツィアーノ・テルツァーニ，他多数

逃れる者と留まる者
ナポリの物語３

2019年３月20日　初版印刷
2019年３月25日　初版発行

著者　エレナ・フェッランテ
訳者　飯田亮介
発行者　早川　浩
発行所　株式会社早川書房
東京都千代田区神田多町２－２
電話　03－3252－3111（大代表）
振替　00160－3－47799
http://www.hayakawa-online.co.jp

印刷所　信毎書籍印刷株式会社
製本所　大口製本印刷株式会社

Printed and bound in Japan

ISBN978-4-15-209846-7 C0097

乱丁・落丁本は小社制作部宛お送り下さい。
送料小社負担にてお取りかえいたします。